Folgende Titel der Reihe »Die Chroniken der Seelenwächter« sind bisher erschienen:

Erschienene E-Books:

Band 1-15

Über die Autorin:

Nicole Böhm wurde 1974 in Germersheim geboren. Sie reiste mit 20 Jahren nach Phoenix, Arizona, um Zeichen- und Schauspielunterricht am Glendale Community College zu nehmen. Es folgte eine Ausbildung an der American Musical and Dramatic Academy in New York, bei der sie ihre Schauspielkenntnisse vertiefte. Das Gelernte setzt sie heute ein, um ihre Charaktere zu entwickeln. Sie lebte insgesamt drei Jahre in Amerika und bereiste diverse Städte in den USA und Kanada, die nun als Schauplätze ihrer Geschichte dienen.

Sie fotografierte jahrelang nebenberuflich für eine Tierfotoagentur und verkaufte ihre Fotos an Bücher oder Magazine. Zurzeit lebt sie mit ihrem Mann und Pferd Bashir in der Domstadt Speyer. Seit August 2014 erscheint ihre eigene Serie »Die Chroniken der Seelenwächter« bei der Greenlight Press.

Weitere Informationen:

http://www.die-seelenwaechter.de

http://www.facebook.com/chroniken.der.seelenwaechter

http://www.twitter.com/Seelenwaechter

http://www.greenlight-press.de

Neuigkeiten direkt aufs Smartphone.

Hol dir jetzt die kostenlose Seelenwächter-App!

Die Chroniken der Seelenwächter

Verborgene Mächte 3:

Blutrache

(Bände 7-9)

von Nicole Böhm

1. Auflage September 2016
2. Auflage Dezember 2016

Autor: Nicole Böhm
Cover: Nicole Böhm
Lektorat: Ute Bareiss, Andreas Böhm
Satz: Jürgen Straub
Innenillustration: Nicole Böhm

Covermodell: Michael Tschida
http://www.michael-tschida.de

Bibliografische Information der Deutschen Nationalbibliothek Die Deutsche Nationalbibliothek verzeichnet diese Publikation in der Deutschen Nationalbibliografie; detaillierte bibliografische Daten sind im Internet über http://dnb.dnb.de abrufbar.

Herstellung und Verlag:
Greenlight Press
Gartenstr. 44B
76133 Karlsruhe
E-Mail: info@greenlight-press.de

Printed in Germany
ISBN: 978-3-95834-219-4

Sie finden uns im Internet unter:
http://www.die-seelenwaechter.de
http://www.facebook.com/chroniken.der.seelenwaechter
http://www.twitter.com/Seelenwaechter
http://www.greenlight-press.de

VII

Tod aus dem Feuer

1. Kapitel

Jessamine

Wenn es eine Hölle gab, dann war ich darin gefangen.

Anders konnte es einfach nicht sein, denn nur der Teufel war in der Lage, sich eine derart perfide Situation auszudenken.

Vor gar nicht allzu langer Zeit war ich – mit Handschellen auf dem Rücken – in einem Polizeiwagen gesessen, weil ich wegen Mordverdachts verhaftet worden war. Damals stufte ich dieses Ereignis als Katastrophe ein. Es hatte meine Welt erschüttert, mich verwirrt, geängstigt und mich schließlich ins Asyl der Seelenwächter getrieben.

Seither hatte ich gegen eine Undine gekämpft, mich aus den Fängen von Dämonen befreit, den Verlust Ariadnes verarbeiten müssen und gleichzeitig meinen Körper bis an seine Grenzen und darüber hinaus strapaziert. Ich hatte meinem Heim und meinem besten Freund Zac den Rücken gekehrt, hatte alles verlassen, was mir Sicherheit gab, und mich dafür in ein waghalsiges Abenteuer gestürzt.

Meine Nerven hatten gelernt, einiges auszuhalten. *Ich* hatte gelernt, einiges auszuhalten. Doch hier und jetzt war ich vollkommen überfordert. Diese Situation übertraf alles bisher Erlebte.

Ich hing gefesselt an einer Höhlenwand. Meine Handgelenke waren wundgescheuert, mein Herz raste in einem unkontrollierten Rhythmus, mein Shirt, meine Haare: Alles klebte schweißnass an mir. Die Luft war klamm und kalt, dennoch brannte sie auf meiner Haut. Aufgeheizt von meinen Gefühlen und von dem Mann, an den ich geknebelt war: Jaydee.

Sein Körper strömte eine unnatürliche Hitze aus. Sein Atem rasselte. Er keuchte dumpf, schlug immer wieder mit dem Hinterkopf gegen die Höhlenwand. Meine Tränen und mein Schweiß hatten schon lange sein Shirt aufgeweicht, und je mehr ich versuchte, mich zurückzuhalten – meine Emotionen zu kontrollieren –, umso schlimmer wurde es.

Ich hatte keine Ahnung, wie viel Zeit bisher vergangen war. Eine Stunde, vielleicht auch erst eine Minute oder ein ganzer Tag. Es spielte im Grunde auch keine Rolle, denn in der Hölle gab es keine Zeit. Es gab nur noch Qualen.

Dabei wusste ich nicht, was schlimmer auszuhalten war: Jaydees derbe Beschimpfungen, bei denen er mir in schillernden Details erklärte, wie er mich zu Tode würgen wollte, sobald er frei war – oder die offenkundige Tortur, die er durch mich erlitt. Mir war klar, dass er nicht mehr bei Verstand war, dass der Jäger, wie er ihn nannte, aus ihm sprach. Seine Stimme klang schwer und vor Wut triefend. Könnte ich mich bewegen und ihm in die Augen blicken, würden sie silbern glühen und mich voller Hass anfunkeln.

Ich wünschte, ich wäre in der Lage, den Strom an Gefühlen auszustellen, der unkontrolliert in ihn hineinfloss. Ich wünschte, ich könnte mehr Abstand zwischen uns bringen. Ich wünschte, er könnte meine Berührungen aushalten.

Ich wünschte und betete und hoffte … erfolglos.

Er entzog mir meine Angst genauso schnell, wie sie wieder nachkam. Die winzigen Augenblicke, in denen ich tatsächlich ein wenig Mut verspürte, verpufften wie ein Tropfen Wasser im Feuer.

Ich war in der Hölle.

Wir alle waren das.

Und Joanne hatte uns direkt hineingeschubst. Akil, Anna und Ilai lagen in Arizona und durchstanden vermutlich Höllenqualen. Was mit Will war, wusste ich nicht, und Violet war in unerreichbare Ferne gerückt. Eine weitere Woge aus Angst schwappte über mich. Jaydee keuchte erneut und stieß gleichzeitig ein tiefes Knurren aus.

»Es tut mir leid«, sagte ich zum x-ten Mal. Als könnte eine Entschuldigung irgendetwas verbessern. »Sag mir bitte, was ich tun kann. Ich will dir helfen.«

»Krepieren kannst du, damit wäre mir geholfen.«

Ich biss auf meine Lippe. *Das ist nicht er, das ist nicht er, das ist nicht* … Oder war es genau umgekehrt? Vielleicht war *das* sein wahres Ich und das andere nur gespielt. Vielleicht gab es keinen »guten« Jaydee, auch wenn Akil so felsenfest davon überzeugt war. Violet hatte mich stets vor ihm gewarnt. Sie hatte von Anfang an das Böse in ihm erkannt und es gefürchtet.

Zu recht?

Die Angst, die eben so heftig in mir aufgewallt war, ließ wieder nach. Mir war klar, dass Jaydee sie aufgenommen hatte und nun selbst verarbeiten musste. Es würde nicht lange dauern, bis das Gefühl erneut in mir hochkam, aber vielleicht konnte ich die Zeit nutzen.

Vorsichtig prüfte ich den Sitz meiner Fesseln. Meine Arme, meine Beine, mein Oberkörper waren arretiert. Jaydee wurde sogar von doppelt so vielen Ketten gehalten. Joanne machte eben keine halben Sachen, und so pappten wir aneinander, als wäre Kleister zwischen uns geschmiert. Obwohl das grotesk klang, fand ich es schön, bei ihm zu sein. In den wenigen Sekunden, in denen er mir meine Angst nahm, fühlte ich mich tatsächlich geborgen, wenngleich das hirnrissig war.

Und bizarr.

Und abnormal, aber so war es eben. Jaydees Nähe löste etwas in mir aus, was ich weder erklären noch verstehen konnte und ich … *Moment!* War das vielleicht die Lösung? Wenn Jaydee meine negativen Gefühle aufnahm, dann doch auch meine positiven, oder nicht? Bisher hatte er immer heftig auf meine Berührungen reagiert, aber bisher war alles, was er je von mir zu spüren bekam, meine Angst oder meine Wut, weil er mich mal wieder geärgert hatte. Immer wenn wir uns nach dem Training berührt hatten, dann war es nur kurz gewesen und er hatte meinen gesamten Stress vom Tag abbekommen. Wenn ich das jetzt umkehren wollte, müsste ich also etwas Gutes heraufbeschwören. Etwas, das uns beide verband. Leider war die einzig schöne Erinnerung, die ich mit ihm teilte, unser Gespräch im Stall. Reichte das als Basis?

Schätze, ich würde es gleich herausfinden.

Ich schloss die Augen und stellte mir vor, wieder dort zu sein, zu fühlen, was ich an diesem Tag empfand … seine Wärme, seine Zuneigung, die Zärtlichkeit, mit der er meinen Namen ausgesprochen hatte. Ich rief mir seine Worte ins Gedächtnis, die meine Seele gestreichelt und mir mehr Geborgenheit und Zuneigung geschenkt hatten als jede Umarmung der Welt.

Er und ich. Allein im Stall.

Jessamine … Wie ich dich behandle, ist gewiss nicht richtig, aber du bist so …

Er hatte sich tief zu mir heruntergebeugt, so nahe, dass wir uns fast berührten, und tatsächlich konnte ich es wieder spüren. Ich roch das Heu, hörte die Pferde, fühlte seine Nähe …

Er brummte tief. Die Ketten klirrten, als er sich bewegte. »Was tust du da?«

»Ich versuche, dir zu helfen.«

Ich erinnerte mich an den Moment, als er mit seinem Daumen eine Träne von meiner Wange tupfte, wie er seine Lippen damit benetzte und eine Verbindung zu mir herstellte.

Als würden wir uns küssen.

»Hör auf damit«, keuchte er. »Das ist zu ….«

Aber das konnte ich nicht mehr. Die Gefühle rauschten einfach aus mir heraus und Jaydee nahm sie auf, so wie er meine Angst aufgenommen hatte.

Er stöhnte und wummerte wieder mit dem Kopf gegen die Wand, und dann waren die guten Emotionen plötzlich weg. Jaydee hatte sie absorbiert. Ich blinzelte und fühlte mich auf einmal merkwürdig nackt. Ein weiteres Wummern folgte, und dann verwandelte sich sein Keuchen in ein derbes Lachen.

»Was ist so witzig?«, fragte ich.

»Du. Du bist so jämmerlich. Glaubst du wirklich, ein bisschen Schwärmerei kann mir helfen?«

Ich schloss die Augen, wappnete mich für die erneute Beleidigungswelle, die ganz sicher einsetzen würde, und wusste jetzt schon, dass ich dabei versagen würde.

»Bildest du dir tatsächlich ein, dieses Gerede im Stall hätte mir etwas bedeutet? Dass wir uns dadurch nähergekommen sind? Oder noch schlimmer: Dass ich tiefere Gefühle für dich haben könnte?«

»Ich …« – biss mir auf die Lippen. Er wollte mich provozieren, ich wusste es. Doch bevor ich es aufhalten konnte, drang die Enttäuschung über seine Worte nach oben und traf somit auch ihn.

Sein Lachen wurde fieser. »Ach, sei doch nicht so naiv, Blümchen. Nur weil ein Typ dir ein paar nette Worte um die Ohren haut, heißt das noch lange nicht, dass er sie auch so meint. Im besten Fall will er dich damit in die Kiste bekommen.«

Das ist nicht er, das ist nicht er, das ist nicht er … »Da besteht bei dir ja keine Gefahr. Dazu müsstest du mich schließlich anfassen.«

Er spannte die Muskeln, ich spürte es an meinem Bauch, meiner Brust, meiner Wange, die fest gegen seine Schulter gepresst war.

»Hm, aber du hättest das gerne, oder? Du wirst mich doch nicht etwa nett finden?«

»Nein, tue ich nicht.«

»Lügnerin.« Ein Rucken ging durch Jaydees Körper, die Fesseln klirrten, doch sie hielten. Dann kam das vertraute Schlagen seines Kopfes gegen die Höhlenwand. Die einzige Möglichkeit, wie er sich einen Hauch Erleichterung verschaffen konnte. Ich fühlte die erneute Woge aus Angst in mir hochkochen und wusste, dass sie sich jeden Moment ihren Weg nach draußen bahnte.

Jaydee sog die Luft durch die Zähne. Ein tiefes Knurren entwich seiner Kehle, ich fühlte ein Kribbeln, mein Puls beschleunigte sich, und dann war es wieder vorbei. Jaydee hatte meine Angst aufgesogen und musste sie von Neuem verarbeiten.

Es tat mir so unendlich leid und ich würde alles darum geben, diese Situation abzustellen.

»Jaydee, ich …«

Plötzlich durchfuhr mich ein heller, panikerfüllter Schrei. Diese Stimme kannte ich nur zu gut. Sie gehörte meiner besten Freundin.

»Violet.« Ich biss auf meine Lippen und presste die Augen zusammen, als könnte ich dadurch das Geräusch ausschließen. Das war schon das dritte Mal, dass sie schrie. Das dritte Mal, dass sich mein Herz vor Grauen zusammenzog und alles in mir danach brüllte, ihr zu helfen. Was taten sie nur mit ihr? Für was brauchten sie meine Fylgja?

Ein weiterer Schrei hallte durch die Mauern, gefolgt von der Bitte, endlich aufzuhören. Es schnürte mir die Kehle zu, sie so zu hören. Violet war immer die Stärkere von uns beiden gewesen, die Vernünftige, die, die wusste, was zu tun war. Sie war meine Beschützerin.

Erneut füllten sich meine Augen mit Tränen, mein Herz schlug wieder schneller, Jaydee keuchte, als ihn meine wiederaufkeimende Angst traf.

Wumms.

Er schlug wieder mit dem Kopf gegen die Wand.

Wumms.

Ich presste meine Wange gegen seine heiße Schulter und hielt es einfach aus.

Wumms.

Ich war in der Hölle.
Wumms.
Eindeutig.

2. Kapitel

»*Eia niakajahijaa, eia niakajahijaa, eia niakajahijaa …«*

Der monotone Singsang der beiden alten Frauen, gepaart mit dem rhythmischen Trommelschlag durch Rowan, lullte Bens Sinne ein. Die feuchtwarme Luft in der Hütte strich über seinen nackten Oberkörper. Der Schweiß rann Bens Schläfen hinab. Die Temperaturen waren aufgeheizt durch das Feuer in der Mitte und die sechs Personen in dem engen Raum.

Und das bei dreißig Grad im Schatten draußen. Auf solche Ideen konnten nur die Dowanhowee-Indianer kommen. Bens Großvater Abraham hatte ihm vorher erklärt, wie die Meditationssitzung ablaufen würde, doch ganz so anstrengend hatte er es sich nicht vorgestellt. Es war, als steckte er in einem Heißluftballon, umgeben von drückender, beißender Luft. Fast hatte er sogar das Gefühl, als würde er schweben. Oder war es eher ein Fallen? Genau konnte er es nicht deuten. Es war eine Art Schwerelosigkeit, ein Nicht-Mehr-Wahrnehmen des eigenen Körpers. Was seine Seele umgab, hatte sich aufgelöst und sein Innerstes entblößt. Er spürte weder seine Hose noch seine Beine, die er übereinander in den Schneidersitz geschlagen hatte, noch den Holzfußboden, auf dem er saß. Einzig die Worte seiner fünf Stammeskollegen und das Getrommel, dazu der süßliche Geruch des Räucherwerks, drangen noch zu ihm durch.

Neben dem Gespür für seinen Körper hatte er auch jegliches Zeitgefühl verloren. Er war in eine andere Ebene aufgestiegen und hatte die Barrieren seines menschlichen Seins hinter sich gelassen. Bald schon würden die Geister der Urahnen zu ihm kommen und ihm die Erleuchtung schenken. Sie würden ihm erklären, warum er so anders als die anderen war. Warum er gegen die Fähigkeiten der Seelenwächter und jegliche Magie immun war … Die alten Energien würden zu Ben sprechen und alle Fragen, die ihm durchs Hirn spukten, erklären können.

So ein Quatsch.

Ben zwang sich, die Augen weiter geschlossen zu halten. Diese ganze Prozedur dauerte nun schon länger, als ihm recht war, und er hatte auf dem Schreibtisch noch jede Menge Arbeit liegen. Eigentlich hatte er diesem Firlefanz nur zugestimmt, um seinem Großvater Abe einen Gefallen zu tun. Nach seinem Erlebnis mit den Seelenwächtern hatte Ben mit ihm telefoniert und ihm berichtet, was vorgefallen war. Er hatte es zumindest versucht, denn

Ben hatte versprochen, nichts über die Seelenwächter preiszugeben. So redete er um den heißen Brei herum, versuchte seinem Großvater zu erklären, dass Ben das Gefühl hatte, als stimmte etwas nicht mit ihm. Immerhin hatte sein Körper es geschafft, jedwede Zauberkraft der Seelenwächter abzublocken. Er hatte sogar ihren Heilsirup vertragen, den sie normalerweise keinem Menschen geben konnten. Abe hatte sich alles in Ruhe angehört – ohne neugierige Fragen zu stellen – und Ben gebeten, ins Reservat zu kommen, in dem sein Stamm lebte. Wobei der Begriff Reservat nicht ganz zutraf: Die Dowanhowee-Indianer wohnten am Rande von Riverside Springs an einer einsamen Bergstraße. Es waren exakt zwanzig Stammesmitglieder übrig, von denen zwei erst vor drei Monaten geboren worden waren. Alle anderen waren weggezogen, hatten geheiratet, die Blutlinie mit anderen vermischt. Außer Abes Leuten gab es niemanden mehr, der die alten Traditionen pflegte. Nach einer kleinen Diskussion mit Abe fand sich Ben also in dieser Hütte wieder. Halb bekleidet, umgeben von Räucherwerk, das er nicht näher definieren konnte und das ihm den Kopf vernebelte. Ein leichtes Kribbeln fuhr durch Bens Körpermitte, als versuchte irgendeine Energie, nach ihm zu greifen. Waren das vielleicht doch die Urahnen, von denen sein Großvater ihm erzählt hatte? Kamen die Geister seiner Familie, um sich mit ihm zu unterhalten?

Er wünschte es sich.

Wirklich.

Er *wollte* glauben, vor allem nach seinen Erlebnissen mit den Seelenwächtern. Immerhin hatte Ben am eigenen Leib die Magie gespürt, die sie wirkten. Er hatte sogar gegen Dämonen gekämpft, war verletzt und wiederbelebt worden, Herrgott, und trotzdem konnte sein Verstand nicht akzeptieren, dass all diese übernatürlichen Dinge direkt um ihn herum existierten. Es war zu abstrus. Diese ganze Meditationssitzung war abstrus. Wie sollten Geister reden können? Sie waren tot. Fertig. Auch wenn Abe ihm ausführlich erklärt hatte, dass keine Seele jemals richtig tot war und alles zurückkehren konnte.

Ben fokussierte sich wieder auf das Geschehen, versuchte seinen Verstand zurückzudrängen und das logische Denken nach hinten zu schieben.

»Eia niakajahijaa, eia niakajahijaa, eia niakajahijaa …«

Aja und Leoti hatten sich in Trance gesungen. Ihre Stimmen erschallten in völligem Gleichklang. Kraftvoll und herausfordernd. Ben hätte nie herausgehört, dass beide bereits über achtzig Jahre alt waren. Sie klangen so stark und jung, als stünden sie in der Blüte ihres Lebens. Wenn sie sich auf dieses Ritual einlassen konnten, warum dann nicht auch er?

Komm schon, Ben, streng dich an! Werde eins mit dem Trommeln, lass die Worte in dir wirken!

Öffne deine Seele*!*

Mach schon, verdammt!

Ben versuchte, sich dem Singsang hinzugeben und die Gedanken zu verscheuchen, die ihn davon abhielten.

Es ist ganz einfach.

Lass dich fallen.

Atme das Räucherzeugs ein.

Glaube.

Fühle.

Fühlst du schon?

Los! Jetzt!

Verdammt, ich muss pinkeln!

Er verlagerte sein Gewicht, um den Druck auf seiner Blase zu mildern.

Und ich werde Überstunden schieben müssen, bei all der Arbeit, die im Büro liegen bleibt, weil ich hier hocke und Indianer spiele!

Abe seufzte. »Dein Geist ist wie der Wind. Du musst ihn zügeln.«

»Ich versuche es. Ehrlich.«

»Dann höre auf, es zu versuchen. Lass es einfach zu.«

Einfach. Ja. Natürlich. Es war ganz einfach. Augen schließen, den Trommeln lauschen und zack, bum, bäng waren die Geister da und erklärten ihm, was nicht mit ihm stimmte.

»Benjamin«, sagte sein Großvater mit mehr Nachdruck, als müsse er einen ungehörigen Jungen rügen.

»Ich *will* es doch! Aber ich kann nicht.«

»Ich werde die alten Energien nicht mehr länger halten können«, mischte sich Hakan ein. »Sie werden nicht ewig warten.«

»Dann lass sie gehen«, sagte Abe. »Wir beenden die Anrufung.«

Wie aufs Stichwort hörte Rowan auf zu trommeln und Aja und Leoti verstummten, als hätte ihnen jemand den Saft abgedreht. Ben fühlte einen kalten Luftzug auf der Haut, als wäre die Tür geöffnet worden. Er drehte den Kopf, um nachzusehen. Sie war immer noch geschlossen.

»War es das?«, fragte er leise.

»Für den Moment«, sagte Abe.

»Es tut mir leid. Ich will wirklich.«

»Genau das ist das Problem«, sagte Abe und streckte seine Beine aus. Mit einem Mal war die Stimmung in der kleinen Hütte anders. Kälter. Selbst das Feuer schwächelte. Ben blickte sich um. Die beiden Frauen und die drei Männer saßen im Kreis um ihn herum, als verfolgten sie eine spannende Sendung im Fernsehen.

Vermutlich hatte sie nicht das gewünschte Ende.

Ben seufzte und sah zu Abe. Er war trotz seiner fünfundsiebzig Jahre ein stattlicher Mann und überragte Ben um fast einen Kopf. Seine grauen Haare trug er immer zu einem Pferdeschwanz gebunden. Sein Gesicht war wettergegerbt und gebräunt, genau wie seine Hände und sein Oberkörper. In einer geschmeidigen Bewegung stand er auf.

Die anderen taten es ihm gleich.

»Komm!« Abe streckte Ben die Hand hin, um ihm in die Höhe zu helfen. »Wir gehen frische Luft schnappen.«

»Ich danke euch«, sagte Ben in die Runde und verneigte sich. Aja und Leoti lächelten ihm zahnlos zu. Die beiden redeten nur das Nötigste und nur, wenn es etwas Wichtiges zu sagen gab. Da dies selten der Fall war, schwiegen sie meist. Rowan war mit seinen sechsunddreißig Jahren der Jüngste von allen. Auch er trug kein Shirt, seine rabenschwarzen Haare fielen ihm bis fast zu den Hüften. Er ließ Ben nicht aus den Augen, als warte er darauf, dass die alten Energien doch noch über ihn herfielen und mit ihm sprachen. Oder es war ein stummer Vorwurf, weil es nicht geklappt hatte. Rowan war den alten Geistern sehr zugetan und schätzte die Traditionen des Stammes. Vielleicht mehr als jeder andere hier im Raum.

Da niemand mehr etwas zu ihm sagte, folgte Ben Abe nach draußen. Ein Schwall frischer Luft traf auf seine nackte Haut. Obwohl die Sonne noch nicht einmal untergegangen war und die Temperatur sicherlich noch um die dreißig Grad lag, fröstelte ihn leicht. Er atmete tief ein und genoss diesen frisch-herben Duft, den er nur in den Bergen fand. Frei vom Smog der Stadt.

Abe legte eine Hand auf Bens Schulter. »Du hast dich gut geschlagen.«

»Danke, aber du musst mich nicht trösten, ich weiß, dass ich versagt habe.«

»Wir werden es noch mal versuchen.«

»Ich weiß nicht.« Ben lief zu seinem Land Rover, öffnete die Beifahrertür, fischte sein Shirt heraus und streifte es über. »Denkst du, das macht Sinn?

Vielleicht bin ich einfach nicht fähig dazu.« Die Dienstwaffe und die Marke ließ er auf dem Sitz, die würde er später anlegen. Sein Handy sollte er jedoch gleich checken. Er beugte sich zum Armaturenbrett und nahm es an sich: acht Anrufe in Abwesenheit, alle von Kate. Na großartig. So schnell konnte einen die Realität wieder einholen. Ben hatte seiner Partnerin erzählt, dass er für einige Stunden nicht erreichbar war, doch offenkundig hatte es sie nicht interessiert. »Vielleicht gibt es keine Erklärung für meine Andersartigkeit.«

Abe lehnte sich an den Wagen und beobachtete Ben aufmerksam. »Keine Frage wird je unbeantwortet bleiben, denn das Eine kann ohne das Andere nicht sein. Genauso wenig wie der Tag ohne die Nacht. Hab Vertrauen – und folge deinem Gefühl.«

Ben war sich manchmal nicht sicher, ob sein Großvater diese Sprüche einfach nur zum Besten gab, weil es dem Klischee des Häuptlings eines Indianerstammes entsprach. »Wenn du es sagst.«

Abe trat näher an Ben heran. »Du wirst finden, wonach du suchst.«

»Es tut mir leid, dass ich dir nicht mehr über diese ganze Sache erzählen kann.« Aber dann müsste er die Seelenwächter verraten.

»Das ist nicht nötig. Die alten Energien wissen, was du brauchst. Sobald du dich ihnen anvertraust, werden sie zu dir sprechen.«

»Gab es schon mal jemanden in unserem Stamm, der … der besondere Fähigkeiten hatte? Irgendjemand, der anders war als andere Menschen?«

Abe grinste und entblößte dabei die Zahnlücke oben. »Niemand aus unserem Stamm ist wie andere Menschen. Jeder trägt seine eigene Magie im Herzen.«

Also waren noch mehr wie Ben? Waren die anderen auch immun gegen die Kräfte der Seelenwächter? Er hätte so gerne danach gefragt, so gerne mehr Antworten erhalten – aber wie, wenn er nichts verraten durfte?

»War es bei meinem Vater so?« Dylan war der Sohn von Abe, nur leider hatten sie sich vor über drei Jahrzehnten zerstritten. Dylan hatte schließlich eine kanadische Frau in Riverside geheiratet und dem Stamm den Rücken gekehrt. Wenige Jahre später war er an einem Herzinfarkt gestorben und hatte Ben und Marissa zurückgelassen. Sie war es gewesen, die Ben schließlich mit Abe und dem Stamm bekannt gemacht hatte. Sie meinte, dass er wenigstens seine Ahnen kennen sollte, auch wenn Dylan nichts mit ihnen zu tun haben wollte. Als Kind war Ben häufig hier oben in den Bergen gewesen und hatte einige Wochenenden bei Abe verbracht. Sie waren zusammen ausgeritten oder mit dem Kanu die Flüsse entlanggepaddelt. Obwohl sie so ein gutes Verhältnis hatten, sprach Abe nie über seinen Sohn, und wenn Ben nach seinem Vater fragte, erntete er nur Schweigen. So waren die Dowanhowees. Das Läuten seines Handys riss ihn aus den Gedanken. Es war Kate. Schon wieder.

»Ich muss da ran. Die Arbeit ruft.«

Abe nickte, drehte um und ging wortlos davon. Ohne Abschied oder sonst etwas, aber Ben war das gewohnt. Er seufzte, lehnte sich gegen die Motorhaube und nahm das Gespräch an. »Hey, Kate. Was ist denn so dringend?«

»Endlich! Wo warst du denn?«

»Ich habe dir doch gesagt, dass ich für ein paar Stunden nicht erreichbar bin.«

»Ja, aber du kannst wenigstens an dein Telefon! Du bist Detective!«

Was in ihren Augen gleichbedeutend war mit: *stets im Dienst.* »Schieß schon los. Was steht an?«

»Hier ist eine Frau. Sie will dich unbedingt sprechen. Ihre Name ist Vivian Blair.«

»Kenn ich nicht.«

»Sie meinte, sie hat Informationen über Calliope Jessamine Harris. Das ist doch die Verdächtige im Shoemaker-Mord, die spurlos verschwunden ist.«

»Sie ist keine Verdächtige mehr …« Und sie war nicht verschwunden. Ben wusste von Jaydee, dass Jess bei ihnen in Arizona lebte und von einer Dämonin Namens Joanne hereingelegt worden war. Außerdem hatte sich die Akte zu dem Shoemaker-Mord auf magische Weise verändert. Die Fingerabdrücke, die sie auf der Mordwaffe gefunden hatten, stimmten auf einmal nicht mehr mit denen von Jessamine Harris überein. Die Forensik konnte sich diesen Patzer nicht erklären, Ben schon. Einer von Jaydees Leuten war dagewesen und hatte die Akte manipuliert, damit Jess entlastet war. »… außerdem war das Marks Fall gewesen, nicht meiner.«

»Der, wie du ja weißt, noch im Urlaub ist. Diese Vivian Blair lässt sich nicht abwimmeln und sie möchte nur mit dir sprechen.«

Prima. Die waren Ben am liebsten. Er nahm das Handy kurz vom Ohr, um zu checken, wie spät es war. »Also gut. Ich bin gegen neun da.«

»Schön, nur bitte ras nicht so.«

»Jawohl, Mutter.«

»Ich sag's nur. Seit deinem Einsatz bei der Kirche bist du mir etwas zu leichtsinnig unterwegs. Gehst du eigentlich zum Psychiater?«

»Müssen wir wirklich jetzt darüber sprechen?« Es war Pflicht für jeden Polizisten, mindestens fünf Sitzungen beim Psychiater abzulegen, nachdem man in eine Schießerei verwickelt war oder verletzt wurde. Ben hatte bereits zwei Stunden hinter sich gebracht und versuchte, sich dabei so unauffällig wie möglich zu benehmen. Vermutlich war das genau das Verhalten, auf das diese Psychodocs am meisten achteten.

»Du wirst mir nicht ewig entkommen, Walker«, sagte Kate. »Wir reden noch darüber.«

»Wenn es sein muss. Also bis gleich.« Ben beendete das Gespräch und blickte in die untergehende Sonne. Der Blick von hier oben über Riverside Springs war fantastisch. Die Stadt lag ruhig und friedlich unter ihm. *Meine* Stadt. Er war nur einer von vielen Polizisten, die über sie wachten, aber Ben hatte ein starkes Zugehörigkeitsgefühl zu diesem Ort, auch wenn hier mitunter verrückte Dinge geschahen.

Er riss sich von dem Anblick los und stieg in seinen Wagen. *Dann wollen wir uns mal die Geschichte von dieser Vivian Blair anhören.* Ein Stechen breitete sich in seiner Magengegend aus. Vielleicht kam es von dem Erlebnis eben, oder es waren die Nachwirkungen des Räucherwerks. Ben war sich nicht sicher, ob alle Zutaten auch legal erhältlich waren.

»Oder es sind die alten Energien, die mit mir sprechen möchten.« Er startete den Motor und schüttelte den Kopf. *Sehr gut.* Jetzt führte er schon Selbstgespräche. Er brauchte dringend eine Beschäftigung. Arbeit war genau das Richtige.

Ben trat aufs Gas und rauschte zurück in die Stadt.

3. Kapitel

H*ör auf, hör auf, hör auf … bitte,* hör auf!

Violet konnte sich nicht erinnern, wann sie jemals derartige Schmerzen ertragen musste. Es fühlte sich an, als bohrte jemand ihren Kopf auf und stocherte mit einem glühenden Draht in ihrem Gehirn herum.

Sie lag auf einem steinernen Altar in einer alten Krypta. Es roch modrig mit einer leichten Unternote von Weihrauch und Kerzenwachs. Das Licht war gedämpft, nur die Fackeln und Kerzen erleuchteten das Innere und ließen schemenhafte Schatten an der Wand tanzen.

Ralf hatte ihr ein weißes Kleid angezogen, etwas »Unbeflecktes«, wie er es nannte, und ihre Arme und Beine mit Ketten arretiert. So zusammengeschnürt konnte sie unmöglich teleportieren, doch sie würde sowieso nicht fliehen. Nicht ohne Jess, und die war ganz in der Nähe. Violet fühlte die Präsenz ihres Schützlings so intensiv, als würde sie neben ihr stehen.

Es brachte nur nichts. In ihrem jetzigen Zustand konnte Violet ihr unmöglich helfen. Das einzige, was sie tun konnte, war bei Bewusstsein zu bleiben. Denn sollte sie wegdriften, würde auch der Schutz, den sie über Jess' Aura ausdehnte, erlöschen – und Jess stünde auf dem Präsentierteller. Und wohin das führte, hatten sie ja schon erlebt, als Jess das Ritual in der Kirche durchgeführt hatte und kurz danach Coco aufgetaucht war. Violet hatte nach wie vor keine Ahnung, welche Pläne Coco mit Jess hatte, es spielte für sie auch keine Rolle. Die Aufgabe einer Fylgja war klar definiert: Beschütze deinen Menschen. Das würde sie, indem sie bei Sinnen blieb. Doch mit jeder Minute, die verstrich, fiel es ihr schwerer. Der kalte Stein hatte ihren Körper steif gemacht. Ihre Muskeln fühlten sich taub und dumpf an. Sie hatte Probleme beim Atmen, beim Schlucken, selbst ihre Sehkraft schien schlechter zu werden.

Ralf senkte die Widdermaske noch ein Stück tiefer auf ihr Gesicht. Violet sah nur noch das metallene Innere und die beiden Löcher, die als Augenhöhlen dienten. Und was waren das für kleine Stäbe, die auf der Innenseite herausstanden? Widerhaken? Sobald die Maske Violets Gesicht berührte, würden sich die spitzen Enden in ihre Haut bohren. Einige davon waren so angeordnet, dass sie direkt um ihre Augenhöhle eindringen würden. Es würde schmerzhaft, wenn sie die Maske tragen musste, keine Frage. Zudem war die Energie, die von dem Silber und Gold ausging, niederschmetternd.

Violet spürte die Kraft des Bösen darin wirken. Es drang bis in ihre Zellen, brachte ihr Blut zum Kochen und ihr Herz zum Beben. Dabei hatte das Metall noch nicht einmal ihre Haut berührt.

»Ganz ruhig, meine kleine Fylgja. Ich will nur sehen, ob dir die Maske passen wird. Sobald der Emuxor deinen Körper übernommen hat, wirst du sowieso keine Schmerzen mehr haben. Bis dahin allerdings …« Ralf zog die Maske zurück. Die Energie schwand, der Druck in Violets Schädel ebenfalls. » ... wirst du es leider aushalten müssen.«

»Emuxor.« Was meinte er nur damit? Ralf redete schon die ganze Zeit davon. Violet hatte den Begriff noch nie zuvor gehört.

»Bald, kleine Fylgja. Bald.« Er strich ihr eine verschwitzte Haarsträhne aus dem Gesicht. Violet drehte den Kopf weg, um der Berührung zu entgehen.

Ralf zog seine Hand zurück. »Ich kann deinen Groll verstehen, wirklich.« Er hatte sich ebenfalls eine Robe übergezogen. Sie war aus einem samtroten Stoff mit dem Widderwappen auf dem Rücken, welches William ihnen damals in der Bibliothek gezeigt hatte. Das Wappen seiner früheren Familie. »Und ich entschuldige mich bei dir. Es schmerzt mich, einem so wunderschönen übernatürlichem Wesen wie dir so etwas antun zu müssen, du bist die einzige, die dieses Ritual überstehen kann. Ein Körper, der nicht stirbt, solange der Schützling lebt. Absolut perfekt.«

Also werden sie Jess nichts antun. Das war schon mal eine gute Nachricht.

Als hätte Ralf ihre Gedanken erraten, lächelte er. »Immer in Sorge um den Schützling, nicht wahr?« Er ließ sich auf der Kante des Altars nieder. »Du kannst beruhigt sein, ihr wird in der Tat nichts geschehen, wobei ich mir nicht so sicher bin, ob sie gerade so glücklich über ihre Situation ist. Ich persönlich hätte sie dort gelassen, wo sie war, aber ich wollte Joanne nicht den Spaß verderben. Gute Mitarbeiter bekommen ihren Bonus, und Jaydee ist ihre Belohnung. Sie darf so lange mit ihm spielen, wie sie es für richtig hält. Für Jess ist es jetzt nur ein wenig dumm, dass sie mit hineingezogen wird, aber so ist das nun mal im Leben.«

»Was habt ihr mit ihr vor? Was willst du von uns?« Wusste Ralf von Jess' außergewöhnlicher Aura und ihrer Herkunft?

»Immer diese Fragen. Mein Bruder hat mich ebenfalls gelöchert.« Er blickte auf die Maske in seiner Hand und strich liebevoll über das Metall. »Ihr müsst alle mehr Geduld haben.«

Ralf stand wieder auf und lief zu einem kleineren Tisch, der einige Meter entfernt vom Altar stand. Darauf lagen verschiedene Utensilien. Violet konnte nicht viel erkennen, doch eines davon sah aus wie die Haare der Undine, die William und die anderen geholt hatten.

Ralf legte die Maske zur Seite; so behutsam und vorsichtig, als wäre sie aus Glas, obwohl sie aus festem Metall bestand. »Gehen wir zur nächsten Phase über.«

Violet scannte die Krypta mit den Augen ab, ohne zu wissen, was sie tun könnte, um sich zu befreien. Ihre Füße zeigten auf einen schmalen Durchlass mit einer Treppe, die nach oben führte. Ansonsten war nichts Besonderes in dem Raum. Links waren einige Nischen mit verkalkten Aufschriften, die zum Großteil herausgebrochen waren. Vermutlich waren dort die Gräber angelegt.

Ralf nahm ein kleines Messer, das ebenfalls auf dem Tisch lag, und schnitt sich damit in die Handinnenfläche. Er zischte kurz vor Schmerz und hielt die Klinge über die Maske, damit das Blut, das an der Schneide haftete, auf sie tropfen konnte. Auch auf dem Messer war das Familienwappen zu erkennen. Vermutlich war es die gleiche Waffe, die William erst nach Neuseeland und schließlich hierher nach Schottland geführt hatte.

»Wo ist William?«, fragte sie.

»Schläft. Er hatte etwas Nachholbedarf, aber der wird schon wieder. Endlich sind wir vereint. Blutsbrüder im Dienste der Magie.« Ralf beobachtete voller Faszination einen Blutstropfen, der von der Klinge auf die Maske fiel. Das Metall vibrierte, ein tiefes Grollen ging durch die Höhle. Die Wände wackelten wie bei einem Erdbeben, kleine Steine bröckelten herab.

Ralf lachte leise und sah nach oben. »Ist es nicht herrlich, wenn die alte Magie zum Leben erweckt wird? Das Werk meines Vaters wird vollendet. Nach all den Jahren.« Er strich über die Hörner aus Gold. »Diese Maske ist sein Meisterwerk. Der perfekte Widderschädel. Absolut symmetrisch geformt. Als das Tier geboren wurde, zog Vater den Widder vier Jahre lang mit äußerster Sorgfalt auf, bis er ihn schließlich in einem heiligen Ritual schlachtete, das rohe Herz aß und das Blut bis auf den letzten Tropfen trank. Vater schwärmte noch Monate später von der Wirkung des Rituals auf seinen Körper. Was hätte ich darum gegeben, auch davon zu kosten, doch ich war erst zehn und noch zu jung gewesen. Am Ende diente der Schädel des Widders als Vorlage für diese Maske. Geformt von dem reinsten Tier, das je geboren wurde. Ein Tier, das die Stärke besitzt, dem Feuer zu trotzen. Widder werden so oft unterschätzt, wusstest du das? Dabei sind sie fantastisch: Athamas und das goldene Vlies, das Sternzeichen, das durch ihn erschaffen wurde; in Ägypten gab es sogar widderkopfartige Gottheiten, Chnum und Amun. Erkennst du die Genialität hinter allem, Fylgja? Diese Maske ist die perfekte Verbindung für den Emuxor. Durch die Kraft des Tieres kann er auf der Erde gehalten werden, und ich werde derjenige sein, der ihn erweckt. Wie der Götterbote Agni werde ich mit dem Emuxor durch die Welt reisen, und sein reinigendes Feuer wird alle von Kummer und Sorgen erlösen.«

Dieser Mann war verrückt. Ganz eindeutig. Violet kannte die Anzeichen dafür, sie hatte es schon öfter bei Menschen gesehen, die Wahnvorstellungen erlegen waren. Als Fylgja hatte sie sogar häufig auf solche Leute aufgepasst, denn oftmals glaubten sie, Dämonen wären ihnen auf den Fersen, was meistens nicht der Fall war.

Bedauerlicherweise war genau diese Sorte Mensch am gefährlichsten.

Ralf legte das Messer zur Seite und griff nach einem Gegenstand auf dem Tisch. Es war die Kralle eines Tieres. Sah aus wie von einem Dinosaurier.

»Wendigos«, sagte Ralf. »Verbunden mit der Erde, mit einem Herzen aus Eis. Bist du mal einem begegnet? Sind ganz wundervolle Geschöpfe.«

»Nein.« Sie hätte auch schweigen können, aber solange sie mit Ralf sprach, dauerte alles länger.

»Es war übrigens sehr nett von euch, mir nicht nur die Locke der Undine zu besorgen, sondern auch die Greiffeder. Ich muss sagen: Es hat sich als Glücksgriff herausgestellt, dass Joanne im Park auf Jaydee getroffen ist. Irgendwie habe ich das Gefühl, dass an dem Fleckchen Natur viele Fäden zusammenlaufen. Kennst du das? Es gibt Orte auf dieser Welt, die einfach ein Magnet für wichtige Ereignisse sind. Ich glaube, der Park mitsamt der Kirche ist einer davon.«

»Wie meinst du das?«

Ralf drehte sich zu ihr und lächelte. »Das wirst du schon sehr bald sehen. Kannst du mir eigentlich mehr von Jaydee erzählen? Es ist so unglaublich schwer, Details über ihn zu erfahren. Nicht mal mein Bruder konnte mir viel Nützliches sagen, bis auf die kleine Tatsache, dass er heftige Probleme mit Jess hat.«

»Nein. Ich weiß nichts. Ich habe ihn erst kennengelernt.« Was bei allen Göttern hatten sie mit Jess und Jaydee getan? Violet ahnte Schreckliches, weigerte sich aber, diesen Gedanken zuzulassen.

»Hm.« Ralf tippte sich mit der Kralle ans Kinn. »Das kann sich jetzt ja ändern. Joanne wird ihn schon zum Reden bringen.« Er drehte sich zurück an den Tisch. »Weißt du, es macht mich ein wenig traurig, dass mein Bruder das nicht miterlebt. Aber so war das schon immer: Er hat stets gefehlt, wenn es lustig wurde. Hättest ihn mal früher erleben sollen, wenn wir Feste in der Burg feierten. Wir soffen und vögelten und hatten die ganze Nacht Spaß. Nur William nicht. Er mied diese Partys wie der Teufel das Weihwasser und saß lieber in seiner Kapelle zum Beten. Nichtsnutziger Hokuspokus. Sein, ach so geliebter, Gott taugt überhaupt nichts. Er konnte weder seine Frau noch seine Tochter retten. Ich hatte gehofft, William würde das einsehen und erkennen, dass er den falschen Energien huldigte, aber das tat er nicht. Stattdessen hat er sich den Seelenwächtern angeschlossen.«

»Und er ist sehr gut dabei.«

Ralf gab einen gepressten Laut von sich. »Dass ich nicht lache. Weder er noch die anderen konnten mich aufhalten, und sie werden es auch in Zukunft nicht schaffen. Wo sind sie jetzt? Hm? Siehst du einen von ihnen? Kommt irgendeiner zur Rettung? Einen Scheiß tun sie! Weil sie unfähig sind; weil sie zu fair spielen. Dabei könnten sie mit der Macht, die sie besitzen, die Welt erobern!«

Violet schloss kurz die Augen. Um Ralf stand es noch schlimmer, als sie angenommen hatte. Er war größenwahnsinnig. Vielleicht lag es an dem Mischstadium, in dem er sich befand. Gefangen in einem Körper, der zur Hälfte verbrannt war. Wie viel konnte der menschliche Geist ertragen, bevor er verrückt wurde?

»Aber all das wird bald mir gehören. Ilai Malachai wird mir die Macht geben, die mir zusteht, und dann kann mich nichts mehr aufhalten.«

»Ilai wird das niemals …«

Ralf lachte wieder. Dieses Mal war es ein verrücktes, irres Lachen. »Er hat überhaupt keine andere Wahl, meine liebe Fylgja. Während er zu Hause gemütlich ein Nickerchen hält, wirkt mein Zauber in ihm weiter. Er wird seinen Körper anzapfen und mir die Magie liefern, die ich benötige, um mein Werk zu vollenden. Und Ilai kann überhaupt gar nichts tun, um mich aufzuhalten. Wie auch? Erst hole ich mir Ilai und dann den Rest der Bande. Sie werden mir die Macht der vier Elemente quasi schenken.«

»Wie kann man nur so grausam sein?«

»War das eine ernstgemeinte Frage oder eine rhetorische?«

»Niemand hat dir etwas getan. Anna oder Akil oder Jess. Du quälst Unschuldige!«

»Tja, so ist das manchmal. Das Feuer hat auch keine Rücksicht darauf genommen, als es meinen halben Körper zerfressen hat. Ich habe ihm nichts getan, und es hat sich trotzdem an mir ausgelassen.«

»Das kannst du doch nicht miteinander vergleichen. Feuer ist Feuer. Wenn du in die Flammen fasst, wirst du dich verbrennen.«

»Mein Bruder ist nicht daran verbrannt!« Ralf schrie so laut, dass sich seine Stimme in der Krypta verfing und echote. »Dieser nichtsnutzige Bastard hat sich ihm genauso hingegeben und ist als Seelenwächter wiederauferstanden. Mit einer Macht und Magie im Körper, die er nicht verdient hat. Ich sollte sie besitzen! Nicht er!« Geifer troff von Ralfs Kinn. Violet spürte, dass sie sich mit diesem Thema auf sehr dünnes Eis begab.

»Egal!« Ralf atmete durch. »Lass uns weitermachen. Wir haben noch einiges vor.« Er legte die Wendigokralle in eine Schale und bedeckte diese. Dann hielt er beide Hände flach darüber und murmelte Worte, die Violet nicht verstand. Es klang nach einem Zauber. Eine Beschwörung vielleicht?

Nach kurzer Zeit nahm er den Deckel von dem Gefäß und schüttete den Inhalt in eine zweite Schale. Die Kralle war zu einem kristallinen Pulver zerfallen. Er tippte mit dem Daumen auf das Pulver und verteilte es behutsam auf der Stirn der Widdermaske. Ein weiteres Grollen ging durch die Höhle, als würde er ein wildes Tier damit füttern. Erneut bebte die Erde, es bildeten sich feine Risse in der Wand, die sich bis an die gewölbte Decke hinaufzogen. Violet war sich nicht sicher, ob das Gestein halten würde.

Ralf machte unbeeindruckt weiter, als würde er das Beben gar nicht wahrnehmen.

Als Nächstes waren die Haare der Undine dran. Auch sie landeten erst in dem Gefäß und wurden durch Ralfs Zauber anschließend zu Pulver zermahlen. Als Ralf die rechte Wange der Maske bestrich, grollte die Erde von Neuem. Er blickte auf und sah sich in der Krypta um. »Hab keine Angst, Fylgja. Die Wände werden halten. Ich habe diesen Platz bereits vor Jahren sehr sorgfältig ausgewählt und alles genau geprüft. Sie können die Energien tragen, die ich heraufbeschwöre.«

»Ich habe keine Angst.« Zumindest nicht davor, dass die Wände einstürzen könnten. Im besten Fall konnte sie sich dadurch sogar befreien.

Ralf lachte leise. »Das wirst du noch. Sobald ich die Maske mit allen vier Elementen bestrichen habe, darfst du sie aufsetzen. Und dieses Mal richtig.«

Violets Magen zog sich zusammen bei dem Gedanken daran. Ralf machte unbeirrt weiter, nahm das Blut und schüttete es ebenfalls um. Blieb nur noch die Feder, dann war er fertig. Also nur noch ein paar Minuten, bevor das Ding auf ihrem Kopf landen würde. Sie prüfte erneut ihre Fesseln, vielleicht lösten sie sich durch das Erdbeben. Violet zog und zerrte, mit aller Kraft, die sie hatte. Doch sie saßen bombenfest.

Ralf hatte an alles gedacht.

Sie war ihm hilflos ausgeliefert.

4. Kapitel

Jaydee

Ich bringe sie um!

Das war alles, woran ich noch denken konnte. Mein Geist war gefüllt mit Hass, mein Körper glühte innerlich und äußerlich. Ich befand mich auf einer Berg- und Talfahrt ohne erkennbares Ende in einem Tempo, das mir den Atem raubte.

Jess' Gefühle hatten mich übernommen. Ihre Angst, ihr Leid, ihre Sorge, ihre Zuneigung – alles hatte sie auf mich abgewälzt, und ich wusste einfach nicht, wie ich damit umgehen sollte. Die letzten Emotionen, die sie mir geschickt hatte, waren anders gewesen. Sie waren voller Liebe, voller Wärme gewesen. Wohltuend. Dennoch konnte ich sie kaum aushalten. Mir war klar, dass sie in schönen Erinnerungen grub und gute Gefühle wecken wollte, doch das machte es nur schlimmer. Der Jäger duldete diese Art von Emotion nicht. Er wollte alles Positive in mir zerstören und er würde nicht aufhören, bis er sein Werk vollendet hatte. So hörte ich mich Dinge sagen, die ich nicht sagen wollte, hatte Gewaltfantasien, die ich mir in den wildesten Träumen nie ausgemalt hätte. Ich steckte in einem grotesken, abscheulichen Stadium zwischen meiner eigenen Rohheit und der Moral. Jess war schlichtweg zu intensiv für mich, und ich musste das beenden. Jetzt gleich, sonst würde ich daran zugrunde gehen.

Die Fylgja schrie ein weiteres Mal. Jess zuckte zusammen und keuchte leise. Eine Woge aus Angst traf mich. Mittlerweile spürte ich sie bereits einige Sekunden, bevor sie mich erreichte. In einem letzten Versuch, sie abzuwehren, riss ich meine inneren Schutzmauern hoch. Doch alle Übungen, die ich je gelernt, jede Konzentration, die ich mir je erarbeitet hatte, gingen einfach in ihren Emotionen flöten. Davongespült wie ein brüchiger Staudamm.

Zum hundertsten Mal donnerte ich mit dem Hinterkopf gegen die Wand. Versuchte, mir so etwas Erleichterung zu verschaffen, aber der Schmerz lenkte mich nur kurzzeitig ab. Meine Haare waren feucht vom Blut. Es rann an meinem Nacken hinab, über meinen Rücken. Die Wunde würde sich binnen Sekunden schließen, der Schmerz abebben. Und Jess' Angst würde in mir nachhallen. So lief das bereits seit Stunden, und es gab nichts, was ich dagegen tun konnte, keinen Weg, wie ich dieser Hölle entfliehen konnte.

Joanne hatte wirklich alle Register gezogen, um mich zu erledigen.

Auf einmal ging ein tiefes Grollen durch die Höhle, wie bei einem Erdbeben. Jess schrie abgehackt. Ich lauschte. Das gleiche Grollen war bereits zuvor aufgetreten, aber jetzt war es noch eine Nuance stärker. Steine bröckelten von der Wand und der Decke. Ich blickte nach links, so weit ich es mit der Manschette um den Hals konnte. Ein langer Riss zog sich von der Decke bis nach unten auf den Boden, direkt unter meinem Arm entlang.

Ich ruckte an den Fesseln. Erst geschah nichts, doch ich versuchte es erneut, obwohl ein Fünkchen Verstand in mir mich aufforderte, es sein zu lassen. Ich durfte unter keinen Umständen freikommen, denn dann wäre sie erledigt.

Ohne mein willentliches Zutun versuchte ich es noch mal.

Und noch mal.

»Was machst du?«, fragte Jess.

»Halt die Klappe.«

Ein weiteres Rucken.

Jess verlagerte ihr Gewicht von einem Bein auf das andere. Ihre Nervosität stieg, genau wie meine.

»Jaydee.«

Noch ein Rucken.

Und noch eins.

Und …

… sie gaben nach!

Nur wenige Zentimeter, aber wenn ich weiter zerrte, könnte es gut sein, dass ich meinen Arm befreien konnte. Und hätte ich erst mal einen draußen, würde ich den Rest auch schaffen.

»Kommst du etwa frei?«, fragte Jess leise.

Ich ignorierte sie und ruckte erneut an den Fesseln.

»Jaydee?« Sie klang besorgter. Sie wusste, was geschehen würde, wenn es soweit war.

Ein weiteres Rucken, sie gaben noch einen Zentimeter nach, und während ich zog und zerrte, betete ich gleichzeitig, dass diese scheiß Dinger halten würden.

Du Narr! Du elender, dummer, schwacher Narr!

Ein Lachen entwich meiner Kehle. Fremdartig und rau und nicht von mir. Die Euphorie in mir stieg, ich konnte schon fühlen, wie sich meine Hände um Jess' Kehlkopf legten und zudrückten.

Hör auf damit!

Noch ein Ruck.

Noch ein Stück.

Mit jedem Lösen der Fesseln flackerten weitere Bilder in mir auf. Gute Bilder, abscheuliche Bilder. Ich saß auf Jess, meine Hand an ihrer Kehle, ihre Augen weit aufgerissen vor Angst, während ich das Leben aus ihr quetschte und ihren verfluchten Emotionen endlich ein Ende setzte. Und mit jedem weiteren Lösen der Fesseln wuchs meine Vorfreude und ich verlor mehr von meinem Verstand.

Ich ruckte ein weiteres Mal an meinen Fesseln.

Es war falsch, das zu tun. Ich sollte damit aufhören, ich musste es, verdammt – aber ich konnte einfach nicht. Meine Arme bewegten sich selbstständig, ich war wie ein Roboter, der außer Kontrolle geriet.

Mit dem nächsten Ruck rutschten sie wieder einige Zentimeter. Der Gedanke an die Freiheit trieb mich an und hielt mich gleichzeitig zurück. Ich sollte sie beschützen, sie vor allem Unheil der Welt fernhalten. Ich wollte, dass sie sicher war. Vor mir, vor Joanne, vor den Dämonen.

Ruck. Wieder ein Stück geschafft.

Ich wollte sie leiden lassen.

Ich wollte meine Finger in ihren Brustkorb bohren und ihr bei lebendigem Leib das Herz herausreißen.

Ich wollte ihr Blut riechen.

Noch ein Ruck. Noch ein paar Zentimeter.

Ich wollte sie vor Schmerzen schreien hören.

Und ich wollte es genießen.

Jede.einzelne.beschissene.Sekunde.davon.

Ich stöhnte auf, schlug meinen Kopf gegen die Wand, um mir so vielleicht mehr Verstand einzuhämmern, aber es half nichts.

Ein Beben folgte, und das war wie ein Startschuss hinein in den Blutrausch. Mit einem letzten Ziehen konnte ich meinen linken Arm mitsamt der Fessel aus der Mauer reißen. Jess schrie auf, eine weitere Woge aus Panik traf mich, ließ mich kurz zögern.

Da sie an mich gekettet war, hatte sie nun ebenfalls einen Arm frei. Sie drehte den Kopf und blickte voller Entsetzen auf das Loch in der Wand. Bevor sie einen weiteren Mucks machen konnte, lagen meine Finger bereits an ihrer Kehle. Sie japste, griff an mein Handgelenk und versuchte, sich zu befreien.

»Vergiss es«, zischte ich und drückte fester zu. Es war berauschend und gleichzeitig ekelerregend. Doch ich konnte mich einfach nicht davon abhalten. Ich *wollte* es, versuchte meinen Fingern den Befehl zu schicken, loszulassen, aber sie gehorchten einfach nicht.

Sie hustete, würgte, ich fühlte ihren Puls unter meiner Haut hämmern.

Auf einmal ließ sie von meiner Hand ab und stach mir ihre Finger in die Augen.

Fest.

Miststück.

Das musste ihr Akil gezeigt haben, denn von mir hatte sie das sicherlich nicht. Ich drehte den Kopf weg und blinzelte gegen die aufkommenden Tränen. Mein Griff um ihre Kehle lockerte sich. Jess nutzte ihre Chance und wand ihren Oberkörper, bis meine Finger von ihrem Hals glitten. Die Manschette um ihren Körper lockerte sich und gab ihr mehr Freiraum. Durch das bröcklige Gestein an der Wand brach noch ein Stück Felsen heraus und damit unser beider Fußfesseln. Jess reagierte blitzschnell, hob ihr Knie und trat mir mitten in den Schritt.

Ich knurrte vor Zorn und Schmerz. Auch das musste sie von Akil haben. Meine Wut wuchs. Nicht nur auf Jess, auch auf ihn. Auf alle! Jetzt, da der Jäger einen Ausweg aus diesem Kabuff sah, wurde er noch stärker. Mein Verstand trat zurück, machte den niederen Instinkten Platz und ließ die Kraft heraus, die in mir schlummerte. Ich ruckte an meinen Fesseln, die Wand platzte weiter auf, Steine regneten herab, die Ketten verloren ihren Halt, genau wie Jess und ich. Wir torkelten beide nach vorne, als wir auf einmal nicht mehr gehalten wurden.

Sie versuchte, auf den Beinen zu bleiben und Richtung Tür zu rennen, doch ich war bereits auf ihr, bevor sie nur den Fuß heben konnte, und schleuderte sie rücklings auf den Boden. Ihre Arme zerrte ich nach oben über ihren Kopf und hielt sie mit einer Hand an den Fesseln fest, die noch um ihre Gelenke baumelten. Sie trat mich in den Rücken. Ich legte meine Beine auf ihre und fixierte sie so.

Ihre Emotionen waren aufgeputscht, drangen weiter ungefiltert in mich ein und fütterten mich. Normalerweise hätte ich von ihr abgelassen, um den Strom aus Gefühlen abzustellen, aber mein logisches Denken war ausgeschaltet und ich wollte nur noch eines: Mich ihrer endlich entledigen.

»Jaydee, bitte nicht. Du willst das nicht.«

»Wenn du wüsstest.« Mit der freien Hand schlang ich einmal die Kette, die noch an meinem Handgelenk baumelte, um ihren Hals und zog sie in der Mitte zusammen.

Jess japste nach Luft.

Oh ja, bitte mehr davon.

Es klang wie Musik in meinen Ohren und erfüllte mich mit einer tiefen Befriedigung. Ich beugte mich weiter nach vorne, damit ich sie besser riechen konnte, ihr näher sein konnte, wenn sie ihr Leben aushauchte und ich kein Detail verpassen würde.

Sie erwiderte meinen Blick. Ihre Pupillen waren starr vor Schreck, Tränen rannen ihre Wangen hinab. Das war sogar noch besser als in meiner Fantasie.

Hör auf, hör auf, hör auf, dachte ich, doch die Worte aus meinem Mund waren andere: »Denkst du immer noch, ich will das nicht?« Ich nahm einen tiefen Atemzug. »Willst du immer noch das Gute in mir sehen, mir helfen? Hast du *jetzt* noch gute Gefühle für mich?« Die Angst quoll aus jeder ihrer Poren, erfüllte die Luft und meine Seele. Für eine Sekunde übernahm sie mich wieder, doch der Jäger zwängte sie auf die Seite und forderte mich auf, es endlich zu beenden.

Das darfst du nicht, flackerte noch einmal in mir hoch. *Töte keinen Menschen. Töte nicht sie.* Aber meine Instinkte, mein Körper, waren stärker als ich. Das Tier brauchte Nahrung, und hier lag sie und wartete darauf, verspeist zu werden. Ich drehte noch einmal an der Kette. Jess röchelte, versuchte ihren Oberkörper zu winden. Ihr Herz hämmerte wild in ihrer Brust. Ich hörte sogar das Blut durch ihre Adern rauschen und sich in ihrem Kopf stauen. Ihre Augäpfel traten hervor, die Äderchen platzten, ihre Nasenflügel bebten.

Ich sog den Anblick in mir auf, speicherte alles genau ab, damit ich es für immer in Erinnerung behalten konnte.

In meinem Kopf spielten die Gedanken verrückt. Ich biss hart den Kiefer aufeinander. Mit jeder weiteren Sekunde wurden ihre Gefühle schwächer. Mit jedem weiteren Drehen meiner Kette wich das Leben aus ihr. Endlich konnte ich sie berühren, ohne die Flut an Emotionen abzubekommen, denn es wären gleich keine mehr da, die sie aussenden konnte.

Sie öffnete die Lippen, versuchte noch etwas zu sagen, aber es ging nicht mehr. Der Druck auf ihren Kehlkopf war zu groß.

Ich drehte noch ein Stück und lauschte genau auf den Schlag ihres Herzens, das sich abmühte, das Blut in ihr Gehirn zu pumpen. Bald würde es nicht mehr mit Sauerstoff versorgt werden. Dann dauerte es nicht mehr lange, bis es vorbei war.

Jess starrte mich voller Entsetzen an. Blut lief aus ihrer Nase, in ihren Augen schimmerte es, als das Leben langsam aus ihr wich.

Ich drückte noch fester zu.

Gleich war ich frei.

5. Kapitel

Violets Finger krampften in ihre Handfläche. Sie bohrte die Nägel fest in die Haut, versuchte sich mit dem Schmerz irgendwie abzulenken, doch es gelang ihr nicht. Ralf hatte mittlerweile die Maske mit dem zerriebenen Pulver bestrichen und drehte sich zu ihr um.

»Ich will nicht so sein und dir erläutern, was mit dir geschehen wird. Die Maske ist nun mit der Kraft der vier Elemente aufgetankt. Der Emuxor wird diese Macht benötigen, um aufzuerstehen. Doch bevor er das tun kann, muss ich ihn wecken. Dafür brauche ich das hier.« Er griff zu einem Buch auf dem Tisch und hob es in die Höhe, damit Violet einen Blick darauf werfen konnte. »Das ist unsere alte Familienbibel. Vater hat die Zauberworte darin notiert, die man für die Beschwörung benötigt und sie verschlüsselt. So simpel und so gut versteckt.«

»Danach hatte Joanne gesucht.« Violet hatte davon in Arizona mitbekommen.

»Genau. William hatte sie mir damals gestohlen.«

»Sicher war es nicht seine Absicht, dir irgendetwas zu …«

»Ach, jetzt hör schon auf, ihn ständig in Schutz zu nehmen. Du kennst diesen Mistkerl doch gar nicht richtig.«

»Er würde mir zumindest nie so etwas antun wie du gerade!«

Ralf grinste und nickte. »Da hast du recht. Dazu hat er nicht genug Eier in der Hose. Ich frage mich sowieso, ob die schon verdorrt sind bei ihm. Der hat doch sicherlich seit Vivian keine Frau mehr angefasst. Weißt du zufällig etwas darüber? Gibt es jemanden in Wills Leben?«

Violet biss sich auf die Lippen. Ihr war durchaus klar, dass William etwas für Anna empfand.

»Ist auch egal. Er braucht sowieso bald niemanden mehr, der ihm die Glocken schaukelt.« Ralf legte die Bibel wieder hin und hob die Maske auf. »Dann wollen wir dir das Ding mal aufsetzen.« Er umrundete den Altar und blieb direkt hinter ihr stehen. Sie streckte den Nacken, um zu erkennen, was er hinter ihr machte.

Ralf leckte sich über die Lippen. »Wie lange habe ich auf diesen Moment gewartet? Jahrzehnte! Und es war keine schöne Zeit, das kann ich dir flüstern. Ständig habe ich mit dem Wissen gelebt, dass mein Bruder irgendwo da draußen ist, dass er die Bibel bei sich trägt, mir helfen könnte, den Emuxor zu erwecken und mich aus diesem elenden Zustand zu befreien. Es hat mich fast wahnsinnig gemacht. Wirklich. Ich habe jeden Stein umgedreht, ich habe in den entlegensten Winkeln dieser Erde gesucht – und der Kerl hockt in Arizona und lässt sich die Rübe bräunen. Diese verfluchten Seelenwächter sind wirklich sehr geschickt darin, nicht aufzufallen. Fast wie die Schattendämonen. Aber irgendwann wird jeder und alles gefunden.«

Ralf beugte sich weiter über sie und hob die Maske in etwa einem Meter Höhe über ihr Gesicht. Dabei stieß er mit der Hüfte gegen ihre Schulter. Violet ächzte. Ralf war erregt. Diese ganze Prozedur bereitete ihm eine perverse Freude.

»Bist du bereit?« Seine Hände zitterten vor Nervosität.

»Hör bitte auf«, sagte sie, auch wenn sie wusste, dass es nichts helfen würde. »Ich weiß nicht, wer oder was dieser Emuxor ist, aber diese Maske bringt das Böse mit sich.«

Ralf lächelte sie zärtlich an. »Oh, ich verlasse mich sogar darauf, Fylgja. Also, wenn du sonst keine Einwände hast, werden wir jetzt anfangen. Kann sein, dass du ein stärkeres Kribbeln also vorhin spürst. Das ist von der Kraft der Elemente in der Maske. Je nachdem wie schnell ich den Emuxor erreiche, wirst du es eine Weile aushalten müssen. Wie schon gesagt: Ich entschuldige mich dafür bei dir.«

»Bitte nicht«, flüsterte sie, doch es half nichts. Ralf brachte die Maske in Position über ihr Gesicht. Und er hatte nicht gelogen, was die Energie betraf. Sie fühlte sich noch bedrohlicher an als vorher. Die Widerhaken auf der Innenseite waren mit Blut getränkt. Das musste Ralfs Blut sein, das er vorhin in die Maske hatte tropfen lassen.

»Bald hast du es geschafft, kleine Fylgja. Genieße die Transformation.«

Ralf senkte die Maske ein Stück in Richtung ihres Gesichtes. Die Energie traf sie erneut, doch dieses Mal war es, als würde sie ihren Schädel in zwei Hälften spalten. Ein beißender Schmerz schoss durch ihren Kopf. Sie schrie auf, ballte ihre Hände zu Fäusten.

Das halte ich nicht aus. Nie und nimmer.

»Schrei ruhig, wenn es leichter für dich ist. Es hört dich sowieso niemand. Wobei, so ganz stimmt das nicht: Kann gut sein, dass Jess das mitbekommt.«

Violet biss auf ihre Unterlippe. Sie wollte nicht, dass Jess sie so hörte, doch sie konnte kaum an sich halten. Ralf ließ die Maske noch ein Stück sinken. Violets Gehirn wurde förmlich zusammengequetscht, die dunkle

Energie umschlang ihren Schädel. Sie fühlte ein warmes Rinnsal aus ihrer Nase laufen.

»Hör auf!«, brüllte sie wieder. »Bitte, bitte hör auf!« Sie wollte nicht flehen, sie wollte nicht betteln, aber sie konnte nicht anders. Ralf öffnete die Pforte in die Hölle und rief den Teufel höchstpersönlich. Alles in Violet bäumte sich gegen diese finstere Energie auf. Ihr Atem begann zu rasseln, sie konnte kaum mehr Luft holen, ihre Stimme versagte. Es fühlte sich an, als würde das Leben aus ihr gezerrt, ihre Seele zurückgerufen in das Reich der Fylgjas.

Und da wurde Violet klar, dass etwas nicht stimmte.

Sie glitt tatsächlich aus ihrem Körper. Das Gefühl kannte sie. Genauso war es, wenn ein Auftrag beendet wurde. Wenn ihr Schützling sie nicht mehr brauchte. Wenn er tot war.

Jess.

Ralf machte weiter. Die Maske war jetzt direkt vor Violets Gesicht, bis sie nichts anderes mehr sah als das dunkle Metall auf der Innenseite und die beiden Sehschlitze, die als Augen dienten. Ein Blutstropfen löste sich von einem der Widerhaken und fiel auf ihre Wange. Sie zuckte. Das Blut fühlte sich siedend heiß an. Es zischte auf ihrer Haut.

»Am besten schließt du die Augen, Fylgja, und versuchst dich an einen schönen Ort zu denken. Vielleicht hilft es.«

»Nein! Warte! Jess. Du musst Jess helfen!« Violet drehte den Kopf zur Seite, um Ralf so den Zugang zu verwehren.

Jess' Lebensenergie wurde von Sekunde zu Sekunde schwächer. Sie starb!

Er packte mit einer Hand ihren Schädel und drehte ihn wieder zurück.

»Stopp!« Der Sog in Violets Innerem wurde stärker. Ihre Seele bereitete sich auf den Übergang zurück nach Hause vor. »Sie liegt im Sterben! Bitte hilf …« Violet atmete tief ein. Ihr Oberkörper bäumte sich auf, sie fühlte ein letztes Rucken durch ihren Körper …

»Was zum Teufel …«, hörte sie Ralf noch sagen. »Was geschieht mit dir? Warum driftest du weg? Mike!«

Violet fühlte, wie ihre Seele abhob und die Verbindung zu ihrem Körper kappte. Sie würde zurückkehren in ihre eigene Dimension.

Und es gab nichts, was sie dagegen tun konnte …

6. Kapitel

Jessamine

Die meisten Menschen glaubten, dass im Moment des Todes ein Film vor dem geistigen Auge ablaufen würde. Angeblich sollte man einen letzten Blick auf all die wunderbaren und weniger schönen Momente des eigenen Lebens werfen können. Die einzelnen Stationen sollten wie im Zeitraffer an einem vorbeirauschen. Danach käme das Licht, das die Seele in die nächste Stufe bringen würde. Oder auch nicht. Denn mittlerweile wusste ich, dass es eine andere Möglichkeit gab, dass die Seele auf der Erde bleiben konnte und somit zum Schattendämon werden würde. Ich wusste, dass beim Sterben *kein* Film ablief, denn das war nun schon das zweite Mal, dass ich kurz davor stand. Beim ersten Mal hatte mir Joanne in der Kirche meine Seelenenergie ausgesaugt und mich an den Rand des Todes getrieben, jetzt quetschte Jaydee mir das Leben aus dem Leib.

Er beugte sich tiefer über mich. Das letzte, was ich noch fühlte, war sein warmer Atem auf meiner Haut, das letzte, was ich sah, war der überaus befriedigte Ausdruck in seinen Augen, untermalt von einem leichten Glühen. Vielleicht aus Euphorie, vielleicht weil ihm bewusst wurde, was er eigentlich tat. Es spielte keine Rolle, denn ich hatte dieses Mal keine Waffe, keine Fylgja, absolut nichts, um mich zur Wehr zu setzen. Ich konnte nur unter ihm liegen und ihn anstarren, während er die Kette immer enger um meinen Hals zog.

Und genauso war Sterben:

Schmerzhaft.

Qualvoll.

Langsam.

Getötet von einem Mann, dem ich nähergekommen war als jedem anderen zuvor. Und das, obwohl wir uns nicht einmal berühren konnten.

Mein Sichtfeld verengte sich, alles verschwamm, wurde zu einem grauen Einheitsbrei. Ich hörte den Puls in meinem Schädel hämmern und hatte gleichzeitig das Gefühl, mein Kopf müsse explodieren.

Ein letztes Mal versuchte ich zu schlucken, zu schreien, irgendwas – doch es gab nichts mehr zu tun.

Die Welt wurde schwarz. Es fühlte sich an, als würde ich aus meinem Körper hinaustreten. Das kannte ich bereits. Ich schwebte, glitt dahin auf Wolken. Der Moment, in dem der Geist endlich losließ, die Schmerzen abklangen und es nur noch Frieden gab …

Auf einmal knallte es irgendwo hinter mir. Jaydee knurrte, und in dem Moment hörte ich ein dumpfes Krachen, als brächen Knochen. Ich fühlte etwas auf mein Gesicht spritzen, Blut, vermutete ich – und dann war der Druck in meinem Kopf weg. Jaydee flog von mir, die Kette lockerte sich, ich nahm einen tiefen Atemzug, versuchte, wieder klar zu denken und in meinen Körper zu finden.

Um mich herum brach die Hölle los. Gepolter, Schreie, Steine, die aus der Wand krachten. Es dauerte nur wenige Sekunden, bis die Luft mit dem Gestank nach Blut und Verwesung getränkt war. Schattendämonen. Sie waren gekommen, um mich zu retten, so abstrus das auch klang.

Ich rollte mich mühevoll zur Seite und blinzelte gegen eine Wand aus Milchglas. Meine Kehle brannte, genau wie meine Augen. Als hätte Jaydee beides mit Säure ausgewaschen. Ich versuchte zu schlucken, doch mein Kehlkopf schien die Größe eines Tennisballs zu haben. Die schlimmste Angina war ein Klacks dagegen.

Neben mir kämpften sie. Jaydee gegen drei Dämonen. Ich erkannte sie sofort wieder. T.J. und Mike und der dritte war einer der Soldaten, die Joanne im Schlepptau gehabt hatte, um den Zauber auf dem Anwesen zu installieren. Keiner von ihnen hatte eine Chance. Dem ersten riss Jaydee einfach den Kopf ab. Ich blinzelte noch einmal, glaubte mich versehen zu haben, doch das hatte ich nicht. Wie um alles in der Welt konnte jemand so viel Kraft aufbringen, um einem anderen den Kopf abzutrennen? Jaydee pfefferte den Schädel in die Ecke. Der körperlose Leib kippte vornüber, schwarzes Blut troff aus der Wunde und breitete sich rasch auf dem Boden aus. Die beiden anderen stürzten sich auf ihn, er wehrte sie ab, pfefferte Mike gegen die nächste Wand, T.J. riss er den Arm herum, bis er in einem ungesunden Winkel nach oben stand. Der Dämon brüllte vor Schmerz. Ich musste zugeben, dass es mir bei ihm nicht wirklich etwas ausmachte.

Mit wackeligen Armen stemmte ich mich nach oben und robbte Richtung Tür. Denn eines war klar: Wenn Jaydee mit den Jungs fertig war, würde er sich wieder um mich kümmern. Das Poltern um mich herum ging weiter. Es stürmten zwei weitere Dämonen in die Zelle. Einer packte mich am

Arm, zerrte mich in die Höhe und warf mich nach draußen in den Flur. Ich stolperte und krachte mit der Schulter gegen die nächste Wand. Na, danke auch! Der Schmerz schoss durch meinen Arm, ich keuchte dumpf und blickte mich um. Schweiß verklebte meine Augen. Ich wischte ihn hastig weg und rannte einfach los.

Den Flur kannte ich schon. Die Zelle, in der ich zuerst untergebracht war, lag am Ende in einer Sackgasse. Rechts und links waren weitere Räume, wie in einem alten Gefängnistrakt. Leider waren wir von Arizona direkt hierherteleportiert. Ich hatte also weder eine Ahnung, wo wir uns befanden, in welchem Land, welcher Stadt, welchem Haus, noch wie ich hier herauskommen konnte.

Hinter mir nahmen die Kampfgeräusche zu. T.J. schrie und verstummte schlagartig, als wäre ihm die Kehle herausgerissen worden. Vermutlich lag ich mit der Annahme nicht daneben. Jaydee war zum Berserker geworden.

Mit einer Hand an der Wand abgestützt, torkelte ich den Flur hinunter. Es krachte erneut. Ich blickte über meine Schulter zurück und sah Mike auf dem Boden liegen. Er war mit schwarzem Blut besudelt, sein Arm hing leblos herab, wo seine Nase gewesen war, triefte nur noch ein schwarzer Fleck. Er blickte kurz zurück in die Zelle, knallte die Tür von außen zu und verriegelte die Schlösser. Ich drehte wieder um und lief schneller, doch ich hörte bereits seine Schritte. Mir war immer noch schwindelig, meine Beine fühlten sich an, als steckten sie in Wackelpudding. Nie und nimmer würde ich ihm davonlaufen können.

»Komm«, sagte er auf einmal ganz dicht hinter mir und packte mich am Arm. »Dort entlang.«

Ich schlug nach ihm. Meine Schulter schrie bei der Belastung auf.

»Hör auf damit! Ich bringe dich in Sicherheit. Du musst überleben.«

Mikes Griff schmerzte, aber ich ließ mich von ihm mitzerren. Viele andere Möglichkeiten hatte ich sowieso nicht.

»Ich werde dich wieder in eine Zelle sperren«, sagte er.

Ich schüttelte den Kopf, versuchte zu protestieren. Leider bekam ich außer einem heißeren Krächzen kein Wort heraus. Jaydee würde mich finden. Er musste nur meinem Geruch folgen.

Es rumste hinter uns. Holz brach gegen Gestein und zersplitterte lautstark. Mike und ich blickten gleichzeitig zurück. Jaydee hatte die Tür einfach von innen eingetreten. Jetzt lag sie in ihren Einzelteilen im Flur. Er blickte kurz auf die Bruchstücke, dann zu uns.

Er sah Furcht einflößend aus. Besudelt mit dem schwarzen Blut der Dämonen. Seine Kleidung war an einigen Stellen aufgerissen, seine Haare klebten schweißnass an seiner Stirn, sein Atem ging schnell. Am schlimmsten war allerdings der Ausdruck in seinen Augen. Luzifer hatte seinen Höllenhund von der Leine gelassen. Mir war klar, wer sein nächstes Opfer werden würde.

»Wir müssen sofort zum Meister«, brüllte Mike und schob mich energisch voran. Jaydee setzte zum Sprint an. Seine Schritte kamen rasch näher, wir würden es keine zwei Meter weit schaffen.

»Lauf weiter«, brüllte Mike und gab mir einen Schubs nach vorne. Gerade als wir um die nächste Ecke bogen, wurde Mike nach hinten gezerrt.

»Renn! Immer den Flur …«, schrie er – und dann war er still. Die Bestie hatte auch ihn erledigt. Ich drehte mich nicht mehr um. Ich wollte Jaydee nicht so sehen, denn ich war mir nicht sicher, ob ich es schaffen würde, diese Bilder wieder zu vergessen.

Das ist nicht er. Das ist nicht er. Das ist nicht er.

Das Mantra behielt ich im Kopf, versuchte mich daran festzuklammern, mich gedanklich an unser Gespräch im Stall zu versetzen, auch wenn er vorhin so darauf herumgehackt hatte.

»Wie ich dich behandle, ist gewiss nicht richtig …«

Seine Worte füllten immer noch mein Herz und meine Seele, gaben mir die nötige Kraft, um weiterzurennen.

»Du bist eine der stärksten Frauen, die ich je kennengelernt habe. Du wirst an all diesen Sachen wachsen. Du bist mutig und klug …«

Mutig und klug.

Ich wünschte, ich wäre all das. Im Moment fühlte ich mich nur noch verängstigt und kraftlos. Schritt für Schritt kämpfte ich mich weiter den Flur entlang. Wann hörte der endlich auf? Ich kam an eine weitere Ecke. Und am Ende sah ich tatsächlich eine Treppe.

Gott sei Dank!

Die Wände tanzten vor mir, in meinem Kopf pochte es. Nach wie vor konnte ich kaum atmen oder schlucken.

Du bist mutig und klug.

Immer weiter, Jess. Immer weiter.

Mutig und klug, nicht vergessen.

Hinter mir hörte ich Jaydee, der die Verfolgung wieder aufgenommen hatte. Er kam rasch näher. Viel zu rasch. Das würde ich nie und nimmer bis zum Ende des Flurs schaffen.

Ich blieb stehen und blickte mich um. Rechts war eine weitere Zelle. Die letzte im Gang. Kurz spielte ich meine Optionen durch. Es war keine große Chance, aber vielleicht war noch etwas Restvernunft in Jaydee übrig und er würde eher abhauen. *Genau.* Vielleicht würde er sich auch mit dem Weihnachtsmann zusammentun und mit ihm um die Welt reisen, um den Menschen Geschenke zu bringen.

Ich griff an die Klinke, entriegelte das schwere Schloss und öffnete die Tür. Sie war aus massivem Holz, mit einem vergitterten Fenster, so wie ein Verlies direkt aus dem Mittelalter. Game of Thrones ließ grüßen. Zac würde sich hierüber freuen. Krank, an was man in den unmöglichsten Momenten denken musste.

Ich huschte hinein, zog sie wieder hinter mir zu und suchte nach einer Möglichkeit, sie von innen zu verriegeln. Es gab keine. Natürlich nicht. Hier wurden Leute ein-, nicht ausgesperrt. Ich blickte mich um. Vielleicht konnte ich etwas finden, das ich in den Griff klemmen konnte.

Der Raum war dunkel. Es roch ziemlich nach Rauch oder einem abgebrannten Feuer, als hätte jemand gegrillt. Auf einmal stöhnte ein Mann. Es kam aus der hinteren Ecke. Ein abgehackter Schrei kroch über meine Lippen. Ach, du großer Gott! Er war an die Mauer gekettet.

Er stöhnte erneut und hob den Kopf. »Jess?«

»Will!«, quietschte ich. Ich rannte zu ihm. Er sah ebenso fürchterlich aus, nur auf eine andere Art als Jaydee. Seine Kleidung war blutverkrustet, das Hemd hing aus der Hose und war mit Dreckflecken übersät. Seine eigentlich blonden Haare wirkten grau, genau wie seine Haut. An seinem Arm waren Spuren getrockneten Blutes, inklusiver einer Einstichstelle wie von einer Kanüle. Anscheinend war sie nicht ordentlich entfernt worden, denn um die Stelle herum hatte sich ein großer dunkler Bluterguss gebildet. Wills Handgelenke steckten in eisernen Fesseln, wie sie Joanne benutzt hatte, um Jaydee und mich anzuketten.

Er blickte mich an. »Ihr habt mich gefunden.«

Ich schüttelte den Kopf. »Wir sind nicht …« Das Sprechen fiel mir schwer, meine Kehle brannte, als hätte ich mit Feuer gegurgelt.

Will kniff die Augen zusammen, schien mich jetzt erst richtig wahrzunehmen. Sein Blick glitt von meinem Gesicht über meinen Hals mit den Würgemalen über meinen restlichen Körper.

»Wer hat dir das angetan? War das Ralf? Wo sind die anderen?«

»Gefangen.« Und wen meinte er mit Ralf? »Jaydee ist … er ist hier …« Ich zeigte auf meinen Hals. Wie sollte ich das erklären? Welche Worte konnte ich verwenden, um seinen Zustand zu beschreiben?

Will schien mich dennoch zu verstehen. »Du musst mir das Amulett abnehmen«, sagte er. »Es behindert meine Magie. Sobald ich es los bin, kann ich die Ketten sprengen und …«

Ein dumpfes Pochen erklang an der Tür. Ich wirbelte herum. Jaydees Gesicht erschien in dem kleinen Fenster, er scannte den Raum, seine Augen blieben sofort auf uns hängen. Bestimmt erkannte er jedes Detail in der Zelle, auch ohne viel Licht.

Will stockte, als Jaydee die Tür öffnete und eintrat. »Beim heiligen Jesus, was ist mit dir geschehen?«

Jaydees Silhouette hob sich scharf gegen das Licht aus dem Flur ab. Sein Körper dampfte in der kühleren Luft des Kerkers. Er stemmte seine Hände rechts und links gegen den Türrahmen, als müsse er sich selbst davon abhalten, die Zelle zu betreten.

»Du musst mich aufhalten, Will«, sagte er gepresst.

Ich zuckte bei seinen Worten. Er klang so gequält, so zerrissen. Meine Kopfhaut juckte, ich spannte die Muskeln an, rechnete jede Sekunde mit seinem Angriff.

»Nimm mir sofort das Amulett ab, Jess.«

Mit Mühe riss ich meinen Blick von Jaydee los und griff nach der silbernen Kette um Wills Hals. Es war eine Art Taler mit verschiedenen Gravuren darauf und sah eher aus wie ein antikes Zahlungsmittel. In der Sekunde, als ich es berührte, zischte es. Reflexartig zog ich die Finger zurück und steckte sie in den Mund. Die Kette hatte mich verbrannt.

Jaydee stieß die Tür weiter auf. Der Lichtstrahl erhellte die Wand vor mir. Sein Schatten zeichnete sich auf dem Gestein ab, bedrohlich und dunkel wie ein aufziehendes Gewitter.

Ich griff erneut an die Kette. Wieder brannte sie auf, doch dieses Mal zwang ich mich, sie festzuhalten. Sie war so heiß wie ein glühender Draht. Meine Haut schmerzte, die Kette glitt mir immer wieder durch die Finger, ich konnte einfach keinen Verschluss finden. Wie sollte ich die öffnen, verdammt?

Jaydees Schatten wurde größer. Ich blickte kurz über meine Schulter zurück. Seine Muskeln waren bis aufs Äußerste gespannt, die Augen blitzten voller Gier.

»Mach schneller«, knurrte er leise. Seine Stimme klang gepresst. Voll unterdrückter Wut und Bösartigkeit, die nur darauf wartete loszubrechen – und ein klein wenig hörte ich auch ihn. Vielleicht hatte der Jäger vorerst bekommen, was er wollte, nachdem er die Dämonen getötet hatte. Vielleicht hatte ihn das genug befriedigt, dass Jaydee ihn lange genug zurückhalten konnte.

Ein weiteres Zischen aus der Kette zwang meine Aufmerksamkeit zurück. Autsch, verdammt, das war, als würde ich in brennender Kohle fischen.

»Ruhig bleiben, Jess. Du schaffst das.« Will verlagerte sein Gewicht, hob sein Kinn, um mir den Zugang zu erleichtern. Seine Haut blieb unverletzt. Vermutlich, weil er ein Feuerwächter war.

Wieder flutschte die Kette durch meine Finger. Ich schrie vor Zorn und Verzweiflung. Mir liefen die Tränen die Wangen hinab, ich wischte sie mit der Schulter weg und machte weiter.

»Jessamine«, sagte Jaydee noch mal mit Nachdruck. Dieses Mal klang er roher, unbeherrschter. Ich blickte hoch zu seinem Schatten an der Wand. Seine Arme zitterten vor Anstrengung, das Holz, in das er sich krallte, knirschte bedrohlich.

»Atmen«, sagte Will. »Konzentrier dich. Wenn du keinen Verschluss findest, reiß sie ab.«

Meine Finger nestelten immer hektischer an der Kette. Es roch jetzt intensiv nach verbranntem Fleisch. Leider war es meine Haut, die so stank. Ich zwirbelte die Glieder um meine Fingerkuppe und zerrte. Das Metall grub sich in meine Haut. Ich wimmerte, schrie mit wunder Stimme und zerrte immer weiter.

Hinter mir ertönte ein tiefes Knurren. Meine Nackenhaare stellten sich auf. Gott, wie ich dieses Geräusch hasste!

Meine Fingerkuppen drohten abzureißen, ich presste die Augen zusammen, kämpfte gegen den Schmerz und zerrte ein letztes Mal. Die Kette riss, ich stürzte nach hinten, weil auf einmal der Widerstand fehlte, und plumpste auf den Hintern. In dem Moment stürzte Jaydee los und Will hob eine gefesselte Hand. Er sprach fremdklingende Worte, ein Schwall aus Hitze traf mich, als hätte er ein Feuer entfacht. Es strich über mich, ohne mich zu verletzten – und prallte gegen Jaydee.

Ich blickte zurück und sah gerade noch, wie er die Arme hochriss, um sich gegen die Hitze zu schützen. Sie versengte seine Haut, seine Haare, seine Kleidung. Er schrie, taumelte kurz und hatte sich sofort wieder gefangen.

»Das reicht nicht«, brüllte er.

Will legte einen zweiten Zauberspruch nach und schickte die nächste Wand aus Hitze auf Jaydee.

»Will!«

»Ich … ich kann nicht mehr.« Wills Hände begannen zu zittern, der Schweiß trat auf seine Stirn. Er schloss kurz die Augen und schickte eine weitere Hitzewelle gegen Jaydee.

Langsam zwang es ihn nach hinten. Seine Haut schlug Blasen, sein Blick war fest auf mich gerichtet. Voller Gier, voller Zorn. Und ich wusste, dass der Jäger wieder die Macht zurückgewann.

Ich hielt seinem Blick stand, wollte nicht die Erste sein, die zurückwich. Ganz kurz flackerte etwas in seinen Augen auf, das Silber erlosch für eine Sekunde und ließ die Zärtlichkeit zu, mit der er mir im Stall begegnet war. Will schrie vor Anstrengung und jagte einen weiteren Zauber auf Jaydee. Dieses Mal war es eine Art Feuerball. Er erwischte Jaydee direkt im Gesicht. Er brüllte, drehte um und stürmte zur Zelle hinaus. Als Nächstes hörte ich seine Schritte auf der Treppe.

Jaydee war abgehauen. Hoffentlich blieb er auch weg.

Mit einem Stöhnen plumpste Will in seine Fesseln und ich auf den Boden. Meine Finger schmerzten, meine Kehle, meine Augen, meine Haut: Alles war überreizt, empfindlich.

So lagen wir einige Minuten da und gaben uns die Zeit, um uns zu sammeln.

Irgendwann rasselten die Fesseln. Ich drehte den Kopf und sah, wie er eine zum Schmelzen gebracht hatte. Kurz darauf folgte die andere, dann die an seinen Füßen.

Will ließ sich vornüber kippen und kroch zu mir. Der Geruch nach verbrannter Kohle und die Wärme, die er ausstrahlte, hüllten mich ein wie ein schützender Kokon. Er legte eine Hand auf meine Schulter. »Wir müssen weg. Ich weiß nicht, ob er zurückkommt.«

Ich nickte, griff nach seinem Arm und stand gemeinsam mit ihm auf. Irgendwie stützten wir uns gegenseitig.

»Eigentlich wollte ich Jaydee mit einem Schockzauber ruhigstellen, doch meine Kraft reichte nicht. Ralf hat mich sprichwörtlich ausbluten lassen. Wir müssen nach draußen. Dort wartet Jack. Ich habe ihn zum Grasen vor dem Schloss gelassen, als ich ankam. Außerdem hängt an seiner Satteltasche Heilsirup. Damit werde ich meine volle Kraft zurückerlangen.«

Ich schüttelte den Kopf und hielt ihn am Ärmel fest. »Wir können nicht abhauen. Violet ist hier.« Außerdem hatte ich keine Ahnung, ob der Pfeifzauber auf dem Anwesen noch aktiv war oder nicht. Zuletzt war ich mit Akil in der Wüste gewesen und hatte versucht, mit ihm zu fliehen. Leider war uns Joanne zuvorgekommen. Das einzige, was ich noch mitbekommen hatte, war, dass sie irgendetwas geplant hatte, und dann war ich auf einmal hier in diesen Zellen und wurde an Jaydee gefesselt. Das alles hätte ich Will gerne erzählt, aber meine Stimme war nicht mehr als ein nutzloses Krächzen.

»Weißt du, wie viele Dämonen noch da draußen sind?«

Ich schüttelte den Kopf.

»Oder wie wir am schnellsten hier herauskommen?«

Nein.

Will setzte sich in Bewegung. Ich packte ihn noch mal und zog ihn an mich. »Violet!«

»Ich weiß, Jess, aber wir sind nicht in der Lage, irgendwem zu helfen.«

Ich verstärkte meinen Griff um Wills Hemdkragen, um ihm irgendwie begreiflich zu machen, dass es keine andere Option gab. Meine Finger schmerzten noch immer von den Verbrennungen, aber das war jetzt mein kleinstes Problem.

Will legte seine Hand auf meine. »Was ist mit den anderen? Akil, Anna? Und Ilai? Ralf sagte, er hätte irgendeinen Zauber auf ihn gelegt. Geht es ihm gut?«

Ich schüttelte wieder den Kopf und deutete auf meine Ohren.

»Dieser elende Pfeifzauber.« Will blickte zu mir. »Ich sollte dich wirklich erst in Sicherheit bringen. Du kannst zu Logan oder … «

Nein, nein, nein. Wir mochten nicht in guter Verfassung sein, aber seit ich Violet in Joannes Klauen gelassen hatte, tat ich nichts anderes, als wegzurennen. Trotzdem half es mir nichts. Ich würde nicht ohne sie gehen.

Will seufzte leise. »Ich kann dich ja verstehen, aber …«

»Kein Aber, Will! Violet hat Schmerzen. Ich habe sie gehört. Wir werden sie nicht hier lassen.«

Er betrachtete seine Handflächen, ballte die Hände zu Fäusten, als müsse er austesten, wie viel Magie wieder in ihm steckte. »Also schön. Lass uns deine Fylgja suchen. Ich hoffe, ich habe noch genug Zauberkraft übrig.«

Er legte den Arm um meine Taille und schob mich sanft, aber bestimmt zur Zelle hinaus.

Die Luft im Flur war erfüllt vom Gestank nach Verwesung und Tod. Mir war klar, wovon das kam.

Jaydee hatte weiter gewütet.

Will und ich stiegen langsam die Treppe hinauf, immer darauf bedacht, ob uns ein Dämon anspringen würde.

Doch es kam niemand.

An der ersten Kurve war mir auch klar, warum. Jaydee hatte uns den Weg freigeräumt. Die Leiche lag noch auf der Treppe, die Hände nach vorne ausgetreckt, als hätte er versucht, sich nach oben zu hangeln; der Rest des Körpers verunstaltet, ausgeschlachtet wie ein Stück Aas. Es war der sechste Dämon, der Joanne ebenfalls auf das Anwesen begleitet hatte. Sein Körper war schon halb zu Staub zerfallen, wie alle Schattendämonen, wenn sie endgültig tot waren. Doch das, was noch von ihm übrig war, genügte mir, um mir die Galle hochzutreiben. Glibbermasse, schwarzes Blut, offene Wunden. Jaydee hatte ihn regelrecht zerfleischt. Ich wand meinen Blick von dem Massaker ab und starrte geradeaus auf die Treppe.

Will keuchte leise, während wir hochstiegen. Es kostete ihn alle Kraft, aufrecht zu gehen, doch er hielt sich wacker.

»Wenn du wieder richtig sprechen kannst, musst du mir erzählen, was in Jaydee gefahren ist und was der Auslöser dafür war.«

Ich zeigte auf mich selbst.

Will zog die Augenbrauen zusammen. »Hat er dich berührt?«

Ich nickte.

»Freiwillig?«

»Joanne hat mich an ihn gekettet.«

»Verstehe.«

Nach einer weiteren Kurve kamen wir oben an und fanden uns in einem zweiten Flur wieder, der dem unteren sehr ähnlich war. Nur fehlten hier rechts und links die Zellen. Es war ein langer Gang, der in einem Torbogen endete. Wie unten wartete auch hier ein Bild der Verwüstung auf uns. Es waren fünf Wachen gewesen. Sie waren alle tot. Den meisten Körpern fehlte der Kopf. Scheinbar war das für Jaydee die einfachste Methode gewesen, sie zu töten. Andere waren derart zerrissen, als hätte ein Tiger seine Klauen in sie gehauen. Zum Glück zerfielen auch diese Körper bereits zu Staub. Ich schlug die Hand vor den Mund. Um dem Gestank zu entgehen oder wegen des grauenhaften Szenarios um mich herum, das wusste ich nicht. Will bekreuzigte sich mit der freien Hand und blickte sich stumm um. Hatte er gewusst, dass Jaydee zu so etwas fähig war? Hatte er ihn je so erlebt?

»Das ist der Teil von ihm, der mir am meisten Angst macht«, sagte er leise, während wir langsam durch den zweiten Flur liefen. »Normalerweise hilft ihm Akil wieder aus diesem Stadium heraus. Er kann ihn erden. Alle Erdwächter können das. Sie beruhigen die Seele, indem sie ihre Energie fließen lassen. Aber das hier …« Will sah zu einem zerfledderten Körper und schüttelte den Kopf. »… das gab es noch nie.«

Und das alles, weil ich ihn berührt hatte. Wie konnte ich einen derartigen Einfluss auf ihn haben? Und warum vor allen Dingen? Was war an mir so anders? Lag es an meiner Aura? An dieser merkwürdigen Begabung oder am Ende an dem Zauber in meinem Blut? Brachte die schwarze Magie, die in meinen Zellen wirkte, seine schwarze Seite hervor? Und wenn ja: Wie konnte man sie bekämpfen?

Wir erreichten einen Torbogen. Es war eine T-Kreuzung. Die Gänge rechts und links waren wieder komplett identisch. Wenigstens lagen hier keine Leichen herum.

»Was meinst du?«, fragte Will. »Rechts oder …?«

Auf einmal erklang Violets Schrei. Laut und gellend, als würde ihr ein Messer in den Bauch gebohrt.

»Links also«, sagte er und rannte los. Er packte meine Hand, schleifte mich mit sich. Ich bemühte mich, Schritt zu halten, doch gegen seine Seelenwächterkonstitution kam ich kaum an; und das, obwohl er geschwächt war.

Violet schrie ein zweites Mal, was mir das Adrenalin durch die Adern jagte. Sie klang so verzweifelt, so verletzbar wie noch nie zuvor in ihrem Leben. Mein Herz krampfte. Der Gang machte eine weitere Kurve, vielleicht noch eine, ich wusste es nicht. Ich rannte einfach nur, getrieben von einer Verzweiflung, wie ich sie noch nie gespürt hatte. Wenn Violet auch etwas zustoßen würde, wenn ich sie auch verlieren würde … doch das ging nicht. Sie war an mich gebunden. Sie konnte nicht sterben. Niemals.

Oder?

Will bremste abrupt und ich stieß mit ihm zusammen. Zwanzig Meter vor uns war ein Durchgang, der in eine Art Krypta führte. Der Raum sah komplett anders aus als die Zellen und Gänge hier unten, als wäre er in einem anderen Gebäude. Violet lag in der Mitte auf einem steinernen Altar. Ihre Hände waren zu Fäusten geballt, ihr Körper zitterte. Ein Mann stand hinter ihr und hatte eine silberne Widdermaske mit goldenen Hörnern auf ihrem Kopf abgelegt. Vermutlich war das Ralf. Violets Schreie drangen nur noch gedämpft unter dem Metall hervor, doch es war klar, dass sie Schmerzen litt. Will und ich liefen gleichzeitig los, aber in dem Moment blickte Ralf auf. Er stockte vor Überraschung.

»Wie konntet ihr entkommen?«, fragte er.

Wir beschleunigten unsere Schritte. Als wir noch zwei Meter von dem Durchgang entfernt waren, griff er in seine Tasche. Die Luft flackerte vor uns. Es krachte und zischte, und in der nächsten Sekunde prallten wir gegen eine kahle Mauer.

Nein, nein, oh bitte: nein!

»Ein Portal!« Will hämmerte mit den Händen auf die Wand ein. »Dieser Mistkerl hat ein verdammtes Portal benutzt!«

Ich presste die Handflächen gegen die Wand und konnte es nicht glauben. Es war tatsächlich ein anderer Raum gewesen, vielleicht ein anderes Gebäude, ein anderes Land, ein anderer Kontinent! Violet konnte überall sein. Zwei Kilometer entfernt oder zweitausend!

»Ralf!«, schrie Will und hämmerte weiter auf die Wand ein, doch es blieb still.

Weder drangen Violets Rufe zu uns noch sonst etwas.

Ich sank in die Knie und schluchzte haltlos. Ich sank und sank und sank und wollte gar nicht mehr aufhören zu fallen. Alles krachte unter mir weg. Ich verlor alle: Mum, Ariadne, sogar Jaydee und jetzt auch Violet.

Sie war weg.

7. Kapitel

Ben hatte für die Fahrt zurück nur fünfundzwanzig Minuten gebraucht. Natürlich musste er sich an die Geschwindigkeitsbegrenzungen halten, aber wenn möglich trat er gerne das Gaspedal seines zwanzig Jahre alten Land Rovers durch. Er mochte das raue Geräusch des Motors, das ungefederte Fahrwerk eines Geländewagens, der noch ein Geländewagen war und kein merkwürdiger Hybrid wie diese SUVs. Sein Auto hatte weder eine Servolenkung noch automatische Fensterheber oder eine Traktionskontrolle. Dafür hatte es Macken und Kratzer und der grüne Lack war an einigen Stellen verrostet. Ben liebte das Ding. Außerhalb des Dienstes fuhr er nur damit.

Das Polizeirevier tauchte vor ihm auf. Es lag an einer Hauptverkehrsstraße in der Nähe der alten Kirche. Im Winter konnte Ben sogar den alten Glockenturm von seinem Büro aus erkennen.

Er bog rechts in die Einfahrt, winkte dem Wachmann zu und wartete, bis dieser die Schranke für ihn öffnete. Die Bremshügel versetzten den Wagen in eine Schwingung, als herrschte ein Erdbeben. Die Klappe des Handschuhfachs ging auf, wie so oft, wenn Ben über einen holprigen Untergrund fuhr. Ben wartete, bis er den letzten Bremshügel passiert hatte, scherte in eine freie Parklücke und versuchte, die Klappe wieder zu schließen. Leider waren auch einige Papiere, ein halbleeres Kaugummipäckchen und eine zerdrückte Dose Red Bull aus dem Fach gefallen. Er stopfte alles wieder zurück. Dabei fiel sein Blick auf den Brief, den Jaydee vor zwei Tagen ins Revier geschickt hatte. Dickes Papier mit blauer Tinte. Ben hatte noch nie eine derart akkurate Schrift gesehen, als hätte Jaydee es am Computer mit einer dieser Handschrift-Fonts geschrieben und ausgedruckt:

»Ben,

danke für die Zeichnung von Coco. Damit hast du mir sehr geholfen. Ich hatte dir ja eine Phiole versprochen, damit du uns im Notfall kontaktieren kannst. Das wird erst mal nichts, denn nur Ilai kann die Dinger herstellen, und der hat im Moment keine Zeit. Eigentlich wollte ich dich auch noch mal besuchen, aber Jess hat ihr Training bei mir begonnen und hält mich den ganzen Tag auf Trab. Vielleicht hättest du sie doch verhaften und einsperren sollen, diese Frau ist einfach …«

Die nächste Zeile konnte Ben nicht lesen. Sie waren mit einem fetten Tintenklecks bedeckt. Außerdem hatte das Papier an der Stelle einige Kratzer, als hätte Jaydee die Worte wieder durchgestrichen.

»… Ich muss los. Wir reisen heute nach Athen.
Bis dann,
J.«

Ben war nicht ganz unglücklich darüber, dass er keine dieser Phiolen bekommen würde. So käme er auch nicht in Versuchung, die Seelenwächter zu kontaktieren. Jaydee hatte bei seinem letzten Besuch klargemacht, dass der Rat nur allzu interessiert an Ben und seiner Andersartigkeit wäre und ihn vermutlich als Versuchskaninchen missbrauchen würde.

Mit Gewalt schloss er schließlich die Klappe des Handschuhfachs, stieg aus dem Wagen und verriegelte ganz altmodisch manuell mit dem Schlüssel die Tür.

Er grüßte einen jungen Mann und eine Frau, die gerade auf Streife gingen. Es waren die Nachfolger von Allison und Daniel, die bei der Explosion des Wagens gestorben waren, der Jessamine Harris damals aufs Revier bringen sollte. Ben wusste mittlerweile von Jaydee, dass Joanne hinter diesem Angriff gesteckt hatte. Wenn er sich jetzt auch noch an die Namen der beiden Neuen erinnern konnte, wäre das großartig. Normalerweise hatte er ein sehr gutes Gedächtnis, doch es wollte ihm partout nicht einfallen. Verdammtes Räucherwerk. Wenn dieses Zeug Auswirkungen auf seine Hirnzellen hatte, konnte Abe was erleben.

Ben betrat das Gebäude über den Hintereingang. Es dauerte weitere fünf Minuten, bis er endlich im dritten Stock war, wo sein Büro lag. Wie immer nahm er die Treppe, nie den Aufzug. Er hasste die Dinger. Außerdem fand er es bizarr, dass er sich viermal die Woche im Fitnessstudio abquälte, um dann im Alltag faul zu sein. Er wählte sogar extra das Treppenhaus auf der gegenüberliegenden Seite seines Büros, damit er ein paar zusätzliche Meter gehen musste.

Nach wenigen Minuten kam er oben an, drückte die Tür auf und betrat sein Reich. Es war nicht mehr viel los. Die Abendschicht stand bevor, die Putzfrauen begannen die Papierkörbe zu leeren, weiter hinten winkte ihm Marvin zu, der sich für seine ersten Rundgänge bereit machte. Aber auch tagsüber ging es in diesem Stock weniger hektisch zu als im ersten, wo jeder unaufgefordert eintreten konnte. Von Randalierern über Besoffene bis zu einer Schwangeren, die noch auf dem Flur ihr Baby zur Welt brachte, hatte es alles schon gegeben. Selbst ein Irrer mit einer selbstgebastelten Bombe war einmal hereinmarschiert und hatte gedroht, das ganze Gebäude in die Luft zu sprengen. Zum Glück war es eine Attrappe gewesen.

Ben war froh, dass er diesem Zirkus nicht mehr ausgesetzt war. Seine Manege war nun eine andere. Er war Detective und für die Mordfälle in der Stadt zuständig. Und die waren nicht wenige, obwohl Riverside mit knapp fünfzigtausend Einwohnern nicht unbedingt zu den Großstädten zählte. Seit er seine neue Stelle angetreten hatte, kam es ihm vor, als würden mehr Morde geschehen. Seine Kollegen beteuerten jedoch, dass jeder frisch gebackene Detective diesen Eindruck hatte. Ben war sich dessen nicht sicher. Vor allen Dingen, weil vor Kurzem wieder eine ausgedörrte Leiche gefunden worden war. Das war schon die zweite. Ben hatte bei dem Einsatz bei der alten Kirche, der dazu geführt hatte, dass er Jaydee begegnet war, bereits einen Mann gefunden, der wie ausgetrocknet gewirkt hatte. Seine Haut war über seine Knochen gespannt, sämtliches Blut und Wasser schien aus seinem Körper gezogen worden zu sein, seine Augen waren weit aufgerissen gewesen und hatten leer in den Himmel gestarrt. Jaydee hatte ihm später erklärt, dass es das Werk von Joanne war. Schattendämonen ernährten sich von der Seelenenergie der Lebenden. Und wenn sie das taten, blieb nicht mehr von dem Körper des Menschen zurück als das, was Ben gefunden hatte. Zweimal schon.

Da es in all den vergangenen Jahren noch nie einen derartigen Mord gegeben hatte, konnte das nur eines bedeuten: Es waren mehr Schattendämonen in Riverside Springs als zuvor, und Ben beunruhigte das extrem. Würden weitere Leichen dieser Art auftauchen, würden auch bald die Kollegen aufmerksam werden und einen Serientäter vermuten. Sie würden mehr Energie in die Investitionen stecken, irgendwann sogar eine höhere Stelle wie das FBI verständigen – und die gruben tief. Ob sie dabei auch auf die Seelenwächter stoßen würden, wusste Ben nicht. Immerhin besaßen sie die Fähigkeit, in die Köpfe von Menschen einzudringen und deren Erinnerungen zu löschen. Sicher konnten sie auch ein paar Anzugträger vom FBI beeinflussen.

Er lief zielstrebig den Flur hinunter, nickte dabei Kollegen zu, die noch Dienst schoben oder gerade zur Nachtschicht antraten, und steuerte sein Büro am Ende des Stockwerks an. Es war auf einer Seite komplett verglast, so dass Ben nicht wirklich von Privatsphäre sprechen konnte, aber es war seines. Niemand durfte es ungefragt betreten oder sich an seinem Red-

Bull-Vorrat bedienen, und solange diese Dinge sichergestellt waren, war er zufrieden. Außerdem konnte er zur Not die Jalousien herunterlassen und neugierige Blicke draußen halten.

Beim Näherkommen sah er bereits die beiden Frauen, die drinnen auf ihn warteten. Kate lehnte an seiner Schreibtischplatte. Sie trug einen enggeschnittenen dunklen Hosenanzug, flache Schuhe und wie immer einen perfekt frisierten Dutt. Sie war pragmatisch veranlagt und legte im Dienst keinen großen Wert auf Chic. Neben Kate saß Vivian Blair. Sie hatte blonde lange Haare, die ebenso sorgsam zu einem Pferdeschwanz gebunden waren. Sie strahlte eine kühle Eleganz aus: eine dunkle Hose, ein Blazer, hochhackige offene Schuhe, perfekt manikürte Füße. Eine Frau mit Stil, die wusste, was sie wollte und es sich nahm. Ben konnte binnen weniger Sekunden einen Menschen einschätzen und hatte bisher noch nie danebengelegen. Diese Fähigkeit hatte ihm auch im Krankenhaus geholfen, als er Jaydee das erste Mal traf.

Er klopfte leise an die Bürotür, obwohl es seine eigene war, und trat ein. Ben rümpfte die Nase und blickte sich kurz um. Es roch, als würde unter seinem Schreibtisch eine tote Ratte liegen. Hatte er den letzten Schokoriegel vielleicht nicht richtig entsorgt und es hatte sich ein Nager irgendwo zwischen die Wände verirrt?

»Pünktlich wie immer.« Kate blickte auf ihre Armbanduhr. »Ms. Blair, darf ich Ihnen meinen Partner Mr. Walker vorstellen.« Sie deutete auf Ben und stieß sich von der Schreibtischkante ab.

Ben wandte sich zu Vivian Blair, die sich von dem Sofa erhob und auf ihn zukam. Sie verströmte einen merkwürdigen Geruchsmix aus Parfüm und etwas anderem. Lag die Ratte etwa unter seinem Sofa? Hoffentlich nicht. Er hatte die Couch erst letzte Woche bekommen.

»Freut mich sehr, Mr. Walker.« Ihre Stimme klang zart und jung und mochte überhaupt nicht zu ihr passen. Sie hatte glatte Haut und kaum eine Falte, aber der Ausdruck in ihren Augen stimmte nicht. Als wäre sie innerlich viel älter, als sie nach außen hin wirkte. Und sie kam Ben ziemlich bekannt vor. Leider hatte er noch keine Ahnung, woher. Das war wirklich das letzte Mal, dass er an Abes Räucherwerk geschnuppert hatte.

»Mich ebenfalls, Ms. Blair, was kann ich für Sie tun?« Ben griff nach der angebotenen Hand und drückte sie. Ihre Haut fühlte sich kalt an.

»Vielleicht könnten wir das unter vier Augen besprechen?«

»Ich habe keine Geheimnisse vor meiner Partnerin.« Was so nicht stimmte. Kate hatte keine Ahnung von den Seelenwächtern oder Dämonen.

»Schon okay«, sagte Kate. »Ich habe noch einiges an Papierkram zu erledigen. Redet ihr zwei, ich bin draußen.«

Ben zögerte. Irgendwie wollte er nicht, dass Kate ging, aber er konnte sie schlecht darum bitten zu bleiben. Was war er? Ein Zehnjähriger, der nicht alleine mit einer Frau reden konnte? »Also schön. Dann viel Spaß dabei.«

»Danke.« Kate nickte Ms. Blair zum Abschied zu und strich über Bens Schulter, als sie das Büro verließ. Er wartete, bis er das Klicken des Schlosses hörte, drehte sich zum Schreibtisch und nahm Kates Platz ein. So hatte er das Fenster im Rücken und den Blick auf das restliche Büro und Ms. Blair frei. »Wie ich hörte, habe Sie Informationen über Jessamine Harris?«

»Richtig.«

»Ich bin ganz Ohr.«

»Wird sie immer noch wegen Mordes verdächtigt?«

»Sie verstehen sicher, dass ich Ihnen darüber keine Auskunft geben kann.«

»Ich wollte es nur wissen. Nicht, dass diese arme Irre mich verfolgt, wenn sie mitbekommt, dass ich auf dem Revier war.«

»Warum sollte sie das?«

»Weil ich sie belasten kann. Ich habe gesehen, wie sie den Parkwächter getötet hat.«

Ben verschränkte die Arme vor der Brust und taxierte Ms. Blair. Was stimmte nicht mit der? Seine Instinkte ratterten auf Hochtouren, sein innerer Alarm läutete. *Sei vorsichtig.* »Können Sie das auch beweisen?«

»Wie es der Zufall so will, habe ich ein Foto mit meinem Handy gemacht.«

Oha. Das könnte jetzt interessant werden.

»Ich werde es ihnen zeigen«, sagte Ms. Blair, drehte sich um und hob ihre Handtasche auf.

Bens Hand fuhr automatisch an seine Waffe. Er trug sie am Gürtel, nicht wie manch anderer um die Brust. Ben mochte das Gefühl nicht, eingeengt zu sein.

»Geben Sie mir bitte die Tasche, Ms. Blair«, sagte er. »Ich werde ihr Handy herausholen.«

»Hier ist es schon.« Ms. Blair drehte herum und hielt das Handy in der Hand. Es sah eigentümlich aus, größer und flacher als die üblichen

Smartphone-Teile. Sie tippte darauf herum und beobachtete ihn unter halb geschlossenen Lidern.

Ben wusste nicht warum, aber auf einmal hatte er das dringende Bedürfnis, seine Glock zu ziehen. Seine Finger schlossen sich fester um den Griff seiner Waffe. Ms. Blair bemerkte die Bewegung und stockte.

»Gibt es ein Problem?«

»Das wollte ich sie auch gerade fragen. Wer sind Sie?«

Sie tippte weiter auf dem Handy herum und schüttelte den Kopf. »Ich verstehe das nicht. Warum funktioniert es nicht?«

Jetzt hielt Ben nichts mehr, er zog seine Glock und richtete sie auf Ms. Blair. Er wusste nicht, warum er das tat, er folgte nur seinem Instinkt.

»Ich muss doch sehr bitten«, sagte sie empört, doch sie klang nicht halb so entgeistert, wie sie sollte. »Was ist das für ein Benehmen?«

»Noch einmal: Wer sind Sie?«

»Das wissen Sie doch, mein Name ist Vivian Blair.«

»Ich will nicht wissen, wie Sie heißen, sondern wer sie sind? Oder sollte ich eher sagen, *was* sie sind?«

Ms. Blair lachte leise und blickte durch eine der Glaswände nach draußen. Ben drehte ebenfalls ganz leicht den Kopf, ohne Ms. Blair dabei aus seinem Blickfeld zu lassen. Die Kollegen gingen weiter ihrer Arbeit nach. Niemand interessierte sich für das, was sich gerade im Büro abspielte. Sehr ungewöhnlich, wenn man bedachte, dass Ben mit gezückter Waffe vor einer fremden Frau stand. Als würden es die anderen gar nicht bemerken.

Ms. Blair machte einen Schritt auf Ben zu. Er richtete sofort wieder seine Waffe auf sie aus. »Nicht einen Schritt weiter, Lady.«

Eine leichte Duftwolke streifte ihn und verstärkte den Geruch nach Verwesung. Das kam nicht von seinem Sofa oder seinem Büro, das kam von ihr. Ben zog den Schlitten seiner Waffe nach hinten und ließ eine Patrone in den Lauf gleiten. Er hatte bereits gegen Dämonen gekämpft. Das war vor dem Krankenhaus, als er so schwer verletzt wurde. Er wusste, dass er mit seiner Waffe nichts gegen sie ausrichten konnte, doch er würde gewiss nicht kampflos aufgeben.

Ms. Blair legte den Kopf zur Seite und betrachtete ihn eingehend. »Warum wirkt der Zauber bei dir nicht?«

»Tja, es funktioniert eben nicht alles, wie man es gerne hätte.«

»Das ist bedauerlich. Denn das bedeutet, dass ich dich leider töten muss, sobald ich habe, was ich will.«

Ben krümmte den Finger um den Abzug.

Ms. Blair lächelte. »Du weißt schon, dass mich dein Spielzeug nicht aufhält?«

»Ich lasse es auf einen Versuch ankommen.«

Sie trat näher an seinen Lauf heran. Ben hielt seine Waffe unbeirrt auf sie gerichtet.

»Ich habe keine Angst vor dir, mein kleiner Polizist. Drück ruhig ab und freu dich auf die Sauerei, nur bitte bedenke, dass mich das sehr wütend machen wird. Und wenn ich wütend bin, werde ich leider auch sehr hungrig. Du wirst mein Aperitif, als Hauptspeise vernasche ich deine hübsche Partnerin und als Nachtisch…« Sie deutete mit einem Kopfnicken nach draußen. »… wird mir ganz gewiss auch noch etwas einfallen.«

»Was soll dieses Gerede über Jessamine Harris?«

»Gar nichts. Ich brauchte nur einen Vorwand, um dich herzulocken, denn sie hat etwas besessen, das ich brauche und das nun in eurer Asservatenkammer liegt.«

Ben dachte kurz darüber nach. Was könnte Jess besessen haben … Bei der Explosion des Autos war alles in die Luft geflogen.

Alles, bis auf eines.

Der Dolch.

Er war als Beweisstück nach unten gewandert, wo er immer noch sicher verwahrt lag. Ben hatte ihn nach dem ganzen Theater sogar in den gesicherten Bereich – nach Fort Knox, wie sie im Revier dazu sagten – bringen lassen. Niemand konnte das Ding holen ohne seinen oder Marks Fingerabdruck. Und der war nicht da.

»Jetzt macht es ordentlich ring-ring in deinem Hirn, habe ich recht?«

»Woher weißt du davon?« Drehte diese Sache bereits derart weite Kreise in der Dämonenwelt?

»Weil ich diejenige war, die alles eingefädelt hat.« Sie machte noch einen Schritt. »Außerdem war deine Partnerin extrem redselig. Sie hat mir erzählt, dass der Dolch in der Asservatenkammer liegt und nur du und dieser andere Typ Zugang dorthin haben. Es geht doch nichts über ein wenig magische Überzeugungskraft. Wobei es schade ist, dass die nicht bei dir wirkt. Das hier hätte so einfach werden können – und vor allen Dingen ohne großes Aufsehen.«

Ben studierte ihr Gesicht von Neuem. Die blonden Haare, das leicht schräge Lächeln. Er hatte diese Frau schon einmal gesehen. An einem anderen Ort. Sie neigte den Kopf leicht. Das Licht vom Flur verfing sich in ihren Haaren und ließ sie schimmern, und da traf Ben die Erkenntnis.

»Du warst das. Du warst diejenige, die durch dieses Portal verschwunden ist, kurz bevor Ariadne starb.« Ben hatte damals Jaydee bis zum See verfolgt und vom Wald aus gesehen, wie diese Frau flüchtete.

Joanne ist eine der gefährlichsten Dämoninnen, die ich bisher kennengelernt habe. Es wäre mir recht, wenn du die Füße stillhältst und dich nicht einmischst … Jaydees Warnung an Ben. »Du bist Joanne.«

»Ah, wie schön.« Sie lachte und klatschte in die Hände wie ein Kind, das gerade den größten Kuchen aller Zeiten zum Geburtstag bekommen hat. »Mein Ruf eilt mir voraus. So etwas habe ich mir schon immer gewünscht. Was weißt du noch von mir? Erzähl mir ruhig alles.«

Er hob erneut seine Waffe und richtete sie direkt auf ihren Kopf. »Du bist umsonst hergekommen. Ich werde dir den Dolch nicht aushändigen.«

Joanne zog eine Schnute. »Wie bedauerlich.«

»Du wirst auf der Stelle das Revier verlassen.« Er hatte keine Ahnung, was er gegen sie ausrichten oder wie er Joanne tatsächlich erledigen konnte. Er hätte mehr Dämonen-Einmaleins von Jaydee erhalten sollen.

Sie machte einen letzten Schritt und presste ihre Stirn direkt gegen seinen Lauf, als wollte sie ihm damit noch mal unter die Nase reiben, wie wenig sie ihn fürchtete. »Wie mir deine Partnerin erklärte, brauche ich nur deinen Fingerabdruck, und den kann ich mir auch holen, ohne dass der Rest vom Körper dranhängt. Weil ich ein liebes Mädchen bin, überlasse ich dir sogar die Wahl. Rechte Hand oder linke Hand? Welche brauchst du nachts unter deiner Bettdecke dringender, um an dir herumzuspielen?«

Ben fühlte, wie ein Schweißtropfen an seiner Schläfe hinabrann. Er hielt die Luft an und tat etwas, das er noch nie in seiner gesamten Karriere getan hatte: Er krümmte den Finger um den Abzug, drückte ab und feuerte somit auf eine unbewaffnete Frau.

Zu spät.

Eine Millisekunde zu spät.

Fast im gleichen Moment setzte Joanne sich in Bewegung. Ben hörte den Schuss, spürte einen Windhauch, und dann riss ihn etwas Gewaltiges von den Füßen. Bevor er wusste, wie ihm geschah, fand er sich auf dem Boden wieder, seine Waffe lag zwei Meter von ihm entfernt. Joanne saß auf ihm und starrte auf ihn hinunter. Er bekam gar nicht mehr richtig mit, wie sich eine Hand auf seine Stirn, die andere auf seinen Brustkorb senkte.

»Zeit für einen Snack«, sagte sie – und dann floss flüssiges Feuer in ihn.

8. Kapitel

Jessamine

Will suchte noch eine Ewigkeit, um das Portal wieder zu aktivieren, doch er fand nichts. Die Mauer war einfach nur eine Mauer. Er fluchte, er kickte gegen die Wand, er wandte Magie an. Ohne Erfolg.

»Es tut mir so leid, Jess«, flüsterte er und stemmte die Hände gegen den Felsen. »Das ist massives Gestein.«

Ich saß, mit angezogenen Beinen, an der gegenüberliegenden Seite und nahm kaum noch etwas um mich herum wahr. Meine Gedanken hatten sich in einen Kreisel verwandelt und wiederholten ständig das Gleiche: *Violet ist weg, Violet ist weg, Violet ist weg.*

Will beugte sich zu mir hinunter, griff nach meinen Armen und half mir aufzustehen. Ich ließ es einfach geschehen, wie eine Puppe, die er beliebig herumschieben konnte. Er zog mich in eine Umarmung aus Wärme und Feuer. Es war wohltuend und sengend zugleich. Ohne mein willentliches Zutun schlang ich die Arme um ihn und ließ meiner Verzweiflung freien Lauf. Die Tränen kamen, die Angst arbeitete sich nach oben und explodierte in hemmungslosen Schluchzern.

Mir war egal, dass wir eigentlich fliehen sollten, weil jeden Moment mehr Dämonen auftauchen konnten. Oder dass Jaydee zurückkehren konnte oder sonst eine Gefahr.

Es war mir egal.

Ich wollte nicht mehr.

Ich konnte nicht mehr.

Und wenn ich Violet nicht mehr wiedersehen würde, hätte ich das letzte verloren, das mir je etwas bedeutete.

Dann war ich allein.

Will strich über meinen Rücken, drückte seine Hand gegen mein Schulterblatt, als wüsste er genau, was in mir vorgeht. Es war gut, dass er mich festhielt. Andernfalls hätte ich keinen Halt mehr gehabt und wäre einfach hier unten verrottet.

»Du bist eine der stärksten Frauen, die ich je kennengelernt habe. Du wirst an all diesen Sachen wachsen …«

Nein, Jaydee. Ich würde an all diesen Sachen zerbrechen, bis nichts mehr von mir übrig blieb. Ich war weder mutig noch klug noch sonst etwas. Ich war schwach und hilflos und ich hatte meine beste Freundin verloren.

»Wir müssen los«, sagte Will irgendwann.

Ich nickte gegen seine Brust und löste mich nur widerwillig von ihm. Er behielt einen Arm um mich gelegt. Meine Vorderseite, die ihm eben noch zugewandt war, fühlte sich auf einmal eiskalt an, weil er sie nicht mehr wärmte. Feuer hatte etwas Tröstliches, das musste ich zugeben.

»Dort entlang.« Er zeigte den Flur hinunter, am Ende war eine weitere Treppe, und von oben drang ein wenig Licht die Stufen hinab. »Ich vermute, wir sind unter Ralfs Haus. Das Anwesen der Familie Blair.«

Mit wenigen Worten fasste er seinen Besuch zusammen. Wie er in Schottland angekommen war und so lange hatte warten müssen. Wie er erst mit Mr. Smith sprach und schließlich seine Frau und seine Tochter als Ausstellungsobjekte in zwei Vitrinen fand. Und um das alles zu toppen, nahm ihn schließlich sein totgeglaubter Bruder in Empfang. »Ralf hat Vivian und Emma umgebracht und ihre Seelen daran gehindert, ins Licht zu gehen, um sie zu Schattendämonen zu machen. Danach hat er beide verändert. So wie Joanne verändert wurde. Er meinte, sie wären seine ersten Experimente in dieser Hinsicht gewesen.«

Will sprach ganz leise, ich verstand trotzdem jedes Wort. Ich ließ ihn einfach reden. Erstens konnte ich sowieso nichts anderes tun, zweitens brauchte er es. Vielleicht mussten wir uns gegenseitig stützen.

Er berichtete obendrein von dem, was er von Ralf hatte aufschnappen können. Dass Ralf die Schattendämonen und sich selbst irgendwie befreien wollte, seine Pläne mit der Widderzucht seines Vaters zusammenhingen und er dafür Violet benötigte, weil sie ein Wesen war, das nicht sterben konnte. »Ich will ehrlich sein, Jess. Nachdem, was wir eben in der Höhle gesehen haben, scheint es, als wolle Ralf Violets Körper als Gefäß benutzen. Das wird in der Magie oft getan. Man lenkt Energien auf einen Gegenstand oder auch auf eine Person und kanalisiert damit starke Energien.«

Ich blieb mitten auf der Treppe stehen und hatte das Gefühl, dass ich jeden Moment rücklings die Stufen hinunterstürzen könnte.

»Es ist nur meine Theorie«, hakte Will nach. »Ich kann mich auch irren.«

Ich starrte Will an, bis meine Augen tränten. Violet als Gefäß. Für was? Was um alles in der Welt hatte dieser Irre mit ihr vor?

»Jess … ich.« Er hob eine Hand und strich mir eine Träne weg. Ich drehte sofort den Kopf. Diese Geste erinnerte mich an Jaydee.

»Es steht noch nichts fest. Ralf ist verrückt. Er hat sich in einen Wahn hineingesteigert, der ihn absolut unzurechnungsfähig macht. Vielleicht lässt er Violet auch schon bald wieder gehen.«

Ja, natürlich. Ganz bestimmt. Ich setzte mich wieder in Bewegung. Will versuchte zu trösten, wo es keinen Trost gab.

»Kannst du mir erzählen, was bei euch passiert ist?«, fragte er. »Was ist mit den anderen?«

Mit sehr viel Mühe fasste ich für ihn zusammen, was in Arizona passiert war. Es fiel mir unsäglich schwer zu sprechen, doch Will begnügte sich mit wenigen Stichworten, den Rest konnte er sich zusammenreimen.

Schließlich erreichten wir das Ende der Treppe. Die Tür oben stand offen, es wehte eine frische Brise zu uns. Mit einer leichten Unternote, die mich sofort erschaudern ließ. Auch dort lagen Leichen.

Langsam stiegen wir die letzten Stufen hinauf. Will ging voran, stieß die Tür auf und betrat das Foyer. Er ließ die Luft aus den Lungen, als er sich umblickte, und stöhnte leise. »Lieber Gott …«

Ich schob mich vorsichtig hinter seinem Körper hervor, machte mich auf den grausigen Anblick gefasst. Das Foyer war groß, mit Ritterrüstungen an den Wänden und einem steinernen Fußboden. Vermutlich waren die Zeichnungen und Muster darauf sehr schön. Ich konnte sie leider nicht erkennen, denn sie waren mit Blut besudelt. Rotem Blut, wohlgemerkt, keinem schwarzen. Was hieß, dass Jaydee einen Menschen getötet hatte, wobei das unmöglich nur von einer Person stammen konnte. Es zog sich wie eine abstrakte Malerei quer durch die Eingangshalle. Als hätte er jemanden geschlachtet und den Körper dann über die Fliesen geschleift. Die Eingangstür stand sperrangelweit offen, daneben lag ein weiterer Körper. Ein Mann im dunklen Anzug. Zumindest glaubte ich, dass es einst ein Mann gewesen war, denn viel war nicht mehr von seinem Gesicht oder seinem Körper zu erkennen.

Ich wand den Blick ab und fokussierte mich auf draußen. Dort schien die Sonne, die Vögel zwitscherten ihre Lieder, neben dem Blut drang der Duft nach wilden Rosen und frischem Gras ins Foyer. Es war ein blutiger, wunderschöner, ekelhafter Tag im sommerlichen Schottland. Will griff nach meiner Hand, die leicht zitterte, und führte mich quer durch die Halle. Ich versuchte, die Leiche an der Tür zu ignorieren und geradeaus zu blicken.

»Ich weiß nicht, was für Wesen diese Leute waren. Mr. Smith und der Wachmann sahen aus wie Menschen, aber sie wirkten übernatürlich.«

Will sagte das eher zu sich selbst als zu mir. Keine Ahnung, welche Konsequenzen es für Jaydee haben würde, wenn herauskam, dass er einen Menschen getötet hatte.

»Sie waren nicht unschuldig«, betonte Will noch mal, ohne sehr überzeugend zu klingen. Er steckte den Kopf zur Tür hinaus, um zu prüfen, ob die Luft rein war. Schließlich bat er mich, ihm zu folgen. Als ich draußen war, nahm ich einen tiefen Atemzug, der höllisch in meiner Kehle brannte und gleichzeitig den Mief aus Verwesung und Tod aus meinen Lungen trieb.

Will pfiff einmal kurz, als wolle er einen Hund herbeirufen. »Jack sollte gleich hier sein. Warte bitte kurz. Ich bin sofort zurück.«

Ich packte ihn am Arm und schüttelte den Kopf. Das konnte unmöglich sein Ernst sein! Wusste er nicht, was in Filmen geschah, wenn jemand diesen Satz sagte?

»Vertrau mir, Jess. Ich kann Vivian und Emma nicht so lassen. Ich werde ihre Körper verbrennen, es dauert nur eine Minute. Beim kleinsten Anzeichen von Gefahr wirst du dich sofort auf Jack schwingen und verschwinden, verstanden?«

Ich schüttelte wieder den Kopf. Will löste meine Hand aus seiner und hauchte einen Kuss darauf. »Eine Minute. Versprochen.«

Bevor ich weiter protestieren konnte, war er wieder im Schloss verschwunden. Kurz überlegte ich, ihm zu folgen, aber dann verwarf ich den Gedanken. Nicht noch mehr rennen oder bewegen oder den Gestank nach Blut einatmen. Also ließ ich mich auf der ersten Stufe nieder und behielt die Umgebung im Auge. Von dem Schloss führte ein breiter geschotterter Weg in Richtung Zaun. Rechts und links waren Beete und ein großer Rasen angelegt. Die Blumen glitzerten feucht. Offensichtlich hatte es vor Kurzem geregnet. Der Himmel erstrahlte in einem sanften Blau, die Temperaturen waren angenehm, vielleicht ein wenig frisch, obwohl es Sommer war. Ich hasste die Natur dafür. Warum gab sie sich so viel Mühe, etwas Schönes zu fabrizieren? Was sollte an diesem Tag schön sein?

Ich legte den Kopf auf die Knie und versuchte, meine Kräfte zu sammeln. Meine Glieder kribbelten von der körperlichen und der emotionalen Anstrengung. Ich fühlte mich unglaublich träge, als hätte ich zu viel Alkohol getrunken, nur leider ohne die dazugehörigen Glücksgefühle.

Violet war weg.

Sie war einfach verschwunden.

Was ich immer für unmöglich gehalten hatte, war eingetreten.

Ich schlang die Arme um mich, und sofort hörte ich ihre Schreie wieder. Wenn ich es nur früher zu ihr geschafft hätte. Doch wie? Was hätte ich anderes tun können? Wären wir früher aufgetaucht, hätte Ralf eben früher das Portal geschlossen.

»Fertig«, sagte Will auf einmal hinter mir.

Ich zuckte vor Schreck zusammen und blickte zu ihm hoch. Aus seinen Handflächen stieg Qualm, sein Gesicht war verzerrt durch Trauer und Wut, seine Augen gerötet. Er hätte sich bestimmt gerne mehr Zeit genommen, um seine Frau und seine Tochter zu beerdigen. Ich streckte ihm eine Hand entgegen. Mir war nicht danach, ihm zu sagen, wie leid mir alles tat. Was sollte es auch nutzen? Was Ralf mit ihnen gemacht hatte, war grausam, unwürdig und hässlich. Will wäre nicht damit geholfen, wenn ich ihm mein Mitleid aussprach, zumal sich diese Worte für mich einfach nur noch schal anfühlten. Ein »Tut-mir-leid« half überhaupt nichts. *Tut mir leid, dass deine Mutter weggegangen ist, tut mir leid, dass Ariadne gestorben ist, tut mir leid, dass Jaydee deinetwegen durchgedreht ist, tut mir leid, dass du Violet verloren hast* … Nach all diesen »Tut-mir-leids« war ich es selbst leid. Ich wollte diese Worte nie mehr hören noch wollte ich sie jemals wieder aussprechen. Wir alle litten, mehr als wir sollten, mehr als wir verdient hatten.

Will griff nach meiner Hand und drückte für einige Sekunden meine Finger. »Manchmal sind die Herausforderungen des Herrn schwerer auszuhalten, als uns lieb ist.«

»Ja«, antwortete ich heiser.

Er strich mit dem Daumen über meine Handfläche und malte kleine Kreise darauf. Es fühlte sich gut und tröstlich an. Ich gab ihm die Zeit, die er brauchte, und hielt ihn einfach fest.

»Wo ist eigentlich Jack?«, fragte Will schließlich und blickte sich um.

Ich zuckte die Schultern.

»Er sollte längst hier sein.« Will ließ meine Hand los und rannte den Weg hinunter. »Jack!«

Ich stand auf und folgte ihm. Will pfiff noch einmal, rief erneut den Namen seines Parsumi, doch er kam nicht. Akil hatte mir erklärt, dass die Tiere niemals abhauen würden. Selbst wenn sie tagelang irgendwo ausharren müssten. Es war also ziemlich unwahrscheinlich, dass Jack durchgebrannt war. Ich kam an einem Baum vorbei und wünschte, ich hätte in die andere Richtung geblickt. Am Stamm war ein älterer Mann mit einer Lanze aufgespießt. Vermutlich von einer der Rüstungen, die im Foyer gestanden hatten. Seine Kehle hing in Fetzen heraus, über sein Gesicht zogen sich drei tiefe Kratzspuren, als hätte ihn eine Bestie angefallen. Er trug einen Anzug, der groteskerweise immer noch sauber war. Selbst seine grauen Haare waren noch perfekt frisiert. Einzig in dem Bart hatten sich einige Blutspritzer verfangen.

Will kam zurückgerannt und folgte meinem Blick. »Das ist Mr. Smith. Das war er, besser gesagt.«

Ich stand immer noch da und starrte Jaydees Werk an. Es war wie bei einem Autounfall. Das Grauen hielt einen derart in Bann, dass man einfach nicht mehr wegsehen konnte, obwohl man das ganz dringend sollte. Vor allen Dingen konnte ich mir auch noch vorstellen, wie Jaydee das getan hatte. Ich hatte selbst in die Fratze des Teufels geblickt, ich hatte es am eigenen Leib gespürt, seine Gier und die Freude gesehen, die er empfand, wenn er andere quälte.

Will drehte mich sachte zu sich und zwang mich so endlich weg von Mr. Smith. »Jaydee muss Jack mitgenommen haben. Das ist die einzige Erklärung, warum er nicht kommt.«

Das hieß, wir waren gestrandet.

»Ich werde Logan um … Großer Gott, Jess.« Auf einmal schob mich Will auf Armeslänge von sich und starrte in mein Gesicht, als würden mir Hörner aus der Stirn wachsen. Ich fuhr an meinen Kopf, doch da war nichts.

»Was?«, fragte ich beunruhigt. Dieser Ausdruck von ihm gefiel mir gar nicht.

»Deine Aura.«

Ich blickte an mir hinab, streckte die Arme aus, aber ich sah natürlich nichts.

»Sie … sie verändert sich. Sie leuchtet heller.«

»Warum tut sie das?« In dem Moment, wo ich die Frage stellte, wusste ich bereits die Antwort: »Violet …«

»Ihr Schutz über dich wird schwächer.« Will trat näher, ohne den Blick von meinem Kopf zu nehmen. »Das ist erstaunlich.« Er griff nach einer

Haarsträhne, die mir in die Stirn gefallen war. »Nein, das ist das falsche Wort, es ist … Es ist magisch. Wunderschön.«

»Aber wenn ihr Schutz über mich schwächer wird …«

Will nickte. »Wir müssen deine Aura wieder eindämmen. Du leuchtest wie ein Signalfeuer. Falls sich Schattendämonen in der Nähe aufhalten, werden sie davon angelockt – und vermutlich nicht nur sie.«

Coco. Wir wussten nicht, ob sie meine Aura bemerken würde, doch wir konnten auch nicht davon ausgehen, dass es nicht so war.

»Ich kann einen temporären Schutz auf dich legen. Nichts von dem Kaliber, was eine Fylgja kann, aber es wird deine Aura vorerst eindämmen. Hoffentlich reicht es. Wir müssen dich so schnell wie möglich zu uns nach Hause, in den Schutz unserer Zauber … Ach nein, das geht ja nicht. Dann musst du in ein anderes Haus eines Seelenwächters, bis wir alles wieder in Ordnung gebracht haben.«

»Okay«, sagte ich leise. Eine ähnliche Diskussion hatten wir schon einmal, kurz nachdem Ariadne gestorben war. Damals sollte ich auch zu einem anderen Seelenwächter, doch niemand wollte einen Menschen und eine Fylgja aufnehmen. Hoffentlich wäre es dieses Mal anders.

»Setz dich bitte hin. Ich fange gleich mit dem Zauber an. Ich hoffe, es reicht aus. Meine Kräfte sind nicht mehr sehr stark.«

Ich nahm auf einer Steinbank Platz. Will stellte sich vor mich und hielt die Hände über meinen Scheitel. Die Sonnenstrahlen wärmten meinen Rücken, während Will mich von vorne mit seiner Magie einhüllte. Ich schloss die Augen und ließ es einfach geschehen.

Vielleicht konnte das Feuer auch einen Teil meiner Seele heilen.

9. Kapitel

E*ia niakajahijaa, eia niakajahijaa, eia niakajahijaa …«*

Der Singsang drang von Neuem an Bens Ohr. Er war wieder in der Hütte. Dieses Mal saß er nicht in der Mitte, er lag und es war heiß. Viel zu heiß. Das Feuer, das die anderen wie einen schützenden Kreis um ihn herum aufgebaut hatten, war nähergekommen. Es züngelte an Bens Haaren und an seiner Haut. Er schrie vor Schmerz, bat darum, das Ritual zu beenden, doch es nutzte nichts. Die Flammen wurden stärker und mächtiger, je mehr er sich wand. Wieder zog es an seinem Bauch. Die alten Energien waren erwacht, streckten ihre Finger nach ihm aus und zerrten an seinen Eingeweiden. Ben hätte nicht gedacht, dass die Begegnung mit den Alten so schmerzhaft werden könnte. Warum hatte Abe ihn nicht gewarnt? Warum hatte er ihn darauf nie vorbereitet? Und warum tat sein Großvater ihm das an? Die beiden hatten immer ein sehr gutes Verhältnis zueinander gehabt. Warum ließ er zu, dass Ben von den Flammen verzehrt wurde?

Das Feuer wuchs zu einer gigantischen Wand aus Hitze. Sie vereinte sich über Ben, formte eine Gestalt mit langen Haaren und einem wölfischen Grinsen im Gesicht. Es war eine Frau. Sie hockte direkt über ihm, eine Hand presste sie auf seine Stirn, die andere auf seinen Brustkorb. Auf ihrem Gesicht lag ein Ausdruck tiefer Befriedigung. Der Sog in seiner Mitte wurde immer stärker, seine Haut spannte, als wäre sie mit einem Mal zu eng für seinen Körper; als würde er austrocknen.

Austrocknen. Lebendige Leichen. Schattendämonen.

»Du kannst dich gegen sie wehren.«

Abes Stimme drang leise, aber deutlich an Bens Ohr. Der Druck in seinem Körper stieg von Sekunde zu Sekunde an. Lange würde er das nicht mehr durchhalten. Er würde zerbrechen. In seine Einzelteile zerbersten. Es würde nichts mehr von ihm übrig bleiben.

Benjamin Walker würde sterben.

»Lass es nicht zu«, sagte Abe erneut. »Kämpfe!«

Wie?

»Du bist ein Dowanhowee. Nutze die alten Energien. Wehre den Dämon ab.«

Die Flammen verdichteten sich um Bens Körper. Sie drangen in jede Pore, in seine Ohren, seine Nase, seinen Mund. Wie sollte er irgendetwas abwehren, wenn er sich nicht einmal bewegen konnte?

»Hab Vertrauen. Glaube an die alten Kräfte. Lasse sie zu.«

Vertrauen. Vertrauen. Vertrauen.

Es vermischte sich mit dem stetigen Sing-Sang und dem Getrommel um ihn herum.

»Eia niakajahijaa, eia niakajahijaa, eia niakajahijaa …«

Die Worte hallten dumpf in Bens Geist nach und kratzten an einer Stelle tief drinnen in seinem Herzen. Er schrie auf, stemmte seine Arme gegen die Flammen und griff direkt hinein. Der Schmerz war überwältigend. Die Hitze versengte seine Haut, seine Finger schienen dahinzuschmelzen, ohne etwas greifen zu können, doch er machte einfach weiter. Er packte eine Kehle. Umschloss sie mit allem, was er noch in sich hatte. Legte seine Kraft, sein *Vertrauen* hinein – und drückte zu.

Und auf einmal brach das Feuer über ihm zusammen und erlosch.

Die Hütte löste sich auf und Ben fand sich am Boden seines Büros wieder. Joanne saß immer noch auf ihm, nur ihre Hände lagen nicht mehr auf seiner Stirn und Brust, sondern versuchten, seinen Griff um ihre Kehle zu lockern. Ben quetschte fester, drückte die Daumen tief in ihren Kehlkopf. Sie röchelte. Ihre Augen waren weit aufgerissen. Vor Atemnot, vor Verwunderung über sein plötzliches Aufgebehren. Er wusste nicht, woher auf einmal diese Kraft in ihm kam, aber mit jedem weiteren freien Atemzug spürte er eine Energie in sich pulsieren, die er nie zuvor gespürt hatte.

Joanne stieß einen dumpfen Schrei aus und riss ihn von ihrem Hals. Ihre Hand sauste auf ihn herab, versuchte wieder seine Stirn zu erreichen. Ben reagierte sofort und drehte sich weg. Er zog ein Bein an, bekam es nur halb unter ihr heraus. Also boxte er mit dem Ellbogen gegen ihre Brust. Sie flog zur Seite. Ben befreite sein Bein, kickte nach ihrem Gesicht und traf ihre Nase. Er hörte Knochen krachen, sie schrie, hielt sich sofort die Hand vor die blutende Stelle. Der Geruch nach Verwesung nahm zu. Schwarze Flüssigkeit rann zwischen ihren Fingern hindurch. Ben drehte herum, robbte zu seiner Waffe und konnte sie gerade greifen, als Joanne ihn wieder packte. Die beiden rangen miteinander, jeder versuchte, die Oberhand zu gewinnen.

Ben krümmte den Finger um den Abzug, drehte die Waffe und feuerte. Er traf Joanne direkt in ihr Herz. Sie schrie erneut, und bevor sie sich wieder richtig fangen konnte, feuerte er ein zweites Mal auf sie. Von seinem ersten Kampf mit den Dämonen wusste er, dass sie das nicht lange aufhalten würde. Ben brauchte etwas mit mehr Durchschlagskraft, aber was? Sie hatten damals im Wald auch die Waffen der Seelenwächter beschlagnahmen können, als sie Anna, Will und Akil fanden. Wurfmesser und ein Schwert, gefertigt aus einem fremden Metall. Leider waren die Sachen nach wenigen Tagen zu Staub zerfallen, genau wie Jaydee es vorhergesagt hatte. Der Staub lag noch immer in der Asservatenkammer, sicher verpackt in Tüten. Niemand hatte sich erklären können, warum die Waffen auf einmal zerbröselt waren, und Ben hatte es nicht weiter erwähnt.

Joanne knurrte tief und bedrohlich. Ben zielte ein Stück höher und feuerte ein drittes Mal. Die Kugel surrte an ihrem Ohr vorbei und ließ sie herumwirbeln. Er ballerte weitere Kugeln auf Joanne, schoss sein halbes Magazin dabei leer. Die Dämonin taumelte, stürzte nach hinten und blieb regungslos liegen. Ben sprang auf die Füße und stürmte aus dem Büro.

Hier draußen war es genauso still wie vorher. Kate saß hochkonzentriert an ihrem Schreibtisch und hämmerte auf ihre Tastatur ein. Marvin plauderte mit einem anderen Kollegen über die neuesten Footballergebnisse. Eine Putzfrau wischte Staub von einem Monitor. Sie agierten, als wären sie auf einem anderen Planeten.

Unbegreiflich. Einfach unbegreiflich.

Ben blickte sich kurz um. Er musste die Leute irgendwie rausschaffen, aber wie? Wenn er einfach wild herumbrüllte, würde ihm niemand glauben. Es war genauso wie im Wald. Da hatte Ben auch versucht, seine Kollegen zu der Verfolgung von Jaydee zu animieren, aber niemand wollte mit ihm gehen. Damals hatte Joanne irgendeinen Zauber gelegt, der die Köpfe der Menschen beeinflusste und sie vergessen ließ, was sie gerade tun wollten. Scheinbar wirkte etwas Ähnliches hier. Ben blieb also nur eine Möglichkeit, wenn er alle retten wollte.

Hinter sich hörte er Joanne keuchen. Sie erholte sich und würde gleich zur nächsten Attacke starten. Ben wirbelte herum, rannte den Flur bis zum Ende hinunter und drückte den Knopf für den Feueralarm. Eine schrille Sirene ging los, gefolgt von einer Durchsage, dass jeder sofort das Gebäude verlassen musste. Kate sah auf zu Bens Büro. Er drückte sich rasch an die Wand, heraus aus ihrem Blickfeld. *Jetzt zieh schon Leine!*

Sie stand auf und lief zu Bens Büro, doch Marvin kam ihr entgegen, nahm sie am Arm und deutete auf die entgegensetzte Richtung.

»Ich muss noch auf Ben warten!«

»Gehen Sie, bitte Ma'am. Ich kümmere mich darum.«

Kate wollte widersprechen, schnappte aber ihre Handtasche vom Tisch und verließ den Stock. Ben trat aus seinem Versteck, winkte Marvin zu und rannte zu ihm.

»Ich war auf der Toilette. Brennt es etwa?«

»Vermutlich falscher Alarm, aber wir müssen trotzdem raus.«

»Ich nehme das Treppenhaus hier drüben.« Ben zeigte auf die Tür rechts von ihm.

Marvin nickte und steuerte die andere Tür an, er war Ersthelfer und musste dafür sorgen, dass alle aus dem Büro verschwanden. Ben tat so, als wolle er gehen, wartete jedoch, bis die anderen weg waren. Immer wieder spähte er in sein Büro zurück, wo Joanne langsam zu sich kam. Sie blickte sich um und fand Ben.

Das Büro war fast leer, Marvin bereits am anderen Ausgang. Er öffnete die Tür, warf einen letzten Blick zurück und ging. Joanne schüttelte sich, als müsse sie wieder ihre Knochen sortieren, stemmte sich hoch und sprintete zu Ben.

Er startete in der gleichen Sekunde, riss die Tür auf und sprang die Stufen hinunter, so schnell er konnte. Er hatte keine Ahnung, ob ihm der Staub aus diesen Tüten etwas nutzen würde, aber wenn er aus den Waffen der Seelenwächter war, musste er etwas bewirken. Vielleicht konnte er auf Joanne feuern und das Zeug in ihre Wunden schmieren, damit sie nicht heilten, oder sie damit vergiften. Es war ein Griff nach dem Strohhalm. Der einzige, der ihm zur Verfügung stand.

Sollte er das hier überstehen, brauchte er ganz dringend noch mal ein Gespräch mit Jaydee. Ben musste alles über Dämonen wissen.

Vor allem, wie man sie tötete.

10. Kapitel

Jessamine

Wills Zauber hatte nur einige Minuten gedauert. Es war eine interessante Prozedur gewesen. Er hatte mir erst den Daumen auf die Stirn gelegt und gleichzeitig eine Hand über meinen Kopf gehalten. Dann fühlte ich etwas Warmes, als ob ich einen Ofen geöffnet hätte, um Holz nachzulegen. Es brannte ganz kurz, und dann war es vorbei. Will malte anschließend mit seinem Daumen kleine Kreise auf meine Stirn und murmelte Worte, die ich nicht verstand. So wie zuvor in der Zelle, als er die Hitzebälle auf Jaydee gefeuert hatte.

Als er fertig war, hatte er sein Werk begutachtet und gesagt, dass meine Aura jetzt weniger leuchten würde, aber wir mussten mich trotzdem so schnell wie möglich mit stärkerer Magie umgeben.

Nun stand ich auf dem geschotterten Weg in der Sonne, versuchte die Fliegen zu ignorieren, die sich gerade über Mr. Smiths Leiche hermachten, und starrte auf das Tor. Will war noch mal hinausgegangen, um nach Jack zu suchen, wobei wir beide wussten, dass er nicht mehr da war. Denn dann wäre er längst auf Wills Pfeifen gekommen. Dass ihn ein zufällig vorbeikommender Wanderer geklaut hatte, war ebenso unwahrscheinlich. Die Parsumi waren für Menschen nicht sichtbar. Sie wurden aus dem Bewusstsein herausgefiltert, so wie die Amulette die Seelenwächter versteckten. Außerdem konnte ich mir nicht vorstellen, dass diese Tiere mit Fremden mitgehen würden.

Es surrte neben meinem Ohr. Ich verscheuchte die Mücke, die sich zu den anderen am Baum gesellte und sich mit ihnen das Festmahl teilte. Ich schlang die Arme um mich und lief ein paar Meter weiter, damit ich den toten Körper nicht ständig in meinem Augenwinkel sah. Wenigstens müssten mittlerweile die Leichen der Dämonen zu Staub zerfallen sein.

Will kam zurück. In seiner Hand hielt er eine lederne Satteltasche. Er blickte noch einmal kurz zu Mr. Smith, dann zu mir. Er sah frischer aus als eben noch. Gesünder. Seine Haut wirkte rosig, als wäre er im Erholungsurlaub gewesen. Was auch immer er da draußen angestellt hatte: Ich wollte es auch.

»In der Satteltasche war eine Flasche Heilsirup. Jaydee hat sie dagelassen.«

Oh, daher also seine rasche Genesung. »Vielleicht hat er sie verloren.«

Will hob mir die Tasche entgegen. Die Riemen waren sauber durchtrennt. Das war kein Versehen gewesen.

»Woher hatte er die Waffe?«, fragte ich. Meine Stimme klang noch rau und ich konnte nach wie vor nicht laut sprechen.

»Am Sattel hingen meine. Ein Kurz-, ein Langschwert und ein Dolch. Ich hatte sie zurückgelassen, als ich hereingebeten wurde. Jetzt wird er noch effektiver töten können.« Er drehte den Kopf zur Sonne und blickte mitten hinein. Seine Nasenflügel blähten sich, als bekäme er durch die Strahlen noch mehr Energie. Vermutlich tat er das auch. Die Sonne bestand schließlich aus Feuer. »Mir war nie klar, dass es so auch geht.«

»Was?«

»Die Schattendämonen. All die Jahre über jage und töte ich sie schon. Wir alle. Für mich gab es immer nur eine Methode, sie umzubringen: Mit einer Titaniumwaffe entweder das Herz durchstoßen oder den Kopf abtrennen. So machen wir das seit Jahrtausenden. Schnell und gründlich. Es ist ein sauberer Tod, wenn man das vom Tod überhaupt behaupten kann.«

Aber Jaydee hatte bis eben keine Titaniumwaffe. Er hatte die Körper einfach so lange zerteilt, bis nichts mehr da war, was heilen konnte.

»Das ist…« Will schüttelte den Kopf und wand sich wieder mir zu. »Ich glaube nicht, dass es je einen Seelenwächter gab, der das schon mal auf diese Art getan hat. Warum auch? Wir töten nicht, weil wir Spaß daran haben, sondern weil es unsere Aufgabe ist. Mir wäre es tausendmal lieber, diese Dämonen würden erst gar nicht entstehen. Jeder einzelne von ihnen war einst ein Mensch. Sie waren gute Seelen, reine Seelen, so wie Gott sie erschaffen hatte. Nur aufgrund einer falschen Entscheidung wurden sie zu diesen Ausgeburten der Hölle. Das ist einfach nicht richtig. Dieses Töten, unsere Jagd, die Dämonen, das ist so … frustrierend …« Er lächelte gequält. »Genau wie mit Jaydee. Verstehst du?«

Ich schüttelte den Kopf.

»Es gibt nichts, was man tun kann, um ihn zu ändern. Ich habe es versucht. So oft schon. All die Streitereien zwischen uns, das ist nicht nur wegen … wegen Anna, sondern auch, weil er so ist, wie er ist. Wie lange redete ich damals auf Ilai ein, dass er Jaydee nicht einfach bei uns wohnen lassen kann, dass er jemand unterstellt werden muss, der auf ihn aufpasst. Zwecklos. Jaydee blieb einfach bei uns und wurde irgendwie Teil unserer Familie. Meiner Familie. Daher sollte ich ihn ehren und akzeptieren, aber es fällt mir so unsäglich schwer.« Will deutete auf Mr. Smith. »Immer wenn ich glaube zu wissen, wie ich ihn zu nehmen habe, macht er das Gegenteil. Ich kann ihn einfach nicht einschätzen.«

Und genau das verwirrte ihn. Für Will musste alles seine Ordnung haben. Er brauchte die Sicherheit, dass alles in einer gewissen Bahn verlief. So wie damals mit der Undine. Er hatte in seinen Büchern nachgelesen, was zu tun war, und sich darauf vorbereitet, doch dann kam alles anders.

»Ich weiß einfach nicht, wie ich mit ihm umgehen soll.« Will betrachtete die Tasche mit dem Heilsirup.

Jaydee hätte das nicht tun müssen. Er brauchte keinen Heilsirup, denn sein Körper konnte sich allein regenerieren. Das war ein Geschenk an Will.

»Ich wünschte, ich könnte das hier mit dir teilen, aber Menschen vertragen den Sirup nicht.«

»Schon gut.«

»Dann werde ich jetzt Logan kontaktieren.«

»Wie?«

»So wie wir es immer tun. Mit Hilfe meines Elements. Du wirst es gleich sehen. Aber bevor ich anfange, sollten wir uns eine Sache noch überlegen: Logan wird wissen wollen, was mit Jaydee ist.«

»Und was willst du ihm erzählen?«

»Ich weiß es nicht. Wenn ich berichte, was er getan hat, wird man ihn vor den Rat stellen, sobald wir ihn gefunden haben.«

»Wird der Rat ihn einsperren?«

»Das ist gut möglich. Wenn sie erfahren, was er dir angetan hat, dass er versucht hat, dich zu töten … zweimal schon.«

Ich griff an meine Kehle und schluckte. »Aber das war nicht … er wollte … das nicht.« Wobei das nicht stimmte. Er wollte es. Egal, wie ich es betrachtet: Jaydee war kein Schmusekätzchen, er war ein wildes Tier, das jetzt da draußen herumirrte. »Können wir das nicht unter uns regeln und Logan und den Rat da raushalten?«

Will strich sich die Haare zurück. »Ich weiß nicht, ob das eine gute Idee ist …«

»Wir retten Akil und Anna und dann suchen wir Jaydee. Auf die beiden wird er hören. Das hat er doch schon öfter, oder nicht?« Es wäre nicht das erste Mal, dass Akil Jaydee in diesem Zustand gegenüberstand. Bei meinem allerersten Besuch hatte er mir eine Narbe über seinem Herzen gezeigt. Jaydee hatte sie ihm verpasst, als er mit Akils Titaniumschwert auf ihn losgegangen war und ihn fast erstochen hätte. Akil sagte, dass die Zeit nach dem Brand und dem Tod von Mikael mit die schwerste in Jaydees Leben gewesen war. Und wenn sie das bereits gemeistert hatten, dann musste es jetzt doch auch möglich sein.

»Will, bitte. Tu ihm das nicht an. Du weißt, dass er sich niemals einsperren lassen würde.« Meine Kehle brannte von dem vielen Sprechen, doch ich konnte auch nicht aufhören.

»Nein, vermutlich nicht.«

»Er kann nichts dafür. Die Berührung mit mir war einfach zu viel für ihn.«

Will lächelte gequält und fuhr mit dem Daumen über seine Handinnenfläche, als könnten ihm die Linien darauf verraten, was zu tun war. »Und das alles, weil ich zu viel geplaudert habe.«

»Bitte?«

»Ich habe Ralf von Jaydees Schwachstelle erzählt und nicht nur das. Ich … ich glaube, ich habe ihm auch einiges über die Seelenwächter verraten. Er hat mich unter Druck gesetzt, den Pfeifzauber verwendet … Irgendwann konnte ich nicht mehr und habe alles gesagt, was er wissen wollte.«

Ich biss auf meine Lippe und wusste im Moment nicht, wie ich darauf reagieren sollte.

»Ich bin ein Idiot«, sagte Will weiter. »Und ich wünschte, ich hätte dem Schmerz widerstehen können, aber es … es ging nicht mehr. Dieser Zauber … ich weiß nicht, ob du dir das vorstellen kannst. Es ist, als würde dir jemand mit einem heißen Draht im Gehirn herumbohren. Es betrifft nicht nur den Kopf, der Schmerz breitet sich im gesamten Körper aus. Ich dachte, es würde mich zersprengen, wenn er weitermacht.«

Ich griff nach seinem Arm. »Es ist geschehen und nicht mehr zu ändern. Das einzige, was wir jetzt tun können, ist, Jaydee zu helfen.«

»Aber wenn er weiter tötet …«

»Ich … ich habe das Gefühl … ich weiß nicht, dass er keinen Unschuldigen umbringen wird. Gib ihm einfach eine Chance. Wir suchen ihn und bringen ihn nach Hause, damit er sich beruhigen kann.«

»Es ist erstaunlich, dass du dich so für ihn einsetzt, nach dem, was er dir angetan hat.«

»Weil man dem Tiger immer wieder die Hand hinhalten muss, wenn man ihn streicheln will.« Akils Worte, als ich ihn damals fragte, warum er sich so sehr für Jaydee einsetzte. Ich wusste selbst nicht, woher ich dieses Zutrauen in Jaydee nahm, aber er hatte mich vor ein paar Tagen im Stall hinter seine Fassade blicken lassen und mir einen Menschen gezeigt, der mir überaus gut gefallen hatte und der meine Seele auf eine Art berührte, wie ich es nie für möglich gehalten hätte. Vielleicht verkalkulierte ich mich aber auch gehörig.

Ich zeigte auf die Satteltasche. »Er hat dir Heilsirup dagelassen, das hätte er nicht tun müssen.«

»Nein. Das hätte er nicht.« Will drehte sich zu Mr. Smith und betrachtete ihn lange, bevor er weitersprach. »Na gut. Dann müssen wir seine Spuren beseitigen. Ich werde die Leiche von Mr. Smith und die vom Wachmann verbrennen und du brauchst andere Klamotten. Logan wird ihn sonst an dir riechen können.«

»Oh.« Das war ungünstig, denn ich hatte natürlich nichts zum Wechseln dabei.

»Ich kann im Schloss nachsehen, ob ich etwas anderes für dich finde. Eine lange Dusche wäre natürlich das Beste, aber wir verlieren sowieso schon zu viel Zeit.«

»Dann muss es eben so gehen.«

Ich nickte. Jaydee hatte schon lange einen Platz in Wills Herz, so wie alle anderen auch. Es war ihm nur noch nicht klar.

»Entschuldige mich kurz.« Will arbeitete gründlich und schnell. Es dauerte keine fünf Minuten, bis er die Leichen verbrannt und die Spuren beseitigt hatte. Ebenso war er noch mal ins Schloss gerannt und hatte mir andere Klamotten gebracht. Die ersten, die er finden konnte. Eine viel zu große dunkelblaue Anzughose und ein weißes Hemd, das mir bis fast zum Knie ging. Während ich mich hinter einem Baum umzog, suchte Will einige Äste und Blätter zusammen und legte sie auf den geschotterten Weg. Ich verknotete das Hemd vor dem Bauch, zog die Hose mit dem dazugehörigen Gürtel fest und stülpte die Beine dreimal um. Nicht schön, aber egal. Ich trat hinter dem Baum hervor. Will kniete neben seinen Blättern und hielt die Handflächen darüber. Sofort fingen die Sachen Feuer, das rasch so groß wurde, als hätte er einen Baum gefällt und angezündet.

Es war ein faszinierendes Schauspiel. Will befahl den Flammen, Logan in England zu kontaktieren. Erst glaubte ich nicht, dass es funktionieren würde. Wie sollte das Feuer ihn erreichen? Klingelte es einfach bei ihm durch wie bei einem Telefonat?

Scheinbar, denn nach ein paar Minuten erschien tatsächlich eine Gestalt im Feuer.

Ich erkannte ihn sofort wieder. Logan war damals am See gewesen, als wir Ariadne beerdigt hatten. Die Flammen hatten ein perfektes Abbild von ihm geschaffen. Von seiner großen Statur zu der gepflegten Frisur, dem sauber gestutzten Bart bis zu seinem Jackett mit dem Einstecktuch und dem Stock, den er wohl immer bei sich hatte.

»William. Ist alles in Ordnung?«

»Nein. Es ist etwas geschehen.«

Logan hörte sich ruhig an, was Will zu berichten hatte, und der ließ nichts aus. Von seinen Nachforschungen über das Familienwappen, das ihn zu seinem totgeglaubten Bruder führte, bis zu meinen Erlebnissen mit Joanne in Arizona. Will brachte alles aufs Tablett. Alles, außer die Sache mit Jaydee.

Als er fertig war, nickte Logan und befahl uns zu bleiben, wo wir waren. Sie wollten sowieso gerade auf einen Einsatz aufbrechen und würden in wenigen Minuten da sein.

Mir war klar, wen er mit *sie* meinte: Kendra, Aiden und Isabella. Die drei Wächterinnen, die zu seiner Familie gehörten und die bereits geholfen hatten, die anderen aus dem Krankenhaus zu holen, nachdem Joanne sie mit dem ersten Pfeifzauber schachmatt gesetzt hatte. Kendra hatte mich sogar nach Arizona begleitet. Sie war eine Seelenwächterin des Wassers und sehr direkt in ihrer Art. Auch wenn ich sie nicht mochte, freute ich mich darauf, sie alle zu sehen. Das hieß, dass wir bald aus diesem Leichenhaus wegkonnten.

Will löschte das Feuer, mit dem er zu Logan Kontakt gehalten hatte, stand auf und klopfte den Dreck aus der Hose. »Es wird nicht lange dauern.«

»Okay.«

»Du solltest noch etwas mit deinen Haaren machen. Schmiere dir am besten Erde rein, das sollte Jaydees Geruch übertünchen.«

Ich bückte mich, grub etwas Erde aus dem Garten, zerrieb sie zwischen meinen Handflächen und verteilte sie wie ein Shampoo. Vermutlich würde ich die Knoten nie wieder herauskämmen können.

»Logan wird dich auch endlich heilen können«, sagte Will, als ich fertig war.

Ich fasste an meine Kehle und freute mich darauf, die Schmerzen endlich loszuwerden. Wie hatte ich eine Krankheit früher nur ohne die Heilenergie der Seelenwächter überlebt? »Was sagen wir ihm deshalb?«

»Wir …«

Auf einmal knallte es laut, gefolgt von einem lauten Pferdewiehern. Eine kalte Windböe blies mir durch die Haare. Die anderen waren da. Logan hatte nicht übertrieben, es waren tatsächlich nur wenige Minuten vergangen.

»Komm, wir gehen ihnen entgegen«, sagte Will.

Wir liefen den geschotterten Weg nach draußen und warteten vor dem Tor auf sie.

Logan kam auf uns zugeritten, direkt hinter ihm folgten die anderen aus dem Portal: Kendra, Isabella und zuletzt Aiden. Auf dem Fell der Parsumi und auf ihren Klamotten hingen die Eiskristalle von dem Ritt zwischen den Welten.

Logan erreichte uns als Erster. Er sprang von seinem rabenschwarzen Parsumi und ging sofort zu Will. Wie eben schon hielt er wieder seinen Stock in der Hand. Er war edel gekleidet: dunkler Anzug, der perfekt saß, ordentlich frisierte Haare, saubere Schuhe. Als wollte er auf einen Geschäftstermin und nicht auf Dämonenjagd.

Mit einem leichten Druck auf die Schultern begrüßten sie sich. Logans dunkle Augen blieben an mir hängen. Erst in meinem Gesicht, dann auf meiner geschundenen Kehle.

»Was ist geschehen?«, fragte er.

»Ein Dämon«, antwortete Will rasch. »Er hat sie gewürgt.«

Logan hob eine Augenbraue. »Seit wann würgen Dämonen Menschen?«

»Es war kein Schattendämon. Er lebte hier im Haus. Er gehörte zum Personal, ich weiß nicht, welcher Art er angehörte.«

Logan kam näher und betrachtete mich eingehend. Der Geruch nach feuchter Erde und Moos stieg mir in die Nase, ähnlich wie bei Akil. Er legte einen Finger unter mein Kinn und hob es sachte an. »Ein Dämon, hm?«

Ich nickte. »Ganz übler Bursche.«

Logan betrachtete mich lange und intensiv. Er blähte leicht die Nasenflügel, und ich war mir nicht sicher, ob sich mein Duft änderte, wenn ich log.

»Wo ist eigentlich Jaydee?«

»Keine Ahnung«, sagte Will. »Ich bin alleine nach Schottland aufgebrochen und Jaydee ist von Akil in Athen getrennt worden.«

»Genauso war es«, bestätigte ich. »Akil ist ohne ihn zurückgekehrt. Wir haben ihn nicht mehr gesehen.«

»Habt ihr ihn nicht gesucht?«

»Dafür war noch keine Zeit«, sagte Will. »Ich war ja bis eben selbst hier eingesperrt, und die Ereignisse haben sich ziemlich überschlagen.«

Logan hob eine Augenbraue und tippte sich mit dem Stock ans Kinn. »Ich würde dich jetzt heilen, wenn das für dich in Ordnung ist.«

»Ist das eine ernstgemeinte Frage?«

Er lachte leise. »Es ist eine höfliche Frage. Wenn möglich, heilt man nicht einfach Menschen, ohne sie vorher um Erlaubnis zu bitten.«

»Oh, ich erlaube es in aller Form.«

Logan trat hinter mich und zog mich sachte an seine Brust. Ich fühlte seine Energie, die in ihm pulsierte. Erdwächter waren sehr intensiv in ihrem Wesen. Akil war das beste Beispiel dafür. Sie waren stark und warm und kraftvoll wie die Natur selbst. Ich ließ meinen Kopf gegen seine Brust sinken, als er die Hand auf meine Stirn legte, und gab mich der heilenden Energie hin. Ein leises Stöhnen trat über meine Lippen, als die Heilenergie wie ein warmer Strom in mich floss. Ich war schon ein paar Mal in diesen Genuss gekommen, es war jedes Mal großartig. Logans Kraft rann über meine Stirn, in meinen Kopf, fand zielstrebig meinen Hals und breitete dort ihre komplette Wirkkraft aus. Meine Kehle schwoll ab, ich atmete tief ein, fühlte mich freier, leichter, stärker. Viel zu früh nahm Logan die Hand wieder weg und schob mich ganz sachte von sich.

»Kannst du alleine stehen?«

»Was? Ja, natürlich.«

»Gut.« Sein Atem kitzelte mich am Ohr, als er leise lachte. Diese Erdwächter genossen es einfach, Frauen aufzuziehen, wobei Logan um Welten zurückhaltender war als Akil. Außerdem war er zu alt, um mit mir zu flirten. Okay, Akil auch, aber das hielt ihn nicht davon ab.

Logan drehte mich herum und hob mein Kinn leicht an, um sein Werk zu betrachten. »Was ist das an deinem Hals?«

»Bitte?« Ich tastete über die Stelle. Es waren noch leichte Wölbungen zu spüren. »Da hatte mich die Undine gebissen.«

»Eine Undine? Das ist ein Witz, oder?«

»Ich fürchte nicht.«

Logan schüttelte den Kopf. »Ich will gar nicht wissen, was ihr alles so treibt. Dennoch sollte der Biss ebenfalls heilen.«

Das hatte Akil auch schon gesagt. Erst dachte ich, es läge an seiner Konstitution. Er hatte viel abbekommen in den vergangenen Tagen und war durch den ersten Pfeifzauber mehr geschwächt worden als die anderen.

Logan strich mit der Fingerkuppe darüber. »Das sollten wir uns näher ansehen.«

»Tut aber gar nicht weh.«

»Trotzdem«, sagte Logan und ließ von mir ab. »Aber eins nach dem anderen. Ilai hat das Gegenmittel an seinem Kraftplatz?«

Will nickte. »Und da liegt das Problem. Wir kommen erst gar nicht auf das Gelände, wegen des Pfeifzaubers. Ein Dilemma.«

»Was ist mit ihr?«, fragte Aiden und deutete mit einem Kopfnicken zu mir.

»Erstens hat der Zauber auch eine Auswirkung auf Menschen. Sie vergessen, was sie tun wollten, sobald sie damit in Berührung kommen«, sagte Will. »Und zweitens muss Jess in ein sicheres Haus. Ihre Fylgja verliert die Kraft über sie, das heißt, Jess wird bald ungeschützt sein. Momentan verdeckt sie mein Zauber noch, aber der wird nicht ewig halten. Ich dachte, sie könnte vorübergehend bei dir unterkommen, Logan.«

»In diesem Fall kann ich natürlich nicht Nein sagen.«

Mir behagte es überhaupt nicht, dass ich mich mal wieder verkriechen sollte, während die anderen arbeiteten. Aber ich wusste auch nicht, was ich dagegen tun sollte. Meine verflixte Aura machte mir einen gehörigen Strich durch die Rechnung.

»Außerdem wäre sie so auch vor Ralf sicher«, sagte Will. »Ich weiß nicht, ob er noch mal versuchen wird, an Jess heranzukommen.«

Auf der anderen Seite, warum sollte er? Er wusste, dass die Seelenwächter mir nichts tun würden. Und so lange ich lebte, konnte er über Violets Körper frei verfügen.

»Jetzt brauchen wir nur noch jemanden, der dem Pfeifzauber standhalten kann. Derjenige muss auf das Anwesen und den Sender deaktivieren. Das letzte Mal waren es ja die Goldketten.«

»Wir müssen Jaydee finden«, sagte Logan. »Er hat doch dem Pfeifzauber widerstanden.«

»Das geht nicht«, sagte Will, und ich wunderte mich, wie schnell seine Antwort kam. »Ich kann nicht mal einen Suchzauber setzen, denn ich habe keinen persönlichen Gegenstand von ihm dabei. Das ist alles auf dem Anwesen.«

»Und da kommen wir nicht hin!«, sagte Logan und schnalzte mit der Zunge. »Ihr habt wirklich keine Ahnung, wo er ist?«

»Ja«, antworteten Will und ich gleichzeitig. Okay, das war vielleicht nicht so klug.

Logan kniff sich in den Nasenrücken und schüttelte den Kopf. »Also gut. Welche Wesen kennen wir noch, die uns helfen könnten?«

»Es gäbe da jemanden«, mischte sich Isabella ein. Alle Blicke richteten sich auf sie. Sie zog den Kopf ein und steckte eine Haarsträhne hinter ihr Ohr. »Einen Menschen, der dazu in der Lage wäre.«

»Wer?«, fragte Logan.

»Wir haben dir doch von dem Polizisten erzählt.«

»Benjamin Walker.«

»Er weiß über uns Bescheid und er …« Isabella atmete tief durch, als müsse sie gleich ein schreckliches Geheimnis preisgeben. »Er ist immun gegen unsere Fähigkeiten und wohl auch gegen Joannes Zauber. Er hatte ihn bereits beim ersten Mal durchbrochen, als sie bei Jess war.«

»Was?«, fragte Aiden. »Das ist doch nicht möglich! Ich habe Ben kennengelernt, da war er nicht immun gegen uns.«

Isabella knetete ihre Finger. »Tja, also doch. Schon.«

»So ein Quatsch, das wäre mir aufgefallen.«

»Ich habe dein Gedächtnis an dieses Ereignis vielleicht ein klein wenig verändert.«

»Du hast bitte was?« Aiden fuhr herum und sah aus, als ob Isabella ihr eine Ohrfeige verpasst hätte. »Sag bitte, dass das nicht wahr ist.«

»Ich fürchte schon.«

»Isabella!«, zischte Logan.

»Wie konntest du das tun?«, fragte Aiden.

»Weil ich es musste! Wir wollten nicht, dass Ben vor dem Rat der Seelenwächter landet und für alle möglichen Tests herangezogen wird. Logan! Du bist selbst Mitglied, du weißt, wie sie sind.«

»Trotzdem ist es verboten, gegen einen anderen Seelenwächter seine Fähigkeiten einzusetzen. Das weißt du!«

»Ja.«

»Das muss ich melden, verdammt.«

»Das ist mir klar, und ich werde meine Strafe hinnehmen. Trotzdem ist Ben die Lösung in diesem Fall. Er kann uns helfen.«

Isabella blickte von einem zum anderen. Logan wirkte zerknirscht und angesäuert, Aiden einfach nur enttäuscht. Kendra hielt sich zurück. Mir war noch nicht ganz klar, wie sie in die Gruppe passte, ob sie gut integriert oder eher eine Außenseiterin war.

»Also gut«, sagte Logan schließlich. »Wir werden später über dein Vergehen sprechen. Du gehst mit Aiden zu Ben. Ihr informiert ihn über alles und fragt, ob er uns helfen wird. Aber ihr werdet ihn nicht dazu zwingen, verstanden? Falls er einwilligt, bringen wir ihn nach Arizona und lassen ihn nach dem Sender suchen, damit er den Zauber abstellen kann.«

»Wäre es nicht besser, wenn er euch das Gegenmittel holt?«, fragte ich. »Das geht doch viel schneller.«

»Er kann den Kraftplatz nicht betreten. Das können nur Feuerwächter.«

Und Jaydee. Ich erinnerte mich wieder daran. Er hatte Akil damals begleitet, damit er sich bei seinem Element erholen konnte.

»Will und ich reiten schon voraus und treten einige Kilometer vom Haus entfernt aus dem Portal«, sprach Logan weiter. »So können wir sehen, wie weit der Pfeifzauber dieses Mal reicht. Kendra: Du bringst Jess zu uns und bleibst bei ihr.«

»Na super. Ich darf mal wieder Babysitter für den Menschen spielen.«

Ja, jetzt erinnerte ich mich wieder, warum ich sie nicht leiden konnte. »Was ist mit Violet?«

»Erst brauchen wir das Gegenmittel, dann suchen wir sie«, sagte Will. »Die Frage ist, wie.«

»Vielleicht über einen Suchzauber? Ich habe einige persönliche Gegenstände von ihr.«

»Das geht nicht. Ihr Körper ist dazu geschaffen, Magie abzublocken. Eine Fylgja zu orten, ist ein Ding der Unmöglichkeit.«

»Bitte was?« Will hätte mir genauso gut einen Schlag in den Magen verpassen können. »Aber das heißt, dass wir …«

»Ganz ruhig, Jess. Wir können Violet nicht orten, aber Ralf vielleicht. Er hat hier gelebt. Ich werde einen persönlichen Gegenstand von ihm suchen und ihn benutzen. Wir finden beide. Versprochen.«

Versprochen.

Das sagte er so einfach, als ob er wüsste, dass alles gut werden würde. Leider hatte ich nichts anderes mehr, an dem ich mich festhalten konnte.

»Lasst uns aufbrechen«, sagte er schließlich. Ich wollte umdrehen und Kendra zu ihrem Parsumi folgen, doch Will griff nach meiner Hand und zog mich einige Meter weg von der Gruppe.

»Wirst du zurechtkommen, Jess?«

»Mir bleibt keine andere Wahl, oder?«

»Ich hole dich ab, sobald es geht. Vielleicht kann Ilai dir ein Amulett fertigen, das dich auch außerhalb schützt, sobald er wieder wohlauf ist.«

»Und dann finden wir Violet.« Und Jaydee.

»Ja.« Er zog mich fester an sich und drückte mir einen Kuss auf die Stirn. Es war eine brüderliche Geste, die mir Stärke und Mut geben sollte.

»Wir schaffen das«, sagte er leise.

»Ich nehme dich beim Wort, William.«

Ich löste mich von ihm und folgte Kendra.

11. Kapitel

Violet schlug die Augen auf. Für einen Moment wusste sie nicht, wo sie war. Doch dann erkannte sie durch die engen Sehschlitze der Maske die steinerne Decke und hörte Ralfs Stimme, die sich in den Wänden vervielfältigte und als Echo zurückkam.

Ihr Rücken war eiskalt, ihre Hände schmerzten von den Fesseln, ihr Schädel brummte. Sie lag immer noch auf dem Altar. Sie war immer noch gefesselt – und sie war immer noch am Leben.

Das hieß, Jess war es auch.

Violet seufzte vor Erleichterung. Sie fühlte Jess' Lebensenergie in ihrer eigenen Seele pochen. Schwach, aber sie war noch da. Violet dehnte ihre Sinne aus, versuchte, Jess zu orten und zu erkennen, wo sie sich gerade aufhielt, aber sie prallte gegen einen Widerstand.

Mit ihrem Körper stimmte etwas nicht.

Die Luft um sie herum fühlte sich anders an. Heißer. Gefährlicher. Bedrohlicher. Eine düstere Energie zog an ihrem Inneren, drückte auf ihren Bauch, ihren Brustkorb, als suchte sie nach einem Weg in ihr Inneres.

Ralfs Stimme erfüllte die Krypta. Er war in einen einheitlichen Sing-Sang verfallen, rezitierte Wörter, die keinen Sinn ergaben. Es hörte sich an wie eine fremde Sprache, auch wenn Ralf aus der Bibel vorlas.

Wie eine Sprache aus der Hölle.

Die Maske lag fest auf ihrem Gesicht. Es schmerzte nicht so sehr, wie sie erwartet hatte, oder ihr Körper war mittlerweile zu überreizt, um es wahrzunehmen. Violet versuchte, ihre Arme zu bewegen. Vielleicht könnte sie ja doch … auf einmal bekam sie keine Luft mehr. Der Druck auf ihren Brustkorb nahm zu, ihre Augen stachen, die Widerhaken der Maske bohrten sich tiefer in ihr Fleisch. Violet schrie. Die Angst stülpte sich über ihre Seele, übernahm ihren Körper, ihre Gedanken, ihr Wesen.

Noch nie in ihrem Leben hatte sie eine derartige Panik verspürt. Es war reine Urangst. Geboren aus den Tiefen der Hölle, aus dem Sumpf, aus dem alle Ängste erschaffen wurden und alle Schrecken ihren Anfang nahmen. Glühende Finger griffen nach Violet, legten sich über ihren Mund, pressten ihre Lippen auseinander. Durch die Sehschlitze konnte sie kaum etwas erkennen. Die Decke der Krypta färbte sich rot. Blutrot. Ihr Sichtfeld verschwamm zu wirren Konturen und Schatten.

Violet hörte ein tiefes Knurren, fühlte, wie sich etwas auf ihrer Brust bewegte. Eine Gestalt, mit Armen und Beinen und einem heißen Körper. Sie wollte nachschauen, was es war, doch sie konnte nicht. Der Griff um ihren Mund wurde stärker, die Finger schoben sich zwischen ihre Lippen. Sie wusste nicht, wie das möglich war, da die Maske eng auf ihrem Gesicht lag. Doch sie fühlte es ganz deutlich. Noch mehr Finger drangen in ihren Mund, schoben sich tiefer und tiefer in ihren Rachen hinab. Sie musste würgen, husten, aber die Finger machten weiter. Sie fühlte eine zweite Hand, die ihre Nase verschloss. Violet blieb die Luft weg, ihre Kehle schnürte sich zusammen, ihr Herz raste.

Ich ersticke, ich ersticke, ich ersticke!

Sie versuchte, den Kopf zu drehen, sich aus dem glühenden Griff zu befreien, aber es gelang ihr nicht. Die Finger gruben sich immer tiefer in ihren Körper, füllten sie von innen her aus und nahmen langsam Besitz von ihr.

Ralfs Stimme wurde lauter, energischer, temperamentvoller. Er geriet in Ekstase, sprach die Worte nun schneller; erregter.

Das Gewicht auf Violets Brustkorb schien sie zu zerquetschen. Sie schloss die Augen und versuchte, sich ein letztes Mal gegen das Eindringen zu wehren. Sie stellte sich Jess vor. Wie sie am See stand und lachte. Violet rief sich die schönen Erinnerungen mit ihr ins Gedächtnis, versuchte sich an dieses Bild zu klammern, weil es das letzte war, was sie noch konnte …

Und dann verlor sie den Kampf.

Die Gestalt legte sich um ihre Seele, übernahm ihren Körper, drang in jede Pore, in jede Zelle, bis Violet nichts mehr von sich selbst spürte. Sie wurde kleiner und kleiner, wurde irgendwo nach hinten gedrängt, wo es dunkel und kalt und einsam war.

Auf einmal war Violet weg ….

… und der Emuxor wach.

Er schlug die Augen auf, blickte durch die Sehschlitze der Maske und fühlte die unglaubliche Kraft in diesem Körper.

Mein Körper.

Er gab sich einen Moment, um sich zu orientieren und sich in seiner neuen Hülle zurechtzufinden.

Perfekt. Dieses Gefäß ist absolut perfekt.

Sein Schlaf hatte lange gedauert, der Übergang war nicht einfach gewesen. Er nahm den ersten tiefen Atemzug und glaubte, vor Freude daran zu zerspringen.

Luft. Leben. Energie. Macht.

Er fühlte sie um sich herum vibrieren. Sie war zum Greifen nahe, er musste nur seine Finger danach ausstrecken.

»Du bist da«, sagte jemand hinter ihm.

Er klang vertraut, aber er konnte sich nicht erinnern, woher er den Mann kannte. Noch nicht. Es würde ihm wieder einfallen, sobald der Übergang komplett geschafft war.

»Ich habe Hunger«, sagte er und genoss das Gefühl seiner eigenen Stimme. Sie klang melodisch und weich und sanft. Es störte ihn nicht, dass er im Körper einer Frau steckte.

»Natürlich«, sagte der Mann. »Ich werde dich losbinden.«

Er hörte Schritte um sich herum, fühlte das kalte Schaben von Metall auf seiner Haut. Dann war er frei.

Endlich!

Nach all den Jahren des Schlafens, des Darbens, konnte er aufstehen.

Ganz langsam erhob er sich, prüfte erst die Stärke in diesem Körper und … oh, wie stark er war. Die positive Energie darin vibrierte. Er nahm sie dankbar in sich auf. Ein erster Snack auf dem Weg zur Vollendung.

Der Emuxor richtete sich auf und sah an sich hinab. Die Frau trug ein weißes Kleid. Die Farbe der Unschuld. Zu rein für ihn.

Er blickte sich weiter um. Vor ihm stand ein junger Mann, dessen Gesicht zur Hälfte verbrannt war. Er studierte ihn genau, seine Züge kamen ihm bekannt vor. Er hatte ihn schon mal gesehen, doch da war er noch jünger gewesen.

Der Mann verneigte sich vor ihm. »Willkommen in der Neuzeit, Herr.«

Der Emuxor blickte ihn eine Weile an. Seine Seele war zur Hälfte tot, zur anderen lebendig. Die Mächte tobten in seinem Körper. Jede versuchte, die Herrschaft zu erlangen. Und da wurde ihm klar, woher er ihn kannte. »Du bist Ralf Matthew aus dem Hause Heinrich und somit der Sohn von William Michael Heinrich II.«

»Und euer treuer Diener.«

»Wo ist dein Vater?«

»Gestorben, Herr. Die Pest war schneller. Ich führe sein Werk fort.«

»Er hatte bereits Kontakt zu mir gehabt.«

»Ja, aber ihm fehlte das richtige Gefäß. Alles was er noch erschaffen konnte, war die Maske, die ihr tragt. Geformt aus dem reinsten Tier, das je über die

Erde wandelte, und euer Kraftzentrum. Sobald es vollständig aufgeladen ist, werdet ihr eure gesamte Energie auf die Erde verteilen können.«

Der Emuxor strich über die Maske. Sie fühlte sich glatt und geschmeidig an. Die Kraft der vier Elemente pulsierte darauf. Das Feuer war am stärksten.

»Ich bin bereits in Kontakt mit dem ersten Element, wie ihr spürt. Die anderen werden folgen.«

Der Emuxor nickte und stand auf. Das Gefühl, in einem Körper zu sein, war wie immer zu Beginn fremd und ungewohnt, doch er würde sich bald darin zurechtfinden. »Du hast ein gutes Gefäß für mich gefunden. Dieser Körper ist anders als die anderen.«

»Er gehört einer Fylgja. Sie ist an eine Menschenfrau gebunden. Solange diese lebt, wird auch sie leben.«

»Sehr gute Wahl. Wo ist dieser Mensch?«

»Entkommen, doch sie ist sicher. Sobald ihr eure Armee aus der Finsternis befreit habt, wird es sowieso keine Rolle mehr spielen.«

»Und was willst du dafür von mir als Gegenleistung?«

Ralf lächelte. Nach wie vor hielt er den Kopf gesenkt, wagte nicht aufzublicken. »Ich möchte wieder vollständig sein, Herr. Holt mich auf eure Seite und lasst mich leben.«

»Meine Seite ist der Tod.«

Ralf blickte auf. Ein freudiger Funke blitzte in seinen Augen. »Und der Tod soll ab heute über die Lebenden regieren. Macht euch die Menschen Untertan, so wie es euch vorherbestimmt ist.«

Er richtete sich auf. Spannte die Muskeln in seinem neuen Körper. Der Boden unter seinen Füßen brodelte, als wolle er ihn ebenfalls auf dieser Erde willkommen heißen. Risse bildeten sich in den Wänden, von der Decke lösten sich kleine Steine, doch er hatte keine Sorge, von ihnen getroffen zu werden. Er war das Leben. Dieser Körper war das Leben.

»Ich muss mich erst stärken.«

Der Mann lächelte und deutete auf einen Durchgang. »Natürlich müsst ihr das. Folgt mir. Die Menschen in Riverside Springs warten nur darauf, euch als Nahrung zu dienen.«

12. Kapitel

Heute zahlte es sich aus, dass Ben stets die Treppe statt des Aufzugs nahm. Als er unten ankam, war sein Puls kaum in die Höhe gegangen. Er war nicht außer Atem.

Ben blickte sich kurz um. Das Stockwerk war leer. Nach wie vor tönte der Feueralarm, gefolgt von der monotonen Männerstimme, die alle aufforderte, das Gebäude zu verlassen. Vermutlich würden sie bald bemerken, dass Ben nicht draußen war. Marvin war verpflichtet, alle beim Sammelpunkt auf der anderen Straßenseite durchzuzählen. Im besten Fall bekäme Ben eine Rüge, weil er das Gebäude nicht verlassen hatte. Im schlimmsten würden die Feuerwehrmänner, die in solchen Fällen ebenfalls verständigt wurden, ihn suchen kommen.

Rasch lief er durch den Flur, bis zur Stahltür der Asservatenkammer. Der kleine Raum, in dem normalerweise Betsy saß, wurde durch ein großes Fenster von den Besuchern getrennt. Sie war die Hüterin der Kammer oder des heiligen Grals, wie es viele Kollegen nannten. Jetzt war der Raum leer. Auch sie war dem Feueralarm gefolgt. Ben tippte rasch seinen Code in das Nummernfeld ein, um die Tür zu entriegeln. Es reagierte nicht.

»Nicht doch!« Er probierte es noch einmal. Nichts.

Der Strom für die Türverriegelung hing offensichtlich an dem gleichen Verteiler wie die Aufzüge – und die wurden automatisch ins Erdgeschoss gefahren und dann lahmgelegt. Das konnte doch nicht wahr sein! Fort Knox war doch auch an einem eigenen Stromkreis, warum nicht diese beschissene Tür? Ben rüttelte an der Klinke, auch wenn es nutzlos war. Das Schloss war so angebracht, dass man von innen jederzeit hinaus, nicht jedoch wieder hinein konnte. »Verdammt!« Sein Trick mit dem Feueralarm kam ihm jetzt in die Quere.

Okay, ruhigbleiben. Nachdenken.

Die Asservatenkammer hatte einen Notausgang, der in den Hof führte, in dem Ben vorhin geparkt hatte. Doch erstens wusste er nicht, ob sich dieser von außen öffnen ließ, zweitens musste er erst wieder zurück und würde somit vermutlich Joanne direkt in die Arme laufen.

Dann bleibt nur eine Möglichkeit.

Ben zückte erneut seine Waffe. Er hatte sechs Schuss auf Joanne abgefeuert. Siebzehn hatte er im Magazin gehabt, der Ersatz lag oben in einer

Schublade. Er richtete seine Glock auf das Glas und schoss drei Mal. Das Resultat war ein verästelter Riss in der Mitte der Scheibe. Mehr nicht.

Panzerglas. Natürlich.

Er blickte sich hektisch um. In der Ecke stand ein Feuerlöscher. Ben löste ihn aus der Verankerung, drehte ihn herum und drosch mit der Kante auf den Riss in der Scheibe ein. Es knirschte, die Verästelungen zogen sich weiter durchs Glas, doch es hielt.

Hinter sich hörte er Schritte und ein leises Lachen.

»Sitzt du etwa in der Falle? Das wäre aber sehr bedauerlich.«

Er blickte kurz über seine Schulter. Joanne kam den Gang heruntergeschlendert. Sie schien wieder vollkommen regeneriert zu sein. Einzig ihre blutbesudelte Kleidung und die wirren Haare verrieten, dass sie in einen Kampf geraten war.

»Dumm gelaufen, schätze ich. Liegt der Dolch dort drinnen?«

Ben ließ den Feuerlöscher fallen und zielte erneut auf Joanne. Wenn er richtig gezählt hatte, musste er noch neun Schuss haben. »Du wirst ihn nicht bekommen.«

Joanne breitete die Arme aus, als wolle sie ihn anfeuern, endlich abzudrücken. »Das werden wir ja sehen.«

Ben atmete tief ein, trat den Feuerlöscher in Richtung Joanne und feuerte zwei Kugeln auf das Ventil. Es zischte, gefolgt von einem lauten Knall. Der Feuerlöscher wirbelte herum, verwandelte sich in ein unkontrolliertes Geschoss und krachte gegen Joanne. Ben schoss weitere vier Kugeln auf die Dämonin. Immer auf die gleiche Stelle in Höhe ihres Herzens. Sie schrie und stürzte zur Seite. Er nutzte seine Chance, stob an ihr vorbei, zurück in Richtung Treppe. Nach fünf Metern war sein Sprint vorbei. Joanne warf sich von hinten auf ihn und riss ihn von den Füßen. Er krachte hart auf den Linoleumboden. Ein beißender Schmerz schoss durch seine Rippe. Joanne wirbelte ihn herum, er schlug ihr mit der Faust ins Gesicht, noch bevor er auf dem Rücken lag. Ihre Antwort war um ein Vielfaches schlimmer: Sie packte seinen Kopf und donnerte ihn auf den Boden. Ben sah kurzzeitig nur helle Punkte flackern.

»Jetzt hab ich die Schnauze voll von dir.« Joanne griff nach seiner Glock, verbog den Lauf und verpasste ihm damit einen Hieb auf die Nase. Ben keuchte, drehte sich unter ihr weg und versuchte, wieder die Oberhand zu gewinnen. Das war nicht der erste Nahkampf, in den er verwickelt war; er musste – wie jeder andere Detective auch – regelmäßig ins Training. Doch Joanne war kein gewöhnlicher Gegner. Die Dämonin drosch mit der Kraft einer Abrissbirne auf ihn ein, Ben war ihr körperlich komplett unterlegen. Er wehrte einige ihrer Schläge ab, drehte und wand sich unter ihr und konnte sich tatsächlich ein Stück weit frei arbeiten. Die Schusswunde in ihrer Brust klaffte noch offen. Sie heilte nicht mehr so schnell wie eben noch. Scheinbar verlor auch sie durch den Kampf an Energie.

Ben bohrte seine Finger direkt in die Brustwunde. Joanne schrie und lockerte ihren Griff. Er robbte unter ihr heraus, wollte umdrehen und wieder zur Treppe stürmen, doch sie packte seinen rechten Arm und bog ihn nach oben durch. Der Schmerz ließ ihn fast ohnmächtig werden. Ben war nicht einmal mehr fähig, einen Schrei von sich zu geben. Es fühlte sich an, als würde sie seine gesamte Schulter herausreißen.

Er klappte zusammen, stemmte sich auf die Knie und versuchte, den Schmerz irgendwie auszuhalten. Joanne packte ihn von hinten und riss noch einmal an seiner Schulter. Es knirschte, als die Bänder und Sehnen nachgaben. Joanne zerrte ihn auf die Füße. Ihm war schwindelig vor Schmerz, der Schweiß lief ihm in die Augen. Er keuchte, blinzelte, versuchte, wieder Herr seiner Sinne zu werden.

»Wir beide gehen jetzt den Dolch holen.« Sie drehte mit ihm um und gab ihm einen Stoß. »Sei froh, dass ich dir nicht den Arm ausreiße.«

Ben ließ sich vor ihr herschieben wie ein störrisches Kind. Die Wände, der Boden, alles schien auf einmal ein Eigenleben zu entwickeln und vor ihm herumzutanzen.

Nur am Rande bekam er mit, wie Joanne zielstrebig auf die Stahltür der Asservatenkammer zulief. Sie hielt an und lehnte Ben gegen die nächste Wand. Er keuchte, presste den Arm gegen seine schmerzende Schulter und blinzelte durch einen Schleier aus grellen Punkten. Joanne holte sich den Feuerlöscher und rammte ihn mit Wucht auf das Sicherheitsglas. Erst geschah nichts, doch sie holte wieder und wieder aus, legte ihre gesamte Kraft hinein, bis die Risse sich ausdehnten. Ben presste sich gegen die Wand, nutzte sie als Anker und schob sich langsam wieder zurück in Richtung Treppe.

»Nicht doch, mein kleiner Polizist. Du bleibst schön hier.« Joanne packte ihn am Kragen und zerrte ihn zurück. Dabei riss sie an seiner lädierten Schulter. Ben knickte in den Knien ein und hätte sich am liebsten einfach fallen lassen, doch sie hielt ihn aufrecht.

»Geht gleich weiter, keine Sorge.«

Er hörte ein Krachen, das Scheppern von Glas und ein freudiges Jubeln von Joanne. Sie kletterte durch das gebrochene Fenster und öffnete von innen die Tür.

»Auf geht's. Wir haben noch einiges zu erledigen.«

Sie riss ihn an sich. Ben stieg die Galle nach oben, doch er schluckte alles wieder hinunter.

Sie liefen zwischen zwei riesigen Regalwänden hindurch, die vollgestellt waren mit Kisten unterschiedlicher Größe. Die Asservatenkammer war nach Themen geordnet. In einem Regal lagen die Waffen, im anderen Drogen, im nächsten Fundstücke. Immer sortiert nach Jahren. Je weiter hinten ein Gegenstand lag, umso älter war er.

»Wo ist der Dolch?«

Das Regal mit den Waffen, und dem Titaniumstaub, war auf der rechten Seite. Ben deutete mit einem Kopfnicken in die Richtung.

Fort Knox, und Jess' Dolch, waren weiter hinten. Nur eine Handvoll Polizisten konnte den Raum betreten. Innen waren noch mal alle Gegenstände in extra Schließfächer untergebracht, ähnlich wie in einer Bank.

Ben keuchte dumpf. Es fiel ihm schwer, sich zu konzentrieren und einen klaren Gedanken zu fassen.

Joanne rüttelte ihn. »Hey! Wenn du schlapp machst, nehme ich mir eins dieser hübschen Hackebeile und schleppe nur noch deine Hand mit. Also reiß dich zusammen.«

Zusammenreißen. Ja. Ben konnte das. Er *musste.*

Seine Augen verdrehten sich, er fühlte die Ohnmacht an ihm zerren, doch er zwang sich in seinen Körper zurück und dadurch auch, die Schmerzen voll wahrzunehmen.

Er lehnte sich mit mehr Gewicht auf Joanne und führte sie weiter durch die Regalwände. Irgendwo müsste jetzt die Box mit dem Titaniumstaub sein. Joanne blutete nach wie vor aus ihrer Brustwunde. Wenn Ben es schaffte, an den Staub zu kommen, könnte er ihr das Zeug mitten hineindrücken. Mit etwas Glück setzte sie das lange genug außer Gefecht, dass er sie festbinden konnte; wobei er keine Ahnung hatte, wie er das in seinem Zustand hinbekommen sollte.

»Mach dich nicht so schwer«, sagte sie und schob ihn wieder von sich. Er ließ sich auf die andere Seite kippen. Wo war diese Box? Sein Blick huschte über die Regalwände, es war hier in der Nähe. Dort lagen bereits die Fälle der vergangenen vier Wochen. Er stützte sich an einer Wand ab, tat so, als müsste er kurz durchatmen und blickte sich um.

Da unten! Im vorletzten Regal. Ben erkannte die Fallnummer sofort wieder. Er hustete, beugte sich nach vorne und krümmte sich zusammen. Dabei musste er nicht groß schauspielern, die Schmerzen in seiner Schulter raubten ihm sämtliche Kräfte. Seine Hand streifte eine andere Box, er zog sie aus dem Regal, der Inhalt verteilte sich direkt vor seinen Füßen. Ben fing sich ab, stolperte und stürzte auf die Knie.

Joanne griff nach ihm, wollte ihn wieder hochzerren, doch er hatte bereits, was er suchte, gepackt und riss den Deckel auf. Der Staub glitzerte silbern in den Tüten, in die zuvor die Waffen gepackt worden waren. Ben nahm den Deckel der Box und schleuderte ihn gegen Joanne. Sie machte einen Satz nach hinten und trat ihm gleichzeitig ins Kreuz. Ben stürzte und riss weitere Boxen mit sich. Sie rieselten auf ihn herab, der Inhalt verteilte sich rings um ihn. Er griff wahllos zu, seine Finger schlossen sich um einen Griff – ein Hammer mit einer blutigen Spitze. Ben schleuderte die Waffe Joanne entgegen. Sie wich ihm aus. Er rollte zur Seite, schnappte die nächste Waffe. Dieses Mal war es ein Küchenmesser. Ben machte sich nicht die Mühe, es aus seiner Tüte zu befreien, drehte es um und stach es in Joannes Bein. Sie jaulte, verpasste ihm eine Ohrfeige und zerrte das Messer wieder heraus.

»Jetzt hab ich aber endgültig genug!«

Ben plumpste auf den Rücken und blieb für einige Sekunden reglos liegen. Sein Körper war nicht mehr in der Lage, weiterzukämpfen. Er drehte den Kopf und sah noch mal die Tüten mit dem Titanium. Mit einem Stöhnen rollte er auf die Seite, tastete mit der gesunden Hand nach vorne. Auf einmal stand Joannes Stiefel auf seinem Unterarm. Sie legte ihr Gewicht darauf und trat zu. Ben schrie, wollte sie mit der anderen Hand abwehren, doch die war vollkommen nutzlos durch die ausgerenkte Schulter. Die Schmerzen trieben ihm die Tränen in die Augen. Joanne griff in ihre Jacke und zog ein Messer hervor.

Plötzlich ging ein dunkles Grollen durch das Gebäude, so als bebte die Erde. Die Boxen in den Regalen tanzten, einige stürzten herab, Joanne blähte die Nasenflügel und lauschte.

»Er ist erwacht.« Sie lachte laut. »Oh, wie großartig! Der Meister hat es geschafft!«

Ben hatte keine Ahnung, wovon sie sprach. Er versuchte, seine Hand unter ihrem Stiefel hervorzuziehen, doch es gelang ihm nicht. Joanne blickte von oben auf ihn und grinste. Sie drehte das Messer, damit sie zuschlagen konnte.

»Sag Adieu zu deinen Fingerchen. Ich werde Jaydee ausrichten, dass ich seinen Dolch dafür verwendet habe.«

Ben schluckte, konnte nur noch auf das Messer starren, das nach oben schwang und auf ihn niedersauste.

Er schloss die Augen, wartete auf den Hieb und den darauffolgenden Schmerz. Doch er kam nicht.

Es klirrte laut, dann rumpelte es, als ein Körper neben ihm aufschlug. Ben öffnete die Augen wieder und starrte direkt in das starre Gesicht von Joanne.

»Was …«

»Ben!«, rief eine Frauenstimme.

»Hier«, antwortete er leise und hob den Kopf. In Joannes Rücken steckte ein silberner Pfeil in der Höhe ihres Herzens.

Ben hörte die Schritte zweier Leute. Er zog den Arm unter Joannes leblosem Körper hervor, rollte sich auf den Rücken und schrie vor Schmerz, als er auf seiner Schulter aufkam.

Eine Frau trat in sein Blickfeld. Sie trug eine Ledercorsage und einen Rock. Ihre Haare fielen ihr offen über die Schultern.

»Isabella.«

»Hey, da bist du ja. Bleib liegen.«

»Gerne.« Zu etwas anderem wäre er sowieso nicht mehr fähig.

»Hab ich sie erwischt?«, fragte eine zweite Stimme. Ben kannte sie ebenfalls. Das war Aiden, die andere Seelenwächterin, die er damals im Krankenhaus kennengelernt hatte.

»Ja. Voller Treffer direkt ins Herz«, sagte Isabella. »Sie wird gleich zu Staub zerfallen.«

»Gut. Ich sehe mich mal rasch um, ob noch mehr Dämonen im Anmarsch sind.«

Isabella untersuchte Bens Schulter. Er hätte sich vor Schmerzen fast die Zunge abgebissen, als sie das Gelenk leicht anhob. »In meiner Satteltasche ist Heilsirup, damit wird es dir bald besser gehen.«

»Klingt fantastisch.« Obwohl das Zeug ihm beim letzten Mal üble Magenkrämpfe beschert hatte.

Isabella ließ von seiner Schulter ab und gab ihm einige Minuten, bis er wieder halbwegs klar war. Schließlich versuchte er sich aufzusetzen und sich gleichzeitig dabei nicht zu viel zu bewegen. Isabella griff ihm unter die Arme, bis er mit dem Rücken an einem Regal lehnte.

»Geht es einigermaßen?«

»Ja. Es muss.« Er verzog das Gesicht, als er das Gewicht verlagerte. »Ich will mich nicht beschweren, aber warum seid ihr hier?«

»Wir brauchen deine Hilfe.« Sie fasste kurz zusammen, weshalb sie hergekommen waren und dass sie sich erhofften, Ben könnte den Zauber auf Ilais Anwesen abstellen, damit sie endlich das Gegenmittel holen konnten.

»Warum fragt ihr nicht Jaydee?«

»Weil wir nicht wissen, wo er ist. Er wurde bei seinem letzten Einsatz von Akil getrennt.«

»Was? Ist ihm etwas zugestoßen?«

»Das … das wissen wir auch nicht. Du bist wirklich unsere letzte Hoffnung, Ben.«

Momentan war er nicht in der Lage, irgendwem zu helfen. Doch aus Erfahrung wusste er, dass der Heilsirup alle Schäden in seinem Körper beheben konnte. Als er ihn das letzte Mal getrunken hatte, war sein Zustand weitaus schlimmer gewesen – und er hatte sich hinterher großartig gefühlt. »Woher habt ihr eigentlich gewusst, dass ich hier unten bin?«

»Als wir am Revier ankamen, sahen wir die Menschen draußen auf der Straße, die sich wegen eines Feueralarms versammelt hatten. Aiden meinte, sie könne kein Feuer spüren, also haben wir uns ins Gebäude geschlichen und ich habe nach deiner Seele gesucht und sie schließlich hier unten gefunden.«

»Keine Sekunde zu früh.«

»Sieht so aus.« Isabella blickte sich nach Aiden um und beugte sich näher zu ihm. »Ich muss dir etwas gestehen: Leider musste ich den anderen sagen, dass du immun gegen unsere Fähigkeiten bist. Es ließ sich nicht länger vermeiden, der Rat weiß nun auch Bescheid. Ich habe keine Ahnung, welche Konsequenzen das für dich haben wird. Oder für mich.«

»Verstehe.« Tja, so war das manchmal mit Geheimnissen, man konnte nicht alles für immer verbergen.

»Es tut mir leid.«

»Schon okay. Mach dir keinen Kopf. Es wird schon irgendwie gutgehen.«

Sie lächelte ihn an, das schlechte Gewissen stand ihr ins Gesicht geschrieben. Dennoch wirkte sie erleichtert, dass Ben ihr nicht böse war. Wie konnte er auch?

»Willst du versuchen aufzustehen?«

»Nein, aber mir bleibt wohl nichts anderes übrig.«

»Ich werde dir helfen, sei bitte ganz …«

Auf einmal bohrte sich eine silberne Klinge von hinten durch Isabellas Herz.

Sie zuckte, erstarrte, und bevor sie überhaupt mitbekam, was geschehen war, klappte sie leblos zusammen. Joanne saß hinter ihr und lächelte. »Vorsichtig? Ist es das, was du sagen wolltest?« Sie zog das Messer heraus und warf Isabellas Körper auf den Boden.

»Heiliger Ikandu«, stammelte Ben und rutschte gegen das Regal. Er tastete nach hinten und versuchte, sich in die Höhe zu ziehen. Vor ihm lag Isabella. Die Augen weit aufgerissen. Der Blick ging ins Leere, ihre Seele hatte den Körper verlassen. Ben erkannte den Tod, wenn er zugeschlagen hatte.

»Überraschung«, sagte Joanne. »Sieht so aus, als hätte sich das Blatt gewendet.«

»Oh, mein Gott«, rief Aiden auf einmal. Sie war zurückgekommen, vermutlich, weil sie den neuerlichen Tumult gehört hatte, und starrte auf Isabella, die leblos am Boden lag.

»Ein Seelenwächter weniger auf dieser Welt«, sagte Joanne, zog den Pfeil aus ihrem Rücken und sprang auf. Irgendetwas war anders an ihr als eben noch. Nicht nur, dass sie den eigentlichen Todesschuss überlebt hatte – da war mehr. Ben fühlte ein heißes Kribbeln auf seiner Haut. Joanne strahlte eine Hitze aus, die vorher noch nicht dagewesen war. Als hätte sie in einen Reaktor gefasst und sich aufgeladen. Die Schusswunde, die er ihr verpasst hatte, war verheilt, ihre Haut strahlte. Sie wirkte jünger, frischer, stärker als je zuvor.

Aiden reagierte blitzschnell. Sie spannte den nächsten Pfeil in ihren Bogen und schoss ihn auf Joanne. Sie fing ihn direkt vor ihrem Herzen ab und lächelte. »Zu langsam, Schätzchen.«

Joanne pfefferte den Pfeil weg, drehte das Messer herum und schleuderte es mit voller Wucht auf Aiden. Gleichzeitig griff Ben nach Joannes Bein und brachte sie damit aus dem Gleichgewicht. Das Messer landete in

Aidens Oberschenkel. Sie schrie und krümmte sich zusammen. Joanne trat Ben ins Gesicht. Er sah nur noch schwarz und rot, schmeckte sein eigenes Blut.

Auf einmal fühlte er etwas Heißes auf Joanne zujagen, wie eine Wand aus Feuer. Sie schrie auf, ihre Haare zischten, Flammen züngelten.

»Miststück!«, brüllte sie und wirbelte herum. Der nächste Feuerball traf sie mitten auf die Brust. Joanne wurde nach hinten geschleudert, krachte gegen die nächste Wand und sackte zusammen.

Ben spuckte Blut aus und schaffte es endlich, wieder auf eigenen Füßen zu stehen.

»Komm«, rief Aiden auf einmal neben ihm. Den Dolch hatte sie aus ihrem Oberschenkel gezogen und hielt ihn in der Hand.

»Warte«, sagte Ben. »Wir sollten das Messer von Jess mitnehmen. Deswegen ist Joanne hergekommen. Wenn sie es so dringend haben will, dürfen wir es nicht hierlassen.«

»Wo ist es?«

»In dem Raum da drüben, aber du wirst ihn nicht öffnen können. Dazu brauchst du meinen Fingerabdruck.«

Hinter ihnen keuchte Joanne. Sie kam zu sich.

»Ich verstehe das nicht«, sagte Aiden. »Ich habe so viele auf sie abgefeuert, dass es jeden anderen Dämon in Stücke gerissen hätte.«

»Das wirst du mir büßen, Seelenwächter«, brummte die Dämonin und griff in ihre Hosentasche. Sie zog ein kleines Gerät heraus. Das Handy von vorhin.

»Damit regelt sie einen Zauber«, sagte Ben.

»Okay, lauf. Raus mit dir! Dort warten die Parsumi. Nimm den braunen, er wird dich nach Arizona bringen.« Sie griff an ihren Hals und riss ihr Amulett ab. »Halte das in der Hand. Bashir wird wissen, dass er dir vertrauen kann. Hier, nimm den Dolch auch mit.«

»Ich werde dich doch nicht …«

Aiden wirbelte herum, schoss den nächsten Feuerball auf Joanne, um sie daran zu hindern, den Zauber zu aktivieren. Joanne torkelte, verlor dabei das Handy und fluchte lautstark.

»Geh! Ich komme gleich nach.«

Ben biss die Zähne zusammen. »Was ist mit Jess' Dolch?«

»Ich lasse mir etwas einfallen. *Bitte geh*! Die anderen brauchen dich!«

Und er konnte nicht mehr kämpfen. Ben atmete durch und hinkte zu dem Notausgang der Asservatenkammer. Er hasste es zu fliehen, aber er hatte keine Wahl. Nicht in diesem Zustand. Er steckte das Messer, das Aiden ihm gegeben hatte, an den Gürtel und lief los. Kurz bevor er durch die Tür verschwand, warf er einen letzten Blick auf Aiden, die ihre Feuerbälle wie Kanonenkugeln auf Joanne schoss und sich dabei gleichzeitig zu Fort Knox vorarbeitete. Dann schloss sich die Tür und versperrte ihm den Blick auf die beiden Kämpfenden.

Ben blickte sich um, suchte nach den Pferden. Sie standen nicht weit entfernt und warteten geduldig. Im Raum hinter ihm polterte es. Regale wurden umgeschmissen, Gläser zersprangen, er versuchte, es zu ignorieren. Eine Hand auf die Schulter gepresst torkelte er weiter. Ein lauter Rums ließ ihn herumfahren. Die Tür des Notausgangs hatte eine tiefe Beule, als wäre jemand von innen dagegengeprallt. Er zwang seinen Blick nach vorne und stolperte zu den Pferden. Zu dem braunen hatte Aiden gesagt. Erst legte der Parsumi die Ohren an, als Ben auf ihn zukam, doch als er näher war, schien das Tier zu spüren, dass es in Ordnung war. Es blieb ruhig stehen, während Ben sich am Sattel nach oben zog. Ein Hoch auf all seine Ausritte mit Abe.

Kaum saß Ben oben, flog die Notausgangstür auf und Aiden stürzte ins Freie. Ihr Bein blutete stark, ihre Haare standen in alle Himmelsrichtungen, aus ihren Handflächen stieg Qualm. Aber an ihrem Gürtel hing Jess‘ Dolch. Sie hatte es tatsächlich geschafft! Vermutlich hatte sie Fort Knox einfach gesprengt.

»Weiter!«, schrie sie Ben an und hinkte zu ihm.

Die Tür ging ein zweites Mal auf und Joanne kam heraus. In ihrem Oberarm steckte ein Pfeil, ihre Kleider waren rußgeschwärzt, ihre Haare angekokelt. Sie fixierte Aiden und Ben und setzte ein diabolisches Grinsen auf.

Ihr Handy hielt sie immer noch in der Hand. Oder wieder. Sie tippte darauf herum. Kurz darauf schrie Aiden, griff sich an die Ohren und klappte zusammen.

Ben wollte zu ihr, doch in dem Moment zog Joanne den Pfeil aus ihrem Oberarm und feuerte auf ihn. Er streifte seinen Arm und zog eine brennende Spur in seine Haut.

»Hau ab!«, stöhnte Aiden. »Du bist zu wichtig.«

Er blickte von ihr zu Joanne. Die Dämonin knurrte und sprintete los. Er konnte unmöglich Aiden aufs Pferd ziehen. Nicht mit seiner verletzten Schulter.

Noch weniger konnte er sie einfach im Stich lassen. Es war klar, dass Joanne sie töten würde. Seine Finger krampften um die Zügel. Was? Was nur sollte er tun?

Bashir fing an zu tänzeln, schien die Gefahr zu spüren, die auf sie zukam.

Joanne erreichte ihn, Ben versuchte ihr auszuweichen, aber sie griff nach Bashirs Zügel. Der Parsumi riss den Kopf hoch, legte wieder die Ohren an und biss ihr in den Arm. Ben drückte seine Hacken in die Flanke und trieb ihn nach vorne. Joanne ließ sich nicht abschütteln. Mit einer Hand hielt sie die Zügel, mit der anderen packte sie Bens Bein und versuchte, ihn aus dem Sattel zu zerren. So ineinander verhakt tänzelten sie im Kreis. Ben hatte Mühe, nicht vom Pferd zu stürzen.

Bashir riss ein weiteres Mal den Kopf zurück. Joanne verlor einen Zügel, er biss sie erneut, dieses Mal in ihre Seite. Bevor sie ihn wieder festhalten konnte, galoppierte der Parsumi einfach los. Joanne klammerte sich weiter an Bens Bein, wurde einige Meter über den Asphalt mitgeschleift und ließ schließlich los.

»Ich krieg dich noch, Drecksbulle!«, brüllte sie ihm hinterher.

Bashir beschleunigte unbeirrt weiter. Die Luft kühlte ab, das Licht wurde heller. Ben blieb nichts anders übrig, als sich an die Mähne zu klammern und zu hoffen, dass er nicht herunterfallen würde.

Zum ersten Mal in seinem Leben floh er vor einem Kampf. Zum ersten Mal hatte er jemanden zurückgelassen. Zum ersten Mal betete er zu den alten Göttern seiner Urahnen.

Mögen sie meiner Seele gnädig sein.

13. Kapitel

Jaydee

D*unkelheit.*
Dunkelheit und Blut und Gier und Mordlust.

Noch nie in meinem Leben hatte ich mich derart verloren und gleichzeitig geborgen gefühlt. Der Jäger fing mich auf, er behütete und beschützte mich und sorgte zugleich dafür, dass ich immer mehr von mir selbst verlor. Ich wusste nicht, wo ich war, wie viel Zeit vergangen war, wen ich bereits getötet hatte …

Ich wollte nur noch eines: Blut. Blut. Und noch mehr Blut. Ich wollte meine Finger in die Körper meiner Opfer graben, wollte ihre Angst fühlen, sie aufnehmen, sie zerstören und mich dadurch stärken. Meine Empathie hatte sich umgekehrt. Hatte ich mich bisher von negativen Emotionen ferngehalten, gierte ich nun regelrecht danach. Als könnte ich dadurch all die Gefühle von Jess wieder loswerden, die ich in den vergangenen Stunden aufgenommen hatte. Und vermutlich war es so auch, denn mit jedem Mord, den ich beging, mit jedem Herzen, das ich in meinen Fingern zerquetschte, fühlte ich mich besser. Freier. Verlorener.

Der Jäger trieb mich erbarmungslos an. Ich hatte keine Wahl, als das zu tun, was er verlangte. Ich sah meinen Körper Dinge tun, die ich nicht wollte, hörte mich Worte sagen, die ich nicht meinte. Ich wusste nicht, wie ich dieser Raserei entgehen konnte. Mir war noch nicht einmal klar, ob ich das überhaupt wollte. Denn so schlimm das alles war, so großartig fühlte ich mich dabei. Meine Sinne waren geschärft. Meine Sicht verändert. Ich nahm Energien um mich herum wahr, wie ich sie nie für möglich gehalten hatte. Die Welt lebte, atmete und pulsierte in einem nie gekannten Rhythmus.

Nach der Raserei im Schloss war es mir etwas besser gegangen. Ich hatte kurzzeitig einige klare Gedanken fassen können. Ich glaubte, ich hatte Will und Jess in der Zelle verschont und ihm sogar Heilsirup überlassen, doch so genau wusste ich es nicht mehr. Der Jäger hatte nicht lange geduldet, dass ich die Führung übernehmen wollte, und mich erneut mit Zorn gefüttert. Er wollte seine Rache. Er wollte sich an denen vergehen, die uns verraten hatten. Mit einer ganz bestimmten Person würde ich anfangen.

Ich parierte Jack durch und blickte mich um. Es war Nacht in Florida. Was hieß, dass mir ein paar Stunden fehlten, denn als ich Schottland verlassen hatte, war es noch früher Abend gewesen. Meine Haut war eiskalt von dem Ritt zwischen den Welten, gleichzeitig kochte ich innerlich. Ich fühlte mich fiebrig, erhitzt, aufgepeitscht von meinen Taten und bereit, erneut zu töten. So ritt ich die Straße hinunter, die ich vor Kurzem entlanggegangen war. Niemand nahm mich wahr. Jacks Magie umhüllte mich, machte mich für die Bewohner dieser Stadt unsichtbar, wobei um diese Uhrzeit sowieso nicht mehr viele auf der Straße waren.

Es hatte sich wenig verändert seit meinem letzten Besuch. Die Laternen von diesem Dunkelheitsfest hingen nach wie vor über der Straße, es roch noch immer nach Urlaub, nach Strand, nach Lebenslust.

Ich bog nach links ab und ritt bis direkt vor den Laden, vor dem ich erst kürzlich gestanden hatte.

Drinnen brannte Licht. Und ich hörte zwei Herzschläge.

Sehr gut. Ich parierte Jack durch und stieg ab. Wills Kurzmesser steckte ich in den Stiefel. Es fühlte sich fremdartig dort an. Die Halterung war für meinen Dolch gemacht, den Joanne jetzt hatte. Ich würde ihn mir zurückholen, und dann würde ich Teile aus ihr herausschneiden und sie damit füttern. Langsam. Damit sie so lange am Leben blieb wie möglich.

Ich griff an die Türklinke. Abgeschlossen. Natürlich. Er wollte nicht gestört werden. Mit einem Ruck brach ich das Schloss auf und trat ein. Die Glocke schellte und kündigte meinen Besuch an. Der Geruch von Weihrauch empfing mich, brachte mich kurz ins Straucheln. Dieser Duft löste jedes Mal eine Emotionswelle in mir aus. Ich konnte ihn einfach nicht von meiner Kindheit trennen. Von Mikael, von dem, was ich einst war und vielleicht nie mehr sein konnte.

Unschuldig.

»Wir haben geschlossen!«, rief eine Männerstimme aus dem Nebenzimmer. Ich drehte mich in die Richtung und lief zielstrebig auf die halb geöffnete Tür zu.

Das Surren der Tätowiermaschine hörte auf. Er erhob sich und kam mir entgegen. Ich hörte seine Schritte. Energisch und forsch. Bereit, dem Eindringling gehörig den Marsch zu blasen.

»Hab ich mich unklar ausgedrückt, wir haben … Heilige Mutter Maria Gottes!«

»Die wird dir nicht helfen können.«

Er wich rückwärts und starrte mich an, als wäre ich der leibhaftige Teufel. Und ich wusste, dass ich genauso aussah. Dass das Böse wieder zurück an die Oberfläche geschwappt war und mich Furcht einflößender wirken ließ als jeder Dämon dieser Erde.

Mit zwei Schritten war ich bei Anthony, packte seinen Kopf und ruckte ihn herum. Sein Genick brach sofort. Ich ließ ihn los und er plumpste leblos auf den Boden.

Keira schnappte panisch nach Luft und sprang vom Tätowierstuhl. Sie zog ihr Shirt nach unten, versperrte mir so die Sicht auf die Zeichen, die Anthony ihr eben noch gestochen hatte.

»Grundgütiger, Jaydee.« Ihre Stimme stockte, genauso wie ihr Atem. Ich hörte, wie ihr Herz schneller schlug, roch die Angst, die sich in ihr ausbreitete.

»Überrascht, mich zu sehen, nachdem ihr mich an Joanne verraten habt?«

»Das … das war nicht so, wie du denkst. Wir … Anthony hat …« Sie starrte auf den leblosen Körper vor meinen Füßen. »Du hast ihn umgebracht!«

»Und rate mal, wer die Nächste ist.« Mit einem Satz war ich bei ihr, presste sie gegen die Wand, schlang meine Finger um ihre Kehle.

Keira griff nach meinem Handgelenk und versuchte, meinen Griff zu lösen. Ihre Augen traten hervor, sie japste nach Luft, versuchte etwas zu sagen. Ich schloss meine Finger fester und sah ihr dabei zu, wie sie sich abmühte. Das gleiche Szenario hatte ich doch erst kürzlich erlebt, als ich Jess würgte.

Für Keira passte es nicht. Sie sollte anders sterben.

Ich beugte mich zu ihr, senkte meine Lippen an ihr Ohr und nahm einen tiefen Atemzug. Sie roch nach Angst.

»Jaydee, bitte nicht«, stammelte sie.

Ich lachte leise, zog in einer fließenden Bewegung das Schwert aus meinem Stiefel. Sie zuckte, als sie das Geräusch von schabendem Metall auf Leder hörte.

»Jaydee …«, sagte sie noch einmal.

»Ich hatte es Anthony bereits gesagt …«, erwiderte ich und rammte ihr die Klinge in den Bauch. Sie schrie gepresst, ich hielt gleichzeitig mit ihr die Luft an. Keiras Augen füllten sich mit Tränen, sie presste die Lippen zusammen, kämpfte mit aller Macht die Panik nieder, die sich ihrer bemächtigte. Ich rieb meine Wange an ihrer, versuchte etwas von ihren Emotionen aufzufangen, aber sie waren verdeckt. Genau wie bei unseren anderen Bewegungen.

Es schmälerte ein wenig den Genuss an der ganzen Sache, das musste ich zugeben.

Ich drehte den Griff des Messers in der Wunde. Keira keuchte dumpf.

» … ich lasse mich nicht verarschen.«

14. Kapitel

Die Reise nach Arizona kam Ben wie Stunden vor, obwohl sie nur wenige Sekunden dauerte. Seine Gedanken rasten mit der gleichen Lichtgeschwindigkeit, wie Bashir durch die Welt fegte. Ben konnte einfach nicht vergessen, was er eben getan hatte. Dass er jemanden zurückgelassen hatte, dass er geflohen war.

Feigling, Feigling, Feigling …

Die Worte wollten ihn einfach nicht in Frieden lassen, auch wenn er – rational betrachtet – richtig gehandelt hatte. Er hätte nichts tun können. Er wäre nicht dazu in der Lage gewesen. Er hätte gegen Joanne verloren. Und dann hätte niemand den Seelenwächtern helfen können.

Es war richtig.

Und falsch.

Und feige.

Es knallte laut, ein greller Lichtblitz flackerte vor ihm auf. In der gleichen Sekunde war die Welt wieder da und Ben in einer Wüste. Warme Luft schlug ihm ins Gesicht, zusammen mit dem Geruch nach Salbei und Staub. Die Welt hatte sich verändert. Von der Enge der Stadt war er auf einmal in der Weite Arizonas gelandet. Die Sonne ging gerade unter, die Zeitverschiebung musste ungefähr zwei Stunden betragen. Eine Reise in die Vergangenheit. Bashir parierte durch und ging in einen gemütlicheren Schritt über. Er schüttelte sich ausgiebig, so dass die Eiskristalle aus seinem Fell stoben und wie Glitzersteine zu Boden fielen. Ben strich ebenfalls das Eis von seinem Hemd. Seine Schulter brannte nach wie vor. Durch den Ritt konnte er sich vor Schmerz kaum noch rühren.

Direkt vor ihm thronte auf einem Hügel ein großes Anwesen. Eine Mauer zog sich um das Gelände herum, bis zu den Ausläufern einer Bergkette. Ben konnte die Größe nicht einschätzen, aber es sah aus wie eine kleine Stadt aus einem dieser kriegerischen Historienfilme, die gerade en vogue waren.

Er blickte sich um. Wo waren die anderen? Isabella sagte, dass sie hier auf ihn warten würden. Wobei das ganz gut war, denn da war noch eine Sache, die er unbedingt erledigen musste. Er hielt Bashir an und griff nach hinten in die Satteltasche. Seine Finger fanden die kleine Tonflasche. Ben zog sie heraus und entkorkte sie. Der bittersüße Geruch des Heilsirups stieg ihm in die Nase. Das Zeug schmeckte ekelhaft, daran konnte er sich noch erinnern.

Ebenso an die Magenkrämpfe, die eingesetzt und in einer Art Schüttelfrost geendet hatten.

»Dann mal runter damit«, sagte er, prostete dem Himmel zu, hielt die Luft an und leerte die Flasche in einem Zug. Es schüttelte ihn, als er das Zeug unten hatte. Er musste sich beherrschen, nicht alles wieder nach oben zu befördern.

Ben krümmte seinen Oberkörper, krallte sich wieder in der Mähne fest und wartete.

Es dauerte nicht lange, bis sich sein Magen zusammenzog. Ein Brennen breitete sich in seinem Bauch aus, arbeitete sich von seiner Körpermitte nach außen in seine Arme, seine Beine. Und dann setzten die Krämpfe ein.

Fast gleichzeitig schienen sich alle Muskeln in seinem Körper anzuspannen. Ben schrie, bohrte seine Nägel fester in die Mähne und versuchte, irgendwie gegen den Schmerz zu atmen. Er fing an zu zittern, sein Körper kämpfte gegen den Sirup. Er kannte das. Er hatte das schon erlebt. Es würde alles gutgehen, so wie beim ersten Mal auch.

Ben presste fest die Lippen aufeinander und hielt eisern den Krämpfen stand.

Bashir blieb mucksmäuschenstill stehen, als würde er spüren, was gerade vor sich ging.

Die Tränen rannen über Bens Wange. Vor Schmerz oder davon, weil er auch seine Augen so fest zusammenpresste.

Er hörte auf zu atmen, zu denken … das war mehr, als er aushalten konnte. Ben würde gleich implodieren, zusammenbrechen, ohnmächtig werden.

Und dann war es vorbei.

Auf einmal ließen die Krämpfe nach und verwandelten sich in ein angenehmes Ziehen voller Wärme und Energie. Es legte sich um die verletzten Stellen, heilte seine Schulter, seine Haut, versorgte ihn mit neuer Kraft. Ben entwich ein wohliges Keuchen, er entspannte sich, rotierte seine Arme, prüfte die neue Beweglichkeit.

Oh, Mann, genauso mussten sich Junkies fühlen, wenn sie sich einen Schuss setzten. Das Wohlgefühl war mit nichts zu vergleichen. Er legte den Kopf in den Nacken und genoss den abklingenden Schmerz.

Verdammt, das ist ja besser als Sex.

Ben seufzte zufrieden, gab sich noch einige Sekunden dieser Wohltat hin und blickte sich schließlich um. Selbst seine Sehkraft schien besser geworden zu sein. Die anbrechende Dunkelheit war auf einmal nicht mehr ganz so dunkel.

Er knuffte Bashir leicht in die Flanke. Sofort trottete der Parsumi wieder los. Jetzt, da Ben sich frei bewegen konnte, genoss er sogar den Ritt. Er mochte es, auf einem Pferderücken zu sitzen, das leichte Hin- und Hergeschaukel, den Geruch des Fells. Das alles war mit seiner Kindheit verknüpft, als er seine Ferien bei Abe verbrachte und …

Ohne Vorwarnung stieg Bashir kerzengerade in die Luft. Ben versuchte nach der Mähne zu greifen, doch der Parsumi drehte auf der Hinterhand um hundertachtzig Grad und preschte in die andere Richtung davon. Ben verlor den Halt, seine Füße glitten aus den Steigbügeln. Im nächsten Moment fand er sich rücklings auf dem Wüstenboden wieder. Bashir galoppierte noch einige Meter weiter, bevor er stehenblieb und mit den Hufen aufstampfte.

Irgendetwas hatte ihn erschreckt.

Ben setzte sich auf und blickte sich um. »Autsch.« Er stand auf und rieb sich den Hintern. Zum Glück war er als Kind gefühlte tausendmal vom Pferd gefallen, es war nichts Neues für ihn, nur schlecht fürs Ego.

Langsam ging er auf Bashir zu. »Na komm schon, es ist alles okay.«

Der Parsumi blähte die Nüstern und ließ ein wildes Schnauben aus, er dachte gar nicht daran, wieder zu Ben zu kommen.

»Das ist der Pfeifzauber«, sagte plötzlich jemand hinter ihm. »Er fängt da drüben an.«

Ben fuhr herum und sah sich einem lackschwarzen Parsumi mitsamt Reiter gegenüber. Er trug einen dunklen Anzug, als käme er gerade von einem Termin, an der Seite des Sattels war ein Stock befestigt. Die Züge des Mannes waren die eines Dreißigjährigen, aber in seinen Augen lag eine Weisheit und Erfahrung, wie sie Ben bisher nur bei Abe und den Alten aus seinem Stamm gesehen hatte.

»Benjamin Walker, nehme ich an?« Seine Stimme klang angenehm weich mit einem ausgeprägten englischen Akzent.

»Korrekt.«

»Logan Salvorian, es freut mich sehr.« Er stieg ab und lief Ben entgegen. Der Geruch nach feuchter Erde und Moos mischte sich unter den Duft der Wüste. Ben war schon aufgefallen, dass die Seelenwächter alle unterschiedlich rochen.

»Mich ebenso.« Ben deutete auf Bashir. »Er kann ihn also auch hören?«

»Ja. Die Parsumi reagieren sogar noch schneller darauf. Er scheint sie genauso zu schmerzen wie uns.«

»Warum reagiert deiner nicht?«

»Oh, das hat er, aber so lange wir außerhalb der Grenze bleiben, ist alles gut.«

Ben bemerkte, wie Logan sich umsah. Und er wusste, welche Frage er als Nächstes stellen würde.

»Wo sind Isabella und Aiden?«, fragte er erwartungsgemäß.

Ben biss sich auf die Lippen. Als Polizist hatte er mehr als einmal eine Nachricht wie diese überbringen müssen. Eigentlich sollte er daran gewöhnt sein, doch er hasste es jedes Mal. »Isabella ist … sie ist tot. Joanne hat sie umgebracht und danach Aiden angegriffen. Sie hat wieder den Pfeifzauber verwendet. Scheinbar kann sie ihn über ein Gerät ein- und ausschalten.«

Logan hielt die Luft an. Ben fühlte seine Anspannung und wagte nicht, ihn direkt anzublicken. Er hatte festgestellt, dass es für Menschen einfacher war, wenn sie ein paar Augenblicke für sich hatten.

»Ist Aiden auch tot?«, fragte er gepresst.

»Ich weiß es nicht. Joanne hatte sie mit dem Zauber fast betäubt. Ich wollte ihr helfen, ich … ich hätte sie mit auf das Pferd gezogen, aber ich war …« Wie sollte er es erklären? Seine Verletzungen waren abgeheilt, alles was er jetzt sagen könnte, klang feige und schal. »Ich habe Heilsirup getrunken. Aiden hat darauf bestanden, dass ich hierherkomme.«

Ben blickte zu Logan. Seine Kiefermuskeln waren angespannt, seine Augen glasig, doch er riss sich erstaunlich gut zusammen. Es war nicht das erste Mal, dass er jemanden aus seinen Reihen verlor. »Aiden hat richtig gehandelt.«

»Es tut mir aufrichtig leid.«

»Ja.« Logan drehte sich zum Anwesen herum. Seine Bewegungen wirkten verkrampft. Er versuchte zu verhindern, dass Ben sah, wie ihn diese Nachricht mitnahm, doch es gelang ihm nicht. »William müsste auch gleich wieder da sein. Er wollte noch an einem Hintereingang überprüfen, wie weit der Zauber reicht.«

»Okay«, sagte Ben und blickte zum Haus. »Ich kann das Pfeifen allerdings immer noch nicht hören.«

»Isabella sagte bereits, dass du immun dagegen bist.«

»So ist es.«

Logan nickte und deutete auf den Dolch an Bens Gürtel. »Das ist Jaydees Messer.«

»Ich habe es von Aiden, oder eher von Joanne.«

»Und wie kommt sie an …« Logan schüttelte den Kopf und lächelte, als hätte er eben ein Rätsel gelöst. »Ich dachte mir schon, dass die zwei lügen.«

»Bitte?«

»Nicht so wichtig. Bewahre ihn gut auf. Falls da drinnen noch Schattendämonen sind, kann er dir helfen. Du musst ihn ins Herz rammen oder ihnen den Kopf damit abtrennen.«

Als wäre das so einfach. »Meine bevorzugte Waffe ist eigentlich meine Glock.«

»Leider gibt es keine Titaniumpatronen. Das Metall ist das einzige, das einen Schattendämon tödlich verletzen kann. Und einen Seelenwächter.«

Logan drehte sich wieder zu seinem Parsumi und zog sich mit einer geschmeidigen Bewegung in den Sattel. »Laufe dort nach links den Pfad weiter. Da wirst du auf William treffen.«

»Du willst nicht ernsthaft zurück nach Riverside.«

»Ich brauche Gewissheit.«

Natürlich brauchte er die. »Wenn Joanne dich bemerkt, wirst du ihr ebenfalls in die Falle gehen.«

»Sie wird mich nicht bemerken.«

»Aber …«

Logan wendete sein Pferd. »Wir reden später.«

Mit diesen Worten galoppierte er davon. Sekunden später durchzuckte ein greller Lichtblitz den Himmel – und Logan war weg.

Ben schüttelte den Kopf und setzte sich in Bewegung. Bashir beobachtete ihn aufmerksam, schien erst unschlüssig, was er tun sollte, und entschied sich schließlich, ihm zu folgen. Dabei hielt er nach wie vor gebührenden Sicherheitsabstand zu dem Anwesen.

Nach einem kurzen Fußmarsch, der Ben auf die Seite des Hauses brachte, traf er schließlich William. Das erste und letzte Mal waren sie sich im Krankenhaus begegnet, als William ohnmächtig war. Leider sah er jetzt nicht viel besser aus als damals. Die blonden Haare waren verdreckt und staubig, genauso wie seine schwarze Hose und das Hemd, das mit Blutflecken übersät war. Er hatte die Ärmel hochgekrempelt. Seine Haut war schmutzig und verkrustet. William winkte Ben zu und joggte ihm entgegen.

»Es ist schön, dass du da bist.« William blieb vor Ben stehen und reichte ihm die Hand.

»Wo ist Logan?«

»Er ist zurück nach Riverside.« Ben fasste zusammen, was geschehen war. Von dem Eindringen durch Joanne und ihrem Trick, um in die Asservatenkammer zu kommen, bis zu ihrem letzten Kampf. William lauschte still und bekreuzigte sich, als Ben von Isabellas Tod berichtete.

»Mein Gott … wie kann eine Schattendämonin so mächtig werden, dass sie so etwas überlebt?«

»Keine Ahnung.«

»Bist du sicher, dass der Pfeil ihr Herz getroffen hat?«

»Isabella sagte es. Ich habe nicht nachgesehen.«

William blickte zum Horizont. Die Sonne war verschwunden. Bald würde die Nacht anbrechen. »Das muss Ralfs Werk sein, anders kann ich es mir nicht erklären.«

»Von Ralf hat Joanne nichts gesagt, aber kurz bevor sie der Pfeil traf, meinte sie, *Er* wäre erwacht.«

»Wer?«

»Das weiß ich nicht.«

Will nickte und dachte über Bens Worte nach. »Das ergibt alles noch keinen Sinn.«

»Mehr weiß ich leider nicht.«

William schloss die Augen. Ben war klar, dass er die Verluste betrauerte, dass er eigentlich Zeit brauchte, um das alles zu verarbeiten, aber das musste er auf später verschieben. »Also, sag mir, was ich tun soll.«

Keine Reaktion.

»William.«

»Ja.« Er schüttelte sich, als müsse er sich mit Gewalt dazu bringen, seine Konzentration wieder auf die bevorstehenden Dinge zu lenken. »Wir … wir brauchen das Gegenmittel. Du musst aufs Anwesen. Jess erzählte mir, dass es vier Dämonen waren, die den Zauber auf dem Anwesen installiert haben. Sie hat mitbekommen, wie sich Joanne mit einem von ihnen unterhielt. Vier Dämonen, das heißt, sie könnten wieder vier Gegenstände haben. Beim ersten Mal wurden die Zauber von vier Goldketten gespeist.«

»Sind die Dämonen noch da?«

»Wenn ich das wüsste.«

»Prima.«

»Tut mir leid. Noch kannst du es dir anders überlegen, ich würde es dir nicht verübeln.«

»Kommt nicht infrage.« Ben rotierte den Nacken, einige Wirbel knackten. »Okay. Nach was soll ich suchen, falls mir keine Dämonen über den Weg laufen? Wieder nach den Ketten?«

»Es könnten auch diese komischen Handys sein, aber wenn ich einen derartigen Zauber bei uns installieren wollte, würde ich ihn an strategischen Punkten aufbauen.« William bückte sich und hob einen Ast auf. Damit zeichnete er einen Grundriss des Anwesens in den Sand. »Da ist unser Haus, es ist sozusagen das Herzstück. Hier unten ist der Haupteingang. Hier, hier und dort sind die äußersten Punkte. Suche da zuerst. Rechts geht es zu den Stallungen, und wenn du diesen Weg weitergehst, kommst du zur Bibliothek. Dort sind auch Akil, Anna und Ilai.«

»Sollte ich denen nicht zuerst helfen?«

»Das tust du, indem du den Zauber abstellst und ihnen dann so schnell wie möglich Heilsirup gibst. In der Bibliothek steht eine Vitrine direkt neben dem Eingang an der rechten Wand. Dort findest du die Flaschen. Flöße jedem eine davon ein.«

»Ich könnte sie auch einfach rausschaffen und dann nach dem Zauber suchen.«

»Nimm's mir nicht übel, aber du siehst nicht so aus, als ob du Akil oder Ilai tragen könntest. Akil ist ein Muskelberg und er ist bewusstlos.«

»Dann lade ich sie irgendwo drauf und rolle sie heraus.«

Will legte die Hand auf seine Schultern. »Bitte suche zuerst nach den Sendern. Jaydee erzählte, dass das Pfeifen nachgelassen hat, als er die erste Kette zerstört hatte. Ich nehme an, der Zauber verliert dadurch sofort an Kraft. Das sollte genügen, damit ich hineinkann. Dann hole ich das Gegenmittel.«

»Kann ich das nicht tun?«

»Nein.« William ließ ihn wieder los und zeigte noch mal auf seine gemalte Karte. »Die gesamte östliche Seite wird von dem Berg begrenzt, in dem Tal hier südlich ist unsere Trainingshalle. Hier ist Ilais Kraftplatz, dort muss ich hin, und da ist auch das Gegenmittel. Du kannst den Platz nicht betreten, die Flammen würden dich rösten.«

»Vielleicht auch nicht. Immerhin bin ich gegen eure Fähigkeiten immun.«

»Bist du denn auch gegen Feuer immun?«

»Nicht, dass ich wüsste.«

»Dann wirst du nichts tun können. Die Flammen reagieren wie echtes Feuer. Sie lassen nur einen Seelenwächter aus dem gleichen Element durch. Sorge nur dafür, dass der Zauber aufhört, das genügt bereits.«

»Na gut. Ich suche erst nach dem Sender. Aber wenn ich ihn nicht gleich finde, werde ich die anderen rausholen.«

»Einverstanden. Wie ich sehe, trägst du Jaydees Dolch.«

»Ja. Joanne hat ihn mir netterweise mehr oder weniger freiwillig überlassen.«

»Hat Logan ihn gesehen?«

»Ja, warum?«

»Nur interessehalber. Sei bitte vorsichtig, Ben.«

»Okay. Dann bis später.«

»Ich werde auf die Rückseite laufen und da warten, bis du den Zauber abgestellt hast.«

»Wie wirst du davon erfahren?«

William drehte sich um und pfiff kurz durch die Zähne. Sofort kam Bashir angetrabt und blieb brummelnd vor ihm stehen. »Er wird es mir sagen. Die Parsumi spüren es schneller als wir.«

»Dann mal viel Glück.«

»Dir auch.« William stieg in den Sattel, wendete und trabte den Weg zurück, den er eben gekommen war.

Ben atmete noch einmal tief durch und bog auf den Pfad ab, der ihn zum Haupttor führen würde. »Auf in den Kampf.«

15. Kapitel

Ben hatte das Gefühl, durch eine dieser Wild-West-Geisterstädte zu laufen. Fehlte nur das Steppengras, das von einer Seite zur anderen wehte, und als musikalische Untermalung eine eindringliche, gepfiffene Melodie. Ben fröstelte, während er langsam dem geschotterten Weg folgte. Die Nacht war mittlerweile angebrochen und die Temperaturen extrem abgekühlt. Wenigstens sprangen die Bewegungsmelder an und beleuchteten den Weg, sonst wäre er komplett in der Nacht gefangen gewesen. An eine Taschenlampe hatte er natürlich nicht gedacht, als er aufgebrochen war. Wie auch bei all dem Tumult?

Ein weiteres Licht sprang an und Ben erkannte Blutflecke auf dem Schotter. Sie waren in langen Bahnen auf den Kies gezogen, als wäre jemand über den Boden geschleift worden. *Dann war die Botschaft draußen auf der Mauer vielleicht gar nicht mit roter Farbe geschrieben …*

Beim Näherkommen an das Gelände hatte Ben die Nachricht entdeckt: *»Jaydee: Deine Freunde warten in der Bibliothek. Der Mensch und die Fylgja gehören mir. Liebe Grüße, deine Joanne.«*

Isabella hatte ihm erzählt, dass Jaydee verschwunden war, aber nachdem Ben die Botschaft gelesen hatte und ihn jeder wegen des Dolches so merkwürdig angesehen hatte, wusste er nicht, was er davon halten sollte. Auf der anderen Seite ging es ihn vermutlich auch nichts an.

Langsam lief er weiter, horchte auf jedes Geräusch und spähte in die Dunkelheit rechts und links des Weges. Eine Hand ruhte auf dem Dolch, bereit, die Waffe zu ziehen, falls ein Dämon auftauchen sollte. Mit seiner Glock hätte er sich deutlich besser gefühlt, aber die war ja dank Joanne nur noch ein wertloses Stück Metall.

In seinem Magen kribbelte es. Entweder waren das Nachwirkungen des Heilsirups, oder es hatte andere Gründe. Er fühlte etwas im Inneren und um sich herum, es fiel ihm schwer, den Finger daraufzulegen. Es war wie ein Anstieg der Energie, als würde die Luft sich aufladen und in ihn eindringen. War es gut oder schlecht? Auch das wusste er nicht. Doch mit jedem weiteren Schritt wurde Ben klar, dass da draußen etwas lauerte.

So drang er weiter auf das Anwesen vor. Das Haupthaus kam in Sicht und hob sich kaum noch vom Nachthimmel ab. Es war ein großer dunkler Klotz, der ziemlich verwinkelt aussah. Ben blieb stehen und blickte sich um. Der Weg bog nun in verschiedene Richtungen ab. Rechts lagen die Stallungen, die mit dem hellen Putz deutlich herausstachen. Ben rief sich noch mal Williams Karte ins Gedächtnis. Er hatte gesagt, er solle zuerst an den strategischen Punkten nachsehen. Also müsste er jetzt hier links abbiegen und bis zur Mauer zurücklaufen, um an den Rand des Anwesens zu kommen. Ben ging ein paar Meter in die Richtung, doch es fühlte sich komisch an. Als würde er gegen den Strom schwimmen.

»Hab Vertrauen, Ben, und folge deinem Gefühl …« Die Worte seines Großvaters waren Ben im Gedächtnis geblieben. *»Die alten Energien wissen, was du brauchst. Sobald du dich ihnen anvertraust, werden sie zu dir sprechen.«*

Ben blieb wieder stehen und blickte nach oben. Die Milchstraße zog sich wie ein Wolkenschleier über seinen Kopf hinweg. Millionen von Sternen blickten auf ihn herab. Laut dem Glauben der Dowanhowee-Indianer waren das die Seelen der Urahnen, die sich in ihrem Leben bewährt und einen Platz am Firmament gefunden hatten.

Die alten Energien.

Sie waren auch da oben.

Sie wissen, was du brauchst.

Ben atmete tief durch. Kleine Dunstwolken entstanden durch seinen Atem. Er stockte. War es wirklich so kalt?

Gegen seinen Willen schloss er die Augen und verharrte einige Sekunden vollkommen regungslos in der Dunkelheit. Er fühlte einen leichten Sog im Inneren, als würde jemand ein Seil um seinen Körper legen und ihn zurückziehen. Ben drehte herum und folgte diesem Ziehen. Er wusste nicht, warum er das tat, aber es fühlte sich richtig an. Besser. Leichter.

So lief er ziellos weiter, vertraute darauf, dass dieses Seil ihn leiten würde. Gleichzeitig kam er sich schrecklich albern dabei vor. Trotz aller Erlebnisse konnte er seine Skepsis einfach nicht ablegen. Er *wollte* glauben. Mit jeder Faser seines Körpers wollte er nichts sehnlicher als das. Aber er konnte nicht begreifen, wie es gehen sollte? Wie sollten irgendwelche Energien ihn leiten können? Wie sollten sie wissen, was er zu tun hatte, ihm die Antworten liefern, nach denen er dürstete.

Warum war er anders als die anderen?

»Weil es deine Bestimmung ist, Benjamin Walker«, sagte auf einmal eine leise Frauenstimme.

Ben öffnete die Augen. Wo war sie? Oder hatte er es nur gedacht? Er fuhr herum, blickte nach links, nach rechts, aber es war niemand außer ihm hier. Seine Hand krampfte um den Griff des Dolches.

Ben starrte eine Weile umher, bevor er sich wieder entspannte.

Da war nichts. Eindeutig.

»Ich werde verrückt. Jetzt höre ich schon Stimmen in meinem Kopf.« Und führte dazu wieder Selbstgespräche. Großartig! Die Erlebnisse forderten ihren Tribut und trieben ihn langsam aber sicher in den Wahnsinn. Er drehte sich noch mal um und bemerkte erst jetzt, dass er mitten vor der Bibliothek stand. Seine Füße hatten ihn einfach hierhergetragen.

Die Tür stand offen, von drinnen drang ein sanfter Lichtstrahl nach draußen, der leicht flackerte. Als würde jemand vor einer Kerze sitzen und gemütlich lesen. Ben bezweifelte, dass es so war.

Ein letztes Mal spähte er in die Nacht, dann betrat er die Bibliothek.

Und wünschte, er hätte sich besser darauf vorbereitet.

Akil, Anna und ein weiterer Mann, bei dem es sich wohl um Ilai handeln musste, lagen auf den Sofas. Ihre Gesichter waren verzerrt vor Qualen. Aus ihren Ohren rann Blut, ihre Finger hatten sich in den Bezug gekrallt. Doch das Schlimmste war der Geruch. Es war eine Mischung aus Schwefel, verfaultem Fleisch und ranzigem Öl. Ben presste sich die Hand vor den Mund, trat näher und erkannte, woher der Gestank kam.

»Beim heiligen Ikandu.« Er rannte die letzten Meter und kniete sich vor Ilai. Sein gesamter Körper war mit einer Schicht aus einer goldenen, gallertartigen Masse überzogen. Ben erkannte Äderchen wie bei einem Blutgefäß. Sie pulsierten und vibrierten, die Masse schien lebendig zu sein. Sie drang in Ilais Nase, in seinen Mund, in seine Ohren. Es war wie ein Parasit, der sich Ilais Körper bemächtigt hatte und ihn gefangen hielt. Ganz vorsichtig tippte Ben mit dem Finger auf die Masse. Sie flackerte, es zischte und schlug Funken. Ben zog seine Hand sofort wieder zurück. Eine kleine Brandblase war auf seiner Haut entstanden. Hoffentlich war dieses Zeug nicht für den Pfeifzauber verantwortlich, denn er hatte keine Ahnung, wie er das von Ilai lösen konnte oder ob er das überhaupt sollte.

Ben stand wieder auf. Er musste handeln. Jetzt sofort. Die drei mussten sofort hier raus. Er brauchte etwas, auf dem er sie befördern konnte.

Beim Suchen nach einem rollbaren Untersatz fiel sein Blick auf ein zerknülltes Stück Papier in der Ecke. Er lief dorthin und nahm es an sich.

Es war eine weitere Nachricht von Joanne:

Hallo, Schnuckelchen ….

Ben las den Brief gründlich. Sein Verdacht, dass Joanne etwas mit dem Verschwinden von Jaydee zu tun hatte, wurde von Zeile zu Zeile stärker.

… Die Sender sind dort versteckt, wo alles angefangen hat …

War das ein echter Hinweis oder eine falsche Fährte? Ben hatte das schon oft erlebt, und nachdem er Joanne persönlich kennengelernt hatte, würde es ihn nicht wundern, wenn sie mit Jaydee gespielt hatte.

… Der Zauber wird auch die Gehirne deiner Freunde schädigen …

War das schon geschehen? Sah Ilai deshalb so aus? Aber warum nur er und nicht die anderen? Ben knüllte das Blatt Papier in den Händen zusammen.

Okay. Eine Minute. Länger nicht. Eine Minute würde er sich noch geben, um nach dem Sender hier zu suchen, und wenn er dann keine Eingebung hatte, würde er die drei so schnell wie möglich rausschaffen.

Er steckte den Brief in die hintere Hosentasche und machte sich auf den Weg. Die Bibliothek war ein großes Gebäude mit einem großen Saal in der Mitte, von dem weitere kleinere Räume rechts und links abzweigten. Ben spähte in jeden hinein, ohne etwas Auffälliges zu entdecken, bis er an eine der Reihen weiter hinten kam. Dort lag ein Buch auf dem Boden, als hätte es jemand verloren. Er lief das Regal hinunter und hob es ebenfalls auf. Es handelte von Riverside Springs und bezog sich auf die Stadt. Einwohnerzahl, Sehenswürdigkeiten … es war mit einem feinen Pulver überzogen. Ben ließ es auf der Stelle wieder fallen, als wäre das Ding verhext. Alles in ihm schrie danach, sich von dem Buch fernzuhalten.

Er wich rückwärts, ohne es aus den Augen zu lassen, als könnte es ihn aus dem Hinterhalt angreifen.

Schließlich kam er zurück in den Saal, wo die drei lagen.

Er strich sich frustriert durchs Gesicht. Er konnte nicht länger suchen. Nicht ohne Hilfe.

»Kommt schon, lass mich nicht hängen«, sagte er leise. Wieder fühlte er diesen Sog im Inneren, den Drang, in eine Richtung zu laufen. Ben ließ es geschehen, genau wie zuvor. Seine Turnschuhe machten kaum ein Geräusch, er bewegte sich einfach. Folgte diesem Drang, bis er wieder direkt vor den Sofas in der Mitte stand.

Der Sog in seinem Inneren steigerte sich zu einem Brennen.

Was? Was sollte er tun? Wohin gehen? Wo suchen?

Er konnte die Lösung fast greifen. Sie war da. Er fühlte es. Alles was er tun musste, war den Gedanken zuzulassen und festzuhalten. Ben atmete tief ein, versuchte sich auf dieses Gefühl einzulassen und …

Weg war er.

Der Sog hörte genauso schlagartig auf, wie er angefangen hatte. Der Gedanke, der eben noch so greifbar nahe gewesen war, rückte in unerreichbare Ferne. Ben stieß einen wütenden Schrei aus und trat gegen das nächste Sofa.

Natürlich. Wäre zu schön gewesen, wenn es so einfach funktionieren würde wie in den Filmen! Der einsame Held bekennt sich zu seiner spirituellen Seite und erhält die Lösung für all seine Probleme. *Vertraue auf die alten Energien! Es ist deine Bestimmung, Benjamin Walker!* Humbug! Das war dieser ganze Mist. Nichts weiter als Müll.

Er strich sich mit beiden Händen die Haare zurück und presste die Handflächen gegen seine Stirn. Das hatte keinen Zweck. Er verplemperte seine Zeit. Er blickte die drei an. Mit Anna würde er anfangen. Sie war die Leichteste, sie würde er zuerst rausschaffen und dann hoffentlich auch Akil und Ilai. Und wenn er die ganze Nacht dazu brauchte.

Ben kniete sich vor Anna, schob seine Hände unter ihren Körper, der sich eisig kalt anfühlte, und hob sie sachte an. Sie stöhnte leise, ihre Finger krallten sich fester in den Bezug. Ben hatte einige Schwierigkeiten, sie davon zu lösen.

»Ich bringe dich in Sicherheit«, sagte er. »Du musst loslassen.«

Er versuchte aufzustehen, aber ihre andere Hand griff fester in den Bezug und zerrte daran. Ben verlor das Gleichgewicht, stolperte nach vorne und musste sie wieder auf das Sofa fallen lassen. Mit einem Fluch auf den Lippen griff er nach ihrer Hand und öffnete einen Finger nach dem anderen, um sie endlich von dem Bezug loszubekommen. Er hatte es fast geschafft, als er etwas bemerkte.

»Was ist das denn?«

Unter ihrem Körper lag eine Art Handy. Es war offenbar verrutscht, als er sie angehoben hatte.

Ben erkannte es sofort wieder. Das gleiche Gerät hatte Joanne im Revier benutzt. Er schob Anna sachte zur Seite und zog es unter ihr heraus. Konnte das sein? War das der Sender? Hatte ihn sein Instinkt doch nicht getäuscht und deshalb hierhergeführt? Es sah tatsächlich aus wie ein Smartphone, schwarz mit einer glänzenden Oberfläche. Ben strich mit dem Finger darüber, aber es passierte nichts.

Ohne zu zögern, legte er es auf den Boden, zerrte den Dolch aus dem Gürtel, drehte ihn herum und stach auf das Ding ein. Die Spitze des Messers drang ungehindert in das Metall und sprengte das Teil.

Akil und Anna stöhnten gleichzeitig auf, wie von einer großen Last befreit, Ilai reagierte leider gar nicht. Ben wirbelte herum und grub seine Finger unter Akils Körper. Hier war nichts. Vielleicht war das Gerät der einzige Sender. Vielleicht war das alles Unsinn gewesen, dass sie vier Gegenstände gebraucht hatte, vielleicht hatte Joanne einfach absichtlich alle getäuscht.

Er suchte auch unter Ilais Körper, wobei es ihm hier schwerer fiel, da diese gallertartige Masse sich komplett um ihn geschlungen hatte und jedes Mal zischte, wenn Ben sie berührte. Doch er musste sicher sein, dass er alles gefunden hatte, bevor er den dreien Heilsirup gab.

Da er auch bei Ilai nichts fand, sprang er auf und rannte zu der Vitrine. Sie war vollgestopft mit Tonflaschen und Krügen in unterschiedlichen Größen. Ben zog eine Flasche heraus, die genauso aussah wie die in seiner Satteltasche, entkorkte sie und schnupperte daran. Das war die richtige.

Er nahm zwei weitere Flaschen, eilte zurück zum Sofa und flößte erst Anna, dann Akil den Sirup ein. Doch er wusste nicht, wie er Ilai damit versorgen sollte. Die Masse bedeckte komplett sein Gesicht. Vielleicht hatten die anderen eine Idee.

Es dauerte einige Minuten, bis sie zu sich kamen. Anna schneller als Akil. Das war auch schon beim letzten Mal so gewesen.

Sie stöhnte und öffnete die Augen.

»Ben …«, stammelte sie, als sie ihn erkannte. »Was machst du denn hier?«

»Euch retten. Mal wieder.«

»Was ist passiert?«

»Das ist wirklich eine sehr lange Geschichte, aber ich glaube, sie nimmt gerade eine gute Wendung.«

Hoffentlich hatte William mitbekommen, dass der Zauber vorbei war.

Anna zog die Beine an und setzte sich aufrecht hin.

»Brauchst du noch von dem Sirup?«

»Ja, bitte.«

Ben gab ihr die dritte Flasche. Anna trank in langsamen Zügen und blickte zu Ilai. »Großer Gott, was ist das um Ilai herum?«

»Ich weiß es nicht.«

Akil zuckte und öffnete die Augen. »Oh, verdammt. Was für ein Albtraum.«

»Langsam«, sagte Ben und half ihm ebenfalls zum Sitzen auf. Er sah ziemlich mitgenommen aus. Akils Haut war blass und eingefallen, seine Hände zitterten, während Anna sich von Minute zu Minute weiter erholte. Sie beugte sich über Ilai und untersuchte die goldene Masse um seinen Körper herum. Auch sie wurde verbrannt.

»Das ist irgendein Zauber. Wir brauchen Will. Oder kannst du etwas machen, Akil?«

Da Akil nicht antwortete, drehte sie sich zu ihm herum. Er saß auf der Couch, die Ellbogen auf den Knien abgestützt, und starrte seine Hände an, die nach wie vor leicht zitterten.

»Akil?«, fragte Anna.

»Ist alles in Ordnung?«, hakte auch Ben nach.

»Nein. Ich … ich glaube …. Ich fühle mich merkwürdig.«

»Kannst du das näher definieren?«, fragte Anna.

Er schüttelte den Kopf.

»Joanne sagte, dass der Zauber euch schaden wird.« Ben zog den Brief aus seiner Hosentasche und reichte ihn Anna. Sie kratzte sich an den Oberarmen, während sie las, und schüttelte immer wieder den Kopf, als könne sie die Worte nicht glauben.

»Ich fühle mich wie immer. Ein wenig schwach vielleicht, aber sonst geht es.«

»Vielleicht hat sie gelogen«, sagte Ben. »Um Jaydee anzutreiben. Die meisten machen Fehler, wenn sie gehetzt sind.«

»Vielleicht …«

Auf einmal ging die Tür auf und William trat herein. In seiner Hand hielt er vier Phiolen mit unterschiedlichen farbigen Flüssigkeiten sowie leere Spritzen.

»Ich habe das Gegen ...« William stockte, als er Ilai sah. »Was ist mit ihm passiert?«

»Keine Ahnung«, sagte Ben. »Er war so, als ich reinkam.«

William reichte Anna die Fläschchen und rannte weiter zu der Couch, auf der Ilai lag. »Das ist das Serum. Jeder muss eine Injektion erhalten. Kannst du das aufziehen? Die Farben stehen für die Elemente. Für Ilai und mich also die rote.«

»Natürlich. Jeder eine volle Spritze?«

»Ich gehe davon aus. Ilai hat es leider nicht näher gesagt, aber da die Spritzen ebenfalls bei den Flaschen lagen, wird es so sein.«

»Was ist mit ihm?« Sie nahm die Flaschen behutsam an sich und zog eine Spritze nach der anderen auf. Es waren die kleinen, wie sie auch für Grippeimpfungen verwendet wurden.

»So etwas habe ich noch nie gesehen.« William beugte sich über Ilai und berührte sachte die gallertartige Masse. Bei ihm zischte es nicht so stark wie bei den anderen.

Anna zog die letzte Spritze auf. »Fertig.«

»Gib her«, sagte Akil. »Ich nehme an, die braune ist für mich?«

»Ja«, sagte William.

»Wie viel von dem Serum ist denn noch da?« Akil streckte den Arm aus und spritzte sich ohne zu zögern das Serum in den Muskel.

»Ich denke, das reicht für etliche Injektionen«, sagte William. »Jetzt, da es fertig ist, können wir jederzeit neues herstellen.«

Anna gab William die beiden roten Spritzen. Er krempelte den Ärmel hoch und injizierte sich das Mittel, dann versuchte er, die Nadel durch die goldene Masse in Ilais Arm zu schieben. Sie drang problemlos ein.

»Wenigstens das geht, vielleicht können wir ihm auf die gleiche Art Heilsirup geben.« William seufzte erleichtert und verabreichte Ilai ebenfalls das Gegenmittel. Die gallertartige Masse blieb jedoch.

Anna beobachtete ihn dabei und spielte mit ihrer Spritze, ohne sie zu benutzen.

»Brauchst du Hilfe?«, fragte Ben. Er war kein Experte für diese Sachen, aber das sollte er hinbekommen.

»Ich …« Anna blickte zu Boden, dann zu Akil, dessen Hände immer noch zitterten, und schließlich zu William. »Würdest du?«

Er hielt kurz inne und wirkte fast ein wenig schockiert, weil sie ihn darum bat. »Ja. Gerne.«

Sie drehte sich zu ihm und streckte ihren Arm aus. Ganz sachte rollte William den Ärmel ihrer Bluse nach oben. Zum Vorschein kamen etliche Narben, die sich über ihre Haut zogen. Ben war sofort klar, woher diese Narben stammten.

William legte eine Hand unter Annas Arm, um ihn zu stützen, mit der anderen griff er nach der Spritze. »Piekt nur ganz kurz.«

»Schon gut, das musst du nicht sagen. Ich weiß, dass ich mich wie ein Baby anstelle.«

William presste ihren Oberarmmuskel leicht zusammen, setzte die Spritze in der Hautfalte an und gab Anna ihre Dosis. Als er fertig war, strich er mit dem Daumen über die Einstichstelle. Länger als nötig. »Tust du überhaupt nicht«, sagte er leise.

Oha, den hatte es schwer erwischt. Ben hatte die beiden noch nie vorher zusammen beobachten können, aber selbst ein Blinder hätte erkannt, dass William tiefe Gefühle für Anna hegte. Er schmunzelte und drehte sich zu Akil. Noch immer saß er regungslos da, als grüble er über irgendetwas nach.

»Du siehst nach wie vor blass aus. Brauchst du noch mal Sirup?«

»Der wird mir nicht helfen«, sagte er monoton.

»Was ist los?«, fragte William.

Akil blickte auf. In seinen Augen lag ein Ausdruck tiefsten Entsetzens. Ohne zu antworten stand er auf und rannte aus der Bibliothek.

»Akil!«, rief William ihm nach, aber er war bereits zur Tür draußen.

»Soll ich?«, fragte Ben.

»Ich komme mit«, sagte Anna und stand ebenfalls auf.

Gemeinsam verließen sie das Gebäude und traten in die Nacht hinaus. Sie mussten nicht lange suchen, um Akil zu finden. Er kniete auf dem Rasen ein Stück abseits und grub seine Hände in die Erde.

»Akil, was tust du denn da?«, fragte Anna und rannte zu ihm.

»Sie sind weg«, brabbelte er, während er mehr Erde aufgrub und mit den Fingern darin herumstocherte, als suchte er nach Gold.

»Was ist weg?« Anna kniete sich neben ihn und legte eine Hand auf seinen Rücken.

Akil schüttelte den Kopf, grub weiter, tiefer, bis seine Unterarme im Boden verschwanden.

»Sie sind weg!«

»Bitte rede mit mir. Was meinst du?«

Sie legte ihre Finger auf seine Arme, um ihn am Graben zu hindern. Er erstarrte und blickte sie an. »Ich habe meine Fähigkeiten verloren.«

»Wie meinst du das?«

»So wie ich es sage! Ich fühle nichts mehr! Die Natur, mein Element. Es ist …« Er streckte die Hände aus, drehte sie herum, betrachtete sie von allen Seiten. »Es ist weg. Mein Element hat mich verlassen.«

»Das ist absolut unmöglich.«

»Ich weiß aber, was ich fühle. Hier.« Er drehte sich weiter zu ihr und legte ihr eine Hand auf die Stirn.

»Ich …« Sie schloss die Augen, horchte in sich und schüttelte den Kopf. Nach einigen Augenblicken sah sie ihn ebenso entsetzt an. »Akil.« Anna griff nach seiner Hand. Auf ihrer Stirn war ein erdiger Abdruck geblieben. »Du bist wie leergefegt.«

Er ließ sich auf den Boden sinken und starrte sie an.

Ben stand daneben und wusste nicht, was er sagen sollte. Er wusste noch nicht einmal, was es für einen Seelenwächter bedeutete, wenn er seine Fähigkeiten verlor. Aber dem bestürzten Ausdruck in Akils Gesicht nach zu urteilen war es gleichbedeutend mit einer schlimmen Krankheit.

Anna legte eine Hand auf seine Schulter und drückte sie sachte. »Du solltest an deinen Kraftplatz gehen. Vielleicht kannst dich dort wieder mit deinem Element verbinden. Das hat dir beim letzten Mal auch geholfen.«

»Da war es anders. Jetzt ist es anders. Jetzt ist alles …« Er blickte sich um. »Alles ist so still.«

Nun trat auch William aus der Bibliothek und kam zu ihnen. »Ich konnte Ilai etwas Heilsirup spritzen. Was ist mit dir?«

»Seine Fähigkeiten sind weg«, sagte Anna.

»Das ist unmöglich.«

»Wenn du mir hier den Klugscheißer spielst, werde ich dir den Hals umdrehen, Will«, sagte Akil. »Ich weiß, was ich fühle, verdammt!«

Ben trat einige Schritte rückwärts. Das hier war nicht seine Sache. Er musste und sollte sich heraushalten.

»Kann ich noch etwas für euch tun?«, fragte er William leise.

»Im Moment nicht. Ich werde als Nächstes die Schutzzauber wieder in Gang setzen, damit das Anwesen gesichert ist, sonst können hier jederzeit Dämonen ein- und ausspaz…«

Ein greller Lichtblitz am Himmel unterbrach ihn. Es folgte ein kurzes Knallen und ein lautes Wiehern.

»Das ist Logan«, sagte William und rannte den Weg hinunter Richtung Haupttor.

Ben folgte ihm. »Woher weißt du, dass er es ist?« Und kein Angriff eines Dämons, von dem er eben gesprochen hatte.

»Das sehe ich am Lichtblitz. Der leuchtet nur so aus, wenn die Parsumi aus einem Portal treten, außerdem kenne ich mittlerweile das Wiehern von Logans Hengst.«

Ben konnte knappe fünfzig Meter mithalten, dann hängte William ihn mühelos ab.

»Logan«, rief William, als er fast unten am Tor war. »Wir sind hier. Der Zauber ist ausgestellt.«

William verschwand in der Dunkelheit. Ben eilte ihm hinterher. Der Heilsirup, den er vorhin getrunken hatte, machte sich ein weiteres Mal bemerkbar. Er fühlte sich ausgeruht und fit, als hätte er eine Woche lang geschlafen.

Schließlich holte er William wieder ein. Logan saß noch auf seinem Pferd und er war nicht alleine. Hinter ihm klammerte sich eine Frau mit langen schwarzen Haaren und ebenso schwarzer Kleidung an ihn. Sie war halb bewusstlos und hatte sichtlich Mühe, nicht vom Pferd zu fallen.

»Aiden!« Ben sprintete zu ihnen und half William, sie vom Sattel zu ziehen.

»Vorsichtig! Wir legen sie erst mal hin.«

»Ich konnte sie noch nicht heilen. In Riverside ging es drunter und drüber«, sagte Logan und sprang nun auch vom Pferd. Sofort kniete er sich hinter Aiden, bettete ihren Kopf in seinen Schoß und legte die Hand auf ihre Stirn. Durch die schwarze Kleidung und die Dunkelheit erkannte Ben nicht viel von Aidens Verletzungen, aber vermutlich hatte sie einiges abbekommen.

»Erzähle«, sagte William, während Logan Aiden weiter heilte. Sie stöhnte leise, genoss sichtlich die Heilenergie, die in sie floss.

»Aiden lag auf der Straße. Sie war bewusstlos. Joanne saß gerade auf ihr, als sie hochblickte und lachte. Sie rief: *der Meister ist da* und rannte in den Park. Ich bin ihr kurz hinterher und ….«

Aiden keuchte erneut, Logan verlagerte sein Gewicht, um sie besser halten zu können. »Ich habe deinen Bruder entdeckt, William. Er ist in Riverside, zusammen mit der Fylgja. Sie trägt eine Widdermaske, aber ihre Aura ist umgeben von einer starken dämonischen Energie. So etwas habe ich bisher noch nie gesehen. Sie wirkte wie ein Geschöpf aus der Hölle.«

William bekreuzigte sich und schüttelte den Kopf. »Also hatte ich recht. Er nutzt sie, um irgendeine dämonische Energie zu kanalisieren.«

»Ich werde den Rat verständigen. Wir brauchen Hilfe ...«

»Und den Gegenzauber«, sagte William. »Du und Aiden bekommt sofort euer Serum. Dann muss der Rat dafür sorgen, dass es unter allen Seelenwächtern verteilt wird.«

Bens Eingeweide zogen sich zusammen. In Riverside lief eine verrückte Dämonin herum, und vermutlich schnappte sie sich die Menschen. »Ich werde zurückgehen.«

»Nein. Das ist nicht dein Kampf«, sagte William. »Du hast keine Chance gegen einen Schattendämon, schon gar nicht von dem Kaliber wie Joanne.«

»Das werden wir sehen.« Ben stand auf und klopfte sich den Dreck aus den Hosen. »Ich werde nicht hier herumhocken, während meine Stadt angegriffen wird.«

»Wenn du dich gegen sie stellst, bist du tot«, sagte Logan.

»Wenn ich es nicht tue, werde ich mir das nie verzeihen.«

»Will!«, rief Anna auf einmal.

Ben drehte sich um. Sie kam aus dem Tor und direkt auf sie zugerannt. »Ihr müsst sofort mitkommen!«

»Was ist?«, fragte William. »Geht es Ilai oder Akil schlechter?«

»Nein. Sieh es dir selbst an.«

William blickte zu Logan. Er nickte. »Geht. Ich brauche noch ein paar Minuten mit Aiden. Wir kommen gleich nach.«

»In die Bibliothek«, sagte Anna und rannte wieder zurück.

Ben war für einen Moment unentschlossen. Das alles entwickelte sich zu einem einzigen Desaster.

»Ben, warte kurz«, sagte Logan und griff in seine Jackentasche. Er zog einen silbernen Dolch heraus. Auf dem Griff waren filigrane Linien und Muster eingeritzt, die sich auf der Klinge fortsetzten. Ben erkannte ihn sofort wieder.

»Jess' Dolch.«

»Er steckte an ihrem Gürtel und sie brabbelte die ganze Zeit, dass du ihn haben sollst. Hier.«

Logan drehte den Dolch herum und reichte ihn Ben mit dem Griff voran.

»Danke.«

»Geh zu den anderen, ich komme gleich nach.«

»Okay.« Ben fädelte den Dolch neben dem anderen an seinem Gürtel ein und lief zurück zum Haus. Nach einem kurzen Sprint erreichte er die Bibliothek. So viel wie heute rannte er im Training nicht mal. Von Akil fehlte jede Spur, Ilai lag nach wie vor auf dem Sofa. Sein Zustand hatte sich nicht verändert.

»Hier drüben«, rief Anna, um Ben den Weg zu weisen. Er folgte ihrer Stimme in einen der separaten Räume. Es war ein kleines rundes Zimmer mit einer Weltkarte an der Wand, die sich ringsum über die Wände zog. Eine Dreihundertsechzig-Grad-Ansicht der Erde. Überall blinkten und flackerten Lichter. Als würde man aus dem Weltraum auf die einzelnen Länder sehen.

Will und Anna standen vor Nordamerika, vor Kanada, um genauer zu sein, und Ben erkannte sofort, worauf sie starrten. Dort, wo Riverside lag, hatte sich das Blinken verstärkt. Es war, als hätten sich alle Lichter auf diese Stelle konzentriert. Mehr noch: Die anderen Lichter, die in der Nähe waren, bewegten sich darauf zu.

»Was ist das?«, fragte Ben.

»Dämonische Aktivitäten«, sagte William. »So loten wir aus, in welche Städte wir reiten, wenn wir auf Einsätze gehen. Die Lichter werden erst sichtbar, wenn sich viele Dämonen für längere Zeit an einer Stelle versammeln. Deshalb ist es so schwer, sie zu lokalisieren. Sie bleiben normalerweise ständig in Bewegung, und bis wir dort sind, ist es meist zu spät.«

»Aber dieses Leuchten«, Ben trat näher an die Karte. »Das bedeutet …«

»Ja«, sagte William. »Die Aktivitäten nehmen rasant zu. Und sie versammeln sich alle in Riverside Springs.«

»Heiliger Ikandu.« Ben fühlte sich, als würde sich mit einem Mal der Boden unter ihm auftun und er in ein tiefes schwarzes Loch fallen. Lichter von überall her steuerten auf Riverside zu. Seine Heimatstadt, sein Zuhause wurde von Dämonen infiltriert. Und es gab nichts, was er dagegen tun konnte.

Ende

VIII

Machtkämpfe

1. Kapitel

»Ich hatte es Anthony bereits gesagt …«

Keira erstarrte, als Jaydee die Klinge in ihren Bauch bohrte. Für eine Sekunde stand die Welt still. Da waren nur noch diese stechend-silbernen Augen, die sich in ihre gruben und jedes Detail, jede Regung von ihr aufnahmen. Jaydees Pupillen weiteten sich, er rückte näher an sie heran, rieb seine Wange an ihrer und atmete ein, als wolle er nichts von ihr verpassen.

»… Ich lasse mich nicht verarschen«, fuhr er fort und schob die Klinge tiefer.

Langsam.

Beherrscht.

Kontrolliert.

Er war kein willenloses Monster, das durch Blutgier zu unüberlegten Handlungen getrieben wurde. Er war ein Jäger. Ein gnadenloser, Tod bringender Jäger, der taktisch vorging und dabei jede seiner Taten bis ins Letzte genoss. Keira spürte, wie die Klinge sich in ihren Bauch grub, doch es schmerzte kaum.

Sie atmete ein letztes Mal ein, lehnte den Kopf gegen die Wand und versuchte, bei Sinnen zu bleiben. Anthony war gerade dabei gewesen, ihre Tattoos zu erneuern, als Jaydee hereingestürmt war. Und obwohl die Zeichen noch nicht vollendet waren, nahm die Tinte bereits ihre Arbeit auf und kämpfte gegen das Eindringen des Messers an.

»Jaydee, bitte hör auf«, versuchte sie es noch einmal. »Ich wollte dir nicht schaden.« Und das war die Wahrheit. Anthony hatte sie gezwungen, Jaydee an die Familie Blair mitsamt der Greiffeder auszuliefern. »Du musst mir …«

Jaydee verlagerte sein Gewicht nach vorn und drehte das Messer. Es war auf ihrer rechten Seite eingedrungen. Mit ein wenig Glück waren keine lebensnotwendigen Organe verletzt, aber sie würde ganz sicher an der Wunde verbluten, wenn ihre Tattoos sie nicht heilten.

»Was kann ich tun, um dich zu überzeugen?«, keuchte sie. Sie schluckte, schmeckte das Kupfer auf ihrer Zunge.

»Ich bin sowas von fertig mit Reden. Du und dein kleiner Kompagnon habt mich direkt in Joannes Hände geliefert.«

»Nein.«

Jaydee grinste, damit sagte er mehr als tausend Worte: Er glaubte Keira kein Wort. Und es gab nichts, was sie tun konnte, um ihn umzustimmen. Also sah sie ihm direkt in die Augen, versuchte dem bohrenden Blick aus Silber standzuhalten und ihm mit Kraft ihrer Gedanken zu vermitteln, dass es ihr leid tat. Jaydee erwiderte ihren Blick. Er wirkte mürbe. Der Kampf, den er mit sich selbst ausfocht, stand ihm ins Gesicht geschrieben. Noch immer trug er dieselben Klamotten wie am Tag zuvor, als sie sich verabschiedet hatten. Sie waren verdreckt, zerrissen, stanken nach Blut. Seine Haare waren ebenso verkrustet und hoffnungslos verknotet. Sie taxierten einander für unendliche Zeit. Keiras Knie fühlten sich butterweich an. Sie atmete noch einmal ein. Ihre Lider wurden schwer, sie wollte nicht ohnmächtig werden, wollte ihm nicht die Befriedigung verschaffen, nach der er suchte.

Auf einmal sah sie einen Schatten huschen. Sie blinzelte, Jaydee bemerkte es, wirbelte herum, doch er war einen Hauch zu langsam. Anthony packte seinen Kopf und brach ihm das Genick.

Jaydee plumpste zu Boden.

»Großer Gott«, stammelte Keira. Jetzt, da Jaydee sie nicht mehr an der Wand fixierte, drohte sie tatsächlich zusammenzuklappen.

»Ich hab dich«, sagte Anthony und schob seine Hände unter ihre Arme. »Wir werden nicht viel Zeit haben, bis er geheilt ist.«

»Wie …« Keira blinzelte. Vielleicht halluzinierte sie bereits vom Blutverlust. »Warum bist du …?«

»Denkst du, Dämonen und Seelenwächter sind die einzigen, die heilen können. Mittlerweile müsstest du mich doch kennen, Keira-Maus. Warte.« Anthony rannte zum Tisch mit der Tätowierpistole, öffnete die oberste Schublade und holte ein schwarzes Pulver in einem Streuer heraus. Er verteilte es über ihre Wunde und die Klinge. »Das Pulver bindet das Blut. Trotzdem müssen wir dringend deine Tattoos vervollständigen, damit du heilen kannst. Aber erst kümmere ich mich um den Typen. Schätze, der ist nicht lange außer Gefecht. Kannst du alleine stehen?«

Sie nickte, lehnte sich gegen die Wand und schloss die Augen. Die Wunde in ihrem Bauch pochte. Sie hörte Anthony herumhantieren und einen der Schränke öffnen. Vermutlich holte er eins seiner Superseile. Damit hatte Keira schon öfter gearbeitet, wenn sie jemanden einfangen mussten und dieser sich nicht einfangen lassen wollte. Die Seile verstärkten sich, je mehr

Kraft man aufwendete. Obwohl sie nicht dicker als ihr Zeigefinger waren, hatte es noch keiner geschafft, sich daraus zu befreien.

»Ich werde dem Scheißer Blut abnehmen«, sagte Anthony. »Wenn er schon so dumm ist und uns ein zweites Mal in die Arme läuft, muss ich wissen, was er für ein Wesen ist. Denn eines ist klar: Er ist kein vollwertiger Seelenwächter! Die können nämlich keine Menschen foltern. Wusstest du das, Keira-Maus? Ich auch nicht, aber ich habe recherchiert, nachdem er mich in der Mangel hatte. Die haben eine natürlich eingebaute Hemmschwelle. Vermutlich geschieht das, wenn sie in die Transformation von Mensch zu Seelenwächter übergehen.«

Konnte dieser Typ nicht mal für eine Sekunde die Klappe halten? Typisch, dass er erst ans Geschäft dachte, während sie fast in der Mitte auseinanderfiel. Sie öffnete die Augen und sah ihm zu, wie er Jaydee in den Arm stach und Blut abnahm. Anthonys Blick war glasig, fast schon gierig, als hörte er bereits die Rubel rollen.

»Wir verabreichen ihm ein hochdosiertes Sedativum. Sobald deine Tattoos vollständig sind, wird seine Kraft absorbiert«, sagte Anthony.

»Du weißt, dass ich tagelang Migräne von den Tattoos bekomme und erst mal gar nichts mache.« Sie konnte sich nicht vorstellen, dass Jaydee so lange warten würde.

Anthony blickte auf und schürzte die Lippen. »Na ja. Es kann sein, dass ich ein kleines Gegenmittel habe.«

Sie starrte ihn an. Das war jetzt hoffentlich nicht sein Ernst! Nach all den Jahren des Leidens, der Tage, an denen sie nicht mehr tun konnte, als in ihrem Bett zu liegen und zu warten, bis sich ihr Körper an die Magie gewöhnt hatte. »Du hast ein Gegenmittel und sagst mir nichts?!«

»Ja. Tut mir leid. Es ist hinten in den Kartons. Hochkonzentriertes Morphium. Aber es wirkt nur vorübergehend, und wenn es abklingt, kommt die Migräne trotzdem.«

»Du bist doch wirklich das größte Arschloch unter dieser Sonne.« Sie drückte sich von der Wand ab. Nur mit all ihrer Willenskraft schaffte sie es, das Zimmer zu durchqueren. Ein letztes Mal sah sie auf Jaydee. Er lag nach wie vor leblos da, aber einer seiner Finger zuckte. Anthony zog die Kanüle ab und steckte die Spritze mit dem Blut sofort ein. Dann begann er, das Seil um Jaydees Körper zu schlingen. »Keira, hilf mir mal.«

Sie drehte sich um und torkelte hinaus in den Verkaufsraum.

»Hey! Warte gefälligst.«

Die Tür schloss hinter ihr und Keira blieb einen Moment in dem dunklen Laden stehen. Es roch nach Weihrauch und Staub. Ein Geruch, der ihr so vertraut war wie ihr eigener. Sie war früher gerne hierhergekommen, sie hatte sich in diesem Haus geborgen gefühlt, es war ihr Zuhause. Und jetzt? Seit dem Vorfall mit dem Greif wusste sie es nicht mehr.

»Keira, verdammt. Hilf mir gefälligst, diesen Mistkerl zu …« Anthony röchelte, die Worte blieben ihm im Halse stecken. Buchstäblich.

Keira zuckte zusammen und lauschte. Es rumpelte, als würde ein Körper auf dem Boden landen.

Er ist wach.

Jaydee war geheilt.

So schnell?

»Scheiße!«

Keira schüttelte sich und setzte sich in Bewegung. Sie durchquerte den Verkaufsraum und betrat die Kammer dahinter. Die Wunde in ihrem Bauch loderte auf. Ihr Körper, oder eher gesagt ihre Tattoos, versuchten, sie zu heilen. Es würde erst gelingen, sobald sie vollständig waren – und in der Sekunde würde auch die Migräneattacke einsetzen.

Hinter ihr rumste es, als Jaydee die Tür vom Tätowierzimmer gegen die Wand knallte. Keira achtete nicht darauf. Sie würde nicht noch mal den Fehler begehen und sich nach ihm umdrehen, während er sie verfolgte. Das hatte sie in Athen getan und damit ihren Vorsprung sofort eingebüßt. Sie schloss die Tür zur Kammer, in der Anthony allerlei Gerümpel aufbewahrte. Keira scannte die Regale ab. Sie warf die ersten Kartons aus dem Regal und arbeitete sich zu den Medikamenten vor. Penicillin, Fentanyl, Paracetamol und schließlich – Morphium.

Hoffentlich war es das, von dem Anthony gesprochen hatte.

Keira schnappte sich die Schachtel, inklusive der zweiten mit den Kanülen und Spritzen, klemmte alles unter den Arm und rannte weiter zur nächsten Tür, durch die sie in Anthonys Wohnung gelangen würde. Bevor sie den Raum verließ, schmiss sie einige Kartons herum und baute so eine Barriere, die Jaydee hoffentlich ein wenig aufhalten konnte, bis sie fertig war. Seine Schritte hallten bereits durch den Verkaufsraum.

Sie hätte Anthony helfen sollen, statt zu gehen, aber manchmal ertrug sie diesen Kerl einfach nicht. Vielleicht war es auch ihr unbewusster Wunsch gewesen, dass Jaydee wach wird und ihn ausschaltet. Wäre sie traurig, wenn er tot war? Oder erleichtert? Es gab auch gute Seiten an ihm. Er hatte Keira aufgenommen, sie ausgebildet, ihr geholfen, zu dem Menschen zu werden, der sie heute war. Und er war ein feiges, hinterhältiges Arschloch, das eigentlich den Tod verdient hatte. Dennoch wusste Keira nicht, was sie sich für ihn wünschen sollte. Vielleicht wüsste sie es, wenn sie seine Leiche sehen würde oder ihm wieder gegenüberstand.

Aber erst musste sie sich um Jaydee kümmern.

Keira rannte los und gelangte in einen schmalen dunklen Flur, der zu Anthonys Wohnzimmer führte. Rechts ging eine steile Wendeltreppe nach oben in den ersten Stock, in ihr ehemaliges Reich. Das Haus war nicht sehr groß, die Wände oben so schräg, dass man kaum aufrecht stehen konnte. Doch das war auch nicht ihr Ziel. Keira eilte weiter in Anthonys Wohnzimmer, schlug die Tür hinter sich zu und schob den Riegel vor. Sie warf ihre Medikamente auf die Couch, drehte sich um und presste ihre Hand flach gegen die Tür. Die Bauchwunde pochte dumpf, Keiras Shirt war bereits vollkommen durchnässt, ihre Beine fühlten sich schwammig an.

Die Kartons im kleinen Raum polterten. Jaydee fluchte.

Keira schloss die Augen und sprach die drei Verschlüsselungsworte, die sie von Anthony gelernt hatte: »Cerraro protecto energa.« Das waren die einzigen Worte, die sie in dieser alten Sprache kannte, sie hatte ewig üben müssen, bis sie die Betonung korrekt beherrschte. Hoffentlich würde es funktionieren. Das Holz vibrierte unter ihrer Haut. Ein sanftes Glühen breitete sich auf der Oberfläche aus. Sie wusste nicht, wie lange und ob der Schutz überhaupt wirken würde, Keira war keine Magierin oder besaß Anthonys Kräfte. Letztendlich brauchte sie aber nur ein paar Minuten. Das Wohnzimmer hatte zwei Fenster, die auf die Rückseite in einen Innenhof zeigten. Der wiederum wurde mit einem massiven Eisentor gesichert und war nur von außen zugänglich. Ohne Schlüssel konnte Jaydee nicht zu ihr gelangen.

Kaum war sie fertig, hörte sie seine Schritte im Flur, gefolgt von einem wütenden Poltern gegen die Tür. Er schrie ihr keine Drohungen entgegen. Kein »Mach auf!« oder »Das wirst du bereuen!«. Jaydee war über das Stadium von Drohungen hinaus. Er machte ernst.

Er probierte es einmal, rüttelte ein weiteres Mal an der Klinke – und dann blieb es ruhig.

Keira lauschte einige Herzschläge lang, doch es geschah nichts.

Und diese Stille beunruhigte sie mehr als alles andere. Denn so hatte sie keine Ahnung, was er da draußen plante oder wo er sich aufhielt.

Sie zwang sich zurück in die Konzentration, durchquerte das Zimmer zu dem alten hölzernen Sekretär und öffnete die oberste Schublade. Drinnen lagen ein Tintenfässchen und eine kleine Tätowierpistole, die mit Batterien funktionierte. Anthony hatte das Set für Hausbesuche konstruiert. Keira nahm alles heraus und setzte sich damit aufs Sofa. Zwischendurch lauschte sie auf Geräusche von draußen, doch sie hörte noch immer nichts.

Keira atmete durch, drückte eine Hand auf die Wunde in ihrem Bauch und versuchte, das Pochen zu ignorieren. Sie stellte die Tinte auf den Tisch und schraubte den Deckel ab. Ihre Hände zitterten. Vor Anstrengung, vor Erschöpfung, vor Angst. Mit wackeligen Händen öffnete sie die Kartons, die sie mitgebracht hatte, und zog eine Spritze sowie eine Flasche Morphium heraus. Umständlich fummelte sie die Kanüle an die Spritze, zog das Mittel auf und legte alles bereit. Sobald die Tattoos vollendet waren, musste es schnell gehen. Sie rollte ihr Shirt nach oben. Die Stichwunde war heiß, das Pulver hatte sie tatsächlich geschlossen. Sobald der Kreis der Tattoos vollendet war, konnte die gesamte Kraft der Magie wirken.

Mit einem Kissen tupfte sie das getrocknete Blut ab, so gut es ging. Es brannte, als sie dabei die Wundränder streifte. Mit Tränen in den Augen setzte sie sich noch aufrechter hin und musterte ihren Bauch. Anthony hatte ihre Tattoos um ihren Nabel gestochen und war gerade dabei gewesen, sie über dem Hosenbund zu einem letzten Kreis zu schließen, als Jaydee hereingestürmt war. Keira aktivierte die Pistole und setzte sie an. Zum Glück war ein Kreis immer ein Kreis, egal aus welcher Richtung man darauf blickte, so musste sie sich keine Sorgen machen, dass sie alles auf dem Kopf sah.

Das vertraute Stechen der Nadel ziepte an ihrer Haut. Sie hielt die Luft an und führte die Pistole nach unten. Ihre Finger zitterten immer noch, die Striche wurden krumm.

Hoffentlich wirken sie dann auch.

Keira bemühte sich um einen gleichmäßigen Verlauf, aber es war nicht so einfach. Drückte sie zu fest, wurden die Stiche zu dick, drückte sie zu leicht, sah man sie kaum. Mit jeder verstreichenden Sekunde wurde sie nervöser. Vor allen Dingen, da sie immer noch nichts von Jaydee hörte.

»Atmen, Keira. Einmal ein, einmal aus, dann geht es weiter.« Und genau so machte sie es auch. Sie hielt erneut die Luft an, weil es ihr so leichter fiel, die Nadel ruhig zu halten, und setzte den Kreis fort.

Auf einmal hörte sie ein Schaben an der Außenwand, als würde jemand mit den Fingernägeln über eine Tafel kratzen. Das Geräusch fuhr Keira durch Mark und Bein und ließ ihre Nackenhaare in die Höhe stehen.

»Scheiße, verdammte.« Sie zwang ihren Blick vom Fenster weg und wieder zurück auf die letzten Stiche. Sobald sie fertig war, musste sie schnell handeln, denn die Migräne kam meist als bohrender Clusterschmerz und wurde am Anfang so intensiv, dass Anthony sie in den ersten Minuten halten musste. Wenn er recht behielt und das Morphium würde die erste Attacke abhalten …

Das Kratzen wurde lauter, eindringlicher, wie ein heranrollender Zug, der unter Vollgas die Bremsen betätigte. Keira biss die Zähne zusammen, versuchte das Geräusch auszublenden und führte die letzten beiden Linien zusammen.

In dem Moment flog ein Stein durch die Scheibe. Sie schmiss die Pistole weg, griff nach der Spritze und wollte sie gerade ansetzen, als Jaydee durch das Fenster sprang. Seine Kleidung zerfetzte, er schnitt sich die Haut an den Splittern auf.

Keira gelang es noch, einen letzten Blick auf ihn zu werfen, dann setzten die Schmerzen ein. Obwohl sie wusste, was geschah, war es jedes Mal schrecklich. Als würde sie auf einen Schlag sämtliche Kopfschmerzen ihres gesamten Lebens aushalten müssen. Keira sah nur noch rot. Ihre Augen fühlten sich an, als würden sie von innen nach außen gedrückt. Am Rande ihres Bewusstseins bekam sie mit, wie Jaydee sich bückte, um in der nächsten Sekunde einen Satz nach vorne zu machen. Und sie bekam ebenso mit, wie die Tattoos ihren Dienst aufnahmen und die Wunde in ihrem Bauch heilten.

Keira taumelte. Sie reagierte mehr aus Instinkt denn aus Überlegung. Jaydee erwischte sie an der Schulter und warf sie auf die Couch. Die Spritze flog ihr aus der Hand. Keira landete rücklings auf den Polstern, er war sofort auf ihr.

»Ich sollte es mittlerweile besser wissen und jeden schneller töten.« Er umfasste ihren Kopf, ähnlich wie er es bei Anthony getan hatte, ruckte daran, doch Keira trat ihn mit voller Wucht in den Rücken. Ihr Stiefel bretterte gegen seine Wirbelsäule. Die Zeichen sogen Jaydees Kraft auf und fütterten damit sie selbst. Es war wie immer: Je stärker ihr Gegner war, desto stärker wurde sie – und umso schneller brannten die Zeichen aus. Wenn sie Jaydee überwältigen wollte, musste sie es gleich tun. Sie packte ihn mit einer Hand, zog seine Stärke aus ihm und trat ein weiteres Mal zu. Es überraschte sie selbst, wie viel Durchschlagskraft sie auf einmal hatte. Jaydee keuchte, als ihr Stiefel abermals seinen Rücken traf. Die Knochen knirschten, er brach auf ihr zusammen. Vermutlich hatte sie ihm das Rückgrat zertrümmert. Er blieb leblos auf ihr liegen. Keira nutzte die Chance und ließ seine Energie in sich hineinsickern. Mit jeder Sekunde, die verstrich, fühlte sie sich besser, stärker, ungehemmter. Sie schmeckte förmlich die Blutgier, die ihn antrieb, und musste sich beherrschen, nicht selbst davon übermannt zu werden.

Ihre Sinne verstärkten sich. Sie hörte sein Herz hämmern, das Blut in seinen Adern rauschen und die Knochen, die sich schon wieder zusammenfügten.

Nur leider wurden auch die Kopfschmerzen schlimmer. Ihr Magen zog sich zusammen, sie schob den leblosen Körper von sich und plumpste vor die Couch. Ihr stieg die Galle nach oben, sie krallte sich in den Boden, die Übelkeit war kaum noch auszuhalten. Ein letztes Mal schluckte sie alles wieder hinunter, aber mit der nächsten Drehung ihrer Körpers überkam es sie – und sie übergab sich. In ihrem Schädel brach die Explosion aus. Sie sah Sterne funkeln, Blitze schossen durch ihr Sehfeld, sie schmeckte eine bittere Note auf ihrer Zunge. Es würde nicht lange dauern, bis sie handlungsunfähig war.

Sie tastete umher. Die Spritze, die ihr bei dem Angriff von Jaydee aus der Hand gefallen war, lag zwei Meter entfernt. Mit Mühe robbte sie vorwärts. Mehr als einmal musste sie würgen und husten. Zum Glück hatte sie noch nicht viel gegessen, das tat sie nie vor dem Tätowieren.

Hinter ihr keuchte Jaydee. Er kam langsam zu sich. Keira erreichte die Spritze. Sie fuhr herum und jagte sich die Nadel in den Oberarm. Bestimmt hätte sie es sich intravenös verabreichen sollen, aber bis sie eine Vene gefunden hätte, wäre sie tot. Sie sank zurück auf den Teppich, starrte an die Decke und lauschte gleichzeitig auf Jaydees Geräusche. Seine Knochen arbeiteten auf Hochtouren, er war noch nicht wieder geheilt, würde es aber jede Sekunde sein.

Der Druck in ihren Augen ließ nicht nach. Es fühlte sich an, als würde jemand einen glühenden Nagel direkt zwischen ihre Brauen treiben. Am liebsten wäre sie einfach liegengeblieben und hätte gewartet, bis das Morphium endlich wirkte, doch das ginge nicht. Sie musste die Zeit nutzen, die sie hatte. Solange Jaydee ausgeknockt war, musste sie ihn fesseln.

Keira zwang sich in die Höhe. Ihre Knie knickten dreimal ein, bevor sie geradestand. Der Raum tanzte vor ihren Augen. Genau wie die Wände. Als würde sie auf einem Schiff mit zu viel Seegang stehen. Wenigstens hatte der Schmerz im Bauch nachgelassen. Nicht mehr lange, bis die Wunde geheilt war.

Sie torkelte zur Tür, löste den Verriegelungszauber und lief in den Flur. Jaydee keuchte erneut. Die Kissen unter ihm raschelten.

Schneller, schneller, versuchte sie sich selbst anzufeuern. Sie brauchte das Seil! Sie musste ihn fesseln, solange er noch nicht bei Bewusstsein war. Nach wenigen Metern erreichte Keira wieder das Tätowierzimmer. Anthony war verschwunden. An der Stelle, an der er mit Jaydee gekämpft hatte, war eine große Blutlache, sonst nichts. Keine Schleifspuren eines Körpers, keine Hinweise, dass Jaydee ihn weggeschafft hatte oder Anthony herausspaziert war. Als hätte er sich in Luft aufgelöst. Keira schüttelte sich und zwang sich weiter. Das Seil lag auf dem Boden. Sie hob es auf, rollte es zusammen und lief damit zurück zum Wohnzimmer. Sobald sie Jaydee gefesselt hatte, würde sie ihn mit dem Sedativum betäuben, das Anthony erwähnt hatte, und überlegen, was weiter zu tun war. Vorausgesetzt, er ließ sich betäuben. Vermutlich musste sie alle paar Minuten nachspritzen.

Es dauerte nur wenige Augenblicke, bis sie zurück war. Die Kopfschmerzen waren nun deutlich schwächer, das Morphium setzte endlich seine Wirkung frei, sie konnte klarer sehen.

Als sie an der Wohnzimmertür ankam, streifte eine Windböe ihr Gesicht. Sie horchte in den Raum und stockte. »Oh nein, bitte nicht.« Mit wenigen Schritten war sie im Zimmer und starrte auf das leere Sofa.

Jaydee war abgehauen. Er musste erkannt haben, dass er gegen die Kraft aus ihren Tattoos nichts ausrichten konnte. Und er hatte die Tätowierpistole mit der Tinte mitgenommen. Sie starrte noch zwei Sekunden auf das leere Sofa, packte das Seil fester und folgte ihm.

2. Kapitel

Jessamine

Das heiße Wasser prasselte auf meine Schultern. Meine Haut glühte und juckte vor Hitze, doch ich konnte mich nicht dazu durchringen, aus der Dusche zu steigen. Es war einfach zu schön hier. Zu simpel. Nur dem Rauschen des Wassers lauschen, die Augen schließen – und atmen.

Die Geräusche verstummten, die Gerüche verblassten, meine Empfindungen wurden auf mich selbst gelenkt. Es war gut, denn solange ich hier stand, musste ich nicht darüber nachdenken, was passiert war. Ich musste mir keine Sorgen um meine beste Freundin machen, die in den Händen eines Wahnsinnigen gelandet war und vermutlich Höllenqualen durchstand. Ich musste kein schlechtes Gewissen haben, dass ich einen anderen in den Irrsinn getrieben und eine Bestie entfesselt hatte. Ich musste nicht darüber nachdenken, wie viele Wesen ihm zum Opfer gefallen waren und ob diese Wesen – oder auch Menschen – auf meine Kappe gingen.

Weil ich ihn berührt hatte.

Weil meine Seele, meine Emotionen das Böse in ihm erweckt hatten.

Kendra hatte mir die Augen geöffnet. Sie hatte mir erklärt, wie es mit der Empathie funktionierte. Und sie musste es wissen, denn als Seelenwächterin des Wassers war genau das eine ihrer Fähigkeiten. Wieder und wieder kaute ich unser Gespräch von vor drei Stunden durch:

»Hier, bitte schön.« Kendra öffnete mir die Tür zu dem Zimmer, in dem ich bleiben konnte, bis Will mich wieder abholen würde.

Ich hatte die Arme um mich geschlungen und zitterte. Nicht vor Kälte, die Temperaturen waren auch im Schloss angenehm warm, sondern vor Erschöpfung. Diese vergangenen Stunden hatten jegliche Kraft aus meinen Gliedern gesogen. Ich rieb mir über die Augen, sofort war ich wieder in dem Raum, hörte Jaydee keuchen, gefolgt von den dumpfen Schlägen seines Kopfes gegen die Steinwand. Dazu Violets Schreie. So verzweifelt, so hoffnungslos, so allein …

»Danke!« Ich schüttelte die Erinnerung ein weiteres Mal ab und trat zögerlich ein. Das Zimmer war ungefähr fünfzehn Quadratmeter groß, ein Bett stand an der rechten Wand, links ging es ins Bad. Statt Tapeten oder Putz war das Mauerwerk auf einer Seite freigelegt. Der Boden war mit einem dicken, flauschigen Teppich bedeckt. An der gegenüberliegenden Wand zeigte ein Fenster auf eine grüne Wiese.

Das Schloss war anders, als ich vermutet hatte. Äußerlich erfüllte es jedes Klischee: von den beiden Turmgiebeln zu der Hängebrücke – ja, es gab eine Hängebrücke – bis zum Innenhof, der mit groben Backsteinpflastern ausgelegt war. Erst dachte ich, das würde eine Reise ins Mittelalter werden, doch im Inneren war plötzlich alles genau umgekehrt. Während im Schloss in Schottland bei der Familie Blair Ritterrüstungen im Foyer gestanden hatten, waren es hier moderne Skulpturen, die geschickt ausgeleuchtet waren. Die Wände waren mit einem frischen hellen Ton gestrichen, die Stufen der Treppen aus neuem Holz, während gleichzeitig alte Kronleuchter an den Decken hingen. Logan – oder wer auch immer dieses Schloss eingerichtet hatte – bewies einen äußerst guten Geschmack und schaffte es, die Moderne mit dem Alten geschickt zu kombinieren. Das gleiche Thema zog sich nun in meinem Zimmer fort.

Kendra trat hinter mir ein und blieb an der Tür stehen. »Fühl dich wie zu Hause. Ich lege dir noch ein paar frische Sachen raus.« Sie musterte mich von Kopf bis Fuß. »Schätze, meine Klamotten werden dir obenherum zu groß sein, aber ich schaue mal, was ich für dich finden kann.«

»Danke.« Mein Wortschatz war ziemlich begrenzt, seit wir hier angekommen waren.

»Du bist ganz schön alle, mh?«

Ich nickte.

»Das wäre ich auch.« Sie lehnte sich gegen den Türrahmen.

Ich trat zum Fenster und blickte hinaus. Die vor mir liegende Wiese dehnte sich bis zum Horizont. Auf der linken Seite fing ein Wald an, rechts war ein kleiner See. Das Wasser glitzerte, die Sonne schien, es war ein schöner Tag in England. Genauso wie bei unserer Abreise aus Schottland. Als wollte das Wetter mit aller Macht meiner Stimmung trotzen. Ich löste mich von dem Anblick und drehte mich um. Kendra stand noch immer da und sah mich an. Wollte sie mir nicht Klamotten holen?

»Ist noch was?« Nichts lag mir ferner, als unhöflich zu sein, immerhin wurde ich hier als Gast aufgenommen; Logan bot mir Sicherheit in seinen Wänden, aber ich hörte schon förmlich die Dusche und das Bett nach mir rufen. Und ich brauchte ganz dringend einige Minuten für mich, um über alles nachzudenken.

»Machst du dir eigentlich gar keine Sorgen um Jaydee?«, fragte Kendra schließlich.

»Äh, nein«, log ich. »Er wird schon wieder auftauchen. Es ist ja nicht so, als wäre er völlig hilflos.« Will und ich hatten erzählt, dass wir in Athen von ihm getrennt worden waren und wir nicht wussten, wo er steckte. Der Part stimmte immerhin. Wir hatten wirklich keine Ahnung. Sobald die Seelenwächter das Gegenmittel für den Pfeifzauber besaßen und Will mich wieder abholte, würden wir ihn suchen müssen.

»Komisch«, sagte sie. »Denn nach den Gefühlen auf deinen Haaren zu urteilen, hattest du erst vor Kurzem zu ihm Kontakt.«

»Wie bitte?« Sie konnte Gefühle auf meinen Haaren lesen? Das war das einzige, was Will und ich nicht hatten verdecken können. In Schottland hatte ich mir noch andere Kleidung angezogen, damit ich nicht nach Jaydee riechen würde, aber für eine Dusche hatte es natürlich nicht gereicht.

Kendra schmunzelte. »Emotionen hinterlassen überall Abdrücke. Je nachdem, wie intensiv sie sind, bleiben sie eine Weile erhalten. Die guten Seelenwächter können diese noch Stunden später erkennen.« Sie streckte ihre Hände aus und betrachtete ihre Fingernägel. Mit dieser dramatischen Kunstpause wollte sie mir scheinbar sagen, dass sie eine der guten Seelenwächterinnen war.

»Und weiter?«, fragte ich möglichst belanglos.

»Weiter heißt das, dass diese Athen-Geschichte wohl frei erfunden ist.«

Ich schlang die Arme fester um mich, als könnte ich dadurch verhindern, dass noch irgendeine Schwingung von mir ausging, die mich verriet. »Das hast du dir eingebildet.«

Kendra kniff die Augen zusammen und legte den Kopf schräg. »Nein, habe ich nicht. Was verbirgst du?«

»Nichts.«

»Ach, komm schon, Kindchen. Hör auf, mich zu veralbern. Also?«

Kindchen? Hatte die sie noch alle? »Weißt du was? Du hast Recht! Ich verberge tatsächlich etwas: Wenn ich nicht gleich aufs Klo kann, werde ich mir in die Hosen machen.«

»Lenk nicht ab. Was ist mit Jaydee?«

»Das hab ich dir doch schon gesagt.« Ich beschloss, sie zu ignorieren und lief einfach ins Bad. Sie folgte mir und baute sich demonstrativ im nächsten Türrahmen auf.

»Könnte ich vielleicht etwas Privatsphäre haben?«

»Sobald du mir sagst, wo er ist. Ihr habt euch über einen längeren Zeitraum berührt, sonst wären seine Gefühle nicht so intensiv an dir.«

»Und? Dann haben wir uns eben berührt. Ist das etwa verboten? Oder bist du gar eifersüchtig?«

Sie lachte und zupfte an einer ihrer roten Locken. »Natürlich. Als könnte ein Menschlein mir das Wasser reichen. Hier geht es doch um etwas ganz anderes. Isabella hat mir erzählt, dass sie ihn damals nach dem Gespräch in deinem Haus gesehen hat. Du weißt schon, als deine Mutter starb.«

»Ariadne war nicht meine Mutter. Sie war mein Vormund.«

»Wie dem auch sei. Jaydee war danach fix und fertig.«

»Es war auch kein schönes Gespräch.« Ich hatte damals auf ihn eingeschlagen und all meine Wut herausgeprügelt.

»Wenn ihn bereits ein Gespräch mit dir aus dem Konzept wirft, wie ist es, wenn ihr euch längere Zeit berührt?«

Ich überkreuzte meine Beine und presste die Knie zusammen, in der Hoffnung, sie würde dann verstehen, dass es wirklich schlimm um meine Blase stand.

»Ich kenne Jaydee und weiß um seine Probleme mit seiner Empathie.«

»Das ist wirklich schön für dich, Kendra.«

»Wenn ich jetzt alles kombiniere, komme ich zu genau einer Schlussfolgerung.«

»Vielleicht solltest du nicht so viel nachdenken und mich pinkeln lassen, sonst gibt es gleich eine Sauerei.«

»Hast du gewusst, dass wir Empathen immer nur auf das reagieren, was das Gegenüber uns gibt?«

»Kendra! Ich will wirklich nicht unhöflich sein, aber ich muss dich jetzt rauswerfen.«

Sie stieß sich vom Türrahmen ab und drehte sich um. Statt zu gehen, hielt sie noch einmal inne und blickte über ihre Schulter zu mir. Dabei musterte sie mich so abfällig, als wäre ich ein Stück Vieh, das es nicht wert war, gekauft zu werden. »Wenn Jaydee schlecht auf dich reagiert, liegt das nicht an ihm, sondern an dir. Du trägst etwas Negatives in deiner Seele, und genau das spiegelt er wider.«

»Unterstellst du mir etwa, dass es meine Schuld ist, wenn er meine Berührungen nicht verträgt?« Und dabei durchdrehte? Konnte das sein? »Und wenn es so wäre, müsste doch jeder Empath verrücktspielen, wenn er mich anfasst. Warum du nicht?«

»Weil ich gut bin.« Sie grinste noch einmal, drehte um und ließ mich allein zurück.

Das war vor drei Stunden gewesen. Als Kendra die Tür endlich hinter sich geschlossen hatte, war ich zusammengesunken wie ein Ballon, dem die Luft entwichen war, hatte mich gegen die Wand gelehnt und einfach nur dagesessen. Vielleicht war ich auch eingeschlafen, keine Ahnung. Ich wusste nur, dass seither meine Gedanken rasten und sich immer wieder um das Gleiche drehten:

Du trägst etwas Negatives in deiner Seele, und das spiegelt er wider.

Irgendwann war ich aufgestanden, hatte mich ausgezogen, war endlich auf die Toilette gegangen und danach in die Dusche gestiegen. Seither stand ich hier. Das heiße Wasser prasselte auf meine Schultern. Klatschte meine Haare gegen meine Haut, die bereits schrumpelig und aufgeweicht war.

Ich habe Jaydee in den Wahnsinn getrieben.

Konnte das wirklich wahr sein? Hatte Kendra recht mit dem, was sie sagte? Mein Verstand sagte mir, dass es Unfug war. Die anderen hätten es mir doch bestimmt schon längst gesagt. Es sei denn, sie wussten es nicht. In Ilais Familie gab es keinen Seelenwächter des Wassers, somit hatte auch niemand Erfahrung mit dieser Empathiegeschichte. Vielleicht tappten sie genauso im Dunkeln. Ich lehnte die Stirn gegen die Fliesen und genoss die Kühle als Gegensatz zu dem heißen Wasser.

Ein feiner Riss zog sich quer durch die Fugen. Mit dem Zeigefinger puhlte ich darin herum, bohrte meinen Nagel hinein und machte den Riss unbeabsichtigt größer. Ups. Ich versuchte das Stück wieder dranzudrücken, doch da brach ein weiteres heraus. Eine merkwürdige dunkelbraune Masse kam zum Vorschein. Sie zog sich durch die Fugen und sah aus wie zäher Honig. Ich tippte mit der Fingerspitze darauf und zog sie sofort wieder zurück. Das Zeug war heiß.

Auf einmal klopfte es an der Badezimmertür.

»Ich bin noch nicht fertig«, rief ich und drehte die Dusche stärker.

»Gut, dann sag ich Will, dass er später kommen soll«, antwortete Kendra.

»Was? Nein! Warte!« Rasch stellte ich das Wasser ab, griff nach dem großen Badetuch, wickelte mich darin ein und riss die Badezimmertür auf.

Kendra betrachtete mein Outfit mit hochgezogenen Augenbrauen. Ich stockte. Nicht weil sie mich so ansah, sondern weil sie auf einmal anders wirkte. Als hätte sie eine schlechte Nachricht erhalten. Ihre Augen waren gerötet, sie zitterte leicht.

»Ist alles okay?«

»Nein. Aber das geht dich nichts an. Will wartet unten.« Noch einmal unterzog sie mich einer Musterung. »Und zieh dir etwas an, bevor du den Boden volltropfst.« Mit diesen Worten drehte sie herum und ließ mich stehen.

Ich schüttelte den Kopf, rannte hinaus in den Flur, bog um die Ecke und stürmte die große Treppe hinunter. »Will!«

Er stand im Foyer, die Hände hinter dem Rücken verschränkt, und betrachtete ein Bild an der Wand. Als er mich hörte, drehte er sich um, sein Lächeln gefror augenblicklich, als er sah, mit was ich bekleidet war.

Ich verlangsamte mein Tempo und drückte das Badetuch fester an mich. »Entschuldige. Ich … ich habe noch keine frischen Sachen.«

Will schüttelte sich aus der Starre und blickte zu Boden. Könnte auch sein, dass er ein klein wenig rot wurde. Schließlich blieb ich vor ihm stehen. Alles in mir schrie, ihn zu umarmen, doch er sah aus, als bekäme er gleich Schnappatmung, also ließ ich es bleiben. Immerhin strahlte sein Körper, wie immer, eine angenehme Wärme aus und ließ das Wasser auf meiner Haut trocknen.

»Gibt es etwas Neues von Violet?«, fragte ich leise.

»Ja und nein.« Will rang sichtlich mit sich. Auf der einen Seite wollte er mich gerne ansehen, während er mit mir sprach, auf der anderen war er mit meinem Outfit hoffnungslos überfordert.

Wie konnte ein erwachsener Mann sich nur so anstellen? »Geh mal an den Strand, da siehst du freizügigere Mädchen.«

»Ich … Ich gehe nicht an den Strand. Nie.«

Natürlich nicht. Ich stopfte das Handtuch oben fester und verschränkte die Arme vor der Brust. »Also schön, dann erzähle einfach, was passiert ist.«

Will räusperte sich, bevor er weitersprechen konnte. »Logan hat Violet in Riverside gesehen. Sie ist am Leben. Selbstverständlich ist sie das. Sie ist ja deine Fylgja. Und sie ist mit Ralf unterwegs. Er hat ihr diese Widdermaske aufgesetzt, die wir bereits in der Höhle gesehen haben.«

»Weißt du, was es bedeuten soll?«

»Noch nicht, aber offenbar kanalisiert er damit eine dunkle Energie. Logan meinte, Violet war von einer dämonischen Aura umgeben.«

»Ach, du großer Gott. Wie ist das denn möglich?«

»Irgendwie muss das alles auf den ursprünglichen Plänen meines Vaters basieren. Ralf erwähnte, dass er sein Werk fortsetzen würde, nur leider habe ich noch immer keine Ahnung, was er damit meinte. Ich weiß nur, dass mein Vater mit Mächten spielte, die abgrundtief böse waren, und das alles hing mit seiner Widderzucht zusammen.«

»Was ist mit Vi? Können wir ihr irgendwie helfen?«

»Ich weiß es nicht. Logan bringt das Gegenmittel für den Pfeifzauber gerade zum Rat der Seelenwächter, von dort aus wird es über die vier Elemente an alle Seelenwächter auf der Erde verteilt. Wir müssen erst alle immunisieren, bevor wir uns in einen neuen Kampf mit ihm stürzen.«

»Das ist alles so schrecklich, Will. Violet, Jaydee, der Zauber. Wann hört das denn auf?«

»Keine Ahnung. Mein Bruder will etwas mit den Schattendämonen anstellen, vielleicht mehr von ihnen verwandeln, wie er es mit Joanne machte. Ich muss mehr über die Machenschaften meiner Familie herausfinden.«

»Wie geht es den anderen eigentlich? Ilai? Akil und Anna? Sind sie wieder wohlauf?«

»Anna ja, Akil … nein. Er ist wach, aber er sagt, er habe seine Fähigkeiten verloren. Er glaubt, dass er nicht mehr mit seinem Element verbunden ist.«

»Wie bitte?« Ich wusste nicht genau, was das hieß, aber ich vermutete nichts Gutes. Die Seelenwächter waren ihre Elemente. Sie lebten, atmeten, wirkten mit der Kraft der Natur.

»Es ist verrückt. Ich habe noch nie von einem derartigen Fall gehört. Vermutlich arbeitet der Pfeifzauber einfach stärker in ihm nach als bei uns anderen. Beim ersten Mal hatte er auch länger gebraucht, um sich zu erholen.« Will seufzte. »Normalerweise würde ich Akils Fall ebenfalls mit dem Rat besprechen, aber ich fürchte, die haben andere Probleme, zumal auch der Ersatzmann eingewiesen werden muss.«

»Will, du überforderst mich gerade. Welcher Ersatzmann?«

»Derek Guerrero. Er kommt aus Spanien und ist nach Ilai der älteste lebende Feuerwächter. Er wird Ilais Platz einnehmen, dem der Zauber auch geschadet hat. Sein Körper ist mit einer merkwürdigen Masse bedeckt. Wir haben versucht, ihn davon zu befreien, bisher ohne Erfolg.«

»Oh Mann, das hört ja gar nicht mehr auf.« Ich tippelte von einem Fuß auf den anderen. Langsam kroch die Kälte aus dem Steinboden meine Beine hoch.

»Es lässt sich nicht abstreiten: Joanne und Ralf haben uns einen harten Schlag verpasst. Violet, Riverside, Ilai … wenn er sich nicht wieder erholt …« Will blickte auf seine Hände und knetete seine Finger.

»Dann?«

»Werden wir ihn in den Tempel der Wiedergeburt bringen müssen. Es ist die letzte und endgültige Methode, wie man einem Seelenwächter helfen kann, der … der im Sterben liegt.«

»Aber tut er das denn?« Stand es so schlimm um ihn?

»Ich weiß es nicht, Jess. Dieser Zustand ist nichts, was wir kennen. Wenn wir Ilai rechtzeitig zurückbringen, kann er sich im Tempel mit seinem Element vereinen. Es wird sein Wissen, seine Erlebnisse, seine Erfahrungen konservieren und dem Körper eine letzte Chance auf Heilung geben. Dann liegt es an Ilai, ob er zurückkehren will oder nicht.«

Grundgütiger, das konnte doch einfach nicht wahr sein. »Gibt es wenigstens Nachrichten von Jaydee?« Und gute, wenn möglich?

»Leider nicht.«

»Kendra hegt übrigens einen Verdacht wegen ihm. Sie hat seine Gefühle auf meinen Haaren gespürt.«

»Hat sie?«

»Ja. Sie sagte, die guten Seelenwächter könnten das.«

Will schnalzte mit der Zunge. »Ich hatte dir schon gesagt, dass es keine Garantie gibt.«

»Ich habe alles abgestritten. Vielleicht hat sie mir geglaubt.« Vielleicht auch nicht, aber ich konnte es sowieso nicht mehr ändern. »Sie … sie hat außerdem noch etwas gesagt.« Ich blickte mich um, im Fall, dass Kendra in der Nähe war und mithörte. »Sie meinte, es wäre meine Schuld. Das mit Jaydee. Er hätte nur das gespiegelt, was ich aussenden würde.«

»So ein Unfug!«

»Ist es das? Bist du sicher? Du bist kein Seelenwächter des Wassers, Empathie gehört nicht zu deinen Fähigkeiten. Zu keinem von euch. Vielleicht ist es so, wie Kendra sagt.«

»Wenn es so wäre, wieso hat Jaydee auf uns früher genauso reagiert wie auf dich?«

Akil hatte mir erzählt, dass die Zeit damals nach dem Brand schwer gewesen war. Jaydee konnte niemanden anfassen, ohne von dessen Gefühlen übermannt zu werden. »Habt ihr auch das Böse in ihm ausgelöst, wie ich es tue? Ist er danach ebenfalls zum Berserker geworden? Ist er losgerannt und hat Leute abgeschlachtet? Du hast in Schottland selbst gesagt, dass du diese Seite noch nie an ihm erlebt hast.«

»Ich …« Will dachte über meine Worte nach. Viel zu lange, und genau das war Antwort genug für mich.

»Siehst du«, sagte ich.

»Er ist auch auf Akil losgegangen und hätte ihn fast umgebracht.«

»Weil er nicht bei euch bleiben wollte! Jaydee versuchte zu fliehen. Seine Intention war eine ganz andere.«

»Jess. Du steigerst dich in etwas hinein, was nicht da ist. Ich erkenne an dir absolut nichts Böses.«

»Vielleicht ist es gut getarnt oder es liegt an diesem komischen Zauber in meinem Blut. Darüber wissen wir ja auch noch nichts.«

»Nein.«

»Siehst du.«

»Nichtsdestotrotz: Hör bitte auf, dir solche Gedanken zu machen. Du bist nicht böse. Kendra hat vermutlich einfach … es ist gerade nicht leicht für sie. Isabella ist ... sie ist tot. Joanne hat sie umgebracht.«

Ach du großer Gott! »Das … das wusste ich nicht.« Deshalb hat sie vorhin so komisch gewirkt. Wir waren ja direkt nach Schottland hergekommen, vermutlich hatte sie eben erst erfahren, was passiert war. Ich biss auf meine Unterlippe. Tod und Leid und Kummer. Das war alles, was uns alle noch erwartete.

»Das ist nur vorübergehend«, sagte Will. »Wir kommen wieder auf die Beine.«

Ich blickte zu ihm auf. Seine Miene war ernst und bitter. Er sagte diese Worte, aber er war nicht davon überzeugt. Ich machte einen Schritt auf ihn zu und breitete vorsichtig meine Arme aus. »Ich würde dich gerne umarmen, wenn du mir versprichst, dass du keinen Herzinfarkt bekommst.«

Er sah mir in die Augen und lächelte. »Zum Glück ist das bei Seelenwächtern nicht möglich.«

Im nächsten Moment schmiegte ich mich an ihn. Seine Wärme umhüllte mich und half sofort gegen die Kälte, die sich von meinen Füßen her in meinen Körper hochgearbeitet hatte. »Siehst du, tut gar nicht weh«, flüsterte ich in sein Ohr.

Sein Atem kitzelte mich am Hals, als er lachte. »Ich weiß, Jess. Es ist nur …« Er löste die Umarmung und wich einen Schritt zurück. Dabei vermied er es geflissentlich, auf meinen halbnackten Körper zu schauen. »Ich bin nun mal so erzogen, auch wenn du mich für verklemmt hältst.«

Dann war es schade, dass diese Erziehung bei seinem Bruder so gar nicht gefruchtet hatte. »Das tue ich nicht.«

Er hob eine Augenbraue.

»Na gut, ein kleines bisschen schon. Nichtsdestotrotz, bewahre dir das. Auch, wenn wir es selten zugeben: Wir Frauen stehen darauf, hofiert zu werden. Mach weiter so und sie liegen dir zu Füßen.«

»Leider nicht die richtige.«

Stimmt. Da war ja noch was. »Das wird sie. Gib ihr Zeit.«

Er lächelte gequält. »Mehr als vierhundert Jahre?«

Hegte er schon so lange Gefühle für Anna? »Will, das …«

»Schon gut. Ich weiß selbst, dass es ein hoffnungsloser Fall ist, aber so sehr ich es auch versuche, ich kann mich nicht dagegen wehren. Anna ist einfach … sie ist die Frau für mich. Ich wusste es in der Sekunde, als ich sie zum ersten Mal sah, und da war sie verdreckt und blutverschmiert und kurz davor, sich das Leben zu nehmen. Und dennoch …« Er strich sich durch die Haare und räusperte sich. »Egal … Ich habe dir Mirabell mitgebracht. Wir reiten los, sobald du dich angezogen hast. Es sei denn, du möchtest dich vorher noch etwas ausruhen? Das waren ereignisreiche Stunden für dich.«

In denen ich nicht viel geschlafen hatte, das stimmte. Doch das Nickerchen im Bad und die darauffolgende Dusche, mitsamt diesen Neuigkeiten von Will, hatten mich wieder aufgeputscht. Außerdem war ich nicht traurig, wenn ich nicht länger mit Kendra unter einem Dach bleiben musste. »Kann ich das Gelände denn verlassen? Wegen meiner Aura, meine ich.«

»Bevor wir gehen, werde ich den Zauber, den ich in Schottland auf dich gelegt habe, noch ein weiteres Mal erneuern, dann werden wir gemeinsam zum Rat reiten. Dort bist du ebenfalls sicher und wir können mit unseren vereinten Fähigkeiten ein Amulett für dich fertigen, so wirst du dich freier bewegen können.«

»Das klingt gut.« Wobei mir lieber wäre, Violet würde weiter auf mich aufpassen. »Denkst du … wegen Coco. Meinst du, sie hat mich in Schottland ›*gesehen*‹?« Ginge das überhaupt? Bekam sie mit, wenn ich ohne Schutz da draußen war? Nach dem ersten Vorfall – als ich ohne Violet in der Kirche war – kam Ariadne aufgelöst nach Hause und wollte mich unbedingt in Sicherheit bringen. Sie wusste irgendetwas über Coco, vielleicht war es genau das, was sie mir sagen wollte? Vielleicht wurde Coco alarmiert, sobald meine Aura leuchtete.

»Ich weiß es nicht. Wir kennen sie nach wie vor nicht oder was sie überhaupt genau vorhat. Falls sie dich in Schottland bemerkt haben sollte, muss sie deine Spur wieder verloren haben. Ich habe dich ja gleich geschützt, und hier bei Logan bist du unauffindbar. Sobald du dein Amulett hast, wirst du auch ohne Violet sicher sein.«

Ohne Violet. Ich konnte nicht mal ansatzweise an so etwas denken, wie sollte ich je damit leben können? Ich schlang wieder die Arme um mich und versuchte, mich warm zu reiben, obwohl mir gar nicht kalt war.

»Das habe ich nicht so gemeint, Jess. Wir werden alles tun, um sie zurückzuholen.«

Als läge das in seiner Macht. Aber egal. Er sagte es immerhin, und das war ein kleiner Trost. »Also gut. Ich werfe mich mal in meine Klamotten.«

Er nickte. »Ich sage Kendra, dass sie dir auch noch etwas zu essen machen soll.«

»Hoffentlich mischt sie kein Gift hinein.«

»Warum sollte sie?«

»Ich glaube, sie mag mich nicht sonderlich.«

»Lass dich nicht von ihrer Art verunsichern. Seelenwächter des Wassers sind oft etwas … freizügig in ihren Bemerkungen. Das darfst du nicht so ernst nehmen.«

»Ich bin trotzdem froh, wenn ich wieder unter euch bin.«

»Das sind wir auch. Immerhin gehörst du zur Familie.«

Bevor ich etwas darauf erwidern konnte, verneigte er sich und lief davon. *Familie.*

Das klang schön.

Ich ließ das Wort noch eine Weile in meinen Ohren zergehen, während ich nach oben lief.

Vielleicht war ich doch nicht mehr allein.

3. Kapitel

Der Emuxor seufzte zufrieden, als er die Hände des Jungen nahm, dessen Seele er soeben in sich aufgenommen hatte. Sie war äußerst schmackhaft gewesen. Rein und unschuldig und stark. Jetzt lag nur noch ein Häufchen Asche zu seinen Füßen. Im Gegensatz zu den Schattendämonen ernährte er sich auch von der Hülle. Er sog die Knochen und Fasern und Muskeln auf, gewann dadurch Stärke und sättigte seinen Geist.

Das war Vollendung! Perfektion!

Schon bald würden es ihm die Schattendämonen gleichtun.

Er blickte auf. Er stand vor dem Haupteingang der Kirche. Die Nacht war bald vorbei, der Morgen kündigte sich bereits an. Es versprach ein weiterer sonniger Tag in Riverside zu werden. Gefüllt mit dem Duft von Leichen. *Großartig.* Bald schon würden die Menschen zu Staub zerfallen, wie sie es verdient hatten.

Menschen.

Wie sehr er sie hasste. Und gleichzeitig war er auf sie angewiesen. Denn ohne sie konnte er nicht überleben. Er war sogar an einen menschlichen Körper gefesselt. Natürlich war eine Fylgja ein überirdisches Wesen, aber sie besaß ein Herz, zwei Lungenflügel, zwei Beine, zwei Arme. Wenn er in den Spiegel schaute, würde er in das Antlitz seines Feindes sehen.

Bald nicht mehr.

Bald hätte er genug Macht, um sich aus dieser Hülle zu lösen. Egal wie perfekt der Körper war, er blieb dennoch nur eine Hülle. Unvollkommen. Der Emuxor ließ die Überreste des Jungen hinter sich und betrat die Kirche. Seine nackten Füße fanden zielsicher den Weg durch den Unrat. Es scherte ihn nicht, ob er sich die Haut dabei aufschürfte. Er spürte kaum Schmerz, schon gar nicht, nachdem er gespeist hatte.

Sein Diener Ralf stand dort, wo einst der Altar aufgebaut gewesen war. Er hielt die Arme erhoben, als würde er einen Geist anrufen, und trug ein breites Grinsen auf seinem Gesicht. Die Brandnarben heilten bereits ab. Der Emuxor hatte seinen Teil der Abmachung gehalten und holte ihn nach und nach auf die Seite des Todes. Er war gespannt, in was sich sein Diener verwandeln würde. Ein Schattendämon, der noch einen menschlichen Körper besaß. So einen Fall hatte es noch nie gegeben.

Langsam trat der Emuxor näher und betrachtete das Werk seines Dieners. Ralf war umgeben von einem Kreis aus goldenem Aderngeflecht. Vier Verästelungen zeigten nach innen zu seinen Füßen und verbanden sich so mit ihm. Aus ihnen züngelten Flammen in den Farben Rot, Blau, Weiß und Grün. Sie wirkten lebendig, blieben ständig in Bewegung, formten Leiber und Klauen und Zähne und wurden wieder zu Flammen.

»Was ist das?«, fragte der Emuxor.

»Elementrückstände. Negative Energien, die in den vier Elementen hausen. Abfall, sozusagen, der normalerweise in der Natur absorbiert wird. Ich bündle ihre Kraft und mache sie mir zunutze. Das Feuer ist bereits erwacht. Bald werden die anderen folgen.« Ralf ließ die Arme sinken und verneigte sich. »Bis zur Vollendung hoffe ich, dass ihr mit dem Nahrungsangebot zufrieden seid. Meine Dämonen durchsuchen die ganze Stadt und picken nur die besten Seelen für euch heraus.«

»Es genügt. Vorerst.«

»Ich werde so schnell wie möglich an eurer Transformation arbeiten. Nachdem ich nun bereits Ilais Kräfte angezapft habe, folgt als nächstes Kirian. Es wird nur noch eine Frage der Zeit sein, bis mir alle vier Ratsmitglieder zur Verfügung stehen. Ich habe nur eine kleine Bitte.«

»Sprich.«

»Ilais Körper ist auf seinem Anwesen in Arizona, während ich mit seinem Geist verbunden bin. Eigentlich hatte ich meinen Pfeifzauber dort installiert, damit er jeden Seelenwächter und jeden Menschen abblockt. Nur leider konnte mein Bruder gemeinsam mit einem anderen Kerl namens Jaydee entkommen. Ich fürchte, sie arbeiten bereits daran, wieder auf ihr Anwesen zu gelangen, wenn sie es nicht schon geschafft haben. Dieser verfluchte Jaydee hat uns schon einmal einen Strich durch die Rechnung gemacht. Ich wollte ihn verfolgen lassen, doch er tötete meine gesamte Gefolgschaft. Daher benötige ich dringend neue Rekruten, die ihn aufspüren können.«

»Das ist kein Problem. Jeder Schattendämon, der in mein Umfeld tritt und sich zu mir bekennt, wird zur nächsten Ebene aufsteigen. Du bekommst so viele Kämpfer, wie du benötigst. Eine Armee, meinetwegen, und sie werden besser sein als je zuvor.«

Ein Lächeln huschte über Ralfs Gesicht. »Ich danke euch, Herr. Wenn wir genügend Dämonen haben, können wir das Haus besetzen und endgültig sichern.«

»So sei es.« Der Emuxor umrundete seinen Diener und betrachtete das alte Gemäuer. Vieles hatte sich verändert. Die Siegel des Herren waren entfernt, die Magie, die einst in diesen Wänden herrschte, zerstört. Der Emuxor erinnerte sich noch sehr genau an seine Gefangennahme. An die Qualen, die Schmerzen, die Schwärze. Zu schade, dass Pater Armstrong nicht mehr lebte. Vermutlich verrotteten seine Knochen unten in der Krypta. Gefeiert von seinen Anhängern für den glorreichen Sieg über den Dämon der Schatten. Ihn selbst.

Jetzt kann ich auf deinem Grab tanzen. Ich werde deine Knochen ausheben und sie als Zahnstocher verwenden.

»Gibt es Nachfolger des ehemaligen Paters?«

»Die gab es, Herr. Der ehemalige Pfarrer dieser Kirche ist tot. In einem tragischen Brand ums Leben gekommen. Ein wirklich schrecklicher Unfall.« Er grinste dabei, und der Emuxor war sich nicht sicher, ob sein Diener wirklich von einem *Unfall* sprach. »Es gibt keine Blutsverwandten mehr. Die Linie ist also ausgelöscht.«

»Ausgezeichnet.« Genau das wollte er hören.

Hinter ihm erklangen Schritte. Die ersten Schattendämonen betraten zögerlich die Kirche. Sie wurden angelockt von der Energie des Emuxors, folgten ihr instinktiv und gleichzeitig verwirrt über den Ruf, den sie nicht kannten. Diese armen Kinder waren so verloren ohne ihn. Er drehte sich um. »Kommt ruhig näher, es wird euch nichts geschehen.« Er schmunzelte. *Ich bin der Prediger und ihr meine Schäfchen.* Es könnte in der Tat keinen besseren Ort für diese Versammlung geben.

Einer nach dem anderen traten sie in die Kirche. Erst nur fünf, dann folgten weitere, zehn, fünfzehn, zwanzig. Oh ja, er würde sie alle bekehren, seine Kraft und Stärke mit ihnen teilen und gemeinsam mit ihnen mächtiger werden. Gerade als er die Arme heben wollte, um seine Energie auszusenden, rannte Joanne in die Kirche. Der Emuxor hatte sie bereits kennengelernt. Sein Diener hatte sie vor einiger Zeit aus der dunklen Existenz eines Schattendämons befreit. Jetzt war sie stärker denn je.

Sie verlangsamte ihr Tempo, als sich alle Köpfe zu ihr umdrehten. Joanne reckte das Kinn und schritt durch die Reihen der Schattendämonen. Es gefiel dem Emuxor, wie sie sich verhielt. Nur die Starken und Unbarmherzigen kamen weiter.

Sie blieb direkt vor ihm stehen. Ihre Augen strahlten vor Freude, ein leichtes Lächeln umspielte ihre Mundwinkel. Er erwiderte ihren Blick durch die kleinen Sehschlitze und gestattete ihr, sich eine Weile an ihm sattzusehen.

Schließlich neigte auch sie den Kopf, um dem Emuxor zu huldigen.

»Ich muss etwas berichten. Wenn ihr gestattet.«

»Natürlich.«

»Ich war in der Stadt unterwegs, um mir Nahrung zu beschaffen. Ich habe mich für eine junge Frau entschieden, die gerade im Park spazieren war. Da wir es nun nicht mehr nötig haben, uns zu verstecken, habe ich sie mir gleich auf dem Weg geschnappt. Doch keiner der vorbeikommenden Passanten hat auf mich reagiert. Sie gingen einfach weiter, als bekämen sie gar nicht mit, was ich da tue. Einige sind sogar einfach über die Leiche gestiegen.«

»Ist das euer Werk?«, fragte Ralf.

Der Emuxor schüttelte den Kopf.

»Es geht noch weiter«, sagte Joanne. »Auf dem Weg zurück hierher habe ich etwas am Himmel gesehen. Wie ein Wetterleuchten. Es zischte und blitzte, und dann herrschte eine merkwürdige Stille. Als wären die Geräusche gedämpft.«

»Diese verfluchten Seelenwächter!«, sagte Ralf. »Ganz bestimmt stecken sie dahinter. Sie müssen mitbekommen haben, dass wir uns hier versammeln.«

»Beeindruckend«, sagte der Emuxor. Er liebte starke Gegner, nur so machte das Spiel Spaß.

»Joanne, sobald wir weitere Rekruten haben, nimmst du dir zwei Dämonen und kundschaftest die Gegend aus.«

»In Ordnung. Vielleicht steckt auch dieser Polizist dahinter: Benjamin Walker. Er scheint ein außergewöhnlicher Mensch zu sein.«

»Kann er auch Magie wirken?«

»Ich weiß es nicht.«

»Egal, wer es ist: Wir werden den Verantwortlichen suchen und ein Festmahl veranstalten.«

Der Emuxor nickte. Ja, er war wirklich sehr zufrieden mit der Entwicklung. Er trat einen Schritt nach vorn und breitete die Arme aus. Es war Zeit, mehr Dämonen zu bekehren. »Bevor ihr geht, lasst mich euch stärken, meine Kinder. Kommt zu mir und labt euch an meiner Energie. Joanne hat den Tod bereits überwunden. Sie wurde von einem Titaniumpfeil mitten ins Herz getroffen und ist nicht daran gestorben. Euer Meister Ralf steigt ebenso in neue Sphären auf. Erlebt die gleiche Macht wie sie! Werdet das, was euch vorbestimmt ist. Die Herren über die Menschheit!«

Ein Raunen ging durch die Menge. Die Schattendämonen blickten sich an. Fragend. Zweifelnd. Noch. Sie waren arme, verloren gegangene Seelen, die viel zu lange in der Finsternis gelebt hatten. Wie jedes Kind waren sie noch ängstlich und brauchten eine gute Führung. Zum Glück hatten sie diese jetzt.

»Kommt näher, es wird euch nichts geschehen.«

Zögerlich folgten sie seiner Aufforderung.

Der Emuxor hob seine Arme höher und ließ seine Energie fließen. Er verband sich mit jeder einzelnen Seele im Gebäude, stärkte sie mit seiner Kraft, teilte seine Macht mit ihnen.

Einer nach dem anderen sank auf die Knie. Auch Joanne und Ralf gesellten sich dazu. Der Emuxor lächelte, schloss die Augen und verband sich mit den Dämonen um ihn herum. Ihre Seelen waren seine Seelen – und umgekehrt.

Der Tod war auf die Erde gekommen – und er würde alles Leben vernichten.

4. Kapitel

Jessamine

Meine Hände fühlten sich eiskalt und gleichzeitig verschwitzt an. Mit angehaltenem Atem schlich ich durch den Tunnel, der mich ins Zentrum des Tempels bringen würde, in dem der Rat seinen Sitz hatte. Meine Finger glitten über das warme Gestein, in meinen Ohren rauschte das Blut. Ich zitterte vor Anspannung und Nervosität.

Der Rat der Seelenwächter.

Ich würde sie alle treffen. In weniger als zehn Minuten stünde ich den ältesten Seelenwächtern dieser Erde gegenüber. Logan kannte ich ja schon. Mal sehen, ob die anderen auch so nett waren.

Langsam tastete ich mich auf das Licht zu, hinaus aus dem schmalen Tunnel.

Wir waren auf der kanarischen Insel El Hierro. Hier lag der Tempel tief unter der Erde versteckt. Will hatte mir den Weg hinein erklärt und dann selbst einen anderen genommen. Die Seelenwächter mussten ihre eigenen Eingänge benutzen. Es war mir nicht recht, allein zu sein, aber ich hatte mich nicht anstellen wollen wie ein kleines Mädchen und mich an seinen Schürzenzipfel hängen. Hoffentlich würde er drinnen wie versprochen auf mich warten.

Der Bogen am Ende des Tunnels wurde größer, das Licht heller und schließlich betrat ich den Tempel.

»Wow.« Ich legte den Kopf in den Nacken. Das war anders, als ich es erwartet hatte.

Imposanter. Schöner.

Der Raum war riesig, als stünde ich im Inneren einer Arena. Die Decke bestand aus Oberlichtern mit wunderschönen Mosaik-Mustern, die die Sonnenstrahlen in ein buntes Farbspektrum brachen und alles in einem diffusen Licht erstrahlen ließen.

Wie in einer opulenten Filmkulisse.

Ich lief tiefer in den Saal hinein. Auch auf dem Boden war ein Muster. Zwei übereinanderliegende Achten in den Farben Rot, Blau, Grün und Weiß. Wahrscheinlich die vier Elemente. Alles in diesem Raum strahlte deren Kraft aus. Es roch nach Wasser und Feuer und Erde, und eine frische Brise wehte mir um die Nase.

Mit offenem Mund ging ich weiter. Es gab vier weitere Tunnel in vier verschiedene Richtungen. Über jedem der Tunnel prangte ein Symbol. Das Feuer erkannte ich sofort, es war eine gezackte Flamme, ein Eichenblatt für die Erde, eine Art verschwommener Wassertropfen und zwei gezwirbelte Linien für die Luft.

Meine anfängliche Nervosität verflüchtigte sich, und ich fühlte mich so geborgen und aufgehoben wie schon lange nicht mehr.

Ein Tisch stand in der Mitte des Raumes und wurde von oben beleuchtet. Dort saßen bereits eine Frau und ein Mann. Sie unterhielten sich angeregt, wobei die Frau auf die Unterlagen zeigte, die vor ihr ausgebreitet lagen. Ihre Haare waren blaugefärbt und geschickt hochgesteckt. Ihr türkisfarbenes Kleid glitzerte bei jeder Bewegung. Der Mann lauschte konzentriert. Er strahlte eine angenehme Ruhe aus. Sein Profil war markant, die Haut leicht gebräunt, die dunklen Haare trug er kurz geschnitten. Nach menschlichen Maßstäben würde ich sein Alter auf Mitte dreißig schätzen.

»Ah, da bist du ja«, sagte Will auf einmal von der Seite. Ich zuckte vor Schreck. Mist, ich hatte nicht mal gehört, wie er den Saal betreten hatte.

»Entschuldige. Ich wollte dich nicht erschrecken.«

»Das war die Rache für die Nummer mit dem Handtuch, schon klar.«

»Ich … nein. Wirklich nicht … Ich dachte, du wärst …«

»Das war ein Scherz, Will.« Herrje, der Mann musste mehr unter Leute.

»Schätze, mein Sinn für Humor ist nicht sonderlich ausgeprägt.« Er streckte mir die Hand entgegen, die ich sofort ergriff. Gemeinsam liefen wir zu dem Tisch.

»Die Frau ist Soraja und der Mann in dem rotschimmernden Umhang neben ihr ist Derek.« Will beugte sich zu mir und sagte leise: »Sie ist eine Seelenwächterin des Wassers, insofern wird sie deine Gefühle mit jeder Berührung lesen können.«

»Super. Noch so eine.«

»Am besten du bist einfach still und wartest, bis du angesprochen wirst. Die Ratsmitglieder sind ein wenig … eigen. Außerdem haben die meisten Seelenwächter nicht viel Kontakt zu Menschen.«

»Okay, ich werde mir Mühe geben. Wer ist der langhaarige Typ mit dem wehenden Umhang, der gerade auf den Tisch zuläuft?«

»Das ist Kirian. Ein Wächter der Luft. Solltest du ein leichtes Kribbeln an deiner Stirn spüren, kann es sein, dass er versucht, in deinen Kopf einzudringen. Eigentlich ist es nicht gestattet, das zu tun. So wie Logan dich fragte, ob er dich heilen darf, muss er auch vorher fragen, aber sei einfach vorbereitet. Ich weiß nicht, wie sie auf dich reagieren werden.«

Ich nickte und blickte zu Will. Sein Gesicht war angespannt, seine Schultern hochgezogen. Es war für ihn ebenfalls ein Abenteuer, hier zu sein.

»Wir schaffen das schon«, sagte ich und drückte seine Finger.

»Natürlich.«

Hinter mir hörte ich energische Schritte. Ich sah über meine Schulter zurück und entdeckte Logan, der auf uns zueilte.

»Bereit für den Zirkus?«, fragte er und schloss zu uns auf. Im Gegensatz zu den anderen beiden Ratsmitgliedern war er sehr leger gekleidet. Dunkelbraune Leinenhosen, ein helles Hemd, das oben offenstand, und die üblich perfekt gestylte Frisur. Auch seinen Gehstock hatte er dabei und polierte den Griff.

»So bereit es eben geht«, antwortete ich. Logan wirkte ebenfalls mürber als bei unserem Treffen in Schottland. Die leichten Falten, die seine Augen und seine Lippen umrahmten, waren tiefer, härter. »Ich würde sagen, dass es mir leid wegen Isabella tut, aber ich … habe geschworen das nicht mehr zu sagen.«

Logan nickte traurig. »Das ist Teil unseres Lebens.«

Das mochte so sein, aber machte es das besser?

»Wie dem auch sei: Wir werden deine Angelegenheit zuerst erledigen und dein Amulett fertigen, damit du und Will wieder loskönnt. Alles andere besprechen wir unter uns.«

Alles andere. Das hieß, ich durfte nicht dabei sein, wenn sie überlegten, was sie wegen Violet unternehmen wollten.

»Gibt es noch Neuigkeiten aus Riverside?«, fragte Will.

»Kirian hat die Drillinge hingeschickt, weil sie sich unbemerkt dort aufhalten können. Und was sie berichten, ist besorgniserregend. Aber dazu gleich mehr, denn ich muss eins noch loswerden, bevor wir uns zusammensetzen.«

Logan hielt an und stellte sich vor uns, so dass mir der Blick auf den Tisch versperrt war. Er kam dicht zu uns, als wollte er sicherstellen, dass niemand mithörte. »Kendra hat mir erzählt, dass sie Jaydees Gefühle aus deinen Haaren herausgelesen hat und annimmt, dass die Athen-Geschichte erfunden war.«

Diese elende Petze! Das hätte ich mir denken können. Vermutlich war sie sofort zu Logan gerannt und hatte ihm alles brühwarm aufgetischt. »Das ist doch …«, setzte ich an, aber Logan hielt die Hand, um mich zur Ruhe zu ermahnen.

»Mir war schon in Schottland klar, dass du gelogen hast, also mach nicht so ein Gesicht, als überlegtest du gerade, wie du Kendra köpfen kannst.«

Ich blickte zu Boden. Abstreiten zwecklos.

»Er ist wieder durchgedreht, oder?«

»Ja«, sagte Will. Er klang erleichtert, weil es endlich draußen war.

Logan nickte, strich mit dem Daumen über den Knauf seines Gehstocks und sagte eine Ewigkeit nichts. Mir brach der Schweiß aus. Würde er die Sache offiziell dem Rat vortragen? Würden sie ihn jagen und einsperren, so wie Will es befürchtet hatte? Und vor allen Dingen: Würde er das mit sich machen lassen?

»Also schön«, fuhr Logan endlich fort. »Wir werden diese Sache *nicht* offiziell machen, …«

Ich atmete erleichtert auf und wollte mich schon bei ihm bedanken, doch er fuhr mir ein weiteres Mal über den Mund.

»… vorausgesetzt, er hat noch keinen Schaden angerichtet. Wenn er jemand Unschuldigen getötet hat, wird er dafür zur Rechenschaft gezogen.«

»Ich glaube nicht, dass er das hat«, sagte ich rasch, als wäre ich plötzlich seine Fürsprecherin geworden. »Er hätte mich mit Leichtigkeit töten können, genau wie Will, als er noch gefesselt war, aber er hat es nicht getan. Er gab mir die Zeit, Will zu befreien, und danach hat er alle Dämonen für uns aus dem Weg geräumt. Er hat sogar Heilsirup dagelassen und …«

»Ist gut, Jess. Hol mal Luft zwischendurch«, unterbrach mich Logan. »Ich kenne Jaydee, und mir ist klar, welchen Kampf er mit sich ausficht. Doch ich werde es nicht ewig vor dem Rat geheim halten können. Ihr müsst ihn so schnell wie möglich finden.«

»Akil will aufbrechen und ihn suchen«, sagte Will. »Er meinte, er würde Jaydees Lieblingsplätze abklappern, vielleicht ist er ja dort. Sobald ich Zeit habe, werde ich einen Suchzauber fertigen.«

»Gut. Findet ihn schnell, sonst werden wir ihn finden. Und jetzt lasst uns zu den anderen, bevor sie sich fragen, was wir hier so lange tuscheln.«

Logan drehte um und begleitete uns zum Tisch. Er deutete auf einen freien Stuhl zwischen Soraja und Kirian und stellte sich mir gegenüber.

Logan zog seinen Stuhl heraus, ohne sich hinzusetzen. »Darf ich euch Jessamine vorstellen? Der Mensch, der mit seiner Fylgja bei Ilai wohnt.«

»Und der wir den ganzen Schlamassel zu verdanken haben«, sagte Soraja und musterte mich. »Willkommen in unserer Runde.« Sie streckte mir eine Hand hin. Ich sah erst zu Will, der mir aufmunternd zunickte, bevor ich sie ergriff. Sorajas Finger fühlten sich kalt und leicht feucht an. Es war keine angenehme Berührung, eher als hielte ich einen toten Fisch in der Hand. Sie rümpfte die Nase, als spürte sie, was ich gerade dachte, und zog ihre Finger wieder zurück. Fühlte sie auch etwas Böses in mir, wie Kendra es angedeutet hatte?

»Es freut mich sehr, dich kennenzulernen«, sagte Kirian mit einem leichten Akzent, den ich nicht zuordnen konnte. Statt mir eine Hand hinzustrecken, verneigte er sich nur. Ich tat es ihm gleich. »Bitte, setz dich.«

Das war der Startschuss. Wir nahmen alle Platz. Ich war äußerst dankbar, dass Will direkt neben mir blieb. Unter der Tischplatte suchte ich nach seiner Hand und wartete, was der Rat zu verkünden hatte.

Die Luft füllte sich mit einer gespannten Atmosphäre, die man fast schon greifen konnte. Mir wurde ein wenig schwindelig, was vielleicht auch an dem Luftdruck hier unten lag.

»Will hat erzählt, dass du ein Schutzamulett benötigst«, sagte Soraja schließlich.

»Ja. Wegen meiner Aura. Normalerweise schattet Violet sie ab, aber das geht ja jetzt nicht.«

»Richtig.«

»Was werden Sie wegen ihr unternehmen?« In der Sekunde, als ich die Frage stellte, drückten Wills Finger meine fester. Er wollte mich ermahnen. *Rede nur, wenn du dazu aufgefordert wirst* … »Ich meine, ich würde gerne helfen.«

»Das wird nicht nötig sein«, sagte Soraja. »In dieser Angelegenheit gibt es nur eine einzige Lösung.«

Ach, da sieh mal einer an. »Was soll das heißen? Ich meine, Sie können Violet nicht töten oder so, es sei denn …« Sie wollten mich zuerst um die Ecke bringen. Durften sie das? Und vor allen Dingen: Würden sie es? Jetzt war ich es, die sich fester an Will klammerte. Er erwiderte meinen Druck, in dem er mit dem Daumen über meinen Handrücken strich.

»Wir werden niemanden töten, Kind. Du musst nicht so erschrocken schauen. Wir sind doch keine Barbaren.«

Man konnte ja nie wissen.

»Wir werden die Fylgja natürlich von dir lösen«, sagte Soraja. »Somit ist sie aus deinem Dienst freigestellt und kann dorthin zurück, wo sie hergekommen ist.«

»Bitte was?« Aber … wie? Ging das überhaupt so ohne Weiteres? »Aber … das heißt ja, … das können Sie doch nicht machen!«

Logan räusperte sich. »Es ist die einzige Möglichkeit, wie wir diese ganze Sache schnellstmöglich beenden können. Wie schon angekündigt, berichten Kirians Drillinge besorgniserregende Dinge aus Riverside.«

»Aber was kann denn Violet dafür?!« Meine Stimme überschlug sich. Mir war klar, dass ich gerade vier der ältesten Wesen dieses Planeten anschrie, doch das war mir vollkommen egal.

»Sie ist verantwortlich«, redete Kirian unbeeindruckt weiter. »Ralf hat sich mit deiner Fylgja in der alten Kirche verschanzt. Sie haben zahlreiche Menschen getötet und deren Seelenenergie verspeist. Ebenso sind die Aktivitäten an Schattendämonen stark gestiegen. Akio hat sich im Norden der Stadt postiert, Nuri und Samiya am anderen Ende. Gemeinsam dringen sie in die Köpfe der Menschen in Riverside ein und manipulieren die Erinnerungen, damit keine Panik ausbricht.«

»Kirians Drillinge sind alle Luftwächter«, erklärte Logan. »Dadurch hat seine Familie sehr viel gebündelte Kraft.«

Ich hörte all diese Dinge, und es schnürte mir das Herz zusammen bei dem Gedanken, wie die Menschen dort litten. Dennoch konnte ich es kaum ertragen, dass deshalb Violet von mir gelöst werden sollte. Sie war doch alles, was mir noch blieb. Mein letzter Halt.

»Im Moment herrscht Ruhe bei den Bewohnern von Riverside. Niemand bekommt etwas von Ralf oder seinen Aktivitäten mit. Ich habe bereits mit Derek erörtert, dass wir zusätzlich eine magische Barriere fertigen werden, damit keiner mehr die Stadt betreten oder verlassen kann.«

»Meine Leute arbeiten daran«, sagte Derek. Seine Stimme klang angenehm tief, mit dem Hauch eines spanischen Akzents. »Mit ein wenig Glück hält der Zauber auch weitere Schattendämonen fern, doch diesbezüglich wage ich keine Prognose. Sie sind nur noch schwer einzuschätzen.«

»Somit hätten wir Riverside von der Außenwelt abgeschirmt«, sagte Soraja. Was trug sie eigentlich zu der ganzen Sache bei?

»Sobald das alles steht, werden wir damit anfangen, die Fylgja zu lösen«, sagte Logan. Ich fühlte seinen Blick auf mir, doch ich konnte ihn nicht ansehen. Niemanden von diesen Leuten. Sie entschieden gerade über mein Schicksal, über das von Violet …

Und sie retteten Tausende von Leben damit. Und Zac! Oh, Gott, was war mit dem? Er lebte nicht direkt in Riverside, aber war er trotzdem betroffen? Ich musste ihn dringend anrufen!

»Jess.« Logan beugte sich nach vorn. »Glaube nicht, dass das leicht für uns ist, aber wir haben keine andere Wahl. Niemand weiß, was genau Ralf vorhat, doch es ist nichts Gutes. Ich habe es mit eigenen Augen gesehen. Dein Fylgj… Violet ist das Böse. Die Schattendämonen verändern sich. Joanne hat einen Titaniumpfeil mitten durch ihr Herz bekommen, aber statt zu Staub zu zerfallen, ist sie aufgestanden und hat Isabella getötet.«

Ich schluckte und versuchte mit aller Macht, die Tränen zurückzuhalten. *Nicht heulen. Nicht heulen. Bloß nicht vor denen heulen.* »Wenn Violet zurückkehrt in ihre Dimension. Wenn ihr sie von mir löst …«

»Dann ist eure Beziehung beendet, korrekt«, sagte Soraja. »Deshalb bekommst du von uns auch das Amulett. Es wird dich fortan schützen und deine Aura verdecken. Du wirst es alle sieben Tage aufladen müssen, aber das ist nicht schwer. Du musst es nur in die Sonne halten. Es zieht seine Kraft aus der Natur zurück. So bist du auch nicht mehr länger an die Seelenwächterwelt gebunden. Sobald das Problem mit Ralf beseitigt ist, bist du wieder frei, in dein Menschenleben zurückzukehren.«

Ohne Violet. Ohne Fylgja. Ohne meine beste Freundin. »Ich kann nicht zulassen, dass ihr Violet das antut.« Und ich wollte mich nicht von den Seelenwächtern abwenden.

Soraja lächelte, als müsse sie einem dummen Kind erklären, dass es nichts zu sagen hatte. »Diese Punkte stehen nicht zur Diskussion. Ilai hätte dich erst gar nicht bei sich aufnehmen sollen. Die Drillinge werden deine Erinnerungen an die letzten Ereignisse löschen. Du musst nichts mehr mit der übernatürlichen Welt zu tun haben.«

»Ich will nicht, dass jemand in meinem Kopf herumfuhrwerkt! Außerdem sagte Ilai, dass es gefährlich ist, meine Erinnerungen zu löschen.« Das war damals bereits sein Gedanke gewesen, als Akil uns auf sein Anwesen brachte. Ilai hatte extra die Vergessenszauber deaktiviert, damit ich davon nicht beeinflusst werden würde. Er meinte, das könnte mich in den Wahnsinn treiben, weil ich bereits zu sehr in der übernatürlichen Welt verankert war.

»Es ist nicht gefährlich, wenn es die Richtigen tun«, sagte Kirian. »Wir sind Luftwächter. Wir leben im Geiste und wir können diesen beliebig formen. Ilais Magie sind andere Grenzen gesetzt. Du wirst nicht mal etwas davon spüren. Und überlege es dir gut, bevor du ablehnst, denn wie ich hörte, ist dein Leben seit der Begegnung mit den Seelenwächtern alles andere als friedlich verlaufen. Wir können das wieder ändern und geradebiegen.«

Geradebiegen? War das sein Ernst? »Nein!« Ich musste nicht mal darüber nachdenken, so klar war mir das alles. »Ich will und kann die Vergangenheit nicht zurückholen. Meine Mutter wäre immer noch verschwunden. Ariadne ist tot! Violet ist weg. Was denkt ihr euch denn? Was wäre mit Zac? Wollt ihr mich den auch vergessen lassen und mein ganzes Leben beeinflussen?«

»Jess hat Recht«, mischte sich nun auch Will ein. »Ihr könnt ihr diese Erlebnisse nicht wegnehmen, ohne ihren halben Lebenslauf umzukrempeln, und das ist nicht zumutbar. Es muss noch einen anderen Weg geben. Auch was Violet betrifft. Wir können sie nicht einfach voneinander lösen.«

»Warum nicht?«, fragte Soraja. »Weil die zwei eine so enge Beziehung haben? Darauf können wir keine Rücksicht nehmen. Die Schattendämonen erlangen zu viel Macht, und mit jeder Minute, die wir verstreichen lassen, wird sie größer. Wenn wir nicht handeln, werden sie über jeden Mensch herfallen, und die Opfer gehen dann auf ihre Kappe!« Sie zeigte auf mich.

Ich krallte mich in die Tischplatte. Diese Frau hatte doch den Schuss nicht gehört!

»Du machst es dir zu einfach, Soraja«, sagte Logan. »Jess kann nichts für Ralfs Taten, und bevor du gleich noch William beschuldigen willst, weil er von gleichem Blute ist: er genauso wenig.«

»Hätte sie sich nicht in unsere Angelegenheiten eingemischt, wäre nie etwas von all dem passiert. Sie und ihre Fylgja haben diese Schattendämonin Joanne damals angelockt und auf alles aufmerksam gemacht.«

Woher wusste Soraja eigentlich so gut Bescheid, was geschehen war?

»Du gehst zu weit, Soraja«, sagte Kirian. Er saß zurückgelehnt in seinem Stuhl, die Fingerspitzen gegeneinander gedrückt, so dass die Hände ein Dreieck bildeten. »Jess kann nichts für die Ereignisse. Es war eine Verstrickung unglücklicher Umstände.«

Soraja zischte. »Wie dem auch sei. Die Fylgja wird trotzdem gelöst. Jetzt gib uns eine Haarsträhne, dann kannst du gehen. Wir brauchen dich nicht für die Umkehrung des Rituals.«

Ich griff mit der freien Hand nach meinem Zopf. »Ihr bekommt überhaupt nichts von mir.«

»Natürlich werden wir das«, sagte Soraja.

»Ihr dürft nicht einfach eure Fähigkeiten gegen mich einsetzen.«

»In Notfällen schon. Wir werden …«

»Soraja«, sagte Logan. »Lass sie mal zur Ruhe kommen.« Er sah mir fest in die Augen. In seinem Blick lag Zuneigung und ein väterliches Verständnis. Er lächelte, doch es war ein trauriges, enttäuschtes Lächeln. Vermutlich weil er wusste, dass es keinen anderen Ausweg gab. »Es tut mir von Herzen leid, Jessamine. Wenn es eine Lösung gäbe … wenn wir Violet irgendwie retten könnten …«

»Dann denkt noch mal nach! Ihr besitzt so viel Wissen, so viel Erfahrung. Es *muss* einen anderen Weg geben.«

»Nicht auf die Schnelle«, sagte Kirian. »Wir wissen nicht, wie lange wir die Barriere um Riverside halten können oder was Ralf als Nächstes plant. Wir müssen handeln.«

Ich blickte von einem zum anderen und fühlte, wie die Hilflosigkeit mir die Kehle zuschnürte. Das durfte doch nicht wahr sein. »Ich kann das nicht.«

»Du wirst auch nichts tun müssen«, sagte Kirian. »Wir erledigen alles.« Er griff in seinen Umhang und zog einen langen spitzen Dolch heraus. Ich rückte im Stuhl nach hinten, presste mich gegen die Lehne, als könnte ich mich unsichtbar machen.

»Wir werden dir kein Leid zufügen«, sagte Kirian. »Doch Soraja hat recht. Wir benötigen eine Haarsträhne von dir und einen Tropfen Blut für das Amulett.«

Ich schüttelte den Kopf.

»Jess«, sagte Will leise.

»Du kannst unmöglich damit einverstanden sein! Hat deine Stimme gar kein Gewicht?! Du kennst doch Violet! Du hast mit ihr unter einem Dach gelebt! Will! Bitte lass mich nicht hängen.«

»Das tue ich nicht, aber ich …« Er beugte sich näher zu mir. »Ich habe keine andere Wahl.«

Seine Worte waren kaum zu verstehen, weil er sie zwischen den Zähnen herauspresste.

Ich schüttelte den Kopf, stand auf und lief Richtung Ausgang. »Das muss ich mir nicht anhören.«

»Warte! Jess!«, rief Will, stand ebenfalls auf und holte mich mit wenigen Schritten ein. Er packte mich am Arm und drehte mich zu sich. »Du brauchst noch das Amulett!«

»Das ist mir scheißegal! Dann soll Coco, oder wer auch immer mich haben will, kommen und mich holen! Ich habe so dermaßen die Schnauze voll von allem!« Meine Stimme verfing sich in den hohen Wänden und hallte zu mir zurück. Ich blickte mich um, sah zu Will, der jetzt beide Hände an meine Schultern legte.

»Sei bitte vernünftig, Jess.«

»Dann seid ihr es auch!«

»Wir haben nur diese eine Möglichkeit. In Riverside sterben Menschen. Denk bitte auch an deine Freunde, die dort leben. An Zac. Wenn sich diese Macht weiter auf die Schattendämonen ausbreitet, werden wir ihrer nicht mehr Herr werden. Ich weiß nicht, wie genau Ralf es anstellen will, aber er hat es selbst gesagt: Er wird die Schattendämonen und sich selbst befreien, und so wie es aussieht, gelingt ihm genau das. Sie werden wie eine Schar Heuschrecken über die Menschen herfallen und alles vernichten. Wir haben so schon kaum eine Chance gegen sie, wenn wir länger warten, werden sie noch mächtiger.«

»Violet ist der wichtigste Mensch in meinem Leben. Sie ist das Gegenstück zu meiner Seele.«

»Ich weiß.«

»Sie ist … ich kann sie nicht verlieren. Verstehst du? Sie ist alles …« Ich griff an mein Shirt, zog den Kragen weiter, versuchte, mich aus der Enge zu befreien, die sich plötzlich um mein Herz legte. Ich hatte meine Mutter verloren. Ich hatte Ariadne verloren. Jetzt verlor ich auch noch Violet, und mit jedem weiteren Atemzug wurde mir klar, dass ich mich nie wieder davon erholen würde. Es war das letzte, was mich noch über Wasser gehalten hatte. Mein letzter Anker in einer Welt, die nur noch aus Kämpfen und Schmerzen bestand.

Wenn ich Violet verlieren würde, würde ich auch mich selbst verlieren.

5. Kapitel

Jessamine

Die nächsten Stunden verbrachte ich in einem diffusen Zustand. Ich glaubte, Schockpatienten reagierten ähnlich. Ich war wie abgeschottet von der Außenwelt, die Geräusche drangen nur noch wie durch Watte in mein Ohr, alles wirkte verschwommen, dumpf. Nichts berührte mich mehr, mein Geist stand neben meinem Körper. Ich wurde zu einem Zuschauer in der zweiten Reihe.

Will führte mich zurück zum Tisch. Soraja kam sofort auf mich zu und schnitt mir eine Haarsträhne ab, als könne ich mich jede Sekunde in Luft auflösen, wenn sie nicht schnell genug war. Logan stach mir mit Kirians Dolch in den Finger und ließ einen Tropfen Blut in eine Schale fallen. Dann baten sie mich, kurz zu warten. Ich stand einfach da und sah den Vieren zu, wie sie sich über die Schale mit meinem Blut beugten und ihre Zauber wirkten. Meine Haarsträhne lag sicher verwahrt in einer Holzschachtel daneben.

»Wozu brauchen sie meine Haare?«, fragte ich Will, der schweigend neben mir stand.

»Weißt du, wie eine Fylgja gerufen wird? Hat Violet dir das je erklärt?«

»Sie meinte nur, dass das Ritual nicht schwer sei, damit es auch normale Menschen durchführen können. Es würden nur sehr wenige davon wissen.«

»Ja, das stimmt. Früher waren Schutzgeister wesentlich beliebter, vielleicht weil die Menschen offener für diese Welt waren. Wobei es nicht ganz so einfach ist, wie sie meint. Derjenige, der die Fylgja ruft, muss eine gewisse Affinität zu der Materie haben.«

»Das hatte meine Mum. Sie war eine sehr spirituelle Frau gewesen.«

»Violet kam zu dir, als du noch ein Baby warst, richtig?«

»Ja.«

»Man kann eine Fylgja entweder für sich selbst oder für einen anderen rufen. In jedem Fall benötigt man eine Haarlocke des Schützlings. Diese wird in eine Holzschale aus Eiche gelegt, bei Vollmond mit bestimmten Kräutern angezündet und dann mit geweihtem Wasser gelöscht. Dazu sagt man einen Zauberspruch auf. Es ist wichtig, sich voll und ganz dem Zauber hinzugeben, und daran scheitern die meisten auch. Wenn die Visualisierung nicht stimmt, wird die Fylgja nicht kommen.«

Ich konnte mir Mum sehr gut dabei vorstellen. Wie sie mitten in der Nacht auf einer Wiese saß, das dunkle Haar offen über ihren Schultern, die Augen geschlossen, hochkonzentriert.

»Deshalb brauchten sie wieder eine Haarsträhne von dir«, fuhr Will fort. »Die Magie muss aus den Zellen extrahiert werden, bis absolut kein Rest mehr vorhanden ist. Es ist extrem aufwendig, es auf diese Art zu tun. Einfacher wäre es, wenn der Schützling die Fylgja freiwillig entbindet.«

»Das heißt, ich hätte die Macht, sie zurückzuschicken?«

»Ja. *Freiwillig* ist hier das Zauberwort.«

»Das würde ich niemals tun!«

»Das denke ich mir, abgesehen davon braucht ihr dazu Körperkontakt. Der Wunsch, sie gehen zu lassen, muss aus tiefstem Herzen erfolgen.«

Mich schauderte allein bei dem Gedanken daran. Ich könnte das nicht einmal, wenn man mir eine Waffe an den Kopf halten würde.

Nach diesem Gespräch brachte Will mich zurück an den Tisch. Die Ratsmitglieder gaben mir das Amulett, das von nun an Violets Job erledigen sollte. Es war wunderschön. Ein kristalliner Tropfen mit meinem Blut darin – ich hasste es jetzt schon. Es würde mich von nun an täglich daran erinnern, dass sie nicht mehr da war. Will musste es mir anlegen, denn ich konnte es nicht. Soraja gab mir noch einmal Anweisungen zum Aufladen des Amuletts. Dabei hatte ich es bereits beim ersten Mal verstanden.

Erneut versuchte ich sie davon zu überzeugen, dass sie Violet nichts tun dürften, aber meine Argumente waren schwach gegen ihre. Wer gab mir das Recht, über andere Menschenleben zu entscheiden, nur weil ich meine beste Freundin nicht verlieren wollte? War es nicht genau diese Frage, die so viele Gemüter bereits erhitzte: Durfte man ein Leben opfern, um hundert andere zu retten?

Vielleicht.

Vielleicht auch nicht.

Ich war nur noch ein kleines Zahnrad in dieser Mühle, die mich immer weiter zerquetschte. Ich büßte für einen einzigen Fehler, den ich begangen hatte. Für eine Nacht, in der ich unvernünftig gewesen und aus dem Schutz meines Hauses geflohen war, um den Geist eines Pfarrers herbeizurufen, der nie gekommen war.

Ich büßte.

Und würde es für den Rest meines Lebens tun.

»Ich hätte nicht herkommen sollen«, sagte ich, als Mirabell das Tempo verlangsamte und wir endlich Arizona erreichten. Sie wieherte laut, um die anderen oben im Stall zu begrüßen. Die Hitze der Wüste umfing mich wie ein Mantel. Normalerweise hasste ich dieses Klima. Es war mir zu trocken, zu heiß, zu … alles. Doch heute sog ich fast schon gierig die glühende Luft ein und hoffte, sie könnte die Kälte in mir vertreiben. »Wir hätten nach Riverside gesollt. Zu Violet. Zu Zac. Ich muss ihn anrufen. Ich muss wissen, wie es ihm geht. Ich … können wir bitte umdrehen, Will?«

»Das geht nicht, aber du kannst gerne mit ihm telefonieren. Dein Handy sollte funktionieren, da die Schutzzauber noch lahmgelegt sind.«

»Ich will ihn persönlich sprechen! Ich muss mich vergewissern, dass er … dass sie …« Ich parierte Mirabell durch und knautschte den Zügel in der Hand. Umdrehen. Jetzt. Es wäre einfach. Ich wäre im Nullkommanichts in Riverside.

»Du weißt, dass ich das nicht zulassen werde, Jess.«

»Aber es ist alles so falsch.«

Er ritt ganz dicht neben mich und legte eine Hand auf meinen Unterarm. »Es gibt absolut nichts, was du im Moment tun kannst. Wenn du nach Riverside gehst und Ralf dich entdeckt, wird er dich sofort einfangen und einsperren. Du wirst in einer Zelle darben, bis er dich nicht mehr braucht, und dann wird er dich an seine Dämonen verfüttern.«

»Dann lasse ich mich nicht fangen.«

Will lächelte verkrampft. Er war voller Mitleid für mich. Für meine Situation. Für meinen hoffnungslosen Mut. »Suche dir die Kämpfe aus, die du bestreitest, und wähle klug dabei. Das hier ist nicht klug.«

Ich schloss die Augen und versuchte alles auszublenden. Ja, es wäre falsch zurückzureiten. Leichtsinnig. Schwachsinnig. Unnötig. Aber ich würde wenigstens etwas tun, statt mich zu verkriechen. »Ich kann einfach nicht mehr.«

»Ich weiß, Jess. Ich weiß«, sagte er ganz leise, und ohne mein Zutun setzten wir uns wieder Bewegung.

Ich überließ Mirabell die Führung, hielt die Augen geschlossen und gab mich dem sanften Schaukeln hin. Mittlerweile fühlte ich mich wohler auf einem Pferderücken und glaubte nicht mehr, bei jedem Schritt einen Abgang zu machen. Vielleicht würde ich eines Tages noch ein ganz passabler Reiter werden, wobei das auch keine Rolle mehr spielte. Soraja hatte es ja gesagt:

Sobald alles erledigt war, sollte ich nach Hause gehen und dieser Welt den Rücken kehren. Warum sie das zu bestimmen hatte und ob sich Will und die anderen daran halten würden, war mir noch nicht klar. Er hatte gesagt, ich gehörte jetzt zur Familie. Bald würde ich sehen, ob es leere Worte waren oder nicht.

Endlich erreichten wir das Tor. An die Mauer war eine Botschaft mit roter Farbe gekritzelt. Sie war an Jaydee gerichtet, aber einige Buchstaben waren bereits abgeblättert.

»Jayde …eine Freunde…ibliothek … Mensch …ja … Liebe Jo…«

Joanne.

Mittlerweile empfand ich einen derartigen Hass auf diese Frau, dass es mir selbst Angst machte. Noch nie in meinem ganzen Leben hatte ich etwas Derartiges gefühlt. Diese Frau nahm mir einfach alles! Sie raubte mir mein Leben, sie löschte ein Familienmitglied nach dem anderen aus, und vielleicht würde sie mich am Ende auch auslöschen.

Verrotte in der Hölle, Miststück.

Ich wischte eine Träne weg und zwang meinen Blick von der Mauer weg. Stoisch sah ich geradeaus zwischen Mirabells Ohren hindurch.

Das Tor mit den beiden Engelsflügeln stand weit offen. Zum ersten Mal, seit ich zurückgekehrt war, war es nicht verschlossen. Wie eine stumme Einladung an alle, einzutreten. Wir passierten es und steuerten die Stallungen an, und wir wurden bereits erwartet: Akil kam den Weg heruntergerannt. Mir stockte die Luft bei seinem Anblick. Die Strapazen des Pfeifzaubers standen ihm deutlich ins Gesicht geschrieben. Er war blass und eingefallen, seine Haare hingen strähnig und kraftlos herunter. Das war nicht der lebenslustige Akil, den ich kannte, das war ein Schatten seiner selbst. Eine billige Kopie, die nichts mit ihm gemein hatte.

Sofort sprang ich aus dem Sattel und eilte ihm entgegen.

Er breitete die Arme aus und ich ließ mich in sie hineinfallen, als hätte ich eine halbe Ewigkeit nur darauf gewartet. Er grub seine Nase an meinen Hals, ich schlang die Arme um seinen Nacken, presste ihn fest an mich und wäre am liebsten in ihn hineingeschlüpft.

Die Sonne knallte auf uns herab, erhitzte unsere Körper und trieb mir den Schweiß aus den Poren, doch ich konnte Akil nicht loslassen. Er mich ebenso wenig. So klammerten wir uns aneinander, als wäre diese Umarmung das einzige, was uns vor dem Umkippen bewahrte.

Akil keuchte leise, seine Stimme vibrierte an meiner Haut. Er fühlte sich immer noch kraftvoll an. Stark, fest. Seine Brustmuskeln drückten gegen meinen Oberkörper, seine durchtrainierten Arme hielten mich. Er war immer noch er selbst und irgendwie doch nicht. Ich nahm einen tiefen Atemzug, doch da war nichts. Kein Duft nach feuchtem Moos oder Erde. Akil roch nicht mehr nach seinem Element. Es war einfach weg.

»Wie kann das nur sein?«, fragte ich leise.

»Ich weiß es nicht.«

Ich sagte auch ihm nicht, dass es mir leid tat. Die Worte halfen nichts, sie trösteten nicht. Sie waren Schall und Rauch. »Wir werden deine Fähigkeiten zurückholen.«

Er lachte leise. Vermutlich glaubte er mir nicht. Warum auch?

»Es muss irgendwie gehen.«

»Wir werden sehen, Liebes.«

Ich schmiegte mich enger an ihn, versuchte, mit dieser Umarmung alles Leid und allen Kummer einfach wegzudrücken.

»Gibt es Neuigkeiten von Jaydee?«, fragte ich schließlich.

»Nein. Jetzt, da Will wieder da ist, können wir einen Suchzauber probieren.«

Oh, Will. Den hatte ich ganz vergessen. Ich blickte kurz auf. Er war nicht mehr da.

»Er ist im Stall und sattelt die Pferde ab.«

»Ich sollte ihm helfen, aber ich muss ganz dringend Zac anrufen. Ich muss mich vergewissern, dass es ihm gut geht.«

»Ja, tu das.« Akil löste sich von mir und legte eine Hand um meine Taille. Dieses Mal war es keine Anmache. Er wollte mir nur Halt geben oder auch sich selbst.

Gemeinsam liefen wir zum Haus. Ich hatte ja noch das neue Handy, das ich in Athen gekauft hatte. Hoffentlich funktionierte es.

»Der Rat hat eine Entscheidung getroffen«, sagte ich und erzählte ihm, was sie mit Violet vorhatten.

Akil lauschte schweigend. Bis auf seine Finger, die sich fester in meine Taille bohrten, zeigte er keine Regung. »Dieser verdammte Rat. Das ist so typisch. Sie scheren sich einen Dreck um Einzelschicksale. Immer mit der Keule draufhauen, wird schon den Richtigen treffen.«

»Wenn ich nur wüsste, was wir tun können, um das zu verhindern.« Streng genommen brachten sie Violet nicht einmal um, sie sorgten nur dafür, dass sie in ihre eigene Dimension zurückkehrte. Von dort aus könnte sie dann neuen Schützlingen zugeordnet werden. Sie hätte eine neue Jess, ein neues Leben.

»Und wenn du sie ein zweites Mal anrufst und an dich bindest?«, fragte Akil, als hätte er meine Gedanken erraten.

»Das geht nicht. Violet hatte mir erklärt, dass so eine Bindung einmalig und endgültig ist. Wird sie gelöst, dann für immer.«

Akil kratzte sich am Bart, dabei fiel mir eine kleine Schnittwunde auf, die sich vom Handgelenk nach oben zog. »Akil!« Ich blieb stehen und riss seine Hand an mich. Der Schnitt war nicht sehr tief, aber trotzdem beunruhigte er mich. »Du hast doch hoffentlich nicht versucht, dir die Pulsadern aufzuschneiden.«

»Bei allen Göttern, Jess, wo denkst du hin? Ich wollte sehen, ob ich heilen kann.« Er fuhr mit dem Finger über die verkrustete Wunde. »Kann ich nicht. Ist ziemlich scheiße.«

»Willkommen in unserer Welt. Warte mal auf die erste Migräne oder eine nette Magen-Darm-Infektion.«

Er lächelte matt. »Soll das eine Aufmunterung sein?«

»War ziemlich schlecht, oder?«

Er knuffte mich in die Seite, und ganz kurz flackerte etwas von seinem alten Charme auf. Leider verpuffte es wie ein heißer Tropfen in der Wüste.

»Ich helfe Will mit den Pferden. Ruf du deinen Freund an.«

»Okay. Danke!«

Ich blickte kurz Akil nach, der zurück zu den Stallungen lief. Selbst sein Gang wirkte nicht mehr so kraftvoll und losgelöst. Das war alles so schrecklich.

Vielleicht sollte ich Zac nicht anrufen. Vielleicht war es besser, nicht von noch einem Unglück zu hören, denn wenn es ihm schlecht ging, konnte ich rein gar nichts für ihn tun.

Ich kaute auf meinem Fingernagel. Nein, das würde ich nicht aushalten. Ich musste es wissen. Jetzt! Also drehte ich um, betrat das Haus, durchquerte das Foyer und rannte hinauf zu dem Zimmer, das ich bewohnte. Mein Zimmer. Unser Zimmer. Violets und meins. Selbst ihr Geruch hing noch in dem Raum. Ich musste die Luft anhalten, um nicht sofort in Tränen auszubrechen. Meine Beine fühlten sich an, als wären meine Socken mit Bleigewichten gefüllt. Alles schrie mich an, einfach aufzugeben, mich auf meinem Bett einzuigeln und nie wieder irgendetwas zu denken oder zu fühlen oder zu tun.

Seit meinem Ausflug nach Athen war ich nicht mehr hier gewesen. Bei unserer Rückkehr waren wir voller Sorge um Akil und Jaydee gewesen. Violet hatte die Einkäufe im Zimmer verstaut, während ich unten herumgewuselt war. Ich blickte mich kurz um. Die Tüten lagen noch immer auf dem Bett. Das letzte, was Violet für mich getan hatte. Mit Mühe schluckte ich den Kloß hinunter und durchsuchte die erste Tüte. Das Handy war ganz unten. Ich schaltete es an und wartete, ob er zwischenzeitlich versucht hatte, mich zu erreichen. Hatte er nicht. Naja, es war knapp zwei Tage her, seit wir telefoniert hatten, dennoch wunderte es mich. Früher hatten wir ständig telefoniert, wir waren so oft zusammen, wir hatten ferngesehen, waren ins Kino gegangen, hatten Spaß. Und jetzt ... Jetzt trat ich diese Freundschaft mit Füßen, rannte vor Dämonen davon und verlor einen wichtigen Menschen nach dem nächsten in meinem Leben. Vielleicht war es gut, dass Zac und ich Abstand bekamen. Das erhöhte eindeutig seine Überlebenschancen.

Ich atmete tief ein und wählte seine Nummer. Es klingelte nur dreimal, bevor er abhob. »Jess!«

Laute Musik wummerte im Hintergrund, Menschen johlten und grölten. War er in der Disko?

»Zac? Ich wollte mich nur mal melden und hören, wie es dir geht.«

»Großartig, Babe, absolut großartig! Ich bin in der geilsten Stadt der Welt und mache Partyyyy!«

»Bitte was?«

»New York City, Chica! Ich hab dir doch von Tobias erzählt.«

Seine neue Flamme. »Ja.«

»Der Kerl ist so geil, echt. Er hat mich auf einen Trip nach NY eingeladen. Er kennt jemanden, der jemanden kennt, der ein Penthouse am Central Park hat. Jess! Das ist so dermaßen abgefahren. Ich wünschte, du könntest das erleben.«

Das hieß, er war nicht in Riverside! Ich lachte vor Erleichterung und ließ mich aufs Bett fallen. Endlich! Endlich mal eine gute Nachricht.

»Hey, bist du noch dran? Bist jetzt aber nicht sauer auf mich, oder?«

»Was? Nein! Wo denkst du hin! Ich freue mich. Bitte genieße die Zeit und bleibe so lang, wie es geht. Bleib für Wochen, einen Monat, ein halbes Jahr! Lebe dein Leben, Zac.« Ich unterdrückte einen Seufzer, er sollte nicht hören, wie es mir ging.

»Das klingt leicht melodramatisch, findest du nicht?«

Ich lachte gepresst und verkniff mir die Tränen, die sich schon wieder ankündigten. »Entschuldige. Die Zeit hier ist recht emotional.«

»Aber es geht euch gut? Dir und Vi und Ariadne.«

Da kullerte sie auch schon. Hastig wischte ich sie weg, atmete einmal tief durch, damit er nicht mein Schluchzen hörte. »Ja. Ja, uns geht es spitze. Wir genießen den Strand und die Sonne Griechenlands. Das Meer ist ein Traum. Wir gehen fast jeden Tag schwimmen.« War wirklich ich es, die das sagte? Zac wusste immer noch nicht, dass Ariadne tot war. Wenn ich noch ein wenig wartete, konnte ich ihm auch gleich erklären, dass Violet ebenfalls nicht mehr kommen würde. Ich zog die Nase hoch und versuchte, mich zu sortieren.

»Weinst du etwa?«

»Ich … oh. Nein. Tue ich nicht. Mir ist nur … ich habe … eine Allergie. Irgendetwas blüht hier in Griechenland, das ich nicht vertrage. Ist nicht schlimm. Bitte feier noch schön, ja? Und grüße diesen Tobias von mir.«

»Mach ich.« Der Lärm um Zac wurde leiser, als würde er sich davon entfernen. »Es ist aber wirklich alles klar mit dir, oder? Du klingst merkwürdig.«

»Ich bin nur müde, mehr nicht. Mir geht es super. Die Zeit hier tut mir sehr gut.« Mir war nicht bewusst, wie sehr einen die eigenen Worte schmerzen konnten. Es fühlte sich an, als würde ich auf Rasierklingen kauen. »Ich liebe dich, Zac, und ich vermisse dich.«

»Ich dich auch. Echt. Ohne dich ist hier irgendwie nichts los.«

»Wir kommen bestimmt bald wieder.«

»Ach, stress dich nicht. Ich meine, wir haben weder Schule noch sonst was, und du bist in Europa! Das ist schon abgefahren.«

»Du hast keine Ahnung wie sehr.«

»Okay, ich geh dann mal wieder rein, ja? Wir wollen noch in einen anderen Club, wo es angeblich die schärfsten Typen der Stadt gibt.«

»Dann lass das Tobias nicht wissen.«

»Ach, der ist ganz cool. Wir führen eine offene Beziehung. Wirst ihn ja vielleicht auch kennenlernen.«

»Das wäre schön.«

»Ich drück dich, Schönheit.«

»Ich dich auch. Pass auf dich auf, ja?«

»Immer doch! Safety first.«

»Jetzt komm endlich, Zachary!«, rief ein Kerl von weiter weg. Es folgte noch mehr Gegröle und Gejodel.

»Ich muss jetzt wirklich, ciao.«

»Tschüss …«, sagte ich noch, aber er hatte bereits aufgelegt. Ich betrachtete noch eine Weile das schwarze Display. Er war in Sicherheit. Zac war in Sicherheit. Dem Herrn im Himmel sei Dank! Wenigstens einer von uns wurde nicht in diese ganze Scheiße hineingezogen.

Auf einmal rumste es im Haus und die Tür fiel unten ins Schloss. Ich blickte zum Fenster und stand auf. Mein Balkon zeigte auf den Kiesweg, der wiederum nach unten zum Haupttor führte. Anna rannte wie ein geölter Blitz den Weg hinab und steuerte das Tor an. Was hatte sie denn vor? Ich warf das Handy aufs Bett und stürmte ebenfalls die Treppen hinunter.

Als ich das Haus verließ, sah ich Anna und Akil, die weiter unten auf dem Kiesweg standen, kurz miteinander redeten und dann beide Richtung Tor stürmten. Irgendetwas war passiert. Ich beschleunigte. Unter den Engelsflügeln hielt ich an und spähte um die Ecke. Sofort stockte mir der Atem, meine Finger krallten sich in die eisernen Streben.

Jaydee!

Er war zurück.

Und er war nicht allein.

»Großer Gott«, flüsterte ich.

Anna und Akil waren vor ihm stehengeblieben und starrten ihn an. Ich klammerte mich an den Streben des Tores fest, weil ich mich nicht traute, näher zu gehen.

Er lag bewusstlos und gefesselt zu Füßen einer dunkelhäutigen Frau mit schwarzen Haaren. Sie trug zerrissene Jeans und ein Shirt, das mit Blut und Dreck verkrustet war. Jaydee sah nicht viel besser aus. Ein dunkler Bartschatten zeichnete sich auf seinem Kinn ab, seine Haare waren hoffnungslos verknotet, seine Kleidung, seine Haut – alles war verschmutzt. Die Hände waren mit Schnüren gefesselt, die sich einmal um seine Hüfte und dann um die Füße schlangen. Selbst wenn er aufwachen sollte, wäre es ihm unmöglich, sich zu rühren. Doch wie konnte er überhaupt bewusstlos sein?

»Keira«, sagte Akil.

»Ich bringe euch etwas, das ihr verloren habt.«

»Wo hast du ihn gefunden?«, fragte Anna und kniete sich neben ihn. »Und warum ist er bewusstlos?«

»Ich habe ihm ein Sedativum verabreicht. Hier sind noch weitere fünf Ladungen. Eine hält ungefähr eine Stunde«, sagte Keira und warf die Sachen Akil vor die Füße. »Kommt ihr mit ihm klar?«

»Ja. Natürlich.«

»Gut.« Sie wich einige Schritte zurück zu dem dunkelroten Parsumi, der hinter ihr stand. Das war Jack. Wills Pferd. »Wenn er aufwacht, sagt ihm, dass wir quitt sind.« Sie drehte herum und wollte aufsteigen, doch Jack legte die Ohren an. »Das ist jetzt nicht dein Ernst«, zischte Keira. »Eben hast du mich doch auch hochgelassen.«

»Weil du Jaydee dabeihattest«, sagte Akil und lief auf das Pferd zu. Er streichelte ihm über die Nase und sofort beruhigte er sich wieder. »Schon gut, Jack. Bring sie heim.«

»Danke«, sagte sie und wollte sich hoch in den Sattel ziehen. Ihre Finger krampften um das Leder, sie keuchte dumpf und hielt sich mit einer Hand die Schläfe.

»Ist alles in Ordnung?«, fragte Akil. »Brauchst du Hilfe?«

»Nein.«

Akil legte ihr eine Hand auf den Rücken. »Du kannst dich gerne bei uns ausru…«

»Lass mich in Frieden!« Keira schlug seinen Arm weg und atmete aus. Für eine Sekunde starrte sie ihn an, als hätte sie etwas an ihm bemerkt, was sie beunruhigte. Sie kniff die Augen zusammen und musterte ihn. »Was ist mir dir?«

»Was?«

»Du … du fühlst dich so anders an.«

Akil trat einen Schritt zurück. »Nichts, was dich etwas anginge.«

Sie sah ihn weiter an, öffnete den Mund, um noch etwas zu sagen, doch dann drehte sie herum und zog sich in den Sattel. Ich war mir nicht sicher, ob sie es schaffen würde. Sie wirkte, als müsse sie sich gleich übergeben. Wie um Himmels willen wollte sie so reiten? »Ich schicke das Pferd zurück, sobald ich zu Hause bin.«

Sie warf noch einen letzten Blick auf Jaydee, dann wendete sie und galoppierte davon. Es dauerte keine zehn Sekunden, bis das Portal sie verschlungen hatte.

Ich rannte zu Akil. »Kanntest du die?«

»Mehr oder weniger. Was ist mit Jay, Anna?«

»Völlig weggetreten. Wir bringen ihn rein.« Anna strich Jaydee über den Rücken und sah zu mir auf. »Es wäre gut, wenn du erst mal nicht da bist, wenn er aufwacht.«

Natürlich wäre es das. Ich schlang die Arme um mich und grub die Nägel in meinen Bizeps.

»Das wird schon«, sagte Akil leise und half Anna mit Jaydee. »Wie geht es deinem Freund?«

»Der ist putzmunter und macht Party in New York.«

»Glückspilz.«

Akil und Anna trugen Jaydee zurück ins Haus. Mir blieb nichts anderes übrig, als hinter ihnen herzutrotten und abzuwarten.

6. Kapitel

Jaydee

Es ist vorbei.

… Es wird nie vorbei sein.

Ich bin zu Hause.

… Du hast kein Zuhause. Du bist ein Getriebener, ein Jäger, das Böse. Du wirst wieder und wieder töten, bis nichts mehr übrig ist, was du töten kannst. Deine Seele ist ein ruheloser Geist, verdammt, bis ans Ende der Welt zu laufen und darüber hinaus.

Dafür wurdest du geschaffen.

Zur Jagd.

Du bist der Jäger.

Du bringst den Tod.

Ich schlug die Augen auf und blinzelte hektisch. Das Blut rauschte in meinen Ohren, blendete alle anderen Geräusche aus. Der Raum war, bis auf eine Nachttischlampe, die diffus schimmerte, dunkel. Dennoch wusste ich, wo ich war. Das war mein Zimmer in Arizona. Die Vertrautheit meiner Matratze, der Geruch der Laken, des Holzes, der Möbel, … *ein Hauch nach Mandarine* … alles strömte in mich hinein und half mir, meinen Geist zu fokussieren.

Meine Kehle fühlte sich trocken und rau an, ich schluckte, hustete, versuchte zu sprechen, aber es wollte mir nicht gelingen.

»Ich bin hier. Bleib ganz ruhig liegen, Jay.« Kühle Finger legten sich auf meine Stirn, der Duft nach Mandarine wurde intensiver.

»Anna …«

Sie strich über meinen Kopf. Die Geste fühlte sich anders an, als wären meine Haare kürzer.

»Du bist wieder bei uns.«

Ich griff nach ihrer Hand, nein, ich versuchte es, denn ich konnte mich nicht rühren. Seile schnitten mir in die Haut, als ich den Arm bewegte.

»Ich bin gefesselt.« Mal wieder. Genau wie nach meiner ersten Attacke auf Jess. Damals hatten sie mich in den Stollen gebracht, damit sich mein Gemüt beruhigte.

Anna nahm ihre Finger weg und gewährte mir einen Blick auf ihr Gesicht.

Meine wunderschöne Anna. Ihre blonden Haare fielen locker über ihre Schulter, ein leichtes Lächeln umspielte ihre Lippen, aber es lag keine Freude darin. Es zeigte Trauer und Angst und Schmerz. Anna hatte gelitten in den vergangenen Stunden. Wegen mir. Wegen Joanne. Wegen allem. Ich drehte den Kopf und betrachtete ihre Unterarme. Sie hatte sich neue Kratzer zugefügt. Noch mehr Wunden, noch mehr Narben. Immer musste Blut fließen.

»Wie fühlst du dich?«, fragte sie zögerlich und zog ihre Bluse nach unten, um mir den Blick auf ihre geschundene Haut zu verbergen.

»Ich weiß es nicht.« Ich schluckte noch einmal, horchte in mich, versuchte etwas zu fühlen, obwohl ich am liebsten nichts mehr spüren wollte. Der Jäger schwieg. Vorerst. Seine Gier nach Blut und Tod hallte noch in mir nach, ich konnte es auf meiner Zunge schmecken, aber sie war anders. Vielleicht wartete er nur darauf, bis sie mich losbinden würde, um dann erneut zuzuschlagen.

»Willst du etwas trinken?«

»Ich weiß es nicht«, sagte ich noch einmal.

Sie beugte sich nach vorn und nahm ein Glas von meinem Nachttisch. Im nächsten Moment setzte sie es an meine Lippen und nahm die andere Hand dazu, um meinen Nacken zu stützen. Das Wasser schmeckte leicht abgestanden, aber das störte mich nicht. Es gab mir wenigstens ein bisschen das Gefühl, wieder ein Mensch zu sein.

Anna stellte das Glas weg, ohne mich dabei anzusehen. »Kann ich etwas für dich tun?«

»Ja«, sagte ich leise. »Berühre mich noch mal.«

Sie stockte, doch sie bewegte sich nicht. Früher hätte sie nie gezögert.

War ich zu weit gegangen? Hatte sie das Monster erschreckt oder hing tatsächlich noch immer diese merkwürdige Sache mit dem Kuss zwischen uns?

»Anna, ich …«

Sie blickte mich an. Ihre Augen wirkten glasig, aber es löste sich keine Träne daraus.

»Es tut mir leid.« Die Worte schmeckten so abgestanden wie das Wasser.

Ihre Finger glitten ihren Arm hinauf. Sie fing an, sich zu kratzen. Meine Hand zuckte, wollte sich auf ihre legen, um sie davon abzuhalten, aber die Fesseln erlaubten es nicht.

»Was ist mit Jess?«, fragte ich zögerlich.

»Sie ist in ihrem Zimmer. Es geht ihr gut. Körperlich.«

Das hieß, seelisch war sie ein Wrack. Wer konnte ihr das verübeln? Was ich gesagt und getan hatte, war durch nichts zu entschuldigen. Ich war mir nicht sicher, wie ich ihr je wieder vor die Augen treten sollte. »Wie lange war ich unterwegs?«

»Seit dem Eindringen von Joanne und heute sind knapp zwei Tage vergangen.«

Zwei Tage, an die ich mich nicht mehr erinnern konnte. Das letzte, was ich noch bewusst mitbekommen hatte, war die Attacke von Will, als er versuchte, einen Feuerball auf mich zu schleudern. Dann war ich irgendwann bei Anthony und … »Keira.« Ich sah zu Anna. »Wie geht es ihr?«

»Sie hat dich hergebracht und ist dann wieder davongeritten. Wir sollen dir ausrichten, dass ihr jetzt quitt seid.«

Ihr Leben für mein Leben. »Ja, das sind wir wohl.«

»Diese Frau ist beachtlich, wenn sie dich überwältigen konnte.«

»Das lag an ihren Tattoos …. Sie trägt magische Zeichen, die es ihr erlauben, die Kraft eines Gegners zu absorbieren. Je stärker er ist, umso stärker wird auch sie.«

»Meine Güte.«

»Wir haben miteinander gekämpft, aber die Erinnerungen sind verschwommen.« Wie alles andere, was ich in den vergangenen Stunden erlebt hatte. »Nachdem ich aus Anthonys Laden geflohen war, rannte ich zurück auf die Straße und schwang mich auf Jack. Ich wollte weg, weil ich wusste, dass ich keine Chance gegen sie hatte. In den Sattel habe ich es noch geschafft, dann war sie bereits bei mir und zerrte mich wieder herunter.«

Und dann ging es los. Wir haben aufeinander eingeprügelt.

Hart. Intensiv. Brutal.

Es war einiges zu Bruch gegangen. Knochen, Schaufensterscheiben, Briefkästen, Autos, die am Straßenrand parkten. Keira hatte die Kraft des Jägers aufgesogen und sie gegen mich verwendet. Irgendwann hatte sie mich fesseln können und dann waren die Erinnerungen weg. »Sie muss mich betäubt haben.«

»Ja. Sie hat uns sogar das Sedativum dagelassen. Es baut sich allerdings innerhalb einer Stunde ab. Deshalb bist du noch so zusammengeschnürt – oder wieder, besser gesagt. Wir mussten dich ja irgendwie sauber bekommen und dir frische Sachen anziehen.«

Ich hob meinen Kopf und blickte an mir hinab. Tatsächlich hatte ich neue Klamotten an. Jeans, Shirt, keine Socken. Die Fesseln von Keira waren um meinen Körper geschlungen. Einmal um meine Handgelenke, die in der Mitte zusammengehalten wurden, dann um meine Hüfte, runter zu meinen Beinen und wieder nach oben. Die Enden waren mit dem Bett verbunden. »Diese Seile …«

»Sind magisch verstärkt. Du kannst sie nicht durchbrechen.«

»Was habt ihr mit meinen Sachen gemacht?«

»In die Mülltonne geworfen, sie waren total hinüber.«

»War noch etwas in den Taschen?«

»Nein. Warum?«

»Ich weiß nicht. Ich glaube mich zu erinnern, dass ich etwas eingesteckt hatte, aber ich kann mich auch irren. Warum habt ihr mich nicht in den Stollen gebracht?«

»Wir wollten dich in der Nähe haben. Die Schutzzauber sind noch nicht wieder aktiv. Will arbeitet daran, aber seine magischen Fähigkeiten sind nicht so stark wie die von Ilai.«

»Wird er es denn schaffen?«

»Er muss.« Anna erzählte mir, was Will an Neuigkeiten vom Rat mitgebracht hatte. Wie sie Riverside von der Außenwelt abgeschnitten hatten und was sie mit der Fylgja vorhatten. Außerdem berichtete sie mir von den vergangenen Stunden. Dass Ben sie rettete, nachdem er mit Joanne gekämpft hatte, und jetzt bei uns ausharrte. Dass Isabella gestorben war. Dass Ilai von einem Zauber belegt war und Akil seine Fähigkeiten verloren hatte.

In meinem Hals bildete sich ein dicker Kloß aus Hass, den ich sofort wieder hinunterschluckte. Schmerz und Verluste: Wir befanden uns in einer Spirale abwärts.

Und das alles, weil eine Dämonin verrücktspielt.

»Hat Joanne Jess‘ Dolch aus der Asservatenkammer bekommen?«

»Nein. Aiden hat ihn geholt und Ben gegeben.«

»Das heißt, die Waffe ist hier?«

»Ja. Und wir werden nicht zögern, sie gegen dich einzusetzen, falls du dich nicht benimmst.« Sie sagte das mit einem leichten Lächeln auf den Lippen, aber mir war klar, dass sie es bitterernst meinte.

Der Dolch war das Beste, um mich zu kontrollieren. Vor allen Dingen jetzt, da Akil vermutlich nicht mehr dazu in der Lage war. »Warum hat Akil seine Fähigkeiten verloren?«

»Das weiß keiner. Der Rat wird sich erst darum kümmern, wenn die Sache mit Ralf gelöst ist.«

Und das konnte dauern. Ich spannte die Hände und wünschte, ich könnte mich körperlich betätigen und die aufkeimende Wut in mir wieder herauslassen.

»Kann ich Akil sehen?« *Und Jess.* Ich würde so gerne auch Jess sehen, aber ich traute mich nicht, darum zu bitten.

»Ich sage ihm Bescheid, dass du wach bist.« Anna beugte sich zu mir, ihr Duft nach Mandarine waberte über mich wie ein sanfter Regen im Frühling. Sie sah mir fest in die Augen, als suchte sie nach Anzeichen des Bösen in mir. Ich drehte mich ihr entgegen, erwiderte ihren Blick und wartete, was für ein Urteil sie über mich fällen würde.

Viel zu lange sagte sie gar nichts.

»Du misstraust mir immer noch«, unterbrach ich schließlich die Stille. »Wegen dem Jäger oder dem Kuss?«

Sie zuckte, als hätte ich ihr eine Ohrfeige verpasst.

Wir hatten noch keine Gelegenheit gehabt, darüber zu sprechen. Anna hatte ich nach ihrem Flashback nicht ansprechen können, und das Training mit Jess hatte mich voll in Anspruch genommen. Dann die Reise nach Athen und meine Gefangenschaft … »Anna, ich … es tut mir leid. Wenn ich könnte, würde ich es rückgängig machen.«

Sie legte ihre Hand auf meine Stirn. Ich schmiegte mein Gesicht in ihre Finger, schloss die Augen, sog ihre Nähe auf wie ein ausgetrockneter Schwamm und suchte nach der Liebe, die sie normalerweise für mich empfand. Ich brauchte sie, wollte sie, ich musste sie in meine Zellen integrieren, um wieder zu mir zu finden. Ihre Finger glitten über meine Wange, strichen über meine Ohren, meinen Hals. Annas Berührung war wohltuend, gleichzeitig fühlte ich die Hemmungen dahinter.

»Wird es je wieder normal zwischen uns?«, fragte ich.

»Das hoffe ich sehr.«

»Ich werde es nie wieder tun.«

»Was genau? Ausrasten oder mich küssen?«

»Ich wünschte, ich könnte für ersteres garantieren, für Nummer zwei jedoch …« Ich öffnete die Augen und sah sie an. »Das wird nie wieder passieren. Ich schwöre es dir.«

Sie blinzelte und wirkte für einen Moment enttäuscht. Oder eher erleichtert? Ich konnte es nicht deuten noch konnte ich es aus ihrer Berührung herausfühlen.

»Glaubst du mir?«, hakte ich nach.

»Es war nur ein Kuss, Jaydee. Ich … ich stelle mich an wie ein Kleinkind. Das ist beschämend.«

Es war mehr als nur ein Kuss, und das war ihr klar. Es hatte sie daran erinnert, wie unfähig sie war, sich einem Mann zu öffnen, dass sie sich nie auf eine körperliche Beziehung einlassen konnte, auch wenn sie es vielleicht wollte. Sie strich mir eine Strähne nach hinten. »Die musste ich übrigens abschneiden. Ich hoffe, es macht dir nichts.«

»Sie werden wieder wachsen.«

Sie lächelte träge und ließ ihre schlanken Finger durch meine kurzen Haare gleiten. »Ich vermisse dich, Jay. Ich vermisse uns.«

»Ich auch.«

»Aber ich kann nicht einfach … lass mir Zeit, okay?«

»So viel du willst.« Was sollte ich auch anderes tun?

Sie atmete aus und legte ein fröhliches Gesicht auf. Es war nicht mehr als eine billige Maske. »Jess will dich übrigens sehen. Sie fragt dauernd nach dir.«

Meine Muskeln krampften, als sie ihren Namen aussprach, meine Fingernägel bohrten sich in die Innenfläche meiner Hände. »Ich nehme an, sie hat euch alles erzählt, was zwischen uns passiert ist?«

»Ja.«

Ich schloss die Augen. In meinem Hinterkopf spukten noch die Gefühle herum, die sie auf mich abgeladen hatte. Ihre Angst, ihre Zerrissenheit, die Panik und … Da waren auch andere Gefühle gewesen. Gute Gefühle. Vertrauen, Zuneigung, Freundschaft … und mehr?

»Je länger ihr mit einem Treffen wartet, umso schlimmer wird es. Du wirst ihr nicht ewig aus dem Weg gehen können.«

»Es wäre aber besser.«

»Tu es einfach.«

Ich drehte meinen Kopf, damit ich Anna nicht mehr ansehen musste. Natürlich hatte sie recht. Es war wie ein Sturz vom Pferd. Die beste Methode, ein Trauma zu überwinden, war, sich ihm erneut auszusetzen. Und die Vergangenheit hatte gezeigt, dass ich Jess nicht aus dem Weg gehen konnte. Wenn ich ehrlich mit mir selbst war, wollte ich das auch nicht. Ein Teil von mir verzehrte sich nach ihrer Nähe und konnte es kaum abwarten, ihr gegenüberzustehen, sie anzublicken, ihren Duft zu inhalieren, sie noch mal zu berühren … »Ich werde auf keinen Fall mit ihr allein sein. Akil soll mit. Und der Dolch. Ich will, dass er Jess' Dolch griffbereit hält.«

»Gut.«

»Ich bleibe gefesselt oder Will soll einen Zauber auf mich legen. Meinetwegen kann er mir auch dieses Brandmal auf meiner Hand verpassen, was Ilai damals verwendet hat.«

»Ich werde mit den beiden reden.« Sie beugte sich nach vorn und küsste mich auf die Stirn. Ihre kühlen Lippen fühlten sich so vertraut und gleichzeitig fremd an. Es hatte sich etwas verändert. Ich war verändert. Ich hatte den Jäger herausgelassen und einen Geschmack auf seine Stärke erhalten.

Und ich hatte es genossen.

Anna löste sich von mir und verließ das Zimmer. Ich atmete tief durch, richtete meinen Blick auf die Decke und lauschte meinem eigenen Herzschlag. Er war wieder ruhig und kontrolliert, als wäre nie etwas geschehen.

Langsam fielen mir die Augen zu. Sofort blitzten die Bilder der vergangenen Stunden vor mir auf. Es war nur ein kurzes Aufflackern der Gewalt, abgehackte Szenen, die keinen Sinn ergaben. Meine Hände in der Kehle eines Opfers, der Gestank nach Verwesung, die Schreie, die Hitze, das Fieber der Jagd. Blut, Blut und noch mehr Blut.

Ich sah Joanne vor mir, wie sie mich an die Wand kettete, ihr Grinsen, als sie erkannte, was Jess in mir auslöste.

Sie hatte gewonnen. Sie hatte mich besiegt. Wir beide wussten das.

Erneut spürte ich die Wut in mir aufkochen. Meine Handgelenke spannten sich, bis sich die Fesseln in meine Haut schnürten.

Ich schluckte, schlug die Augen wieder auf und besann mich auf meine Umgebung: *Arizona. Zu Hause. Mein Zimmer. Ich bin nicht allein.*

Ich wiederholte diese Worte, immer und immer wieder, bis sich alles in mir beruhigt hatte und ich klarer denken konnte.

Nach einigen Atemzügen flaute die Wut ab, und die Ruhe, die Anna in mir hinterlassen hatte, kehrte zurück.

Wäre es ab jetzt immer so? Würde ich mich bei dem kleinsten Gedanken an Joanne aufregen? Müsste ich den Jäger mit noch mehr Kraft in sein Gefängnis sperren, und wie lange würde ich es durchhalten?

Mit diesen Gedanken fielen mir die Augen zu. Ich glitt in einen traumlosen Schlaf.

7. Kapitel

Wenn es eins gab, was er vermisst hatte, dann waren das Gerüche. Der Emuxor schritt durch den Park und atmete tief ein. Noch immer war er barfuß, noch immer trug er das weiße Kleid, das Ralf der Fylgja angezogen hatte. Mittlerweile war es mit dem Blut seiner Feinde besudelt, und er fühlte sich schon deutlich wohler darin.

Es war eine laue Sommernacht. Keine Menschenseele war unterwegs. *Nicht mehr …* Er und seine Dämonen hatten dafür gesorgt, dass der Park nun ihnen alleine gehörte. Der Emuxor mochte Privatsphäre. Wie jeder Herrscher.

So schritt er die Wege entlang, sog jeden Duft, jede Nuance tief in seinen Körper. Wenn er in die Transformation ginge, würde auch das intensiver werden. In seinem wahren Körper waren seine Sinne um Welten besser. Er war stärker, schneller, tödlicher.

Er gelangte auf einen geschotterten Weg und betrachtete mit Freude die Dekoration, die seine Dämonen für ihn angebracht hatten. Sie waren genau seinen Anweisungen gefolgt und hatten die Leichen der Menschen auf die Bänke und auf die Wiesen drapiert. Sie saßen auf Picknickdecken, vor ihren gefüllten Körben, einige hielten sogar Bücher in der Hand. Manche lagen so da, als würden sie sich küssen.

Der Emuxor klatschte vor Begeisterung in die Hände. Großartig. Er hatte sich die richtigen Diener ausgesucht. Nachdem er ihnen einen Teil seiner Energie geschenkt hatte und sie dadurch stärker geworden waren, zogen sie sofort los. Eifrig etwas zu finden, was ihm gefallen konnte. Und wie es ihm gefiel.

Ganz langsam schritt er den Weg hinunter, nickte der einen oder anderen Leiche zu und würdigte damit ihr Opfer. Sie waren noch nicht lange tot. Ihr Atem rasselte, die Augen waren weit aufgerissen, noch immer pumpte das Herz Blut durch die Adern. Das würde in ein paar Tagen vorbei sein, der Körper würde wie eine Blume ohne Feuchtigkeit zusammenschrumpeln.

Ihm lief das Wasser im Mund zusammen, wenn er an weitere Mahlzeiten dachte – und er brauchte ganz dringend wieder etwas zu essen. Er fühlte sich im Moment schwächer als zuvor. Die Hülle war nicht mehr ganz so vital. Lag es an der Macht, die jetzt in ihr hauste? Vielleicht war der Emuxor doch zu viel für diesen Körper. Vielleicht konnte es nicht einmal eine Fylgja ertragen. Er musste sobald wie möglich in die Transformation, dann hätte das alles ein

Ende, dann stünde ihm die stärkste Energiequelle dieser Erde zur Verfügung: das Böse. Seit Jahrtausenden gespeist von den negativen Gedanken der Menschen. Der Emuxor spürte die Macht, die die Fühler nach ihm ausstreckte. Sie war stärker als bei seinem letzten Erwachen. Die Menschen hatten sie gut gefüttert.

Nach etwa zwanzig Minuten erreichte er die alte Kirche. Er betrat gerade das Innere, als er Ralf fluchen hörte.

»Verdammte Scheiße!«

Offenkundig lief nicht alles so, wie er es sich vorstellte.

Der Emuxor betrat die Kirche und schritt auf die Mitte zu. Sein Diener befand sich immer noch in seinem Kreis aus goldenen Adern. Er hatte Kerzen aufgestellt, die ihre Lichter an die Wände zauberten. Vor dem Podest standen zwei neue Schattendämonen Wache. Neue Rekruten, die dem Ruf des Emuxors gefolgt waren. Er ging einfach an ihnen vorbei und trat vor Ralf. Götter wurden immer vorgelassen.

Ralf saß mittlerweile im Schneidersitz in dem Kreis. Die Flammen der Elementrückstände züngelten nach wie vor um ihn herum. Das Feuer allerdings bebte und zitterte anders als zuvor. Als würde es an Stärke verlieren.

Der Emuxor umrundete seinen Diener. Seine nackten Füßen machten kaum ein Geräusch auf dem Steinboden. Seine Sohlen waren aufgeschürft und verkrustet. Stellenweise hatten sich kleine Entzündungen gebildet, aber wen kümmerte das? Er hatte keinerlei Bezug zu dieser Hülle. Sobald er sie verlassen würde, bliebe sowieso nichts mehr von ihr übrig. Ein stechendes Ziehen breitete sich um sein Herz aus. Er hielt kurz an und lauschte in sich. Was war das? Eine Regung der Fylgja, der bewusst wurde, dass sie sterben musste? Das konnte sein. Manchmal zuckte der Wirt. In der Regel konnte der Emuxor das gut ausblenden, aber dieses Ziehen war anders. Intensiver. Er rieb sich über das Herz, als könne er so das Gefühl abstellen.

»Ich pralle ständig gegen einen Widerstand«, sagte Ralf. »Meine Magie dringt nicht durch.«

»Habt ihr schon Nachricht von Joanne bezüglich der Stadt und dem Verhalten der Menschen?«

»Ich erwarte jede Minute von ihr zu hören. Ihr glaubt, dass das dafür verantwortlich ist?«

»Vielleicht haben die Seelenwächter einen Weg gefunden, dich abzuwehren«, sagte der Emuxor. Jetzt breitete sich das Ziehen auch in seinen Bauch aus. Seine Beine fühlten sich schwach an, als hätten sie nicht mehr genügend Kraft, um ihn zu tragen.

Der Emuxor krümmte sich zusammen und keuchte.

»Herr? Ist alles in Ordnung?«

»Dieser Körper …« Der Emuxor presste eine Hand auf den Bauch. Mit einem Mal hatte er das Bedürfnis, diese Maske von sich zu reißen. »Er wird schwächer.«

»Das ist nicht möglich!« Ralf sprang auf, verließ seinen Kreis und packte den Emuxor. Er hob seinen Kopf, um ihm in die Augen zu blicken. »Die Fylgja kann nicht sterben. Ich habe es genau recherchiert. Sie ist an ihren Schützling gebunden.«

»Was, wenn der Schützling gerade stirbt?«

»Das kann nicht sein. Sie ist bei William. Er würde niemals zulassen, dass ihr etwas geschieht.«

»Aber du hast berichtet, dass der Schützling bei der Anrufung bereits dem Tode nahe war.«

»Das war anders. Joanne hatte sie in eine Situation gebracht, die sie unterschätzte. Glaubt mir: Jess ist bei den Seelenwächtern sicher.«

Die vordere Tür wurde aufgerissen und Joanne stürmte herein. »Ich hab die Lösung!«

»Musst du hier so reinplatzen?«, blaffte Ralf. »Siehst du nicht, dass es ihm nicht gut geht?«

»Lass sie«, sagte der Emuxor. Inzwischen musste er sich an Ralf festhalten, sonst würde er nicht mehr stehen können.

»Ich habe mir zwei neue Rekruten geschnappt und bin losgezogen. Es haben sich drei Seelenwächter an verschiedenen Straßen vor der Stadt postiert. Wir wollten einen von ihnen angreifen, doch wir konnten die Stadtgrenze nicht mehr passieren. Es war wie eine Wand aus Luft. Wir rannten dagegen, hämmerten darauf ein, aber wir konnten sie nicht durchbrechen.«

»Diese Mistkerle haben uns eingeschlossen?! Haben die Seelenwächter euch bemerkt?«

»Ja. Wir haben sogar den Pfeifzauber eingesetzt, aber er hat nicht gewirkt.«

»Konnte noch jemand von uns hinaus, bevor die Barriere aktiv wurde?«

»Bedauerlicherweise nicht.«

Das war in der Tat unerfreulich. Die Seelenwächter hatten schnell reagiert. Zu schnell.

Ralf stieß einen derben Fluch aus. »Ich brauche sofort mehr Kraft! Ich brauche Ilai! Lös den Zauber aus!«

»Jetzt schon? Du sagtest, es sei zu früh.«

»Tue es einfach!«

»Was ist mit der Barriere, die über der Stadt liegt? Wird das Signal sie durchdringen?«

»Falls nicht, lässt du dir eben etwas einfallen, Herrgott! Du bist doch sonst so kreativ.«

Joanne brummelte etwas Unverständliches und rannte davon. Der Emuxor ließ die Hand sinken und versuchte, sich auf den Körper zu besinnen. Doch er fühlte kaum noch etwas.

»Lasst mich euch bitte rasch untersuchen.«

Der Emuxor wollte nicht untersucht werden, er wollte nicht schwach sein, er wollte in die nächste Stufe übergehen. Jetzt gleich! Doch er hatte keine Wahl. Die Schmerzen in seinem Bauch wurden stärker, seine Eingeweide zogen sich zusammen.

Ralf deutete auf die Mitte des Kreises. Der Emuxor wollte ihm folgen, aber er schaffte es nicht mehr. Das Ziehen in seinem Bauch wurde zu stark. Seine Beine gaben nach, er verlor den Halt und stürzte zu Boden.

»Nein! Nicht doch!«, brüllte Ralf. »Bitte, bleibt bei mir!«

Nur am Rande seines Bewusstseins bekam er noch mit, wie sein Diener ihn auf den Rücken drehte und sich über ihn beugte.

»Da ist ein Ziehen an dem Körper …«, stammelte er. »Es ist, als würde jemand von außen Magie anwenden.«

»Diese verfluchten Seelenwächter! Ich bringe euch sofort zurück in die Krypta und schotte euren Körper ab.«

Der Emuxor streckte seine Hand aus. Er hatte kaum Kraft, um den Arm zu heben. Seine Haut war eingefallen und blass. Die Fylgja verlor eindeutig an Lebenskraft.

»Ich werde euch schützen, Herr, habt keine Angst.«

»Machtkämpfe«, keuchte er. »Am Ende wird sich zeigen, wer von uns mehr Ausdauer hat.«

»Oder mehr Skrupel.«

Der Emuxor schloss die Augen. Er war zu erschöpft, noch länger wach zu bleiben.

Hoffentlich würde sein Diener ihn auch dieses Mal nicht enttäuschen.

8. Kapitel

Jaydee

Die ersten Sonnenstrahlen kitzelten über mein Gesicht und weckten mich. Ich drehte den Kopf und blickte nach draußen. Von meinem Bett erkannte ich den blauen Himmel und einen letzten Ausläufer des Berges. Alles wirkte so vertraut und gleichzeitig fremd. Als wäre ich für Ewigkeiten nicht mehr hier gewesen. Ich bewegte meine Arme und stockte. Die Seile hielten mich nach wie vor. Mittlerweile fühlte sich mein Körper taub an, weil er die ganze Nacht in einer Stellung gelegen hatte, doch es war mir egal.

So lag ich eine Weile da und starrte zum Fenster hinaus. Mehr blieb mir nicht zu tun. Der Himmel strahlte bereits in sattem Blau, nicht eine Wolke war zu sehen. Wie immer würde es heute heiß und sengend werden. Ein ganz normaler Tag in der Wüste. Mir wurden die Augen schon wieder schwer. Ich war es nicht gewohnt, mich müde zu fühlen, normalerweise kam ich mit wenigen Stunden Schlaf aus. Vermutlich lag es noch an dem Sedativum, das mir Keira gespritzt hatte, oder sie hatte mir so viel Energie entzogen, dass ich eine Weile brauchte, um mich zu erholen.

Es klopfte an der Tür, ein schwarzer Haarschopf schob sich herein.

»Akil.«

»Guten Morgen.«

Er musterte mich kurz und kam näher. »Wie geht es dir?«

»Es geht.« Ich atmete ein, versuchte seinen Duft zu deuten, aber es war nicht mehr wie früher. Er roch nicht mehr nach Erde. Sein Element war tatsächlich weg. Akil musste meinen verstörten Blick bemerken, denn er hob die Hand, bevor ich irgendetwas sagen konnte.

»Lass es, Jay. Ich will nicht darüber sprechen.«

»Aber …«

»Nein. Es ist, wie es ist.« Er blieb neben meinem Bett stehen. Sein Gesicht hatte sich ebenfalls verändert. Der Schalk, den er normalerweise mit jedem Atemzug versprühte, war weg. Die Augenbrauen hatte er zusammengezogen, die Lippen zu einem dünnen Strich zusammengepresst.

»Ist es meine Schuld?«, fragte ich. »Liegt es daran, weil ich dir deine Fähigkeiten im Training und im Wald entzogen habe?« Nach dem ersten Pfeifzauber hatte sich Akil auch kaum erholt.

»Ich weiß es nicht, aber es ist nicht ausgeschlossen.«

»Wenn ich sie dir entzogen habe, dann kann ich sie dir auch zurückgeben.«

»Und wie? Hm? Hast du das denn mittlerweile im Griff? Hast du trainiert, so wie du es vorhattest?« Akils Ton war scharf und zynisch. Und er hatte recht. Denn ich hatte sie nicht trainiert. Wie auch? Mein Leben drehte kunterbunte Kreise und warf mich von einem Abenteuer ins nächste. Es blieb kaum Zeit, durchzuatmen.

»Du bekommst deine Fähigkeiten wieder.«

Sein Auge zuckte, die einzige Reaktion, die er mir schenkte. »Wenn du soweit bist, würde ich dich zu Jess bringen. Anna wartet dort auf uns.«

»Was ist mit Will? Wird er mich mit einem Zauber belegen?«

»Nein. Er ist seit gestern auf den Beinen und kümmert sich noch immer um die Schutzzauber. Er meint, wenn er das jetzt unterbricht, muss er von vorn anfangen. Du bleibst also gefesselt, und das hier habe ich auch.« Akil tippte auf den Dolch an seinem Gürtel. Natürlich erkannte ich ihn sofort. Mit dieser Waffe hatte ich mich damals aufgehalten, als ich das erste Mal auf Jess losgegangen war. Ich hatte sie mir in den Bauch gerammt und war auf ihr zusammengeklappt. Sogar eine kleine Narbe war an der Stelle geblieben. Ich starrte auf das Messer, als wohne der Teufel höchstpersönlich darin. Es war eine wunderschöne Waffe mit feinen geschwungenen Linien und Gravuren auf dem Griff, die sich auf der Schneide fortsetzten. Leider war die Hülle abhandengekommen, so steckte sie in einer von unseren, die ein wenig zu groß war.

»Solltest du Ärger machen, ramme ich dir den ohne zu zögern in den Rücken, verstanden?«

»Ja.«

Er kratzte sich am Hals und wirkte für eine Sekunde verunsichert. Nein, er gefiel mir ganz und gar nicht so. Akil war immer der Stärkere von uns beiden gewesen.

»Wir finden eine Lösung für dich«, sagte ich noch mal.

»Ach so, und solltest du weiter auf diesem Thema herumreiten, schneide ich dir mit dem Ding zusätzlich noch die Zunge raus.« Er beugte sich über mich. »Ich löse jetzt deine Fesseln, dann kannst du dich frisch machen und wir gehen zu Jess.«

»Okay.«

Ich fokussierte mich auf Akil und verfolgte jeden seiner Handgriffe. Er öffnete den ersten Knoten. Kurz fühlte ich das Aufflackern des Jägers, der darauf wartete, seine Chance zu ergreifen.

»Wenn du dir gerade Dummheiten ausdenkst, denke lieber zweimal.«

»Was, wenn der Dolch nicht mehr funktioniert?«

»Das können wir ganz leicht herausfinden.« Akil zog das Messer heraus. Alles in mir kreischte auf. Er drehte ihn herum und ritzte damit über meinen Unterarm. Es brannte, als würde er mir mit einem glühenden Stab in die Haut stechen. Wir betrachteten beide den Schnitt, der sich nicht wieder zusammenfügte.

»Erstaunlich.« Akil betrachtete den Dolch. »Das ist gewöhnliches Silber, nichts, womit man einen Seelenwächter verletzen könnte.«

»Mich schon.«

Akil steckte den Dolch wieder weg und deutete erneut auf meine Fesseln. »Ich mach jetzt weiter.«

»Ja.«

Mit angespannten Muskeln lag ich da und spürte Euphorie in mir aufwallen. Gleich wäre ich frei. Akil war langsamer als ich, in seinem geschwächten Zustand hätte er keine Chance. Ich könnte mich auf ihn stürzen, ihm mit diesem verfluchten Messer die Kehle … ich brummte und schob den Gedanken wieder nach hinten. »Jess hat mir übrigens in die Eier getreten.«

»Ja?«

»Wir haben miteinander gerungen, sie hat mir erst die Finger in die Augen gestochen und dann zugetreten.«

»Fest?«

»Oh ja.«

»Braves Mädchen.«

»Ich wollte dich dafür zerstückeln.«

»Willst du das immer noch?«

»Ich weiß es nicht.«

Akil stockte und fixierte mich. »Du wirst dich benehmen, Jaydee. Ich habe meine Fähigkeiten nicht mehr, aber ich habe auch keine Angst vor dir.«

»Vielleicht solltest du das aber.«

»Und vielleicht solltest du dich zusammenreißen. Mir ist klar, dass das alles nicht einfach für dich ist, aber deine Chancen sind aufgebraucht. Benimm dich, dann ist alles gut, vergeige es, und du bleibst für immer an dieses Bett gefesselt. Also suche nach einem Ruhepol in dir, ich kann ihn dir leider nicht mehr geben. Du musst jetzt dein eigener Anker sein.«

Mein eigener Anker. Konnte ich das? Ich konzentrierte mich auf mein Mantra. *Arizona. Zu Hause. Mein Zimmer. Ich bin nicht allein.* Der Jäger hatte keine Kontrolle über mich. Nicht hier, nicht jetzt. Ich musste mich nur daran festhalten.

»Bereit?«, fragte Akil schließlich und hielt die Enden der Fesseln in der Hand.

»Ja.« *Nein. Doch.*

»Dann raus aus der Kiste, Dornröschen.«

Ich rollte mich aus dem Bett und stand auf. Meine Beine fühlten sich wacklig an, meine Muskeln zittrig von der neuen Belastung. Ich zog an den Fesseln und prüfte den Sitz. »Fester.«

Akil umwickelte meine Handgelenke mit den Enden der Fesseln, zurrte sie so eng, dass mir das Blut in den Fingern stockte. »Kannst du dir damit die Zähne putzen und auf die Toilette? Ich habe nämlich keinen Bock, dir zur Hand zu gehen.«

»Ich bekomme es schon hin.« So zusammengeschnürt ging ich ins Bad. Es funktionierte einigermaßen, auch wenn ich länger als sonst brauchte.

Nach einer halben Stunde verließen wir mein Zimmer. Akil blieb dicht neben mir, eskortierte mich wie ein Gefängniswärter einen Sträfling. Genauso fühlte ich mich auch. Was tat ich hier eigentlich? Warum tat ich es? Musste ich ihr wirklich in die Augen blicken? Was sollte ich sagen? Tut mir leid, dass ich dich töten wollte? Schon wieder. Lachhaft! Es gab keine Worte, die mein Verhalten entschuldigten.

Wir kamen nur langsam voran, mit den Fesseln konnte ich keine großen Schritte machen, aber das war gut. Es gab mir Zeit, mich zu sammeln. Nach einigen Metern gelangten wir zu einer Abzweigung.

Nach links ging es zu Ilais privaten Zimmern weiter. Er bewohnte mit Will den Ostflügel, damit sie mit der Kraft der aufgehenden Sonne aufwachten. »Wie geht es eigentlich Ilai?«

»Unverändert. Er liegt in seinem Bett.«

»Kann ich ihn sehen?«

»Schindest du gerade Zeit?«

Ich drehte mich um und blickte zu ihm auf. Akil war einen halben Kopf größer als ich. »Zu offensichtlich, oder?«

»Du würdest niemals freiwillig sein Zimmer betreten.«

Da hatte er recht. Es war für mich wie der Gang zum Fürsten, den man unbedingt vermeiden sollte, solange man nicht von ihm gerufen wurde. Ilai hatte ich am wenigsten entgegenzusetzen. Sein Wort war Gesetz. Bisher hatte es nicht einmal der Jäger gewagt, gegen ihn aufzumucken.

Akil gab mir einen leichten Schubs in die Richtung. »Aber eigentlich ist es eine gute Idee. Vielleicht fällt dir ja etwas zu diesem Zauberglibberzeugs ein.«

Es dauerte nicht lange, bis wir vor Ilais Tür standen. Akil öffnete für mich, ich trat langsam ein. Es roch wie in einer alten Räucherhöhle. Abgestanden und ungesund. Außerdem schwang noch etwas anderes in dem Raum: Angst.

Konnte das wirklich sein? Dünstete Ilai diese Angst aus oder kam sie von den Leuten, die ihn besuchten?

Sein Bett stand in der Mitte des Raumes wie ein Thron und wurde von der Morgensonne angestrahlt. Genau wie er es mochte. Ich trat näher heran. Ilai lag auf dem Rücken, die Hände auf den Bauch gebettet. Eine goldene Masse umschloss seinen Körper. Es war die gleiche Farbe, die der Klumpen angenommen hatte, der sich dann in das Gas verwandelt und ein Ratsmitglied nach dem anderen infiziert hatte. Ich lief um das Bett herum und betrachtete es von allen Seiten. »Was ist, wenn man diese Masse berührt?«

»Dann zischt es, mehr nicht. Wir haben versucht, sie von ihm wegzuschneiden, aber das Messer gleitet einfach so hindurch.«

»Das war bei dem Klumpen genauso gewesen. Ich hatte ihn mit meinem Dolch aufspießen wollen, doch er ist einfach durchgeglitten. Und dann hat er sich in die Gaswolke verwandelt.«

Die Wolke hatte außerdem dafür gesorgt, dass die Haut der Ratsmitglieder verbrannt wurde, als wären sie mit Säure übergossen worden. Dieses Mal war das nicht der Fall.

»Und?«, fragte Akil.

»Ich habe keine Ahnung. Die Gaswolke hat sich einfach wieder verzogen, damit war die Sache erledigt gewesen.« Ich blieb an einem Bettpfosten stehen. Ilai war nur undeutlich durch die Masse zu erkennen, aber er wirkte, als würde er schlafen. Friedlich und ruhig. Ich schloss die Augen und lauschte in seinen Körper. Sein Herz schlug gleichmäßig, das Blut floss in gemütlichen Bahnen durch seine Adern, es gab keine Anzeichen für Aufregung oder Schmerz. »Da ist nichts. Er ist wie im Koma.«

»Echt schräg.«

»Das kannst du laut sagen.«

Ich gab mir noch ein paar Minuten, wartete auf eine Eingebung. Wenn es nach mir ginge, könnte ich den ganzen Tag hier stehen. Alles, nur nicht Jess sehen.

Akil trat dicht neben mich und beugte sich zu mir. »Du hast noch eine Verabredung, Kumpel.«

Ich schluckte. »Das muss wirklich sein?«

»Bring es hinter dich, Mann. Es wird nicht besser.«

Bedauerlicherweise nicht.

Wir verließen das Zimmer und gingen zurück. Eigentlich brauchten wir nur ein paar Minuten für die Strecke, doch mir kam es viel länger vor – und gleichzeitig nicht lang genug. Ich hätte noch ewig so durch die Gänge schleichen können. Schritt für Schritt, mit meinen Fesseln, die mir bei jeder Bewegung in die Hände und Knöchel schnitten.

Schließlich standen wir vor ihrer Tür. Ihr Duft hing in der Luft, drang in meine Nase, meine Poren, mein Herz. Ich wollte mehr davon, gleichzeitig wollte ich hier weg und nie mehr zurückkehren.

»Bist du soweit«, fragte Akil.

»Hast du den Dolch?«

»Immer noch griffbereit.«

»Zögere nicht, ihn einzusetzen.«

»Das werde ich nicht.«

»Vielleicht zielst du aber nicht gerade auf mein Herz.«

»Ich werde es versuchen, hab ‘ne zittrige Hand zurzeit.«

Ich drehte mich zu ihm und versuchte herauszufinden, ob es ein Scherz war. Akil hob eine Augenbraue und lächelte ganz leicht.

»Nicht all deine Fähigkeiten sind weg.«

»Nein, und jetzt rein mit dir.«

Ich nickte und starrte auf die Tür, als wartete dahinter der Scharfrichter auf mich. Akil öffnete und lief voraus. Ich hielt mich dicht hinter ihm, so dass er mir die Sicht versperrte. Es war genau wie bei der Begegnung am See, als Ilai mich zu ihr gebracht und sie auf der Couch gesessen hatte. Zusammengesunken, verheult. Ein Häufchen Elend, das gerade einen wichtigen Menschen in ihrem Leben verloren hatte. Jetzt würde es wieder so sein. Der Rat wollte ihr die Fylgja nehmen.

Ihr Herzschlag hämmerte laut. Er war schnell, aufgeregt, ihre Nervosität hing schwer in der Luft.

Akil trat beiseite, ich atmete ein letztes Mal durch und blickte auf.

Da war sie.

Wunderschön und einsam.

Jess saß auf der Kante ihres Bettes. Die Hände zwischen den Knien, das Licht der aufgehenden Sonne ließ ihre Haare leuchten, die locker über ihre Schultern hingen. Ihr Atem ging schnell und abgehackt. Sie starrte zu Boden, als könne sie es nicht ertragen, mich anzusehen. Anna saß neben ihr und hielt eine Hand auf ihrem Rücken. Genauso wie es die Fylgja damals am See getan hatte. Jetzt war keine Fylgja mehr da.

Jess verlor nach und nach alle Personen, die ihr wichtig waren.

Langsam ging ich auf sie zu. Immer einen Schritt nach dem anderen. Ich musste wissen, ob ich noch auf sie reagierte, wie nahe ich ihr sein konnte, ohne auszuflippen. Akil blieb dicht bei mir, legte eine Hand um die Fesseln an meiner Hüfte. Normalerweise schickte er mir über seine Berührungen Energie und Stärke. Dieses Mal kam nichts.

Zwei Meter vor ihr blieb ich stehen. Sie starrte immer noch auf den Boden.

So verharrten wir für einige Sekunden. Oder Minuten. Oder Stunden. Keine Ahnung.

Irgendwann machte ich einen weiteren Schritt und kniete mich vor sie. Sie schnappte nach Luft, gleichzeitig passierte etwas mit ihrem Körper. Er wurde weicher, als hätte er nur darauf gewartet, bis ich mich ihm näherte. Ihre Hände glitten auf ihre Oberschenkel, ganz langsam hob sie den Kopf, um mich anzusehen. Die dunklen Augen waren gezeichnet vom Kummer und der Sorge um ihre Fylgja. Wenn ich ihr doch nur etwas davon abnehmen könnte. Doch das ging nicht. Mir blieb nichts anderes übrig, als vor ihr zu knien, wie ein Ritter vor der Prinzessin, der darauf wartete, ihren Segen zu erhalten. Die Wärme, die ihr Körper abstrahlte, war wohltuend und unerträglich heiß zugleich. Ich beobachtete ihr Gesicht und wartete darauf, was sie als Nächstes tun würde. Es schien, als wollte niemand das erste Wort sprechen, niemand die Stille überbrücken, die sich zwischen uns gestellt hatte.

»Sag bitte nicht, dass es dir leid tut«, flüsterte sie endlich.

»Das werde ich nicht.«

»Gut.« Ihre Augen hingen an meinen, die Pupillen waren so stark geweitet, dass sie kaum von der Iris zu unterscheiden waren. »Bist du wieder bei Sinnen?«

»Für den Moment. Ich … ich weiß nicht wie lange, ehrlich gesagt.«

Sie nickte, als wäre diese Erklärung vollkommen logisch für sie. Ich ließ eine weitere Minute verstreichen und noch eine.

»Was kann ich tun?«, fragte ich. »Was erwartest du von mir?«

»Ich weiß es nicht.«

»Was ich im Kerker gesagt habe …«

»War verletzend und Furcht einflößend. Ich möchte auch hier keine Entschuldigung von dir hören. Wir werden damit klarkommen und weitermachen, so wie beim vergangenen Mal auch.«

Woher nahm sie diese Rationalität? Wie konnte sie mir verzeihen? Oder tat sie es gar nicht? Sie hatte nichts dergleichen gesagt.

»Sie wollen Violet zurückschicken«, redete sie weiter und klang, als würde sie Punkte auf einer Tagesordnung vorlesen.

»Davon habe ich gehört.«

Sie atmete ein und unterdrückte ein Schluchzen. Das erste Bröckeln ihrer gespielten Härte. »Alles bricht auseinander.« Eine dicke Träne kullerte ihre Wange hinab, in mir schrie es danach, sie ihr wegzuwischen. So wie im Stall vor ein paar Tagen, als sie zum ersten Mal geweint hatte.

Ich beugte mich noch ein Stück vor und spürte den Drang, meine Fesseln zu sprengen. Hinter mir bewegte sich Akil.

Vorsichtig. Ich kam ihr zu nahe. »Sieh mich an.«

Sie zog die Nase hoch, starrte aber weiter auf den Boden.

»Bitte, Jess.«

Jetzt hob sie den Kopf und blickte mir in die Augen. Ihre Sehnsucht, ihre Ängste, alles breitete sich vor mir aus. Im Kerker hatte sie nicht nur Angst vor mir gehabt. Sie hatte mich nicht nur gefürchtet, da war mehr gewesen. Sie fühlte sich zu mir hingezogen, ich konnte es nicht länger ignorieren. Und ich wollte sie ebenso. Seit ich sie zum ersten Mal bei uns im Flur gesehen hatte, wollte ich diese Frau.

»Ich hole dir deine Fylgja zurück.«

»Wie?«

»Keine Ahnung, aber jedes Ritual lässt sich umkehren. Wenn Ralf ihr die Maske aufgesetzt hat, muss man sie auch wieder abnehmen können.«

»Dazu müsstest du erst mal an sie herankommen. Riverside ist abgeriegelt.«

»Ich weiß.«

Sie hob eine Hand und streckte sie nach mir aus. Ich zuckte und hielt die Luft an. Ihre Finger verharrten, ähnlich wie meine damals, als ich sie fast im Stall angefasst hatte. Sie lächelte. Gequält. Freudlos. »So wird das immer zwischen uns sein, oder? Ein Hin und Her aus Gewalt und Zuneigung.«

Ich antwortete ihr nicht. Was sollte ich auch sagen?

Sie nickte und ließ ihre Hand wieder sinken. »Du solltest jetzt gehen.«

»Jess … das meine ich ernst. Du und Violet, ihr bleibt zusammen.«

Sie verzog das Gesicht. Es war eine Mischung aus einem Lächeln und einer Verzweiflung, wie ich sie noch nie an ihr gesehen hatte.

»Ich habe es dir schon einmal gesagt: Du wirst an diesen Sachen wachsen und stärker werden.« Ich beugte mich weiter nach vorn und fühlte die ersten Regungen des Jägers in mir. Langsam begab ich mich auf gefährliches Terrain, aber ich konnte einfach nicht anders. Ich wollte ihr nicht fernbleiben, auch wenn ich es sollte. »Hör jetzt nicht auf zu kämpfen.«

Unsere Blicke verhakten sich ineinander. Die einzige Möglichkeit, wie wir eine Verbindung herstellen konnten. Obwohl Akil und Anna anwesend waren, rückten sie in den Hintergrund. Wenn ich könnte, würde ich Jess für immer so festhalten, ihr mit der Kraft meiner Gedanken Stärke und Ruhe vermitteln.

»Ich soll kämpfen?«

»Ja, verdammt.«

»Wirst du mich denn weiter trainieren?«

»Natürlich nicht.«

»Aber ohne diese paar Tage mit dir, …«, sie blickte zu Akil auf, »… mit euch, hätte ich mich nie hier allein durchschlagen können. Ich will mehr lernen! Ich will und ich muss.«

»Das mag so sein, doch ich bin nicht der Richtige daf…«

»Dann lerne es!«

Wenn es doch nur so einfach wäre. »Du hast selbst erlebt, was passiert ist. Mir ist nicht zu trauen.«

»Ja. Und es hat mir Angst gemacht. *Du* hast mir Angst gemacht. Du tust es noch immer. Ich … Herrgott, mein Herz schlägt so laut, dass ich es selbst höre. Meine Hände sind patschnass. Ich würde am liebsten aufstehen und vor dir davonlaufen, aber ich …« Eine weitere Träne kullerte ihre Wange hinab, sie wischte sie weg. »Ich will keine Angst vor dir haben. Ich will weder dich fürchten noch irgendwelche Dämonen noch sonst jemanden. Ich will nicht mehr davonlaufen.«

»Das kann ich verstehen, aber es bringt nichts, wenn ich dich dabei umbringen will. Vielleicht kann Akil dein Training fortführen.«

»Nein. Ich will dich. Und wenn du irgendetwas, von dem was passiert ist, wieder begleichen willst, dann lerne, mit mir umzugehen.«

Akil räusperte sich hinter mir. Ich blickte kurz zu ihm, doch ich konnte nichts aus seinem Blick lesen, also wand ich mich an Anna. Sie nickte mir aufmunternd zu. Natürlich tat sie das. Sie hatte mich ja auch nicht erlebt in den vergangenen Stunden. Sie war nicht im Kerker dabei gewesen, hatte nicht gehört, was ich Jess an den Kopf geworfen hatte, nicht gesehen, wie ich auf ihr gesessen und ihre Kehle zerquetscht hatte.

»Du bist mir dieses Training schuldig, Jaydee.«

Ja. Ja, das war ich wirklich. Ich atmete durch und versuchte aus Reflex, mir durchs Gesicht zu streichen, aber meine Hände waren zu stramm festgebunden.

»Das ist keine Bitte. Es ist meine Forderung auf Wiedergutmachung.«

So ähnlich hatte Ilai damals mit mir gesprochen, als es darum ging, dass ich Jess trainieren sollte. Auch damals hatte ich mich nicht wehren können, da es nichts gab, was ich Ilai entgegensetzen konnte.

»Du weiß nicht, was du da von mir verlangst«, sagte ich leise.

»Oh doch, Jaydee. Das weiß ich besser als je zuvor. Du wirst mich trainieren. Nicht nur in Ausdauer und Kraft, ich möchte außerdem lernen, mit Waffen umzugehen. Schwert. Dolch. Pfeil und Bogen. Egal was. Außerdem wirst du mich weiter berühren und somit lernen, es zu beherrschen.«

Ich blickte ihr in die Augen. Sie klang entschlossen und gab sich sichtlich Mühe, es auch auszustrahlen, aber ich erkannte die Unsicherheit, die sich dahinter verbarg. Sie roch nach Angst. Jess war noch lange nicht so selbstbewusst, wie sie es gerne wäre.

»Sollte ich es tun, kann ich dir weiterhin nichts schenken. Es wird hart bleiben und noch härter werden. Du wirst Schläge einstecken müssen.«

»Ich habe genug abbekommen, um damit klarzukommen.« Sie streckte die Schultern durch, als wollte sie mir zeigen, dass sie auf jedes meiner Argumente ein Gegenargument parat hatte.

»Ich will nicht, dass du mich irgendwann hasst.« Und das war die Wahrheit. Erst als ich diese Worte aussprach, wurde mir klar, wie wenig ich damit umgehen könnte, wenn sie sich von mir abwenden würde.

»Wenn ich dich hassen wollte, würde ich es längst.«

Da hatte sie wohl recht. Ich hatte dieser Frau mehr zugemutet als jedem anderen, den ich kannte.

»Ich bin in einer Stunde in der Trainingshalle«, sagte sie. »Und ich erwarte, dass du auch dort bist. Mit einem Trainingsplan für mich.« Jess' Atem ging flacher, als traute sie sich nicht, einen Mucks zu machen. Wie im Stall. Da hatte sie mich genauso angesehen, mit dieser Erwartung im Blick, die ich nicht erfüllen konnte. Und mit dieser Zuneigung, die mich mehr gefangen nahm, als mir lieb war. Ein leises Knurren entwich meiner Kehle, als wolle mich der Jäger daran erinnern, dass er auch noch da war. Sie zuckte zusammen und lehnte sich zurück.

»Okay, Kumpel. Die Unterhaltung ist beendet«, sagte Akil auf einmal hinter mir. Er griff in meine Fesseln und zerrte mich in die Höhe. Ich stemmte mich gegen ihn, versuchte ihn abzuschütteln, aber in der gleichen Sekunde spürte ich bereits Jess' Messer im Rücken.

»Mach keine Dummheiten, Jay.«

Er zog mich mit sich. Ich ließ es zu. Schluckte im Gehen die Gier des Jägers hinunter und kämpfte ihn zurück in seine Ketten.

Arizona. Zu Hause. Ich bin nicht allein.

Anna drückte Jess enger an sich. Sie nahm die Geste an und lehnte ihren Kopf gegen ihre Schulter. Ich beobachtete die beiden und fühlte eine Woge aus Neid über mich schwappen. Ich wäre jetzt gerne an Annas Stelle.

Nur mit Mühe konnte ich meine Füße dazu bewegen, mich aus dem Zimmer zu tragen, doch Akil zwang mich erbarmungslos weiter. Mein großer Bruder, der mich immer noch hütete, obwohl er jetzt der Schwächere war.

Er öffnete die Tür für mich und stieß mich nach draußen in den Flur.

Erst da gestattete ich mir wieder durchzuatmen.

9. Kapitel

Jessamine

Großer Gott, was hatte ich getan? Woher waren diese Worte gekommen? Woher der Mut?

Nachdem Jaydee weg war, war ich an Annas Schulter zusammengesunken und hatte mich in ihrem Mandarinenduft vergraben. Meine Knie hatten sich angefühlt, als hätte ich einen Berg erklommen. Mein Herz raste, mir war schwindelig und schlecht, doch gleichzeitig war ich auch erleichtert. Weil ich nicht vor ihm gekuscht hatte, obwohl ich am liebsten schreiend davongelaufen wäre.

Er machte mir Angst. Eine Heidenangst sogar. Ich hatte nicht vergessen, was er zu mir gesagt, was er getan hatte, und bei jeder seiner Bewegungen war ich innerlich zusammengezuckt und hatte damit gerechnet, dass er sich ein weiteres Mal auf mich stürzen würde.

Doch das tat er nicht. Er beherrschte sich. Meinetwegen. Als wolle er mir verdeutlichen, dass das im Kerker nicht er gewesen war. *Das war nicht er, das war nicht …* Wenn wir beide je wieder auf einem normalen Level miteinander umgehen wollten, musste ich mir das immer wieder vor Augen halten und nach vorne blicken.

Die Trainingshalle kam in Sicht. Ich beschleunigte mein Tempo. Es war zehn vor sieben, ich war super pünktlich und gespannt, ob Jaydee es auch sein würde.

Auf einmal zog sich ein Blitzen über meinen Kopf hinweg, gefolgt von einem lauten Zischen, als würde man eine Wasserflasche unter zu viel Druck öffnen. Das mussten die Schutzzauber sein. So ähnlich hatte es auch ausgesehen, als sie zusammenbrachen. Nur blieb das Wabern dieses Mal und zog sich als heller Schein über mich hinweg. Will schien es zu schaffen, sie wieder in Gang zu setzen.

Ich lächelte und öffnete die Schleusentür zur Trainingshalle. Der frische Duft nach Wald und See schlug mir entgegen und weckte die Erinnerung an zu Hause. Ich atmete sofort flacher, damit ich nicht zu viel davon inhalieren würde, und lief weiter. Die Halle hatte sich nicht verändert, seit ich zuletzt hier gewesen war. Es war eine eigenständige Oase, die sich um sich selbst kümmerte. Die Pflanzen standen in Saft und Kraft, Blumen blühten, weiter hinten plätscherte der Wasserfall. Nur das Vogelgezwitscher fehlte, und die Illusion aus Wald und Natur wäre perfekt. Mit jedem Schritt, den ich tiefer in dieses Abbild meiner ehemaligen Heimat trat, wurde mir bewusst, was ich verloren hatte. Violet fehlte mir bei jedem Atemzug. Sie war nie beim Training dabei gewesen, doch allein das Wissen, dass sie am Ende des Tages auf mich wartete, hatte mich durchhalten lassen. Wie sollte ich das alles ohne sie durchstehen, wenn ihr Verlust so stark schmerzte, dass ich kaum Luft holen konnte? Mum, Ariadne, Violet … je mehr Menschen ich verlor, umso schlechter konnte ich damit umgehen. Sollte es nicht umgekehrt sein? Sollte ich mich nicht langsam daran gewöhnen?

Der Sandpfad, der um die Halle führte, fing an. Ich joggte los. Bewegung! Ich würde einfach immer in Bewegung bleiben und nicht nachdenken. Meinen Gedanken davonlaufen, so gut ich konnte.

Üblicherweise trafen Jaydee und ich uns am See, um zu besprechen, was auf dem Trainingsplan stand. Vermutlich würde er mich erst einmal quer durch die Halle hetzen und dann hoffentlich mit dem Waffentraining beginnen. Vielleicht war es noch zu früh für mich, aber ich wollte und musste lernen. Mehr denn je.

Ich erreichte den See in der Mitte der Halle und verlangsamte mein Tempo.

Er war da.

Jaydee stand am Ufer, mit dem Rücken zu mir, und blickte aufs Wasser. Er trug schwarze Trainingshosen, Turnschuhe, ein ärmelloses Shirt, das seine Arme betonte. Im Gegensatz zu Akil war er nicht muskelbepackt, Jaydee war eher der athletische Typ, wie ein Tänzer. Durchtrainiert und sehnig, während Akil mehr dem Bodybuilder entsprach.

»Das ist nah genug, Blümchen«, sagte er, ohne sich umzudrehen.

Ich hielt sofort an. »Sind … sind wir allein?«

»Nein«, sagte eine Männerstimme hinter mir. Ich wirbelte herum. Er lehnte gegen einen der Felsen und stieß sich ab, um mir entgegenzulaufen. »Hallo. Wir hatten bisher noch nicht das Vergnügen. Ich bin Benjamin Walker.«

»Der Polizist, der alle gerettet hat.«

»Klingt apokalyptisch.« Er lächelte. Es war ein sympathisches warmes Lächeln, das sofort Vertrauen ausstrahlte. Feine Linien zogen sich um seine Augen, ich nahm an, dass er gerne und oft lachte. Seine Züge wirkten leicht indianisch. Das war nicht ungewöhnlich in Riverside. Es lebten noch einige

Indianer oben in den Bergen. Vielleicht stammte eines seiner Elternteile von dort.

Ich streckte ihm die Hand entgegen und erwiderte sein Lächeln. »Jessamine Harris.«

»Ich weiß. Wir beide hatten schon mehr miteinander zu tun, als du ahnst. Es ist schön, dass wir uns endlich mal kennenlernen.«

Ben trug locker sitzende Cargos und ein helles T-Shirt. An seinem Gürtel hing mein Dolch, den Akil bereits dabei gehabt hatte. Scheinbar wechselten sie sich damit ab.

»Du musst deine Umgebung besser im Blick behalten, Blümchen«, sagte Jaydee auf einmal recht nahe hinter mir. »Ben stand schon die ganze Zeit dort und hätte dich jederzeit aus dem Hinterhalt angreifen können.« Ich widerstand dem Drang, mich umzudrehen. *Vertrauen.* Ich musste wieder anfangen, ihm zu vertrauen. Ihn in meinem Rücken zu wissen, war Schritt eins.

»Willst du mit der Waffe trainieren?«, fragte Ben und wollte bereits den Dolch aus dem Gürtel ziehen.

»Der Dolch kann mich nach wie vor dauerhaft verletzen«, sagte Jaydee, bevor ich antworten konnte. »Wenn ich das also überleben will, wäre es mir recht, wenn du ihn nicht benutzt.«

Er kam noch einen Schritt näher, jetzt fühlte ich bereits seinen Atem in meinem Nacken. Ich hätte mir die Haare nicht zum Pferdeschwanz binden sollen. »Weißt du denn schon, warum das so ist? Mit dem Dolch, meine ich.«

»Diese Waffe ist wie du«, sagte er leise. »Sie schneidet mir in die Haut und in meine Seele.«

Ich bekam Gänsehaut, mir war klar, dass er das sehen konnte.

»Du wärmst dich erst auf, dann starten wir mit dem Waffentraining, so wie du es dir gewünscht hast.«

»Kämpfen wir mit Schwertern?«

»Wir probieren alles durch. Ich muss erst sehen, wo deine Stärken liegen.«

»Gut.«

»Dann ab zum Lauftraining. Fünf Runden.«

»Und ich hatte schon befürchtet, du würdest mich gleich auf zehn schicken.«

»Das machen wir nächste Woche.«

Ich wollte gerade loslaufen …

»Eine Sache noch, Blümchen.«

Auf einmal packte er meinen Pferdeschwanz und zerrte mich nach hinten. Ich schrie auf, verlor den Halt unter den Füßen und landete auf meinem Rücken. Autsch. Meine Kopfhaut brannte, als hätte er mich skalpiert. Ich versuchte, den Schmerz zu ignorieren, hustete ein paar Mal und starrte auf das Glasdach mit dem heller werdenden Morgenhimmel. Jaydee stellte sich breitbeinig über mich und beäugte mich von oben. Er verschränkte die Arme vor der Brust. Durch die kürzeren Haare wirkten seine Augen noch stechender als sonst.

»Trage zum Training oder auf einem Einsatz nie wieder einen Pferdeschwanz. Das macht dich viel zu angreifbar.«

Ich griff mit den Fingern an meinen Kopf und massierte die Stelle, an der meine Haare zusammengebunden waren. Joanne hatte mich bei unserem ersten Zusammentreffen genauso von den Füßen geholt.

»Das hättest du mir auch einfach sagen können.«

»Hätte ich. So merkst du es dir besser. Jetzt steh auf und schaff dich zum Joggen. Ich warte hier.« Er ging davon, ohne mich eines weiteren Blickes zu würdigen.

Mit einem Stöhnen rollte ich mich auf die Seite und stemmte mich in die Höhe.

Es wird hart bleiben und noch härter werden.

Tja, Jess. So war das mit den Geistern, die man rief. Ich schüttelte mir den Sand von den Klamotten, band im Laufen meine Haare zu einem Knoten und rannte los. Fünf Runden. Vielleicht würde ich sogar sechs drehen.

Ich schaffte viereinhalb, bevor ich aufgeben musste und den Rest in einem gemütlicheren Tempo zurücklegte. Meine Kondition war natürlich alles andere als gut. Immerhin hatte ich erst wenige Tage Training hinter mir gehabt, bevor Joanne angegriffen hatte, mir war klar, dass ich noch viel lernen musste. Mit einem brennenden Seitenstechen und außer Atem kam ich zurück zum See, wo Jaydee und Ben warteten. Zu meiner Freude hatte sich auch Anna dazugesellt. Sie hielt meinen Dolch in der Hand und redete mit Ben.

Jaydee warf mir einen kurzen Blick zu und musterte mich. »Das waren erst viereinhalb Runden.«

»Wie zum ...« Das konnte er doch unmöglich wissen.

»Den Rest holst du heute Abend nach, und wenn du schon dabei bist, häng noch drei dran. Du brauchst mehr Kondition.«

»Okay«, sagte ich leise. Wobei mir klar war, dass ich heute Abend nicht mehr in der Lage sein würde, weitere drei Kilometer zu laufen. »Wie geht es jetzt weiter?«

»Wir testen dich an verschiedenen Waffen. Ben wird uns helfen. Wenn wir eine gefunden haben, die dir liegt, wirst du jemanden damit angreifen. Es ist eine Sache, ein Schwert zu führen, eine andere ist es, die Klinge auch in einen Körper zu treiben.«

Die Art, wie Jaydee das sagte, ließ mich nichts Gutes erahnen.

»Und wen soll ich erstechen?«

»Normalerweise hätte sich Akil zur Verfügung gestellt. Durch seine Heilkräfte hättest du ihm nicht schaden können. Jetzt werde ich das übernehmen. Da mir auch Titaniumwaffen nichts anhaben, können wir gleich diese verwenden. Sie verhalten sich ein wenig anders als Silber.«

»Aber dazu werde ich dich berühren müssen.«

»Das wird der Part, an dem mein Training beginnt. Ich muss dich anfassen, um es beherrschen zu lernen.«

»Verstehe.«

»Und deshalb ist Anna da.«

Ich blickte zu ihr. »Wenn er sich nicht benimmt, bekommt er das Ding ab«, sagte sie und hielt meinen Dolch hoch. »Ich treffe aus zwanzig Metern Entfernung eine Fliege, wenn es sein muss, also mach dir keine Sorgen.«

Jaydee kratzte sich am Kinn, das mittlerweile ein Drei-Tage-Bart zierte, und sah aus, als überlegte er sich, wohin genau Anna treffen wollte. »Los geht's. Ben zeigt dir die Handhabung.«

Und so lief das bis zum frühen Abend. Ben war ein fantastischer Lehrer. Er blieb geduldig, erklärte mir alles, bis ich es wirklich verstanden hatte, ließ mir Zeit, mich mit den Waffen vertraut zu machen. Er meinte, dass er sich am besten mit Schusswaffen auskannte, aber die Seelenwächter verwendeten keine. Außer man zählte Pfeil und Bogen dazu.

Das Training half mir in vielerlei Hinsicht. Es lenkte mich von meiner Sorge um Violet ab, die körperliche Anstrengung tat mir gut. Meine Muskeln arbeiteten auf Hochtouren, mein Geist wurde freier. Vermutlich sagte man nicht umsonst, dass Sport gegen Depressionen half.

Wir unterbrachen unsere Einheiten nur, um etwas zu essen und damit ich mich kurz ausruhen konnte. In der Zeit verpasste mir Anna eine Massage, die so wohltuend und stärkend war, dass ich mich danach fühlte, als könnte ich

Bäume ausreißen. Zu schade, dass sie bei meinen ersten Trainingseinheiten mit Jaydee das Bett gehütet hatte, ihre Zauberhände hätte ich da schon brauchen können.

Akil sah ich den ganzen Tag über nicht. Anna meinte, er wäre nach Faial auf die Azoren geritten und lieferte dort zusammen mit Raphael neue Waffen aus. Ich solle mir keine Sorgen machen, denn ›Waffenauslieferung‹ hieß bei den beiden: Party, Party und noch mehr Party. Ich konnte es ihm nicht verübeln. Vermutlich brauchte er die Zerstreuung, dennoch nahm ich mir fest vor, Zeit mit ihm zu verbringen, sobald er wieder da wäre. Aber erst einmal wartete auf mich meine eigene spezielle Herausforderung.

Jaydee und ich standen uns gegenüber. Ich hielt ein Kurzschwert in der Hand, mit dem ich in den vergangenen Stunden trainiert hatte. Es fiel mir leichter, damit umzugehen, weil ich noch nicht genug Kraft hatte, ein richtiges Schwert zu schwingen.

Wir waren wieder am See, da wir hier genügend Platz hatten und Jaydee die Nähe zum Wasser beruhigte. Und ein ruhiger Jaydee war immer gut.

»Okay, Blümchen. Greif mich an, so wie Ben es dir gezeigt hat.«

Wir umkreisten uns langsam. Jaydee hatte keine Waffe, er brauchte auch keine. Meine Hände waren schweißnass, der Griff des Schwertes rutschig. Ich wurde mit jeder Minute nervöser. Auf einmal war alles weg, was Ben mir erklärt hatte. Vor mir stand ein lebendes, atmendes Wesen, und ich sollte es gleich mit meiner Klinge aufspießen.

»Trau dich«, sagte er. »Oder brauchst du eine Motivation?«

Ich schüttelte den Kopf und umkreiste ihn weiter, ohne anzugreifen.

»Muss ich dich daran erinnern, was im Kerker passierte?«, fuhr er einfach fort. »Was ich zu dir gesagt habe, wie ich auf dich losgegangen bin. Jetzt kannst du es mir heimzahlen.«

»Du willst mich provozieren.«

»Wenn ich dich provozieren will, sieht das anders aus.«

»Ach, und wie?«

Ich wünschte, ich hätte diese Frage nicht gestellt, denn er schnellte nach vorn, verpasste mir erst eine Ohrfeige und stellte mir dann ein Bein. Bevor ich mich versah, lag ich auf meinem Hintern und starrte das Glasdach an. Das alles war in einer Geschwindigkeit geschehen, dass ich nicht mal blinzeln konnte. Immerhin hatte ich das Schwert in der Hand behalten.

»Wehr dich!«, rief er neben mir und stieß mich mit der Stiefelspitze in die Hüfte.

Ich umklammerte das Schwert fester, stand auf und zielte nach ihm, aber er sprang auf die Seite und wich meinem Hieb mit Leichtigkeit aus.

»Du zögerst zu lange.«

»Du bist zu schnell.«

»Ich bin genauso schnell wie jeder andere Dämon. Du willst kämpfen? Dann tue es!«

Ich stand wieder auf, doch mit der nächsten Attacke kickte er mir ein Bein unter dem Körper weg. Ich torkelte und konnte mich gerade so abfangen, um nicht hinzufallen. Seine Berührungen waren immer kurz, knackig. Er wollte damit verhindern, dass er zu lange meinen Emotionen ausgesetzt war und mich gleichzeitig ärgern. Es gelang ihm.

Ich biss die Zähne zusammen und stürzte mich ein weiteres Mal auf ihn. Wieder wich er aus und verpasste mir zum Nachklang noch einen Tritt in den Hintern. Der Hieb war so stark, dass ich noch zwei Meter nach vorn und direkt in den See stürzte. Ich fühlte einen Stiefel an meiner Kniekehle, dann lag ich bäuchlings im flachen Wasser. Es schwappte über meinem Kopf zusammen, raubte mir kurzzeitig den Atem. Ich bäumte mich wieder nach oben und hustete eine Ladung davon aus. Gott, war das kalt.

»Noch mal: Behalte deine Umgebung im Auge. Lass dich nicht ausmanövrieren.« Seine Stimme nahm einen drohenden Unterton an. Es war genau die Tonlage, die den Jäger ankündigte.

»Jaydee«, sagte Anna leise. »Reiß dich zusammen.«

Ich stemmte mich nach oben, meine Klamotten waren komplett durchgeweicht, das Schwert lag im Sand neben mir. Mit einer Hand griff ich danach, mit der anderen hob ich einen Stein auf. Mir war klar, dass Jaydee ein hartes Tempo vorlegte. Wir hatten nicht viel Zeit zum Trainieren. Niemand wusste, wann der nächste Angriff kommen würde. Wann Ralf erneut handeln würde oder wann wir etwas unternehmen konnten, um Violet zu helfen. Ich *musste* fit werden. Das ging im Moment nur mit der Holzhammermethode. Ich wirbelte herum, schleuderte den Stein auf sein Gesicht und holte gleichzeitig mit dem Schwert aus. Er duckte sich unter dem Geschoss weg, in der Sekunde traf ich ihn mit der Klinge im Oberschenkel. Das Gefühl war ekelerregend. Die Schneide rutschte einfach so in sein Fleisch, durchdrang die Haut, die Muskeln, als wären sie aus Luft. Jaydee keuchte und sackte auf dem

Bein zusammen. Sofort zog ich die Klinge wieder zurück und startete den nächsten Hieb. Er fing mein Schwert ab, packte es an der Schneide statt am Griff. Statt es freizugeben, umklammerte er es fester, bis Blut zwischen seinen Fingern hindurchsickerte. Er blähte die Nasenflügel und starrte mich an. Sein Blick war intensiv, brennend. Die Schneide verursachte ihm Schmerzen. Schweißperlen traten auf seine Stirn, seine Hand fing an zu zittern, und noch immer ließ er nicht los.

»Jay ...«, sagte Anna leise, doch er reagierte nicht.

Aus dem Augenwinkel bemerkte ich, wie ihre Hand an meinen Dolch fuhr, aber aus irgendeinem Grund glaubte ich nicht, dass er mich gleich angreifen würde.

»Du musst höher zielen«, keuchte er. »Hierhin.« Er schob mein Schwert auf seinen Bauch. Ich folgte seiner Bewegung. Das hier war unser Kampf. Seiner und meiner.

»Versuche erst gar nicht, das Herz zu treffen. Es ist nicht leicht, den richtigen Winkel durch die Rippen zu finden. Schwäche deinen Gegner und ziele auf die Organe. Es ist schmerzhaft, und je mehr er blutet, umso besser für dich.«

Ich nickte. Jaydee platzierte die Klinge direkt über seinem Bauchnabel. Mich schauderte, denn mir war klar, was er gleich von mir verlangen würde.

»Probiere es.«

Ich schluckte trocken. Das war er. Der Moment, den er mir schenkte, damit ich mich revanchieren konnte. Er wollte, dass ich ihn verletzte, dass ich ihn bluten ließ, dass ich ihm Schmerzen zufügte, so wie er mir welche zugefügt hatte.

Meine Finger schlossen fester um den Griff des Schwerts. Mein Fokus verengte sich auf die silberne Schneide, auf Jaydees zitternde Hand, von der das Blut tropfte, und auf die Spitze, die direkt auf seinen Magen zeigte. Ja, das würde schmerzhaft werden. Ja, das hatte er verdient. Ja, er sollte leiden und bluten und fühlen, wie es war, wenn jemand, den man eigentlich mochte, sich gegen einen wendete. All das wünschte ich ihm. Jetzt war meine Chance auf Rache!

Er hielt vollkommen still, gab mir die Zeit, die ich brauchte, um mich zu sammeln. Selbst Ben und Anna schienen die Luft anzuhalten.

»Tu es«, sagte er ganz leise.

Auge um Auge. Zahn um Zahn. War es das? Würde es mir helfen? Mir Violet oder Ariadne oder meine Mum zurückbringen? Wozu das alles? Damit noch jemand litt? Damit noch mehr Blut floss; noch mehr Leid herrschte?

»*Bitte.*«

Ich schüttelte den Kopf und sah ihm in die Augen. »Ich … ich kann nicht.« Ich wollte nicht zu einem Menschen werden, der blindlings zuschlug.

Er lächelte gequält, drückte die Klinge tiefer an seinen Bauch, als würde er hoffen, ich könnte doch noch zustoßen. Vielleicht war es das, was er brauchte. Vielleicht konnte er sich nur so selbst vergeben.

»Das bin nicht ich, Jaydee.«

Er nickte, schloss die Augen und pfefferte das Schwert in den See. Ohne ein weiteres Wort stapfte er davon.

Ich blickte ihm hinterher, bis er um die Ecke gebogen war. Die Kühle des Wassers kroch an meinen Beinen hinauf. Auf einmal konnte ich nicht mehr. Meine Knie gaben nach, ich sackte einfach so zusammen. Das Wasser umschlang meine Hüfte, durchweichte meine Klamotten bis auf die Haut. Mir war schon kalt. Innerlich und jetzt auch äußerlich.

»Komm bitte aus dem Wasser, bevor du dir eine Erkältung holst«, sagte Anna und beugte sich zu mir.

Ich nickte nur. Am liebsten wäre ich hiergeblieben, aber sie reichte mir die Hand, um mir aufzuhelfen. Ihre Arme umschlangen mich, hielten mich, stützten mich.

Sie zog mich in eine Umarmung, denn das war genau das, was ich jetzt brauchte. »Ach, Jess.« Ich schmiegte mich an ihren Hals und atmete ihren Duft aus Mandarine ein. So herrlich. So wohltuend. Mir war nicht klar gewesen, wie sehr ich eine mütterliche Umarmung vermisst hatte. Bis eben. Natürlich war Anna nicht meine Mutter, aber sie kam dem am nächsten. Sie war meine Vorfahrin, meine Blutsverwandte, auch wenn wir noch immer keine Bestätigung dafür hatten.

»Das wird schon«, sagte sie leise.

Bei jedem anderen hätten diese Worte fahl geklungen, doch bei ihr war es anders. Anna hatte schon so viel verkraftet, noch mehr als ich, und sie stand immer noch.

»Danke«, sagte ich leise und machte mich von ihr los. Auf einmal durchfuhr mich ein beißender Schmerz im Magen. Ich schrie, krümmte mich vor Schmerz.

»Jess!«

Der Krampf nahm weiter zu und trieb mir die Galle nach oben.

»Was ist los?«

Mir wurde schwindelig, als würde ich mich zu schnell um die eigene Achse drehen, ich verlor die Orientierung, das Gefühl für meinen Körper.

»Oh …«, stöhnte ich und ließ mich von Anna aus dem Wasser und ans Ufer ziehen. Ich sank in den Sand. Anna kniete sich vor mich und strich mir die Haare aus dem Gesicht.

»Okay, ganz ruhig. Konzentrier dich auf mich. Dir kann nichts passieren. Verstehst du?«

Ich schüttelte den Kopf. Die Angst breitete sich weiter in mir aus, bohrte sich in mein Herz, in meinen Bauch.

»Sie bekommt eine Panikattacke!«

»Atme!«, sagte Ben auf einmal hinter mir. »Ein und aus. Komm schon. Ein und aus.«

Annas Finger lagen noch immer auf meinen Schläfen, sie massierte leicht meine Haut, übte sanften Druck aus. »Ihre Seele ist in Aufruhr.«

»Da geschieht etwas in mir«, presste ich heraus. »Das ist … ich glaube, es ist Violet.«

»Fangen sie an, sie von ihr zu lösen?«, fragte Ben.

»Sie müssen damit aufhören! Ich … sage ihnen, dass ich … oh Gott, das halt ich nicht aus.« Mein Denken setzte aus. Die Schmerzen breiteten sich in meinem Inneren aus. Es fühlte sich an, als versuchte mir jemand den Magen durch die Speiseröhre nach oben zu ziehen.

Anna erhöhte den Druck auf meine Schläfen. »Konzentriere dich auf meine Berührung.«

Es fiel mir schwer, mich auf Anna einzulassen. Ich wollte hier raus, ich wollte nach Riverside, zu Violet, zum Rat. Ich wollte jeden einzelnen von ihnen anschreien, anbetteln, dass sie mir bitte, bitte nicht meine Fylgja wegnehmen sollten.

Der Druck von Annas Fingern nahm zu, ich fühlte, wie sich ihre Energie nach mir ausstreckte und mich hielt. Es war ähnlich wie Akils Heilkraft und doch anders. Ihre Energie legte sich um meine Seele, löste diesen Knoten in meiner Brust und gab mir wieder Luft zum Atmen.

»Gut, Jess.«

Ich schlug die Augen auf und wusste nicht mal, wann ich sie geschlossen hatte. Anna kniete vor mir und sah mich besorgt an.

Und auf einmal ließen die Krämpfe nach. Genauso rasch, wie sie gekommen waren.

»Geht es wieder?« Sie nahm die Hände von meinem Kopf. Ohne ihr zu antworten beugte ich mich nach vorne und fiel ihr in die Arme.

»Schon gut«, sagte sie, strich über meine Haare, wie eine Mutter, die ihr Kind trösten musste. »Was macht dein Bauch?«

»Es zieht noch, aber es wird besser.«

»Ich rede sofort mit Will. Er muss den Rat informieren und ihm sagen, dass sie die Prozedur stoppen sollen.«

10. Kapitel

Jaydee

Ich lief den Sandpfad in Richtung Haus, kickte Steine beim Gehen weg und versuchte, mein Gemüt zu beruhigen. *Sie hat es nicht getan, sie hat es nicht getan …* Dabei wollte sie es. Ich hatte es in ihren Augen gesehen, die Sehnsucht, die Wut, das Verlangen, mir genau solche Schmerzen zuzufügen, wie ich sie ihr zugemutet hatte. Ich wünschte, sie hätte sich dazu durchgerungen. Auf der anderen Seite war ich erleichtert, dass sie es nicht getan hatte. Vielleicht hieß es, dass wir wieder aufeinander zugehen konnten, dass sie mir verzeihen konnte, dass es doch noch einen Weg für uns gab.

Vielleicht war das alles aber auch jede Menge Müll und ich klammerte mich an eine Hoffnung, die mir nie erfüllt werden würde.

Ich blieb stehen. Die Sonne war schon untergegangen, die Venus stand am Abendhimmel. Es würde wieder eine klare, kalte Sternennacht werden. Die kühle Luft tat meiner Lunge gut und vertrieb die letzten Gerüche von Jess aus meinem System. Für einige Minuten verharrte ich so unter dem dunkler werdenden Himmel und hing meinen Gedanken nach.

Bis es über meinem Kopf krachte, als wäre ein gigantischer Stein auf eine Glaskuppel gestürzt. Ich blickte nach oben. Der Schutzzauber flackerte auf und zog sich als goldenes Leuchten einmal quer über mich hinweg. Will hatte offenbar Probleme, das Ding am Laufen zu halten.

Ich lief nach links weiter, Richtung Zentrum unseres Anwesens, und somit zum Ausgangspunkt des Zaubers, der für unsere Sicherheit sorgen sollte. So genau wusste ich nicht, warum ich mit Will sprechen wollte. Vielleicht brauchte ich jetzt Wills Härte. Wobei mir Joannes Worte noch gut im Gedächtnis waren. *Weißt du, der gute William hat sich als ziemlich gute Informationsquelle entpuppt. Er hat einfach drauflosgeplaudert und alles Mögliche über euch preisgegeben.* Wie von selbst bohrten sich meine Fingernägel in die Handflächen. Joanne hatte Gift in meinem Kopf verstreut. Sie hatte sich in mir eingenistet, der kleinste Gedanke an sie fütterte den Jäger mit neuer Nahrung.

Es dauerte nicht lange, bis ich den Punkt gefunden hatte. Es war ein kleines Plateau, das gut versteckt zwischen Felssteinen lag. In der Mitte war ein Kreis mit Steinen als Begrenzung. Es war der Nabel unseres Anwesens, unserer Energie. Normalerweise kamen wir nicht hierher, da die Zauber alleine arbeiteten. Nur wenn Ilai Verbesserungen vornehmen wollte, musste er die Energie hier drinnen anrufen. Jetzt hatte Will sich häuslich eingerichtet. Rechts lag ein Tablett auf dem Boden mit einem halb aufgegessenen Sandwich, einem Schokomuffin und einer Kanne Kaffee.

Er stand, mit geschlossenen Augen, in der Mitte auf der schwarzen Erde und hielt die Handflächen nach unten, als würde er so direkt die Erde mit Energie versorgen. Sein Körper leuchtete golden. Es war die Energie des Schutzzaubers, die durch ihn wirkte. Er sah müde aus, seine Augen waren mit dunklen Rändern umzogen. Sein Hemd war ungebügelt, verschmutzt und durchgeschwitzt. Außerdem sollte er sich mal wieder rasieren.

Ich blieb in einiger Entfernung stehen, um ihn nicht zu stören, steckte die Hände in die Taschen meiner Trainingshosen und wartete.

»Was ist, Jaydee?«

»Ich wollte nach dir sehen.«

Er öffnete ein Auge und sah mich an. Ein Knistern zog sich über unsere Köpfe, wie bei einer statischen Entladung. Es flackerte kurz golden, als wäre eine Wolke vorbeigezogen. Will fluchte und warf die Hände in die Luft. »Ich werde noch verrückt mit diesem Schutzzauber.«

»Hält er nicht?«

»Mal so, mal so. Er bleibt eine Stunde aktiv, dann wird das Feld instabil. So muss ich es ständig erneuern. Meine Kräfte sind einfach nicht so stark wie die von Ilai, und langsam brauche ich alles auf, was an Magie noch in mir steckt. Ich müsste mich dringend regenerieren.«

Will fuhr sich durchs Gesicht. Das Leuchten des Schutzzaubers warf ein Muster aus Licht und Schatten auf seine Züge. »Was willst du wirklich von mir?«

»Ich weiß nicht so recht. Eigentlich wollte ich zurück ins Haus.«

»Und hast eine falsche Abzweigung genommen.«

»So ungefähr.«

Will schmunzelte. Das tat er selten in meiner Gegenwart, meistens keiften wir uns an oder prügelten uns. Ein merkwürdiges Schweigen legte sich zwischen uns. Keiner von uns wusste so recht, wie er mit dem anderen umgehen sollte. Früher waren unsere Rollen klar verteilt, doch jetzt hatten sie sich verlagert. Will hatte mich verraten, ich war ausgeflippt, danach hatte er Jess vor mir gerettet. Wäre er nicht dagewesen und hätte seine Feuerbälle auf mich geschleudert, hätte ich sie in Stücke gerissen. Vielleicht waren auch wir quitt.

Ich entschloss mich, das Schweigen zu brechen. »Akil sagte mir, dass du dem Rat verschwiegen hast, was mit mir war.«

»Ja.«

»Warum?«

Will atmete tief ein und hielt die Luft für eine Ewigkeit an. »Weil ich ebenso Schuld an deinem Ausraster hatte. Ich habe Ralf erzählt, dass Jess deine Schwachstelle ist. So wie ich ihm alles von den Seelenwächtern erzählt habe.«

Wenigstens war er ehrlich.

»Ich habe dich vor dem Rat geschützt.« Wills Geruch nach Feuer wurde intensiver. Das erste Anzeichen für eine emotionale Regung. »Trotzdem muss ich es wissen, Jaydee: Wen hast du noch getötet?«

Anthony vielleicht. Vielleicht auch nicht. Ich wusste noch, dass ich mich über ihn beugte, dass Keira abhaute und ich ihr folgte. »Ich glaube, ich habe keinen Menschen umgebracht, ich denke, ich hätte mich danach anders gefühlt.« Freier vielleicht oder ich hätte nie wieder den Weg zurück aus dem Chaos gefunden.

Will seufzte und gab sich mit meiner Antwort zufrieden. Eine andere Möglichkeit hatten wir alle nicht. »Jaydee … ich weiß nicht, ob du mir glaubst, aber du stehst wirklich auf Messers Schneide. Ich weiß, dass du nichts für deinen Ausraster konntest, aber deine Bonuspunkte sind verbraucht. Endgültig. Das nächste Mal wird es vor den Rat gehen und offiziell werden.«

»Ich kann auf ein nächstes Mal genauso verzichten wie ihr.« Das stimmte nur bedingt. Mir fehlte die Macht, die ich durch den Jäger erhalten hatte, schon jetzt. Ich war ein Junkie, der sich den ersten Schuss gesetzt hatte. Es war falsch und ungesund, und dennoch hätte ich am liebsten mehr davon.

»Reiß dich bitte zusammen. Für uns alle.«

»Das versuche ich.«

Will nickte nur und blickte wieder nach oben. Auch er hatte sich verändert, genau wie Akil. Statt seiner Arroganz und Überlegenheit strahlte er Erschöpfung und Mutlosigkeit aus. Es gefiel mir genauso wenig.

»Was gibt es denn überhaupt Neues vom Rat?«, fragte ich. »Kommen sie mit dem Zauber voran, um Jess und Violet zu trennen?«

»Ich habe keine Ahnung. Sie sprechen nicht mit mir darüber. Sie meinen, ich wäre zu sehr involviert.«

»Was für ein Pack.«

Will räusperte sich. »Diese Bemerkung überhöre ich jetzt einfach mal, aber ich weiß, was du meinst.« Er blickte in den Himmel. »Wenn ich nur wüsste, wie wir meinen Bruder aufhalten können.«

»Sind denn wenigstens alle gegen den Pfeifzauber geimpft?« Außer mir natürlich. Wieder einmal stand mir die Magie der Seelenwächter nicht zur Verfügung. Kämpfen, ja. Bluten, ja. Vorteile – nein.

»Ja, alle bis auf dich und noch einer weiteren …«

Damit konnte er nur Ashriel meinen. Eine Seelenwächterin aus New York, die unserer Welt den Rücken kehrte.

»Und die Impfung löst leider unser Problem nicht. Ich meine, was setzt man Wesen entgegen, die sich nicht mehr töten lassen?«

»Gibt es wirklich keine andere Möglichkeit, als die Fylgja von Jess zu trennen? Wenn wir ihr die Maske abziehen …«

»Könnte das den Bann vielleicht brechen, vielleicht würde Violet aber auch ihren Verstand verlieren. Sie kann vielleicht nicht sterben, aber sie kann dennoch Schaden nehmen, wenn wir zu forsch rangehen. Wir wissen einfach zu wenig darüber. Abgesehen davon: Wie sollten wir in ihre Nähe kommen? Denk an die Barriere, die der Rat um Riverside aufgebaut hat.«

»Hm.« Ich kratzte mich am stoppeligen Kinn. »Was ist, wenn Ben uns hindurchbringt? Er ist bestimmt immun dagegen.«

»Und dann? Was willst du gegen Schattendämonen tun, die sich nicht töten lassen? Wie willst du sie bekämpfen? Zudem besitzt Ralf Titaniumwaffen. Ich habe gehört, wie er Joanne aufgefordert hat, welche von uns mitzunehmen. Das wäre ein Selbstmordkommando.«

»Die Waffen werden in ein paar Tagen unbrauchbar sein.«

»Es sei denn, Ralf kann sie konservieren. Wir haben ihn unterschätzt in der Vergangenheit. Das dürfen wir nicht mehr tun.«

»Dann müssen wir den Bann auf der Fylgja irgendwie anders lösen. Könntest du das Ritual umkehren, das Ralf veranstaltet hat?«

»Dazu müsste ich ganz genau wissen, was er getan hat, ich habe aber nur vage Vermutungen. Zudem müsste ich in ihrer Nähe sein. So einen Zauber kann ich nicht aus der Ferne wirken.«

»Aber der Rat kann es doch mit der Fylgja auch.«

»Tja, ich bin nur nicht der Rat. Meine magischen Fähigkeiten sind wie die eines Kindes, im Vergleich zu ihren.«

»Na schön: Gehen wir mal davon aus, wir kämen nahe genug für dich ran, wie könnte man das Ritual umkehren?«

»Ralf hat vier Utensilien der vier Elemente gesammelt. Er hat mein Blut genommen und unsere …. Warte mal, das könnte es sein. Die Bibel! Er war total versessen darauf. Irgendetwas muss darin gestanden haben, was er benötigt hat. Nur weiß ich immer noch nicht, was. Ich habe sie so oft gelesen. Es waren weder Zaubersprüche drin noch sonst etwas.«

»War vielleicht etwas mit dem Papier? Oder gab es einen verschlüsselten Code? Irgendwas?«

Will zuckte die Schultern. »Mir ist nichts dergleichen aufgefallen. Und wenn Magie darin verborgen gewesen wäre, hätte ich es gespürt.«

Auf einmal blitzte es wieder über unseren Köpfen, gefolgt von einem Knarren. Der Schutzzauber wurde schon wieder instabil.

»Ich muss weitermachen. Die Nachtschicht ruft.«

»Vielleicht könntest du aufschreiben, an was du dich noch aus der Familienbibel erinnerst. Ich kenne einige Übersetzungen und kann sie miteinander vergleichen.«

»Schön und gut, Jaydee, aber ich weiß nicht, ob ich die Worte noch mal rekapitulieren kann. Nicht jeder Seelenwächter hat ein fotografisches Gedächtnis. Du bist einer der wenigen mit dieser Fähigkeit.«

»Und wenn Anna in deinen Kopf eindringt und dir die Erinnerungen daraus entzieht. Die Informationen sind ja noch da. Sie kann mit dir den Moment rekonstruieren, in dem du in der Bibel gelesen hast und mir so daraus vorlesen.«

Will sog die Luft durch die Zähne. »Wenn Anna in meinen Kopf eindringt …«

Würde sie auch erfahren, was er über sie dachte. Wie er ihr gegenüber empfand, was in ihm vorging, wenn er sie ansah. Es war ein Seelenstriptease. Ich konnte verstehen, dass er Hemmungen davor hatte.

»Anna weiß, was du für sie fühlst.«

»Ja, aber es ist anders, wenn sie es direkt mitbekommt.«

»Trotzdem wäre es eine Möglichkeit.«

Es krachte erneut. Dieses Mal zog sich ein langer goldener Riss über unsere Köpfe hinweg, als stünden wir unter einer Glaskuppel, die zersprang.

»Ich muss jetzt wirklich.«

»Denk darüber nach.«

»Das werde ich.«

Über mir vibrierte der Schutzzauber, der mit seinen bunten Farben an die Nordlichter erinnerte. Wenn ich an Wills Stelle wäre und es dabei um Jess ginge … würde ich es tun?

Ich wollte gerade umdrehen und zurück zum Haus gehen, als Anna angerannt kam. »Will!« Sie betrat den Steinkreis und blieb vor uns stehen. Es war etwas passiert. Ich erkannte es an ihrer Mimik.

»Es geht um Jess. Sie ist eben zusammengebrochen und hat über Magenkrämpfe geklagt.«

»Was?«, fragte Will.

»Ihre Seele war völlig aus dem Lot, ich fürchte, es könnte eine Nebenwirkung des Zaubers durch den Rat sein. Vielleicht ist es zu viel für ihren Körper, wenn sie Violet von ihr lösen.«

»Du musst sofort mit ihnen sprechen«, sagte ich.

»Ich bezweifle, dass sie auf mich hören werden.«

»Wir müssen aber irgendetwas tun! Das kann ihr niemand zumuten.«

»Jay hat recht. Es war wirklich schlimm für sie. Das hält sie auf Dauer nicht durch.«

Will schnaubte. »Also schön. Ich werde Logan kontaktieren und ihm klarmachen, was hier vor sich geht. Er ist noch der Vernünftigste von allen.« Er blickte zu mir, mir war klar, was in seinem Kopf vorging.

»Du solltest es tun, Will. Es ist vielleicht eine Möglichkeit.«

»Um was geht es denn?«, fragte Anna.

»Er will, dass du in meinen Kopf eindringst und bestimmte Erinnerungen aus mir herausziehst«, sagte Will. »Wir müssen wissen, was in meiner alten Familienbibel stand. Wortwörtlich.«

»Oh«, sie kratzte sich über den Arm. »Das … das könnte ich natürlich.« Annas Wangen wurden rot, sie sah rasch zu Boden. »Aber, willst du das denn auch?«

Will presste den Kiefer zusammen, bis die Muskelstränge hart hervorstachen. »Ich rede mit Logan.«

11. Kapitel

Lass dir etwas einfallen! Hatte er gesagt. *Sei kreativ!* So machte er das immer! Der Meister befahl und alle mussten gehorchen. Auch sie. Oder: vor allem sie. Immerhin war sie seine rechte Hand. Seine Vertraute. Seine Geliebte. Sie würde alles für ihn tun. Er hatte sie gerettet, sie aus dem Stadium dieser dummen Existenz geholt und ihr ein Leben geschenkt, das sie sich nie hätte ausmalen können. Alles lief, wie sie es sich vorgestellt hatte. Sie hatten den Emuxor befreit und würden gemeinsam mit ihm noch mehr Schattendämonen aus der Dunkelheit holen. Sie würden die Menschen unterjochen. Essen, wann immer ihnen danach war. Schluss mit der Angst vor den Seelenwächtern, Schluss mit Versteckspielen.

Das alles sollte sie also fröhlich stimmen. Ihr stand eine glorreiche Zukunft bevor mit dem Mann, den sie … liebte? War es das? Sie wusste es nicht. Bis vor ein paar Tagen hätte sie diese Frage mit einem klaren Ja beantwortet. Und nun?

Was ließ sie zweifeln? War es die Macht des Emuxors? Seit er erwacht war, fühlte sie sich anders. Freier. Noch lebendiger. Er brachte die Veränderung in die Welt der Schattendämonen, vielleicht brachte er auch die Veränderung in sie. Immerhin war sie bereits auf einer höheren Ebene, als er erweckt worden war. Was, wenn das der nächste Schritt in ihrer Entwicklung war? Was, wenn sie sich abnabeln musste?

Sie erreichte den Rand der Stadt und stieg aus dem SUV, den sie geklaut hatten. Nachdem der Meister Joanne losgeschickt hatte, um *kreativ zu sein*, hatte sie sich Alfonso und Clare – zwei neu erweckte Dämonen – geschnappt und war mit ihnen hierhergefahren. Und sie waren natürlich nicht alleine.

»Bring sie raus. Die Jüngere zuerst.«

»Natürlich«, antwortete Alfonso vom Beifahrersitz.

»Und du, Clare, passt auf die andere Tuss auf.«

»Geht klar«, kam es von der Rückbank.

Joanne mochte die beiden Dämonen. Sie waren die ersten gewesen, die dem Ruf des Emuxors gefolgt waren und erweckt worden waren. Sie griff in die Seitentür und zog einen Dolch aus der dort angebrachten Tasche. Leider besaß sie Jaydees Messer nicht mehr, auch das von Jess war ihr abhanden gekommen. Sie hatte zu lange gezögert, nachdem der Polizist entkommen war, und sich von der Erweckung des Emuxors ablenken lassen. Ärgerlich, aber nicht mehr zu ändern.

Der Meister hatte ihr erzählt, was im Schloss in Schottland passiert war. Was Jaydee angerichtet hatte. Wie er Amok gelaufen war und alle Dämonen dort inklusive Mr. Smith und Joe getötet hatte. Es machte ihr nichts, sie hatte diese Lackaffen nie leiden können. Im Gegenteil: Es erfüllte sie sogar ein wenig mit Stolz, weil sie diese Seite in Jaydee hervorgekitzelt hatte. Sie hätte ihn zu gerne in Aktion erlebt. Gesehen, wie er tötete, wie er sich dem Blutrausch hingab und sich darin verlor. Es gab nichts Schöneres, als zu beobachten, wenn eine Seele das tat, wofür sie erschaffen wurde. Dann leuchtete sie heller und stärker als sonst – und dann schmeckte sie auch am besten. Sie war sich sicher, dass es nur noch eine Frage der Zeit war, bis sie Jaydee erneut über den Weg laufen würde. Und dann musste sie ihn einfach haben. Sie würde seine Seele aus ihm ziehen. Ganz langsam und bedächtig, damit er auch etwas von dem Spaß hatte. Obwohl es eigentlich eine Schande war, ein Wesen wie ihn zu zerstören. Er war einer der wenigen, denen sie auf Augenhöhe begegnen konnte. Sie schluckte den aufkeimenden Hunger hinunter und stieg aus dem Wagen.

Es war Nacht, die Temperaturen waren frisch und kühlten den Asphalt, der sich im Laufe des Tages mit Wärme aufgeladen hatte. Leichter Bodendunst waberte um ihre Füße. Joanne mochte es. Das war die perfekte Untermalung für das, was sie gleich vorhatten. Der Wagen stand mitten auf der Landstraße, die in östlicher Richtung aus der Stadt führte. Sie hatten die Scheinwerfer angelassen, obwohl sie es nicht brauchten, um in der Dunkelheit zu sehen. *Doch die Seelenwächter sollen genau erkennen können, was wir tun. Wenn die mit uns spielen wollen, dann spielen wir mit, und zwar nach unseren Regeln.*

Joanne steckte den Dolch in ihren Gürtel und lief weiter, bis sie das Schild erreichte, welches das Ende von Riverside ankündigte. Sie blieb genau an der Stadtgrenze stehen, streckte die Hand aus und stieß gegen einen unsichtbaren Widerstand. Es fühlte sich an wie Glas. Kühl und hart.

Joanne kniff die Augen zusammen und spähte in die Dunkelheit. Da draußen musste er irgendwo sein. Seelenwächter Nummer eins. Mittlerweile wussten sie, dass drei von ihnen sich rund um Riverside postiert hatten.

Alfonso öffnete die hintere Tür und zerrte ein junges Mädchen aus dem Auto. Sie war ganz ruhig, als machten sie gerade einen netten kleinen Ausflug mit ein paar Freunden. So wie alle Menschen, denen sie bisher in Riverside begegnet waren.

Joanne blickte über ihre Schulter zurück. Die Kleine besaß eine gute Seele. Jungfräulich und rein. Joanne schätzte sie auf knapp fünfzehn. Sie hatte nicht viel erlebt, war behütet aufgewachsen, es hing wenig Negatives an ihr. Schon wieder lief ihr das Wasser im Mund zusammen, doch das müsste warten. Alfonso hielt die Kleine fest und schob sie vor sich her. Dabei musterte er sie ebenso hungrig, aber auch er beherrschte sich. Das war mit der Grund, warum Joanne ihn und Clare ausgewählt hatte. Die beiden wussten, worauf es ankam, sie konnten zur Not ihre eigenen Bedürfnisse hinten anstellen.

Schließlich blieben sie neben Joanne stehen. Das Mädchen schaute interessiert herum. Sie trug ein luftiges Sommerkleid in hellen Farbtönen und Blumenmustern darauf gestickt, und sie roch nach Himbeere.

»Was machen wir hier?«, fragte sie.

»Wir treffen uns mit einem Freund. Du musst keine Angst haben.«

Sie nickte.

»Wie heißt du, Mädchen?«, fragte Joanne.

»Cecilia.«

Der Name passte zu ihr. Genauso leicht und hell wie ihre Seele. Joanne blickte wieder hinaus in die Dunkelheit. »Hey, Seelenwächter! Ich habe hier etwas für dich, das du dir vielleicht ansehen willst.«

Keine Reaktion. Natürlich nicht. »Du hast genau fünf Minuten, um herauszukommen und mit mir zu reden. Andernfalls wird dieses süße kleine Mädchen für mich sprechen, und ich denke, es wird dir nicht gefallen, was sie zu sagen hat.«

»Mir ist kalt«, sagte Cecilia und rieb sich über die nackten Arme.

»Gleich nicht mehr, Schätzchen. Hab keine Angst.«

Joanne blickte auf ihre Armbanduhr. Eine goldene Rolex. So eine wollte sie schon immer haben, also hatte sie bei einem Juwelier in der Stadt die Scheiben eingeschlagen und eine mitgenommen. Natürlich war auch dieser Einbruch ohne Konsequenzen geblieben. Das musste sie den Seelenwächtern lassen: Wenn sie einen Zauber über die Stadt gelegt hatten, der die Köpfe der Menschen beeinflusste, war dieser äußerst effektiv. Das war gut. Joanne liebte Herausforderungen.

Alfonso beugte sich nach vorne und schnupperte an den Haaren der Kleinen. Dabei gab er ein leises Brummen von sich. Cecilia wehrte sich nicht dagegen, als würde sie gar nicht mitbekommen, was mit ihr geschah.

Mal sehen, wie weit wir das treiben können.

Sie sah ein weiteres Mal auf ihre Uhr. Die Zeit war abgelaufen. »Na schön, Seelenwächter. Mir ist klar, dass du mich hören kannst und einen auf stur machst, also werde ich dich ein klein wenig motivieren.« Sie drehte sich zu Alfonso. »Du darfst loslegen. Mach es langsam, nur einen kleinen Haps.«

»Verstanden.«

Alfonso drehte das Mädchen herum und zog ihr die Beine unter dem Körper weg. Sie japste vor Schreck, doch sie wehrte sich immer noch nicht. Wie eine Puppe ließ sie alles mit sich machen. Teilnahmslos, abgeschaltet. Für eine Sekunde tat sie Joanne ein wenig leid. Menschen waren ihre Nahrung, mehr nicht. Dennoch schätzte sie den Kitzel der Jagd. Der Moment, wenn die Beute erkannte, dass sie verloren hatte. Die Angst in den Augen, wenn sie wussten, dass sie sterben würden. Das hier war zu einfach. Es war wie Fast Food mit Drive-in. Essen mit wenig Aufwand.

Alfonso setzte sich auf das Mädchen, legte eine Hand auf ihre Stirn, die andere auf ihren Brustkorb, und fing an. Sofort hob sich Cecilias Oberkörper, sie schnappte nach Luft. Ihre Hände krampften, die Fingernägel krallten sich in den Asphalt, suchten nach Halt, wo keiner war.

Joanne beobachtete das Spektakel einige Augenblicke und sah dann wieder hinaus in den Wald, bevor sie in Versuchung kam, Alfonso von der Kleinen zu zerren und sie selbst aufzuessen. Ganz kurz glaubte sie, das Huschen eines hellen Haarschopfes zu sehen, doch es war so schnell weg, dass sie sich nicht sicher war. *Schnell wie der Wind.*

Sie gab Alfonso noch eine halbe Minute, bevor sie sich zu ihm beugte und über seinen Rücken strich. »Das genügt.«

Seine Muskeln spannten sich an, statt loszulassen presste er die Hand fester auf. Es kostete viel Überwindung, sich von einer Seele zu lösen. Joanne wusste das. Sie hatte selbst etliche Seelen vernascht, bis sie es beherrschte.

»Lass sie los«, sagte sie leise und glitt mit der Hand seinen Arm nach unten, bis ihre Finger über seinen lagen. »Jetzt.« Sie wollte ihn nicht drängen oder ihn zwingen, er sollte es von alleine schaffen. Nur so würde er besser werden.

Alfonso keuchte tief, gab ein kehliges Brummen von sich und riss ruckartig die Hände zurück. Cecilia schnappte nach Luft. Er ebenfalls.

»Wahnsinn«, sagte er.

»Es wird dir mit der Zeit leichter fallen, vertrau mir.«

»Aber warum sollte ich von einer Beute wieder ablassen, wenn ich sie habe?«

»Weil es mehr Spaß macht. Du treibst sie an die Kante des Abgrundes, doch anstatt sie hinunterzustoßen hältst du sie fest und spielst mit ihrer Angst. Es ist ein Balanceakt. Wenn du ihn beherrschst, ist der Genuss noch größer. Sieh es als Fünf-Gänge-Menü, das du mit allen Sinnen auskosten willst.«

Er nickte und leckte sich die Lippen. Noch war er nicht von ihren Worten überzeugt, sie sah es ihm an, aber das würde er, wenn er ein weiteres Mal von Cecilias Seele kosten würde und dabei feststellte, dass sie jetzt anders schmeckte.

Joanne stand wieder auf und blickte zurück in die Dunkelheit. »Ich weiß, dass du das gesehen hast, Seelenwächter. Wir sind nicht mehr die Bestien, die ihre Beute schnell und effektiv erledigen. Wir besitzen Kontrolle, und je länger du dich weigerst, mit uns zu sprechen, umso länger werden wir die Kleine zappeln lassen. Sie wird Qualen ausstehen und Schmerzen erleiden. Jedes Mal aufs Neue. Die ganze Nacht, wenn es sein muss. Kannst du das verantworten? Kannst du es aushalten?«

Es raschelte links im Gebüsch. Ein schwarzer Vogel stob auf und flog davon.

»Zeig dich!«

Joanne starrte in die Dunkelheit. Für sie war es fast so hell, als würde es dämmern. Sie erkannte die einzelnen Blätter der Büsche, eine verbeulte Coladose am Wegesrand, den Hasen, der gerade in seinen Bau flüchtete. Aber keinen Seelenwächter.

Sie knurrte leise und wand sich wieder an Alfonso. »Mach es noch mal. Versuche, sie dieses Mal zum Schreien zu bringen.«

»Wie mache ich das? Bisher habe ich sie immer so ausgesaugt, dass sie keinen Lärm veranstalten.«

»Du musst es ruckartiger machen. Zieh schnell und nehme dir ein Stück ihrer Seele, und dann lässt du sie wieder los.«

»Okay.«

Alfonso beugte sich wieder über Cecilia und legte seine Hände auf. Sie wimmerte ein wenig, aber noch nicht laut genug.

»Härter«, sagte Joanne.

Alfonso spannte seinen Körper, Cecilia stieß einen markerschütternden Schrei aus. Er hallte durch die Nacht, echote von den Bäumen und vertrieb weitere Vögel aus den Ästen.

Wo ist dieser verdammte Seelenwächter?

»Noch mal«, sagte Joanne.

Alfonso gehorchte. Der zweite Schrei war nicht mehr ganz so kraftvoll. Cecilia verlor zu schnell an Energie. Das war der Nachteil an den jungen Dingern. Die Seele war schneller aufgegessen, der Grat, an dem man sie noch zurückholen konnte, schmaler.

Ein dumpfer Laut drang über Cecilias Lippen – dann verstummte sie. Joanne blickte zu den zweien. Es war vorbei. Alfonso hatte ihre Seele aufgenommen, der Körper war als leere Hülle zurückgeblieben. Er richtete sich auf und schlug die Hände vor den Mund. »Entschuldigung!«

»Schon gut. Wir haben ja noch eine.«

»Es … es tut mir wirklich leid.«

Vielleicht sollte sie es beim nächsten Mal selbst machen, aber sie musste mit dem Seelenwächter sprechen. Er musste die Barriere senken. Wenigstens für ein paar Sekunden, damit sie den Sender aktivieren konnte. Sie griff in ihre Hosentasche. Dort steckte eine kleine Fernbedienung mit einem Knopf. Joanne hatte alles vorbereitet, als sie in Arizona gewesen war. Sie musste nur noch loslegen.

»Clare!«, brüllte Joanne. Sofort ging die Wagentür auf.

»Ja.«

»Bring das zweite Mädchen.«

»Was machen wir mit der Toten?«, fragte Alfonso.

»Die kann hier meinetwegen verrotten … oder nein. Warte. Ich habe eine Idee. Am Wegesrand da drüben stand eine Parkbank. Hol sie her. Wir drapieren die Leiche vor der Barriere, als würde sie sich einen spannenden Film ansehen. Der Seelenwächter soll sie gut im Blick haben und ständig daran erinnert werden, dass er dafür verantwortlich ist.«

»Gerne.« Alfonso verneigte sich und rannte zurück, um die Bank zu holen. Es wäre für ihn kein Problem, das Ding zu bewegen, er hatte sich schließlich ausreichend gestärkt.

Kaum war er weg, trat Clare zu ihnen. Sie hielt ein zweites Mädchen in den Armen. Ein wenig älter als das erste, aber ebenso unschuldig. Sie war blond und trug statt des Kleides eine zerrissene Jeans, wie sie gerade bei der Jugend so in war. Kurz sah sie auf die Leiche von Cecilia und dann sofort wieder weg, als würde sie den Körper gar nicht registrieren.

Wirklich effektiv, diese Seelenwächter.

»Soll ich sie auch aussaugen?«, fragte Clare und konnte ihre Freude darüber kaum verbergen.

»Nein. Dieses Mal gehen wir anders vor. Stell dich hinter sie und halte sie fest.« Joanne zog ihr Messer aus der Gürtelschlaufe, setzte die Klinge an der Kehle der Kleinen an und stach zu. Sie gurgelte, fasste sich an den Hals und versuchte zu schreien, aber das ging nicht. Joanne trat näher, packte das Mädchen im Nacken und presste es gegen die Barriere.

»Sieh es dir gut an, Seelenwächter. Dafür bist du verantwortlich.« Rote Schlieren zogen sich über die Oberfläche der Barriere. Joanne drückte das Mädchen fester auf, verteilte ihr Blut weiter und malte damit ein abstraktes Zeichen aus roter Farbe.

Noch immer rührte sich nichts.

Joanne brummte missmutig, griff an den Hals des Mädchens, um das Blut mit ihren Fingern aufzunehmen, und schrieb eine Botschaft an die gläserne Begrenzung. Sie achtete darauf, sie spiegelverkehrt zu setzen, damit der Seelenwächter sie gut lesen konnte. Die Worte waren simpel: »Hilfe! Hier sterben Menschen!«

Als sie fertig war, pfefferte sie das Mädchen von sich. »Setz die auch auf die Bank. Sie kann ihrer Freundin Gesellschaft leisten.«

»Ja«, sagte Alfonso.

»Und du holst die Nächste, Clare. Nimm nur die Jungen. Unschuldigen. Wir bauen diesem Mistkerl einen Turm aus Leichen, wenn es sein muss. Mal sehen, wie lange er das aushalten wird.«

»Natürlich«, sagte Clare und rannte zurück zum Wagen.

Sie war noch nicht am Auto angelangt, als Joanne abermals ein Rascheln hörte. Eine weiße Gestalt trat aus dem Gebüsch. Es war ein junger Mann, alterslos, androgyn. Er sah aus wie ein Albino, doch anstatt der rosa Augen hatte er strahlend blaue. Seine Haut war makellos, genau wie seine Aura, die so schillernd leuchtete, dass es Joanne fast nicht aushielt. Er bewegte sich auf sie zu, ohne ein Geräusch zu machen.

»Stopp. Bitte«, sagte er leise. Selbst seine Stimme klang melodisch und weich.

Wie ein verfluchter Engel.

»Senke die Barriere.«

»Das kann ich nicht.«

»Na dann.« Joanne zuckte mit den Schultern. »Gib Gas, Clare. Lass uns nicht zu lange warten.«

Sie trat näher an die Barriere und tippte noch einmal auf das Blut, das sie dort verteilt hatte. »Beim Nächsten werde ich dir zeigen, wie die Eingeweide von innen aussehen.« Sie nahm einen Tropfen auf und leckte ihn genüsslich ab. »Geht nichts über ein wenig Anatomiestudien am lebenden Objekt.«

»Bitte nicht«, sagte er ein weiteres Mal. »Die Menschen können doch nichts dafür.«

Joanne grinste. »Es liegt in deiner Hand, Schnuckelchen.«

12. Kapitel

Jessamine

Ich hockte auf einem Sessel vor einem der bodentiefen Fenster der Bibliothek und wartete auf Will, der uns hierherbestellt hatte. Wenigstens hatten die Krämpfe aufgehört. Während Anna mit Will gesprochen hatte, waren sie noch zweimal aufgetreten und dann auf einmal nicht mehr. Ohne Ben, der mich beruhigt hatte, wäre ich dabei durchgedreht. Das lag ihm ziemlich gut. Er konnte in gespannten Situationen einen kühlen Kopf bewahren und einem Sicherheit vermitteln. Er hatte mich dann auch gezwungen, etwas zu essen, danach war ich rasch unter der Dusche, hatte mir kurze Shorts und ein Shirt übergeworfen und war wieder hergekommen. Meine Haare waren noch feucht und kühlten meine Schultern. Was auch dringend nötig war, denn Jaydee entfachte gerade ein Feuer für Will im Kamin. Es half ihm, sich zu entspannen. Ich wusste noch nicht genau, was sie vorhatten und würde mich einfach überraschen lassen. Ich umklammerte ein Glas Wasser, das sich auch schon aufgewärmt hatte. Die Hitze in dem Raum war jetzt schon unerträglich, wie würde es erst, wenn das Feuer richtig brannte?

Ich beobachtete Jaydee, wie er im Kamin herumstocherte. Seit dem Training hatten wir nicht mehr miteinander geredet. Ich wusste nicht, was ich sagen sollte, er offenbar auch nicht, und so scharwenzelten wir umeinander herum wie zwei Teenager, von denen sich keiner traute, den anderen zuerst anzusprechen. Endlich legte er den Schürhaken zur Seite. Der Schweiß tropfte ihm von der Schläfe. Er hob den Saum seines Shirts und tupfte ihn weg. Dabei gewährte er mir einen 1-A-Blick auf seinen Sixpack …

Jaydee tauchte unter seinem Shirt wieder vor und sah zu mir. Hastig trank ich von meinem Wasser, das ekelhaft lauwarm schmeckte. Noch immer fühlte ich seine bohrenden Augen auf mir, doch ich ließ mich nicht dazu verleiten, noch einmal hochzusehen. Stattdessen widmete ich mich meinem Glas, als wär es das interessanteste Objekt auf der ganzen Welt. *Oh cool, wie das Wasser darin glitzert.*

»Hier«, sagte Ben und schenkte mir aus einer Karaffe nach, die er mitgebracht hatte.

»Danke.« Ich musste mein Glas mit zwei Händen festhalten, sonst hätte ich zu sehr gezittert. Vermutlich lag es am Training. Die Kämpferei hatte meine Muskeln ziemlich beansprucht, sie fühlten sich an wie Wackelpudding.

»Wie geht es dir denn?« Er nahm sich selbst ein zweites Glas und goss sich ebenfalls ein.

»Ganz gut.«

»Keine Krämpfe mehr?«

»Bisher nicht.«

Will und Anna kamen zur Tür herein. Wills Blick fiel sofort aufs Feuer. Er lächelte leicht und nickte Jaydee dankbar zu. Diese Feuerwächter waren wirklich schrullig. Wer warf schon den Kamin im Hochsommer an?

Will blieb vor mir stehen. Er zog den Sessel gegenüber heraus und nahm Platz. »Ich habe mit Logan gesprochen. Die Krämpfe kamen wohl tatsächlich daher, weil sie versuchten, Violet von dir zu lösen. Erst hat es auch so ausgesehen, als würde es klappen, aber dann sind sie auf Widerstand gestoßen.«

»Widerstand? Was soll das heißen?«

»Das wissen sie nicht. Es war, als würde Violet plötzlich abgeschottet. Ich vermute mal, mein werter Herr Bruder hat von ihren Plänen Wind bekommen und sie geschützt.«

Ich schloss die Augen und ließ seine Worte in mir wirken. Im Stillen schickte ich ein Dankgebet an Ralf. Violet war noch da. Sie war noch nicht zurück in ihrer Dimension. Der Rat käme nicht mehr an sie heran. War es schlimm, dass ich mich darüber freute? Denn das hieß gleichzeitig, dass sich die Lage in Riverside weiter zuspitzte.

»Sie werden es noch mal versuchen, also bitte: Stütze dich nicht auf den Gedanken, dass sie jetzt sicher ist«, sagte Will leise, als spürte er, was gerade in mir vorging. »Deshalb werden wir auch handeln. Wir … wir probieren etwas, das Jaydee vorgeschlagen hat.«

Er blickte über seine Schulter zurück. Anna stand vor den Sofas in der Mitte, die Arme um sich geschlungen, die Nägel in ihre Haut vergraben. Sie sah aus, als würde sie gleich zum Schafott geführt.

»Was wollt ihr denn machen?«

»Anna wird in meinen Kopf eindringen und darin nach Erinnerungen suchen, als ich in unserer alten Familienbibel gelesen habe, die Ralf an sich genommen hat. Da Jaydee viele Bibelübersetzungen auswendig kennt, werden wir sie miteinander vergleichen und so vielleicht etwas finden, was uns hilft.«

»Schlau«, sagte Ben.

»Ja, und intim, aber das spielt jetzt keine Rolle.«

»Was kann ich tun?«, fragte ich.

»Erst einmal nichts. Ich weiß nicht, wie lange es dauert. Du kannst also ebenso gut auf dein Zimmer gehen und dich ausruhen. Ich wollte es dir nur mitteilen.«

»Ich werde bleiben.« Allein der Gedanke, einsam und verlassen auf meinem Zimmer zu hocken, drückte mir auf den Magen.

»Wie du wünschst.« Will nickte mir zu, drehte um und lief gemeinsam mit Anna zu einem der Sofas in der Mitte.

Ben zog sich einen zweiten Sessel heran und nahm neben mir Platz.

»Ich weiß, warum ich nicht auf mein Zimmer gehe, aber was ist deine Entschuldigung?«, fragte ich.

»Wenn ich nichts zu tun habe, wird mir bewusst, wie sehr mir die Hände gebunden sind. Ich würde so gerne zurück nach Riverside und meinen Kollegen dort beistehen.«

Aber das ginge nicht. Ben würde nie im Leben ruhig bleiben können und zusehen, wie die Schattendämonen dort wüteten, und sobald er sich gegen sie wendete, wäre er tot. Wenn nicht einmal die Seelenwächter die Dämonen aufhalten konnten, wie dann ein einfacher Mensch? »Was ist mit deiner Familie?«

»Sie leben oben in den Bergen von Riverside. Ich habe bereits mit Rowan aus unserem Dorf telefoniert. Es geht ihnen allen gut. Mehr kann ich im Moment nicht tun. Zum Davonlaufen, echt.«

»Dann willkommen im Club der Gestrandeten.«

Ben drehte sich zu mir, stieß mit meinem Glas an und trank ebenfalls einen Schluck. »Red Bull wäre mir lieber oder etwas Stärkeres.«

»Bestimmt gibt es auch Alkohol.« Mich würde der sofort umhauen. Die ganze Anstrengung, mein Training, der Stress … Wobei, vielleicht sollte ich einfach eine Flasche Wein wegkippen und mich dann schlafen legen. Ich zog meine Füße hoch und kuschelte mich nach hinten an die Lehne.

»Du bist eine sehr tapfere Frau, Jess.«

Ich schnaubte. »Ich sitze hier, weil ich Schiss habe, allein zu sein. Was hat das mit Tapferkeit zu tun?«

»Mut definiert sich nicht dadurch, dass du keine Angst hast. Nur Narren fürchten sich nicht.«

»Spruch zweiundsiebzig aus dem Polizeihandbuch.«

»Nein. Meine Erfahrung. Denkst du, denen geht es anders als dir?« Er deutete mit einem Kopfnicken zu Anna und Will. Mittlerweile saßen sie sich gegenüber und Anna startete den dritten Anlauf, um endlich ihre Hände auf Wills Schläfen zu lassen.

»Schau sie dir an«, fuhr Ben fort. »Anna atmet kaum noch und beißt den Kiefer so fest zusammen, dass sie sicherlich Zahnschmerzen davon bekommt, und Will hat die Hände zu Fäusten geballt. Die beiden haben gehörig Muffensausen, dabei stehen sie nicht einmal einer echten Bedrohung gegenüber. Jeder trägt sein Päckchen mit sich. Jeder hat eine Schwachstelle. Das ist okay, solange man weiß, was es ist. Denn nur so kann man verhindern, dass es einen umhaut.«

So hatte ich das noch nie gesehen. Mein Ziel war bisher eher gewesen, dass ich so schnell wie möglich stark und besser werden musste, damit ich mich verteidigen konnte.

»Sobald du das akzeptierst, wirst du auch besser im Training. Du blockierst dich selbst. Jeder Anfänger macht das.«

Ich trank einen weiteren Schluck Wasser und linste über den Rand meines Glases zu Jaydee. Er lehnte mit verschränkten Armen an der Wand neben dem Kamin und sah so relaxt aus, als stünde er an der Ecke zu einem Straßencafé.

»Seine Schwäche bist übrigens du«, sagte Ben leise. »Und das hat nichts damit zu tun, dass er dich nicht anfassen kann.«

Ich verschluckte mich am Wasser und klopfte auf meine Brust. Aus dem Augenwinkel bemerkte ich, wie Jaydees Kopf herumfuhr. Ganz sicher konnte er unsere Unterhaltung mithören.

»Wir sollten dieses Gespräch nicht fortführen«, sagte ich. »Sonst reißt er dir nachher den Kopf ab.«

Ben drehte sich zu Jaydee um und winkte ihm zu. »Ach, das wird er nicht, keine Sorge.«

Jaydee stieß sich von der Wand ab, nahm den Schürhaken und legte wieder Holz nach, obwohl er das vor einer Minute erst getan hatte.

»Was ist mit dir?«, fragte ich. »Was ist deine Schwäche?«

Er fuhr mit dem Daumen über den Rand des Glases. »Bis vor Kurzem dachte ich, dass es mein Job ist. So sehr ich ihn liebe, ich weiß, dass er mich irgendwann ins Grab befördern wird. Aber mittlerweile …« Er blickte auf und sah sich im Raum um. »Ich glaube, das alles hier. Die Welt der Seelenwächter.

Dämonen, Magie und all der Kram. Das jagt mir eine Heidenangst ein, ehrlich gesagt. In den vergangenen Tagen habe ich viel darüber nachgedacht, manchmal verfluche ich den Moment, als ich zum Einsatz an der Kirche gerufen wurde, um diese Leiche zu untersuchen.«

»Du glaubst gar nicht, wie gut ich dich verstehen kann.« Ich trank einen weiteren Schluck. »Wobei du froh sein kannst, dass du über alles Bescheid weißt, sonst wärst du jetzt vermutlich tot.«

»Wie meinst du das?«

»Die Barriere der Seelenwächter hätte bei dir nicht funktioniert. Du hättest die Schattendämonen in der Stadt bemerkt, wie sie morden und sich versammeln, und du hättest etwas dagegen unternehmen wollen. Nur leider ohne Chance.«

»Von der Seite habe ich das noch nicht betrachtet.«

»Insofern hatte es wohl einen Sinn, dass du damals auf dem Einsatz in der Kirche warst.« War es immer so mit Ereignissen? Führten auch schlechte Dinge am Ende dazu, dass wir am Leben blieben, und wenn ja: Was sollte dieses Erlebnis mit Violet mir bringen?

Ben kippte sein Wasser auf ex weg und stand auf. »Ich schaue mal, ob ich etwas Vernünftiges zum Trinken finde.«

»Ilai hat einen Vorrat an altem Whiskey. Unter dem Schrank da drüben ist eine Minibar«, sagte Jaydee, ohne von seinem Feuer aufzuschauen. »Bedien dich. Kümmert ihn sowieso nicht.«

»Danke. Ich würde dir ein Glas mitbringen, aber du brauchst vermutlich einen klaren Kopf.«

»Alkohol hat keine Wirkung bei uns. Er wird sofort neutralisiert.«

»Das heißt, ihr könnt euch nie betrinken?« Ben erreichte den Schrank und öffnete die untere Tür. Die Bar war in der Tat gut bestückt. Die Flaschen mit der goldbraunen Flüssigkeit schimmerten im Licht des Feuers. »Euch mal richtig die Birne wegknallen?«

»Nur mit entsprechenden Hilfsmitteln, die allerdings verboten sind. Vermutlich ein Schutzmechanismus, sonst wäre die Hälfte der Seelenwächter Alkoholiker bei dem ganzen Stress.«

Ben schüttelte den Kopf, nahm sich eins der Gläser und eine Flasche und goss sich ein. Vielleicht sollte ich doch auch einen Schluck versuchen, es würde sicher meinen Körper träge machen.

»Was ist mit Drogen?«

»Das kommt drauf an, welche und ob der Seelenwächter eigene Heilkräfte besitzt oder nicht. Betäubungsmittel wirken bis zu einem gewissen Grad, werden aber recht schnell abgebaut.«

»Deshalb hat Keira dich umnieten können, als sie dich herbrachte.«

»Unter anderem, ja. Keira hat …« Jaydees Oberlippe zuckte, seine Finger umschlangen den Schürhaken fester. »Sie hat so ihre eigenen Methoden.«

»Okay«, sagte Anna auf einmal. »Ich glaube, ich habe etwas gefunden.«

Sofort waren meine Gedanken wieder bei ihr. Ich sprang auf und näherte mich der Couch. Jaydee legte endlich den Schürhaken weg und trat auf die andere Seite. »Ich bin ganz Ohr, Anna.«

»Ich habe einen Moment gefunden, in dem Will in der Bibel liest. Er hat sie in der Mitte aufgeschlagen.«

»Das war vor etwa zehn Jahren«, sagte Will. »Wir kamen von einem Einsatz zurück. Ein Schattendämon attackierte ein Bergdorf. Bis wir ihn aufhalten konnten, hatte er jeden Bewohner getötet. Männer, Frauen, Kinder. Es war nur noch ein Schlachtfeld übrig, bestückt mit Leichen.«

Mein Gott. Ich zupfte am Kragen meines Shirts. Mehr damit meine Finger etwas zu tun hatten als aus Hitze.

»Wir haben sie alle verbrannt, und danach sind wir zurück nach Hause. Da habe ich zum ersten Mal seit Langem wieder in unserer alten Bibel gelesen.«

»Ich werde das Bild jetzt einfrieren«, sagte Anna. »Bleib einfach entspannt.«

»Ich versuche es.« Wills Züge verkrampften sich. Seine Finger nestelten an seinen Hosenbeinen herum, er verlagerte immer wieder sein Gewicht von einer Seite zur anderen.

»Kannst du mir die Stelle vorlesen?«, fragte Jaydee.

»Ja. Moment.« Sie presste die Hände fester auf Wills Schläfe und räusperte sich: »*Kommt her zu mir, alle, die ihr mühselig und beladen seid; ich will euch erquicken. Nehmt auf euch mein Joch und lernt von mir; denn ich bin sanftmütig und von Herzen demütig; so werdet ihr Ruhe finden für eure Seelen. Denn mein Joch ist sanft, und meine Last ist leicht …*«

»Matthäus, Kapitel elf, Vers achtundzwanzig«, sagte Jaydee. »Jesu Lobpreis und Heilandsruf.«

»Soll ich weiterlesen?«

»Ja, bitte.«

Und so ging das eine weitere Stunde. Anna rezitierte aus der Bibel, Jaydee lauschte gebannt und schrieb mit. Hin und wieder bat er sie, eine Stelle zu wiederholen, ansonsten sagte er nichts dazu.

Ich hatte mich zwischenzeitlich auf eins der freien Sofas gelegt und lauschte Annas ruhiger Stimme. Vielleicht waren es die Worte des Herrn oder Annas beruhigender Tonfall, aber mein Körper wurde zusehends schwerer. Sie lullte mich regelrecht ein, dazu die Wärme und das Knistern des Feuers … Irgendwann musste ich wohl eingeschlafen sein, denn als ich die Augen wieder aufschlug, war niemand mehr da und die ersten Sonnenstrahlen erhellten die Bibliothek.

Ich fuhr hoch und sah zum Fenster hinaus. Die Sonne war eben erst aufgegangen, es konnte also nicht viel später als fünf in der Früh sein. Unfassbar, dass ich tatsächlich die Nacht durchgeschlafen hatte. Mein Magen zog ein wenig, aber nach wie vor hatte ich keinen Krampf mehr gehabt, was wohl hieß, dass der Rat es nicht wieder versucht hatte. Ich strich mir durchs Gesicht und setzte mich auf die Kante des Sofas. Der Kamin war aus, auf dem Tisch befanden sich leere Gläser und eine zusammengeknüllte Snickers-Verpackung. Außerdem lagen überall Notizen verstreut. Auszüge aus der Bibel, geschrieben mit einer akkuraten Handschrift. War das von Jaydee? Ich hob einen der Zettel auf und betrachtete ihn. Das könnte ich mir gut vorstellen. Die Schrift passte zu ihm. Stark, zielstrebig und präzise, wie er selbst. Ich legte den Zettel zurück und fand eine weitere Nachricht. Die war definitiv von jemand anderem. Anna. Ein Brief an mich:

Jess,

wir wollten dich nicht wecken. Ben und ich sind noch in der Nacht nach Toronto geritten. Die Wörter in der Bibel haben uns zwar keinen echten Hinweis geliefert, aber Jaydee meinte, sie wären anders als das Original, und Ben vermutet einen Code dahinter. Er wollte es einem Spezialisten zeigen, der uns hoffentlich helfen kann, ihn zu dechiffrieren. Falls es einen Code gibt. Will musste sich wieder um den Schutzzauber kümmern, der in der Nacht erneut kollabiert ist. Jaydee meinte, wenn du fit bist, sollst du zum Training kommen.

Ich drück dich,

Anna

P.S.: Dein Dolch liegt auf der Kommode direkt neben der Tür zur Bibliothek. Falls Jaydee dir dumm kommt, nutze ihn!

Ich gähnte herzhaft und betrachtete den Brief eine Weile. Es war schon rührend, wie sehr sie sich bemühten, Violet zu retten. Natürlich mussten sie etwas gegen Ralf unternehmen, aber sie könnten auch einfach den Rat in seinem Vorhaben unterstützen, sie von mir zu lösen.

Ich bin nicht allein in dieser Sache. Das musste ich mir immer wieder ins Gedächtnis rufen.

Ich legte den Brief weg. Meine Beine kribbelten, mein Körper füllte sich mit dieser gespannten Erwartung, die ankündigte, dass ich mich gleich ganz dringend bewegen musste.

Also ab ins Training. Erst einmal müsste ich mir frische Klamotten im Haus holen. Außerdem brauchte ich etwas zu essen. Mein Magen hing in den Knien.

Ich stand auf, nahm den Dolch von der Kommode und verließ die Bibliothek.

Es war bereits mollig warm, obwohl es noch so früh am Tag war. Sobald auch nur die ersten Sonnenstrahlen auftauchten, heizte sich die Umgebung regelrecht auf.

Im Gehen legte ich den Gürtel und die Scheide um, damit ich den Dolch anbringen konnte. Gerade als ich das Haus erreichte, ging die Tür auf und Jaydee trat heraus. Er war frisch geduscht, seine Haare waren noch feucht und glitzerten in der Sonne. Außerdem trug er Stiefel, in denen er seinen Dolch aufbewahrte, seine schwarzen Cargohosen, die ihm – wie ich immer wieder feststellen musste – wirklich sehr gut auf den Hüften saßen und ein ärmelloses lockeres Shirt. Er stockte kurz, als er mich sah. Das machte er immer, wenn wir uns begegneten und er nicht damit rechnete. Als müsste er sich erst einmal wieder sortieren, bevor er mit mir sprechen konnte.

»Guten Morgen«, sagte er, blickte auf den Dolch und kam auf mich zu.

»Hi.«

»Gut geschlafen?«

»Ging so. Mein Nacken fühlt sich ziemlich steif an, aber es geht. Der Muskelkater in meinen Armen ist schlimmer.«

»Das kommt vom Schwertkampf.« Jaydee blieb vor mir stehen. Der Geruch von seinem Haarshampoo kitzelte mir in der Nase.

»Bist du fit fürs Training?«, fragte er.

»Ja. Ich wollte mir nur rasch etwas zu essen holen.«

»Tu das. Ich warte drüben auf dich.«

»Okay. Es … es ist übrigens schön, dass wir weitermachen.«

»Etwas anderes bleibt uns wohl nicht übrig, oder?«

Ich wartete, bis er mir Platz machte, aber das tat er nicht. Stattdessen starrte er mich einfach nur an. Mir brach der Schweiß im Nacken aus. Ich achtete auf jede seiner Regungen, auf jeden Muskel, der sich eventuell anspannen könnte, auf das kleinste Flackern aus Silber in seinem Blick. Was wollte er von mir?

»Wie … wie war es denn gestern noch für Will und Anna?«

»Sie haben es überlebt.«

Will tat mir wirklich leid. Es war natürlich kein Geheimnis, was er für Anna empfand, aber wenn ich mir vorstellte, Jaydee würde in meinen Kopf eindringen, war das einfach nur grausig.

»Will hat sich danach sofort zurückgezogen«, redete er weiter. »Und Anna ist mit Ben aufgebrochen. Ich denke, sie waren froh, dass sie erst mal Abstand zueinander hatten.«

»Denkst du, die beiden haben je eine Chance, zusammenzukommen?«

»Nein. Anna ist zu sehr … ihre Seele ist kaputt. Ich glaube nicht, dass er diese Scherben reparieren kann. Aber vielleicht täusche ich mich auch.« Er kam einen weiteren Schritt auf mich zu. Seine Augen fanden meine.

Ich machte mich steif, wich einen halben Meter zurück. Jaydee folgte mir einfach.

»Vielleicht finden sie ja einen Weg, wie sie ihre Differenzen überbrücken können. Vielleicht ist die Liebe, die Will für sie empfindet, eines Tages groß genug. Vielleicht kann er sie dann berühren, ohne dass jemand dabei zu Schaden kommt.«

Auf einmal fühlte ich etwas Hartes in meinem Rücken. Ich zuckte zusammen und drehte mich um. Hinter mir war eine Palme, ich war beim Rückwärtslaufen vom Weg abgebogen und direkt gegen den Stamm gelaufen.

»Ich habe dir schon gesagt, dass du deine Umgebung im Auge behalten musst, Blümchen.«

»Ich … ich war abgelenkt.«

»Das darfst du nicht sein. Niemals.«

Er kam noch näher, nur leider konnte ich jetzt nicht mehr ausweichen. Ich schluckte trocken, griff nach hinten und grub meine Nägel in die Rinde. »Was … was hast du vor?«

Seine Mundwinkel zuckten leicht. Er wagte einen weiteren Schritt auf mich zu, so dass er nur noch eine halbe Armeslänge von mir entfernt stand.

Erneut spürte ich, wie sich diese Glocke um uns stülpte und alles andere ausblendete. Die Geräusche, die Gerüche, alles wurde weniger, und mit jedem weiteren Herzschlag breitete sich diese Ruhe auch in meinem Körper aus.

Jaydees Anwesenheit tat mir gut. Seine Seele tat mir gut.

Ein weiterer vorsichtiger Schritt. Jetzt war er so nahe, dass ich mich nur noch nach vorn beugen musste, um mich an ihn zu schmiegen.

Unterschätze ihn nicht. Er ist gefährlich.

Nur mit Gewalt konnte ich mir die Erinnerungen an den Kerker wachrufen. Wie er auf mich losgegangen war, die Worte, die er gesagt hatte. Aber hier und jetzt schien das alles plötzlich keine Rolle zu spielen.

Ganz langsam hob er eine Hand und griff nach einer meiner Haarsträhnen, die noch offen über meine Schultern hingen. Ich zuckte vor Schreck. Er hielt sofort inne.

»Bitte hab keine Angst mehr vor mir.«

»Ich versuche es.«

Er zog sie durch seine Finger, ohne mich dabei aus den Augen zu lassen. Mein Atem ging schneller.

Was taten wir hier eigentlich? Erde an Jess! Hallo? Anna und Ben waren nicht da, Will mit dem Schutzzauber beschäftigt. Ich war allein mit einem Berserker, der immer noch meine Haarsträhne festhielt. Meine Hand glitt zu dem Dolch an meiner Hüfte, doch ich wollte ihn nicht ziehen.

»Du solltest mich nicht zu lange berühren.« Meine Stimme kam nur als heiseres Krächzen heraus.

»Bei Haaren geht es. Sie transportieren nicht so viele Gefühle wie Haut.«

»Oh.« *Dann mach bitte weiter. Für immer, wenn es sein muss.*

Jaydee beugte sich nach vorn und atmete den Geruch meiner Haare ein. »Heute keine Mandarine.«

Damit spielte er auf unser erstes Zusammentreffen an. Damals hatte mir Anna ihr Shampoo gegeben. Nur dem Duft hatte ich es zu verdanken gehabt, dass Jaydee von mir abgelassen hatte. Jetzt war es nicht mehr so. Das Blut schoss mir in den Kopf, kurz hatte ich das Gefühl, als würde der Boden unter mir wegkippen. Zum Glück konnte ich mich gegen die Palme lehnen, sonst wäre ich zusammengeklappt.

»Was ich im Kerker getan und gesagt habe …«, sagte er leise, als habe er Angst, etwas Falsches von sich zu geben.

»Nicht, Jaydee. Nicht jetzt, bitte.«

»Ich kann nicht aufhören, darüber nachzudenken.«

»Das warst nicht du.«

»Oh doch, das war ich. Mehr als du glaubst, und ich würde dich so gerne um Verzeihung bitten oder dir sagen, dass es nie wieder geschehen wird, aber das wären nur leere Worte.«

Ja, das wären sie tatsächlich. »Der Jäger macht mir eine Heidenangst, das gebe ich zu. Ich hasse es, wenn du so sprichst, dich so verhältst, mich ansiehst, als wolltest du mir die Eingeweide herausreißen. Aber aus irgendeinem Grund ist es okay, Jaydee … *Du* bist okay.«

»Wie kannst du so etwas sagen?«

»Ich weiß nicht.« Aber genauso war es. Ich hatte keine Ahnung, woher ich dieses Vertrauen zu ihm nahm, warum ich ihn trotzdem an mich heranlassen konnte, nach allem, was er mir angetan hatte. Warum ich nicht nur das Böse in ihm sah. Er war gefährlich. Und er war liebevoll. Er war das Gute und das Böse. Wenn ich ihn weiter in meinem Leben haben wollte, musste ich genau das akzeptieren. Ohne Wenn und Aber.

Er beugte sich näher zu mir, lehnte den Kopf zur Seite, strich über meinen Hals mit seinem Atem und brummte leise. Das Geräusch schwang in meinem Zwerchfell nach, vibrierte durch meinen gesamten Körper, als wäre seine Stimme eine Klangschale, die genau den richtigen Ton traf.

»Wenn ich dich berühren könnte …« Er stemmte einen Arm direkt neben meinem Kopf gegen die Rinde. Fast strich seine Nasenspitze meine Haut. Ich fühlte sie als leichtes Kribbeln darübergleiten.

»Dann?« Ich öffnete die Lippen leicht und konnte nicht verhindern, dass mir ein leises Keuchen entwich. In meinem Unterleib zog sich alles zusammen.

»Dann würde ich genau das tun. Hier zum Beispiel.« Er pustete gegen meinen Hals. Sofort bekam ich eine Gänsehaut, die sich als Schauer bis in meine Zehenspitzen fortsetzte. Grundgütiger, dieser Mann fasste mich nicht einmal an und meine Nerven standen kurz vor der Explosion.

Ich lehnte den Kopf gegen die Baumrinde und drehte ihn zur Seite, um ihm besseren Zugang zu meinem Nacken zu gewähren.

War es gefährlich, was wir hier taten?

Oh ja! Aber das war im Moment so unbedeutend wie ein Meteoritenschauer auf dem Mars.

Er verharrte ganz dicht vor meinem Hals. Obwohl er mich nicht anfasste, spürte ich seine Haut auf meiner.

»Hier auch.« Sein Atem strich weiter nach oben zu meinem Ohr. Vermutlich waren seine Lippen so nahe, dass er mit Leichtigkeit zubeißen konnte.

Ich atmete ein, meine Brust presste sich gegen den dünnen Stoff meines Shirts. Jaydee wanderte weiter meine Wange entlang, über mein Kinn. Ich drehte mich ihm entgegen, bis sein Mund dicht über meinem schwebte.

So nah. Zu nah! Jess, komm zu Verstand. Denk an das, was Kendra gesagt hat! Ich löse das Böse in ihm aus. Ich bin verantwortlich.

Ich räusperte mich und versuchte, mich weiter in die Palme zu lehnen.

Er wich ein Stück zurück. »Trete ich dir gerade zu nahe?«

»Nein! Ich meine, … ich weiß nicht.« Konnte ich ihm davon erzählen? Ich fixierte einen Punkt hinter seiner Schulter und starrte darauf, bis meine Augen tränten.

»Ich kann leider nicht Gedanken lesen wie mancher Luftwächter, Jess, also bitte: Sprich mit mir.«

»Kendra. Sie hat etwas zu mir gesagt, als ich bei ihr im Schloss war.«

»Diese Frau quasselt einfach zu viel. Aber ich bin ganz Ohr.«

»Sie … sie meinte, dass du … dass ich der Auslöser für deine Ausraster bin. Dass das Böse aus meiner Seele kommt, nicht aus deiner, und deshalb drehst du so durch, wenn du mich berührst.«

»Ich bring sie um, die Mistgöre.«

»Das wirst du hoffentlich nicht.« Ich sah ihm in die Augen und versuchte herauszufinden, ob er das ernst meinte. Doch wie immer gewährte er mir kaum Einblick in seine Gedanken. Aus Jaydee irgendetwas herauszulesen war so unmöglich, als würde man einen japanischen Text entziffern.

»Bitte, sag etwas dazu. Hat sie recht?«

»Nein. Ich … das ergibt überhaupt keinen Sinn.«

»Findest du? Denn eigentlich klingt es sehr logisch. Du berührst mich, nimmst das Böse aus mir auf und drehst dann durch. Oder bist du früher schon bei anderen ebenso ausgerastet? Hast du schon mal versucht, jemanden dabei umzubringen?«

Er öffnete den Mund, doch er antwortete nicht.

»Siehst du.«

»Jess, ernsthaft. Das ist Quatsch. Ich weiß, was ich fühle, was in mir haust. Diese Macht. Der Jäger. Er ist … er ist das Böse, verstehst du? Das hat überhaupt nichts mit dir zu tun.«

»Und wenn doch? Es gibt immer noch den schwarzmagischen Zauber in meinem Blut. Was ist, wenn die dunkle Seite in dir einfach nur auf meine reagiert?«

Er zog die Augenbrauen zusammen und musterte mich, als könne er so eine Eingebung erhalten. »Das ist nicht ausgeschlossen.«

Seine Worte hallten in meinem Inneren nach, aber dieses Mal glichen sie eher dem Geräusch, wenn Nägel auf einer Tafel kratzten. Ich klapperte mit den Zähnen, um das Gefühl wieder loszuwerden. »Du solltest gehen, bevor es noch mal zu einem Ausraster kommt.«

»Wir lassen das nicht so zwischen uns stehen.«

»Und was willst du tun? Vielleicht sollten wir das einfach akzeptieren und uns auf die aktuellen Probleme konzentrieren.«

»Jess …« Jetzt stemmte er die andere Hand auch noch neben meinen Kopf, so dass ich zwischen seinen Armen gefangen war. »Ich will …«

»Ja?«

»Das hier ….« Der Duft seines Shampoos umhüllte mich, unsere Haarspitzen verhakten sich ineinander. »Das kann nicht böse sein.«

Meine Knie wurden von Minute zu Minute weicher. Er verharrte ganz dicht über meinem Mund. Nur noch einen Zentimeter, dann würden wir uns küssen.

Er stöhnte kehlig, verharrte eine halbe Ewigkeit in dieser Position, bevor seine Lippen nach unten über mein Kinn wanderten. Noch immer ohne Berührung, doch ich wusste genau, wo er war. Er glitt tiefer und tiefer, bis er mein Schlüsselbein erreichte und dabei eine brennende Spur auf meiner Haut hinterließ. Ich sollte zurückweichen. Er sollte zurückweichen. Es wäre richtig. Es war das, was mein Verstand mir sagte, aber ich konnte nicht. Ich wollte seinen Mund auf meinem spüren, wollte mehr von ihm einatmen, ihn verschlingen mit allem, was ich hatte. Meine Arme verkrampften sich, so fest grub ich meine Finger mittlerweile in die Rinde. Alles in mir zog sich zusammen, füllte sich mit einer gespannten Erwartung, die ganz dringend einen Weg nach draußen brauchte …

Auf einmal krachte es über uns. Ich zuckte vor Schreck zusammen und stieß einen spitzen Schrei aus. Mein Herz setzte einige Schläge aus.

Sofort wich Jaydee von mir zurück und blickte nach oben.

»Der Schutzzauber bricht zusammen. Schon wieder.«

Mistverdammterdrecksschutzzauber. Ich hielt die Hand auf meine Brust und versuchte, meinen Atem zu beruhigen. Ach herrje, das war nicht gut. Das war ganz und gar nicht gut. Ich beugte mich nach vorn und stemmte die Hände auf die Knie.

»Alles okay?«, fragte er.

»Ja.« *Gott, nein!* Natürlich nicht. Ich fühlte mich, als hätte mich jemand aus einem fahrenden Auto geworfen.

»Jess?«

»Ja, es … es geht gleich wieder.« Ich strich mir die Haare zurück, die irgendwie jetzt auch nach Jaydee dufteten, und versuchte, meinen Verstand einzuschalten. Mit den Handflächen patschte ich gegen meine Wangen. Aufwachen, der Traum war vorüber.

»Wenn du dich …« Es folgte noch ein Krachen, nur klang es dieses Mal nach einem dunklen Grollen, das tief aus der Erde kam. Jaydee blähte die Nasenflügel und lief auf den Kiesweg zurück.

Wie konnte er nur so gelassen sein? Wie machte er das? Dieses Umschalten zwischen Zärtlichkeit und Neutralität. Ich sah ihm nach, aber er hatte mir bereits den Rücken zugewandt.

»Was ist?«, fragte ich.

»Hörst du das?«

Ich trat neben ihn und lauschte. Es rumorte erneut. Wo kam das denn her? »Gewittert es?« In der Wüste? An einem sonnigen Tag?

»Nein. Das ist kein Gewitter.«

Er strich sich die Haare zurück und verwuschelte seine Frisur nur noch mehr damit. Wieder vibrierte die Erde unter uns. Es schien sich von der Mauer her auf das Haus zuzuarbeiten und dort zusammenzulaufen. Jaydee startete sofort durch und rannte zum Eingang.

Sein Verhalten wirkte auf mich wie die berühmte kalte Dusche. Mein Körper und mein Geist wurden mit einem Schlag zurück in die Realität geholt. »Warte!« Im Gehen strich ich das Shirt über meiner Brust glatt und hoffte, dass er nicht zu sehr durch den dünnen Stoff sah, wie mich diese ganze Sache berührt hatte.

Jaydee war mir einige Meter voraus. Bevor ich ihn einholen konnte, legte er einen Zahn zu.

»Was ist los?«

Langsam beunruhigte er mich wirklich mit seinem Verhalten.

»Jaydee!«

Statt zu antworten rannte er noch schneller. Ich versuchte, ihm zu folgen und sog beim Rennen seinen herrlichen Duft auf. *Gott, ich bin wie ein Hündchen, das der Wurst hinterherhechelt.*

Jaydee sprintete durch das Foyer und rannte die Treppe hoch. Er flog förmlich über die Stufen, ich hatte alle Mühe, mit ihm Schritt zu halten. Nach wenigen Metern verlor ich ihn aus dem Blickfeld.

»Verdammt noch mal! Jaydee!«

Es grollte erneut. Die Wände wackelten wie bei einem Erdbeben, Bilder stürzten von der Wand, feine Risse zogen sich durch das Gestein. Ich blieb stehen und stockte. Grundgütiger, die hatte ich schon mal gesehen. Sie sahen aus, als wären sie mit zähem Honig gefüllt. Ich lief näher und tippte auf einen der Risse. Sofort zischte es. Das ist das gleiche Zeug, das ich in Logans Dusche gesehen hatte. Sie zogen sich von der Außenseite nach innen, wanderten immer weiter auf eine Richtung zu, als wollten sie sich dort vereinen. Ich folgte ihnen, mit jedem weiteren Meter wurde mir klar, wohin sie führten. »Ilai!«

Ich sprintete los. Je näher ich dem Zimmer kam, umso dichter wurden die Adern in der Wand und umso heißer wurde es. Der Geruch nach Feuer stieg mir in die Nase. *Oh Gott, oh Gott, was geht hier vor?*

Nach einem kurzen Sprint erreichte ich endlich sein Zimmer. Eine gigantische Stichflamme stob aus der geöffneten Zimmertür. Jaydee stand in einigen Metern Entfernung und schirmte sein Gesicht mit dem Arm ab. Die Hitze war fürchterlich. Meine Haare knisterten, meine Haut brannte, als wolle sie jeden Moment Feuer fangen.

Aus Ilais Zimmer züngelten die Flammen, wenn man das als Flammen bezeichnen konnte. Sie sahen eher aus wie lebendige Wesen, wie … wie eine Art Drachen. Sie hatten lange Klauen, eine echsenartige Schnauze und Flügel auf dem Rücken. Sie krochen aus der Tür, schlängelten sich an der Wand, der Decke nach oben. Was ist das?

»Geh sofort …«, brüllte Jaydee. Doch seine Warnung ging in einem lauten Knall unter. Im nächsten Moment wurde ich nach hinten geschleudert, landete an der nächsten Wand, und eine Welle aus Feuer rollte über meinen Körper.

Ich konnte nicht mehr atmen oder etwas sehen. Die Hitze zerrte an meinen Haaren, meiner Kleidung. Etwas Hartes drückte mich nach unten, presste mich in den Boden und raubte mir den letzten Sauerstoff. Was war das? War ein Balken auf mich gestürzt?

Ich versuchte, den Kopf zu drehen und etwas zu erkennen, als es erneut einen Knall gab. Die Hitze raubte mir die Sinne, riss an meinem Körper und drohte mich zu zersprengen.

Der Widerstand auf meinem Rücken nahm zu. Das war kein Balken, der auf mir lag, das war Jaydee. Er versuchte mich abzuschirmen, mich gegen die Wogen aus Feuer zu schützen.

Doch es half nichts. Es donnerte und knallte, ich hörte ein wohlvertrautes Knurren an meinem Ohr. Ich versuchte, an meinen Dolch zu kommen, aber ich war derart eingekesselt, dass ich mich kaum rühren konnte.

Die nächste Druckwelle traf uns, gefolgt von dem Krachen von berstendem Holz.

Und dann hörte ich nichts mehr.

Ende

IX

Zwischen den Fronten

1. Kapitel

Jaydee

A*ngst!*

Das war alles, was ich noch wahrnahm.

Nackte, rohe, unbeherrschte Angst.

In meinen Ohren fiepte es, ich öffnete die Augen und sah nur Dunkelheit. Meine Lungen brannten, als hätte ich flüssiges Feuer inhaliert. Ich versuchte zu atmen, zu sehen, zu fühlen, doch es ging nicht. Etwas Schweres drückte sich mir in den Rücken, verhinderte, dass ich Sauerstoff in meinen Körper pumpen konnte.

Feuer. Hitze. Rauch.

Es brannte. Schon wieder. Immer noch. Die Schreie der Menschen drangen an meine Ohren. Frauen, Kinder, Männer. Sie strebten hinaus ins Freie. Nur raus aus der brennenden Kirche. Raus in die Sicherheit.

»Jaydee! Komm da weg!«

Alfred brüllte mich an, aber ich konnte ihm nicht gehorchen. Ich musste zu Mikael. Er war hier irgendwo. Gerade eben hatte ich ihn noch gesehen. Gerade eben hatte er noch zu seiner Gemeinde gesprochen. Gerade eben war das Feuer in der Krippe ausgebrochen. Es war nur ein kleines Feuer gewesen, das konnte doch unmöglich so schnell um sich greifen.

So schnell. Zerstörerisch. Tödlich.

Ich kämpfte mich durch die flüchtenden Leiber, schob die Menschen von mir, bekam einen Ellbogen ins Gesicht und somit eine volle Ladung Angst. Von rechts, von links, von vorn. Überall waren Körper. Überall Panik. Sie stülpte sich über mich, nahm von mir Besitz, hinderte meine Beine daran, vorwärtszugehen. Ich schrie, brüllte, versuchte diese Massen von mir zu drücken. Es waren viele. So viele. Dabei war die Kirche heute nur zur Hälfte voll gewesen. Als hätte sich die Menge verdoppelt. Verdreifacht. Sie stürzten sich alle auf mich. Sie und ihre Furcht. Mit Zähnen und Klauen rissen sie an meiner Seele, versuchten mich von Mikael fernzuhalten, mich zurückzudrängen. Doch ich konnte nicht. Ich musste weiter! Weiter! Ich hörte ihn schreien. Er rief meinen Namen.

»Halt durch!«, wollte ich erwidern. »Ich helfe dir!« Doch ich blieb stumm. Die Flammen schlugen mir entgegen, verbrannten meine Haut, meine Haare, meine Kleidung. Neben mir krachte es, ein Balken stürzte herab, erwischte mich an der Schulter und zog eine brennende Schneise in meine Muskeln. Ich würde heilen. Das war kein Problem. Immer und immer wieder schaffte es mein Körper, Wunden zu heilen, aber Mikael würde verbrennen, er war ein Mensch. Ein schwacher, hilfloser Mensch! Auf einmal prallte ich gegen etwas. Gegen jemanden. Ein Wesen aus purer Angst. Es hob seine Krallen, bohrte seine Nägel in mein Fleisch, meine Muskeln, mein Herz. Es umklammerte mich, riss an meinen Eingeweiden und versuchte, sie zu zerquetschen. Ich blickte auf und sah nur noch rot. Hitze flirrte vor mir, verhinderte, dass ich etwas erkennen konnte. Mit letzter Kraft versuchte ich, mich aus den Fängen des Monsters zu befreien. Ich stemmte mich gegen seine Arme, schrie und trat um mich.

»Du kannst ihn nicht retten! Du wirst verbrennen!« Alfreds Stimme drang nur undeutlich zu mir. Alles war gedämpft, gedrückt. Ich wusste nicht mehr, wo ich war. In der Kirche? Im Flur? Im Büro? Wo war Mikael? War er noch drinnen? Hatten sie ihn rausgeholt? War er in Sicherheit?

Das Monster lachte, umklammerte mich noch enger, trieb mir die Luft aus den Lungen und die pure Angst in mein Herz. Raus! Raus! Raus! Das war alles, woran ich noch denken konnte. Nur weg von dem Monster. Weg von der Angst. Ich musste sie besiegen. Ich *konnte* sie besiegen.

»Jaydee.«

Die Stimme hatte sich verändert. Sie klang weiblicher, leiser. Sie keuchte, zitterte.

Das Monster drang durch meine Haut. Es geiferte, freute sich über seine Beute, aber ich würde es nicht zulassen. Ich war nicht mehr schwach. Ich war ein Kämpfer, ein Krieger, ein *Jäger*.

Ich würde nicht mehr fliehen. Nie mehr.

Der Widerstand in meinem Rücken nahm zu. Er fraß sich in meine Kleidung, meine Haut. Unter mir zuckte es. Ich lag auf etwas Weichem, Lebendigem. Einem Körper. *Ihrem* Körper.

Ich lag auf Jess. Nicht in der Kirche.

Eingekeilt zwischen ihr und dem schwelenden Balken, der auf uns herabgesegelt war.

Die Erkenntnis schob sich nur langsam in mein Bewusstsein, und mit ihr kam die Gier. Die Lust, ihr wehzutun, das Verlangen, mich ihrer zu entledigen.

Mit letzter Kraft schob ich meine Arme unter mich und stemmte meinen Oberkörper auf. Der Widerstand rutschte von meinem Rücken, kam polternd neben mir zum Liegen. Meine Haut schien sich in brennenden Bahnen von meinem Rücken zu lösen. Das Shirt hatte sich in die oberste Schicht gefressen, aber es würde gleich alles heilen. So wie immer. Während die Menschen um mich herum starben, setzte sich mein Körper einfach wieder zusammen.

Jess zuckte ein weiteres Mal, bemerkte, dass ich wieder zu mir gekommen war. Der Jäger muckte. Sie lag unter mir, drehte sich langsam zu mir um. Ihre Haut war rußgeschwärzt, ein Splitter hatte sich in ihren Oberschenkel gebohrt, das Blut rann ihr die nackten Beine hinab. *Blut.* Sie war verletzt. Gut! Es gefiel mir, wenn sie Schmerzen hatte.

Ich schüttelte den Gedanken ab und versuchte, mich auf die Umgebung zu konzentrieren.

Wir waren vor Ilais Zimmer im Flur. Es hatte ein Feuer gegeben und dann eine Explosion – oder war es umgekehrt? Aus Ilais Tür loderten die Flammen. Sie züngelten am Boden und den Wänden entlang, formten sich zu Klauen und Zähnen. Wirkten lebendig. Wie hundsgroße, drachenartige Wesen. Das bildete ich mir ein. Das konnte nicht real sein. Eine der Kreaturen blickte zu mir, zischte und spie einen Schwall aus Feuer aus.

»Was ist das?«, rief Jess. Also keine Einbildung, die Wesen waren echt. Sie zog das verletzte Bein an und schrie vor Schmerz. Ich blickte an ihr hinab. Ihr Knöchel war dick geschwollen und färbte sich blau.

Perfekt. Lass sie einfach hier liegen, damit sie schön rösten kann.

Zähneknirschend beugte ich mich zu ihr und streckte meine Hand nach ihr aus. Neues Futter für den Jäger, aber es half nichts. Ein weiterer Balken krachte neben uns, ich zerrte sie in die Höhe. Noch mehr Angst. Noch mehr Furcht. Der Jäger sog ihre Emotionen auf und zerriss sie förmlich in der Luft. *Mehr! Mehr! Gib mir mehr davon.*

Meine Muskeln wurden steif, meine Hand schloss sich fester als nötig um Jess' Arm. Die Nägel bohrten sich in ihr Fleisch, kratzten ihre Haut auf, bis es blutete.

»Lass mich los!«, brüllte sie.

Ich blickte sie an, zog sie ein Stück näher zu mir.

»Lass mich los«, wiederholte sie mit mehr Nachdruck. Ihr Gesicht ein Meer aus Schmerz. »Du musst das nicht tun.«

Oh doch, und wie ich das musste, ich ... schloss die Augen und schubste sie von mir weg, als wäre sie pures Gift. Raus hier! Nur raus! Ich drehte mich um. Rauch füllte den gesamten Flur aus. Er biss in den Lungen, den Augen. Ich hustete und versuchte, etwas durch den Dunst zu erkennen. »Wir müssen zur Treppe, aber ich kann dich unmöglich tragen.«

Jess nickte, stemmte sich mit einer Hand an die Wand und zuckte vor Schmerz. Ihre Angst hallte in meiner Seele nach. Meine Beine fühlten sich schwammig und zittrig an. Ich war zerrissen zwischen dem Verlangen sie umzubringen oder abzuhauen. Wenn ich sie zurückließ, würde das Feuer den Rest für mich übernehmen. Sie hätte kaum eine Chance. Genauso wenig wie Mikael sie gehabt hatte. Sie machte den ersten Hüpfer und hustete.

»Zieh dir dein Shirt über den Mund.« Es würde ihr nicht viel helfen, aber vielleicht ein klein wenig Linderung verschaffen. Ich musterte sie kurz. Sie trug noch den Gürtel, in dem der Dolch gesteckt hatte, aber die Waffe selbst lag am Boden. Ich bückte mich. Es kostete mich Überwindung, ihn anzufassen. Ich hasste dieses Ding, gleichzeitig beruhigte mich der Gedanke, wenn Jess ihn trug. Es half wenigstens ein bisschen, den Jäger in seinen Schranken zu halten. Ich gab ihn ihr zurück, den Griff voran.

»Was ist mit Ilai?«, rief sie durch den Stoff und befestigte den Dolch an ihrem Gürtel.

»Er kann nicht verbrennen. Geh weiter.«

In dem Moment erschütterte ein weiteres Beben das Haus. Der Boden tanzte unter uns, die Scheiben klirrten und zerbarsten in Scherben. Jess torkelte und fing sich an der Wand ab. Das Gebäude ächzte, als läge es in den Wehen.

Über uns krachte das Gebälk, der Holzboden splitterte, ein langer Riss zog sich von Ilais Zimmer ausgehend bis nach vorn zur Treppe. Darunter kam goldene Masse zum Vorschein. Sie sah aus wie flüssiges Gold und fraß sich durch das gesamte Mauerwerk. Die Decke vibrierte, Steine regneten herab, ich reagierte instinktiv, packte Jess und zerrte sie nach hinten. *Kurz berühren. Nur kurz. Nicht zu viel von ihren Emotionen aufnehmen.*

Sie schrie und landete auf dem Rücken. Dort, wo sie eben gestanden hatte, krachte der nächste Balken herab und versperrte uns den Weg zur Treppe. Ich blickte zu ihr. Sie verzog das Gesicht, krümmte sich vor Pein. Auf der einen Seite tat es mir leid, dass ich sie so hart anfassen musste, auf der anderen hätte ich ihr am liebsten zum Nachklang ins Gesicht getreten.

»Steh auf!«, brüllte ich sie an. Strenger als nötig.

Sie schloss kurz die Augen, versuchte sich nach oben zu stemmen, doch sie konnte nicht. Das Bein blutete heftiger als zuvor, sie sah blass aus und würde vermutlich jeden Moment ohnmächtig werden. Ich packte sie ein weiteres Mal am Ellbogen und hievte sie in die Höhe. Die nächste Welle aus Panik traf mich. Unnachgiebig und intensiv. Ich stöhnte, bohrte meine Fingernägel in ihre Haut.

»Lange kann ich das nicht mehr«, keuchte ich.

»Ich schaffe das schon.« Sie entriss mir ihren Arm und legte eine Hand auf den Griff ihres Dolches. »Wir beide.«

Etwas anderes blieb uns auch nicht übrig.

»Am Ende des Flurs ist ein Fenster. Wir müssen springen.«

Jetzt wurde sie noch blasser. Wir waren im ersten Stock. Der Sprung nach unten etwa vier Meter tief. Für mich wäre das kein Problem, aber sie konnte ihn mit ihrem verletzten Bein unmöglich bewältigen. »Wir schaffen das schon«, wiederholte ich ihre Worte. Hauptsache, wir waren draußen.

Sie nickte und setzte sich in Bewegung. Erst mussten wir an Ilais Zimmer und an diesen merkwürdigen Flammen vorbei. Ich drängte Jess auf meine linke Seite, damit ich zwischen ihr und dem Feuer blieb. Die Hitze stieg, je näher wir der Brandquelle kamen, doch es fühlte sich anders an als echtes Feuer. Es wirkte lebendiger, beherrschter. In der Kirche damals hatten die Flammen einfach willenlos um sich gegriffen. Sie hatten sich blind vermehrt, alles und jeden verschlungen, der sich ihnen in den Weg stellte, und jetzt hielten sie sich nur im Bereich um Ilais Tür auf.

Die Hitze direkt vor Ilais Zimmer war enorm. Jess hustete und krümmte sich, doch sie kämpfte tapfer weiter. Ich blickte durch die Tür, versuchte etwas zu erkennen. Der gesamte Raum stand in Flammen. Drinnen sah ich nur Umrisse. Ilais Bett, sein Körper, der auf der Matratze ruhte und ... ich stockte. Blinzelte und sah noch mal hin. War da eine weitere Person? Es sah aus wie die Silhouette eines Mannes. Er stand hinter dem Bett und breitete seine Arme über Ilais Körper aus, als würde er irgendetwas aus ihm herausziehen. Ich machte einen Schritt auf das Zimmer zu. Sofort griff mich eine der Drachenflammen an. Ich riss den Arm hoch, sie biss mir in die Haut. Heiß und bohrend drangen ihre Zähne ein. Ich keuchte, versuchte das Ding wieder abzuschütteln, doch es ließ nicht locker. Ein zweites dieser Drachenwesen stürzte sich auf mich, versuchte mich im Gesicht zu erwischen. Ich duckte mich weg, es streifte mich mit seinen Krallen an der Stirn, zog eine brennende Schneise quer über meine Haut. *Die zerpflücken mich.*

»Jaydee!«, rief Jess. Sie war einige Meter vor mir und kauerte an der Wand. Mit der Hand presste sie die Wunde ab, sie zitterte, stützte sich am Mauerwerk, um nicht umzukippen.

Ein letztes Mal versuchte ich, dieses Drachending abzuschütteln. Es verkantete sich noch fester in meinen Unterarm. Meine Haut verbrannte, Flammen stoben auf. Das Ding würde mich lebendig rösten, wenn ich nicht aufpasste. Ein Stück der Wand brach heraus, legte eine weitere goldene Ader frei, die allerdings dicker und glühender wirkte als die anderen weiter vorn. Und jetzt erst erkannte ich es. Diese Drachen! Sie kamen aus den Wänden. Ihre Schwänze endeten in den Adern, als würden sie aus dieser Masse aus Gold entstehen.

Ich blickte zurück ins Zimmer, versuchte mehr von dem Mann zu erkennen, der hinter Ilais Bett stand. Er schüttelte leicht den Kopf, als wolle er mich ermahnen, zurückzubleiben. Ich wagte einen weiteren Schritt auf den Raum zu. Gleichzeitig wurde das Feuer heißer. Es stürzte sich auf mich, umschlang mich, riss an meinen Haaren, meiner Kleidung. Konnte ich das aushalten? Ich konnte heilen, ja, aber ich wusste nicht, ob noch genügend von mir übrig bliebe, was heilen würde.

Es krachte neben mir. Ein weiterer Spalt entstand und riss ein tiefes Loch in den Holzboden. Darunter lag der Flur des ersten Geschosses. Jess schrie, blickte nach unten und wich weiter zurück. Ich konnte unmöglich beiden helfen. Ich wich rückwärts, sofort ließ mich die Drachenflamme los und zog sich zur Tür zurück.

Konnte dieses merkwürdige Feuer auch Ilai schaden? Es war sein Element, er war darin geboren, es floss durch seine Adern, nährte seine Seele. Aber reichte das, um ihn zu schützen?

Die Drachenflammen behielten mich im Blick, während ich zu Jess torkelte. Die Luft flirrte, glühte in meinen Lungen, meiner Nase nach. Sogar meine Stiefelsohlen schmolzen. Ich drehte mich herum, schloss zu Jess auf und deutete auf das Ende des Flures.

Der Gang endete in einer Sackgasse mit einem bodentiefen Fenster als Abschluss; die Scheibe war ebenfalls zersplittert. Es zeigte auf die Rückseite des Gebäudes mit den Rasenflächen und der Terrasse. Nur noch wenige Meter. Jess kam ins Torkeln und schwankte bedrohlich. Es blieb mir nichts anderes übrig, als sie ein weiteres Mal aufzufangen. Ich schlang meine Arme um ihren Brustkorb und hielt sie oben. Ihr Herz raste, ihr Atem kam abgehackt. Die Panik hatte voll von ihr Besitz ergriffen und wälzte sich sofort auf mich ab. Ich biss die Zähne zusammen, versuchte diese Flut an Gefühlen zu ignorieren.

Ich bin jetzt mein eigener Anker.

»Noch ein kleines Stück, reiß dich zusammen!«

»Ich versuche es«, keuchte sie und löste sich aus meiner Umarmung. Sofort schrie sie vor Schmerz und sackte auf ihrem verletzten Bein zusammen. Sie war am Ende. Auf den letzten Metern ging ihr die Kraft aus.

Ich atmete einmal tief durch, dann hielt ich die Luft an und legte noch mal meinen Arm um sie. »Halt dich an mir fest.«

Sie gehorchte träge, drehte sich zu mir um und schlang ihre Hand um meinen Nacken. Es fühlte sich an, als würde sie einfach durch meine Haut gleiten und sich in den Muskeln und Sehnen verknoten. Ihre Angst schwappte bis hinunter in meine Zehenspitzen. Meine Beine knickten kurz weg, ich fing selbst an zu zittern, mein Herz zu flattern.

Das ertrage ich nicht! Das ertrage ich nicht! Das ertrage ich einfach nicht!

Ich nahm den anderen Arm dazu, bückte mich und hob sie komplett hoch. Ihr Körper war heißer als das Feuer, verbrannte meine Haut, meine Seele. Der Jäger rumorte, schob seinen Zorn über Jess' Angst. Mein Griff wurde härter, Jess keuchte. Ihre Finger strichen über meinen Nacken, die Emotionen schwangen hin und her. Sie versuchte, mir Stärke zu schicken, Zutrauen. Kraft. Mut. Sie *vertraute* mir. Ich fühlte es ganz deutlich, und an dieses eine Gefühl klammerte ich mich mit allem, was ich hatte. Meine Nägel bohrten sich tiefer in Jess' Taille. Sie japste. Ich tat ihr weh. Mir war es bewusst, dennoch konnte ich mich nicht aufhalten.

Wir kamen näher an das Fenster. Ich kickte die restlichen Scherben mit dem Stiefel hinaus, die kühle Morgenluft empfing mich, linderte ein wenig die Hitze in mir. Ich drehte meinen Kopf, ihre Schulter streifte mein Kinn. *Ritze ihr die Kehle an den Scherben auf und wirf sie aus dem Fenster. Kopf voran, vielleicht überlebt sie es nicht.*

»Du kannst das«, flüsterte sie, als spürte sie genau, was ich gerade dachte.

»Der Aufprall wird hart, mach dich bereit«, sagte ich und sprang.

Sie schrie vor Schreck. Der Fall dauerte nur wenige Sekunden. Die Landung war wie vorhergesehen: ruppig. Ich konnte einiges an Schwung abfedern, sobald ich Boden unter den Füßen hatte, ließ ich Jess los. Sie überschlug sich ein paar Mal, ich fing mich mit einer Rolle ab und kam etliche Meter neben ihr zum Knien.

Der Rasen war noch feucht vom morgendlichen Gießen, ich verankerte sofort meine Hände in der Erde, versuchte die Kraft und Stärke, die mir normalerweise Akil mit seinen Berührungen vermittelte, dort zu finden.

»Ist alles okay?«, rief ich Jess zu.

Ihre Antwort war ein furchterregendes Husten. Jess stemmte sich auf alle Viere. Naja, eher alle Drei. Sie streckte das verletzte Bein weg. Eine dicke Blutspur zog sich ihren Oberschenkel hinunter bis zu ihrer Wade. Es erfüllte mich mit einer perversen Freude, sie so zu sehen. Fragil. Verletzt. Fast erledigt.

Ich knurrte leise. *Gib ihr den Rest. Sie braucht nicht mehr viel.*

»Jess! Jaydee!«, brüllte es auf einmal. Das war Will! Er kam ums Haus herum auf uns zugerannt.

»Hier«, antwortete sie hastig und rollte sich auf den Hintern. Der Knöchel war blitzeblau. Ihre Haut aufgeschürft. Verletzt von meinen Nägeln, von dem Sturz, vom Feuer. Meine Muskeln spannten sich, es wäre so leicht, mich auf sie zu stürzen. Jetzt. Schnell. Bevor Will kam.

»Hey!«, rief Will. Er war sofort bei Jess, kniete sich neben sie und legte einen Finger unter ihr Kinn. Allein für diese kleine Geste hätte ich ihm am liebsten die Hand abgehackt. Ich hatte Jess da rausgeholt! Es stand ihm nicht zu, sie zu betatschen. Ich grub meine Hände noch tiefer in die Erde und wand meinen Blick von den beiden ab. Wenn das nicht bald zwischen uns aufhörte, wurde ich wirklich noch wahnsinnig.

Neben uns brach die Hölle los. Das Haus krachte, Balken donnerten herab. Es klang, als läge ein gigantisches Tier im Sterben.

»Was ist passiert?«, fragte Will.

»Keine Ahnung. Ilais Zimmer stand in Flammen. Als wir nachsehen wollten, gab es eine Explosion.«

Er starrte fassungslos auf das Haus, aus dem Rauchschwaden aufstiegen und die aufgehende Sonne verfinsterten. Auf einmal bebte die Erde, ein tiefes Grollen breitete sich aus. Wir blickten alle drei gleichzeitig hoch.

Die Flammen schlängelten sich aus dem Fenster, die Feuerdrachen krochen an der Außenwand nach oben zum Dach, wo sie sich zu einer einzigen Flamme vereinten. Sie formten sich zu einer neuen Kreatur. Ein Gesicht entstand im Feuer, ein Mann. Er schwebte riesig und bedrohlich über unserem Haus. Sein Blick fand uns, seine Mundwinkel zu einem abstrusen Grinsen verzogen.

»Großer Gott«, sagte William und bekreuzigte sich. »Ralf.«

Das war sein Bruder? Ich hatte ihn bisher noch nicht gesehen, bei meiner Gefangenschaft war er mir aus dem Weg gegangen. Jetzt war mir auch klar, wer der Mann an Ilais Bett gewesen war.

Will trat einige Schritte nach vorn und blickte nach oben. Ralf grinste breiter, er erkannte Will.

»Das ist erst der Anfang.« Seine Stimme klang wie das Zischen von Feuer auf nassem Stein. Er blickte in den Himmel, schloss die Augen und verschwand. Das Feuer erlosch so plötzlich, wie es angefangen hatte.

Ein Teil des Daches neigte sich und krachte in sich zusammen.

Will und ich reagierten gleichzeitig. Wir sprangen auf und rannten zurück zum Haus, um Ilai zu holen.

2. Kapitel

Jessamine

Ich kauerte auf dem kühlen Rasen. Die Feuchtigkeit drang durch meine Hose, beruhigte meine erhitzte Haut. Am liebsten hätte ich mich längs hingeworfen und mich darin gesuhlt. Doch ich starrte einfach nur auf das Haus und betete.

Jaydee und Will waren noch immer da drin.

Zu lange, das dauerte alles viel zu lange. Aber nach dem Schatten der Palmen zu urteilen, konnte noch nicht so viel Zeit vergangen sein. *Also immer schön ruhig bleiben und ihnen Zeit lassen.*

Wenn ich ihnen doch nur irgendwie helfen könnte. Aber ich konnte ja nicht einmal aufstehen. Mein Bein pochte, meinen Knöchel wagte ich schon gar nicht mehr anzusehen. Der Schmerz hatte sich in ein dumpfes Ziehen gewandelt. Meine Lungen waren voll mit Ruß, der mich zu unkontrollierten Hustenanfällen zwang.

Wenigstens brannte das Feuer nicht mehr. Dafür stieg aus dem oberen Stockwerk schwarzer Rauch auf und tauchte den eigentlich sonnigen Morgen in Dunkelheit. Die Überreste von Ralfs Werk. Er war es gewesen. Ich hatte ihn sofort erkannt. Ihn und sein elendes Grinsen. Das gleiche, das er uns zugeworfen hatte, kurz bevor er das Portal geschlossen und Violet für mich in unerreichbare Ferne gerückt hatte. Meine Finger griffen nach dem Amulett mit meinem Blut darin. Das Symbol für unsere nicht mehr vorhandene Freundschaft. Für meine Fylgja, meine Beschützerin, die da draußen ihren eigenen Kampf ausfocht.

Eine gigantische Stichflamme schoss aus dem Haus. Ich zuckte vor Schreck zusammen, belastete den Knöchel versehentlich. Eine Schmerzsalve jagte durch meinen Körper, ähnlich intensiv und lodernd wie die Flamme. Großer Gott, das überlebte doch keiner! Nicht mal ein Seelenwächter, oder?

Risse breiteten sich in der Erde aus und verzweigten sich weg vom Haus. Ich schlang die Arme um mich und bibberte trotz der Wärme.

Bitte, bitte beeilt euch!

Es krachte noch einmal und die Fenster in der unteren Etage zersprangen. Mittlerweile zogen sich die Risse auch durch die Außenmauer des Hauses. Wie Giftschlangen wanden sie sich um das Gebäude und fraßen es langsam auf.

Risse ...

Adern ...

Da war doch was gewesen? Kurz bevor ich an Ilais Zimmer kam, hatte ich die goldenen Risse im Mauerwerk gesehen.

Das hatte ich schon mal ...

Natürlich!

Dieselben Risse hatte ich bei Logan im Haus entdeckt! In der Dusche! Das musste ich unbedingt noch Jaydee und Will erzählen. Vorausgesetzt, sie kämen je wieder raus.

Ich krallte die Finger in meinen Oberarm, an die selbe Stelle, an der mich Jaydee gepackt hatte. Seine Fingerabdrücke waren noch sichtbar – und nicht nur das: Er hatte mir seine Nägel tief ins Fleisch gebohrt, mir etliche Kratzer und blutige Schrammen zugefügt. Es sah aus, als hätte mich ein tollwütiger Hund angefallen.

Aber er hatte den Jäger kontrolliert.

Er hatte ihn im Zaum halten können, auch wenn ich kurz geglaubt hatte, er würde mich aus dem Fenster werfen.

Das hat er aber nicht. Er hat auf mich aufgepasst. Er hat mich gerettet. Uns beide.

Vielleicht – und das war jetzt ein sehr zaghaftes *Vielleicht* mit ganz vielen Fragezeichen und lila Herzchen drumherum –, *vielleicht* konnten wir uns doch noch annähern. Unser kleines Abenteuer an der Palme war mir noch allzu gut in Erinnerung. Es war schön gewesen. Und gefährlich. Und unsinnig. Und verrucht. Und ... wir hätten uns beinahe geküsst, herrje! Allein bei der Vorstellung kribbelte mein Körper.

Eine Scheibe klirrte links von mir, ein Stuhl landete auf der Terrasse. Und dann kamen sie! Jaydee und Will stolperten heraus. In ihrer Mitte trugen sie Ilai, der wie ein Sack zwischen ihnen hing. Weder konnte ich erkennen, ob er atmete, noch ob er verletzt war, ob er überhaupt noch lebte ....

Was allerdings ganz klar war: Die Glibbermasse war verschwunden. Ilai war wieder frei!

Ich sprang auf. Zumindest versuchte ich es. Das verletzte Bein schrie und schickte eine Stoßwelle Schmerz durch meinen Körper.

»Bleib, wo du bist«, rief Will. »Wir kommen zu dir.«

Jaydee hustete sich die Lunge aus dem Leib. Er sah fürchterlich aus. Seine Haut war rußgeschwärzt und verschwitzt, die Haare nun auf der rechten Seite noch ein Stück kürzer, weil er anscheinend von etwas Brennendem getroffen wurde, denn sein Shirt hatte auf der gleichen Höhe einen langen Riss. An seiner Haut waren natürlich keine Wunden mehr erkennbar.

Will hatte kaum etwas abbekommen. Im Gegenteil: Seine Haut leuchtete, er schien energetischer, stärker als zuvor. Selbst seine Klamotten waren noch sauber. Ein Ausflug ins Feuer. Das musste wie ein Aufenthalt in der Wellnessoase für ihn gewesen sein.

Vorsichtig betteten sie Ilai auf den Rasen. »Bist du in Ordnung?«, fragte ich Jaydee. Seine Augen waren wieder vollkommen normal, der Jäger zurück in seine Höhle gekrochen.

»Großartig. Ich wollte schon immer mal wissen, wie sich ein Grillhähnchen fühlt.« Er hustete noch ein paar Mal. Es klang trocken und hohl, als wäre er innerlich verdorrt. Er ließ mich nicht aus den Augen, als müsste er sich doppelt vergewissern, dass ich noch da und am Leben war. »Und du?«

»Es geht schon.«

Er nickte und lief weiter zu einer Baumreihe. Dort bückte er sich, grub in der Erde und zerrte einen Schlauch heraus. Er gehörte vermutlich zum Sprinklersystem, mit dem die Grünflächen morgens und abends gewässert wurden. Er zog seinen Dolch aus dem Stiefel und schnitt den Schlauch auf. Sofort sprudelte ein Rest Wasser heraus, den er sich übers Gesicht und den Kopf laufen ließ und so den gröbsten Dreck wegspülte.

»Wie geht es Ilai?«, fragte ich.

»Keine Ahnung, ehrlich gesagt«, antwortete Will. »Er ... es ... es sieht nicht gut aus, Jess.«

Vorsichtig zog ich das verletzte Bein an und beugte mich zu Ilai. »Oh, mein Gott.« Ich hatte mit einigem gerechnet, vielleicht, dass er doch verbrannt war, obwohl er das theoretisch nicht konnte, dass er kränker aussah, wegen der Glibbermasse, blasser, vielleicht, aber das ... Mein Magen zog sich zusammen, die Galle drückte sich nach oben. Ich musste kurz wegsehen, versuchen, dieses Bild wieder aus meinem Kopf zu bannen, doch es war zu spät.

»Wie ist das nur möglich?«, stammelte ich. Ilai sah aus, als wäre er von einem Schattendämon angegriffen worden. So ähnlich zumindest. Als Joanne damals ihre Jungs auf mich gehetzt und die beiden Polizisten erledigt hatte, musste ich mir ihre Leichen bereits ansehen. Bei Ilai war es jedoch anders. Schlimmer.

Seine Haut sah aus wie dünnes Pergament, das jeden Moment zerreißen konnte. Ein feines Geflecht aus Adern zog sich darunter durch. Sie schimmerten bläulich. Aber nicht in der Farbe einer Vene, sondern krank bläulich. Seine Knochen stachen scharf hervor. Die Wangen, die Nase, das Kinn. Als wäre nur noch das Skelett vorhanden. Soweit deckte sich sein Erscheinungsbild noch mit dem der anderen Leichen. Die Abweichung bei ihm war sein Auge. Zumindest das gesunde, das andere wurde ja von der Augenklappe verdeckt. Bei den Polizisten hatten sie wie leer gewirkt, als wäre das Leben aus ihnen gewichen, die Seele, wie man immer sagte. Bei Ilai war das nicht der Fall. Er wirkte, als wäre ihm vollkommen bewusst, in welchem Zustand er sich befand. Als wäre ein Teil seiner Seele noch in diesem Körper gefangen und suchte nun verzweifelt nach einem Ausweg.

»Was können wir tun?«

Will ließ sich neben Ilai ins Gras plumpsen. In seinem Gesicht pure Verzweiflung. So hatte er nicht mal ausgesehen, als er seine Frau und seine Tochter im Haus von Ralf beerdigt hatte. »Das Humanste wäre, ihn davon zu erlösen, aber ich ... ich weiß es nicht, ehrlich gesagt. Ich meine, es war ja nicht mal ein Schattendämon in seiner Nähe. Ich habe keine Ahnung, wie das ausgelöst wurde, ob es die ganze Zeit schon so war und wir es nur nicht gesehen haben, weil er mit diesem Glibberzeug bedeckt war. Ich ...« Mehr brachte Will nicht heraus. Ein Schluchzer erschütterte seinen Körper. Er legte die Hand vors Gesicht und drehte sich von mir weg. »Ich weiß es einfach nicht.«

Ich strich über sein Knie. Es war eine lächerliche Geste, aber er sollte wissen, dass er nicht allein war. »Können wir ihm denn irgendwie helfen?«

»Im Normalfall kann der Körper maximal drei Tage ›überleben‹, dann gibt das Herz auf. Aber das hier ist nicht normal.«

Jaydee trat neben mich. Er hielt ein Stück abgeschnittenen Schlauch in der Hand und verdeckte das eine Ende mit der Hand. »Nicht lecker, aber trinkbar.«

Ich nahm den Schlauch entgegen und setzte ihn an. Das Wasser war warm und schmeckte nach Gummi. Egal. Hauptsache den Dreck runterspülen. »Danke.«

Jaydee deutete auf Ilai. »Ich habe deinen Bruder in Ilais Zimmer gesehen. Er stand neben seinem Bett und hielt die Arme über seinen Körper gebreitet. Vielleicht hat er sich so Ilais Seele geholt. Ich wollte zu ihm rein, aber diese Drachendinger haben mich aufgehalten.«

Will blickte auf und wischte sich über die Augen. »Die gleichen, die eben an der Hauswand hochgeklettert sind?«

»Eins hat mich gebissen«, sagte er und zeigte auf seinen Arm. »Die Wunde heilt bereits.« Er drehte den Arm, damit wir die Stelle ansehen konnten. Von dem Biss war nur noch ein schwacher Abdruck von insgesamt vier Zähnen zu sehen. »Außerdem waren goldene Adern im Mauerwerk. Es kam mir so vor, als würden diese Drachen direkt daraus gespeist.«

»Die Risse«, sagte ich. »Sie waren auch bei Logan. Ich habe sie entdeckt, als ich duschen war. Eine Fliese war herausgebrochen, und als ich im Loch herumgepuhlt habe, ist sie weiter ausgebrochen und hat dieses Adergeflecht freigelegt.«

»Weißt du, was das bedeutet?«, fragte Jaydee Will.

»Ich ... Nein. Aber Magier verwenden oft Hilfsmittel. Vielleicht sind sie dazu da, um einen Zauber in das Haus zu speisen. Vielleicht schwächt er so die Schutzzauber.« Er sah in den Himmel, wo eben noch das Abbild seines Bruders geprangt hatte. »Feuerdrachen.« Will strich sich über den Kopf, als müsse er erst seine Gedanken sortieren. »Es gibt Gerüchte. Von Wesen, die in den Elementen hausen. Rückstände negativer Energien. Denn wo das Gute ist, muss es einen Gegenpol geben. Normalerweise werden diese Rückstände absorbiert, aber einige Feuerwächter glauben, dass sie mitunter für nicht funktionierende Zauber verantwortlich sind. Dass sie sozusagen ein Eigenleben führen und dadurch unsere Kräfte beeinflussen.«

»Glaubst du das auch?«

»Nein, aber das spielt keine Rolle. Wenn diese Adern bei uns und bei Logan waren, hat sich Ralf darüber womöglich eine Verbindung geschaffen. Wie bei einem Portal.« Er nickte, als wollte er sich damit selbst bestätigen. »Natürlich. So würde ich es machen. Unsere Anwesen sind alle miteinander vernetzt, so wie der Rat, die vier Elemente, unsere Kraft. Über unser Haus verschafft er sich Zugang zu den anderen Häusern. Er umgeht die Schutzzauber.«

»Er will uns von innen auseinandernehmen«, sagte Jaydee. »Jetzt ergibt das alles einen Sinn: Ralf entwickelt den Pfeifzauber, der uns lahmlegt. Dadurch erregt er unsere Aufmerksamkeit, wir nehmen die Ketten zur Untersuchung mit zum Rat, dort bricht der zweite Zauber in Form dieser Giftwolke aus und infiziert die Mitglieder. Wobei es Ilai am schlimmsten erwischt hat. Kurz darauf bricht er auch schon zusammen und mit ihm der erste Schutzzauber. Sie haben ein Glied in der Kette geschwächt, und jetzt schwächen sie das gesamte System.«

»Das wäre möglich«, sagte Will.

»Vielleicht hat Ralf das Gleiche mit den anderen Mitgliedern vor wie mit Ilai. Was könnte er tun, wenn er sich die Seelen der vier mächtigsten Seelenwächter holt?«

»Ich habe keine Ahnung.«

»Dann denke nach. Du kennst deinen Bruder! Wie tickt er? Was würdest du an seiner Stelle tun?«

»Ich ...« Will presste die Lippen aufeinander, als bereite ihm der bloße Gedanke an seinen Bruder Schmerzen. »Seelenenergie ist Macht. In der Seele steckt alles. Das Wissen eines Menschen, seine Fähigkeiten, seine Erinnerungen. Wenn ich alle vier Seelen der ältesten Wächter dieser Erde hätte, könnte jede Form von Magie damit wirken. Vielleicht Schattendämonen verändern, wenn das mein Ziel wäre. Aber für diese Seelen bräuchte ich ein Gefäß. Etwas, worin ich sie konservieren könnte.«

»Etwas wie Violet?«, fragte ich. Nur war die ja schon mit dem Dämon belegt.

»Oder der Dämon, der in der Fylgja steckt, braucht die Seelen. Dein Bruder hat Artefakte der vier Elemente gesammelt: die Kralle des Wendigo, die Greiffeder, die Locke der Undine und dein Blut. Wenn er damit diesen Dämon erweckt hat, benötigt er jetzt vielleicht noch mehr. Vielleicht ernährt er sich davon.«

»Die Frage ist, warum Ralf dieses Ding überhaupt gerufen hat.«

»Ich glaube, er will die Schattendämonen verändern«, sagte Will. »Er experimentiert schon lange damit herum, er hat sogar meine Frau ... Vivian .... und Emma ...« Er presste die Lippen aufeinander, als bereite ihm der bloße Gedanke an seinen Bruder Schmerzen. »Er macht sie unsterblich wie Joanne und erschafft sich eine Armee, die stärker ist als alles andere auf dieser Erde. Großer Gott, das würde ich ihm sogar zutrauen. Ralf meinte, dass er das Werk unseres Vaters fortsetzen will, und der war ein machtbesessener Mann, der zudem panische Angst vor seinem eigenen Tod hatte.«

»Schattendämonen sind der Tod«, sagte Jaydee. »Wenn Ralf sie kontrolliert ...«

»... kontrolliert er auch ihn«, vollendete Will. »Außerdem hegt er einen immensen Groll gegen uns Seelenwächter. Er könnte uns einfach so von der Erde fegen, wenn er die Schattendämonen auf seiner Seite hat.«

Jaydee blickte zum Haus und hustete trocken. »Wie dein Bruder sagte: Das da war erst der Anfang.«

»Er ist absolut wahnsinnig.«

»Wenn eure Vermutung stimmt und er von innen heraus zuschlägt, dann müssen diese Adern auch bei Soraja und Kirian sein«, sagte ich. »Vielleicht können wir diese Verbindung wieder kappen, und damit wäre der Zauber deines Bruders gestört?«

»Das lässt sich herausfinden.« Will seufzte und legte eine Hand auf Ilais Brustkorb, als könne er so eine Eingebung erhalten, was er tun sollte. Es war grauenvoll, ihn so zu sehen. Ilai war ein stolzer, autoritärer Mann gewesen, der trotz der Behinderung durch sein Bein und seine Augenklappe eine unheimliche Stärke ausstrahlte. Das alles war mit einem Mal weggewischt.

»Ich bringe ihn in den Tempel der Wiedergeburt und übergebe ihn an sein Element. So können wir wenigstens den Rest der Seele retten, der noch in ihm steckt.«

Will hatte mir erklärt, dass dies der allerletzte Ausweg war, wenn ein Seelenwächter so schwer verletzt wurde, dass er daran sterben konnte. Der Körper wurde im Tempel dem Element übergeben, somit wurden alle Erinnerungen und Erfahrungen dort konserviert. Manchmal erholte sich der Seelenwächter dadurch, aber in den allermeisten Fällen kehrte er nicht zurück.

»Von dort aus informiere ich den Rat. Wir müssen ... sie sollen nach den goldenen Adern auf ihren Anwesen Ausschau halten und sie irgendwie kappen.«

Ich schluckte den dicken Kloß in meinem Hals hinunter. Diese ganze Sache mit Ralf uferte aus. Das Einfachste, es zu beenden, war immer noch, Violet von mir zu lösen. Ein Teil von mir klammerte sich daran, diese Option vom Tisch zu fegen, doch ich musste den Tatsachen ins Auge blicken und akzeptieren, dass durch sie oder eher durch die dämonische Kraft in ihr nur Leid auf alle einbrach. »Was ist mit Ben und Anna? Wenn sie etwas in der Bibel finden ...?«

»*Falls* sie etwas finden.« Er blickte wieder zu Ilai, strich über seine Augenklappe, die nur noch schlecht auf dem eingefallenen Gesicht saß.

Jaydee stand auf. »Okay, eins nach dem anderen. Jess und ich reiten auf die Azoren. Dort wollte Akil mit Raphael hin. Ich kann ihm gleich erklären, was passiert ist, und Raphael kann dich heilen.«

»Akil muss sowieso wissen, was hier los ist«, sagte Will. »Wenn Ilai ... wenn er es nicht schafft.«

»Er kann nicht seinen Platz einnehmen, und das weißt du«, sagte Jaydee. »Erstens ist Ilai nicht tot.« Er holte Luft und mir war klar, welches Wort er aussparte: *›Noch‹* nicht. Ilai war *noch* nicht tot. »Zweitens wird Akil weder das Oberhaupt dieser Familie sein wollen noch es können. Nicht in seinem Zustand.«

»Wohl nicht«, sagte Will. Das hieß, er wäre dann der Nachfolger, denn nach Akil war Will der dienstälteste Seelenwächter in der Familie.

»Sag auch Anna Bescheid, damit sie weiß, was hier los ist«, sagte Jaydee und klopfte sich den Dreck von den Hosen. »Was können wir noch tun?«

»Außer die Stadt zu stürmen und meinen Bruder umzubringen?«

»Ja, außer das.«

»Nichts, fürchte ich. Wir warten, bis Anna und Ben sich melden. Ich werde sofort Logan informieren und ihm alles berichten. Vermutlich ist es am besten, wenn der Rat im Tempel bleibt. Dort ist er wenigstens vor Übergriffen sicher.«

»Werden sie denn weiter versuchen, Violet von mir zu lösen?«

»Das ist möglich, Jess. Natürlich werde ich ihnen das mit der Bibel erklären, aber wenn sie sich darauf nicht verlassen wollen ...«

Werden sie einfach weitermachen. Ich strich über meinen Magen und betete inständig, dass er weiterhin Ruhe gab.

»Na gut, lasst uns aufbrechen«, sagte Jaydee. »Wir besorgen dir auch ein neues Handy und geben Ben die Nummer. Dann kann er anrufen, sobald er und Anna etwas herausfinden.«

»Ihr wollt nicht hierher zurück?«, fragte ich.

»Vorerst nicht. Wir sitzen auf dem Präsentierteller, so lange die Schutzzauber nicht funktionieren.«

»Aber ihr könnt doch das Haus nicht so zurücklassen«, sagte ich. »Das Feuer ... die Schäden ... die Parsumi.«

»Wir lassen die Koppelzäune offen«, antwortete Will. »Die kommen alleine klar, glaub mir. Und die Schäden werden sich selbst heilen. Sobald Ilai wieder ... wenn er ... falls ...« Er schüttelte den Kopf und kniff sich in den Nasenrücken.

»Die Anwesen der Seelenwächter sind mit den jeweiligen Oberhäuptern verbunden«, sprang Jaydee ein. »Wenn Ilai wieder gesund wird, dann wird es das Haus auch, und wenn nicht ... brauchen wir einen Nachfolger, dann wird sich die Energie des Anwesens auf ihn übertragen.«

»Das heißt, wer auch immer hier das Sagen hat, ist mit all dem hier ...« Ich zeigte um mich. » ... verbunden.«

»Ja.« Jaydee blickte zurück zum Haus. Das Feuer war erloschen, aus den Fenstern und dem Dach stiegen die Rauchfahnen. Seine Miene war ernst. Die Augenbrauen zusammengezogen. Es kostete ihn Überwindung, hier wegzugehen. Ich sah es ihm an.

»Wir müssen los.« Er drehte sich um und räusperte sich. »Kannst du, Will ... kannst du uns Geld geben? Wir brauchen neue Klamotten. Jess muss was essen ... und ich ...«

»Natürlich.«

»Ich verspreche, ich werde alles mit Schweiß und Blut wieder abstottern.«

Will verzog das Gesicht. »Wir haben dir schon hundertmal gesagt, dass du jederzeit Geld von uns haben kannst und nicht extra fragen musst.«

Jaydee biss die Zähne aufeinander. Akil hatte mir erklärt, dass die Seelenwächter vom Rat mit den nötigen Geldern versorgt wurden. Alle, außer Jaydee. Im Grunde führte er eine moderne Art des Sklavenlebens: arbeiten, Blut vergießen, fertig.

»Ich sattle unsere Parsumi. Du rührst dich nicht von der Stelle, Blümchen.«

»Hätte ich sowieso nicht vorgehabt.«

3. Kapitel

Jaydee

F*aszinierend.*

Ich hatte es schon so oft gesehen, und trotzdem fand ich es jedes Mal aufs Neue faszinierend.

Will hatte vor dem Stall ein kleines Feuer entfacht, um mit Hilfe seines Elements zu kommunizieren. Ich wartete im Schatten und beobachtete ihn, wie er mit den Flammen sprach, die Logans Gestalt angenommen hatten. Es war sein perfektes Abbild: gleiche Statur, der akkurat gestutze Bart, das maßgeschneiderte Hemd, der Gehstock, den er immer dabeihatte. Wobei Logan müder wirkte als sonst. Entweder war die Verbindung schlecht oder es ging ihm nicht gut. Würde mich nicht wundern bei all dem Stress.

Logan hörte sich alles in Ruhe an und unterbrach Will nicht.

»Wo ist Ilai?«, fragte er schließlich, nachdem er fertig war.

»Er liegt noch oben bei Jess. Ich reite gleich los und bringe ihn in den Tempel, es sei denn, du hast eine bessere Idee.«

Logan kratzte sich mit seinem Gehstock an der Schläfe. Seine Bewegungen waren schwammig, fahrig. Die Strapazen gingen an keinem von uns spurlos vorüber. »Nein. Leider habe ich die nicht.«

»Was ist mit dem Adergeflecht?«, fragte ich.

»Ich schicke Kendra eine Nachricht. Sie soll das Schloss absuchen.«

»Falls sie welche findet, soll sie versuchen, sie irgendwie zu unterbrechen.«

»Soraja und Kirian werden das gleiche bei sich machen. Wobei sich Kirians Leute gerade um Schadensbegrenzung in Riverside bemühen.«

»Inwiefern?«, fragte Will.

»Einer der Drillinge, Akio, hat sich auf einen ... er hat sich von Joanne erpressen lassen und vorübergehend die Barriere gesenkt. Leider musste er dafür mit seinem Leben bezahlen. Mittlerweile haben wir alles wieder unter Kontrolle. Dereks Leute sind jetzt auch vor Ort. Die Barriere bleibt bestehen. Die Menschen in der Stadt bekommen nach wie vor nichts mit.«

Will bekreuzigte sich und sprach ein kurzes Gebet. Schon wieder ein Seelenwächter weniger. Wenn das so weiterging, blieben nicht mehr viele übrig.

»Was ist mit Joanne?«, fragte ich. »Ist sie noch in Riverside?«

»Ich gehe davon aus, warum?«

»Könnte ja sein, dass sie ihre Chance zur Flucht genutzt hat.«

»Ich sage dort Bescheid, damit sie die Augen nach ihr aufhalten.«

»Wie sieht es mit Violet aus?«, fragte Will.

»Leider misslingen bisher all unsere Bemühungen, sie von Jess zu lösen. Wir vermuten, das Ralf einen Schutz um ihren Körper gelegt hat.«

»Also bleibt nur noch der Spruch aus der Bibel«, sagte ich leise. Auf der einen Seite freute es mich für die Fylgja, oder eher für Jess. Auf der anderen musste es die Hölle für die Menschen in Riverside sein. Eine Hölle, von der sie dank unserer Magie nichts mitbekamen.

»Derek ist bereits mit Kirian in unsere Bibliothek abgetaucht und forscht nach weiteren Lösungen. Immerhin berichten uns andere Seelenwächter, dass sich die Schattendämonen außerhalb von Riverside noch normal verhalten, auch wenn wir generell einen leichten Anstieg in ihrer Population verzeichnen. Leider konnten wir noch nichts über die dämonische Energie herausfinden, die in Violet kanalisiert ist.«

»Können wir irgendwie helfen?«, fragte Will.

»Kümmert euch um Ilai. Und um Jess.« Logan blickte über seine Schulter, als müsste er sich vergewissern, dass niemand zuhörte. »Soraja hatte bereits angemerkt, ob es nicht doch das Beste wäre, sie zu opfern, damit Violet gehen kann.«

»Ist die Frau denn wahnsinnig?«, sagte ich und verließ meinen Platz im Schatten. »Sie kann doch nicht ernsthaft einen Menschen umbringen wollen!?« Und Jess schon dreimal nicht. Vorher würde ich Soraja eigenhändig den Kopf von den Schultern reißen. Egal ob Ratsmitglied oder nicht.

»Jetzt blähe nicht schon wieder deine Nasenflügel wie ein wildgewordener Bulle. Du weißt, wie schnell sie ihre Meinung kundtut und erst hinterher nachdenkt.«

»Ihr werdet Jess nicht anrühren!«

Logan lächelte. Es war kein freudiges Lächeln, es zeigte pure Erschöpfung. »Pass einfach auf sie auf, ja? Ich muss jetzt los. Wir haben die nächste Besprechung.« Er räusperte sich, brach jedoch nicht die Verbindung ab. »Sagt Ilai ... also, wenn er euch hören kann ... wenn nicht, dann trotzdem ... ich weiß nicht. Ich ... erst Isabella, jetzt auch er ... das ist ...« Er blickte zu Will, dann zu mir. »Seid bitte vorsichtig.«

»Das sind wir«, sagte Will.

»Danke.« Logan verneigte sich und verschwand in den Flammen.

Verluste. Kämpfe. Krieg. Ein Rad, das sich nie aufhörte zu drehen. Willkommen in der Welt der Seelenwächter.

Will und ich starrten noch eine Weile auf das Feuer, aus dem eben noch Logan gesprochen hatte.

»Denkst du wirklich, sie werden Jess etwas antun?«, fragte ich leise und bohrte meine Fingernägel in die Handinnenfläche. Ich würde jeden einzeln massakrieren, der es wagen sollte, Hand an sie zu legen. Es war schon schlimm genug, was mit den Menschen in Riverside geschah.

»Das wäre ein Weg, den kein Seelenwächter beschreiten sollte.«

Ein Weg, den ein Teil von mir schon fast gegangen wäre.

»Bleib bitte ruhig, Jaydee.«

»Bin ich.«

»Ich meine es ernst.«

»Ja doch!« Ich lief ein paar Meter, kickte Steine weg, atmete durch. Ruhig bleiben. Ankern. Ihr würde nichts passieren.

»Ich kontaktiere Anna und Raphael«, sagte Will.

»Gut. Ich bereite alles für die Abreise vor.«

Ich wollte zurück in den Stall, aber er nahm mich am Arm und drehte sich zu mir. Auch seine Gefühle hatten sich verändert. Früher war für mich nur Abneigung übrig gewesen, jetzt spürte ich den leichten Hauch einer beginnenden Freundschaft. Eine Emotion, an die ich mich erst gewöhnen musste.

»Ihr beide werdet euch vertragen, oder? Du und Jess? Ich muss mir nicht noch Sorgen machen, ob du auf sie losgehen wirst.«

»Nein, musst du nicht.« So genau konnte ich nicht sagen, woher ich diese Zuversicht nahm. Vielleicht, weil ich sie eben aus dem Feuer geholt und nicht zurückgelassen hatte. Vielleicht wegen unserem Erlebnis im Kerker, das mir noch allzu lebendig im Kopf herumspukte. Vielleicht brauchte ich auch gar keine Antwort auf diese Frage.

Will klopfte mir auf die Schulter und drehte sich wieder zurück zu seinen Flammen. Ich huschte in den Stall und holte die Parsumi.

Leider hatte Will es nicht geschafft, Raphael direkt zu kontaktieren, aber in einem kurzen Gespräch mit Colin – dem Oberhaupt aus Raphaels Familie – konnte er wenigstens herausfinden, wohin genau er die Waffen gestern ausgeliefert hatte. Mit ein wenig Glück war er noch da.

Bei Anna hingegen hatte die Verbindung problemlos funktioniert. Das Gespräch war kurz und recht kühl gewesen. Anna hatte noch nicht verarbeitet, dass Will in ihrem Kopf gewesen war und ich hatte nicht bei ihr sein können, um ihr dabei zu helfen. Hoffentlich fing Ben sie auf, falls sie fiel. Im Moment warteten sie noch auf das Ergebnis wegen der Wörter aus der Bibel. Anscheinend war die Dechiffrierung nicht so einfach wie erhofft.

Jess und ich waren mittlerweile auf der Insel Faial. Es war früher Nachmittag, die Temperaturen angenehm warm, vom Meer wehte eine frische Brise. Einige Wattewolken trieben am Himmel und verdeckten ab und an die Sonne. Eigentlich war es der perfekte Tag, um Urlaub zu machen. Die perfekte Location ebenso. Wir blickten auf einen langen menschenleeren Strand, der zur rechten Seite mit Felsen eingerahmt wurde. Raphaels und Akils Parsumi standen oben vor einer Kneipe und grasten friedlich. Nach einem kurzen Plausch mit dem Barbesitzer Geronimo, der uns erzählte, dass ein blonder Typ unten am Meer läge, hatten wir uns gleich auf die Suche nach ihm gemacht. Von Akil hatte Geronimo uns ebenfalls berichtet. Offenbar war er mit einem dunkelhaarigen Seemann losgezogen, um die Nacht auf seinem Boot zu verbringen. Wir würden uns später am Hafen nach ihm erkundigen müssen. Erst einmal brauchte Jess Hilfe. Ihr Bein hatte zum Glück aufgehört zu bluten. Ich hatte mir ihre Verletzungen genau eingeprägt. Jedes Mal studiert, was ich ihr zugefügt hatte. Meine Spuren an ihrem Arm, die Kratzer. Wie viel Schmerzen würde sie noch verkraften können, bevor sie doch anfangen würde, mich zu hassen?

»Da drüben liegt jemand«, sagte Jess und riss mich wieder zurück. Sie stützte sich auf einer Krücke ab, die der Barkeeper uns überlassen hatte, damit sie ihr Bein nicht belasten musste. Was würde ich darum geben, wenn ich meine eigenen Heilkräfte mit ihr teilen könnte. Doch das ging nicht. Akil und ich hatten es schon öfter probiert, aber mir fehlte der Zugang dazu. Vermutlich lag es an der Empathie, die es mir nicht gestattete, mich innerlich so weit zu öffnen, dass ich Heilkräfte fließen lassen konnte.

»Das ist er.« Den blonden Lockenkopf würde ich überall erkennen.

»Schläft er? Und vor allen Dingen: Ist das eine Unterhose, die er da anhat?«

»Ja.«

»Der sieht ziemlich fertig aus.«

»Am besten wartest du hier und setzt dich.« Ich deutete auf einen der größeren Felsbrocken, die hier überall am Strand lagen. »Ich wecke ihn.«

»Sei aber bitte nett.«

»Das bin ich doch immer.«

Sie schnaubte und nahm Platz. Ich lief zu Raphael. Er lag auf dem Rücken und schnarchte selig. Die weiße Unterhose war im Schritt verrutscht und gewährte mir Einblicke, auf die ich gerne verzichtet hätte. »Toll. Echt toll.« Raphael war vermutlich noch schlimmer als Akil, was Partys und Feiern anging. Er hatte sogar seine eigene Methode entwickelt, wie er sich zudröhnen konnte.

»Wie kann der so dicht sein?«, rief Jess. »Ich dachte, das ist bei Seelenwächtern nicht möglich.«

»Raphael arbeitet in der Schmiede, wo unsere Waffen hergestellt werden. Er sammelt den Staub, der dabei vom Titanium abfällt, und mischt ihn in den Alkohol. Oder in seine Drogen. Das hemmt seine Heilkräfte.«

»Ganz schön kreativ.«

»Ja, und verboten. Hey! Wach auf!« Ich trat ihn in die Seite. Er schlug nach meiner Hand, drehte sich herum und igelte sich zusammen, als läge er in seinem verfluchten Bett. »Wir haben keine Zeit für so einen Scheiß.« Ich packte ihn an der Ferse und zog ihn quer über den Strand Richtung Meer. Die Situation erinnerte mich an den Tag am See, als ich Jess auf die gleiche Art zum See geschleppt hatte. Nur war ich da fremdgesteuert gewesen und hatte sie den Undinen zum Fraß vorwerfen wollen.

»Äh, Jaydee. Was hast du vor?«

»Ich denke, ein kühles Bad wird helfen, ihn auszunüchtern.«

»Bitte ertränke ihn nicht.«

Ich blickte über meine Schulter und grinste. »Keine Sorge, dagegen ist er ganz sicher immun.«

Raphael grunzte, während ich ihn hinter mir herschleppte. Seine Gefühle schwappten hin und her, genau wie die Wellen, die sich am Strand brachen. Euphorie wechselte mit Depression, gefolgt von einem leichten Anflug aus Angst, um dann wieder in pure Freude umzuschwenken. Ich hatte in meiner Jugend natürlich auch schon versucht, mich zu betrinken und auch den einen oder anderen Joint geraucht. Da es absolut keinen Spaß machte, wenn man nichts dabei empfand, war ich rasch wieder davon abgekommen. Eigentlich war es gut, dass diese Sachen bei mir keine Wirkung zeigten. Ich war mir nicht sicher, ob ich sonst nicht schon längst in diese Nische geflüchtet wäre.

Meine Füße sanken tief in den feuchten Sand, Raphael war nicht so massig wie Akil, aber er half auch nicht mit und der Untergrund bremste zusätzlich. So dauerte es einige Minuten, bis ich ihn endlich unten am Wasser hatte. Bevor ich hineinwatete, streifte ich meine Stiefel ab und ließ sie im Trockenen zurück. Raphael bekam noch immer nichts mit.

»Zeit, 'ne Runde zu schwimmen.«

Ich lief weiter. Die Wellen klatschten gegen meine Knöchel. Das Wasser war zum Glück nicht so kalt wie bei der Undine. Es kroch meine Waden hoch, durchnässte meine Hose. Im Gehen drehte ich mich um, packte mit der anderen Hand den zweiten Knöchel und zog ihn tiefer hinein. In der Sekunde, als es ihn traf, muckte er endlich.

»Was soll'n das?«, brabbelte er, ohne wirklich wach zu werden.

Also weiter. Das Wasser schwappte jetzt auch um Raphaels Oberschenkel, weichte seine weiße Unterhose auf. Lecker. Wirklich.

»Hey!«, rief er noch mal. Ich zerrte ihn den nächsten Meter, bis auch sein Rücken im Meer war und er Auftrieb bekam. Mir stieg der Pegel jetzt bis zum Oberschenkel. Zum Glück herrschte nicht viel Wellengang.

»Wach auf! Du Vollidiot!«

Doch er dachte gar nicht daran. Stattdessen breitete er die Arme aus, als würde er fliegen. Ich rollte mit den Augen und drehte ihn mit Schwung herum, damit er mit dem Gesicht unter Wasser landete. Es dauerte nur Sekunden, bis er prustend auftauchte. Er ruderte wild umher, zog die Beine an, suchte nach Halt. Ich stellte den Fuß auf seinen Rücken und drückte ihn erneut unter die Oberfläche. Sauerstoffmangel war genau das Richtige, um seine Selbstheilungskräfte anzukurbeln.

»Jaydee«, rief Jess. »Du weißt ganz sicher, was du da tust?«

»Ja.« Er konnte nicht ertrinken. Das wusste ich aus eigener Erfahrung. Akil und ich hatten uns an einem Nachmittag am See getroffen und waren Tauchen gegangen. Ohne Atemluftgerät. Es war ein ekelhaftes Gefühl gewesen, als sich meine Lungen mit Wasser gefüllt hatten. Vielleicht war ich nicht fähig, an solchen Sachen zu sterben, aber es hatte sich genauso angefühlt. Die Sekunden, bis mein Körper mit Wasser gefüllt war, waren die Hölle gewesen, und ich hätte sie nicht durchgehalten, wenn Akil mich nicht unter der Oberfläche gehalten hätte. Dennoch war es gut gewesen. Es hatte mir eine weitere Grenze meines Körpers gezeigt. Womöglich hätte ich gegen die Undine im See nicht ohne dieses Wissen bestehen können.

Raphael zuckte unter mir. Er versuchte, sich nach oben zu stemmen, doch ich presste ihn tiefer in den Sand. Eigentlich war er mir körperlich überlegen. Nur war er so fertig mit sich und der Welt, dass er keine Gegenwehr leisten konnte.

Ich gab ihm noch ein paar Momente unter Wasser. Jess stand jetzt wieder, presste die Hände vor den Mund und starrte mich entsetzt an. Sie zitterte am ganzen Körper, es kostete sie sichtlich Kraft, sich aufrechtzuhalten. Ihr Anblick schmerzte mich fast körperlich.

»Ähm«, rief sie. »Ich glaube, er rührt sich nicht mehr.«

Ich blickte nach unten. *Stimmt.* Ich nahm den Fuß von seinem Rücken, packte ihn am Nacken und zerrte ihn aus dem Wasser. Er spie einen Schwall Meerwasser aus und beförderte den Rest seines Mageninhaltes gleich hinterher, der als kleine Brocken auf der Oberfläche davontrieb. Mir blieb doch wirklich nichts erspart.

»Scheiße, verflucht. Was ein gigantischer Trip«, schrie er und klang, als käme er gerade von einer Fahrt auf der geilsten Achterbahn der Welt zurück.

Er rappelte sich auf die Füße, ich ließ ihn los. Raphael bückte sich, tauchte noch mal seinen Kopf kurz unter Wasser und schüttelte sich. »Wahnsinn!« Er drehte sich zu mir herum. Seine blauen Augen strahlten vor Freude, die blonden Haare hingen ihm in nassen Strähnen bis zu den Schultern. »Jaydee! Mann! Is' ja cool, dich zu sehen.«

Er wollte sich mir an den Hals werfen, doch ich wich zurück. Zu viel war zu viel. Außerdem stank er nach Erbrochenem und Restalkohol. »Bist du wieder bei Sinnen?«

»Logo.«

»Gut, denn ich habe eine Bitte.« Ich deutete auf Jess, die eine Hand auf ihre Beinwunde presste und uns noch leicht schockiert beobachtete.

»Schicke Braut, aber du ziehst sowieso immer die geilsten Mädels an.«

»Die schicke Braut bräuchte dringend Heilenergie.«

»Klaro.« Er zuckte mit den Schultern und stapfte aus dem Wasser, als käme er aus einer Wellnessoase. Im Gehen kratzte er sich am Hintern und rückte seine Unterhose zurecht. Ich blickte über seine Schulter zu Jess. Ihr Mund stand offen, ihre Augen huschten ganz kurz zu Raphaels spärlicher Bekleidung und dann sofort wieder auf sein Gesicht. Je näher er ihr kam, umso mehr sank sie in sich zusammen. Wie eine Schildkröte, die den Schutz ihres Panzers suchte.

Ich hob meine Stiefel auf und folgte Raphael.

»Ich vermute, das ist dein Ernst, oder?«, fragte sie.

»Er wird dir helfen, entspann dich, Blümchen.«

Sie kniff die Augen und die Lippen zusammen. »Und du kennst wirklich keinen anderen Erdwächter?«

»Keinen, der uns auf die Schnelle so unkompliziert zur Verfügung steht.«

»Hi«, sagte Raphael und blieb direkt vor ihr stehen. Er störte sich nicht im Geringsten an ihrer offenkundigen Abneigung oder an unserem Gespräch.

»Ja, selber Hi«, erwiderte Jess und räusperte sich. »Ich meine: Entschuldigung. Ich bin etwas von deinem ...« Sie deutete auf seine Hose. »Egal. Danke, dass du mich heilen wirst.«

»Keine Ursache. Schönen Frauen helfe ich gerne. Wie willst du's? Von vorn oder von hinten?«

Jess stöhnte leise. »Hauptsache, es geht schnell.«

»Okay.« Raphael trat hinter sie.

Jess sah zu mir und formte ein »Das-wirst-du-mir-büßen« mit den Lippen.

Ich schmunzelte. Wütend war sie mir allemal lieber als hilflos. Ihre Augen bekamen dann dieses Funkeln, ihre Wangen färbten sich rosig. Betörend.

Raphael zog sie an seine nasse Brust. Sie rümpfte angewidert die Nase, als sie seine nasse Haut berührte. Er legte eine Hand von hinten auf ihre Stirn und drückte sie fester an sich. Erst war ihr Widerstand sichtbar. Ihre Muskeln blieben hart und verkrampft, ihr Gesicht zu einer Miene verzogen, als hätte sie auf eine Zitrone gebissen, doch mit jeder Sekunde entspannte sie sich mehr. Egal, wie Raphael war: Heilenergie blieb Heilenergie und sie war wohltuend. Während er sie kurierte, pfiff er eine leise Melodie vor sich hin und tippte mit dem Fuß auf, als warte er auf den Bus. Ihre Schürfwunden fügten sich zusammen, ihr Knöchel schwoll ab, meine Fingerabdrücke auf ihren Armen verschwanden, als hätte es sie nie gegeben. Wenn diese Erlebnisse doch tatsächlich so einfach wegzuwischen wären.

»Ich glaube, das reicht«, sagte Jess schließlich und wich von ihm.

»Wie du meinst. Hätt dich noch 'ne Weile versorgt.« Er gab sie anstandslos frei und glotzte auf ihren Hintern, als sie sich von ihm entfernte. Diese Erdwächter waren doch alle gleich.

»Wie geht es dir?«, fragte ich.

Sie blickte auf ihr Bein und wickelte den Verband ab. Von der Wunde war nichts mehr zu sehen. »Großartig. Wie immer.« Vorsichtig belastete sie ihren Knöchel, doch natürlich war auch der wieder geheilt.

Sie strich über ihre glatte Haut, griff an die Stelle am Hals, an der die Undine sie gebissen hatte. Die Narben wurden endlich blasser, wenn auch langsam. Manchmal konnte das vorkommen und der Körper benötigte länger, um die Heilenergie überall umzusetzen.

»Gut, dann werden wir uns noch frische Klamotten besorgen.« Ich zog meine Stiefel wieder an und musterte Raphael. »Das Gleiche würde ich dir auch raten.«

Er blickte an sich hinab und lachte, als würde er eben erst realisieren, dass er nur mit einer Unterhose bekleidet war. »Stimmt, aber ich wollte eh nach Hause.« Raphael kratzte sich ein weiteres Mal am Hintern. »Glaube ich zumindest.«

»Bevor du gehst, könntest du mir noch verraten, wo Akil ist.«

»Öhm ... warte kurz. Lass mich nachdenken.« Raphael kratzte sich am Kinn. Es dauerte eine gefühlte Ewigkeit, bis er endlich fertig gedacht hatte. »Ich glaub, der hat so 'nen Typen aufgegabelt.«

»Das haben wir bereits von Geronimo gehört. Hast du eine Ahnung, wo er sein könnte?«

»Nö. Der Kerl hieß Tom oder so ähnlich und lag mit seinem Boot hier im Hafen. Schicker Typ, wenn man auf Typen steht. Ich nicht, nur dass das klar ist. Ich brauche ein paar ordentlich Möpse und eine Mu....«

»Schon gut«, sagte ich.

»Vielleicht fragt ihr mal am Hafen.«

»Ja.« Das mussten wir sowieso. »Danke, Raphael.«

»Ey, keine Ursache. Jederzeit wieder. Und sagt Akil, es war 'ne geile Party. Wie immer.« Raphael drehte sich zu Jess und musterte sie unverhohlen. Ihr helles Shirt war auf der Vorderseite durchgeweicht und sie trug keinen BH.

Sein Grinsen wurde breiter. »Süße Nippel.«

Vorsicht Kumpel, oder ich poliere dir gleich das Lachen aus deiner Visage.

Rasch schlang sie die Arme um sich und wurde so rot, dass sie glatt als Signalboje hätte herhalten können. Ich biss auf meine Zunge und zwang meinen Blick ebenfalls von ihrem nassen Shirt weg.

»Meld' dich mal, Schätzchen.«

»Danke, aber eher nicht.«

Er zuckte die Schultern. »Selbst schuld. Cheerio, ihr zwei.« Raphael drehte herum, stiefelte pfeifend zurück auf den Weg und ließ uns zurück.

Jess wischte sich über die Stirn, wo eben noch Raphaels Hand gelegen hatte, und kam zu mir.

»Wenn ich könnte, würde ich dir dafür eine verpassen«, sagte sie.

»Ich kann doch nichts dafür, dass er sich so gehen lässt.«

»Nein, aber du hättest ihn sanfter wecken können. Jetzt stinke ich nach Erbrochenem und Meer und, äh, ich darf gar nicht darüber nachdenken, wo diese Hände vorher überall waren.«

Ich grinste und deutete nach oben. Jess folgte mir, ich versuchte, Abstand zu ihr zu halten. Sie stank tatsächlich, als hätte sie sich in totem Fisch gewälzt.

»Lachst du mich etwa aus?«, fragte sie von der Seite.

»Wie käme ich dazu?«

Aus dem Augenwinkel sah ich, wie sie die Hand zur Faust ballte.

»Sei froh, dass du wieder gesund bist, alles andere lässt sich abwaschen.«

Wir gelangten an die kleine Straße, die zur Bar hinaufführte. »Ich werde nach dem Weg zum Hafen fragen, und kannst du dich bitte so stellen, dass der Wind nicht von hinten kommt?«

Jess hob einen Stein auf und pfefferte ihn nach mir. Ich lachte und duckte mich unter dem Geschoss weg. »Schlecht gezielt, viel zu unüberlegt. Hast du denn gar nichts von mir gelernt?«

Jetzt zogen sich ihre Lippen zu einem engen Strich zusammen, sie bückte sich und warf den nächsten Stein. Auch diesem wich ich mit Leichtigkeit aus.

»Du bist zu impulsiv und handelst aus dem Zorn heraus, das wird dich nicht weiterbringen.«

»Sagt der Mann, der die Selbstkontrolle erfunden hat.«

Ich drehte mich zu ihr um, wartete, ob sie noch eine Attacke starten wollte. Die Sonne stand hinter ihr, ließ ihre Strähnen kupferfarben leuchten. Der Wind fuhr durch ihre Haare und ihr Shirt. Sie fröstelte. Wie gesagt, sie trug keinen BH und der Stoff war recht dünn .... *Augen nach oben, Jaydee!*

»Was ist?«, fragte sie.

Die gleiche Frage stellte ich mir auch. Wir alberten hier herum wie Teenager, dabei hatten wir mehr als genug Probleme an der Backe. Aber vielleicht brauchten wir dieses Aufatmen. Vielleicht tat es uns beiden gut. Ich starrte sie weiter an, und mit einem Mal fühlte ich wieder dieses Verlangen in mir. Es war wie vor der Explosion, als ich sie an die Palme gedrängt hatte, mich ihr genähert hatte ... Wir waren nahe dran gewesen. *Zu* nahe. Ich wusste nicht, ob ich es getan hätte, ob ich es gewagt hätte, sie zu küssen. Es wäre nicht klug gewesen, so wie es generell nicht klug war, dicht bei ihr zu sein. Aber ich konnte einfach nicht mehr anders. Ich machte einen Schritt auf sie zu. Sie hielt die Luft an. Ich sollte auch die Luft anhalten, ihr Geruch war schlichtweg unerträglich.

»Jaydee, du ... du machst mich nervös, wenn du mich so anschaust. Ich weiß dann nicht, wie ... was du tun wirst.«

Das wusste ich leider auch nicht. Sie hatte gesagt, dass es okay wäre, wie ich bin. Hieß das, dass sie mir verziehen hatte? Noch immer hatte sie diese Worte nicht ausgesprochen. »Du hattest das ernst gemeint, oder? Das, was du heute Morgen zu mir gesagt hast. Das mit mir und ...« Verflucht noch mal, wenn ich jetzt noch anfing zu stottern, würde ich mich selbst erdolchen. »Zwischen uns.« Gott, was ein Gestammel!

»Natürlich meinte ich das so.« Sie musterte mein Gesicht und suchte nach einer Möglichkeit, mich einzuschätzen. Ich hielt es kaum aus, wie ihre braunen Rehaugen mich abscannten, so begierig darauf zu erfahren, was in mir vorging.

»Ich verstehe immer noch nicht, wie du das machst. Woher du diese ... Wärme für mich nimmst.« Sie war wie Anna. Vielleicht lag es in der Familie. »Ich habe dich verletzt. Schon wieder.«

»Du hast mich aus einem brennenden Haus gerettet. Denkst du, das geht ohne Schrammen ab? Es ist okay, Jaydee.«

Sie betonte das *okay*, als wolle sie es mir eintrichtern.

»Hast du denn ...« Sie räusperte sich, eine feine Gänsehaut überzog ihre Arme. Der Wind strich ihr über die Haut, spielte mit ihren Haaren. »Noch mal zu dem, was Kendra sagte.«

Dass sie das Böse in sich trug und ich es nur spiegelte. »Ich sagte dir schon, dass es Unfug ist.«

»Aber wir ...«

»Ah, ihr seid noch da«, rief eine Männerstimme hinter uns. Ich drehte mich um. Es war der Barkeeper. Er wischte sich seine Hände an der Schürze ab, die sich über seinen stattlichen Bauch spannte, und hielt einen Zettel hoch. »Ihr sucht doch nach Akil, richtig?«

»Ja.«

»Das ist gerade abgegeben worden.« Er streckte mir den Zettel entgegen. Jetzt mischte sich der Dunst aus Essensgerüchen mit dem Fischgestank von Jess.

»Von wem kam der?«, fragte ich.

»So ein Kerl, der unten am Hafen arbeitet. Er meinte, der wäre von Akil.«

Ich runzelte die Stirn. Akil hatte einen Brief geschrieben?

»Danke«, sagte ich.

»Kein Problem.« Geronimo blickte uns beide an. »Wenn ihr zwei duschen und euch umziehen wollt: Meine Schwägerin betreibt einen Klamottenladen, bestimmt kann sie euch aushelfen, und 'ne Dusche könnt ihr bei mir hinter der Bar nehmen.«

»Das wäre nett«, sagte Jess rasch, bevor ich antworten konnte.

»Gut, dann sag ich ihr mal Bescheid, dass sie euch was raussucht. Außerdem habe ich gerade frischen Eintopf aufgesetzt. Vielleicht mögt ihr einen Teller.« Er drehte sich um und lief zurück.

»Hoffentlich hat seine Schwägerin einen guten Geschmack.«

»Ja, denn wenn sie mir ein Hawaiihemd gibt, werde ich das bestimmt nicht anziehen«, sagte ich und faltete den Brief auseinander.

»Dabei würden dir ein paar *Blümchen* so gut stehen.« Sie lächelte. Es war ein ungezwungenes, offenes Lächeln, das sie sehr selten zeigte. Wenn ich es recht bedachte, hatte ich es bisher nur gesehen, wenn sie mit ihrer Fylgja redete, was ziemlich bedauerlich war. Sie trat hinter mich. Der Geruch nach totem Fisch hüllte mich regelrecht ein. Ich rümpfte die Nase.

»Oh bitte, wenn ich das aushalten muss, kannst du das auch. Was steht in dem Brief?«

Er war am Computer getippt, nur die Unterschrift war mit Tinte:

»*Hallo zusammen, seid mir nicht böse, aber ich werde für eine Weile abtauchen. Ich brauche Abstand von diesem ganzen Mist, von dieser Welt, von dem, was ich nicht mehr haben kann. Hab 'nen netten Typen aufgegabelt. Tom und ich werden 'ne Runde übers Meer tuckern, hemmungslos herumvö*...« Ich rollte die Augen und übersprang den Part, in dem er beschrieb, was er alles mit Tom anstellen würde. »*Wenn ich soweit bin, komme ich wieder. Hab' Geronimo diesen Brief geben lassen, da ihr euch sicherlich nach mir erkundigen werdet. Ich weiß, dass es ein schlechter Zeitpunkt is, aber ich kann einfach nich ... ich kann weder kämpfen noch .... Ich bin nur ein Klotz an eurem Bein. Ciao, Akil.*«

Ich faltete den Brief wieder zusammen. »Das gefällt mir nicht.«

»Lass ihm einfach ein wenig Zeit, damit er sich an seine neue Situation gewöhnen kann«, sagte Jess.

»Das meine ich nicht. Das hier. Der Brief. Den kann er unmöglich allein geschrieben haben.«

»Warum sollte er nicht? Weil er am Computer getippt wurde und das bei euch nicht geht?«

»Nein, weil Akil ...« Vorsicht jetzt. Wenn ich das ausplauderte und er es herausfand, würde er mich ungespitzt in den Boden rammen. Egal, ob er seine Fähigkeiten noch besaß oder nicht.

»Lass mich bitte nicht dumm sterben, Jaydee.«

»Akil kann nicht schreiben oder lesen. Nicht gut zumindest.«

»Bitte was?«

»Wenn du ihm sagst, dass ich dir das erzählt habe, werde ich dich bis zum Ende deines Lebens Turkish-Press-Übungen machen lassen.«

»Ich ... nein. Natürlich werde ich das nicht. Ich meinte nur, warum kann er nicht schreiben?«

»Weil er es als Kind nicht gelernt hat.«

»Der Mann ist über zweitausend Jahre alt, da hatte er doch mehr als genug Möglichkeiten.«

»Manchmal kann das Gehirn beim Übergang zum Seelenwächter gewisse Dinge nur schwer aufholen.«

»Aber er hat mit mir im Training darüber gesprochen, dass er Bücher gelesen hat.«

»Es ist ja auch nicht so, dass er es gar nicht kann, er braucht nur länger dafür oder er lässt sich vorlesen.«

»Vielleicht hat Tom ihm beim Schreiben geholfen. Ist doch möglich.«

»Ja. Schon ... ach, ich weiß nicht. Jetzt haut er in dem Moment ab, wo die Schattendämonen durchdrehen.« Wobei Akil auf See noch am sichersten war. Er hatte nicht Unrecht: Er konnte nicht mit uns kämpfen, er war genauso verletzlich geworden wie Jess. Vielleicht sogar noch schlimmer, da er lernen musste, mit seinem Körper neu umzugehen. Aber ich konnte ihn doch nicht einfach davonsegeln lassen. Ich blickte hinaus aufs Meer. Am Horizont waren drei Schiffe zu sehen. Ob er auf einem davon war? Ob er wusste, dass wir hier waren und ihn suchten?

Ich betrachtete den Brief. Wenn ich ihm helfen wollte, musste ich lernen, mit meiner neuen Fähigkeit umzugehen. Die Frage war, wer *mir* dabei helfen würde. Gerade jetzt, da die Welt der Seelenwächter derart in Aufruhr war. Ich schloss die Augen. Niemand. So sah es aus. Jeder hatte im Moment andere Sorgen. Wenn Akil also Abstand brauchte, sollte ich ihm den gewähren. Egal, wie schwer es mir fiel.

»Also schön. Wir gehen duschen, ziehen uns um, besorgen dir ein Handy und etwas von Geronimos Eintopf. Wenn mich nicht alles täuscht, hattest du noch immer kein Frühstück.«

»Das stimmt. Du hast mich abgelenkt.«

»Ich ...«

Sie lächelte mich an. Scheu und unsicher. »Es war eine schöne Ablenkung.«

In der Tat. Unsere Blicke fanden einander, verhakten sich wieder in dieser merkwürdigen Intimität, die mir wie ein Eisschauer den Rücken hinunterrann.

»Was machen wir nach dem Frühstück?« Sie biss sich auf die Lippen.

Oh, da würde mir einiges dazu einfallen ... »Was willst du denn machen?«

Sie blickte ebenfalls aufs Meer. Wie von selbst fanden ihre Finger das Amulett, das ihre Aura abschattete und als Mahnmal an ihrem Hals hing. Sie seufzte leise. »Ich weiß nicht. Hauptsache, wir sitzen nicht rum. Das halte ich nicht aus.«

»Hattest du eigentlich noch mal Magenkrämpfe?«

»Zum Glück nicht. Ich meine ... nein. Aber ich sollte mich nicht darüber freuen, oder? Die Schattendämonen rotten die halbe Stadt aus. Die Menschen sterben und ich kann nur daran denken, ob Violet sicher ist. Das ist einfach schrecklich.«

»Jeder an deiner Stelle würde genauso fühlen. Also schäme dich nicht, wenn du erleichtert bist. Es ist weder deine Schuld noch die deiner Fylgja. Der einzige, der das zu verantworten hat, ist dieser Irre und seine durchgeknallte Dämonenschlam...«

»Sprich es ruhig aus. Sie hat weiß Gott noch schlimmere Schimpfwörter als das verdient.«

»Ich könnte mir genauso Vorwürfe machen, weil ich Joanne im Park nicht umgebracht habe, aber das nutzt uns nichts. Wir müssen konzentriert bleiben, eine Lösung finden, und das werden wir nicht, wenn wir uns in Selbstvorwürfen suhlen. Du brauchst deine Kraft. Deine Fylgja braucht sie und die Menschen in Riverside brauchen sie genauso. Wenn du ihnen helfen willst, dann tue es, indem du in Bewegung bleibst. Und ja, du darfst dich darüber freuen, dass du keine Magenkrämpfe hast, denn nur so wirst du weiter kämpfen können.«

Sie sog den Meeresduft ein und dachte über meine Worte nach. »Seit ich in dieser Kirche war, fühle ich mich wie ein Hamster im Rad. Ich trete und trete und trete und bleibe doch auf der Stelle stehen. Ich weiß einfach nicht, was ich tun soll.«

»Deinem Herzen folgen.«

»Genau das hat mir ja die Schwierigkeiten eingebrockt.«

Sie drehte sich wieder zu mir, musterte mich. Ich war ein Teil dieses Hamsterrads. Sie war in meine Welt gekommen, und alles, was sie gefunden hatte, waren Schmerzen. Sie schüttelte sich, wich ein Stück zurück und brachte so mehr Abstand zwischen uns. »Lass es uns herausfinden. Das mit dem Zauber in meinem Blut, meine ich. Wenn wir sonst nichts tun können und er tatsächlich dafür verantwortlich sein könnte, dass du ausrastest ...« Sie strich sich über ihren Hals. »Es wäre doch gut, wenn wir ihn aufheben könnten. Allein schon wegen unserem Training. Also, du könntest mich dann berühren ... oder so.«

Ich schmunzelte. *Oder so. Genau.* »Wir bräuchten jemanden, der sich mit Magie auskennt.« Außer Anthony fiel mir dazu keiner ein. Erstens wusste ich nicht, ob er noch lebte, zweitens würde ich mir lieber die Hand abhacken, als ihn zu fragen. »Von den Seelenwächtern können wir keinen damit behelligen, außerdem würde der Rat vermutlich Wind davon bekommen.«

»Wäre das schlimm?«

»Wir sollten nicht mehr Aufmerksamkeit auf uns ziehen als nötig.« Wir brauchten jemand Unabhängigen, jemanden, der nicht so eng mit uns verbunden war. »Oh, warte!« Es gab noch eine. Eine aus der Gemeinschaft oder eher gesagt: aus der ehemaligen Gemeinschaft. Sie hatte nichts mit den aktuellen Problemen am Hut, und eventuell konnte ich ihr etwas anbieten, was sie haben wollte. »Ashriel.«

»Wer ist das?«

»Eine ehemalige Seelenwächterin. Sie lebt in New York. Sie könnte uns womöglich sagen, an wen wir uns wegen dem Zauber in deinem Blut wenden können oder ihn sogar selbst auflösen. Ashriel besitzt weit verzweigte Kontakte. Auch in die Unterwelt.«

»Okay.«

»Außerdem hat sie als einzige das Gegenmittel für den Pfeifzauber nicht erhalten. Ich könnte es ihr anbieten, das wäre unser Türöffner!« Verflucht, das könnte tatsächlich funktionieren! Auf der anderen Seite war es natürlich nicht ungefährlich. Ashriel lebte in ihrer eigenen Welt, mit ihren eigenen Gesetzen. Konnte ich Jess so ein Abenteuer zumuten?

»Du siehst so aus, als käme da gleich ein fettes ›Aber‹ hinterher.«

»Das wäre nicht gerade ein Sonntagsausflug.«

Sie schluckte, ihre Augen wanderten unruhig über mein Gesicht, suchten irgendwo Halt. »Das ist mir egal.«

Ich hob eine Hand und strich eine verlorene Haarsträhne aus ihrem Gesicht. Sie zuckte bei meiner Berührung. Es war ein Reflex. Ein dummer Reflex ihres Unbewussten, das sie vor mir warnen wollte. Dennoch stach es in meiner Brust, dass ein Teil von ihr noch immer Angst vor mir hatte.

»Außerdem hast du gesagt, ich sollte in Bewegung bleiben. Am Morgen Arizona, mittags auf die Azoren und dann nach New York: Wenn das nicht bewegt ist, weiß ich auch nicht.«

Ich lächelte. »Na schön. Dann werden wir nach New York reiten. Du und ich.« *Wir.* Das klang verdammt gut. Ich sollte mich nicht zu sehr daran gewöhnen.

4. Kapitel

William trat aus dem Portal und parierte Jack durch. Wie immer brauchte er einige Sekunden, um sich zu orientieren. Beim Reisen zwischen den Welten fühlte er sich stets, als stünde er auf einem Karussell, das sich in Höchstgeschwindigkeit drehte. Dann bremste es abrupt ab, und alles war verändert. Klima, Licht, Temperatur, Tag und Nacht. In Arizona war es noch früher Morgen gewesen, hier senkte sich die Sonne gen Horizont, um sich zu verabschieden. Er war einmal in der Zeit nach vorn gereist. Zu Beginn hatte ihn das extrem verwirrt. Dieses ständige Hin und Her. Er wusste nie, welcher Tag es war. Auch sein Magen war nicht mitgekommen. Musste er zu Mittag essen? Frühstücken? Mittlerweile richtete er sich nach der Uhrzeit in Arizona, egal wo er gerade unterwegs war. Immerhin war dieses Mal die Umgebung nicht viel anders als zu Hause.

Wieder eine Wüste. Wieder heiß, nur am anderen Ende der Welt.

Er kontrollierte Ilais Verschnürungen. Sie hatten ihn in dicke Decken gehüllt und auf den Sattel gehievt. William war hinten aufgestiegen, damit er den halbtoten Körper festhalten konnte. Der Ritt war unbequem gewesen, aber die einzige Möglichkeit, Ilai auf die Schnelle herzubringen.

»Bitte werde wieder gesund, Ilai.«

William wusste nicht, ob er ihn hörte, ob noch etwas von seiner Seele da drinnen war, ob es Unsinn war, was er hier tat. Leider wusste er sich keinen anderen Rat.

Jack verfiel in einen gemütlichen Trott und schlurfte durch den tiefen Sand. Es war eine halbe Ewigkeit her, seit William das letzte Mal hier gewesen war.

Vierhundert Jahre.

Beim letzten Ritual hatten sie Anna auf die Seite der Seelenwächter geholt. Jetzt würde er jemanden zurückbringen.

Anna.

Die Sitzung mit ihr gestern hatte ihn fast den Verstand gekostet. Er hatte sich so sehr bemüht, sich von ihr abzulenken, aber es war wie jedes Mal, wenn er in ihrer Nähe war: Sein Herzschlag beschleunigte sich, seine Hände wurden feucht, er konnte kaum noch schlucken, nur noch mit Mühe atmen und schon gar nicht mehr seine Augen von ihr wenden. Sie war so perfekt, so wunderschön. Ihr Gesicht, ihre Haut, ihre Haare. Was würde er darum geben, wenn er sie genauso anfassen dürfte wie Jaydee. Wenn er ihr den Halt geben könnte, den sie brauchte, wenn er sie umarmen, küssen, beruhigen dürfte. Dabei ging es ihm nicht mal um Sex. Natürlich wäre das die Vollendung, aber William wäre sogar zufrieden, wenn er für den Rest seines Seins neben Anna keusch in einem Bett liegen könnte. Sie an seine Brust gekuschelt, die Kühle ihres Körpers gegen seine Wärme. Feuer und Luft. Eins beherrschte das andere, doch William wollte sie nicht beherrschen. Er wollte einfach nur ihre Nähe. Und ihr Herz. Ja, genau das war es: Er wollte Annas Herz gewinnen. Doch egal, wie sehr er hoffte oder sich bemühte: Die Mauer, die sie um sich errichtet hatte, konnte er nicht niederreißen.

Er zwang seine Gedanken von ihr los und blickte sich um. Die Sonne kitzelte die Spitze des Berges vor ihm und würde schon bald ganz dahinter verschwinden. Der Eingang zum Tempel lag in einer Felsspalte verborgen. Uneinsehbar für Menschen, wobei sich sowieso niemand in diese Gegend verirren konnte. Dieser Ort wurde seit Jahrtausenden gehütet und geschützt, wie der Tempel des Rates. Ausgeklügelte Schutzzauber verhinderten das Eindringen von Fremden.

Normalerweise.

Ralf hatte es geschafft, den Tempel zu betreten.

Er hatte es ihm selbst erzählt. Sein Bruder hatte sich in einem Anflug von Wahnsinn selbst dem Ritual der Seelenwächter unterworfen. William konnte es noch immer nicht fassen. Es war pures Glück, dass Ralf dieses Abenteuer überlebt hatte. Die vier Elemente waren mächtig, sie waren das Leben und sie waren der Tod. Sogar die Menschen wussten das. Seefahrer zollten den Winden und dem Meer Respekt. Feuerwehrmänner wussten die Flammen einzuschätzen. Bergsteiger hielten sich an die Regeln der Felsen. Sie alle waren klüger als sein Bruder. Denn nur, wer sich den Elementen in Demut hingab, wurde von ihnen verschont.

»Du bist ein Narr, Ralf.« Eine heiße Windböe blies in Williams Gesicht. Sie trug den Geruch nach Staub mit sich. Ilai rutschte ein Stück aus dem Sattel. Sofort umschlang ihn William fester. Nicht mehr lange, dann war es soweit. Dann hieß es Abschied nehmen.

Wie sollte er das nur ertragen? Wie konnte William weitermachen ohne Ilais Rat? Ohne seine Güte? Seine Stärke?

Nicht daran denken. Er ist noch nicht tot. Der Herr im Himmel wird uns helfen.

William erreichte die Felsspalte und ritt in die Dunkelheit. Sofort sanken die Temperaturen. Die Luft wurde klamm und feucht. Es roch frisch, als bewegte er sich auf einen See oder das Meer zu. Als William zum ersten Mal hier entlanggeritten war, wurde er selbst zum Seelenwächter. Obwohl es so lange her war, wusste er noch genau, wie er sich gefühlt hatte, welche Gedanken in ihm herumgespukt hatten. Damals hatte er Vivian und seine Tochter Emma verlassen. Nachdem er seine Frau mit seinem Bruder im Bett erwischt hatte, war eine Welt für William zusammengebrochen. Er hatte geglaubt, er würde nie wieder heilen, nie wieder vertrauen können. Er hatte sich seinem Kummer ergeben, er hatte gesoffen, nicht mehr gegessen, kaum noch geschlafen. William hatte den Sinn in diesem Leben verloren, er hatte seine Familie verloren! Seine eigene Frau, die er geliebt und geehrt hatte, hatte ihn zum Teufel gejagt. Und als dieser bereits seine Klauen nach Williams Seele ausstreckte, fand Ilai ihn.

»Du hast mich gerettet.« So wie Ilai schon viele gerettet hatte. Er hatte ihm ein neues Leben gezeigt, ihm die Möglichkeit offenbart, dem Herrn zu dienen und den Menschen zu helfen. Es war Williams Anker gewesen und geblieben.

»Hoffentlich kann ich dich jetzt auch retten.«

Ilai stöhnte leise. William bremste sofort ab. Hatte er sich verhört? War das ein Zeichen des Lebens gewesen?

»Ilai?«

Er hielt mucksmäuschenstill, lauschte auf jedes Geräusch, auf jeden Atemzug, den Ilai ausstieß.

»Wenn du mich hören kannst, gib mir bitte ein Zeichen. Egal was.« William schloss die Augen und sandte ein Stoßgebet gen Himmel. *Bitte Herr, hilf mir stark und wachsam zu sein. Hilf mir, das Richtige zu tun, schenke meinem Herzen Mut und meiner Seele die Stärke, diesen auch anzuwenden.*

Ilais Atem kam ins Stocken, ein ganz leichtes Zucken ging durch seinen Körper, und dann war es wieder weg.

William seufzte erleichtert. Seine Stimme hallte in den hohen Felswänden nach. Es war nicht viel gewesen, aber er war sicher, dass Ilai ihn verstanden hatte, dass noch Leben in ihm war. Und Leben hieß Hoffnung. Er gab Jack einen leichten Tritt in die Flanke. Der Parsumi trabte sofort an. Sie verließen die Felsspalte auf der anderen Seite und kamen wieder ins Freie. Es war wie eine Arena, die von den Felswänden umzäunt wurde. In der Mitte dieser Arena stand eine einsame Eiche. Zur Mittagszeit wurde der Baum direkt angestrahlt und saugte so die Energie des Feuers in sich auf. Jetzt lag alles im Schatten.

William stieg vorsichtig ab, darauf bedacht, Ilai so wenig wie möglich aus dem Gleichgewicht zu bringen. Er strich sich die Hosen glatt und lief zu dem Baum, bis er direkt unter seinen Ästen stand.

Dann fiel er auf ein Knie und verneigte sich.

»Itep«, flüsterte er. »Ich bin William Michael Heinrich III., Feuerwächter im Haus von Ilai Malachai und treuer Diener der vier Elemente. Ich bitte um Einlass.« William zog ein kleines Messer aus seinem Gürtel, ritzte sich damit in die Hand und legte sie auf den Stamm des Baumes. Ein Zittern ging durch die Blätter, die Erde rumorte, als würde ein Tier erwachen. Unter Williams Hand staute sich die Wärme. Noch immer war es William ein Rätsel, wie Ralf Itep austricksen und den Tempel hatte betreten können. Auf der anderen Seite hatte er Unterstützung von einer Hexe gehabt. Der Magie waren wenig Grenzen gesetzt, wenn man bereit war, jeden Preis zu zahlen.

Das Beben verstummte so schnell, wie es gekommen war. Hinter William krachte ein Felsen. Er stand auf und trat aus dem Kreis des Baumes heraus. Links stürzten die Gesteinsbrocken herab, eine Staubwolke stob auf – und dann war der Eingang freigelegt. William durfte passieren.

»Jack, komm.«

Der Parsumi gehorchte und trottete brav hinter William in den Tempel.

Zuerst war alles finster. William kannte das von seinen ersten beiden Besuchen. Die Dunkelheit war so intensiv, dass man glaubte, in der Schwärze zu ertrinken. Nach wenigen Schritten hatte er bereits die Orientierung verloren, doch er zwang sich weiterzugehen. Jack prustete neben ihm. Seine Tritte wurden unruhiger, nervöser.

»Schon gut, wir sind gleich durch.« William streckte eine Hand aus, wo er Jack vermutete. Tatsächlich fand er den Hals des Parsumi und streichelte ihn.

Nach wenigen Metern lichtete sich die Dunkelheit. William blinzelte, obwohl das Licht nicht sehr grell war, und trat in das Herzstück des Tempels.

Hier hatte alles seinen Anfang und sein Ende.

Der Ort, an dem die Seelenwächter erschaffen wurden.

Es hatte sich nichts verändert.

Der Tempel war rund, in der Mitte stand der Altar, auf dem ein Leben endete und ein neues begann. Von dem Altar zweigten vier Kanäle ab, die in je vier Becken direkt an der Felswand mündeten. Sie hatten etwa fünfzig Zentimeter an Durchmesser. In jedem der Becken schimmerte eine Flüssigkeit in einer anderen Farbe. Die Essenz des Lebens, aufgeteilt in die vier Elemente. Die Urmacht allen Seins.

William bekam eine Gänsehaut, und mit einem Mal fühlte er sich klein und unbedeutend. Er war nur ein kurzer Atemzug in diesem Gebilde, ein Licht, das flackerte und wieder erlosch. Das Leben, dieser Ort: Das alles war so viel mächtiger als er.

In diesen Wänden war er wahrhaftig bei Gott.

Als gläubiger Katholik war es ihm zu Beginn schwergefallen zu begreifen, dass Gott auch hier wirkte. Dies war keine Kirche, kein geweihter Ort mit Insignien des Herrn. Nach Williams Verwandlung allerdings hatte er erkannt, dass der Herr keine Kirche benötigte, um seine Kraft zu verströmen. Er war auch in diesen Gemäuern zu Hause, so wie er in jedem Herzen zu Hause war, das sich ihm öffnen würde.

William bekreuzigte sich. *Ich danke dir, dass du mich bis hierher geleitet und geführt hast. Strecke auch weiter deine Hand zu mir aus und zeige mir den Weg.*

Bedächtig schritt er auf den Altar in der Mitte zu. Jack folgte ihm zögerlich. Bestimmt fühlte auch er die Macht, die hier drinnen herrschte. Selbst die Geräusche klangen anders, als wäre William in einem schalldichten Raum, in dem jeder Ton von den Wänden geschluckt wurde. Vermutlich kam ihm deshalb auch sein eigener Puls wie ein lautes Hämmern in seinen Ohren vor.

»Komm her, Jack.« Er dirigierte den Parsumi neben den Altar, so dass er Ilai vorsichtig aus dem Sattel hieven und ablegen konnte.

Es waren keinerlei Blutspuren auf dem Stein zu sehen, obwohl hier schon so viel davon vergossen worden war. Am Kopfende des Altars war eine kleine Nische eingelassen. In ihr ruhte der Dolch der vier Elemente. Mit ihm endete alles. Mit ihm fing alles wieder an. Es war ein Meisterstück an Schmiedekunst. Gefertigt von den ersten Seelenwächtern, die je diese Erde betraten. Die Klinge war aus reinem Titanium. Auf ihrer Schneide vereinten sich die Zeichen der vier Elemente, zusammen mit Szenen, die das Leben darstellten. Mann und Frau in inniger Umarmung, Tiere, die fraßen und gejagt wurden, Bäume, Pflanzen, Vögel. Das Meer, die Berge, der Himmel, das Feuer. Es war unmöglich, jede Szene zu begreifen, die darauf abgebildet war. Der Dolch veränderte sich mit jedem Leben, das er nahm und wieder schenkte. Die Zeichen formten neue Szenarien, nahmen neue Erinnerungen auf und verarbeiteten sie auf der Klinge. So sah er jedes Mal anders aus.

William wickelte die Decken von Ilais Körper und bettete seine Hände auf den Brustkorb. Sein Atem kam nach wie vor schnell und abgehackt, sein Auge war noch erfüllt mit Leben, und gleichzeitig wirkte es wie tot.

»Wir sind im Tempel der Wiedergeburt. Ich werde dich deinem Element übergeben. Wenn du damit nicht einverstanden bist, gib mir bitte noch mal ein Zeichen.«

William biss den Kiefer aufeinander und starrte in Ilais gesundes Auge. Die Pupille verengte sich, kurz sah es so aus, als würde er sich rühren, doch das tat er nicht.

»Also gut. Dann werde ich jetzt anfangen.« William stellte sich an das Kopfende, nahm vorsichtig den Dolch der vier Elemente aus seiner Halterung und umschloss den Griff. Er fühlte sich vertraut und fremdartig an. Das hier sollte nicht seine Aufgabe sein. Es war den Ältesten wie Ilai oder Logan vorbehalten, diesen Schritt zu vollziehen, aber nicht ihm.

Er starrte auf die Schneide, die sich schon wieder verändert hatte. Jetzt zeigte sie eine Szene mit einem Mann, einer Frau und ihrer Tochter. Sie standen auf einer Wiese, hielten sich an der Hand und blickten in den Sonnenuntergang. Das perfekte Abbild einer glücklichen Familie. Einer Familie, wie er sie hinter sich gelassen hatte, weil sein Bruder ihn ausgetrickst hatte, weil er ihn hatte glauben lassen, dass Vivian ihn betrog.

Rachsucht. Neid. Hass. Das war alles, was Ralf kannte.

»Ich werde dir ein Ende setzen, Bruder.«

William beugte sich nach vorn über Ilais Körper, hob den Dolch und rammte ihn mitten in Ilais Herz.

5. Kapitel

Jessamine

New York City. Der Big Apple. Die Stadt, die niemals schlief. Wer es hier schaffte, schaffte es überall. Sollte unser Gespräch also gut laufen, hätte ich die besten Karten, ein erfolgreiches Leben zu führen.

Das glaube ich erst, wenn es wahr wird, Sinatra ...

Wir standen mitten auf einer Wiese im Central Park. Es roch nach Gras und Erde und einem Gemisch aus Sommerfrische und Abgasen. Vögel zwitscherten, Kinder lachten, Menschen plauderten, Autos hupten, Sirenen dröhnten. Es war eine Mischung aus Natur und Stadt. Aus Frieden und Trubel.

Dies war mein erster Besuch in New York, ich vermutete, es würde auch ein sehr nachhaltiger werden. Kaum einer der Passanten machte ein fröhliches Gesicht, die meisten wirkten mürrisch, telefonierten, starrten lustlos vor sich hin ... niemand schenkte dem schönen Wetter Beachtung oder der bunten Natur ringsherum. Sie rasten in einem Tempo aneinander vorbei, als würden sie zu spät zu einem Termin kommen. Hektik. Trübsinn. Eile. War das New York City?

»Wir lassen die Parsumi hier und gehen zu Fuß weiter«, sagte Jaydee und stieg ab. »Es ist nicht weit.«

Er griff in seine Satteltasche und zog vier Phiolen in unterschiedlichen Farben heraus. Vor unserer Abreise war er noch mal in Arizona gewesen, um das Gegenmittel einzupacken.

»Warum vier? Sie braucht doch nur die für ihr Element.«

»Ich weiß nur leider nicht, welchem sie angehört. Daraus macht sie ein großes Geheimnis. Selbst ihren Geruch hat sie überdeckt. Hoffen wir einfach, dass sie wirklich auf das Mittel scharf ist.« Er band eine kleinere Ledertasche vom Sattel, hängte sie sich um und verstaute die Flaschen darin. Ich stieg ebenfalls ab und klopfte meine Schenkel, die schon wieder steif vom Reiten waren. Jaydee öffnete eine zweite Satteltasche und zog ein Paar schwere Stiefel heraus. »Die habe ich dir auch noch mitgebracht. Darin kannst du deinen Dolch aufbewahren.« Er warf sie mir vor die Füße.

»Du hast wirklich an alles gedacht, oder?«

»Tja, Vorbereitung ist das halbe Leben. Jetzt zieh sie an, damit wir vorankommen.«

Ah, diesen Befehlston hatte ich fast schon ein wenig vermisst. »Jawohl, Sir.«

Als ich fertig war, kramte ich ebenfalls in meiner Satteltasche. Geronimo hatte uns nicht nur mit Essen und neuer Kleidung versorgt, sondern auch mit einem Handy. Leider hatte es doch kein Hawaiihemd für Jaydee gegeben, sondern ein einfaches weißes, das nun lässig aus seiner neuen Jeans hing und oben ein Stück offen stand. Ich trug hellblaue Chinos und ein T-Shirt mit einem bunten großen Herzen und Funkelsteinchen vorne drauf. Erstaunlicherweise passten sogar die Stiefel dazu, die Jaydee mir gegeben hatte. Ich nahm das Handy aus der Satteltasche und checkte es.

»Hat Ben geantwortet?«, fragte Jaydee.

»Ja. Es dauert noch. Sie werden in Toronto bleiben und sich ein Hotelzimmer nehmen.« Es war wirklich gut, dass Jaydee und ich mit diesem Ausflug beschäftigt waren, sonst würde ich durchdrehen bei der ganzen Warterei. Ich blickte auf, weil er mir keine Antwort gab. Konnte er auch nicht, denn er starrte gerade einer Joggerin hinterher. Okay, sie sah bombastisch aus: Traumkörper, perfekt bemuskelt und als I-Tüpfelchen waren ihre Arme und Beine mit wunderschönen Tattoos verziert. Aber hallo? Erst flirtete er mit mir, bis sich die Balken bogen, und dann bekam er Glubschaugen bei einer anderen?

»Hast du gehört, was ich eben gesagt habe?«

»Was?« Er riss seinen Blick von ihr los und sah wieder zu mir.

Ich rollte mit den Augen. »Ihr Männer seid echt unmöglich.« Von Akil hätte ich das ja fast schon erwartet, aber er?

»Ich hab nicht ... ihre Tattoos ...«

Ja, sicher doch. Und dann noch eine Ausrede fürs Glotzen finden.

Er sah noch mal zur Joggerin, die mittlerweile um die Ecke gebogen war.

»Falls du dich losreißen kannst: Ich wäre dann soweit.« Ich betonte die letzten Worte extra deutlich, denn Jaydee war noch immer völlig starr.

Ohne darauf einzugehen, deutete er auf eine Straße, die aus dem Park hinausführte, und lief los.

Ich rollte die Augen und folgte ihm. Typisch Jaydee: Keine Konflikte lösen, lieber schweigen und weggehen.

Die Straße führte hinaus auf einen großen Kreisverkehr mit einem Monument in der Mitte, auf dem ein Abbild von Columbus stand. Glaubte ich im Park bereits, es wäre viel Gewusel, musste ich meine Meinung revidieren: Das war ja der Wahnsinn! Autos, Menschen, Lärm. Und zwar überall. Wolkenkratzer streckten sich gen Himmel, wirkten wie der Eingang zu einem mystischen Labyrinth. Ich hatte das Gefühl, regelrecht in einen Sog zu geraten. Jaydee lief zielstrebig über den Verkehrskreisel. Mit Mühe folgte ich ihm, versuchte nicht überfahren zu werden und gleichzeitig den Leuten auszuweichen. »Warst du schon mal hier?«

»Ja, mit Akil.«

»Oh.« Akil und er in einer Stadt wie New York ... wollte ich Einzelheiten darüber wissen? Eher nicht. »Erzählst du mir noch über Ashriel?«

»Früher hieß sie Katarina. Sie lebt seit 650 vor Christus und war einst Musikerin am Hofe des Königs Ancus Marcius. Dort entdeckte sie ihre Leidenschaft für die Kunst, munkelt man zumindest. Wie genau ihr Leben als Mensch verlief, kann ich dir nicht sagen. Sie hüllt sich diesbezüglich in Schweigen. Gerüchte erzählen so ziemlich alles: Angeblich soll sie schwanger vom König gewesen sein und die Königin habe sie gezwungen, das Kind abzutreiben; andere erzählen, dass der König sie gehasst habe, sie aber aus Gefälligkeit für ihren Vater hatte aufnehmen müssen und so weiter. Auf alle Fälle wurde sie von einem Seelenwächter namens Markus gefunden. Er war damals das Oberhaupt einer Familie auf Sizilien. Ein Feuerwächter, wie Ilai. Markus hat sie in unsere Welt eingeweiht und sie kämpften Seite an Seite viele Jahrhunderte lang. Bis Katarina eines Tages allen den Rücken kehrte. Sie verließ die Familie und zog sich in die Einsamkeit zurück. Niemand weiß, was der Auslöser dafür war. Kurz nachdem sie Markus verlassen hatte, wurde seine Familie Opfer eines Schattendämonenangriffs. Sie brannten das Haus nieder, es blieb nur noch Asche übrig.«

»Pass doch auf, dumme Schlampe!« Ein junger Kerl auf einem Skateboard rempelte mich gegen die Schulter. Ich stolperte nach hinten, setzte bereits zu einer Antwort an, doch er war schon wieder im Gewusel verschwunden.

»Ja, du mich auch!«, brüllte ich ihm hinterher und rieb meine Schulter. »Sind die hier alle so?«

»Du wirst es herausfinden. Komm jetzt.« Er deutete die Straße hinunter. Mir wurde übel bei dem Anblick. Menschen, wohin man blickte. Ein Teppich aus Leibern und Köpfen, die sich in einem monotonen Takt von einer Seite zur anderen bewegten. Wie konnte Jaydee das aushalten? Für einen Empathen musste es die Hölle sein zwischen all diesen Emotionen.

Er lief einfach weiter. Bewegung! Das half offenkundig nicht nur mir.

»Erst glaubten alle, sie wäre ebenfalls bei dem Angriff ums Leben gekommen«, fuhr er fort. »Etliche Jahre später tauchte sie aus der Versenkung auf und nannte sich fortan Ashriel. Sie hatte sich innerlich und äußerlich verändert, aus einer schönen Frau war ein androgynes Wesen geworden. Man sagt sogar, sie habe sich entsprechend chirurgisch verändern lassen. Sie kaufte ein Theater in London und führte abstruse Stücke auf. Voller Blut und Gewalt. Schon bald blieb das Publikum fern und Ashriel musste das Theater wieder schließen. Sie brach ihre Zelte ab und verschwand von Neuem. Ihre Geschichte schwappt hin und her. Seit knapp fünfzig Jahren führt sie das Theater hier in New York, und anscheinend hat sie gefunden, was sie glücklich macht.«

»Keine Stücke mehr übers Blutvergießen?«

»Nein, aber natürlich reißen auch in New York die Gerüchte nicht ab. Angeblich sollen Künstler, die bei ihr unter Vertrag gehen, deftige Klauseln unterschreiben müssen, und nicht jeder, der angestellt wird, kann auch wieder kündigen.«

»Und warum lasst ihr das zu? Sie schadet doch offenkundig den Menschen.« Sie war vielleicht kein Schattendämon, aber was sie da anstellte, klang kein bisschen besser.

»Sie musste einen Eid leisten: Sie darf weder einen Menschen zu irgendetwas zwingen noch darf sie jemanden angreifen, wenn sie nicht vorher angegriffen wird. So lange lassen wir sie in Ruhe.«

»Das heißt, die machen das alle freiwillig? Für sie arbeiten und dann nie wieder wegkommen?«

»Ashriel hat ihre eigenen Methoden, wie sie jemanden zu etwas überredet. Sie schließt völlig legitime Verträge mit ihren Angestellten, niemand kann etwas dagegen tun. Daher musst du auch auf der Hut sein, wenn du da drinnen bist. Fass nichts an, lass dich auf nichts ein, gib zu nichts deine Zustimmung. Sie ist wie der Teufel, und ehe du dich versiehst, hast du deine Seele verkauft. Schau nach vorn, Blümchen.«

Was? Oh, Mist. Gerade im letzten Moment konnte ich einem japanischen Pärchen ausweichen, das wie gebannt vor einem lebensgroßen Plakat von Giselle Bündchen stand. »Wie kann man nur in dieser Stadt leben?«

»Versuche nicht, einzelne Leute zu erkennen, sondern halte deinen Fokus auf die Masse. Sieh nie direkt vor dich, bleib knapp unter dem Horizont, so wirst du eher spüren, wenn dir jemand in die Quere kommt.«

Ich nickte und versuchte, seine Anweisung umzusetzen. Tatsächlich gelang es mir nach einigen Metern, einen Rhythmus zu finden. Nicht so elegant wie Jaydee, aber immerhin stieß ich nicht mehr so oft mit jemandem zusammen.

Je weiter wir in Richtung Time Square kamen, desto voller wurde es. Selbst die Luft erschien mir dicker, drückender. Mir tropfte der Schweiß vom Nacken, dabei war es hier bei Weitem nicht so heiß wie in Arizona.

»Warte kurz«, sagte Jaydee und blieb vor einem Buchladen stehen. »Bin gleich wieder da.«

Bevor ich etwas sagen konnte, verschwand er im Inneren. Na toll. Hoffentlich kam er auch wirklich gleich wieder. Ich drückte mich an die Häuserwand, versuchte im Schatten ein wenig zu entspannen und von dem Lärm und den vielen Leuten Abstand zu gewinnen.

Es gelang mir kein bisschen. Diese Stadt war von allem zu viel: zu viel Lärm, zu viel Trubel, zu viele Menschen. Ich sehnte mich regelrecht nach der Einsamkeit in der Wüste zurück.

»Jess?«, rief auf einmal jemand.

Oh, mein Gott. Das durfte nicht wahr sein!

Ich hatte mich verhört! Ganz sicher.

Das war absolut und einfach nicht möglich!

Ich wirbelte herum und schon lag ich in seinen Armen. »Zac!«

»Heiliger Bimbam, das gibt's doch nicht! Was machst du denn hier?«

Statt zu antworten schmiegte ich mich an ihn. Mein Körper erinnerte sich sofort. Ich atmete seinen Duft ein, kuschelte mich an seine Halskuhle, so wie ich es immer getan hatte, wenn wir gemeinsam Gruselfilme schauten. Auf einmal war alles wieder da. Abende in unserem Wohnzimmer, am Ufer des Sees, Gespräche über Gott und die Welt, Ausflüge mit Violet, mit Ariadne ... mit Mum. Ich fing an zu zittern. Es kam einfach so über mich. Hier in seinen Armen, in den Erinnerungen an mein altes Leben, brach alles über mich herein und zermalmte mich zu Staub. Ich presste mich fester an ihn, als müsste ich mit dieser Umarmung alles Schlechte, alle Gewalt, alles Leiden, das mir in den vergangenen Wochen widerfahren war, herausquetschen.

»Himmel, du erstickst mich«, stöhnte er.

»Da musst du jetzt durch.« Ich war nicht bereit, ihn gehen zu lassen. Denn das hieß: zurück in die Realität. Und das ging nicht. Noch nicht. Es war mir egal, ob uns Menschen anstarrten, ob wir mitten auf dem Gehsteig den Weg für alle versperrten, ob wir noch einen Termin hatten, ob wir zu spät kamen.

Für eine Minute sollte es einfach nur wie früher sein. Ohne Tod, ohne Blut. Nur er und ich und unsere Freundschaft.

»Jess, ich meine es ernst. Ich kippe gleich um.«

Widerwillig gab ich ihn frei und trat einen Schritt zurück. Er sah großartig aus. Braungebrannt, in den Augen ein glückliches Funkeln, wie es Verliebte hatten, die Haare ein Stück länger, der leichte Schatten eines Bartes an seinem Kinn.

Er musterte mich genauso interessiert wie ich ihn. Suchte in meinem Gesicht nach seiner Freundin, die ihn so sträflich vernachlässigte.

»Schick bist du«, sagte ich schließlich.

»Ich wünschte, ich könnte das auch von dir sagen. Herrje, Mädchen. Isst du auch?« Er hob meinen Arm und kniff mir in die Taille. »Da ist ja überhaupt nichts mehr dran.«

»Ja. Das griechische Essen. Ich musste mich erst dran gewöhnen.« Oh Gott, wie sollte ich ihm nur erzählen, was ich hier machte? Und wo blieb Jaydee? Warum lief ich ausgerechnet in einer Millionenstadt Zac über den Weg?

»Hey, Zachary. Alles klar?«

Ein junger Kerl in einem Linkin-Park-Shirt trat zu uns. Er musste ungefähr in meinem Alter sein, hatte wahnsinnig dunkle Augen und ebenso braune Locken. Seinen Gesichtszügen nach zu urteilen war er Südländer.

»Ja, ich habe gerade eine alte Freundin getroffen. Jess, das ist Tobias. Ich hab dir von ihm erzählt.«

»Freut mich sehr, dich kennenzulernen.« Ich schüttelte seine Hand.

»Ebenso. Zac schwärmt immer von dir.«

Und ich überhaupt nicht von ihm. Das schlechte Gewissen schlug mir direkt mit der Faust ins Gesicht.

»Zurück zu meiner Frage«, sagte Zac. »Was machst du hier?«

»Ich ... wir sind ... wir wollten ...« *Schlechte Lügnerin, schlechte Lügnerin* ... das wurde so langsam echt zu meinem Verhängnis.

»Sie ist mit mir hier.«

Ich zuckte, als ich Jaydees Stimme hinter mir hörte. Zac ebenso. Er blickte auf, sah über meine Schulter und erstarrte. »Heiliger Jesus.« Zacs Mund klappte auf, er versuchte etwas zu sagen, doch es blieb ihm im Hals stecken.

»Wenn du gleich anfängst zu sabbern, wird es peinlich«, flüsterte ich. Mir war schon klar, dass Jaydee ein Hingucker war, aber Zac war ja kurz davor zu hecheln und Männchen zu machen. Das war dann doch leicht übertrieben.

»Ich ...« Er schüttelte sich und streckte Jaydee die Hand hin. »Ich bin Zachary.«

»Schön für dich«, sagte Jaydee, ohne die Hand zu ergreifen. »Können wir dann weiter? Wir haben noch etwas vor, falls du dich erinnerst.«

Ich drehte mich zu ihm um. Seine Miene war steinern wie immer, wenn er dichtmachte. »Bereitet es dir eigentlich Schmerzen, höflich zu anderen zu sein?«, fragte ich.

»Okay, kann ich mal kurz«, sagte Zac und zog mich ein paar Meter weg. »Was geht hier ab? Was machst du mit diesem Kerl und weshalb seid ihr in New York?«

»Ich ... ich habe ihn in Griechenland kennengelernt, er ist sehr ... reich und er wollte mit mir einen Ausflug machen. Wir ... wir shoppen! Außerdem wollte ich anrufen, weil ich ja wusste, dass du hier bist und wir hätten uns treffen können, aber mein Handy ist mal wieder ... kaputt.« Autsch. Nicht mal ich kaufte mir diesen Müll ab. »Hier, siehst du ...« Ich kramte nach meinem neuen Handy, als spielte es eine Rolle, dass er es zu sehen bekam. »Hab ein neues und ich wollte ... also dich anrufen und so.« Urgs.

»Sind Ariadne und Violet auch hier? Sie ist doch ganz verrückt auf Schuhe kaufen.«

»Sie sind noch in Griechenland.«

Zac zog die Augenbrauen zusammen und kratzte sich am Kinn. So wie er aussah, glaubte er mir kein Wort. Wie auch?

»Sag mal, kennen wir uns?«, fragte Zacs Freund.

»Du bist wirklich ein Schnellmerker.« Jaydee drehte herum, funkelte mich mit seinem besten Foltermeisterblick an, den er draufhatte, und deutete in die Richtung, aus der wir gekommen waren. »Komm endlich. Sie wird nicht ewig warten.«

»Ja doch.« Ich griff nach Zacs Hand. »Tut mir leid. Ich erkläre dir alles in Ruhe, ja? Aber wir haben eine wichtige Verabredung.«

»Geht da was mit dem Kerl und dir?«

»Ha, du hast ja keine Ahnung.« Ich hob seine Finger an meine Lippen und hauchte einen Kuss darauf. Hinter mir hörte ich Jaydee nach Luft schnappen, doch als ich mich umdrehte und ihn ansah, war die Gefühlsregung schon wieder vorbei. »Bitte verzeih mir, Zac.«

»Schon gut, aber meld dich auch wirklich.«

»Ja, ganz bestimmt.«

»Jaydee ...«, stammelte Zacs Freund auf einmal. Da war wohl ein Groschen gefallen, nur leider klang es nicht nach einem: ›*Hey, ist das schön, dich zu sehen*‹, sondern eher, als wäre Jaydee der letzte Mensch auf Erden, dem er begegnen wollte. »Du bist Jaydee Stevens, der Sohn von Mikael!«

Jaydee stöhnte und strich sich durchs Gesicht.

»Ich bin Tobias. Ich war Messdiener bei ihm. Hab drüben in dem Waisenhaus gelebt.«

Jaydee hatte mir von ihm im Stall erzählt. Tobias' Gesichtsausdruck nach zu urteilen war zwischen den beiden noch einiges mehr vorgefallen als nur die komische Wette am Baum.

»Hat es dir die Sprache verschlagen?«, fragte Tobias.

Jaydee schüttelte den Kopf, drehte um und stiefelte die Straße hinunter.

»Bist also immer noch ein Arschloch!«, rief Tobias ihm hinterher.

Okay, definitiv keine Freunde, die beiden.

»Das hat Auguste übrigens auch gesagt«, brüllte Tobias Jaydee hinterher. »Wenn es schwierig wird, haut er ab und verkriecht sich im nächsten Loch!«

Jaydee stockte, seine Schultern spannten sich wie Bogensehnen, seine Hand grub sich in seinen Oberschenkel. Oh, diese Veränderung kannte ich. Das war nicht gut. Das war gar nicht gut. Jaydee wirbelte herum, die Augen zusammengepresst, den Kopf leicht schräg gelegt, ein silbernes Funkeln in seinem Blick. Bevor ich Tobias warnen konnte, knallte Jaydee ihm die Faust auf die Nase. Er schrie auf und stolperte nach hinten. Zac konnte ihn gerade noch abfangen. Aus Tobias Nase rann ein dünner Faden Blut, sonst schien er nicht ernster verletzt zu sein. Zum Glück.

»Wenn du ihren Namen mir gegenüber noch einmal in den Mund nimmst, werde ich dir die Zunge herausreißen und dich damit füttern! Hast du mich verstanden?«, brüllte Jaydee.

Tobias presste die Hand vor die Nase und nickte entsetzt. Er zitterte, konnte sich kaum noch auf den Füßen halten.

»Komm jetzt endlich, Jess!« Jaydee wirbelte herum und lief in die andere Richtung davon.

Super. Er zeigte sich mal wieder von seiner besten Seite.

»Mit was für Typen gibst du dich denn ab?« Zac sah mich fragend an. »Muss ich mir Sorgen um dich machen?«

»Nein. Musst du nicht. Mir geht es großartig und er ist kein Arschloch. Nicht immer zumindest.« Nach der Einlage eben war das auch sehr glaubhaft.

»Zac, ich erkläre dir alles in Ruhe, aber ich muss jetzt, ja?« Ich verzichtete darauf, ihn ein weiteres Mal zu umarmen, denn dann würde ich mich nie wieder lösen können. Also strich ich über seine Wange, drückte mit aller Macht die Tränen zurück, die sich gerade aufstauten. »Hab dich lieb«, flüsterte ich und folgte Jaydee. Ohne noch einmal zurückzublicken verschwand ich in der Menge und ließ den Menschen zurück, der neben Violet einmal zu meinen besten Freunden gezählt hatte.

Ich rannte die Straße hinunter, meine Gefühle so aufgewirbelt wie das Leben in dieser Stadt. Was tat ich hier eigentlich? Würde es immer so weitergehen? Laufen und laufen und laufen. Weg von meinen Freunden, meinem Leben, weg von denen, die mich liebten.

»Hast du dich wieder eingekriegt?«, fragte Jaydee auf einmal neben mir. Ich hatte nicht einmal bemerkt, wie er sich mir näherte.

»Herrgott noch mal! Erschreck mich nicht so!«

»Wenn du aufmerksamer wärst, würde das nicht ständig passieren.«

Ich schüttelte den Kopf und blieb stehen. »Hast du eigentlich eine Vollmeise? Wie benimmst du dich meinem Freund gegenüber, und was fällt dir ein, diesen Typen zu schlagen?«

»Tobias.«

»Ja. Meine ich doch.«

»Das geht dich nichts an, Blümchen, und Tobias hat es nicht anders verdient, glaub mir.« Sein Blick war eisig und gefühlskalt. Der Rollladen klappte bereits runter. Es hatte wenig Sinn, jetzt weiterzubohren.

»Er war derjenige, der damals auf dich geschossen hat, oder? Als du geprahlt hast, du hättest Superkräfte.« Verdammte Neugier, aber ich musste es einfach fragen.

»Ja.«

»Wie hast du ihm das eigentlich erklärt? Dass du das überlebt hast, meine ich.«

»Mikael hat ihm gesagt, es wären keine echten Patronen gewesen und ich hätte eine Schutzweste mit künstlichem Blut getragen, um ihn zu veralbern. Wenn du durchgeschnauft hast, können wir weiter. Es sind nur noch zwei Querstraßen.«

»Wer war Auguste?« Wobei ich mich auch an den Namen erinnern konnte. Zac hatte sie am Telefon erwähnt, als wir in Athen gesprochen hatten.

»Wie gesagt: Es geht dich nichts an.«

Ich wischte den Schweiß von der Stirn und blickte ihn an. In seinen Augen lag ein trauriger Schatten.

»Sie war eure Haushälterin, richtig? Zac hatte mir von ihr erzählt. Er hatte mit ihr telefoniert und gefr....«

»Warum zum Teufel mischt ihr euch in Dinge ein, die euch nichts angehen?«

»Ich ... Er wollte mir helfen. Er meinte, dass viele von Mikaels Besitztümern bei ihr sind. Tagebücher, Notizen und so ...«

»Hat Zac dir auch erzählt, dass Auguste einiges durcheinanderbringt und du schon Glück haben musst, wenn sie sich tatsächlich noch an etwas aus dieser Zeit erinnert?«

»Nein.«

»Oder dass Mikaels Besitztümer, wie du es so schön sagtest, schon lange verbrannt sind, weil sie sich nämlich fast selbst abgefackelt hätte, als sie eingeschlafen war und vergessen hatte, den Gasherd auszuschalten?«

Ich schüttelte den Kopf. Jaydee schluckte schwer. Die Muskelstränge über seinem Kiefer stachen scharf hervor. Er versuchte sich zu zügeln und stand dennoch kurz davor zu explodieren.

»Entschuldige bitte. Es war nicht unsere Absicht, uns in dein Privatleben einzumischen.«

»Gut.«

»Dennoch hättest du netter zu Zac sein können.«

»Ich habe es dir schon gesagt: Bleib in Bewegung. Dazu zählt auch, Vergangenes hinter sich zu lassen. Und genau das solltest du mit Zac auch tun. Du musst dich konzentrieren. Du hast gerade andere Probleme als ihn.«

»Er ist kein *Problem*.«

»Er wird eins werden, wenn er sich weiter einmischt.«

»Sag mal, auf welchen Zug bist du gerade aufgesprungen? Zac ist einer meiner besten Freunde! Er gehört in mein Leben. Genau wie Violet.«

»Er ist ein Mensch, und er hat keine Ahnung von der magischen Welt, oder?«

»Ja.«

»Wenn du weiter zu ihm Kontakt hast, wird er unter die Räder kommen.«

»Das weißt du doch gar nicht!«

Er biss sich auf die Lippen und wollte sich wieder umdrehen und weglaufen. Ich griff nach seinem Arm, den er natürlich sofort wegzog.

»Du lässt mich hier nicht so stehen. Was genau geht da bei dir ab?«

»Du! Das alles. Dein Leben.« Er ballte die Hände zu Fäusten. »Manchmal könnte ich .... Ich will ...! Herrgott noch mal, es macht mich wahnsinnig, was du ertragen musst. Dass du verletzt werden kannst, dass du Heilkräfte anderer Seelenwächter benötigst, um auf den Beinen zu bleiben, dass du in ein Feuer gerätst und fast verbrennst, dass ich dich ständig ... dass du jederzeit einfach so sterben könntest.«

Oha, es ging hier also nicht wirklich um Zac. »Aber das werde ich nicht.«

»Und woher willst du das wissen? Hast du in den letzten Wochen nicht schon genug Prügel eingesteckt? Genug Schmerzen erlitten? Ich hätte dich fast getötet in diesem Kerker! Meine Hände lagen um deine Kehle, ich habe dir dabei zugesehen, wie du dein Leben aushauchst, wie deine Seele den Körper verlässt und du stirbst.«

Er hatte sich immer noch nicht verziehen. »Aber ich bin hier. Ich atme, ich lebe. Du hast es mir eben selbst gesagt: *Bleib in Bewegung und lass die Vergangenheit hinter dir.* Das im Kerker zählt genauso dazu. Geh den nächsten Schritt, Jaydee, und hake es ab. Ich ... ich habe dir verziehen, also tue du es für dich selbst genauso.«

Er ließ die Luft mit einem Keuchen aus. Seine Schultern sackten ein, er wirkte, als fiele ein riesiger Brocken von ihm ab. War es ihm wirklich so wichtig gewesen, das aus meinem Mund zu hören? »Es ist in Ordnung«, sagte ich noch einmal und meinte jedes einzelne Wort genauso.

»Es hat mich verrückt gemacht, euch beide zu sehen. Er kann dich einfach so ...« Seine Hand fuhr an mein Gesicht, ohne mich zu berühren.

Wieder zuckte ich. Es war ein purer Reflex, den ich einfach nicht abstellen konnte.

»Ihr habt so vertraut miteinander gewirkt.«

»Jetzt weißt du mal, wie es mir geht, wenn ich Anna und dich erlebe. Außerdem ist Zac schwul. Du musst dir also keine Gedanken machen. Mir schien eher, dass er auf dich steht.«

Er atmete tief ein, als wolle er an meinem Geruch erkennen, was in mir vorging. »Anna und ich ...«

»Werdet nichts miteinander anfangen, das ist mir klar. Genauso wenig wie Zac und ich.«

Ein tiefes Brummen entwich seiner Kehle. Es war wieder dieses angenehme Geräusch, das sich um mein Zwerchfell legte und in mir nachhallte.

»Wir sollten weiter. Sonst kommen wir zu spät.«

»Gut, dann geh, denn du stehst mir im Weg.«

Er leckte sich über die Lippen, beugte sich noch tiefer zu mir. Mein Herz stockte und verabschiedete sich zusammen mit meinen Knien in südliche Gefilde.

»Bitte pass bei Ashriel auf dich auf.«

»Das werde ich.«

»Versprich es mir.«

»Ja, Jaydee. Ich verspreche dir, auf mich Acht zu geben.«

Er wirbelte herum und hinterließ einen kühlen Luftzug auf meiner Haut. Dieser Mann war ein einziges Rätsel. Immer wenn ich dachte, ich hätte ihn durchschaut, machte er genau das Gegenteil.

Die letzten Meter legten wir schweigend zurück. Ich folgte Jaydee und betrachtete seinen Rücken. Seine Schritte waren energisch, aufgeladen, sein Körper strahlte eine ungeheure Kraft aus.

Das Gute und das Böse. Vereint in einem Mann. Er hielt es mir immer wieder vor Augen.

»Wir sind da«, sagte er schließlich und zeigte auf ein Backsteingebäude. Es lag in einer Seitenstraße zum Broadway. Auf einer schwarzen Stahltür stand die Aufschrift: ›Bühneneingang – Zutritt nur für Mitarbeiter‹.

»Okay, noch mal, Blümchen: Fass nichts an, rede mit niemandem außer Ashriel und gib zu nichts deine Zustimmung. Egal was, verstanden?«

Ich nickte.

Er drehte sich zur Tür und klopfte. »Und bitte denk an dein Versprechen«, sagte er ganz leise.

»Wird schon schiefgehen«, erwiderte ich. »Oder eher Hals- und Beinbruch. Das wünscht man sich doch im Theater, oder?«

Es dauerte keine halbe Minute, bis die Tür aufging.

»Heilige ...« *Scheiße* wollte ich gerade sagen, aber Jaydee zischte mich an, damit ich ruhig blieb. Ich schlug mir die Hand vor den Mund und betrachtete voller Staunen den Mann in der Tür. Wobei *Mann* hier die falsche Beschreibung war. Der Typ musste mit einem Gorilla verwandt sein, ganz eindeutig. Sein bulliger Körper versperrte komplett den Eingang. Ich fragte mich, wie der da reingekommen war, denn er passte auf gar keinen Fall durch die Tür. Weder längs noch quer noch sonst wie. Er bestand nur aus Bergen massigen Fleisches und schwarzen, fettigen Haaren. Einen Hals suchte ich vergebens, sein Bauch quoll über den Hosenbund, den ich irgendwo unter dieser gigantischen Fettfalte vermutete. Wer stellte Kleidung in dieser Größe her? Zeltverleihe? Mit seinen kleinen Knubbelfingern wischte er sich die Überreste eines Salamisandwiches vom Kinn.

»Wir möchten Ashriel sprechen«, sagte Jaydee völlig unbeeindruckt. »Zeig ihm das hier. Wir haben noch mehr davon.« Er zog eine der Phiolen aus der Tasche und reichte sie dem Gorilla. Dieser nickte und schloss die Tür ohne ein weiteres Wort.

»Super. Was machen wir jetzt?«

»Warten und uns vorbereiten.« Er öffnete die Tüte, die er aus dem Laden mitgebracht hatte. Darin war ein schmales Buch mit dem Titel: ›Theaterbräuche – Unfug oder Wahrheit?‹.

»Was willst du damit?«

»In Theatern gelten gewisse Verhaltensregeln, ich will sie kennen, damit wir uns nicht unwissentlich in eine Ecke manövrieren.«

Das Buch war nicht sonderlich dick, aber wann wollte er das bitte lesen?

Als spürte er meine Frage, lächelte er. »Keine Sorge. Bis wir eingelassen werden, habe ich es durch.«

Er lehnte sich an die Wand und fing an, in dem Heft zu blättern. Tatsächlich hatte er es in Windeseile gelesen. Oder eher überflogen. So ein perfektes Gedächtnis hätte ich mal in der Schule brauchen können.

Nach etwa zehn Minuten ging die Tür ein weiteres Mal auf und der Gorilla kehrte zurück. Er trat zur Seite und deutete nach drinnen. Jaydee warf das Heft in den nächsten Mülleimer und nickte. Wir kehrten den Straßen von New York den Rücken und betraten eine Welt aus Dunkelheit und dem Geruch nach Popcorn.

6. Kapitel

Herr im Himmel, verzeih mir.« William ächzte und zog die Klinge aus Ilais Herz, das er soeben zerteilt hatte. Der Oberkörper bäumte sich auf, Ilais Hände krallten sich in den Altar. William keuchte, als wäre er es, der die Schmerzen ertragen musste. Seine Hand zitterte, Ilais Blut tropfte von der Schneide, William wiederholte die Worte von eben, bestätigte sich selbst damit, dass er keine Sünde begangen hatte.

Keinen Mord!

Es war nötig! Es war nötig! Es war nötig!

Williams Kehle war trocken und rau. Plötzlich wog der Dolch das Tausendfache. Was hatte er sich nur dabei gedacht? Er hatte gerade einem anderen Lebewesen ein Messer ins Fleisch gerammt! Einem Unschuldigen, wehrlosen, gebrechlichen Mann.

»Es ist alles in Ordnung«, sagte er noch einmal. Das Zittern in seiner Stimme konnte er kaum unterdrücken. »Du gehst zu deinem Element.« Er wischte sich die Tränen aus den Augenwinkeln und streckte das Messer vor sich aus. Vorsichtig, damit kein Tropfen Blut von der Klinge fiel, lief er zu dem roten Becken, welches das Element Feuer beherbergte. Der Weg kam ihm wie ein Marathon vor. Seine Füße waren bleischwer, müde, der Körper ausgelaugt, zittrig.

Es war richtig so.

Endlich erreichte er das Becken, langsam tauchte er die blutverschmierte Klinge in die Flüssigkeit ein. Rot auf Rot. Blut für Feuer. »Bitte komm gesund wieder.«

Wie auf Kommando begann die Flüssigkeit zu glühen. Der Kanal, der von dem Becken zum Altar führte, füllte sich mit flüssigem Feuer. William wusste, was geschehen würde. Bei seinem eigenen Ritual hatte er natürlich nichts miterlebt, doch bei Anna hatte er aufgepasst. Das Feuer arbeitete sich zum Altar vor, es strömte unter dem Stein hindurch, schwappte gegen die Kanten und floss langsam nach oben zu Ilais Körper.

Er ist nicht tot. Er geht nach Hause.

Williams Verstand arbeitete gegen ihn. Alles erschien so grausam, so endgültig. Wie konnte ein Körper überleben, wenn das Herz zerteilt war? Er wusste es nicht, niemand wusste es, aber es war Teil des Rituals und der Magie, die durch die Seelenwächter wirkte. *Beende ein Leben, um ein neues zu beginnen.* So war es seit Jahrtausenden.

Das Feuer kletterte den Altar hoch, umschloss Ilais Körper, seine Beine, seine Arme, seine Brust. Ilai zuckte nicht mehr. Das Auge war geschlossen, sein Atem hatte ausgesetzt. Jetzt gab es nichts mehr zu tun.

William lief zurück zum Altar. Je näher er kam, desto heißer wurde das Feuer. Es war eine Wohltat nach all den Strapazen. Ein Nachhausekommen, ein Ausruhen. Am liebsten hätte er sich mit auf den Stein gelegt und sich ebenfalls von den Flammen einhüllen lassen. Behutsam bettete er den Dolch zurück an seinen Platz und wartete.

Nun lag es an Ilai. Das Feuer würde die Erinnerungen und Erlebnisse aus den Zellen extrahieren und für immer konservieren. Sie würden in die Gemeinschaft zurückfließen. Ilai wäre ab heute ein Teil von allen künftigen Feuerwächtern, seine Erfahrungen würden durch sie wirken.

Nichts war verloren.

William beugte sich zu dem Körper hinunter und betrachtete ihn ein letztes Mal, bevor das Feuer ihn komplett verschloss. »Ich hoffe, ich sehe dich wieder.«

Auf einmal schnellte Ilais Hand nach oben, packte William am Nacken und riss ihn zu sich. Er schrie vor Schreck, versuchte sich noch zu wehren, doch es ging alles zu schnell. William wurde mit in die Lava gezogen. Sofort umschloss ihn die Hitze. Angenehm und glühend zugleich. William suchte Halt, versuchte sich abzufangen, doch er stürzte bereits. Er wurde in das Element gezerrt, hinein in die Unendlichkeit. An einen Ort, von dem nicht alle Seelenwächter wiederkehrten.

7. Kapitel

Jaydee

Wir standen in dem kleinen Vorraum. Die Masse Mensch hatte sich in ein Kassenhäuschen zurückgezogen und aß stumm einen Schokoriegel. Jess starrte ihn seit Minuten an, ich hingegen sog die Umgebung in mich auf. Es roch nach einer Mischung aus Popcorn und Staub, ganz leicht nahm ich auch Blut wahr. Die Energie, die dieses Gebäude aussandte, war enorm. Meine Füße vibrierten regelrecht, leichte Stoßwellen drangen vom Boden über meine Schuhe, meine Beine hinauf. Es fühlte sich an, als würde ich in einem elektromagnetischen Feld laufen. Vor uns war eine weitere Stahltür. Sie strahlte eine merkwürdige Wärme aus. Nicht einladend oder schützend, sondern verzehrend, als wäre das der Eingang zur Hölle.

Die Tür ging auf. Ein dunkelhäutiger Mann trat heraus und breitete seine Arme aus. »Willkommen.« Sein weißes Hemd stand bis zum Bauchnabel offen und gab den Blick auf seine nackte Brust frei. An seinem Hals baumelte eine lange Kette mit einem goldenen Kreuz. Sofort sprangen all meine Sinne an und scannten den Fremden, versuchten ihn einzuschätzen. *Junger Kerl, selbstbewusst, trägt Verantwortung, bewegt sich geschmeidig. Könnte ein guter Kämpfer sein.* An seinem Bund hingen zahllose Schlüssel, die bei jedem Schritt klimperten. Sein Gang war leicht federnd, als tanzte er auf Musik, die nur er hörte. *Ergänze noch: sehr eigentümlich.* Trotz des Lächelns, den ausgebreiteten Armen und dem offenen Blick strahlte er etwas Befremdliches aus. War das Boshaftigkeit?

»Ich bin Jaydee und das ist Jess. Wir möchten zu Ashriel.«

»Ich weiß.«

»Und mit wem haben wir das Vergnügen?«, fragte ich und bemühte mich *wirklich*, dabei höflich zu klingen. Vielleicht schadete es tatsächlich nicht, wenn ich mich ein wenig anstrengte.

Der Fremde grinste breit. Nein, er wirkte nicht boshaft, eher hinterlistig. »Ich bin der Freund des Bodens. Horatio – wenn ich mich nicht selbst vergesse.«

Oh, Mann, bitte. Keinen Schwafler. Ich hasste diese Fuzzis.

Horatio beugte sich nach vorn und hielt die Hand vor den Mund, als wolle er verhindern, dass jemand mithörte. »Das ist von Shakespeare«, flüsterte er.

»Entzückend. Können wir nun?«

Er rümpfte die Nase, als hätte ich ihn persönlich beleidigt. Das konnte wirklich heiter werden. »Shakespeare war ein Genie! Vergesst das nie!« Er wirbelte herum, warf den Kopf in den Nacken und öffnete die Stahltür. »Am besten tätowiert ihr es euch in die Arme, damit ihr es immer vor Augen habt: Shakespeare.War.Ein.Genie!«

Etwas hallte in mir nach, als er übers Tätowieren sprach. Schon wieder. Horatio griff nach der Tür und hielt sie für uns offen. Dabei rutschte sein Hemdsärmel hinauf und entblößte die Haut darunter. Das war ihm also wirklich ernst. Sein Unterarm war mit einem Portrait von Shakespeare bedeckt, um das Bild zogen sich Zitate. Vermutlich aus seinen Stücken. Wirklich prima. Diese Sorte Mensch – wenn er denn ein Mensch war – war mir am unangenehmsten. Sie ließen sich schwer einschätzen.

Horatio klatschte in die Hände. »Fortan, meine Freunde, tretet ein und lasst alle Hoffnung fahren.«

»Das ist aber aus Dantes Inferno«, sagte Jess. »Das haben wir in Philosophie bis aufs letzte Wort zerpflücken müssen.«

»Sei still, Blümchen.« Je weniger sie auffiel, umso besser.

»'Tschuldigung. Ich sag ja nur.«

Ich drückte mich an ihr vorbei und trat als Erster durch die Tür. Gerade jetzt wäre es praktisch, wenn ich sie anfassen könnte. Es würde mich beruhigen, Körperkontakt zu ihr zu haben, damit ich besser auf sie aufpassen konnte. »Bleib so dicht an mir dran, wie du kannst«, sagte ich über meine Schulter.

»Okay.«

Ich passierte Horatio und sah ihm direkt in die Augen. Sie waren unterschiedlich. Eins blau, das andere grün. Er trug Kontaktlinsen. Sein Blick blieb offen, ein Mundwinkel leicht nach oben gezogen, als wisse er etwas, das ihn diebisch freute. Auf den Knilch würde ich aufpassen müssen.

Die Tür führte in einen weiteren Flur. Er war dunkel, das Ende nicht erkennbar. Sobald wir drin waren, schloss Horatio hinter uns ab. Natürlich. Wäre ja auch verwunderlich gewesen, wenn nicht. Die Neonbeleuchtung brannte in den Augen. Es war ein unangenehmes Licht, bei dem man ständig blinzeln musste. Einige Lampen flackerten wild, was es noch schwieriger machte, sich zu fokussieren. Clever, seine Gäste schon beim Eintreten mürbezumachen. Außerdem hatte sich mit dem Schließen der Tür der Luftdruck verändert. Es knackte in meinen Ohren und es war kaum noch etwas zu hören. Als würde der Schall auf einmal nicht mehr transportiert. Ich blickte kurz zu Jess. Sie hielt die Arme um sich geschlungen und zitterte leicht.

Wir liefen schweigend den Gang hinunter. Meine Stiefelsohlen quietschten auf dem Linoleumboden.

»Das ist wie in einem billigen Horrorstreifen«, flüstert Jess hinter mir.

Keine Ahnung, ich sah nie fern. Meine Realität bot mir alles, was ich an Unterhaltung brauchte.

»Dieses Theater«, fing Horatio auf einmal an zu parlieren, »wurde 1903 erbaut. Als New York noch steten Zufluss an Immigranten bekam. Ach, was waren das für Zeiten mit den Ziegfeld Follies, No No Nanette oder Sally. Wir brachten Stars wie Sophie Tucker oder Fanny Brice hervor, aber wem erzähle ich das? Wer interessiert sich heutzutage noch für Kunst? Es geht doch nur noch um Bling-Bling und neumodische Effekthascherei. Hauptsache, es ist groß und knallig, etwas anderes begeistert nicht mehr.«

Horatio laberte über vergangene Tage am Broadway, mit welchen Stars er gefeiert und welche Partys sie hier geschmissen hatten. Eine der Türen zur Rechten flog auf. Jess schrie, machte einen Satz zur Seite, ich bückte mich bereits, um meinen Dolch zu ziehen. Fünf junge Mädchen in Ballettkostümen rannten aus dem Raum. Sie schnatterten und gackerten und beäugten mich interessiert. Ich signalisierte Jess mit einem Kopfnicken, weiterzugehen. Die Mädchen folgten uns, tuschelten, versuchten mich zu berühren, doch ich wich ihnen jedes Mal aus. Dieses Spiel verstand ich besser als jeder andere. Sie ließen sich jedoch nicht beirren und hüpften um uns herum wie Welpen, die uns zum Spielen auffordern wollten.

»Contenance.« Horatio klatschte in die Hände. Sofort ließen uns die Tänzerinnen in Ruhe und verschwanden in die andere Richtung.

Je tiefer wir in das Gebäude eindrangen, desto kühler wurde es und desto unwirklicher fühlte es sich an. Als würden wir uns mit jedem Schritt von der Realität entfernen und in eine Welt eintauchen, die ihren eigenen Regeln folgte. Ab und an passierten wir eine Tür mit der Aufschrift »Werkstatt« oder »Schneiderei«. Die einzigen Hinweise, dass wir uns in einem Theater befanden.

Der Flur endete in einer T-Gabelung. Horatio bog zielstrebig nach links ab. Wieder veränderte sich die Umgebung. Die Wände wechselten von einem deprimierenden Grau in ein Rotbraun. Sie änderten auch ihre Konsistenz, als bestünden sie aus einem weichen Gewebe. Nun waren auch die Neonlichter durch Fackeln ersetzt, die in regelmäßigen Abständen angebracht waren. Die Luft wurde schwüler, stickiger. Jess japste hinter mir. Sofort drehte ich mich zu ihr um. »Was?«

»Sieh dir das an.« Sie zeigte auf eine Wand. Die Oberfläche waberte in Wellenbewegungen auf und ab. Durch die bräunliche Gewebestruktur zogen sich Adern, nein, mehr noch: Da waren Muskeln und Organe, ein Darm, ein Teil des Herzens, der Magen ... Als hätte man einen Menschen in der Mitte aufgeschnitten und an die Wand tapeziert.

»Ist das ein Auge?«, fragte Jess und lief ein paar Meter weiter. »Oh Gott, wie widerlich.«

Horatio lachte leise. Er hatte bereits Vorsprung und bog gerade um die nächste Ecke. Wir durften ihn nicht verlieren.

»Geh weiter. Sofort.«

Sie gehorchte. Wir beschleunigten unser Tempo und holten ihn wieder ein.

»Selbst die Fackelhalter sind aus Knochen«, sagte Jess.

Also stimmten wohl die Gerüchte, die sagten, dass nicht jeder Ashriels Theater wieder verließ.

Der Flur machte noch ein paar Abzweigungen.

»Ich habe vollkommen die Orientierung verloren«, sagte Jess.

»Ich nicht, keine Sorge.« Da müssten sie sich schon mehr einfallen lassen.

Immer wieder begegneten wir Angestellten. Türen flogen auf und wieder zu, Schauspieler in Kostümen oder Techniker huschten an uns vorbei. Sie wirkten wie Menschen, ich konnte keinerlei dämonische Energie an ihnen wahrnehmen, nur spürte ich auch kein Leben in ihnen. Als wären sie lediglich ihre Rolle und ohne jedwede Persönlichkeit.

Endlich blieb Horatio vor einer weiteren Stahltür mit der Aufschrift ›Bühne – Betreten nur für Befugte‹ stehen.

»Die Herrin erwartet euch drinnen.« Er drehte sich zu Jess. »My lady, es war mir eine außerordentliche Ehre, euch kennenzulernen. Auf bald mal wieder.« Und schon streckte er die Hand aus, um sich von ihr zu verabschieden. Sie wollte sie reflexartig ergreifen, doch ich packte Horatio und presste ihn an die nächste Wand. Zu seinem Glück bestand die nicht mehr aus dieser Gewebemasse.

»Wenn du sie anfasst, reiß ich dir den Arm aus und stopfe deine dämliche Fresse damit.«

Horatio lächelte mich an und hob die Hände als Geste der Unterwerfung. Seine Gefühle ließen sich leicht interpretieren. Er wollte gefallen, war darum bemüht, uns zu imponieren. Oder er verstellte sich nur geschickt. »Verzeiht, Herr. Ich wollte nur höflich sein. Ein Wort, das euch offenbar nicht geläufig ist.«

Ich ließ ihn los. Horatio richtete sein Hemd neu. Dabei gewährte er mir einen weiteren Blick auf seine Haut. Auch um die Taille und an der Hüfte war er tätowiert. Es waren noch mehr Textpassagen. Die Buchstaben flirrten, tanzten vor meinen Augen. Tattoos! Keira hatte auch Tattoos, aber das war es nicht, was sich in meine Erinnerung zwängen wollte. Da war noch mehr. Etwas anderes. Die Bilder meiner Raserei flackerten vor mir auf. Meine Faust in ihrem Gesicht, brechende Knochen, Blut, das spritzte. Schreie, ihre und meine. Tritte, Hiebe, Schmerzen .... Ich hatte etwas mitgenommen. Etwas, das ich benutzen wollte.

»Gefällt Euch, was Ihr seht?«, fragte Horatio zart.

Ich blinzelte und riss mich von seinem halbnackten Oberkörper los. »Danke fürs Herbringen«, rang ich mir ab und trat einen Schritt nach hinten, damit er wieder Platz hatte.

Er verneigte sich, drehte sich um und verschwand in die Richtung, aus der wir gekommen waren.

»Danke, Jaydee.«

»Nichts anfassen! Ist das wirklich so schwer?«

»Nein, ich ... ich habe nicht ... es war ein Reflex. Es hat mich einfach so zu ihm gezogen, als hätte er eine Schnur nach mir ausgeworfen.«

»Beherrsch dich. *Bitte.*«

»Ist ja gut.«

Ich öffnete die Stahltür, ein kühler Luftzug blies mir ins Gesicht. Nach der drückenden Schwüle des Flures ein wahrer Segen. Wir traten auf die Hinterbühne, an den Wänden waren Seilzüge befestigt, vermutlich, um die Kulissen zu bewegen. Neben dem leisen Brummen der Lüftung hörte ich ein Wispern. Fast so, als stünden auf der Seitenbühne Menschen, die ihre Texte übten. Langsam ging ich weiter. Das Wispern nahm zu, wurde eindringlicher. Die Menschen redeten und redeten. Von vergangenen Zeiten, von Träumen, die sich nie erfüllten, von verpassten Chancen.

Auf einmal hörte ich Jess nicht mehr. Ich wirbelte herum. Sie lief wie in Trance zur Seitenbühne, den Blick starr geradeaus gerichtet, als bewundere sie ein schönes Theaterstück.

»Jess!«

Sie reagierte nicht. Verflucht noch eins. Ich lief zu ihr und kniff sie in den Oberarm. Nur kurz. Auf keinen Fall wollte ich irgendetwas von ihren Emotionen aufnehmen.

»Au!«, schrie sie und rieb den Oberarm.

»Du gibst dich Träumereien hin.«

»Hab ich doch gar nicht ....« Sie blickte sich um. »Das ist keine Absicht.«

»Dieser Ort will dich verführen, du musst dich besser konzentrieren.«

»Wenn ich nur wüsste, wie.«

»Denk an Violet. Oder an das, warum wir hier sind. Ruf dir alles in Erinnerung, was euch verbindet, auch wenn es schmerzt – oder gerade dann. Emotionen sind ein starker Anker.«

Sie nickte und biss sich auf die Lippen. Ich schob den Vorhang zur Seite, der die Hinter- von der Vorderbühne trennte, und trat hinaus in den Lichtkegel. Nun waren wir auf dem Teil der Bühne, der fürs Publikum sichtbar war. Eine Leiste war direkt vor uns angebracht und leuchtete uns mit grellen LEDs ins Gesicht. Der Raum dahinter verlor sich in vollkommener Schwärze. Ich konnte weder erkennen, ob jemand im Zuschauerbereich war, noch es riechen. Als wäre die Bühne eine eigenständige Welt, losgelöst von der Realität.

»Wir werden Violet retten, wir werden Violet retten«, hörte ich Jess hinter mir flüstern. Langsam ging ich weiter Richtung Rand. Die Bühne endete in einem Halboval, und dann begann die Dunkelheit. Ich kniff die Augen zusammen, versuchte, Bewegungen da draußen wahrzunehmen, Hinweise, ob wir allein waren oder nicht.

Jess hatte aufgehört zu reden. Sofort fuhr ich herum. Ihr Ausdruck war schon wieder glasig, abweisend. Dieses Mal trat ich ihr gegens Schienbein.

»Autsch, verdammt!«

»Du träumst schon wieder, Blümchen.«

»Aber, aber, Silberjunge. Was wäre das Leben ohne Versuchungen?«, hallte es von oben aus dem Zuschauerraum. »Oder ohne Träume?« Die Stimme klang sanft, melodisch, nicht definierbar, ob sie einem Mann oder einer Frau gehörte. »Was wäre Peter Pan ohne seinen brennenden Wunsch, nie erwachsen zu werden? Was ein Romeo ohne die Verlockung seiner Julia? Die Menschen brauchen Träume. Sie brauchen diese Scheinwelt, die Gaukelei, die Fantasie. Es hilft ihnen, mit der grausamen Realität da draußen zurechtzukommen. Ohne Träume sind sie verloren.«

»Was auch immer«, brabbelte ich. »Zeig dich, Ashriel. Wir sind nicht zum Spielen hergekommen.«

»Dabei ist doch das ganze Leben ein Spiel, mein Freund.«

Ashriel klatschte einmal in die Hände. Sofort ging das Saallicht an. Jetzt war das gesamte Auditorium hell beleuchtet.

»Wow!«, sagte Jess.

Die Sitze strahlten in sattem Rot. Um die Balustrade der Logenplätze zogen sich Verzierungen, Schnitzereien in unterschiedlichen Farben und Szenen. Elfen schwebten über Rosen, flochten Blumen zusammen, fütterten sich gegenseitig mit Trauben. Sie waren so echt, so detailgetreu dargestellt, als könnten sie jeden Moment zum Leben erwachen.

Jess schürzte die Lippen, um anerkennend zu pfeifen ...

»Wage es nicht zu pfeifen«, zischte ich.

»Nicht mal das darf ich?«

»Im Theater gibt es die albernsten Aberglauben. Wenn du pfeifst, wird hier das Chaos ausbrechen. Also lass es. Mach am besten gar nichts.«

»Nichts anfassen, nicht träumen, nicht pfeifen .... Was denn noch alles?«

»Das hier ist kein Ausflug ins Disneyland.«

Ashriel lachte. »Beeindruckend, Silberjunge.«

Ich fuhr herum. Warum klang sie auf einmal so nah, eben war sie doch noch oben in den Rängen gewesen. Jetzt schritt sie den Mittelgang herunter und kam direkt auf uns zu. Sie trug eine goldene Robe mit Verzierungen. Eine Kapuze verdeckte ihr Gesicht, das lange weiße Haare fiel in einer seidigen Bahn bis zu ihrer Hüfte.

»Ashriel.«

»Wie ich sehe, hast du dich mit unseren Gebräuchen bekannt gemacht.« Ihr Umhang wehte im Gleichklang mit ihren Haaren. In einer Hand hielt sie einen Stock mit einer dunklen Kugel als Griff. Sie strich die Kapuze zurück und gewährte uns einen Blick auf ihr harmonisches Gesicht. So, als hätte ein Künstler eine Gesichtshälfte erschaffen und diese auf der zweiten gespiegelt. Durch die eng anliegende schwarze Hose zeichneten sich gut definierte Muskeln und eine Beule im Schrittbereich ab. Ashriel war also tatsächlich ein Mischwesen aus Mann und Frau. Pure Androgynität.

Sie hob die perfekt gezupften Augenbrauen und trat näher zu Jess. »Was für eine Schönheit. Diese Augen, diese Haut, diese ...«, sie beugte sich zu ihr und atmete tief ein, »... herrliche Seelenenergie. So pur. So rein und«, ein weiterer Atemzug. »... ah, noch unschuldig. Entzückend.«

Jess schnappte nach Luft, um etwas zu erwidern, doch sie beherrschte sich.

»Wir benötigen eine Information oder einen Dienst, was auch immer«, sagte ich. »In ihrem Blut wirkt ein schwarzmagischer Zauber. Wir wollen alles darüber wissen: Ursprung, seit wann er da ist, wie man ihn umkehren kann, ob er ihr schadet, wer ihn ausgesprochen hat und ob er ....« Sollte ich es einfach auspacken? Meine Schwäche Jess gegenüber auf den Tisch legen? Joanne hatte sie gnadenlos ausgenutzt. Ein zweites Mal wollte ich nicht in diese Situation kommen. »Ob er eine Wirkung auf mich hat.«

Ashriel hob eine Augenbraue, keine Ahnung, ob sie uns helfen konnte oder nicht.

Jess wippte auf den Füßen vor und zurück und kaute auf ihren Fingernägeln herum. Ich wünschte, ich könnte ihre Hand greifen, um die Anspannung für sie so erträglicher zu machen.

»Im Gegenzug bekommst du die restlichen Phiolen mit dem Gegenmittel.«

»Mh«, sagte Ashriel und lief ein paar Meter, drehte herum und kam zurück. Sie spielte mit uns. Durch ihr Zögern wollte sie uns wohl klarmachen, wie schwer diese Aufgabe war. Und wie teuer. »Schwarze Magie. Das ist unschön. Ich will nichts damit zu tun haben, nicht einmal für den Gegenzauber, der mir eigentlich von Haus aus zustehen sollte. Ich danke euch für euren Besuch.«

»Aber ...«, stammelte Jess. Ich zischte sie an, damit sie ihre Klappe hielt.

»Was willst du noch?«, fragte ich. Jeder hatte seinen Preis.

»Was hast du denn anzubieten, Silberjunge?« Sie legte den Kopf schräg und sah mir tief in die Augen. Es war wirklich schwer einzuschätzen, welchem Element sie angehörte. Weder verriet sie ihr Geruch noch ihre Aura. Vielleicht war sie ein Sonderfall wie Akil geworden, möglicherweise hatte sie bei ihrem Weggang aus der Gemeinschaft ebenfalls ihre Fähigkeiten eingebüßt.

»Seelenenergie«, sagte ich.

Ihr Grinsen wurde breiter. »Wie kommst du darauf, dass ich das haben möchte? Ich bin kein Schattendämon.«

»Nein, aber du hast sie schon mal gekostet.« Ich trat näher an sie heran, bis wir uns fast mit den Nasenspitzen berührten. Jetzt roch ich ganz leicht etwas:

Gier. Ich traf einen Nerv. »Wie machst du es? Wie ein Schattendämon? Mit Handauflegen? Oder hast du andere Hilfsmittel?«

Sie leckte sich über die Lippen und gab ein leichtes Keuchen von sich. Eine Schweißperle tropfte von ihrer Schläfe. Rasch tippte sie ihn mit dem Zeigefinger weg. Ihre Fingernägel waren so lang, dass sie sich am Ende bereits kringelten. »Du irrst dich, Silberjunge. Ich bin nicht interessiert.«

»Ist das so?« Ich blickte an ihr hinab. Die Beule in ihrem Schritt war deutlich gewachsen. »Dabei platzt dir doch gleich die Hose vor lauter Vorfreude.«

Ashriel lächelte träge und zog den Umhang vor sich zusammen.

»Ich gebe dir von meiner Seelenenergie. Freiwillig. Kein Widerstand. Schmeckt es dann besser?«

Jetzt schluckte sie hart. Wenn ich weiterredete, würde sie entweder anfangen zu sabbern oder ihr würde tatsächlich die Hose explodieren.

»Du überschätzt dich, Silberjunge.«

»Ich bin anders als alles, was du je bekommen wirst.«

Sie musterte mein Gesicht, kniff die Augen zusammen. »Lass mich zuerst kosten.«

»Vergiss es.«

»Ich kaufe keine Ware, die ich nicht kenne.

»Gut, dann eben nicht.«

»Ihr wollt etwas von mir, nicht umgekehrt.«

Jetzt war ich derjenige, der grinste. »Wir sind hier fertig, Jess.«

Sie öffnete den Mund, stockte. Ihr Gesicht ein einziger Ausdruck aus Unglauben. Ich funkelte sie an und betete, sie würde die Klappe halten. *Bitte, vertrau mir!*

»Komm, wir gehen.« Ich deutete auf die Hinterbühne.

»Aber ...«

»Vergiss es, das hier wird nichts. Wir fragen jemand anderen.« Mit energischen Schritten überquerte ich die Bühne. Jess konnte kaum mithalten.

»Jaydee ...«

»Nicht jetzt.«

Ich hielt ihr den Vorhang zur Seite, damit sie vor mir durchschlüpfen konnte, drehte mich noch mal zurück zu Ashriel und neigte den Kopf. »Viel Spaß beim Druckabbau. Hol dir keine Schwielen.« Ich lächelte sie an und schritt ebenfalls unter dem Vorhang hindurch.

»Stopp!«, rief Ashriel. Natürlich. Die Verlockung war einfach zu groß.

»Ich werde euch helfen.«

Langsam drehte ich mich um.

»Dafür darf ich eine Minute lang von deiner Seelenenergie nehmen.«

»Fünfzehn Sekunden.« Und die würden schon schmerzhaft genug werden.

»Fünfundvierzig Sekunden.«

»Zwanzig.«

»Nur, wenn ich dann auch von ihrer Seelenenergie etwas bekomme.« Sie deutete auf Jess. »Ihre Aura ist großartig.«

»Du bekommst eine halbe Minute von meiner und nur von meiner. Letzte Chance.« Meine Finger krampften um den Stoff des Vorhangs. *Komm schon!*

»Jaydee, das ist es nicht wert«, sagte Jess leise.

Ich drehte mich zu ihr und senkte meine Stimme. »Wenn wir den Grund dafür finden, warum ich dich nicht anfassen kann, dann ist das alles wert.«

Sie stockte, blinzelte einmal. Noch einmal, dann lief sie knallrot an und blickte zu Boden.

»Einverstanden«, sagte Ashriel hinter mir. »Eine halbe Minute plus die Gegenmittel.«

»Gut.« Die Verhandlungen waren beendet.

Ashriel stampfte mit ihrem Stock dreimal auf den Bühnenboden. Zwei Meter von uns entfernt öffnete sich eine Luke. Ein runder Tisch, gedeckt mit einem Becher und einem spitzen Dolch, fuhr herauf. Ashriel deutete auf die Stühle. »Setzt euch.«

Ich nickte Jess zu, sie trat zögerlich näher und nahm Platz, ihre Augen auf den Dolch geheftet.

»Schneide dir in die Hand und lass einige Tropfen in den Becher fallen.«

Ich blickte sie an. Es war nicht das erste Mal, dass sie zur Ader gelassen wurde. Sie würde das schaffen.

Gehorsam nahm sie den Dolch, ritzte sich in die Handfläche und presste die Finger zusammen, damit das Blut direkt in den Becher tropfen konnte. Ashriel sog tief die Luft ein und beobachtete das Schauspiel. Sie griff in ihren Mantel und zog ein silbernes Pulver heraus, dann nahm sie den Becher von Jess entgegen und streute es darüber. Eine Hand hielt sie über den Inhalt, mit der anderen malte sie mit ihrem Stock Kreise in die Luft und verfiel in einen leisen Singsang. Mir kam diese Prozedur mehr als Show denn als Zauber vor, aber wenn es sie glücklich machte, konnte sie meinetwegen auch nackt um den Tisch tanzen.

Die Kugel auf der Spitze des Stockes flackerte auf. Sie färbte sich erst hellblau, dann tiefschwarz. Auf einmal riss Ashriel die Hand zurück. Die Haut war auf der Innenseite verbrannt. Es zischte, als hätte sie auf eine heiße Herdplatte gefasst. »In dir wirkt die Essenz des Todes!«

Ich beugte mich weiter nach vorn. »Was hat das zu bedeuten? Was für eine Essenz?«

»Es gibt vier Grundelemente des Seins: Wasser, Erde, Feuer, Luft. Niemand weiß das besser als wir. Manch ein Gelehrter behauptet jedoch, dass hierbei noch zwei Elemente fehlen: das Leben und der Tod. Somit hätten wir sechs Essenzen, die sich gegenseitig in der Waage halten müssen. In deinem Blut sind Rückstände eben dieser letzten Essenz. Jemand hat bei dir sehr hohe Magie angewandt und damit die stärkste Form des Zaubers verwendet, den man auf dieser Erde wirken kann.«

»Was macht dieser Zauber?

»Er verbirgt das *Leben*, den wahren Kern einer Seele.«

Das ahnten wir ja bereits. Jedes Mal, wenn wir einen DNA-Abgleich mit Jess' Blut machen wollten, hat der Zauber genau das verhindert. Wer auch immer diese Magie bei ihr angewandt hatte, wollte nicht, dass herauskommt, dass sie eine der Nachfahren von Anna oder eher der gesamten Blutlinie war.

»Aber tröste dich, solange er nicht mit einer anderen Magie in Berührung kommt, ist dieser Zauber vollkommen harmlos für den Träger.«

Und weiter. Hatte er jetzt Einfluss auf mich oder nicht?

Ashriel lächelte. »Stell ruhig deine Frage, Silberjunge.«

»Ich ...« Mir wurde heiß. Seit ich Jess kannte, fragte ich mich, warum ich sie nicht anfassen konnte, und hier lag vielleicht die Antwort vor mir.

Das fühlte sich so surreal, so unglaublich an.

Ein Ziehen breitete sich in meinem Magen aus, verstärkte sich durch meinen Körper in meine Gliedmaßen, bis ich das Gefühl hatte, aus Gummi zu sein, das bis zum Zerreißen gespannt wird.

Ashriel strich mit ihren langen Fingernägeln über den Stock. Eine Ewigkeit sagte sie gar nichts, mir war vollkommen klar, dass das pure Absicht war, um mich zu zermürben.

Also gut. Jetzt oder nie: »Beeinflusst mich dieser Zauber in irgendeiner Art?«

Sie lehnte sich nach hinten. Langsam. Kostete jede Sekunde aus, um mir die Antwort vorzuenthalten.

»Ja.«

Zack! Das Gummi zerfetzte in seine Einzelteile. Ich zuckte zusammen, als hätte mir jemand einen Schlag in den Bauch verpasst. *Ja.* Ein Wort. So simpel. So niederschmetternd. So klar.

Ich blickte zu Jess. Sie starrte auf den Becher mit ihrem Blut. Ihr Gesicht so aschfahl, als würde sie gleich umkippen.

»Warum? Warum ich?«

Ashriel zuckte die Schultern. »Manche Dinge sind, wie sie sind.«

So etwas Ähnliches hatte ich Jess gesagt, als sie mich fragte, warum ich als einziger Mensch mit den Fähigkeiten der Seelenwächter geboren worden war. Auch dafür gab es keine Erklärung, oder vielleicht war es genau die, die hier zutraf. Vielleicht lag es an meiner Andersartigkeit, dass ich auf diesen Zauber reagierte. »Wie können wir ihn umkehren?«

Ashriel grinste und blickte noch einmal in den Becher. Ich war mir jedoch sicher, dass sie die Antwort bereits kannte. »Nur derjenige, der ihn gesprochen hat, kann diese Magie umkehren ...«

»Wer war es?«

»Mh ...« Ashriel griff in ihren Mantel und holte ein zweites Pulver hervor, das sie ebenfalls in den Becher warf. Hoffentlich käme sie nicht noch auf die Idee, ein Hühnchen oder so zu opfern. Ashriel rührte das Ganze mit ihrem langen Nagel um, zog ihn heraus und steckte ihn sich in den Mund. Wieder leuchtete die Kugel auf. Scheinbar war das Ding ihr Hilfsmittel, um ihre Magie zu kanalisieren. Vielleicht war es so wie bei Will und Ilai mit dem Feuer.

»Es war eine Frau gewesen, lange braune Haare, schönes Gesicht.« Sie blickte zu Jess. »Sieht dir nicht unähnlich, nur etwas älter.«

Jess sackte im Stuhl zurück. Sie versuchte, ruhig zu bleiben, doch ihr wummernder Herzschlag drang wie Paukenhiebe an meine Ohren. »Mum.«

So langsam ergaben die Puzzleteile Sinn. Ihre Mutter war verschwunden, als Jess ein Kind war, davor hatte sie bereits eine Fylgja gerufen. War es da nicht auch möglich, dass sie schwarze Magie anwandte, um ihre Tochter noch besser zu schützen? Sie musste über Jess‘ Herkunft Bescheid gewusst haben, und nachdem, wie sich Ariadne zuletzt verhalten hatte, wusste sie es ebenso. Und Mikael. Irgendwie hing er in dieser Sache mit drin. Warum sonst hatte sie verhindern wollen, dass Jess die Briefe von Mikael las? Vielleicht war ihm klar, was mit Jess los war. Vielleicht war Ariadne oder

Jess' Mutter bei ihm zur Beichte gewesen. Die beiden Frauen hatten ein Geheimnis gehütet und ich wurde das Gefühl nicht los, dass ich ein Teil davon war.

Jess schüttelte sich und strich sich durchs Gesicht. »Weißt du, wo sie ist?«

»Wer mit der Essenz des Todes spielt, muss mit dem Leben bezahlen. Ein Gewicht gegen das andere. Wenn sie diesen Zauber an dir durchgeführt hat, wurde sie in der Magie absorbiert. Puff!« Sie wedelte mit der Hand herum, als wolle sie eine Fliege verscheuchen. »Nicht mehr da.«

Jess schwankte und fuhr sich an die Brust. »Deshalb konnten wir sie nie finden. Sie ist tatsächlich tot.«

Ashriel fuhr mit ihrem langen Nagel über ihre Lippen. Sie wusste noch mehr darüber. Ich sah es ihr an. Irgendetwas verschwieg sie uns.

Mal sehen, ob ich es aus ihr herauskitzeln konnte. »Weg heißt nicht, dass sie tot ist, oder?«, fragte ich.

Auf einmal fing Jess an zu lachen. Es war ein entrücktes, hysterisches Lachen.

»Jess, atme!« Sie konnte jetzt nicht durchdrehen. Nicht jetzt.

Sie schüttelte den Kopf. »Ist das nicht typisch!? Meine Mum führt einen Zauberspruch aus, der uns beide vermutlich voneinander trennt, und die einzige, die ihn umkehren kann, ist sie selbst! Nur leider ist sie tot!«

Sie hatte nicht richtig zugehört, aber das war kein Wunder bei all diesen Informationen.

Ashriel tippte mit den langen Nägeln auf die Tischplatte.

Ein Geräusch, das an das Tapsen von Krallen auf Parkett erinnerte. *Klack. Klack.*

»Deine Seele ist in der Tat mit vielen negativen Energien bedeckt«, sagte Ashriel. »Deine Erlebnisse, deine Aufgaben, dein Schicksal: Es ist dir vorherbestimmt zu leiden, und es ist noch lange nicht vorüber. Geliebte Menschen werden dich verraten, du wirst weiter kämpfen müssen, alles was dich erwartet, wurde nur zu einem einzigen Zweck erschaffen: Deine Seele zu zerbrechen«, fuhr Ashriel fort. »Ich hätte mir an deiner Stelle schon längst einen Strick genommen und mir ein Ende bereitet.«

Ich schlug mit der flachen Hand auf den Tisch. Das Gefäß wackelte, kippte fast um. »Genug.«

»Ah, der edle Ritter, dabei bist du für einen Großteil ihres Elends verantwortlich.«

Diese Mistgöre. Ich hätte es mir denken sollen. Ashriel nutzte meine Schwäche für Jess genauso aus wie Joanne.

Klack. Klack.

Ich beugte mich zu Jess. Ihr Geruch hatte sich verändert. Ich war mir nicht sicher, was für eine Unternote da mitschwang. Angst? Oder eher Zorn? Egal was, lange würde sie hier nicht mehr durchhalten. Wir gruben in Wunden, die sie schon seit Jahren schmerzten und nie richtig heilten. Ich suchte ihren Blick, probierte, ihr Kraft zu senden. *Bitte. Atme durch, reiß dich zusammen!* Für dich. Für mich. Nachher konnte sie zusammenbrechen, aber nicht hier und nicht jetzt.

Klack. Klack.

Ashriel wirkte extrem selbstgefällig und zufrieden mit sich. Sie genoss diese Show.

»Kommen wir also zu meiner Bezahlung. Eine halbe Minute. Nur du und ich.«

»Nicht, bevor du uns alles gesagt hast.«

Klack. Klack.

»Das habe ich.«

»Wo ist ihre Mutter wirklich?«

Klack. Klack.

»Sie ist nicht mehr da.«

Ein Grinsen.

»Wo ist sie?«

»Das, Silberjunge, ...«, sie beugte sich nach vorn, ihre Nägel bohrten sich in die Tischplatte, »... kostet dich extra.«

Wir taxierten uns mit Blicken. Meine Hand ballte sich zur Faust. Konnte ich es wagen, mich auf sie zu stürzen? Hatte ich eine Chance? Früher oder später würde ich sie zum Reden bringen, wenn ich genug Druck ausübte, ihr genügend Schmerzen zufügte ... »Ich will alles wissen, sonst bekommst du gar nichts.«

Ashriel brummte leise. Vorsichtig jetzt. Die Stimmung drohte zu kippen. Ich fühlte das Kribbeln im Bauch, das einem Kampf vorausging. Es fehlte nicht mehr viel, und sie würde uns ihre Lakaien auf den Hals hetzen.

»Willst du andeuten, ich sei unehrbar?«, fragte sie.

»Nein. Ich sage, dass du uns etwas vorenthältst.«

»Pah!« Sie strich sich den Mantel glatt und stand auf. »Kommt hierher, stiehlt meine Zeit und beleidigt mich obendrein!«

»Aber wir haben doch gar nicht ...«, setzte Jess an.

»Still!«, sagte ich. Ashriel trieb ihre Spiele mit uns. Genauso holte sie ihre Mitarbeiter ins Theater. Sie warf ihnen Brocken zu, und wenn sie von dem Fleisch gekostet hatten, wollten sie noch mehr davon. Genauso würde ich es an ihrer Stelle auch tun.

»Horatio!«, brüllte Ashriel.

»Ja, Herrin«, erwiderte er urplötzlich hinter uns.

Ich zuckte zusammen. Wo kam der denn her?

»Begleite unsere Gäste hinaus. Wir sind fertig.«

»Natürlich.«

Ich nickte Jess zu. Sie erhob sich mechanisch, als wäre sämtliche Energie in dem Stuhl zurückgeblieben.

»Wir können nicht einfach gehen, Jaydee«, flüsterte sie.

Ashriel lachte leise und zupfte einen Fussel von ihrem Mantel. »Vielleicht fällt mir ja noch etwas ein, aber ich muss mich erst um meine Matinee kümmern, die um drei beginnt. Fünf meiner Darsteller sind erkrankt! Das ist eine Katastrophe. Wenn ich die Vorstellung retten kann, wende ich mich gerne noch mal euren Problemen zu, also wünscht mir Glück.«

»Ja, viel Glück auch«, sagte Jess, bevor ich reagieren konnte.

»Verdammt, Blümchen!«

»Was denn?«

Das hatte sie nicht ernsthaft gerade gesagt.

Ashriel fing an zu lachen. Es war ein fieses, triumphierendes Lachen. »Fantastisch!«

»Du hinterlistiges Stück Scheiße!«, brüllte ich.

»Was habe ich getan?«, fragte Jess.

»Du darfst nie jemandem im Theater ›viel Glück‘ vor einer Vorstellung wünschen. Das lockt böse Geister an.«

»Aber, ich dachte, ich darf nur nicht pfeifen!«

»Wir müssen sofort hier raus.«

»Oh nein, meine Freunde. Das werde ich gewiss nicht erlauben.« Wie aufs Stichwort vibrierte auf einmal die Luft. Die Temperatur sank rapide ab. Mein Atem stob als feine Wolke vor meinem Gesicht.

»Ich fordere ihre Seele für den Ausfall dieser Vorstellung, die ich nun ohne Zweifel absagen muss.«

Plötzlich waren wir nicht mehr allein. Tänzer, Techniker und jede Menge anderer Gestalten von Hexen über Zauberer bis hin zu Soldaten und Matrosen liefen auf die Bühne. Sie versperrten die Wege, einige trugen Schwerter, andere schwangen Werkzeuge wie Hämmer oder Zangen in ihren Händen, und manche knackten nur mit den Fingerknöcheln, um sich für eine Schlägerei warmzumachen.

»Was ist das?«, fragte Jess.

»Verlorene Theaterseelen. Darsteller, die noch in ihren Rollen hängen. Sie sind deinem Ruf gefolgt.«

»Sind sie wie Schattendämonen?«

»Das werden wir gleich herausfinden. Bald wird es hier von ihnen wimmeln und sie werden nicht aufgeben, bis sie dein Blut haben.«

»Oh je ...«

8. Kapitel

William kam hustend zu sich. Er lag bäuchlings auf einem harten Untergrund, die Luft flirrte. Heiß und brennend kroch sie in seine Lungen. Er öffnete die Augen, sah nur noch Rot, versuchte sich zu orientieren.

Was ist geschehen?

Mit Mühe stützte er sich auf die Ellbogen, blickte sich um, versuchte etwas zu erkennen. Er war noch immer im Tempel, doch der Raum hatte sich verändert. Die Flammen dominierten, sie krochen die Wände und die Decke hinauf, umgaben William wie eine schützende Mauer aus Kriegern. Langsam drehte er sich auf den Rücken. Er lag neben dem Altar.

»Ilai!« Mit einer Hand zog er sich an dem Gestein hoch. Seine Beine fühlten sich schwammig an, als hätte er einen Sprint hinter sich. Selbst seine Lungenflügel wetteiferten um Sauerstoff. Mühevoll richtete er sich auf und starrte auf den leeren Felsen vor sich.

Ilai war weg.

»Unmöglich!«

»Nichts ist unmöglich.«

William fuhr herum. »Herr im Himmel ...« Rasch bekreuzigte er sich.

»Der hat nichts hiermit zu tun, William.«

Da stand er. Und ... er sah gut aus. Die Augenklappe war verschwunden, Ilai blickte ihn aus zwei gesunden, goldenen, strahlenden Augen an. Seine Haut war glatt, leuchtend. Die Haare sattbraun, nicht graumeliert, wie William es kannte. Er grub nach dem Kreuz, das er um den Hals trug, und küsste es.

Ilai lächelte und kam langsam auf William zu. Sogar das Hinken war verschwunden.

»Bist du tot?« *Sind wir tot?*

»Nein. Noch nicht. Wir sind bei unserem Element. Was du von mir siehst, ist mein seelisches Abbild. Ohne Schwächen, ohne Verletzungen, so wie ich einst erschaffen wurde.«

»Wo ist dein Körper?«

»Er liegt noch auf dem Altar.«

William sah über seine Schulter zurück. Der Stein war nach wie vor leer.

»In der Realität ist es so, vertraue mir.«

»Wie geht das?«

»Die Magie des Feuers. Wir sind jetzt in seiner Welt, dort, wo wir eines Tages hin zurückkehren werden, wenn wir gedient haben. Du musst keine Angst haben.«

William drehte sich wieder nach vorn. Er wollte so viele Dinge fragen: Wie geht es dir? Wirst du wieder gesund? Habe ich alles richtig gemacht? Was können wir gegen meinen Bruder ausrichten? Was soll ich tun? Bitte, bitte hilf mir! Er brachte nichts davon zustande. Ilais Anblick war zu überwältigend.

»Du hast richtig gehandelt«, sagte Ilai schließlich.

»Woher ...?«

»Wir sind verbunden, ich spüre, was in dir vorgeht.«

»Oh.« Das war gut. Hoffte er. Umgekehrt fühlte er jedoch nichts von Ilai.

»Meine Zeit läuft ab, dein Bruder bedient sich meiner Seelenenergie und kanalisiert so meine Magie. Ich hätte es früher erkennen müssen, doch als es mir klar wurde, war es zu spät.«

»Was können wir tun? Wie bekommen wir deine Seele zurück?«

»Womöglich gar nicht.«

Die Worte hingen schwer zwischen ihnen. William ließ sie lange in sich wirken, gab sich die Minuten, die er brauchte, um sie zu akzeptieren. Es gelang ihm nicht. »Du musst kämpfen.«

Ilai schmunzelte. »Es gibt Dinge, die nicht in unserer Macht liegen.«

»Aber wir brauchen dich! Du musst uns helfen! Mein Bruder hat sich in Riverside verschanzt. Er hat in Violet eine dämonische Macht gebündelt. Die Schattendämonen verändern sich. Sie rotten sich zusammen. Sind stärker als je zuvor! Wir ... wir können sie nicht mehr töten und versuchen jetzt, Violet von Jess zu ...«

Ilai hob die Hand. »Ich weiß, was ihr versucht, aber es wird euch misslingen. Dein Bruder hat die Elementrückstände erweckt. Wenn er sie mit meiner Magie speist, kann er über sie befehlen. Kein Haus der Seelenwächter wird je wieder sicher sein.«

»Das ist alles meine Schuld.« Er hatte seinem Bruder zu viele Informationen geliefert. William konnte sich kaum noch an seine Gefangenschaft erinnern, alles war unter einem Berg aus Schmerz begraben.

»Was geschehen ist, ist geschehen«, sagte Ilai. »Ralfs Macht ist groß, doch sie ist auch schnell verflogen. Diese Rückstände lassen sich nicht ewig beherrschen.«

»Weißt du, was genau er vorhat?«

»Nein. Doch unterschätze deinen Bruder nicht und auch nicht die Skrupellosigkeit des Rates. Die Schatten werden schon bald das Licht verschlingen. Die Menschen brauchen euch dringender denn je.«

»Ein Grund mehr für dich, mit mir zurückzukommen und uns zu helfen!«

»Meine Kriege sind gefochten. Das ist nun euer Kampf. Mir bleibt noch ein Letztes zu tun.« Ilai trat näher. Die Wärme seines Körpers vermischte sich mit der Wärme des Feuers um sie herum. William fühlte sich, als hüllte ein Kokon ihn ein. »Erinnerst du dich an unser letztes Gespräch?«

William dachte kurz nach. Ja, das tat er. Es hatte an ihrem Kraftplatz stattgefunden, kurz nachdem Anna in den Flashback gefallen war, weil sie über den Kranich recherchiert hatte. Ilai hatte ihn damals gebeten, sämtliche Hinweise über den Kranich, den Sapierbund und Coco aus der Bibliothek zu vertuschen. Genau das hatte er auch getan. Ilai hatte außerdem erzählt, dass es eine Prophezeiung gab, die von der Befreiung einer alten Widersacherin der Seelenwächter handelte. Schon bei dem Gespräch hatte William Ilai gebeten, ihm mehr zu erzählen, da die Angriffe durch Ralf zunahmen und es gefährlich war, Wissen nur für sich zu behalten.

Jetzt hatte er das Gefühl, dass seine Bitte gleich erfüllt werden würde. »Ich will es nicht mehr wissen«, sagte William rasch. »Du meintest, ich müsste über meinen Schatten springen, wenn du mich einweihst, weil es auch Jaydee betrifft. Dazu bin ich nicht in der Lage.«

Schon wieder schmunzelte Ilai. Es war ein väterliches, wissendes Lächeln. Ihm war klar, dass William das nur sagte, um Ilais Schicksal zu verdrängen.

»Du bist stärker, als du denkst. Dennoch entschuldige ich mich dafür, dass ich dich in diese Sache mit hineinziehe, aber mein Wissen darf nicht verloren gehen.«

»Das wird es nicht. Es ist hier im Feuer.«

»Diese eine Erinnerung nicht. Sie darf niemals publik werden. Es tut mir sehr leid, aber diese Bürde wird nun die deine sein.« Ilai streckte die Hand nach vorn und berührte William an der Schulter. »Bitte verzeih mir. Ich bin nur ein armer alter Tor, der einmal zu viel auf sein Herz gehört hat.«

Ein Blitz durchzuckte Williams Körper, gefolgt von einer Eiseskälte, als würde er durch ein Portal gezogen. Der Tempel verschwand, das Feuer, die Wärme, die Steine, alles brach unter ihm weg und verlor sich in Schwärze.

William stürzte, ohne wirklich zu fallen. Er trudelte, flog, drehte sich um sich selbst. Die Welt verlor die Farben, es wurde kälter, dunkler, schwärzer. William blieb nichts anderes, als sich auf die Reise einzulassen.

9. Kapitel

Jessamine

Ähm, was machen wir jetzt?«, fragte ich.

»Du musst das Unheil wieder abwenden«, sagte Jaydee. »Singe ein Lied. Egal welches. Das lockt gute Geister an und die Show ist gerettet.«

»Ich kann nicht singen.«

»Dann summe, verdammt. Stell dich nicht so an.«

»Ich kann auch nicht summen, ich bin völlig unmusikalisch.«

Jaydee schaute über seine Schulter zu mir. »Das ist jetzt nicht dein Ernst. Jeder Mensch kann summen.«

Ich presste die Lippen zusammen und quetschte einen Ton hervor, der eher klang, als würde man einem Hund über den Schwanz fahren.

»Jess, das ist grauenhaft.«

»Sag ich doch!«

Ashriel beobachtete uns amüsiert, während um uns herum mehr Geister auftauchten. »Wenn ihr diese wunderbare Darbietung beendet habt, fordere ich meine Vergütung.«

»Du weißt genau, dass man so etwas umkehren kann«, sagte Jaydee. »Sie kann dreimal ums Gebäude laufen, wenn du uns rausgehen lässt, können wir ...«

»Ihr werdet auf keinen Fall dieses Theater verlassen. Am Ende flüchtet ihr. Dies ist meine letzte Aufforderung.«

Die Geister kesselten uns ein. Mittlerweile waren sie überall. Auf den Zuschauerrängen, der Hinterbühne, der Seitenbühne. Gegen diese Überzahl hatten wir nie im Leben eine Chance.

»Es gibt noch eine Möglichkeit«, sagte Jaydee zu mir. »Du musst den Schlussmonolog von Puk aus dem Sommernachtstraum aufsagen. Das kehrt das Unglück um, das du heraufbeschworen hast.«

»Oh, kein Problem, den kenn ich in- und auswendig!«

Ashriel zischte. »Genug jetzt! Bringt mir das Mädchen.«

Oh scheiße. Jaydee baute sich vor mir auf, blickte sich um, suchte einen Fluchtweg. Die Geister rückten näher, von der Seite, von vorn, von hinten.

»Wir brauchen Horatio«, sagte Jaydee. »Der kennt ihn ganz bestimmt.«

Richtig. Der war doch eben noch da! Ich blickte mich um und sah ihn auf die Hinterbühne huschen. »Dort!«

Drei Tänzer stürzten sich auf uns. Jaydee knurrte, zog den Dolch aus seinem Stiefel und attackierte einen der drei. Konnte man diese Seelen überhaupt angreifen? Hatten sie feste Körper?

Jaydee schlug dem Tänzer gegen die Schläfe, der kippte nach hinten, dem zweiten rammte er das Messer ins Herz, und den dritten packte er und durchtrennte seine Kehle. Er gurgelte, Blut spritzte aus der Wunde. Das Ganze ging so schnell, dass ich nicht mal blinzeln konnte.

Okay, Frage beantwortet.

Der Erste kam wieder zu sich und stürzte sich auf Jaydee, doch er wich ihm geschickt aus, und schon hatte auch der den Dolch im Herzen.

Das Gewusel wurde unübersichtlicher. Ein Techniker stürmte auf uns zu. In seiner Hand hielt er eine Art übergroße Gartenschere. Ich wich rückwärts, er hob sie über seinen Kopf, um auszuholen. Jaydee stürzte sich auf ihn, riss ihm die Gartenschere aus der Hand und rammte sie durch sein Herz.

»Ich fürchte, die sind nur k.o.«, sagte Jaydee und wehrte eine Hexe ab, die von der Seite angriff. Sie flog in hohem Boden über die Bühne und blieb ein paar Meter weiter entfernt liegen.

»Was kann ich tun?« Das waren so viele. Nie und nimmer konnten wir gegen die alle kämpfen!

»Am Leben bleiben.« Er machte auf einem Bein eine Wendung um hundertachtzig Grad und traf einen Barbar mitten auf die Nase. Dieser ließ seine Keule fallen und taumelte zur Seite.

Jemand sprang mir ins Kreuz und klammerte sich an mir fest. Ich schrie, versuchte gleichzeitig, nach meinem Angreifer zu schlagen. Jaydee holte zu einem weiteren Kick aus, sein Stiefel surrte direkt an meinem Ohr vorbei, mich streifte der kalte Luftzug, und dann krachte es, als Knochen brachen. Mein unfreiwilliger Rucksack ließ mich los und klatschte auf den Boden.

Kaum hatten wir die ersten Angreifer erledigt, rückten bereits die nächsten an. Es war eine Gruppe junger Balletttänzerinnen mit einem Gesichtsausdruck, als wollten sie uns massakrieren. Jaydee griff nach einem der Seile, die am Rand der Bühne verknotet waren, und durchtrennte sie mit seinem Messer. Ein zwei Meter großer, geschnitzter Baum stürzte herab und begrub die Truppe darunter. »Komm! Wir hauen ab.«

Wir rannten über die Bühne zurück. Jaydee hob im Rennen die Gartenschere auf, stieß die Stahltür auf und wartete, bis ich im Flur war.

»Oh je«, sagte ich und blickte mich um. Alles sah anders aus! Der Flur war nun mit einem hellen Grün gestrichen, Kristalllampen hingen von der Decke, der Boden war mit einem edlen Parkett versehen.

»Großartig«, brummte Jaydee und kickte gegen einen jungen Mann in Polizeiuniform, der sich noch durch die Tür quetschen wollte. Kaum hatte er seinen Angreifer abgewehrt, schloss er die Tür. Er nahm die Gartenschere und klemmte sie in den Griff der Tür. »Hoffen wir, dass es hält. Da lang!« Er deutete in die Richtung, aus der wir vorhin gekommen waren.

»Wie sollen wir den Weg nach draußen finden, wenn sich alles verändert?«

»Das wird sich wohl gleich zeigen.« Jaydee rannte an mir vorbei und übernahm die Führung. Ich blickte beim Laufen über meine Schulter zurück. Es blieb ruhig. *Zu ruhig.*

»Pass auf, wo du hinrennst«, rief Jaydee und zerrte mich am Kragen. Es ging so schnell, dass ich nicht reagieren konnte. Jaydee hatte mich gerade davor bewahrt, mit einem Klavier zu kollidieren.

»Das ist Irrsinn.«

Wir kamen an eine Gabelung. Jaydee blickte sich um, sah den rechten, dann den linken Gang hinunter. »Verfluchte Scheiße! Der war vorhin noch nicht da.« Er hielt kurz inne, traf eine Entscheidung. »Wir gehen nach rechts.«

»Stand in dem Heft denn nicht dieser dumme Monolog?«

»Nein, und hätte ich geahnt, dass du nicht singen kannst, hätte ich noch sämtliche Shakespeare-Werke auswendig gelernt!«

Und so ging das weiter. Wir rannten und rannten und rannten. Minute um Minute. Vielleicht sogar Stunde um Stunde. Wir kamen in unterschiedliche Gänge – einer war komplett mit Rosenranken und Dornen zugewuchert –, drehten um, bogen ab. Es war, als wären wir in einem dieser billigen Horrorfilme gefangen, in dem die Helden vor Dämonen flüchteten und der Zuschauer genau wusste, dass sie sich nur tiefer in die Gefahr begaben.

»Jaydee, ich kann nicht mehr!«, brüllte ich und japste nach Luft. Es stach in meinen Rippen, mein Herz raste, als wäre es bei einem Sprintwettbewerb.

Er blieb sofort stehen und gönnte mir eine Pause.

»Ich würde ihn allein suchen gehen, aber wir dürfen uns nicht trennen.«

»Okay.«

»Halt bitte durch.«

»Das werde ich.« Irgendwie. Ich gönnte mir noch drei Atemzüge. »Diese Theaterseelen sind nicht wie Schattendämonen, oder? Sie haben gar nicht versucht, ihre Hände auf uns zu legen.«

»Scheinbar nicht. Schätze, sie sind eher daran interessiert, dich auf ihre Seite zu holen.«

Toll. »Wir können weiter.«

Sofort setzte er sich wieder in Bewegung und rannte den nächsten Flur hinunter. Ich folgte ihm. Vertraute darauf, dass er mich führen würde.

An einer weiteren Kreuzung blieb er stehen und streckte die Nase in die Luft. »Horatios Spur verliert sich.« Jaydee schloss die Augen. Verharrte für einige Sekunden vollkommen regungslos. Ich behielt die Umgebung im Auge. Bisher waren wir niemandem mehr begegnet, was mich vermutlich beruhigen sollte, doch eigentlich ängstigte es mich mehr. Das lief alles viel zu glatt.

»Ich muss meine Sinne verstärken.« Er wirbelte herum, und bevor ich mich versah, packte er meine Oberarme. Ich keuchte vor Überraschung und vor Wohltat. Seine Berührung ging mir durch und durch. Die Wärme, die er ausstrahlte, vervielfältigte sich in meinen Muskeln, gab mir neue Energie, mehr Kraft, mehr Ausdauer, mehr Stärke. Jaydee absorbierte meine Angst, das war mir klar. Im Kerker war es auch so gewesen. Es würden Augenblicke des Mutes folgen, bis mein Herz sich mit neuer Angst gefüllt hatte.

Ich schwankte leicht nach vorn, seine Wärme zog mich regelrecht an. *Mehr.* Ich wollte mehr davon, wollte mich in seine Arme werfen, dort alles vergessen, alles hinter mir lassen und mich einfach nur geborgen fühlen. Er knurrte leise und holte mich schlagartig zurück in die Realität. Ich blickte ihn an. Silber blickte zurück. Es fixierte mich, zerrte mich in den Abgrund, in dem das Dunkel regierte. Die Wärme, die Jaydee mit seiner Berührung hinterlassen hatte, verwandelte sich in Eiseskälte. Bevor ich es weiter deuten konnte, ließ er mich ruckartig los, drehte herum und stürmte davon.

Ich brauchte einige Sekunden, um mich zu sammeln, und eilte ihm hinterher.

Er bog nach links ab, nach rechts, noch einmal nach rechts, dann wieder geradeaus. Die Tunnel verschwammen zu einer Mischung aus Lichtern und Schatten. Jaydee war so schnell, dass ich kaum mit ihm Schritt halten konnte. Er schoss um eine weitere Ecke, stieß eine Tür am Ende des Flures auf und stürmte hinein.

Wir gelangten in eine Kantine, und jetzt war mir auch klar, wo die ganzen Angestellten waren.

Die Köpfe aller Anwesenden fuhren zeitgleich herum, als wir eintraten. Horatio hatte bereits den Raum durchquert und stand an der hinteren Tür. »Haltet sie auf!«, brüllte er und verschwand ein weiteres Mal.

»Scheiße«, sagte Jaydee. Er legte den Dolch in der Hand zurecht und baute sich vor mir auf. »Nicht denken, Blümchen. Einfach kämpfen, verstanden?«

»Aber das sind Menschen, oder?«

»Vermutlich.«

Der erste Bühnentechniker erhob sich und ließ die Handknöchel krachen. Es war ein bulliger Kerl mit breiten Schultern und einem kahlrasierten Kopf. Ein zweiter stand auf, zog den Hammer von seinem Gürtel und ließ ihn in die Luft sausen. Ein Dritter tat es ihm gleich. Ich konnte doch unmöglich auf Menschen einstechen.

Jaydee trat näher an mich, bis nur noch eine Handbreit Platz zwischen uns war. »Wir durchqueren den Raum so schnell wie möglich. Renn einfach weiter.«

»Ich werde es versuchen.«

Der Bühnentechniker trat einen Schritt auf uns zu. Ich spannte die Muskeln, machte mich bereit loszustürmen. Andere erhoben sich ebenfalls. Die Balletttänzerinnen von vorhin, zwei weitere Männer in Tanzkostümen. Der Raum füllte sich regelrecht mit einer gespannten Haltung, aber niemand traute sich, den Anfang zu machen.

»Ihr werdet ihn niemals einholen«, sagte der Bühnentechniker mit dem kahlen Kopf. »Er führt euch solange in die Irre, bis ihr verloren seid.«

»So macht er es mit jedem«, sagte eine Frau in einem ausladenden Barockkostüm.

Jaydee sah über seine Schulter zu mir.

»Was soll das?«, fragte ich.

»Keine Ahnung.«

Eine der Balletttänzerinnen, die vorhin noch so ausgelassen um uns herumgehüpft waren, lief auf uns zu. Jetzt wirkte ihr Gesicht eingefallen und traurig. Eine zweite stand auf, griff nach ihrer Hand und folgte ihr.

Sie blieben einige Meter von uns entfernt stehen. »Bitte helft uns.«

»Wir wollen nach Hause«, sagte ihre Kollegin.

»Ich auch«, eine andere.

»Ja«, stimmte ein Mann zu. Das Gemurmel setzte sich durch den ganzen Raum fort. Einer nach dem anderen stand auf, wand sich uns zu. Ein Mann mit einer Kochschürze trat hinter der Essenstheke hervor. Er zog seine Mütze vom Kopf und zerknautschte sie in den Händen.

»Wir alle wollen Feierabend. Wir arbeiten schon so lange.«

Mir lief es eiskalt den Rücken hinunter. Diese Menschen waren Gefangene. Ashriels Gefangene. *Nicht jeder, der hier arbeitet, darf auch wieder gehen.*

»Was können wir tun, Jaydee?«

Er scannte einen nach dem anderen ab. »Ich wüsste nicht, wie wir die Verträge von Ashriel auflösen sollten.«

»Wenn sie stirbt, stirbt auch der Vertrag«, sagte ein hagerer Mann mit einem Monokel.

Was gäbe ich jetzt darum, Körperkontakt zu Jaydee haben zu können. Ich brauchte etwas zum Anfassen, zum Beruhigen, zum Nachdenken.

»Kennt jemand von euch den Schlussmonolog von Puk?«, fragte Jaydee. »Wir helfen euch, wenn ihr uns helft.«

Nur wie?

»*Wenn wir Schatten euch beleidigt,*
O so glaubt – und wohl verteidigt
Sind wir dann ...«, fing auf einmal ein junger Typ an. Er trug ein weißes legeres Hemd mit Fledermausärmeln. »*... ihr alle schier Habet nur geschlummert hier*
Und geschaut in Nachtgesichtern
Eures eignen Hirnes Dichten.
Wollt ihr diesen Kindertand,
Der wie leere Träume schwand,
Liebe Herrn, nicht gar verschmähn,
Sollt ihr bald was Bessres sehn.
Wenn wir bösem Schlangenzischen
Unverdienterweis entwischen,
So verheißt auf Ehre Droll
Bald euch unsres Dankes Zoll;
Ist ein Schelm zu heißen willig,
Wenn dies nicht geschieht, wie billig.
Nun gute Nacht! Das Spiel zu enden,
Begrüßt uns mit gewognen Händen!«

Jaydee beobachtete den Mann, lauschte ihm fasziniert. »Sprich ihm nach, Blümchen!«

»Du glaubst doch nicht ernsthaft, dass ich mir das merken konnte.«

»Ich sag ihn dir vor: *Wenn wir Schatten euch beleidigt*... los jetzt!«

Ich öffnete den Mund und setzte zum Sprechen an, als jemand applaudierte. Das kam von links, oder?

Jaydee und ich blickten gleichzeitig in die Richtung. Die Wand der Kantine waberte, als wäre sie plötzlich lebendig. Der helle Putz bröckelte ab, legte einen schwarzen Stoff frei. Die Angestellten um uns herum wichen zurück, einige tuschelten aufgeregt, andere flohen panisch aus dem Raum. Der Boden vibrierte, lauter und lauter, und schließlich brach mit einem lauten Rums die Wand ein. Zurück blieb ein schwarzer Vorhang aus Gazestoff, wie auf einer Bühne.

»Bravo, meine Freunde. Wirklich sehr einfallsreich«, sagte Ashriel. Ihre Stimme kam von allen Seiten. Oben, rechts, links. Jaydee rückte wieder näher an mich heran. Seine Hand zuckte, als suchte sie nach mir.

Der Vorhang hob sich, und mit ihm löste sich der Raum um uns herum auf. Die Wände brachen einfach in sich zusammen, als wären sie Kulissenteile aus Pappmaschee. Binnen eines Wimpernschlages waren wir wieder auf der Bühne – und wir waren nicht allein. Zehn, zwanzig, fünfzig, hundert ... keine Ahnung, wie viele Theaterseelen es mittlerweile waren. Männer und Frauen in unterschiedlichen Kostümen. Jede erdenkliche Theaterrolle war vertreten. Von Königen zu Bettlern zu Vampiren und Hexen oder Frauen in ausladenden Ballkleidern. Sie fixierten uns mit gierigen Blicken, warteten nur darauf, sich auf uns zu stürzen.

»Blümchen!«, sagte Jaydee. »Zeit für deinen Auftritt.«

Ich wiederholte den ersten Satz aus dem Monolog, und damit ging es los.

Ashriel brüllte. Die Meute setzte sich in Bewegung. Meine Lippen bebten, ich konnte meine Augen nicht von der anrollenden Meute reißen. »*Wenn wir Schatten euch beleidigt*«, stammelte ich.

»*O so glaubt – und wohl verteidigt ...*«, half Jaydee mir auf die Sprünge. Rasch wiederholte ich Jaydees Worte. Ashriel brüllte vor Zorn.

Jaydee wich einem alten Mann mit weißer Perücke aus, der mit einer Geige nach ihm stach. Ich wollte ihm helfen und kollidierte mit Mozart. Meine Instinkte sprangen an, ich reagierte, ohne nachzudenken. Während ich ihm auswich, griff ich in den Stiefel, zog meinen Dolch heraus und stach zu. Meine Klinge traf ihn an der Schulter, er schrie vor Schmerz, ich setzte einen weiteren Hieb nach. Das Gefühl, wie mein Messer durch Haut schnitt, war ekelerregend. Diese Seelen waren aus Fleisch und Blut. Sie konnten fühlen und Schmerzen erleiden und sie konnten austeilen. Ein Schlag erwischte mich an der Schläfe. Ich stolperte nach hinten, fing mich an einer Wand ab und trat zu. Aus dem Augenwinkel bekam ich mit, wie sich auch Jaydee gegen sie wehrte.

Die Seelen drängten ihn und mich auseinander. Ich schlug blind um mich, traf Gesichter, Leiber, Hände. Ich wurde gekratzt und geschlagen, getreten und umklammert. Der Abstand zu Jaydee wurde größer. Ashriel beobachtete das Treiben reglos. Sie hielt sich an ihren Schwur. Sie durfte nur angreifen, wenn ihr Leben bedroht wurde.

»Weiter, Blümchen: *Sind wir dann – ihr alle schier habet nur geschlummert hier*, ...«

Er riss einem Typen im Ziegenkostüm mit bloßer Muskelkraft den Kopf von den Schultern. Ich hielt eine Sekunde inne und beobachte ihn. Jaydees Brutalität nahm zu. Er ließ den Jäger heraus, entfesselte die volle Brutalität, mit der er zuschlagen konnte.

Ich zerrte mich von seinem Anblick los, wiederholte seine Worte von eben, während ich Hieb um Hieb abwehrte. Ein Schlag traf mich auf die Brust, mir blieb der Atem weg. Ich flog rückwärts, überschlug mich ein paar Mal und japste. Bevor ich überhaupt versuchen konnte, wieder auf die Beine zu kommen, trat mich jemand in die Seite, ein anderer zog an meinen Haaren. Ich schlug blindlings um mich, schrie, wimmerte, mobilisierte alles, was noch in mir war. Wiederholte Satz um Satz die Worte, die Jaydee mir vorsagte. Mein Bewusstsein flackerte wie ein Kerzenlicht im Wind. Mir war übel, schwindelig, ich wusste nicht mehr, wo oben oder unten war, welcher Körperteil mir schmerzte, welcher noch funktionierte. Endlich kamen wir dem Ende des Monologs näher: »*Ist ein Schelm zu heißen willig, wenn dies nicht geschieht, wie billig*«

Etwas traf mich in die Seite und hob mich von den Füßen. Ich polterte einige Stufen hinunter, überschlug mich einmal, zweimal – und kam schließlich zum Liegen. Autsch. Der Wikinger setzte sofort nach und startete den nächsten Angriff. Er baute sich vor mir auf, hob die Keule über seinen Kopf, um zuzuschlagen. Ich rammte ihm den Dolch in seinen Fuß. Er schrie vor Schmerz, ließ seine Waffe fallen. Mit Schwung zog ich meine Klinge heraus und rammte sie in seinen Oberkörper. Weiter, immer weiter.

»Sag den letzten Satz«, rief Jaydee. »*Nun gute Nacht! Das Spiel zu enden! Begrüßt uns mit gewognen* Händen!«

»Pass auf«, schrie ich, aber meine Warnung kam zu spät. Ein Barbar hob die Holzkeule vom Wikinger auf und traf Jaydee an der Schläfe. Das Geräusch des berstenden Knochens jagte mir Schauer durch den Körper. Jaydee sackte sofort zusammen, wie eine Marionette, der man die Schnüre gekappt hatte. Der Barbar grinste und fixierte mich. Er ließ die Keule in seine Hand sausen, ging einen Schritt auf mich zu, während ich gleichzeitig zurückwich. Ich drehte mich um, lief in die andere Richtung davon, wich einem Typen im Hasenkostüm aus und umklammerte meinen Dolch fester. Von vorn kamen weitere Kerle auf mich zu. Sie hielten Schlagstöcke und Eisenketten in den Händen, umzingelten mich wie eine Meute hungriger Wölfe.

»Beende den Monolog!«, hustete Jaydee.

Ich wollte gerade ansetzen, als sich ein Junge auf mich stürzte. Er hatte so viel Schwung, dass wir beide durch die Luft flogen und schließlich liegen blieben. Durch meinen Brustkorb schoss ein bohrender Schmerz, meine Lungen blähten sich reflexartig auf, ich rang nach Luft, bekam aber keine. Bevor ich reagieren konnte, saß er bereits auf mir und umklammerte meine Kehle. Ich kickte mit den Beinen, versuchte mich aus seinem Griff zu befreien, aber ich konnte ihn nicht abschütteln. Der Typ grinste, entblößte dabei angespitzte faulige Zähne. Auf einmal war Jaydee bei uns. Er warf sich auf den Rücken des Kerls und zerrte ihn von mir herunter.

»Sprich weiter, Jess«

»*Nun gute Nacht! Das Spiel zu enden*! ...«, brachte ich noch heraus, da trat mir der Junge ins Gesicht. Das war das Ende. Ganz sicher. Mir wurde in einer Sekunde speiübel, in der nächsten schwindelig, und dann kam der Schmerz. Mein Körper zuckte, Jaydee rief noch mal nach mir. Ich rollte herum, versuchte, die Galle unten zu behalten. Jaydee packte mich am Kragen und zerrte mich unbarmherzig in die Höhe.

»Jetzt!«

Ich holte tief Luft, der Schmerz raubte mir fast die Sinne, und mit dem nächsten Ausatmen ließ ich die Worte heraus: »*Begrüßt uns mit gewognen* Händen!.«

Die Seelen hielten inne, als hätte sie jemand auf Pause gedrückt. Sie beendeten augenblicklich ihre Attacke, wendeten sich von mir ab und liefen zurück auf die Bühne. Die Vorstellung war vorüber. Die Schauspieler verließen das Theater.

»Großer Gott«, sagte ich und ließ mich in einen der Sitze fallen. »Wir haben es geschafft.« Binnen Sekunden leerte sich der Raum. Zurück blieben Jaydee, Ashriel und ich.

»Oh nein! So nicht!«, rief Ashriel auf einmal. Sie machte einen Sprung von der Bühne. Offenbar hatte sie nicht länger vor, sich an ihren Eid zu halten. Im Flug streckte sie ihre Arme aus, ihre Haut platzte auf, darunter kam schuppenartiges Geflecht zum Vorschein. Die Arme verwandelten sich in Klauen mit langen Krallen.

»Oh-oh«, stammelte ich.

Sie war nicht länger menschlich. Ashriel hatte sich vollständig aus ihrer Hülle geschält. Muskeln und Sehnen zeichneten sich deutlich unter der Schuppenhaut ab. Auf ihrer Stirn waren zwei Hörner gewachsen, Speichel troff aus ihrem Mund. Sie war zu einem Untier geworden, einem grotesken Wesen, welches eher in Dantes Inferno passte als auf die Erde.

Ashriel schrie vor Zorn, sie machte einen weiteren Satz, landete vor Jaydee und warf ihn einige Meter durch die Luft. In der nächsten Sekunde war sie auf ihm und rammte ihre Klauen in seine Taille. »Ich bekomme immer, was ich will, Silberjunge.« Selbst ihre Stimme klang unmenschlich. Jaydee versuchte eine letzte Drehung mit dem Oberkörper, doch er kam nicht frei. Ashriel hielt eine Hand hoch, eine lange Kralle fuhr aus, versenkte sie in Jaydees Brustkorb und lachte. Ich rannte los, aber meine Füße agierten viel zu langsam.

Jaydees Gegenwehr wurde schwächer. Die Klaue leuchtete, als die Energie aus Jaydees Körper wich und Ashriel tränkte. So nahm sie also die Seelenenergie in sich auf. Über ihre Nägel.

Ich musste ihm helfen! Es waren nur noch zwei läppische Meter. Ich zwang jeden einzelnen Schritt heraus, kämpfte gegen die Schmerzen in meinen Rippen, der Übelkeit. Nur noch einen Meter ...

Ich hob Jaydees Dolch auf und warf mich auf Ashriels Rücken. Ihre Haut klebte schmierig, stank nach faulen Eiern und dünstete eine schwüle Hitze aus. Ich versuchte, Halt zu finden, krallte mich in ihren Schultern fest. Meine Nägel durchbrachen die oberste Hautschicht, rutschten ab, zogen glibberigen Schleim mit sich. Ashriel schüttelte sich, versuchte mich von sich zu werfen, doch sie konnte mich nicht abwehren, ohne dabei von Jaydee abzulassen. Ich umklammerte ihr Gesicht und setzte Jaydees Dolch an ihrer Kehle an.

Sie brüllte auf, schlug mit dem Kopf, meine Nägel bohrten sich tiefer in das wabbelige Fleisch, verkanteten sich, als hinge ich an einer Felsklippe. Mit einer Hand hielt ich mich fest, mit der anderen drückte ich die Klinge auf. Sie schnitt durch den Hals wie ein Messer durch weiche Butter. Zerteilte Muskeln und Sehnen, Ashriel schrie, gurgelte etwas Unverständliches. Ich drückte weiter, schnitt tiefer und tiefer, und mit einem Mal ließ der Widerstand nach. Ich plumpste nach hinten und schlug mit dem Rücken auf. Funkelnde Lichter schossen an meinen Augen vorbei, für eine Sekunde wurde es schwarz, dann wieder hell.

Ich lag da, starrte an die Decke des Auditoriums und hielt Ashriels abgetrennten Kopf im Arm. Das Blut breitete sich auf meinem Shirt aus, sickerte in meinen Ausschnitt, lief über meine Haut. Angeekelt warf ich den Kopf von mir, drehte mich auf die Seite und suchte nach Jaydee.

Er rappelte sich hoch, sah sich um und nickte. Seine Wangen waren eingefallen, seine Haut fahl. Ashriel hatte ihm Seelenenergie entzogen. Er musste sich erst wieder davon erholen. »Gut gemacht, Blümchen.«

Ich sackte zusammen und wollte mich am liebsten nie wieder bewegen. Eine drückende Stille legte sich über uns. Das Theater hielt den Atem an. Genau wie wir. Ashriel war tot.

Ich hatte gerade das Wesen getötet, das mir sagen konnte, wo meine Mutter war.

10. Kapitel

Jaydee

»Kannst du aufstehen?«, fragte ich Jess, die noch immer an der Stelle kauerte, an der sie Ashriel niedergestreckt hatte. Dabei war es fraglich, ob ich es überhaupt schaffte. Ich fühlte mich, als wäre ich von einem Zug überrollt worden. Meine Beine weich, mein Magen einmal um sich selbst gedreht. Das Gefühl, wenn einem die Seele aus dem Leib gezerrt wurde, war mit nichts zu vergleichen. Als würden alle Innereien Feuer fangen, während man dabei auf einer Achterbahn mit High-Speed Loopings drehte. Das war jetzt schon das zweite Mal, dass mir ein Dämon Seelenenergie genommen hatte. Was es nicht besser machte.

»Ja«, sagte sie leise, stand auf und keuchte, als sie die rechte Seite belastete. »Es geht schon. Hab mir wohl die Rippe geprellt und ein paar Schürfwunden.« Sie streckte die Arme aus. Ihre Ellbogen waren aufgeschrammt, am Oberarm hatte sie Kratzspuren, ihre Haare waren zerzaust und verknotet. Ich musste wegsehen. Ich konnte das einfach nicht länger ertragen. Sie. Ihre Verletzungen. Immer wieder.

»Was ist denn mit dir?«

»Ich bleibe einfach hier liegen und starre an die Decke.« Die sich verändert hatte. So wie alles um uns herum. Die schönen Verzierungen waren weggebrochen, die Wände, die Zuschauerränge, die Bühne, selbst Ashriels Überreste waren verschwunden, als hätte jemand Säure darüber gegossen. Zurückgeblieben waren leere Räume, die einem Rohbau ähnelten: abgenutzte Böden, kaputte Treppen, die ins Nichts führten, Wasserflecken an den Wänden. Als wären wir Teil einer gigantischen Illusion gewesen.

»Dieses Gebäude ist wie ein Geisterhaus.« Jess setzte sich auf und wischte sich die Nase an ihrem Shirt ab. »Und ich habe gerade einen Seelenwächter getötet.«

»Ich glaube nicht, dass das Ashriel war. Kein Seelenwächter kann sich in ein derartiges Dämonengebilde verwandeln.«

»Du denkst, das war alles gar nicht echt?«

»Ich habe keine Ahnung.« Gott, war ich müde. In meinen Armen kribbelte es, als würden Ameisen darüber laufen. Die Heilung sprang an, versuchte, mich wieder mit Energie zu versorgen. »Ach, ich hasse den Scheiß.«

»Kann ich dir helfen?«

Ich blickte zu ihr. »In Amirs Satteltasche ist eine Flasche Heilsirup. Die werde ich mir einverleiben, dann geht es schneller, aber erst mal müssen wir hier raus.« Mit Mühe hievte ich mich auf die Beine und brauchte ein paar Sekunden, ehe ich den ersten Schritt machen konnte. Jess stand ebenfalls auf, hielt dabei die Hand auf die Rippe gepresst und unterdrückte ein Keuchen.

»Wir beide geben echt ein tolles Paar ab«, sagte sie. »Reif fürs Lazarett.«

Wir gäben nicht nur im Lazarett ein tolles Paar ab. »Los jetzt.« Wir durchquerten den riesigen Theaterraum, bis wir das Foyer erreichten. Von links hörte ich Straßenlärm, also gingen wir in diese Richtung weiter. Das Theater war vollkommen heruntergekommen. Es stank nach Dreck und Fäkalien, irgendwo tropfte Wasser, die Holzdielen knarrten unter unseren Füßen. Wie auch immer Ashriel diese Illusion aufrechterhalten hatte, sie war astrein gewesen. Und irgendwie beschlich mich das Gefühl, dass sie nicht tot war. Dass dies alles nur eine große Inszenierung war.

»Da drüben.« Bodentiefe, mit Brettern zugenagelte Scheiben versperrten uns den Weg nach draußen. Ich trat einige der Dielen heraus und atmete die stickige New Yorker Luft ein. Selbst das war besser als dieser Mief hier drinnen. Langsam kehrten die Lebensgeister in meinen Körper zurück. Im Gegensatz zu Jess. Sie war nach wie vor blass.

»Brauchst du einen Arzt? Oder Raphael?«

»Nein und: Oh Gott, nein!«

»Dann nimm wenigstens Schmerzmittel.« In Mirabells Satteltasche waren noch welche. Will hatte sie hineingepackt, als wir auf die Azoren geritten waren, für den Fall, dass wir Raphael nicht gleich finden würden.

»Ich bin nicht aus Zucker, Jaydee.«

Nein, das war sie wirklich nicht. Sie humpelte an mir vorbei, hinaus in das Stadtleben, und ließ sich auf der nächsten Bank nieder. Eine wilde Geruchsmixtur folgte ihr: Blut, Kampf, Überreste von Ashriel oder was auch immer das für ein Ding gewesen war.

Die Sonne ging unter, wir waren also den ganzen Nachmittag über im Theater gewesen. Ich hatte völlig die Zeit verloren. Ein letztes Mal blickte ich zurück auf das Gebäude. Die Front war heruntergekommen und verwahrlost. Die Wände waren mit allen möglichen Plakaten zugekleistert. Dieses Haus hatte seine besten Jahre hinter sich. Eindeutig.

Ich wandte mich ab und pfiff einmal kurz. Die Parsumi würden mich hören und sofort herkommen. Den Fußweg zurück wollte ich Jess ersparen. Na ja, und mir auch irgendwie. »Wir warten hier.« Ich setzte mich neben Jess auf die Rückenlehne der Bank und stellte meine Füße auf der Sitzfläche ab.

»Was für eine Show«, sagte sie leise.

»Ja.«

»Was machen wir jetzt?«

»Wir reiten zu Ben und Anna.« Und sortieren das, was wir eben gehört hatten. Es waren viele Informationen, das mussten wir erst mal verdauen.

Auf einmal überfiel Jess ein tiefes Schluchzen. Es kam von tief unten, direkt aus ihrem Herzen. Erst versuchte sie es zurückzuhalten, doch nach wenigen Sekunden gab sie auf. Sie schlug die Hände vors Gesicht, vermutlich damit ich nicht sah, ob sie weinte oder nicht. Die Anspannung suchte sich einen Weg nach draußen.

»Hey ...«, sagte ich leise und rückte näher. Alles in mir zog sich zusammen. Meine Finger krallten sich in das Holz der Bank, gruben sich so tief hinein, bis sich Splitter in meine Haut bohrten. Wenn ich sie wenigstens in die Arme nehmen, ihr einen Teil ihres Kummers abnehmen könnte. »Nicht verzweifeln, hörst du?«

»Wir sind genau da, wo wir angefangen haben. Mum ist ...« Ein weiteres Schluchzen drang aus ihrer Kehle, so verzweifelt und hoffnungslos. »Was hat sie nur getan, Jaydee?«

»Ashriel sagte, sie wurde in der Magie absorbiert. Ich denke nicht, dass sie tot ist.«

»Sondern?«

»Wir werden mit Will darüber sprechen, sobald er Zeit hat. Ich kenne mich nicht gut genug mit Zauberei aus, um zu mutmaßen.«

»Du glaubst wirklich, dass sie noch lebt?«

»Ja.«

Sie schnaubte. Sie glaubte es nicht, und ich konnte es ihr nicht verübeln. Wenn man jemanden so lange suchte wie sie, wenn man so oft Hoffnung geschöpft und wieder verloren hatte, dann war man ausgebrannt. Vielleicht sollten wir noch nicht zu Ben und Anna. Vielleicht brauchte sie einfach mal eine Pause. Wenigstens für eine Nacht.

»So langsam beschleicht mich das Gefühl, dass dies alles mit einer Person zusammenhängt«, sagte ich. »*Coco*.«

»Inwiefern?«

»Deine Mutter hat diesen Zauber an dir ausgeführt, der deine wahre Herkunft verbirgt, und dich gleichzeitig mit einer Fylgja geschützt, damit diese deine Aura abschattet. Sie muss gewusst haben, dass du aus Annas Blutlinie stammst.«

»Aus einer Familie, die eine Gabe in sich trägt, auf die Coco scharf ist«, führte sie meine Gedanken weiter.

»Genau wie Ariadne. Sie hatte eine Heidenangst vor Coco, das hast du selbst erzählt, und sie wusste etwas über mich. Irgendwie hängen wir zusammen. Ariadne sagte, dass ich aus einem bestimmten Grund bei dir bin.«

»Ja, um mich zu ärgern und mich an meine Grenzen zu treiben.« Sie grinste müde. Immerhin war ihr noch nach Scherzen zumute.

»Sie sagte außerdem, ich solle meinen Jadestein finden und dass er mir helfen würde, doch ich weiß leider nicht wie. An dem Ding ist nichts anders als früher.«

»Hast du ihn denn dabei?«

»Nein, er liegt zu Hause in meiner Kommode. Ich werde ihn holen.« Ich konnte ihn einfach nicht tragen. Nicht aus Angst, Keira könnte ihn für einen weiteren Suchzauber verwenden, sondern wegen all der Erinnerungen, die daran hingen. »Keira ...«

»Was hat sie damit zu tun?«

»Sie hatte mir im Krankenhaus etwas erzählt. Dass Coco nicht nur diese Gabe will, sondern auch das Instrument dazu braucht. Eine Harfe. Die von König David.« Ein Windzug streifte mich, gemischt mit einem seltsamen Kribbeln, als würde jemand hinter mir stehen. Sofort drehte ich mich um, doch da war niemand.

»Aber nicht der David aus der Bibel?«

»Doch. Coco braucht das Instrument und denjenigen, der darauf spielen kann.« Ich blähte die Nasenflügel und versuchte, etwas zu wittern. Nichts. »Du bist nicht zufällig eine Meisterin im Harfenspiel?« Eigentlich hatte ich das schon viel früher mit ihr besprechen wollen, aber dank Keiras und Anthonys Eingreifen war ich ja nicht mehr nach Hause gelangt, und als ich Jess dann wiedergesehen hatte, war ich auch schon an sie gekettet gewesen.

»Wie du eben bemerkt hast, bin ich vollkommen unmusikalisch. Nicht mal die Tonleiter auf dem Klavier bekomme ich hin.« Sie beugte sich nach vorn, zuckte vor Schmerz und lehnte sich sofort wieder zurück.

»Kann Anna denn Harfe spielen?«

»Nein. Deshalb sollte sie ja ein Kind bekommen, weißt du noch? Außerdem hatte sie nach ihrem Flashback erzählt, dass Andrew eine Harfe besessen hatte und sie dafür sorgte, dass sie ihm weggenommen wurde.« Was, wenn es das Instrument war, nach dem Coco suchte?

Auf einmal hörte ich ein leises Lachen hinter mir. Melodisch. Weich. Sanft. Es klang nach Ashriel. Jetzt sprang ich von der Bank und blickte zurück zum Theater. Sie wollte uns reizen, uns noch einmal dazu verführen, ihr Theater ein weiteres Mal zu betreten. Eine neue Show. Neue Gefahren.

»Was ist denn?«, fragte Jess.

»Ich glaube, wir werden beobachtet. Wir sollten weiter. Die Parsumi müssten auch gleich da sein.« Noch mal da reinzugehen, konnte und wollte ich keinem von uns beiden zumuten, zumal sich der Preis jetzt geändert haben dürfte. Ashriel wollte unsere Seelen. Sie würde sie nicht bekommen.

Jess blickte sich ebenfalls um, stand von der Bank auf und folgte mir. Wir liefen bis zum Broadway zurück und warteten an der Ecke. In der Ferne sah ich bereits Mirabell und Amir. Sie galoppierten die Straße hinunter, wichen geschickt den Autos und Passanten aus, ohne dass ihnen jemand Beachtung schenkte.

Ich behielt die Seitenstraße im Blick, achtete auf jede Regung. Jetzt war noch mehr los als vorhin. Der Abend kündigte sich an, New York bereitete sich auf die Nacht vor. Passanten wuselten an uns vorbei, manche starrten uns wegen unseres Outfits an, andere ignorierten uns. Es war schwer, den Überblick in dieser Masse zu behalten.

Amir und Mirabell hielten neben uns an und brummelten freudig.

»Wir reiten jetzt also nach ...«

Aus dem Augenwinkel sah ich, wie Jess sich steif machte.

»Ach, du großer Gott ...«, sagte sie.

»Was?« Ich wirbelte herum, blickte in die gleiche Richtung wie sie, doch ich erkannte nichts.

Sie schlug sich die Hand vor den Mund. Schweiß brach auf ihrer Stirn aus.

»Jess?«

»Oh ... oh mein Gott.« Sie schnappte nach Luft, setzte zum Sprechen an, schaffte es nicht.

Mein Blick huschte über die Menge, suchte nach einer Auffälligkeit, irgendetwas, das ihre Aufmerksamkeit erregt hatte.

»Rede endlich, verdammt!« Wenn ich sie wenigstens schütteln könnte.

»Das ist es!«

»Wenn du nicht auf der Stelle ...!«

»Hakuna Matata!«

Okay, jetzt drehte sie völlig durch. »Hast du einen Schlag auf den Kopf bekommen?« Sie hatte zumindest keine sichtbaren Wunden.

Sie zeigte auf die gegenüberliegende Straßenseite. Ein gigantisches gelbes Plakat mit einem schwarzen Löwenkopf prangte an einer Hauswand.

»Es ist aus dem König der Löwen. Ein Lied!«

Das macht es nicht besser.

Ihre Wangen wurden rot, hektische Flecken breiteten sich auf ihrem Dekolleté aus.

»Ich bring dich jetzt zum Arzt.«

»Nein! Verstehst du nicht?« Sie wollte nach mir greifen, aber ich zog meinen Arm weg. »Das habe ich früher gesungen! Mit Mum! Wir ... wir waren einkaufen. Die Couch! Wir ... wir haben eine Couch gekauft und Hakuna-Matata gesungen und Eis gegessen und fast die Polster verschmiert. Es war unsere Hakuna-Matata-Couch. Ich konnte singen! Musizieren!«

Ich starrte sie an. Ihre Augen wurden glasig.

»Ich konnte singen«, wiederholte sie, als müsse sie sich selbst davon überzeugen.

War das möglich?

»Warum habe ich da noch nicht früher dran gedacht?«

Klar, zwischen dem Kämpfen mit Dämonen, unserem Erholungsaufenthalt im Kerker, der Flucht nach England, dem Besuch beim Rat und der Offenbarung, dass sie ihre Fylgja verlieren würde, hätte sie ruhig an so etwas denken können. Abgesehen davon wusste sie ja bis eben nicht, dass es sich bei dieser Gabe um Musik handelte.

»Großer Gott, Jaydee. Ich konnte singen.«

»Bis deine Mutter gegangen ist.«

»Ja.«

Und wenn sie wirklich fortging, weil sie diesen schwarzmagischen Zauber in ihr gewirkt hatte, ließ das nur eine Schlussfolgerung zu.

»Unterdrückt dieser Zauber in meinem Blut nicht nur meine Herkunft, sondern auch diese Gabe?«

»Möglich.« *Er verbirgt das Leben.* War das Leben gleichzusetzen mit Musik?

»Ich glaube, mir wird schlecht.« Sie fasste sich an ihren Magen. »Das ist einfach alles zu viel.«

»Okay. Atme durch!« Das hatte nicht mehr viel Sinn. Sie kam an ihre Grenzen und brauchte eine Pause. »Hast du dein Handy noch?«

Sie nickte und holte es aus der Tasche. Ein dicker Riss zog sich quer übers Display, aber es funktionierte. »Ich frage Ben und Anna, in welchem Hotel sie sind. Dann können wir ihnen alles erzählen ... und ... danach ... ich weiß nicht? Was machen wir denn jetzt?«

»Wir versuchen, mehr über deine Mutter herauszufinden.«

»Wie?« Jess starrte mich mit leeren Augen an. Sie war völlig überdreht. »Ich meine, das mit Auguste ist ja ... und Mikael war der einzige, der mehr wusste. Zumindest war er bisher die einzige Spur.«

»Wir werden sehen.« Erst mal musste sie runterkommen. »Schreib Ben. Sag ihm, wir werden uns ebenfalls ein Hotel nehmen. Du musst etwas essen, duschen, dich ausruhen.«

»Mir geht es gut, hör auf, mich zu bemuttern.«

»Es geht dir nicht gut und ich sagte dir bereits, dass du auf dich aufpassen musst. Niemandem ist geholfen, wenn du schlapp machst. Zur Not zerre ich dich auch gerne mit Gewalt ins Bett.« Jess zuckte zusammen. Ihr Atem kam ins Stocken. Wow, hatte ich das eben wirklich gesagt? »Ich meinte ...«

»Ich weiß schon, was du meinst, keine Sorge. Trotzdem geht es mir gut.«

»Wir werden das nicht diskutieren, verstanden? Wir reiten zurück zum Central Park, suchen ein Hotel und lassen Wills Kreditkarte bluten.«

»Aber ...«

»Wenn du nicht auf der Stelle aufhörst, mit mir zu diskutieren, werde ich dich fesseln und knebeln.«

Sie kniff die Augen zusammen, als versuchte sie abzuwägen, ob das ein Scherz war oder nicht.

»Es ist keiner«, setzte ich nach. »Jetzt tu, was ich dir sage.«

Sie brummte etwas Unverständliches, doch immerhin gehorchte sie und tippte Ben eine Nachricht. Ich fragte mich, ob sie in allen Dingen so stur war und versuchte, sich durchzusetzen.

11. Kapitel

Die Reise endete schlagartig. William landete auf einem weichen Untergrund. Er blickte sich um. Ilai stand neben ihm. Sie waren nicht länger in einem geschlossenen Raum, sie waren draußen. Im Sand. Einer Wüste, aber nicht der gleichen wie eben. Über ihren Köpfen zog sich der klare Sternenhimmel hinweg, der Vollmond erhellte die Umgebung und tauchte alles in sein silbernes Licht. »Wo sind wir?«

»In Israel, aber das spielt keine Rolle. Komm.« Ilai lief auf eine Sanddüne zu. William folgte ihm. Seine Stiefel sanken bei jedem Schritt tief ein, während es Ilai kaum Anstrengung kostete, sich fortzubewegen. Sie erreichten die Spitze der Düne und blickten hinunter in ein Tal. Dort unten stand eine einsame Holzhütte. Eingebettet von den Sandbergen, geschützt und behütet, gerade mal groß genug für zwei Personen. Aus dem Schornstein stieg Rauch und durch die Fenster erkannte er flackerndes Licht, wie von einem Kamin. William kniff die Augen zusammen.

»Wer wohnt hier?«

»Das wirst du gleich sehen, doch die eigentliche Frage ist: Wer wurde hier geboren?«

William bekam eine Gänsehaut. Was auch immer er heute hier sehen würde, es war von solcher Relevanz, dass es sein Leben verändern würde, dessen war er sich sicher.

Ilai lief die Düne hinab und steuerte auf die Hütte zu. William folgte ihm. Mit jedem Schritt wurde ihm mulmiger, als wäre er kurz davor, die Büchse der berühmten Pandora zu öffnen. Dieser Ort, diese Hütte, diese Wüste ... sie strahlten eine Erhabenheit aus, wie es nur Plätze an sich hatten, an denen Schicksale entschieden wurden. Je näher sie kamen, umso deutlicher erkannte er, in welch einem miserablen Zustand das Haus war. Einige der Balken waren morsch, in einer Seite des Daches klaffte ein großes Loch, die Fenster besaßen keine Scheiben. Das war eine armselige Bruchbude.

Und trotzdem strahlte sie Gemütlichkeit aus. In diesem Haus wohnte viel Liebe. Sie strich über Williams Arme, fuhr ihm durch die Haare, legte sich um sein Herz. Diese Hütte war ein Heim, das sich durch kein Geld der Welt kaufen ließ.

Ilai blieb vor der Tür stehen und atmete tief durch. Ohne zu klopfen, trat er ein. William folgte ihm. Im Inneren veränderte sich das Bild. Ein Feuer brannte in einem kleinen Holzofen. Darüber hing ein Kessel mit dampfendem Wasser. Die Einrichtung war spartanisch. Es gab keine Anzeichen der Moderne, keine Uhr, keinen Fernseher, keinen Stromanschluss. Die einzige Lichtquelle waren die Flammen, die wohltuend knisterten. Der Raum maß höchstens zehn Quadratmeter. In der gegenüberliegenden Ecke war ein Bett aufgebaut, auf ihm waren Pelze und Decken drapiert. William trat hinter Ilai hervor und stockte. Dort lag jemand. Eine Frau. Sie blickte auf und sah zur Tür.

»Hallo?«

»Hallo«, antwortete Will.

»Sie kann dich nicht hören oder sehen. Wir sind nur Zeugen.«

Die Frau war wunderschön. Sie hatte volles dunkles Haar, ebenmäßige, fast weiße Haut und Augen so hell und klar wie ein Bergsee. Sie wirkte müde, erschöpft, als hätte sie gerade anstrengende Stunden hinter sich, und sie starrte noch immer an die Stelle, an der Ilai und William standen.

»Bist du sicher?«, fragte William. Der Blick der Frau ruhte auf ihm. Ihre hellen Augen bohrten sich förmlich in ihn hinein. Sie wirkte so vertraut, aber er konnte sich nicht erinnern, wo er sie schon mal gesehen haben sollte.

»Ja. Sie wartet auf einen Gast. Genau wie wir.«

William trat näher. Die Augen der Frau folgten ihm, dann wandte sie sich wieder von ihm ab und drehte ihm den Rücken zu.

»Wie heißt sie?«

»Sangita.«

»Das ist kein moderner Name.«

»Wir sind in keiner modernen Zeit.«

»Sondern?«

»Beobachte einfach.«

William lief weiter zum Bett. Sangita summte eine leise Melodie. Ihre Stimme passte zu ihrem Äußeren. Sie war sanft und leise, vibrierte angenehm in Williams Bauch nach. Er trat näher. Erst da erkannte er, dass sie etwas in den Armen hielt. Ein Stoffbündel, aus dem schwarze Haare hervorlugten.

»Ein Baby.«

»Ja.« Es war nur ein Wort aus Ilais Mund, aber aus diesem Wort schwang so viel Unsicherheit und Kummer mit, wie es William noch nie zuvor gehört hatte. Er drehte sich herum und blickte Ilai in die Augen. Er wirkte jetzt nicht mehr so jung wie vorhin noch, die Falten um seine Augen waren tiefer, seine Züge härter. Vielleicht lag es am veränderten Licht.

»Wer ist das Baby?«

»Auch das wirst du gleich wissen.«

William zog die Augenbrauen zusammen, wandte sich erneut Sangita zu und beugte sich nach vorn. Ihre Finger strichen über die Wange des Kleinen, strichen die schwarzen Haare zurück, die ihm wirr in die Stirn fielen.

Wieder blickte Sangita auf und lauschte. »Wer ist denn da?«

Auf einmal öffnete sich die Tür und ein großgewachsener Mann trat herein. Er trug einen langen Mantel mit einer Kapuze, die ihm tief ins Gesicht fiel. In seiner Hand hielt er ein Schwert.

William und Sangita schraken gleichzeitig hoch.

»Hab keine Angst«, sagte der Mann und schob die Kapuze vom Gesicht.

»Großer Gott«, stotterte William. Das war doch absolut unmöglich. Was geschah denn hier? »Das ... das bist du! Ilai.« Aber er sah anders aus als der Ilai, den William heute kannte. Er hinkte nicht, trug keine Augenklappe, das Haar war brauner.

»Ja«, sagte er und machte seinem Abbild Platz, das gerade die Hütte betrat. »Vor langer Zeit bekam ich den Auftrag, diese Hütte aufzusuchen und das neue Leben, das gerade das Licht der Welt erblickt hatte, zu töten.«

»Warum?«

»Weil das Kind das Gleichgewicht der Natur störte.«

Der andere Ilai – oder wie auch immer William diesen bezeichnen sollte – betrat die Hütte, schloss langsam die Tür hinter sich und betrachtete Sangita.

Sie drückte das Baby fester an sich. »Bitte, tut uns nichts, Herr. Wir haben nicht viele Reichtümer.«

»Ich bin nicht gekommen, um dich auszurauben.«

Seine Finger schlossen sich fester um das Schwert, Sangita wimmerte, quetschte das Baby fest an ihre Brust, bis es anfing zu schreien.

»Mein Mann kehrt gleich zurück. Er wird nicht dulden, dass ein Fremder in seiner Hütte ist.«

Der Blick des anderen Ilai wurde sanfter, wehmütig. William spürte deutlich, dass er nicht freiwillig hier war.

»Es wird schnell gehen«, sagte Ilai, hob seine Klinge und trat näher an Sangita.

Genau in der Sekunde wurde William von einem erneuten Sog erfasst. Sangitas Schrei begleitete ihn durch eine weitere Reise. Er wurde erneut davongewirbelt, getragen von der Kälte und einer alles verschlingenden Dunkelheit. Seine Gedanken kreisten genauso verrückt wie sein Körper. Ilai wollte ein Kind töten. Ein Baby!

Der Fall war ebenso schnell vorbei wie beim ersten Mal. William stolperte, sah sich um. Der echte Ilai war wieder bei ihm. Sie standen noch immer in der Wüste, es war noch immer mitten in der Nacht. Und sie waren nicht allein.

Der Traum-Ilai saß auf einem Parsumi. William erkannte sofort, dass es einer war, auch wenn die Tiere sich kaum von normalen Pferden unterschieden. Es war die Art, wie sie sich bewegten, ihre Ausstrahlung, ihre Kraft, ihre stoische Ruhe. Den Mantel hatte Ilai fest um sich geschlossen, die Kapuze wieder über seinen Kopf gezogen.

»Was nun?«, fragte er.

»Sieh einfach zu.«

»Sophia!«, rief der andere Ilai. »Hier spricht Ilai Malachai, Feuerwächter der ersten Stunde und Diener der vier Elemente. Ich rufe dich zu mir!«

Es dauerte nicht lange, da blitzte ein greller Lichtstreif am Himmel, als würde ein Komet abstürzen. William musste wegsehen, um nicht von dem Schein geblendet zu werden. Als er die Augen wieder öffnete, stand eine Frau vor Ilai. Sie trug ein langes weißes Kleid, war von einer Aura umgeben, so hell und leuchtend, wie William sie noch nie zuvor gesehen hatte. In ihren Haaren funkelten Tausende von Sternen, ihr Gesicht war bleich, alterslos und so schön, wie es nie eine Menschenfrau sein würde.

»Ist das ...« William trat näher zu der Frau, bis er nur noch einen Meter von ihr entfernt war. Wieder bekreuzigte er sich. Zum x-ten Mal in dieser Nacht.

»Ein Engel, ja«, antwortete der echte Ilai.

»Du ... du hast einen Engel gerufen?« Wie? Das war doch nicht ...

»Das ist Sophia, der Engel des Mitleids und der Güte. Merke dir diesen Namen gut. Er wird vieles erklären.«

»Ich höre, Ilai Malachai, Wächter des Feuers«, sagte Sophia.

»Ich habe etwas für dich.« Der andere Ilai stieg vom Pferd, schlug den Mantel zurück und offenbarte ein Stoffbündel. Die Laken waren mit Blut verschmiert. War das von Sangita? Hatte Ilai sie tatsächlich getötet?

Sophia trat näher an die beiden heran, schob das Laken von dem Kopf des Babys und sah ihn sich genauer an. Sie zischte, als sie ihm in die Augen blickte. »Ilai! Was hast du getan?«

»Sollte ich das nicht eher dich fragen?«

»Du solltest ihn töten.«

»Er ist unschuldig!«

»Er wird das Chaos auf die Erde bringen.«

»Dann töte du ihn, immerhin bist du dafür verantwortlich, dass es ihn überhaupt gibt.«

Sie blickte ihn an. Ihre Lippen bebten, ihre Finger zitterten. »Ich kann keine Seele auslöschen.«

»Und ich genauso wenig.« Ilai gab ihr einfach das Bündel Mensch, ohne sich darum zu scheren, ob sie es wollte oder nicht. »Ich werde mich um die Mutter kümmern. Sie hat bei der Geburt sehr viel Blut verloren und wird die Nacht nicht überleben. Leider brachte ich es nicht fertig, ihr diese Tortur zu ersparen. Auch hier versage ich kläglich.«

»Was ist mit dem Kind?«

Ilai blickte auf das Bündel. Das Baby war erstaunlich ruhig, beobachtete interessiert, was um es herum geschah. Ilai lächelte. Voller Sanftmut, voller Väterlichkeit. »Wenn wir ihn nicht töten können, müssen wir ihn schützen.«

»Ich ...«

Das Baby gluckste. Sophia strich über seine Wange, hinterließ eine Spur aus Sternen auf seiner Haut.

»Bringe ihn dorthin, wo weder ich noch sonst wer ihn finden werden. Er soll in Frieden erwachsen werden.«

»Er wird nicht zu kontrollieren sein.«

Ilai griff in die Außentasche seines Mantels und zog einen weißen Anhänger an einem Lederbändchen hervor. »Binde ihm den Stein um. Er ist von einem Priester geweiht, dann findest du einen Menschen, der die Liebe in seinem Herzen trägt und ihn großziehen kann. Vielleicht hilft das, ihn zu ankern.«

Sie nahm den Stein entgegen und drehte ihn in der Hand. »Das ist Jade?«

»Die beste, die es auf der Erde gibt. Es ist ein Bruchstück des Gefängnisses seiner Herrin.«

»Ilai, bitte tu mir das nicht an. Beende das Leben, das ich irrtümlich geschenkt habe.«

Ilai kniff die Lippen zusammen. »Du und ich sind Narren unserer Herzen, Sophia. Ab heute müssen wir beide mit unseren Taten leben.« Er lief zurück zu seinem Parsumi, stieg auf und galoppierte in die Nacht davon. »Sag mir niemals, wohin du ihn gebracht hast. Seine und meine Wege werden sich kreuzen, wenn die Zeit gekommen ist.«

William war übel von dem Schauspiel. Er konnte nur auf das Szenario starren, unfähig zu denken. Zu handeln. »Dieses Kind ... der Stein ... dein Gerede ...«

»Ja, William. Du ziehst die richtigen Schlüsse.«

»Wer ist es?« Er musste diese Frage stellen, auch wenn er die Antwort ahnte. Nein, wusste!

»Sieh selbst.«

William wagte nicht, näher zu gehen, aber er konnte auch nicht weg. Wie von einem unsichtbaren Band gezogen schritt er näher zu Sophia, die das Bündel Mensch in den Armen hielt und leise schluchzte. William blieb neben ihr stehen, mittlerweile war das Gesicht des Kleinen aufgedeckt. Noch immer war er ganz ruhig, blickte voller Neugierde zu dem Engel, der ihn hielt. William beugte sich über ihn. In dem Moment drehte das Baby den Kopf und sah ihn an. Seine Augen leuchteten in der Dunkelheit. Sie waren intensiv und durchdringend, als könnten sie William bis direkt in die Seele schauen. Ein beißendes Silber, das William nur allzu gut kannte. Die Farbe des Jägers.

»Großer Gott!« Wieder bekreuzigte er sich, auch wenn er schon nicht mehr wusste, warum er das tat. »Jaydee!« Williams Magen fühlte sich an, als hätte er einen Steinbrocken geschluckt. Das Gewicht drückte ihn in die Erde, zerquetschte seine Innereien, sein Herz, seine Seele. Ab heute würde alles anders werden. William spürte, dass er erst die halbe Wahrheit kannte, dass da noch mehr war. »Ich kann das nicht, Ilai.«

»Du kannst und du musst. Für uns alle, denn es wird der Tag kommen, an dem das, was ich dir zeige, von Bedeutung sein wird.« Ilai griff Wills Hand. »Kommen wir zum Rest der Geschichte, bevor ich sterbe.«

12. Kapitel

Jessamine

»Wow«, sagte ich und betrat das Penthouse mit Blick auf den Central Park. Jaydee hatte nicht untertrieben, als er sagte, wir würden Wills Kreditkarte bluten lassen. Dieses Zimmer kostete so viel wie andere im Monat verdienten. Eigentlich machte ich mir nichts aus derartigem Luxus oder Dekadenz. Mir genügte meine Hütte am See, ein Zelt, egal, Hauptsache gemütlich und in richtiger Gesellschaft. Dennoch hatte diese Unterkunft ihren Reiz, das musste ich leider zugeben.

Meine Füße versanken in dem tiefen Teppich, es roch nach Sandelholz und frischen Blumen, die Einrichtung war hell, in warmen Beigetönen gehalten. Alles sehr geschmackvoll aufeinander abgestimmt, alles sehr teuer. Die Wände waren mit unterschiedlichen Bildern verziert. Verschiedene chinesische Schriftzeichen, abstrakte Malereien, jede einzelne geschickt ausgeleuchtet. Die bodentiefen Fenster boten einen fantastischen Blick über die Stadt, die sich funkelnd bis zum Horizont ausbreitete.

Sofort legte sich die Ruhe dieser vier Wände um mich. Und nicht nur die. Der Page – durfte man das sagen: Page? – las uns jeden Wunsch von den Augen ab. Er störte sich weder an unseren dreckigen Klamotten noch an den Schrammen, sondern verwies gleich auf den Erste-Hilfe-Koffer in der Küchenzeile und bot uns an, frische Sachen zu besorgen und sie uns zu bringen. Auch Jaydee ging überaus sanft mit mir um. Im Moment regelte er die Details, während ich weiter zum Bad schlurfte. Es fiel mir unsäglich schwer, mich fortzubewegen. Meine Rippe pochte, die Schnitte auf meiner Haut brannten. Mein Körper wollte nur noch eins: ein heißes Bad nehmen, diesen ganzen Dreck loswerden, essen und dann schlafen. Gleichzeitig feierten meine Gedanken in meinem Kopf eine wilde Party. Alle Erlebnisse hüpften kreuz und quer umher, vermischten sich zu diffusen Erinnerungen und einem Wirrwarr aus Bildern meiner Vergangenheit.

Ich konnte singen. Das war einfach unglaublich. Seit Mum verschwunden war, hatte ich nie den Drang gehabt zu musizieren oder mir weiter Gedanken darüber gemacht. Ich war einfach nur im Schock, traurig, blind und taub für das Leben um mich herum. Musik war für mich nie ein Thema gewesen, als würde sie gar nicht existieren. Vielleicht hatte Mum mir auch das genommen. Alles aus meinem Hirn getilgt, was nur im Entferntesten mit Musik zu tun hatte.

Ich fühlte Jaydees Blick in meinem Rücken, als ich die Badezimmertür erreichte. Es gefiel mir, wie er sich um mich kümmerte. Seine Nähe, dieser Ausflug – obwohl er mal wieder alles andere als friedlich gewesen war – vermittelten mir ein Gefühl der Sicherheit und der Geborgenheit. Die Frage war, ob es nicht besser wäre, wenn ich mich nicht zu sehr daran gewöhnte. Noch immer trennte uns dieser Zauber.

Aber jetzt hat das Kind einen Namen. Und nicht nur das: Jaydee glaubte, dass meine Mutter noch lebte. Ich wusste nicht, was ich davon halten sollte. Es hatte schon so viele Ansätze gegeben, so viele Menschen hatten mir gesagt, dass wir sie finden könnten. Nach all den Enttäuschungen und den leeren Versprechen hatte ich eine Mauer um diesen Gedanken gebaut. Solide. Unzerstörbar. Auch wenn dies eine echte Spur sein könnte, traute ich mich nicht, mit dem Meisel gegen meine Mauer zu klopfen. Noch nicht.

Jaydee kam auf mich zu. Er trug eine kleine schwarze Tasche mit dem Hotelemblem darauf. Auch er hatte einiges abbekommen. Seine Haut wirkte noch blass, seine Bewegungen nicht mehr so grazil. Die Klamotten waren genauso versaut und dreckig wie meine. Dennoch hätte ich mich gerne an ihn gelehnt und mich von ihm halten lassen. Er blickte zu einem der Bilder mit den Schriftzeichen und zog die Augenbrauen zusammen, als würde ihn das Muster an etwas erinnern. Es währte nur kurz, er schüttelte den Kopf und blieb vor mir stehen.

»Hier sind frische Sachen für dich zum Anziehen.«

»So schnell?«

»Ja, mit der entsprechenden Bezahlung geht es ganz fix. Er bringt auch gleich etwas zu essen.«

Ich nahm die Tasche von Jaydee, er ließ nicht sofort los, so dass wir beide den Henkel hielten. Eine wohlige Vertrautheit legte sich zwischen uns, als könnten sich unsere Körper über den Stoff miteinander verbinden.

»Wenn wir deine Mum finden, finden wir auch die Lösung für uns.«

Ich hörte seine Worte, aber sie prallten an der Mauer um mein Herz ab. Immer noch zu solide. »Ich weiß nicht, Jaydee.«

»Und du musst dir heute Abend auch keine Gedanken mehr darüber machen«, sagte er und kam näher. Seine Wärme griff bereits nach mir, streckte ihre Fühler aus und umschloss meinen Körper. Bitte mehr davon.

»Geh ins Bad. Ich bringe dir etwas zum Desinfizieren.« Endlich ließ er die Tasche los und kappte die Verbindung zwischen uns. Das Ding fühlte sich an, als würde es fünfzig Kilo wiegen.

Jaydee bog in die kleine Küchenzeile ab und öffnete den ersten Schrank. Ich zog die Tasche hinter mir her und betrat das Bad. Okay, eher die Wellnessoase. In der Mitte stand eine Badewanne, die so groß war, dass locker zwei Leute reinpassten. Die Fliesen waren aus hellem Marmor, es gab zwei Waschbecken, eine große Regendusche und eine Sauna. An den Wänden waren Bilder mit verschiedenen chinesischen Schriftzeichen angebracht. Der ganze Raum schrie quasi: Feng-Shui.

Unfassbar, wo hier überall Geld steckte. Ich hob die Tasche auf eine Ablage und öffnete sie. Es war alles da. Frische Jeans in zwei Farben, fünf verschiedene Shirts, Socken, Unterwäsche. Und dazu in meiner Größe.

Ich schüttelte den Kopf und lief zur Badewanne. Als ich mich drüberbeugte, schoss ein beißender Schmerz durch meine Rippe. »Au!«

Es dauerte keine zwei Sekunden, bis Jaydee in der Tür stand. »Was ist?«

Ich fuhr herum. »Nichts weiter. Ich wollte Wasser in die Wanne lassen, aber ich komme nicht an den Hahn.«

Er verzog das Gesicht und trat näher. Diesen Ausdruck hatte ich heute schon ein paar Mal an ihm gesehen. Seit wir diese Explosion im Haus überstanden hatten, wirkte er generell anders. Fürsorglicher.

»Es ist nicht so schlimm«, schob ich nach. Ich wollte nicht, dass er sich zu viele Gedanken machte oder mich noch mal zu Raphael schleppte.

Er beugte sich über die Wanne und drehte das Wasser für mich auf. »Wie warm?«

»Heiß und bitte auch Badezusatz. Irgendetwas, das gut riecht.«

»Jawohl, Ma'am.«

Ich lächelte. Ja. Fürsorglich war das richtige Wort für sein Verhalten. *Freu dich, Jess. Er versucht mal ausnahmsweise nicht, dich umzubringen.*

»Das wird auf deinen Wunden brennen wie Feuer, das ist dir schon klar?«

»Egal. Hauptsache, der Dreck ist ab.«

Er lief zum Badeschrank, öffnete und durchsuchte die verschiedenen Tiegel und Flaschen. »Wie wäre es mit Lavendel?«

»Klingt gut. Danke.«

Er gab das Zeug ins Wasser, sofort schäumte es los. Ich beobachtete ihn einfach nur, konnte mich gar nicht an ihm sattsehen. Er kümmerte sich tatsächlich um mich. Das heute war der erste – halbwegs – normale Tag für uns.

»Ich bring auch gleich die Schmerztabletten.«

»Danke.«

»Keine Ursache.« Er richtete sich auf und stockte. »Ist noch was? Du glotzt mich gerade an, als würde mir ein Horn aus der Stirn wachsen.« Zur Sicherheit griff er sich an den Kopf.

»Nein. Ich ... es ist alles gut. Mehr oder weniger.« Ich umschlang meine Oberarme. »Das ist nur so viel auf einmal.«

»Ja. Ich weiß.«

Er sah mich an. Ich fühlte förmlich, wie sein Blick meinen Körper entlangwanderte, auf meinen Wunden kurz verharrte, alles von mir in sich aufnahm. Dieses gespannte Schweigen legte sich wieder zwischen uns, wenn keiner von uns wusste, was als Nächstes kommen würde.

»Geh erst mal baden. Ich halte dir das Essen warm.«

Er drehte sich um und lief zur Tür. Ich griff an den Saum meines Shirts, um es mir über den Kopf zu ziehen. Leider hatte meine Rippe andere Pläne und zog schmerzhaft. Mit einem Keuchen hielt ich inne. Das würde schwerer als gedacht.

»Jess?« Sofort war er wieder bei mir. Eine Hand erhoben, als machte er sich bereit, mich aufzufangen.

»Ich ...«

»Soll ich dir helfen?«

Röte schoss mir in die Wangen. Meine Finger verwoben sich mit dem Stoff. Ich blickte zur Wanne, die sich langsam mit Wasser füllte. »Das wäre gut.«

Er sog die Luft ein. Keine Ahnung, ob aus Sorge oder aus anderen Gründen. Als ich mich wieder zu ihm drehte, war sein Gesicht ausdruckslos. Neutral.

»Kannst du die Arme nach vorn strecken?«

»Sicher, dass du das aushältst?«

»Ja. Jetzt mach.«

Ich hob sie an. Ging gerade so.

»Gut. Halt still, okay?«

Ich nickte. Er griff an den Saum. Ganz vorsichtig. Ohne mich zu berühren. Und zog langsam den Stoff nach oben.

In Höhe meines Bauches stockte er. »Trägst du etwas darunter?« Seine Stimme klang tiefer, leicht kratzig.

Ich schaffte es nicht, ihn anzusehen. Wirklich nicht. »Ja. Geronimos Schwägerin hatte mir frische Unterwäsche gegeben.«

Er brummte und machte weiter. Schob das Shirt Stück für Stück über meinen Brustkorb. »Du hast einen ordentlichen Bluterguss an der Seite.«

»So fühlt es sich auch an.«

Er trat ein Stück näher, damit er besser um mich herumgreifen konnte. Seine Arme kesselten mich ein wie in einen schönen warmen Käfig. *Jetzt mich an ihn lehnen und einfach die Welt vergessen.*

»Halt still«, sagte er leise.

Machte ich doch, oder hatte ich mich bewegt? Seine Brust war dicht vor meiner Nase. Er roch nach Kampf und Blut, aber das störte mich nicht. Mittlerweile war das zum Normalzustand geworden.

Von hinten zog er mir das Shirt über den Kopf, ließ es meine Arme hinabwandern, bis er meine Handgelenke befreit hatte. Ich blickte zu ihm auf. Gerade rechtzeitig, um noch zu bemerken, dass er meinen BH musterte. Sofort schlang ich die Arme um meinen Oberkörper. Er warf das Shirt auf den Boden und schluckte trocken. Ein Schweißtropfen perlte von seiner Schläfe. Was kein Wunder war. Die Luft im Bad wurde zusehends schwüler, der Wasserdampf ließ die Spiegel beschlagen.

»Was ist mit deiner Hose?«

»Was soll mit der sein?«

»Bekommst du das alleine hin?«

Oh. »Ich weiß nicht.«

Er schürzte die Lippen und griff nach meiner Gürtelschnalle. Erst war die Berührung grob, ruppig, aber dann wurde er sanfter. Dieses Mal behielt er mich im Blick. Seine Hände fanden ganz allein den Weg.

»Das ... das machst du ziemlich gut«, sagte ich.

Ratsch.

Der Reißverschluss war offen.

»Übung.«

Autsch. Binde mir ruhig auf die Nase, dass du schon viele Frauen entblättert hast. Ich starrte in seine Augen. Ganz leicht schimmerten sie silbern, aber es wirkte anders als sonst. Intimer. Jetzt war er an meinem Hosenknopf. Mir wurde ebenfalls heiß. Verflixter Wasserdampf. Ein dünner Schweißfilm bildete sich auf meiner Haut.

Vorsichtig zog er meinen Reißverschluss ganz hinunter. Okay. Moment. Pause?! Passte mein Slip zum BH? Mist, warum konnte ich mich nicht erinnern? Ich hatte einfach alles angezogen vorhin. Doch statt mir auch die Hose abzustreifen, tauchte er ab und kniete sich vor mich. Er rollte die Hosenbeine ein Stück hoch und öffnete die Schnürsenkel meiner Schuhe. So ähnlich hatte er auch vor mir gesessen, als er in mein Zimmer gekommen war, um sich für seine Raserei im Kerker zu entschuldigen.

»An den Anblick könnte ich mich gewöhnen«, sagte ich.

»Ja?« Er blickte hoch und grinste. Es war ein wölfisches Grinsen. »Umgekehrt wäre es mir lieber.«

Oha.

Erster Schuh offen. Weiter zum zweiten.

Warum wurden meine Knie jetzt so wackelig. Ich atmete tief durch. Der Wasserdampf erfüllte mittlerweile den gesamten Raum. Jaydees Shirt klebte ihm am Rücken.

»Heb das Bein«, sagte er.

Ich gehorchte. Er griff an die Ferse und zog mir den ersten Stiefel aus. Hoffentlich – *fünftausend Ausrufezeichen!* – hatte ich keine Muffelfüße. Ich würde sterben, wenn es so wäre.

Doch Jaydee machte unbeeindruckt weiter. »Das andere.«

Mühelos streifte er mir die Schuhe ab. Natürlich, ohne mich dabei anzufassen. Dieser Mann hatte die geschicktesten Finger auf dem Planeten, ich wollte mir nicht mal ansatzweise vorstellen, was er noch damit anstellen konnte.

»Die Socken schaffe ich allein«, sagte ich rasch, bevor er auch nur auf die Idee kommen könnte, mir die auszuziehen.

»Gut.«

Gut. Gut? Das hieß, ich hatte doch Käsefüße und er war froh, aus ihrem Dunstkreis weg zu sein.

Er hob die Stiefel auf, nahm den Dolch aus der Halterung und stand wieder auf. Wirkte er leicht gehetzt? Oder angewidert? War er grün im Gesicht? Ein weiteres trockenes Schlucken, dann beugte er sich nach vorn und drehte den Wasserhahn ab, den ich vollkommen vergessen hatte. Die

Wanne war fast voll. Der Schaum schwamm auf der Oberfläche wie kleine Eisberge.

»Danke für deine Hilfe«, sagte ich.

»Bitte.«

Warum war er so kurz angebunden? War es so schlimm gewesen, mich auszuziehen? Ich biss auf meine Unterlippe und runzelte die Stirn. Hallo? Rede mit mir!

»Kommst du klar?«, fragte er.

»Ja. Natürlich.«

Klang er säuerlich? Nein, das hörte sich anders an. Aber dennoch war seine Stimme anders. So ... gepresst. Er wischte sich den Schweiß von der Stirn, richtete seine Hose und drehte herum. »Viel Spaß in der Wanne.«

»Danke.« Irgendwie könnte ich jetzt eher eine kalte Dusche brauchen.

Kurz vor der Tür blieb er stehen und starrte wieder ein Bild an. Es war ein verschnörkeltes Schriftzeichen, das sich manche als Tattoos stechen ließen.

Jaydees Schultern versteiften sich, und ich glaubte, er hielt die Luft an.

»Alles okay?«, fragte ich.

»Ja.« Er starrte unbeirrt auf das Bild, dann auf meinen Dolch und wieder auf das Bild. »Verfluchter Mist.«

»Was ist denn?«

»Jetzt weiß ich es wieder!«

»Und was?«

»Ich muss noch mal weg.«

»Wo willst du denn hin?«

»Es dauert nicht lange. Versprochen!«

»Aber ...«

Zack.

Fort war er und ließ mich zurück. In Socken, einer offenen Hose, einem BH und Millionen Fragezeichen im Gesicht.

13. Kapitel

Jaydee

Ich bin verrückt. Das wird nie und nimmer klappen.

Ich stand mit zwei Tüten bepackt allein im Aufzug und beobachtete das kleine Licht an der Anzeigentafel, wie es von einem Stockwerk zum nächsten hüpfte. Eigentlich hätte ich die Treppe nehmen sollen, man konnte nie wissen, wann technische Geräte in unserer Nähe den Dienst quittierten, doch ich hatte keine Lust gehabt, die fünfzehn Stockwerke hochzurennen. Unruhig tippelte ich mit den Füßen auf und ab und spielte mit den Plastikschlaufen. Verflucht noch eins, das war schlimmer als bei meinem ersten Date, und das hatte in einer Katastrophe geendet.

Vielleicht würde mein Plan auch gar nicht klappen, dann wäre die ganze Aufregung umsonst. Vielleicht wäre das besser. Vielleicht sollte ich es einfach sein lassen ... *Vielleicht. Vielleicht. Vielleicht.*

Ich hasste Mutmaßungen!

Der Aufzug öffnete mit einem Ping die Türen zum Penthouse. Scheiße, verdammt! Ich sollte es einfach lassen. Oder? Noch war Zeit zu gehen.

Vorsichtig trat ich in die Wohnung. Hoffentlich war Jess mittlerweile nicht eingeschlafen. Erst die Aufregung, dann ein heißes Bad. Wie lange war ich überhaupt weggewesen? Eine Stunde? Maximal. »Blümchen?«

Die Lampen waren gedimmt, draußen lag die Stadt im Dunkeln. Die Lichter und Straßen zogen sich in unterschiedliche Richtungen durch das Schwarz der Nacht.

»Jess?« Es war ruhig im Zimmer, doch ich hörte ihren Herzschlag. Ruhig und entspannt. Es schien ihr gut zu gehen. Auf der Theke stand ein Teller mit Resten eines Burritos. Gut. Sie hatte wenigstens gegessen. Das sollte ich auch tun, aber mein Magen fühlte sich an wie eine verschrumpelte Mango.

»Hallo?«, rief sie aus einem der hinteren Zimmer. Sie hatte mich gehört.

»Ja. Ich bin wieder da.« Ach? Da wäre sie nicht von selbst drauf gekommen. Ich benahm mich wie der letzte Trottel.

Sofort kam sie zu mir. Sie trug ein langes Shirt und kurze Shorts und putzte sich gerade die Zähne. Ihre Haare waren noch feucht. Ein angenehmer Geruch nach Lavendel folgte ihr. »Schaydii, isch alsch ogay?«

Ich schluckte. Wie um alles in der Welt schaffte es diesen Wesen, binnen Sekundenbruchteilen mein Herz weichzuklopfen und andere Körperteile hart? Das vorhin im Bad war reine Folter gewesen. Sie hatte mich tatsächlich dazu gebracht, sie auszuziehen! Es hatte mich alle Überwindung gekostet, ihr nicht noch die Hose vom Körper zu zerren.

»Wss is ds?« Sie deutete auf die Tüten, die ich mitgebracht hatte.

»Ich muss kurz duschen, dann zeige ich es dir, okay?«

Sie stellte sich auf die Zehenspitzen, als könnte sie so besser erkennen, was in den Tüten war.

»Du tropfst den Teppich mit Zahnpasta voll.« Nicht, dass es mir etwas ausmachte, aber sie sollte wieder verschwinden. Ich musste mich konzentrieren.

Sie hielt eine Hand unter ihren Mund und zuckte entschuldigend mit den Schultern.

»Geht es dir denn besser?«

Sie nickte.

»Hast du Schmerztabletten genommen?«

Wieder ein Nicken.

»Gut.« Ich schnappte meine Tüten, huschte an ihr vorbei und lief in das zweite Zimmer. Insgesamt bestand das Penthouse aus drei Schlafzimmern und genauso vielen Bädern. Platz genug für uns beide also.

Rasch schloss ich dir Tür hinter mir, warf die Tüten auf das Bett und eilte ins Bad. Jetzt oder nie.

Mein Ausflug hatte tatsächlich problemlos geklappt. Fast schon verwunderlich, nachdem in den vergangenen Wochen so viel danebengegangen war, aber vielleicht wollte das Schicksal uns ja ausnahmsweise helfen, statt uns im Wege zu stehen.

Es war ein Segen, dass mir endlich eingefallen war, über was ich den ganzen Tag nachgegrübelt hatte. Die Tattoos der Joggerin und von Horatio, die Zeichnungen hier an den Wänden. Die Blockade in meinem Hirn war mit einem lauten Rums zusammengebrochen. Endlich hatte ich mich erinnert.

Bevor ich vor Keira geflohen war, hatte ich die Tätowierpistole samt Tinte mitgehen lassen, mit der sie sich kurz davor die Tattoos gestochen hatte – und nicht nur das: Im Wohnzimmer stand ein alter Sekretär, die oberste Schublade war weit geöffnet. Ich hatte hineingesehen und ein Buch mit Tattoomustern entdeckt. Alles schön zusammengeschnürt, um sie mitzunehmen. Und genau das hatte ich getan. Ich hatte aus purem Instinkt gehandelt. So wie immer, wenn der Jäger die Oberhand hatte. Danach war ich aus dem Fenster geflüchtet und wollte abhauen, aber Keira war mir zuvorgekommen. Sie hatte mich vom Pferd gezerrt, und dabei hatte ich die Sachen wieder verloren. Sie waren durch die Schlitze eines Gullideckels gefallen.

Mein Verstand hatte diese Erinnerung im Fieber des Jägers begraben, wie so vieles, was ich in der Zeit angestellt hatte. Ich fragte mich, was noch irgendwann zutage gefördert würde oder ob ich es überhaupt wissen wollte. Aber das war jetzt egal. Jetzt gerade zählte nur eines: Die Sachen waren noch dagewesen, ich war niemandem begegnet, und ich hatte sie gefunden. Ich stellte die Dusche ab, wickelte ein Handtuch um meine Hüften und eilte wieder hinaus.

Dort lagen sie: eine Tätowierpistole, das Buch, die magisch aufgeladene Tinte, die mir vielleicht vorübergehend die Fähigkeit verleihen konnte, Gefühle abzublocken.

Und somit Jess zu berühren.

Vorausgesetzt, meine Heilkräfte würden die Tattoos nicht auf der Stelle verschwinden lassen, doch auch dagegen hatte ich ein Hilfsmittel.

Es war ein wahnwitziger Plan, bei dem so ziemlich alles schiefgehen konnte. Ich klammerte mich an einen einzigen Strohhalm, an die Hoffnung auf eine Berührung mit ihr, ohne vom Jäger übermannt zu werden.

Aber verflucht noch eins, es musste einfach sein! Ich wollte nicht mehr warten, nicht mehr suchen, nicht mehr hoffen. Ich wollte sie anfassen. Jetzt.

Ich füllte die Tätowierpistole mit der Tinte und blätterte in dem Heft nach einem Zeichen, das mir helfen konnte. Sowohl Keira als auch Anthony hatten ihre Gefühle vor mir verbergen können. Ich hatte beide berührt, ich hatte aus keinem der beiden etwas herauslesen können. Eigentlich müsste ich Jess tätowieren, damit sie ihre Emotionen vor mir verbergen konnte, aber ich würde einen Teufel tun und sie mit magischer Tinte vollkritzeln. Zumal Ashriel gesagt hatte, dass der Zauber in ihrem Blut nur solange harmlos war, wie er nicht mit anderer Magie gemischt wurde. Dazu kamen noch die Migräneattacken, die Keira von den Zeichen bekam. Das alles konnte ich Jess unmöglich zumuten. Entweder die Dinger funktionierten bei mir – oder gar nicht.

»Bingo.« In der Mitte des Buches waren einige Tattoos, die ich sofort wiedererkannte. Keiras Symbole waren verschnörkelter gewesen, die von Anthony strukturierter, doch sie ähnelten definitiv denen hier im Heft. Sein dämliches Grinsen, als ich ihm das Shirt aufgerissen hatte, war mir noch allzu bewusst.

Ich blätterte weiter. Leider stand keine Erklärung bei den Zeichen. Bei einer gebogenen Linie mit drei aufsteigenden Strichen blieb ich hängen. Das waren sie. Die hatte er auf seiner Brust. Manchmal war ein fotografisches Gedächtnis doch sehr praktisch. Rasch lief ich zum Nachttisch neben meinem Bett, nahm Papier und Kugelschreiber und zeichnete das Symbol auf. Es fiel mir erstaunlich leicht. Das Muster setzte sich fast von selbst zusammen.

Ich griff nach der Tätowierpistole, stellte mich zurück vor den Spiegel und setzte die Nadel an. Es pikste leicht, als sie meine Haut traf, ansonsten war es erträglich. Ich zog den ersten Strich und wartete. Er verblasste binnen einer halben Minute. Mein Körper hatte die Wunde geheilt, die Tinte absorbiert.

Wäre auch zu einfach gewesen.

Blieb mir also nur die zweite Möglichkeit. Ich blickte zu Jess' Dolch, der auf dem Bett lag, griff noch mal zu den Tüten, die ich mitgebracht hatte, und holte den Wetzstein heraus. Bewaffnet mit den Sachen, setzte ich mich aufs Bett. Was Raphael konnte, konnte ich schon lange. Ich schraubte die Tinte ab, nahm ein weiteres Blatt Papier und setzte den Wetzstein an den Dolch. Vorsichtig rieb ich Stein über Stahl. Es war nicht die gute Art, ein Messer zu schleifen, doch ich brauchte den Staub. Wenn alles klappte, würde ich Jess' Dolch noch mal richtig bearbeiten und die Klinge hoffentlich wieder scharf bekommen. Feiner Metallstaub rieselte auf das Papier hinab. Ich faltete das Blatt, ließ den Staub in die Tinte fallen und setzte alles wieder zusammen.

Ein zweites Mal stellte ich mich vor den Spiegel. Auf zum nächsten Versuch. Will hätte mir schon längst eine Standpauke gehalten, wie dumm ich war, fremde Magie auszuprobieren. Aber hey, was wäre das Leben ohne das Spiel mit dem Feuer?

Dieses Mal stach die Nadel schmerzhafter in meine Haut, als würde sie das Gift des Dolches direkt in meinen Körper pumpen, und im Grunde tat sie genau das. Ich zog einen feinen Strich, setzte ab und wartete. Es brannte höllisch. Ich starrte auf die schwarze Tinte auf meiner Haut. Feine rote Wundränder zogen sich als Kontur herum. Ich starrte und starrte und starrte, bis mir die Augen tränten.

Und es tat sich nichts.

Mein Körper konnte diese Verletzung nicht heilen.

»Verflucht noch eins, es funktioniert!«

Es dauerte ungefähr zwanzig Minuten, dann war ich fertig. Zum Glück setzten bei mir keine Migräneattacken ein, und so stand ich einfach nur vor dem Spiegel und betrachtete mein Werk. Sicherlich hätte es ein Tätowierer besser hinbekommen, aber für den Anfang war es nicht schlecht. Jetzt bliebe nur noch der Praxistest. Ich strich durch meine Haare, schnappte mir eine Jeans und ein Shirt und streifte es auf dem Weg zu Jess' Zimmer über.

»Blümchen?« Ich klopfte und wartete ein paar Sekunden, ehe ich das Ohr an die Tür presste. Ihr Herzschlag verriet, dass sie nicht schlief. Ich klopfte ein zweites Mal. Die Zimmertür ging auf. Sie hatte die Haare mittlerweile zu einem Zopf geflochten. Der Fernseher lief, irgendeine Kochsendung.

»Na endlich! Ich sterbe vor Neugierde.«

»Ich ... ich muss dir etwas zeigen.« Jetzt ging die Stotterei wieder los. Zum Teufel auch. »Darf ich reinkommen?«

»Natürlich.« Sie machte mir Platz und schaltete den Fernseher aus.

Ich betrat das Zimmer, fühlte mich unbehaglich, nervös, fahrig. Ein weiteres Mal fuhr ich durch meine Haare. Könnte es klappen? Wenn ja, wie würde sie überhaupt darauf reagieren? Was, wenn es ihr zu viel wurde? Immerhin waren wir allein hier. Ich warf einen Blick auf ihr Bett. Keine gute Idee. Ganz übles Kopfkino.

»Ist etwas geschehen? Du wirkst so gehetzt.«

Statt zu antworten, zog ich mein Shirt aus.

Sie schnappte nach Luft. »Du bist tätowiert?!«

»Du bist extrem scharfsinnig, weißt du das?«

»Ich ... Blödmann.« Sie warf die Fernbedienung nach mir, doch ich wich ihr aus. »Warst du deshalb vorhin draußen? Um dir eine Erinnerung an New York stechen zu lassen?«

»Ich war noch mal in Florida, habe dort magische Tinte geholt, die ich von Anthony geklaut hatte, Staub von deinem Dolch in die Tinte gemischt, um meine Selbstheilung zu unterdrücken, und mir diese Zeichen gestochen. Anthony und Keira haben sie verwendet, und beide konnten ihre Gefühle vor mir verbergen. Jetzt hoffe ich, dass es auch umgekehrt geht.« Laut ausgesprochen klang es noch verrückter, als es sich angefühlt hatte.

Jess Mund klappte auf. Sie starrte auf die Zeichen, in meine Augen, wieder auf die Zeichen. »Ich ... du hast bitte was?«

»Muss ich das wirklich noch mal aufsagen?«

Sie schüttelte den Kopf. Öffnete den Mund. Schloss ihn wieder.

»Raphael hat mich auf die Idee mit dem Metallstaub gebracht. Ich dachte, wenn er das mit Alkohol macht ... Es ist verrückt, ich weiß. Und leichtsinnig.«

Ich trat näher, atmete flach, versuchte, mich nicht von ihrem herrlichen Geruch einlullen zu lassen. Verdammt, das war schlimmer als bei meinem ersten Date. Gesteigert um das Hundertfache.

Sie blinzelte und hielt die Luft an. Langsam schien ihr die Tragweite meiner Tat bewusst zu werden, denn sie wurde blasser. »Jaydee ... das ist ...«

Noch ein Schritt. Wenn ich das hier durchziehen wollte, durfte ich nicht zu viel darüber nachdenken. »Verrückt. Ja. So wie diese Situation zwischen uns.«

Sie sah mich an. Wirkte skeptisch. Verwirrt. Und überfordert.

Noch ein Schritt. Jetzt waren wir noch eine halbe Armlänge getrennt. Ihr Körper versteifte sich, die Hände knautschten ihr Shirt zusammen, ihre Augen pappten an den Tattoos auf meinem Oberkörper. »F-funktionieren sie denn?«

»Es gibt nur eine Methode, wie wir das herausfinden können.« *Jetzt, Jaydee. Tu es einfach, bevor wir sinnlos weiterplappern.*

Meine Handfläche legte sich auf ihre Wange.

Wir schnappten beide nach Luft.

Ich wartete, bis ihre Emotionen mich trafen, bis sie die Wand niederrissen und sich über meine Seele hermachten wie ausgehungerte Raubtiere.

Und es geschah – nichts.

Einfach so.

Keine Emotionen.

Keine Gefühle.

Keine Regung des Jägers.

Die Tattoos kribbelten, wurden wärmer, als wären sie auf einmal mein Schutzschild.

»Grundgütiger«, sagte ich und schloss die Augen.

Unfassbar. Nein, undenkbar!

Mit dem Daumen strich ich über ihre Haut, prüfte es wieder und wieder nach.

»Es funktioniert?«, fragte sie zögernd.

»Ja.« Ich trat noch näher, umschloss ihr Gesicht mit beiden Händen. »Ja, verdammt. Ja!«

Sie wagte es immer noch nicht zu atmen oder sich zu entspannen. Ich hatte keine Ahnung, was in ihr vorging, ich fühlte sie nicht! Keine ihrer Emotionen.

Ich.fühlte.sie.nicht.

»Das ist unglaublich. Jess ...«

Ich beugte mich zu ihr, rieb meine Nase an ihrer, atmete ihren Duft ein. Eine Mischung aus Pfefferminz und Lavendel. Mir wurde schwindelig. Das war einfach zu gut, um wahr zu sein.

»Fass mich an.«

Ganz langsam hob sie eine Hand und legte sie auf meine Brust. Ihre Wärme drang durch mich, die Tattoos heizten sich auf, arbeiteten daran, ihre Emotionen von mir fernzuhalten.

Bei Keira brannten sie nach einer Weile aus. Wir würden es darauf ankommen lassen, wie lange sie bei mir hielten.

»Geht es wirklich?«, fragte sie noch immer zögernd.

»Ja.«

Sie lächelte, hob ihren Kopf, um mir näherzukommen. Ich wagte kaum, mehr von ihr zu berühren, und gleichzeitig wollte ich alles von ihr in mich aufnehmen.

»Was soll ich tun?«, fragte sie.

»Halt still.« Ich musste das auskosten. Langsam. Beherrscht, auch wenn alles in mir danach schrie, ihr die Kleider vom Körper zu zerren, sie aufs Bett zu werfen und nie wieder von ihr abzulassen. Doch dieser Moment verdiente mehr. Er verdiente Aufmerksamkeit. Genuss und Ruhe.

Zart strich ich mit den Lippen über ihre Wange hinab zu ihrem Kinn. Sie legte den Kopf zur Seite. Entblößte ihren herrlichen Hals. Der Puls raste unter ihrer Haut, ließ ihre Halsschlagader wild pochen.

»Weißt du noch, was ich dir gesagt habe? Vor der Explosion im Haus? Wo ich dich anfassen würde, wenn ich könnte?«

»Ja.« Ihre Stimme war nicht mehr als ein Hauchen.

Ich glitt tiefer ihre Haut hinab, genau an die Stelle, an der ich heute Morgen erst der Versuchung widerstanden hatte, zuzubeißen. Meine Lippen berührten sie sanft. Sie keuchte. Ihr Körper spannte sich. Selbst ihr Geruch änderte sich, nahm diesen verführerischen Unterton an, den ich ebenfalls heute an ihr wahrgenommen und der sich tief in meinem Bauch verankert hatte. Sachte ließ ich meine Zähne über ihre Halsschlagader gleiten. Jess packte meinen Kopf, vergrub ihre Finger in meinen Haaren. Ihr Herz schlug schneller und schneller. Ich fühlte es an meiner Brust, hörte es laut und hämmernd in meinen Ohren. Mit der Zungenspitze glitt ich wieder nach oben.

Sie schmeckte genauso, wie ich es mir vorgestellt hatte. Nein, besser! Sinnlich, süß. Zum Eintauchen und Vergessen. Ich kostete jede einzelne Sekunde aus. Roch, schmeckte, spürte sie überall an mir, nicht nur dort, wo ich sie berührte. Meine Lippen wanderten nach oben, verharrten dicht über ihrem Mund.

Die Tattoos glühten. Verbrannten förmlich meine Brust. Doch ich ignorierte den Schmerz.

Das hier gehörte uns. Jess und mir. Es war mir vollkommen egal, ob sich die Zeichen bis in mein Innerstes fraßen.

Ihr Atem streifte mein Gesicht. Ihr Mund öffnete sich leicht, lud mich dazu ein, das zu tun, was ich von Anfang an hatte tun wollen.

Und endlich, nach all dem Kämpfen, den Schmerzen, dem Leid, senkte ich meine Lippen auf ihre.

Unser Kuss blieb zurückhaltend, zart, ohne Druck. Ich wollte auf sie warten, sehen, was sie mir geben würde. Ich würde nicht ein zweites Mal den Fehler machen und mich jemandem aufdrängen, der noch nicht soweit war. Doch Jess kam mir entgegen, sie packte meinen Nacken, ihr Arm zitterte vor Anspannung. Mit der anderen Hand strich sie über meine Brust und grub ihre Nägel in meine Muskeln. Nur zaghaft öffnete sie ihre Lippen, als traute sie sich nicht, mehr zu fordern. Das hier war ein beidseitiges Herantasten. Nach allem, was wir durchgemacht und erlebt hatten, nach allem, was ich ihr zugefügt hatte, mussten wir erst dieses neue Miteinander ausloten. Für mich war dies genauso eine Premiere wie für sie. Behutsam glitt ich mit der Zungenspitze in ihren Mund, schob mich langsam tiefer. Unser Kuss blieb scheu. Verhalten. Jess hatte nicht viel Erfahrung mit Männern, keine Ahnung, ob sie je einen zuvor geküsst hatte, ob dies alles okay für sie war.

Ich zog mich zurück und strich über ihre Wange. Normalerweise bekam ich über die Emotionen einer Frau sofort Rückmeldung, ob es ihr gefiel oder nicht. Ich wusste immer, welche Knöpfe ich drücken musste – nun allerdings fühlte ich mich wie ein Blinder. »Sprich mit mir.«

»Das ist sehr ... ungewohnt für mich. Nicht nur der Kuss. Das alles. Du. Ich. Dass ich dich anfassen darf.«

Wie zur Bestätigung strich sie über die Tattoos auf meiner Brust und zeichnete die Linien mit ihrer Fingerkuppe nach. »Bleiben sie permanent?«

»Nein. Sie werden ausbrennen. Ich weiß nicht, wie lange sie halten, und ehrlich gesagt möchte ich auch gar nicht darüber nachdenken.« Ich wollte ihr nur nahe sein. So lange wie möglich. So intensiv wie möglich.

»Hast du noch mehr von der Tinte?«

»Nur noch einen Rest, aber mach dir jetzt darüber keine Gedanken.« Mit dem Daumen strich ich über ihre Haut. Sie drehte ihr Gesicht in meine Handfläche, schloss die Augen, genoss meine Berührung. Sie sollte nicht glauben, dass ich sie zu mehr drängen würde, als sie bereit war zu geben. »Ich will nur ... also wir müssen nicht ... du bestimmst, wie weit wir gehen.« Ich wäre mit allem zufrieden, was sie mir geben wollte. Was vor ein paar Stunden bloßes Wunschdenken war, wurde jetzt Realität.

Sie atmete aus, drehte sich wieder zu mir und kam mir entgegen. Die Spannung glitt aus ihren Gliedern, als würde ihre Seele sich von Minute zu Minute tiefer fallen lassen. Ihre Lippen streiften meine, dieses Mal war sie es, die forderte. Ich ließ sie einfach machen. Sie drängte sich näher. Ihre Zunge schob sich ungestüm in mich, als hätte sie es auf einmal eilig.

Ich schlang meine Arme um ihre Taille, schob sie nach hinten und presste sie gegen die nächste Wand. Sie keuchte vor Überraschung, vielleicht auch vor Schmerz wegen ihrer Rippe.

Vorsicht, Jaydee. Dieses Zusammensein sollte nicht schon wieder mit Leid enden. Doch ich machte mir umsonst Sorgen. Fast schon gierig verschlang sie mich, unterbrach den Kuss nicht mal zum Luftholen. Ihr Geruch nahm eine herbere Note an. Sie wollte mehr. Mich. Definitiv.

Ich griff um ihre Beine und schlang sie um meine Hüfte. Sie umklammerte mich sofort wie einen Anker. Ich packte ihren Hintern, drückte sie fester an mich. Ein tiefes Keuchen entglitt ihren Lippen. Von diesem Geräusch musste ich definitiv mehr hören. Kurz wurde mir schwindelig. Ihr so nahe zu sein, raubte mir die Sinne, meine Kräfte. Vermutlich auch bald meinen Verstand. Die Zeichen auf meiner Brust glühten, genau wie wir.

Ich drehte herum und trug sie zum Bett. Wo das heute enden sollte? Keine Ahnung. Und es war mir egal. Zum allerersten Mal in meinem Leben hatte ich das Gefühl, in den Armen einer Frau zu Hause zu sein.

Ende

Die Greenlight Press ist Fördermitglied des **WWF** und Förderer von **Amnesty International**. Mit dem Kauf dieses Produktes hast du dazu beigetragen, dass wir Mensch und Tier unterstützen können. Vielen Dank!

Vorschau:

Jess und Jaydee genießen ihr erstes Zusammensein, doch ihr Glück währt nur kurz. Joanne und Ralf schlagen mit mehr Grausamkeit denn je um sich, und die Opferzahlen steigen. Nicht nur unter den Menschen, auch die Seelenwächter müssen herbe Verluste einstecken. Um zu siegen, bereiten sie sich auf einen skrupellosen Schlag gegen Ralf und den Emuxor vor. Wie weit darf ein Seelenwächter für das Wohl der Menschheit gehen?

Die Charaktere

Anmerkung: Lest bitte erst hier weiter, wenn ihr den aktuellen Band durch habt. Ihr werdet sonst definitiv gespoilert!

Aiden

Sie ist seit über fünfhundert Jahren in Logans Familie. Aiden stammt ursprünglich aus Island, wo sie mit ihrer Schwester und ihrer Mutter lebte. Ihr Vater war Schmied und starb bei einer Klettertour. Nach seinem Tod übernahm Aiden seine Werkstatt und fertigte unter anderem edle Zaumzeuge und Sättel an. Logan lernte sie kennen, als er nach einem Ersatz für einen gerissenen Zügel ihre Werkstatt aufsuchte. Er erkannte sofort die Gabe in ihr und weihte sie in die Welt der Seelenwächter ein. Aiden lehnte zuerst ab, da sie ihre Familie nicht im Stich lassen wollte, doch Logan blieb beharrlich und besuchte sie regelmäßig. Schließlich gestattete er ihr eine Ausnahme: Sie durfte ihre Schwester und ihre Mutter um Erlaubnis fragen. Das hatte es bisher noch nie in der Welt der Seelenwächter gegeben. Aiden tat genau das. Ihre Mutter reagierte anders als erwartet. Sie war begeistert von der Idee. Endlich würde das volle Potenzial ihrer Tochter ausgeschöpft und sie könnte aus der alten Schmiede ihres Vaters heraus. Und so trat Aiden ihre Reise in die Welt der Seelenwächter an.

Isabella

Kam als letzte in die Familie. Isabella ist seit ihrem achten Lebensjahr eine Waise. Ihre Eltern starben an der Pest in London. Sie überlebte und schlug sich, zusammen mit anderen Waisenkindern, durch die Straßen. Um zu überleben, bettelte sie ihren Lebensunterhalt zusammen. Als sie alt genug war, überlegte sie sich, auf den Strich zu gehen, doch Logan hielt sie davon ab. Er gab ihr Geld, besorgte ihr eine ordentliche Unterkunft und einen Job als Näherin. Isabella wuchs fortan in einem behüteteren Umfeld auf. Als sie siebzehn wurde, kam Logan zurück und erzählte ihr von den Seelenwächtern. Sie musste nicht zweimal überlegen und folgte ihm sofort.

Isabella starb durch die Hand von Joanne, als sie Ben davon überzeugen wollte, den Seelenwächtern beim Kampf gegen die Schattendämonen zu helfen.

Ralf Matthew

Er wurde am 1. Mai 1105 geboren und ist der ältere Bruder von William. Ralf war ein Wunschkind und der Stolz seiner Eltern. Sie gaben alles, um ihm ein behütetes Heim zu schenken, doch Ralf neigte schon als Kind zu unkontrollierten Wutausbrüchen. Als Baby schrie er sehr viel, als Kleinkind schlug und biss er andere Kinder. Gerade seine Mutter litt sehr unter dem Verhalten ihres jüngsten Sprosses, dennoch bekam sie das nächste Baby: William. Und der war genau das Gegenteil von Ralf. Er war ruhig, in sich gekehrt, schrie selten, fiel nicht auf. Jeder, der ihn sah, mochte den blonden Lockenkopf. Zum Missfallen von Ralf natürlich. Obwohl er der Ältere war, stand er im Schatten des Jüngeren. Schon bald musste Ralf um die Aufmerksamkeit seiner Eltern buhlen, er tat alles, um seinem Vater zu gefallen, verfolgte ihn auf Schritt und Tritt, um ihm jeden Wunsch von den Augen abzulesen. So erfuhr er schließlich auch von den Plänen seines Vaters, eine alte dämonische Kraft namens Emuxor zu erwecken. Mit seiner Hilfe wollte Ralfs Vater sein eigenes Leben verlängern, da seine größte Angst war, an einer tödlichen Krankheit zu sterben. Ralf half dem Vater, wo er nur konnte. Er besorgte frisches Blut für die Rituale, passte auf die Widder auf, die sie züchteten. Alles, um endlich aus dem Schatten seines jüngeren Bruders treten zu können. William erfuhr von den Plänen seines Vaters und kehrte allen den Rücken.

Eine weitere Tat, die Ralf seinem Bruder nie verzieh. Er verstand nicht, wie William seine eigene Familie verlassen konnte. Er suchte ihn auf, zwang seine Frau Vivian dazu, mit ihm zu schlafen, und deichselte es so, dass sie beide von William erwischt wurden. Es war ein letzter Akt, William zurückzuholen, doch es bewirkte natürlich das Gegenteil. William machte »dicht« und schloss sich den Seelenwächtern an. Auch auf diesem Pfad konnte Ralf seinen Bruder nicht alleinlassen. Er folgte ihm und beschloss, selbst auch ein Seelenwächter zu werden. Mit der Hilfe einer Hexe gelang ihm das Ritual, doch das Element Feuer akzeptierte ihn nicht. Es verbrannte ihn zur Hälfte und riss einen Teil von ihm in den Tod. Seither führt Ralf eine Zwischenexistenz. Er wurde zu einem Mischwesen aus Schattendämon und Seelenwächter. Ein Stadium, aus dem er sich nun mit der Hilfe des Emuxors befreien will.

Kendra

Kendra kam vor knapp 800 Jahren in Logans Familie. Sie war damals die Jüngste im Bunde, doch nach einigen Kämpfen und Schlachten starben die beiden anderen Seelenwächter. Kendra blieb alleine mit Logan zurück, bis sie Aiden rekrutieren konnten. Kendra kommt aus einer reichen Menschenfamilie, die damals für den König Soldaten ausbildete. Sie war oft dabei, wenn ihr Vater mit den Männern kämpfte und hat sich insgeheim gewünscht, selbst dazuzugehören. Wenn sie alleine war, übte sie die Bewegungen, die sie tagsüber im Training sah. Als sie sechszehn war, sollte sie verheiratet werden, doch Kendra riss von zu Hause aus und streunte durch die Lande. Ihr guter Name öffnete ihr einige Türen. Sie musste nie auf der Straße leben oder betteln. Eines Tages traf sie Logan, der das Potenzial der Seelenwächterin in ihr erkannte. Er weihte sie ein, sie stimmte zu und lebte fortan bei ihm. Sie ist sehr offen in ihrer Art und trägt ihr Herz auf der Zunge. Ebenso ist sie eine ausgezeichnete Seelenwächterin und lässt das gerne gegenüber anderen heraushängen. Sie ist gut in dem, was sie tut – und das weiß sie auch.

Ilai Malachai

Ilai ist einer der ältesten (noch) lebenden Seelenwächter. Gerüchte besagen, er wäre sogar einer der ursprünglichen Vier gewesen, die damals von einer Zauberin erschaffen worden waren. Das heißt, er wurde nie als Mensch geboren, sondern war von Beginn an ein erwachsener Seelenwächter. Bisher ist noch nicht viel über die Vier bekannt. Die Archive der Seelenwächter stehen diesbezüglich nur Eingeweihten offen. Fest steht: Ilai gehört zu dem Element Feuer und beherrscht die Magie wie kein anderer. Bei einem seiner letzten großen Kämpfe hat er ein Auge verloren und wurde am Bein verletzt. Seither trägt er eine Augenklappe und hinkt stark. Trotz etlicher Heilversuche wird die Verletzung nicht besser. Ilais Leben war vielfältig und verworren. Er trägt viele Geheimnisse mit sich, unter anderem kennt er Jaydees Herkunft. Doch es fällt ihm schwer, darüber zu sprechen. Er hat in grauer Vorzeit einen Fehler begangen und versucht seither, ihn zu vergessen oder zu vertuschen. Gelingen mag ihm dies nicht. Früher oder später holt auch ihn die Vergangenheit ein. Ilai verliert seine Seele bei dem Übergriff von Ralf und liegt nun im Tempel der Wiedergeburt. Es ist unklar, ob er dieses Abenteuer überleben wird.

Logan Salvorian

Logan Salvorian wurde 200 vor Christus im heutigen England geboren. Seine Familie war wohlhabend und sehr liebevoll. Logan wuchs in einem behüteten Haus auf, das er vermutlich freiwillig nie verlassen hätte, bis eines Tages ein Schattendämon seine Eltern tötete. Logan hätte es dabei auch fast erwischt, doch ein Seelenwächter rettete ihn und nahm in mit zu seiner Familie. Dort lernte Logan alles über diese Welt und schloss sich ihr an. Er ging mit sechzehn in den Tempel der Wiedergeburt und wurde einer der damals jüngsten Seelenwächter. Mit viel Eifer und Ehrgeiz jagte Logan Dämonen, rächte seine Familie und lebte nur noch für seine neue Aufgabe. Schon bald wurde er einer der besten Jäger unter den Seelenwächtern, der trotz des Hasses, den er gegen die Dämonen hegte, niemals den Sinn des Kampfes aus den Augen verlor. Im Laufe der Jahre wurde auch Logans neue Familie von den Dämonen dezimiert, er wurde selbst zum Oberhaupt und fing an, andere Menschen zu rekrutieren. Im Rat sitzt er seit knapp fünfhundert Jahren, doch er mochte diese Aufgabe von Anfang an nicht. Einzig zu Ilai konnte er ein freundschaftliches Verhältnis aufbauen, das ihn durch etliche lange Ratssitzungen rettete.

Logan Salvorian wurde 200 vor Christus [illegible]

Die E-Book Cover

Die Chroniken der
Seelenwächter
Tod aus dem Feuer
Nicole Böhm

Die Chroniken der
Seelenwächter
Machtkämpfe
Nicole Böhm

Die Chroniken der
Seelenwächter
Zwischen den Fronten
Nicole Böhm

Glossar

Seelenwächter

Sind menschengleiche Wesen, die von einer Zauberin vor Jahrtausenden erschaffen wurden, um den Schattendämonen Herr zu werden. Die Seelenwächter werden erst als normale Menschen geboren und werden dann auserwählt, um ihr neues Leben als Seelenwächter anzutreten. Hierbei gehen sie in den Tempel der Wiedergeburt und lassen ihr menschliches Dasein hinter sich. Je nach Sternzeichen werden sie verschiedenen Elementen zugeordnet:

Feuer: Widder, Löwe und Schütze
Erde: Stier, Jungfrau, Steinbock
Wasser: Krebs, Skorpion, Fische
Luft: Zwillinge, Waage, Wassermann

Schattendämonen

Entstehen, wenn ein Mensch stirbt und die Seele nicht ins Licht geht, sondern in der Zwischenwelt hängenbleibt. Um weiter existieren zu können, muss sich die Seele von der Lebensenergie der Menschen ernähren. Zu Beginn ist sie noch schwach und unsichtbar, doch je mehr Lebensenergie die verlorene Seele aufnimmt, umso stärker wird sie. Sie nimmt wieder ihren alten Körper an und wird zum Schattendämon. Die Dämonen legen eine Hand auf die Stirn ihres Opfers, die andere auf den Brustkorb und ziehen so die Seele eines Menschen aus dem Körper. Zurück bleibt eine leere ausgetrocknete Hülle, die nach ein paar Tagen stirbt.

Tempel der Wiedergeburt

Geheimer Ort, an dem die Seelenwächter wiedergeboren werden.

Die vier Elemente und ihre Fähigkeiten

Die Erde beherrscht das Wasser, das Wasser beherrscht das Feuer, das Feuer beherrscht die Luft, die Luft beherrscht die Erde. Ein Kreislauf. Auf ewig.

<u>Terra / Erde – Die Heiler</u>

Erdwächter können sich selbst oder andere heilen. Sie sind der Ruhepol unter den Seelenwächtern, der Anker. Sie besitzen sehr verstärkte Sinne und sind mit der Kraft der Natur verbunden. Sie sind äußerst geduldig, diszipliniert und ausdauernd. Erdwächter lieben die Ordnung und Struktur. Sie sind extrem körperbetont.

Aqua / Wasser – Die Fühlenden

Wasserwächter besitzen empathische Fähigkeiten und nehmen Gefühle anderer über Berührungen auf. Je nach Training können sie diese auch beeinflussen. Wasserwächter tragen ihr Herz auf der Zunge. Sie besitzen eine sehr gute Wahrnehmung anderen Wesen gegenüber und erkennen sofort deren Schwachstellen. Manche Wasserwächter können ihre Zellstruktur so verändern, dass sie eine andere Form annehmen können. Mit viel Übung können sie auch andere Menschen nachahmen.

Ignis / Feuer – Die Magier

Die Feuerwächter strahlen Wärme und natürliche Autorität aus. Sie beherrschen die Künste der Magie und können – je nach Training – verschiedene Zauber wirken. Die Studien der Magie sind komplex und langwierig.

Feuerwächter zeichnen sich durch Enthusiasmus und eine starke innere Motivation aus. Sie wirken auf andere selbstbezogen, manchmal cholerisch. Wie das Feuer geraten sie leicht außer Kontrolle. Sie sind aufbrausend im Temperament, beruhigen sich jedoch auch schnell wieder.

Aer / Luft – Die Geistigen

Luftwächter leben in der geistigen Welt. Sie können ihren eigenen Geist ausdehnen und so alle Seelen im Umkreis erfühlen. Alle Luftwächter können Gedanken beeinflussen und kontrollieren.

Luftwächter sind die einzigen, die teleportieren können. Ein Rudiment aus früheren Zeiten, in denen die Seelenwächter um die Welt reisen mussten, aber noch kein geeignetes Transportmittel besaßen.

Sehr gute Luftwächter können aus anderen Wesen Fähigkeiten entziehen. Bisher gibt es nur wenige, die diese Fertigkeit erlangt haben.

Titanium

Ein Metall, das verwendet wird, um die Waffen der Seelenwächter zu schmieden. Nur mit einer Titaniumklinge kann ein Schattendämon getötet werden. Auch die Seelenwächter selbst können damit verletzt oder getötet werden. Titaniumwaffen sind sehr wertvoll und werden in einer Schmiede extra angefertigt.

Parsumi

Spezielle Pferderasse die von den Seelenwächtern seit Jahrtausenden gezüchtet wird. Die Parsumi sind in der Lage, »zwischen den Welten« zu reisen. Dabei bauen sie eine Art Tunnelportal auf, das sie binnen Sekunden von einem Ende der Welt zum anderen tragen kann. Parsumi sind für Menschen nicht sichtbar.

Fylgja

Ist ein Schutzgeist, der gerufen wird, um auf einen Menschen aufzupassen. Entweder bestellt man die Fylgja für sich selbst oder für jemand anderen. Die Fylgja besitzt einen menschlichen Körper und begleitet ihren Schützling ein Leben lang. Sie warnt vor übernatürlichen Gefahren und kann die Aura ihres Schützlings abdunkeln, damit dieser nicht auffällt.

Die Sapier

Geheimer Bund, über den noch nicht viel bekannt ist. Die Mitglieder bedienen sich der Magie der Urmutter Sophia, die in einem Kranich gebündelt wird. Als Folge dieser Magie alten die Sapier äußerlich schneller. Die meisten von ihnen haben bereits schneeweiße Haare.

Die Übersicht der Charaktere

Jessamine Calliope Harris: 18-jähriges Mädchen auf der Suche nach ihrer Mutter.

Jaydee: Findelkind. Weder Mensch, noch Seelenwächter. Besitzt Fähigkeiten eines jeden Elements.

Violet: Fylgja und Beschützerin von Jessamine.

Ariadne: Vormund von Jessamine.

Cassandra: Die leibliche Mutter von Jessamine und spurlos verschwunden.

Zachary: Bester Freund von Jessamine.

Ilai: Das Oberhaupt der vier Seelenwächter in Arizona und Ratsmitglied. Element – Feuer

William: Seelenwächter in Arizona. Element – Feuer

Akil: Seelenwächter in Arizona. Element – Erde

Anna: Seelenwächterin in Arizona. Element – Luft

Logan: Seelenwächter aus London und Ratsmitglied. Element – Erde.

Aiden: Seelenwächterin in Logans Familie. Element – Feuer

Isabella: Seelenwächterin in Logans Familie. Element – Luft

Kendra: Seelenwächterin in Logans Familie. Element – Wasser

Keira: Die Frau aus der Bar, die Jaydee verfolgt und hinter Coco her ist.

Benjamin Walker: Detective in Riverside Springs und immun gegen die Fähigkeiten der Seelenwächter.

Coco: Mysteriöse Gegenspielerin von Ariadne und auf der Suche nach der Nachfahrin.

Joshua: Mysteriöser Kontaktmann von Ariadne

Andrew: Ehemann von Anna aus ihrer Zeit vor den Seelenwächtern.

Aimee: Verbündete von Anna. Sie brachte ihre Tochter in Sicherheit.

Nara: Annas leibliche Tochter.

DAS ERBE DER MACHT
MACHT - MAGIE - UNSTERBLICHKEIT
Das Erbe der Macht 1: Aurafeuer
von Andreas Suchanek
ANDREAS SUCHANEK
Das Erbe der Macht 2: Essenzstab
von Andreas Suchanek
DAS ERBE DER MACHT
ANDREAS SUCHANEK
ORIGINAL
www.erbedermacht.de
Facebook /ErbeDerMacht - Twitter @ErbeDerMacht

Ein M.O.R.D.s - Team
Das Geheimnis ruht seit 30 Jahren
Jetzt wird es enthüllt.
Der Nummer 1 Bestseller. Als E-Book und Taschenbuch. E-Book 1 für 99 Cent erhältlich.
„Wer tötete Marietta King?“
Eine Serie der greenlight Press
www.greenlight-press.de

HELIOSPHERE
2265
Die SCIENCE-FICTION-SERIE
von PERRY RHODAN-Stardust Autor ANDREAS SUCHANEK
NEU ALS HÖRSPIEL
Von den Mark Brandis-Machern
Mit bekannten Stimmen aus Film
und Fernsehen
SEIT NOVEMBER 2012
Jeden Monat als E-Book, alle zwei Monate als Taschenbuch
Drei mal nominiert als „Beste Serie“ beim Deutschen Phantastik Preis
MEHR INFOS UNTER
Web www.greenlight-press.de | Twitter @Heliosphere2265 | Facebook www.facebook.com/Heliosphere2265

Die Seelenwächter kommen wieder!